W9-BBF-289

BESTSELLER

Nora Roberts es una de las escritoras estadounidenses de mayor éxito en la actualidad. Cada novela que publica encabeza rápidamente los primeros puestos en las listas de best sellers de Estados Unidos y del Reino Unido; más de cuatrocientos millones de ejemplares impresos en el mundo avalan su maestría. Sus últimas obras publicadas en España son la trilogía de los O'Dwyer (formada por *Bruja Oscura*, *Hechizo en la niebla* y *Legado mágico*), *El coleccionista*, *La testigo*, *La casa de la playa*, el dúo de novelas *Polos opuestos* y *Atrapada*, la trilogía Hotel Boonsboro (*Siempre hay un mañana*, *El primer y último amor* y *La esperanza perfecta*), *Llamaradas*, *Emboscada* y la tetralogía Cuatro bodas (*Álbum de boda*, *Rosas sin espinas*, *Sabor a ti* y *Para siempre*). Actualmente, Nora Roberts reside en Maryland con su marido.

Para más información, visite la página web de la autora: www.noraroberts.com

Biblioteca

NORA ROBERTS

El coleccionista

Traducción de

Nieves Calvino Gutiérrez

DEBOLS!LLO

Título original: *The Collector*

Primera edición en Debolsillo: enero, 2016

Printed in Spain – Impreso en España

ISBN: 978-84-663-2929-3 (vol. 561/55)
Depósito legal: B-21.642-2015

Compuesto en Revertext, S. L.
Impreso en Black Print CPI Ibérica
Sant Andreu de la Barca (Barcelona)

P 329293

Penguin
Random House
Grupo Editorial

A la memoria de mi madre,
que lo coleccionaba todo,
y de mi padre,
que siempre hacía hueco

PRIMERA PARTE

Mi hogar es cualquier lugar
en el que cuelgo mi sombrero.

JOHNNY MERCER

1

Creía que no iban a marcharse nunca. Los clientes, sobre todo los nuevos, solían quejarse y entretenerse, repitiendo una y otra vez las mismas instrucciones, teléfonos de contacto y comentarios antes de marcharse. Empatizaba con ellos porque cuando salían por fin por la puerta dejaban su hogar, sus pertenencias y, en ese caso, su gato en manos de otra persona.

Como cuidadora de la casa, Lila Emerson hacía todo cuanto podía para que los propietarios se fueran tranquilos y con la seguridad de que las suyas eran unas manos competentes.

Durante las siguientes tres semanas, mientras Jason y Macey Kilderbrand disfrutaban del sur de Francia con amigos y familiares, Lila viviría en su magnífico apartamento en Chelsea, regaría las plantas, daría de comer y de beber al gato, recogería el correo… y les reenviaría cualquier cosa que fuera importante.

Atendería el precioso jardín en la terraza de Macey, mimaría al gato, cogería los mensajes y actuaría como elemento disuasorio para los ladrones con su sola presencia.

Mientras lo hacía, disfrutaría viviendo en el elegante edificio London Terrace en Nueva York igual que había disfrutado viviendo en el coqueto piso en Roma —donde por una tarifa adicional había pintado la cocina— y en la amplia casa en Brooklyn, con su vivaracho golden retriever, su dulce y anciano boston terrier y su acuario de coloridos peces tropicales.

Había visto mucho de Nueva York en los seis años que llevaba como cuidadora profesional de casas, y en los últimos cuatro había expandido su negocio para ver también algo de mundo.

Era un buen trabajo si se tenía, pensó; y ella lo tenía.

—Venga, Thomas. —Acarició el largo y esbelto cuerpo del gato de la cabeza a la cola—. Vamos a deshacer el equipaje.

Le gustaba ponerse cómoda y, dado que el espacioso apartamento contaba con un segundo dormitorio, deshizo la primera de sus dos maletas, guardó la ropa en la cómoda con espejo y colgó algunas prendas en el ordenado vestidor. Le habían advertido que Thomas insistiría sin duda en compartir la cama con ella; ya se ocuparía de eso. Y agradecía que los clientes —seguramente Macey— hubieran dispuesto un bonito ramo de fresias en la mesilla de noche.

A Lila le gustaban mucho los pequeños toques personales, el dar y el recibir.

Ya había decidido hacer uso del baño principal con su amplia ducha de vapor y su honda bañera de hidromasaje.

—Nunca malgastes ni abuses de las comodidades —le dijo a Thomas mientras ordenaba sus artículos de tocador.

Dado que sus dos maletas contenían casi todo lo que poseía, puso mucho cuidado en distribuir sus pertenencias donde mejor le venían.

Después de pensarlo un poco, instaló su despacho en el comedor; colocó el ordenador portátil de forma que pudiera levantar la mirada y contemplar la vista de Nueva York. En un piso más pequeño se habría conformado con trabajar en el dormitorio, pero, como disponía de espacio, iba a aprovecharlo.

Le habían enseñado el funcionamiento de todos los electrodomésticos, de los mandos a distancia y del sistema de seguridad; el lugar contaba con un surtido de aparatos que despertaba el interés de su alma de empollona.

En la cocina encontró una botella de vino, un bonito bol con fruta fresca y un surtido de sofisticados quesos con una nota manuscrita en un papel estampado con las iniciales de Macey.

¡Disfruta de nuestra casa!

Jason, Macey y Thomas

Qué bonito, pensó Lila, y desde luego que iba a disfrutarla. Abrió el vino, se sirvió una copa, tomó un sorbo y le dio su aprobación. Luego cogió los prismáticos y salió con la copa a la terraza para contemplar la vista.

Los clientes hacían buen uso del espacio; contaban con un par de cómodas sillas, un rústico banco de piedra y una mesa de cristal; macetas de florecientes plantas, bonitas matas de tomatitos cherry y fragantes hierbas, las cuales le habían instado a recoger y utilizar.

Se sentó y colocó a Thomas sobre su regazo; se dispuso a beber el vino mientras acariciaba el sedoso pelaje.

—Seguro que salen a sentarse aquí con mucha frecuencia cuando se toman una copa o un café. Parecen felices. Y la casa es un buen reflejo de ello. Se puede palpar. —Le hizo cosquillas a Thomas bajo la barbilla y consiguió que los ojos verdes del animal se tornaran soñadores—. Ella va a llamar y mandará muchos correos electrónicos los dos primeros días, así que vamos a sacarte fotos, cielo, y a enviárselas para que vea que estás perfectamente.

Dejó la copa a un lado y cogió los prismáticos para escudriñar las edificaciones de los alrededores. El edificio de apartamentos abarcaba toda una manzana y ofrecía pequeños atisbos de otras vidas.

Las vidas de otros le fascinaban.

Una mujer de más o menos su misma edad llevaba un pequeño vestido negro que se ceñía a su alto y delgado cuerpo de modelo como una segunda piel. Se paseaba de un lado para otro mientras hablaba por el móvil. No parecía contenta, pensó Lila. Una cita cancelada. Él tenía que trabajar hasta tarde; eso decía él, agregó Lila, urdiendo la trama en su cabeza. Ella está harta de eso.

Una par de pisos más arriba había dos parejas sentadas en un comedor —con las paredes cubiertas de cuadros y con elegantes muebles contemporáneos—, y reían mientras se tomaban lo que parecían ser unos martinis.

Era evidente que no les agradaba el calor del verano tanto como a Thomas y a ella; de lo contrario, se habrían sentado en su pequeña terraza.

Viejos amigos, decidió, que se juntaban a menudo, y que a veces se iban juntos de vacaciones.

Otra ventana abría el mundo a un chico que rodaba por el suelo con un cachorro blanco. La felicidad de ambos impregnaba el ambiente e hizo que Lila sonriera.

—Siempre ha querido un cachorro... A esa edad, seguramente «siempre» es un par de meses, y hoy sus padres le han dado la sorpresa. Recordará este momento toda su vida, y un día sorprenderá a su hijo o hija del mismo modo.

Muy satisfecha con ese comentario, Lila bajó los prismáticos.

—Vale, Thomas, vamos a trabajar un par de horitas. Lo sé, lo sé —prosiguió dejándolo en el suelo y cogiendo su media copa de vino—. La mayoría de la gente ha terminado ya de trabajar. Salen a cenar, se reúnen con amigos... o, en el caso de la despampanante rubia del vestidito negro, despotrica por no salir. Pero lo cierto es que... —Esperó hasta que él entró en el apartamento delante de ella— yo me pongo mi propio horario. Es una de las ventajas.

Escogió una pelota, que se activaba con el movimiento, de la cesta de los juguetes del gato situada en el armario de la cocina y la hizo rodar por el suelo.

Thomas se lanzó a perseguirla de inmediato; peleaba con ella y la golpeaba con la pata.

—Si yo fuera un gato —especuló Lila—, también me pirraría por eso.

Con Thomas feliz y ocupado, cogió el mando a distancia y puso música. Tomó nota de la cadena de radio que sonaba para poder asegurarse de sintonizarla de nuevo antes de que los Kilderbrand volvieran a casa. Cambió el jazz por el pop contemporáneo.

Cuidar casas le proporcionaba alojamiento, beneficios e incluso aventura. Pero escribir cubría los gastos. Escribir de forma independiente, y servir mesas, la había mantenido a flote durante sus primeros dos años en Nueva York. Después había empezado a cuidar casas, en un principio haciendo favores a amigos, y a amigos de amigos, y había dispuesto de tiempo para trabajar en su novela.

Luego la suerte o la casualidad hizo que cuidara la casa de un editor que se había interesado por el manuscrito. Su primer libro, *Cuando la luna reina*, había tenido una buena recepción. No había gozado de un éxito de ventas arrollador, sino que se había vendido de forma regular y había tenido una acogida considerable entre jóvenes de catorce a dieciocho años, tal y como había sido la intención de Lila. La segunda llegaría a las librerías en octubre, así que tenía los dedos cruzados.

Pero en esos momentos necesitaba centrarse en el tercer libro de la serie.

Se recogió la larga melena castaña enrollándola rápidamente sobre sí misma y sujetándola con una voluminosa pinza de carey. Mientras Thomas perseguía alegremente la pelota, se acomodó frente al ordenador con su media copa de vino, un vaso de tubo con agua helada y la música que imaginaba que su personaje principal, Kaylee, escuchaba.

Como una estudiante adolescente, Kaylee se enfrentaba a todas las vicisitudes —el romance, los deberes, las chicas malas, los abusones, las intrigas, los desengaños y triunfos— que plagaban los cortos e intensos años del instituto.

Un camino nada agradable, sobre todo para una chica nueva, tal y como se narraba en el primer libro. Y aún más, desde luego, porque en la familia de Kaylee todos eran licántropos.

Para ella no era fácil terminar un trabajo de clase o ir al baile de promoción en una noche de luna llena, porque era un licántropo.

Ahora, en el tercer libro, Kaylee y su familia estaban en guerra con un clan rival, un clan que se alimentaba de humanos. Quizá un poco sangriento para algunos de los lectores más jóvenes, pensó, pero ahí era a donde conducía la historia, a donde la llevaban los personajes.

Retomó el argumento en el punto en que Kaylee se enfrentaba a la traición del chico al que creía amar, así como a un trabajo atrasado sobre las guerras napoleónicas y al hecho de que su rubia y guapa archienemiga la hubiera encerrado en el laboratorio de ciencias.

La luna saldría en veinte minutos, justo al mismo tiempo en que el club de ciencias llegaría para su reunión.

Tenía que encontrar la forma de salir antes de transformarse en lobo.

Lila se sumergió en la historia y recreó con gusto el miedo de Kaylee a ser descubierta, el dolor de un desengaño amoroso y la furia de Sasha, la enemiga de Kaylee, una animadora, reina del baile de bienvenida y devoradora de hombres literalmente.

Para cuando Kaylee salió por los pelos del laboratorio, gracias a una bomba de humo que atrajo a la subdirectora, otra espina en el costado de Kaylee, aguantó la reprimenda, y volvió a casa en pelotas mientras la transformación se apoderaba de ella, Lila había trabajado tres horas.

Satisfecha consigo misma, se desconectó de la historia y echó un vistazo a su alrededor.

El gato, agotado de jugar, estaba acurrucado a su lado, y las luces de la ciudad titilaban y brillaban a través de la ventana.

Le preparó la cena a Thomas tal y como le habían indicado. Mientras él comía, Lila cogió su Leatherman y utilizó el destornillador de la herramienta multiusos para apretar algunos tornillos de la despensa.

Los tornillos flojos, en su opinión, eran una invitación al desastre, en lo tocante a la gente y a las cosas.

Reparó en un par de cestas metálicas con correderas, aún dentro de sus cajas. Con toda probabilidad serían para almacenar patatas o cebollas. Se puso en cuclillas y leyó las instrucciones para instalarlas en la despensa. Tomó nota de enviar un mensaje a Macey para preguntarle si quería que se ocupara de eso.

Sería una tarea sencilla, rápida y satisfactoria.

Se sirvió una segunda copa de vino y preparó algo de fruta, queso y tostadas para cenar. Sentada con las piernas cruzadas en el comedor, con Thomas sobre su regazo, comió mientras revisaba el correo electrónico, enviaba mensajes y ojeaba su blog…, y tomó nota para una nueva entrada.

—Ya casi es hora de acostarse, Thomas.

El gato bostezó cuando Lila agarró el mando para apagar la música. Luego cogió al felino y lo apartó con el fin de poder ir a fregar los platos y disfrutar de la quietud de su primera noche en un espacio nuevo.

Después de ponerse unos pantalones y una camiseta de tirantes de algodón, comprobó el sistema de seguridad y volvió a observar a sus vecinos a través de los prismáticos.

Al parecer la rubia había salido después de todo y había dejado la luz del comedor encendida a baja intensidad. Las dos parejas también se habían marchado. Quizá a cenar o a ver un espectáculo, pensó Lila.

El chico no tardaría en quedarse dormido, con suerte con el cachorro acurrucado contra él. Lila podía ver el resplandor de un televisor y se imaginó a la mamá y al papá del niño relajados frente a la pantalla.

Otra ventana mostraba una fiesta. Un montón de gente bien vestida al estilo cóctel se mezclaba y relacionaba entre sí, con copas o pequeños platitos en la mano.

Observó durante un rato, imaginando conversaciones, incluyendo los susurros entre la morena del vestido rojo corto y el bronceado dios del traje gris perla que, en la mente de Lila, estaba manteniendo un tórrido flirteo delante de las narices de su muy sufrida esposa y del despistado marido de la morena.

Echó una ojeada, se detuvo, bajó los prismáticos durante un momento y miró de nuevo.

No, el tío bueno del… duodécimo piso no estaba completamente desnudo. Llevaba un tanga mientras se movía, contoneaba y giraba de forma impresionante.

Reparó en que comenzaba a cubrirle una buena película de sudor mientras repetía los movimientos o añadía otros.

No cabía duda de que se trataba de un actor y bailarín que por las noches trabajaba de *stripper* hasta que diera el salto a Broadway.

Disfrutó con él. Un montón.

El espectáculo de la ventana la mantuvo entretenida durante media hora antes de acomodarse en la cama... y de que Thomas se uniera a ella. Encendió la tele para que le hiciera compañía y puso un capítulo repetido de *NCIS*, del que podía recitar literalmente el diálogo antes que los personajes. Reconfortada por eso, cogió su iPad, buscó la novela de suspense que había empezado a leer en el avión desde Roma y se acurrucó.

Durante la semana siguiente desarrolló una rutina. Thomas la despertaba a las siete con mayor puntualidad que cualquier alarma de reloj, cuando pedía, de forma ruidosa, su desayuno.

Daba de comer al gato, preparaba café, regaba las plantas de interior y exterior, y desayunaba algo mientras observaba a los vecinos.

La rubia y su compañero —no tenían pinta de estar casados— discutían mucho. Ella solía arrojar objetos frágiles. Él, el señor pico de oro, que era un regalo para los ojos, tenía buenos reflejos y encanto a raudales. Las peleas, casi diarias, terminaban en seducción o en salvajes estallidos de pasión.

En su opinión, eran tal para cual. Por el momento. Ninguno le daba a Lila la impresión de ser una persona dispuesta a una relación estable; ella, con su hábito de lanzar cosas o ropa; él, esquivando, sonriendo y seduciendo.

Jugadores, pensó. Jugadores ardientes y sexis, y si el hombre no tenía algún otro rollete más, le sorprendería muchísimo.

El chico y el cachorro continuaban con su historia de amor mientras mamá y papá, o la niñera, limpiaban de manera paciente los pequeños accidentes. Mamá y papá se marchaban juntos casi todas las mañanas, vestidos de un modo que a Lila le hacía sospechar que tenían profesiones de gran importancia.

Los Martini, tal y como Lila los había bautizado, raras veces utilizaban su pequeña terraza. Ella era sin duda una mujer con una gran vida social, que dejaba su apartamento cada día a última hora de la mañana y regresaba a última hora de la tarde, por lo general con una bolsa.

Los de la fiesta raras veces pasaban una noche en casa, pues parecían disfrutar mucho de un estilo de vida frenético.

Y don cuerpazo practicaba su baile con regularidad... para su flagrante placer.

Lila se obsequiaba a sí misma con ese espectáculo y con las historias que inventaba cada mañana. Trabajaba hasta la tarde y después descansaba para entretener al gato. Luego se vestía y salía a comprar lo que creía que podría apetecerle para cenar y para ver al vecindario.

Envió fotos de un feliz Thomas a sus clientes, recogió tomates, clasificó el correo, escribió una cruenta batalla de licántropos y puso al día su blog. E instaló las dos cestas en la despensa.

El primer día de la segunda semana compró una botella de Barolo, repuso el surtido de sofisticados quesos y añadió unas pequeñas magdalenas de una increíble pastelería del barrio.

Justo pasadas las siete de la tarde, abrió la puerta a su pandilla de juerguistas compuesta por su mejor amiga.

—Aquí estás. —Julie, con una botella de vino en una mano y un fragante ramo de lirios stargazer en la otra, se las arregló para abrazarla.

Con un metro ochenta y dos centímetros de curvas y el cabello pelirrojo desaliñado, Julie Bryant era todo lo contrario a Lila, de estatura media, delgada y cabello castaño liso.

—Has venido morena de Roma. Dios, yo me pongo factor de protección solar cincuenta y aun así acabo más roja que un tomate bajo el sol italiano. Estás estupenda.

—¿Quién no lo estaría después de pasar dos semanas en Roma? Solo la pasta. Te dije que yo me encargaba del vino —apostilló Lila cuando Julie le puso la botella en la mano.

—Así tenemos dos. Y bienvenida a casa.

—Gracias. —Lila cogió las flores.

—Uau, menudo sitio. Es enorme y la vista es una pasada. ¿A qué se dedica esta gente?

—Para empezar, la familia tiene dinero.

—Oh, ya me habría gustado a mí eso.

—Vamos a la cocina para que pueda poner las flores en agua y luego te enseño todo el piso. Él trabaja en finanzas, y no tengo ni idea de nada más. Le encanta su trabajo y prefiere el tenis al golf. Ella hace algo de diseño de interiores. Cuando ves el apartamento, ya sabes lo buena que es. Está pensando en hacerse profesional, pero están hablando de formar una familia, así que no sabe si es el momento adecuado para emprender su propio negocio.

—Son clientes nuevos, ¿verdad? ¿Y aun así te cuentan esa clase de detalles personales?

—¿Qué puedo decir? Tengo una cara que pide a gritos que me lo cuentes todo. Te presento a Thomas.

Julie se acuclilló para saludar al gato.

—Qué cara más bonita tiene.

—Es un amor. —Los profundos ojos castaños de Lila se ablandaron mientras Julie y Thomas se hacían amigos—. Las mascotas no siempre son algo positivo en el trabajo, pero Thomas sí lo es.

Escogió un ratón mecánico de la cesta de juguetes de Thomas y disfrutó de la desenfadada risa de Julie cuando el gato fue tras él.

—Oh, es genial. —Julie se enderezó y se apoyó en la encimera de piedra gris mientras Lila colocaba los lirios en un jarrón de cristal.

—¿Roma fue fabuloso?

—Sí que lo fue.

—¿Y has encontrado a algún italiano guapísimo con el que disfrutar del sexo salvaje?

—Por desgracia no, aunque creo que el propietario del supermercado local se enamoró de mí. Tenía unos ochenta años más o menos. Me llamaba *bella donna* y me daba unos melocotones impresionantes.

—No es tan bueno como el sexo, pero algo es algo. No puedo creer que no te viera cuando regresaste.

—Te agradezco que me dejaras quedarme en tu casa entre un trabajo y otro.

—Ya sabes que siempre eres bienvenida. Ojalá hubiéramos coincidido.

—¿Qué tal la boda?

—Necesito vino antes de empezar a explicarte la infernal semana de la boda de mi prima Melly en los Hamptons y el porque me he jubilado de forma oficial como dama de honor.

—Me reí mucho con tus mensajes. Sobre todo me gustó el de... «La novia cabrona y chiflada dice que el color rosa de los pétalos no es el adecuado. Se desata la histeria. Debo destruir a la novia cabrona y chiflada por el bien del género femenino.»

—Casi tuve que hacerlo. ¡Oh, no! Lloros, temblores, desesperación. «¡Los pétalos son rosa pálido! ¡Tienen que ser rosa vivo, Julie! ¡Arréglalo, Julie!» A punto estuve de arreglarla a ella.

—¿De verdad tenía un camión con media tonelada de pétalos?

—Más o menos.

—Deberías haberla enterrado debajo de ellos. Novia asfixiada por pétalos de rosa. Todo el mundo creería que fue un percance irónico aunque trágico.

—Ojalá se me hubiera ocurrido. Te he echado mucho de menos. Me siento mejor cuando trabajas en Nueva York y puedo venir a ver tus alojamientos y estar contigo.

Lila estudió a su amiga mientras abría el vino.

—Deberías venirte alguna vez conmigo..., cuando esté en un sitio fabuloso.

—Lo sé, siempre me dices lo mismo. —Julie deambulaba mientras hablaba—. Lo que pasa es que no estoy segura de sentirme cómoda quedándome en... ¡Ay, Dios mío, mira esta porcelana! Tiene que ser antigua y es simplemente alucinante.

—Es de su bisabuela. Y si no te sientes incómoda viniendo a pasar la noche conmigo donde sea, no te sentirás rara quedándote. Estás acostumbrada a hospedarte en hoteles.

—La gente no vive allí.

—Alguna sí. Eloise y Nanny lo hacían.

Julie le dio un tirón a la larga coleta de Lila.

—Eloise y Nanny son personajes ficticios.

—Las personas ficticias también son personas. De otro modo, ¿por qué iba a preocuparnos lo que les pasara? Venga, vamos a bebernos esto en la pequeña terraza. Espera a ver las plantas de Macey. Su familia empezó en Francia con los viñedos. —Lila cogió la bandeja con la naturalidad de la camarera que en otro tiempo había sido—. Ella y Jason se conocieron hace cinco años, cuando Macey estaba allí visitando a sus abuelos, igual que ahora, y él estaba de vacaciones y fue a la bodega. Ambos afirman que fue amor a primera vista.

—Es el mejor. A primera vista.

—Yo diría que es ficticio, pero acabo de hacer una defensa de lo ficticio. —La condujo a la terraza—. Resultó que ambos vivían en Nueva York. Él la llamó y salieron. Y se dieron el «Sí, quiero» unos dieciocho meses después.

—Como en un cuento de hadas.

—Que también diría que son ficticios, aunque me encantan los cuentos de hadas. Y parecen felices de verdad juntos. Y como podrás comprobar, ella tiene buena mano con las plantas.

Julie dio un golpecito con el dedo a los prismáticos cuando se disponían a salir a la terraza.

—¿Todavía espías?

La carnosa boca de Lila, cuyo labio superior era algo más grueso, compuso un mohín.

—Yo no espío; observo. Si la gente no quisiera que mirara debería correr las cortinas y bajar las persianas.

—Ajá. ¡Uau! —Julie plantó los brazos en jarra mientras echaba un vistazo a la terraza—. Tenías razón con eso de que tiene mano para las plantas.

Todo florecía rebosante de color y vida en los sencillos maceteros de barro, que hacían del espacio un oasis de creatividad.

—¿Cultiva tomates?

—Están buenísimos. ¿Y las hierbas? Las cultivó a partir de semillas.

—¿Tú sabes hacer eso?

—Macey sí. Yo..., ya que me dijeron que podía y debía..., cojo algunas. Anoche cené una riquísima ensalada. Comí aquí fuera, con una copa de vino, y contemplé el espectáculo de los vecinos a través de las ventanas.

—Tienes una vida rarísima. Háblame de la gente que ves a través de las ventanas.

Lila sirvió vino y luego entró en el piso para coger los prismáticos..., solo por si acaso.

—Está la familia del décimo piso; acaban de comprarle un cachorro al niño. El crío y el cachorro son preciosos y adorables. Es amor verdadero y resulta entretenido. Hay una rubia muy sexy en el piso catorce, que vive con un tío que está buenísimo; los dos podrían ser modelos. Él viene y va, y mantienen conversaciones muy intensas y discusiones tremendas en las que la vajilla sale volando, seguidas de sexo loco.

—¿Los observas mientras tienen sexo? Lila, dame esos prismáticos.

—¡No! —Riendo, Lila meneó la cabeza—. No los miro mientras lo hacen. Pero sé lo que pasa. Hablan, se pelean, ella se pasea haciendo aspavientos y luego se abalanzan el uno sobre el otro y se arrancan la ropa. En la habitación, en el comedor. No disponen de una terraza como esta, pero suelen discutir en el balcón en lugar del dormitorio. Casi no consiguen entrar de nuevo en la habitación antes de quedarse desnudos los dos.

»Y hablando de desnudarse, hay un tipo en el piso doce. Espera, a lo mejor está. —Enfocó los prismáticos y echó un vistazo—. Oh, sí, señor. Mira eso. Piso doce, tercera ventana, a la izquierda.

Picada por la curiosidad, Julie cogió los prismáticos y al fin dio con la ventana.

—Ay, Dios mío. Mmm, mmm. Sí que sabe moverse. Deberíamos llamarle e invitarle a venir.

—No creo que seamos su tipo.

—Entre nosotras, somos el tipo de cualquier hombre.

—Es gay, Julie.

—No puedes saberlo desde aquí. —Julie bajó los prismáticos, frunció el ceño y volvió a subirlos para echar otra ojeada—. Tu radar gay no puede saltar por encima de los edificios de una sola vez como Superman.

—Lleva tanga. No necesito saber nada más.

—Es para moverse mejor.

—Tanga —repitió.

—¿Baila todas las noches?

—Todas. Supongo que es un actor que intenta abrirse paso y trabaja a media jornada en un club de *striptease* hasta que triunfe.

—Tiene un cuerpazo. David tenía un cuerpazo.

—¿Tenía?

Julie dejó los prismáticos y, con un gesto, hizo como si partiera en dos una ramita.

—¿Cuándo?

—Justo después de la infernal semana de la boda en los Hamptons. Tenía que terminar con la relación, pero no quería hacerlo en la boda, que ya era lo bastante mala de por sí.

—Lo siento, cielo.

—Gracias, pero de todas formas a ti no te caía bien David.

—No me caía mal.

—Es lo mismo. Y aunque era guapo, se había vuelto un pegajoso. ¿Adónde vas, cuánto tiempo estarás? Bla, bla, bla. No paraba de dejarme mensajes de texto o de voz en el contestador. Si tenía trabajo o hacía planes contigo o con otras amigas, se disgustaba o enfurruñaba. Dios, era como tener una esposa... en el peor de los sentidos. No pretendo insultar a las esposas, ya que yo lo fui. Lo que pasa es que llevábamos saliendo un par de meses y él ya me estaba presionando para mudarse conmigo. No quiero un compañero.

—No quieres un compañero inadecuado —la corrigió Lila.

—Tampoco estoy preparada aún para el compañero adecuado. Es demasiado pronto después de Maxim.

—Han pasado cinco años.

Julie meneó la cabeza.

—Es demasiado pronto. Ese cabrón infiel todavía consigue que me sulfure. Tengo que conseguir como sea que solo me divierta cada vez que lo vea. No soporto las rupturas —añadió su amiga—. Hacen que te sientas triste si te dejan a ti o mala si eres tú quien dejas al otro.

—No creo haber dejado nunca a nadie, pero te entiendo.

—Eso es porque tú haces que piensen que ha sido idea suya; además no permites que las cosas se pongan lo bastante serias para que merezca el término «dejar».

Lila se limitó a sonreír.

—Es demasiado pronto después de Maxim —concluyó haciendo reír a Julie—. Podemos pedir algo para comer. Jason y Macey me recomendaron un restaurante griego. Aún no lo he probado.

—Siempre que haya *baklava* para después.

—Tengo magdalenas.

—Todavía mejor. Ahora lo tengo todo. Un apartamento pijo, buen vino, comida griega en camino y a mi mejor amiga. Y un sexy..., oh, y sudoroso —agregó mientras alzaba de nuevo los prismáticos—. Sexy y sudoroso bailarín... de orientación sexual no confirmada.

—Gay —repitió Lila y se levantó para ir a por el menú de comida a domicilio.

Se bebieron casi todo el vino con los kebabs de cordero... y luego atacaron las magdalenas alrededor de medianoche. Tal vez no fuera la mejor combinación, decidió Lila, teniendo en cuenta su estómago, algo revuelto, pero sí era lo indicado para una amiga que estaba más disgustada por una ruptura de lo que quería reconocer.

No por el chico, pensó Lila mientras hacía la ronda para comprobar el sistema de seguridad, sino por el hecho en sí y por todas las preguntas que plagaban la mente una vez se había terminado la relación.

¿Soy yo? ¿Por qué no he podido hacer que funcionara? ¿Con quién voy a cenar?

Cuando vives en una cultura de pareja, puedes sentirte inferior si estás soltero.

—Yo no —le aseguró Lila al gato, que se había acurrucado en su pequeña camita entre el último kebab y la primera magdalena—. Yo estoy contenta siendo soltera. Significa que puedo ir a donde me da la gana cuando me da la gana, que puedo aceptar cualquier trabajo que me apetezca. Estoy viendo mundo, Thomas, y vale que hablo con gatos, pero eso también me parece bien.

Pese a todo desearía haber convencido a Julie para que se quedara a pasar la noche. No solo por la compañía, sino para ayudarla con los remordimientos que su amiga iba a tener por la mañana.

Las pequeñas magdalenas eran el mal personificado, decidió mientras se preparaba para acostarse. Tan monas y diminutas que te dices a ti misma que es como si no comieras nada, hasta que te has zampado media docena.

Ahora tenía un subidón de alcohol y azúcar, y no iba a poder pegar ojo.

Cogió los prismáticos. Se fijó en que aún había algunas luces encendidas. No era la única que estaba todavía levantada a... Joder, a la 1.40.

Don desnudo y sudoroso estaba todavía en vela y en compañía de un chico igual de atractivo. Con una sonrisa de suficiencia, tomó nota mental de decirle a Julie que su radar gay era como Superman.

La pareja de juerguistas aún no se había acostado; de hecho, parecía que acababan de llegar. Otra fiesta elegante, a juzgar por los atuendos. Lila admiró el vestido naranja brillante de la mujer y deseó poder verle los zapatos. Luego fue recompensada cuando la mujer se inclinó, sujetándose con una mano al hombro del tipo para guardar el equilibrio, y se quitó una altísima sandalia de tiras dorada con la suela roja.

Mmm, unos Louboutin.

La mirada de Lila descendió por la fachada.

La rubia tampoco se había ido a la piltra. Iba de negro otra vez —un vestido ceñido y corto—, y el pelo que llevaba recogido se le estaba soltando. Había estado fuera de la ciudad, suponía Lila, y no había ido nada bien.

Al ver cómo la mujer se pasaba la mano por la cara mientras hablaba, Lila se dio cuenta de que estaba llorando. Hablaba deprisa, con apremio. Estaba teniendo una pelea de las gordas con su amiguito.

¿Y dónde estaba él?

Pero ni siquiera cambiando de ángulo pudo verle.

Déjale, le aconsejó Lila. No deberías permitir que nadie te haga tan desgraciada. Eres una preciosidad, y seguro que muy lista, y desde luego mereces más que...

Lila se estremeció cuando la cabeza de la mujer cayó hacia atrás a causa de un puñetazo.

—Oh, Dios mío. Le ha pegado. ¡Cabrón! No...

Gritó cuando la mujer intentó cubrirse la cara y se encogió de nuevo cuando él la golpeó otra vez.

Y la mujer lloraba, suplicaba.

Lila se abalanzó sobre la mesilla y cogió el móvil. De inmediato regresó a donde estaba antes.

No podía verle, no podía verle con tan poca luz, pero ahora la mujer estaba acorralada contra la ventana.

—Ya basta, ya basta —murmuró Lila mientras se preparaba para llamar al 911.

Entonces todo se congeló.

El cristal se hizo añicos. La mujer salió despedida. Con los brazos abiertos, sacudiendo las piernas, el pelo agitándose como alas doradas, se precipitó los catorce pisos hasta la brutal acera.

—Oh, Dios mío, Dios mío, Dios mío. —Temblando, Lila marcó con torpeza.

—Nueve, uno, uno, ¿cuál es su emergencia?

—Él la ha empujado. La ha empujado, y ella ha caído por la ventana.

—Señora...

—Espere, espere. —Cerró los ojos un instante y se obligó a inspirar y exhalar tres veces. Sé clara, se dijo, da los detalles—. Me llamo Lila Emerson. Acabo de presenciar un asesinato. Han empujado a una mujer por la ventana de un piso catorce. Me alojo en... —Tardó un momento en recordar la dirección de los Kilderbrand—. Es el edificio frente al mío. Ah, al..., al oeste de donde yo estoy. Creo. Lo siento, no puedo pensar. Ella está muerta. Tiene que estar muerta.

—Estoy enviando una unidad ahora. No cuelgue.

—No. No. Estaré aquí.

Temblando, miró fuera otra vez, pero ahora la habitación al otro lado de la ventana rota estaba a oscuras.

2

Se vistió y se sorprendió debatiéndose entre ponerse unos vaqueros o unos pantalones piratas. Estaba en shock, se dijo. Estaba algo conmocionada, pero no pasaba nada. Todo iría bien.

Estaba viva.

Se puso unos vaqueros y una camiseta, y luego se paseó por el apartamento llevando en brazos a un desconcertado aunque dispuesto Thomas.

Había visto llegar a la policía y la pequeña multitud que se había congregado a pesar de ser las dos de la madrugada. Pero no podía mirar.

No era como en *CSI*, *Ley y orden, Unidad de víctimas especiales*, *NCIS* o cualquier otra serie de televisión. Aquello era real. La guapa rubia a la que le gustaban los vestidos cortos negros yacía ensangrentada y con los huesos rotos en la acera. El hombre de ondulado pelo castaño, el hombre con el que ella había vivido, con el que había practicado sexo, con quien había hablado, reído y peleado, la había empujado a la muerte.

Así que necesitaba tranquilizarse. Tranquilizarse y estar calmada para poder contarle a la policía lo que había visto. De manera coherente. Aunque detestaba revivirlo, se obligó a recordar la escena de nuevo. La cara cubierta de lágrimas, el cabello despeinado, los golpes. Se obligó a evocar al hombre al que había visto a través de la ventana —riendo, esquivando los objetos que la rubia le arrojaba, discutiendo—. En su cabeza esbozó ese rostro, se lo grabó ahí para poder describírselo a la policía.

La policía pronto se acercaría a su piso, se recordó. Entonces pegó un brinco al oír el timbre.

—No pasa nada —le murmuró a Thomas—. Todo va bien.

Echó un vistazo por la mirilla, vio a dos agentes de uniforme y leyó con atención el nombre que figuraba en sus placas.

Fitzhugh y Morelli, repitió para sí mientras abría la puerta.

—¿Señorita Emerson?

—Sí, sí, entren. —Se hizo a un lado tratando de pensar en lo que tenía que hacer, en lo que tenía que decir—. La mujer, ella... no puede haber sobrevivido a la caída.

—No, señorita. —Fitzhugh, más mayor y curtido a su parecer, tomó la iniciativa—. ¿Puede contarnos lo que ha visto?

—Sí. Yo... Deberíamos sentarnos. ¿Podemos sentarnos? Debería haber preparado café. Puedo preparar café.

—No se preocupe por eso. Es un apartamento muy bonito —dijo con aire cordial—. ¿Se aloja con los Kilderbrand?

—¿Qué? Oh, no. No, ellos no están. Están en Francia. Soy quien cuida la casa. Me alojo aquí en su ausencia. No vivo aquí. ¿Los llamo? Son... —Miró su reloj de manera superficial—. ¿Qué hora es allí? No puedo pensar.

—No se preocupe por eso —repitió Fitzhugh, y la acompañó hasta una silla.

—Lo siento. Ha sido espantoso. Él la estaba pegando, luego debió de empujarla porque la ventana se rompió y ella simplemente..., simplemente cayó.

—¿Ha visto a alguien pegando a la víctima?

—Sí. Yo... —Se aferró a Thomas un momento más y luego lo dejó en el suelo. El gato se acercó al policía más joven y saltó enseguida a su regazo.

—Lo siento. Puedo dejarlo en la otra habitación.

—No pasa nada. Es un buen gato.

—Lo es. Es muy bueno. A veces los clientes tienen gatos ariscos o simplemente desagradables, y entonces... Lo siento. —Se contuvo y tomó aire de forma trémula—. Dejen que empiece por el principio. Me estaba preparando para irme a dormir.

Les contó lo que había visto y a continuación los condujo al dormitorio para mostrarles las vistas. Cuando Fitzhugh salió a la terraza, Lila preparó café y le dio a Thomas un tempranero desayuno mientras hablaba con Morelli.

Se enteró de que llevaba año y medio casado y que su mujer estaba esperando su primer hijo para enero. Le gustaban los gatos, pero era más una persona de perros y procedía de una gran familia italo-estadounidense. Su hermano era propietario de una pizzería en Little Italy, y él jugaba a baloncesto cuando estaba fuera de servicio.

—Sería una buena policía —le dijo.

—¿De veras?

—Obtiene información. Voy camino de contarle toda la historia de mi vida.

—Hago preguntas, no puedo evitarlo. Me interesa la gente. Razón por la que estaba mirando por la ventana. Dios mío, debe de tener familia, padres, hermanos, personas que la quieren. Era guapísima y alta..., puede que fuera modelo.

—¿Alta?

—Oh, lo digo por la ventana frente a la que estaba. —Lila extendió una de sus manos con la palma hacia abajo para indicar la altura—. Tenía que medir más o menos un metro setenta y nueve o un metro ochenta.

—Sí, una buena policía. Iré yo —le dijo cuando el timbre sonó de nuevo. Momentos después regresó con un hombre de aspecto cansado, de unos cuarenta años, y una mujer de mirada perspicaz, diez años más joven—. Estos son los detectives Waterstone y Fine. Van a hablar con usted ahora. Cuídese, señorita Emerson.

—Oh, ¿se marcha ya? Gracias por... Bueno, gracias. A lo mejor me paso por el restaurante de su hermano a probar la pizza.

—Hágalo. Detectives, la dejo en vuestras manos.

Cuando Morelli y Fitzhugh se marcharon, los nervios volvieron a apoderarse de Lila.

—Tengo café.

—No me vendría mal —repuso la detective Fine. Se agachó a acariciar a Thomas—. Bonito gato.

—Sí. Hum, ¿cómo le gusta el café?

—A los dos nos gusta solo. ¿Se aloja usted aquí mientras los Kilderbrand están en Francia?

—Así es. —Mejor, pensó Lila, tener las manos ocupadas—. Me dedico a cuidar casas.

—¿Se gana usted la vida alojándose en casa de otras personas? —preguntó Waterstone.

—No se trata tanto de ganarme la vida; es más una aventura. Me dedico a escribir. Y lo hago bastante bien.

—¿Cuánto tiempo lleva aquí? —inquirió Waterstone.

—Una semana. Lo siento, una semana y dos días exactamente. Voy a estar tres semanas en total mientras los Kilderbrands visitan a sus amigos y familiares en Francia.

—¿Se ha alojado antes aquí?

—No, son clientes nuevos.

—¿Y cuál es su dirección?

—En realidad, no tengo. Me quedo con una amiga si no estoy trabajando, pero no es frecuente. Me mantengo ocupada.

—¿No tiene casa propia? —concretó Fine.

—No. Pocos gastos generales. Pero utilizo la dirección de mi amiga Julie Bryant para los asuntos oficiales, el correo... —Les dio la dirección en Chelsea—. Me quedo ahí a veces, entre un trabajo y otro.

—Ah. ¿Por qué no nos enseña dónde estaba usted cuando presenció el incidente?

—Por aquí. Estaba preparándome para acostarme, pero me encontraba un poco sobreexcitada. Había pasado la velada con una amiga... Julie, de hecho. Y bebimos algo de vino. Mucho vino, para ser sincera, y estaba un poco sobreexcitada, así que cogí los prismáticos y salí para husmear la vida de los vecinos.

—Prismáticos —repitió Waterstone.

—Estos. —Fue hasta la ventana del dormitorio y los cogió—. Vienen conmigo a todas partes. Me alojo en barrios distintos en

Nueva York y, bueno, también viajo. Acabo de volver de un trabajo en Roma.

—¿Alguien en Roma la contrató para que vigilara su casa?

—Un piso en este caso —le dijo a Fine—. Sí. En gran medida se debe al boca a boca, a las recomendaciones de los clientes, y tengo un blog. Me gusta observar a la gente, imaginar historias sobre las personas. Es espiar —declaró sin rodeos—. Yo no lo veo así; con sinceridad, no lo hago en ese plan, pero es espiar. Lo que sucede es que… todas esas ventanas son como pequeños mundos.

Waterstone cogió los prismáticos y se los acercó a los ojos mientras estudiaba el edificio de enfrente.

—Tiene un muy buen ángulo de visión.

—Se peleaban mucho. Mantenían conversaciones intensas y después hacían las paces.

—¿Quién? —preguntó Fine.

—La rubia y el señor pico de oro. Yo los llamaba así. El apartamento era de ella; bueno, desprendía vibraciones femeninas, pero él se quedaba todas las noches…, al menos desde que estoy yo aquí.

—¿Puede describirle?

Lila asintió en dirección a Waterstone.

—Un poco más alto que ella…, puede que algo más de un metro ochenta y cinco. Constitución fuerte; musculoso, así que es posible que pesara unos ochenta y seis kilos; pelo castaño y rizado. Hoyuelos que aparecían cuando sonreía. Veintitantos años, puede. Muy atractivo.

—¿Qué es lo que ha visto exactamente esta noche?

—Podía verla a ella; llevaba un vestidito negro genial, y el pelo se le escapaba de un recogido flojo. Estaba llorando. Parecía que lloraba y se limpiaba las lágrimas, y hablaba deprisa. Suplicaba. Eso me ha parecido. Luego descubrí que él la golpeaba.

—¿Vio al hombre que la maltrató?

—No. Solo distinguía que alguien la golpeaba. Él estaba a la izquierda de la ventana. Lo único que vi fue un puñetazo…, una especie de fogonazo. Una manga oscura. Y cómo la cabeza de ella cayó hacia atrás. Ella intentó cubrirse la cara, y él la pegó otra vez. Agarré el móvil. Estaba justo en la mesilla, con el cargador. Iba a llamar a la policía, pero antes miré otra vez, y ella estaba contra la ventana..., con la espalda contra la ventana. Tapaba todo lo demás. Luego el cristal se quebró, y ella cayó. Cayó muy rápido. Durante unos segundos no vi nada salvo a ella. Llamé a la policía y, cuando volví a mirar hacia la ventana, la luz estaba apagada. No pude distinguir nada.

—¿No vio al agresor en ningún momento?

—No. Solo a ella. Solo la veía a ella. Pero allí, en el edificio, alguien tiene que conocerlo. O algún amigo de ella o su familia. Alguien tiene que conocerlo. Él la empujó. O puede que no fuera su intención hacerlo, sino que la golpeó de nuevo con tanta fuerza que rompió el cristal y entonces ella cayó. Es igual. La ha matado.

—¿A qué hora la vio exactamente? —Waterstone dejó los prismáticos.

—Fue justo a eso de la 1.40. Miré la hora cuando fui a la ventana pensando que era demasiado tarde para estar levantada, así que sé que era la 1.40. Solo habían pasado uno o dos minutos cuando la vi.

—Después de que llamara al 911 —comenzó Fine—, ¿vio a alguien salir del edificio?

—No, pero no estaba pendiente. Cuando ella cayó me quedé petrificada durante un minuto.

—Su llamada al 911 fue a la 1.44 —le dijo Fine—. ¿Cuánto tiempo transcurrió desde que se dio cuenta de que el hombre la golpeaba?

—Tuvo que ser menos de un minuto. Vi llegar a la pareja que vive dos pisos más arriba; iban vestidos como si vinieran de una fiesta elegante. El hombre... —No digas sexy chico gay desnudo— del piso doce estaba con un amigo. Observé entonces a la rubia, así que es muy probable que fuera la 1.42 o la 1.43. Si mi reloj va bien.

Fine sacó su móvil, presionó un botón y lo sostuvo en alto.

—¿Reconoce a este hombre?

Lila estudió la fotografía obtenida del carnet de conducir.

—¡Es él! Ese es el novio. Estoy segura. Segura al noventa y nueve por ciento...; no, al noventa y seis por ciento. Ya lo han cogido. Testificaré. —Lágrimas de compasión le anegaron los ojos—. Lo que necesiten. No tenía derecho a hacerle daño de esa forma. Cuentan conmigo para lo que necesiten.

—Se lo agradecemos, señorita Emerson, pero no hace falta que testifique contra este individuo.

—Pero él... ¿Ha confesado?

—No exactamente. —Fine se guardó el móvil—. Va de camino al depósito de cadáveres.

—Al parecer el hombre que ha visto con la víctima la empujó por la ventana y luego se sentó en el sillón, se metió el cañón de una 32 milímetros en la boca y apretó el gatillo.

—Oh. Oh, Dios mío. —Retrocedió con paso inseguro y se sentó con todo el peso de su cuerpo a los pies de la cama—. Ay, Dios mío. La mató y luego se mató él.

—Eso parece.

—¿Por qué? ¿Por qué haría eso?

—Esa es la cuestión —adujo Fine—. Vamos a repasar esto otra vez.

Para cuando la policía se marchó, llevaba despierta casi veinticuatro horas. Quería llamar a Julie, pero se contuvo. ¿Por qué hacer que su mejor amiga empezara el día de un modo tan espantoso?

Pensó en llamar a su madre, pues siempre era una roca durante cualquier crisis, y luego escenificó cómo sería la llamada.

Después de que la madre se mostrase comprensiva y compasiva, diría una vez más:

—¿Por qué vives en Nueva York, Lila Lou? Es muy peligroso. Vente a vivir con tu padre, un teniente coronel retirado, y conmigo a Juneau. En Alaska.

—No quiero hablar de ello otra vez. Es que no puedo repetirlo todo de nuevo ahora mismo.

Entonces se quedó frita en la cama, aún vestida, acurrucando a Thomas cuando se unió a ella.

Para su sorpresa, el sueño la venció en cuestión de segundos.

Despertó con el corazón desaforado, agarrándose a la cama cuando le sobrevino la sensación de estar cayendo al vacío.

Una reacción, se dijo. No era más que una reacción proyectada. Se incorporó y vio que había dormido hasta el mediodía.

Suficiente. Necesitaba una ducha, cambiarse de ropa y salir más que comer. Había hecho cuanto había podido, le había contado a la policía todo lo que había visto. El señor pico de oro había matado a la rubia y luego se había suicidado; había segado dos vidas, y nada podía cambiar eso. Menos aún podía Lila obsesionarse con ello.

Sin embargo, dejándose llevar por la obsesión, cogió su iPad e inició una búsqueda de las noticias sobre el asesinato.

—«Modelo de pasarela halla la muerte al caer al vacío.» —Leyó—. Lo sabía. Estaba hecha para el mundo de la moda.

Cogió la última magdalena —aunque no debía, lo hizo de todas formas— y se la comió mientras leía el somero artículo sobre las dos muertes. Sage Kendall. Incluso tenía nombre de modelo, pensó Lila.

—Y Oliver Archer. El señor pico de oro también tenía un nombre apropiado. Ella tenía solo veinticuatro años, Thomas. Cuatro menos que yo. Había hecho algunos anuncios. Me pregunto si la he visto. ¿Y por qué eso hace que sea peor en cierto modo?

No, tenía que parar. Debía hacer lo que había pensado apenas se levantó. Asearse y salir un rato.

La ducha le vino bien, igual que ponerse un ligero vestido veraniego y unas sandalias. Maquillarse le sentó aún mejor, reconoció, ya que todavía estaba pálida y ojerosa.

Saldría del vecindario, se distraería de sus propios pensamientos; hasta era posible que buscara algún sitio en el que tomarse un almuerzo rápido y decente. Luego podía llamar a Julie y tal vez incluso pedirle que se acercara de nuevo para poder desahogarse con alguien comprensivo y que no la juzgara.

—Volveré en un par de horas, Thomas.

Se dispuso a salir, pero entró de nuevo y cogió la tarjeta que le había dado la detective Fine. Era imposible que dejara de obsesionarse hasta que no avanzaran en la investigación, se dijo. Y no tenía nada de malo que un testigo presencial de un asesinato en el que el homicida luego se suicidó le preguntara al detective a cargo si habían cerrado el caso.

De todas formas sería un paseo corto y agradable. Tal vez hiciera uso de la piscina cuando regresara. Al no ser residente, técnicamente no debía utilizar la piscina ni el gimnasio del complejo, pero la muy considerada Macey había resuelto ese escollo a base de encanto.

Podía deshacerse de los restos de fatiga, estrés y malestar nadando, para luego finalizar el día con una sesión lacrimosa con su mejor amiga.

Al día siguiente volvería al trabajo. La vida tenía que seguir adelante. La muerte recordaba a todo el mundo que la vida tenía que continuar.

Ash vació el contenido de la bolsa. «Efectos» lo llamaban, pensó. Efectos personales. El reloj, el anillo, la cartera con demasiado efectivo y el tarjetero con demasiadas tarjetas de crédito. El llavero de plata de Tiffany. Era muy probable que el reloj y el anillo fueran también de allí… o de Cartier, o de otra marca que Oliver estimara lo bastante importante. También el delgado mechero de plata.

Todos los relucientes cachivaches de bolsillo que su hermano había reunido el último día de su vida.

Oliver, siempre a punto de conseguir el siguiente gran éxito, el siguiente gran bombazo, la siguiente gran cosa que fuera. El encantador y despreocupado Oliver.

Muerto.

—Tenía un iPhone; aún lo estamos procesando.

—¿Qué? —Miró a la detective... Fine, recordó. La detective Fine, con unos ojos de color azul claro llenos de secretos—. Lo siento, ¿qué?

—Todavía estamos procesando el teléfono móvil de su hermano. Cuando hayamos terminado con el apartamento, necesitaremos que nos acompañe e identifique sus posesiones. En el carnet figura una dirección en el West Village, pero la información de la que disponemos dice que se mudó hace tres meses.

—Sí, eso ha dicho. No lo sé.

—¿No lo había visto desde...?

Ya se lo había explicado, les había contado todo a su compañero de expresión severa y a ella cuando se presentaron en su apartamento. «Notificación», así lo habían denominado. Efectos personales, notificación. Cosas propias de las novelas y de las series de televisión. No de su vida.

—Un par de meses. Creo que tres o cuatro meses.

—Pero habló con él hace unos días.

—Me llamó y hablamos de quedar para tomar algo y ponernos al día. Yo estaba ocupado, así que lo pospuse y le dije que lo dejáramos para la semana siguiente. Joder. —Ash se presionó los ojos con los dedos.

—Sé que esto es duro. Ha dicho que no conocía a la mujer con la que llevaba viviendo los últimos tres meses, ya casi cuatro.

—No. La mencionó cuando me llamó. Presumió un poco; era una modelo muy guapa. Yo no le hice mucho caso. Oliver alardeaba; era típico en él.

—¿No mencionó ningún problema con la modelo?

—Todo lo contrario. Ella era genial, los dos estaban muy bien y todo iba de fábula. —Bajó la vista a sus manos y reparó en una mancha de color azul cerúleo en un lado del pulgar.

Estaba pintando cuando se presentaron en su apartamento. Le había molestado la interrupción; luego el mundo cambió.

Todo cambió con unas pocas palabras.

—¿Señor Archer?

—Sí, sí. Todo iba de coña. Así era Oliver. Todo iba de coña a menos que...

—¿A menos que qué?

Ash se pasó las manos por su pelo negro.

—Mire, era mi hermano y ahora está muerto; estoy intentado hacerme a la idea. No pienso ponerme a criticarle.

—No se trata de criticarle, señor Archer. Cuanto mejor sea la imagen que tenga de él, más fácil me será determinar lo que ha pasado.

Tal vez eso fuera cierto, tal vez lo fuera. ¿Quién era él para juzgar?

—De acuerdo. A Oliver le gustaba lo bueno. Negocios ventajosos, mujeres guapas y clubes de moda. Le gustaba la fiesta.

—Vivir a lo grande.

—Sí, podría decirse así. Le gustaba considerarse un buen jugador, pero no lo era, por Dios. Siempre grandes apuestas para Oliver; y si ganaba, en el juego, en un negocio o con alguna mujer, perdía todo y más en la siguiente mano. Así que todo iba de coña hasta que dejaba de ir de coña y necesitaba que alguien le sacara del lío. Era encantador y listo, y... era. —Esta sola palabra lo atravesó. Oliver no volvería a ser encantador ni listo—. Era el hijo menor, el único hijo varón de su madre, y ¿básicamente? Estaba mimado en exceso.

—Ha dicho que no era violento.

—No. —Ash apartó su pesar, pues eso quedaba para más tarde, pero dejó que se viera el fugaz destello de su mal genio—. Yo no he dicho que Oliver no era violento; he comentado que era lo contrario de violento. —La acusación de que su hermano había matado a alguien era como una puñalada en las tripas—. Utilizaba la labia para salir de una mala situación o huía. Si no conseguía salir a base de labia, y eso era poco corriente, o no conseguía huir, se escondía.

—Pero tenemos un testigo que afirma que golpeó a su novia varias veces antes de empujarla por la ventana de un piso catorce.

—El testigo se equivoca —repuso Ash de manera tajante—. Oliver tenía más pájaros en la cabeza y delirios de grandeza que nadie que yo conozca, pero jamás le pegaría a una mujer. Y desde luego no mataría a ninguna. Y por encima de todo lo demás, jamás se suicidaría.

—Había mucho alcohol y drogas en el apartamento. Oxicodona, cocaína, marihuana, vicodina.

Mientras la detective hablaba con la frialdad de una policía, Ash la imaginó como una valquiria; desapasionada en su poder. La pintaría a lomos de un caballo, con las alas plegadas, contemplando desde arriba un campo de batalla, con la cara como si estuviera tallada en piedra mientras decidía quién vivía y quién moría.

—Todavía estamos esperando los informes toxicológicos, pero en la mesa al lado del cuerpo de su hermano había pastillas, una botella medio vacía de Maker's Mark y un vaso aún con un dedo de whisky.

Drogas, alcohol, asesinato, suicidio. La familia iba a sufrir, pensó. Tenía que sacarse ese puñal de las tripas, tenía que hacerles ver que estaban equivocados.

—Drogas, whisky, no lo discuto. Oliver no era ningún *boy scout*, pero ¿el resto? No me lo creo. O el testigo miente o está equivocado.

—El testigo no tiene razones para mentir. —Mientras decía aquello, Fine vio a Lila, con la tarjeta de visitante prendida del tirante de su vestido, entrando en la sala de reuniones—. Discúlpeme un minuto.

Se levantó y condujo a Lila fuera.

—Señorita Emerson, ¿ha recordado alguna cosa más?

—No, lo siento. No consigo quitármelo de la cabeza. Sigo viéndola caer. No dejo de verla suplicando antes de que él… Lo siento. Tenía que salir y se me ocurrió acercarme solo para ver si habían terminado…, si habían cerrado el caso. Si saben con seguridad lo que sucedió.

—Se trata de una investigación aún abierta. Estamos esperando algunos informes, realizando otras entrevistas. Requiere un poco de tiempo.

—Lo sé. Lo siento. ¿Me lo dirá en cuanto haya concluido?

—Me ocuparé de eso. Ha sido de mucha ayuda.

—Y ahora estoy estorbando. Debería marcharme, regresar. Usted está ocupada. —Echó un vistazo a la habitación. Mesas, teléfonos, ordenadores, montones de expedientes y un puñado de hombres y mujeres trabajando.

Y un hombre con una camiseta negra y unos vaqueros que guardaba con cuidado un reloj en una bolsa acolchada.

—Todo el mundo está ocupado.

—Agradecemos la ayuda. —Fine esperó hasta que Lila se dispuso a salir y luego volvió a su mesa con Ash.

—Mire, le he contado todo lo que me viene a la cabeza —comenzó él y enseguida se puso en pie—. Ya lo he repetido un par de veces. Tengo que llamar a la madre de Oliver y a mi padre. Necesito algo de tiempo para enfrentarme a esto.

—Lo comprendo. Puede que tengamos que hablar de nuevo con usted y ya le informaremos sobre cuándo podrá entrar en el apartamento. Lamento su pérdida, señor Archer.

Él se limitó a asentir y salió.

Y de inmediato buscó con la vista a la morena del fino vestido veraniego. La divisó de manera fugaz —falda larga de color verde hierba y cabello liso de color castaño intenso recogido en una coleta— cuando empezó a bajar las escaleras.

No había oído casi nada de su conversación con la policía, pero sí lo suficiente para estar lo bastante seguro de que ella sabía algo relacionado con la muerte de Oliver.

Aunque las escaleras estaban casi tan concurridas como los pasillos y la sala, la alcanzó y le tocó el brazo.

—Discúlpeme, señorita... Lo siento, no oí su nombre.

—Oh, soy Lila. Lila Emerson.

—Cierto. Me gustaría hablar con usted si dispone de unos minutos.

—De acuerdo. ¿Trabaja con los detectives Fine y Waterstone?

—En cierto modo.

En la planta principal, con policías yendo y viniendo, con visitantes pasando el control de seguridad, ella se desprendió la tarjeta y la dejó sobre el mostrador del sargento. Después de vacilar brevemente, Ash sacó la suya del bolsillo e hizo lo mismo.

—Soy el hermano de Oliver.

—¿Oliver? —Ella tardó en reaccionar, lo que le indicó a él que no había conocido a Oliver en persona. Luego sus ojos se abrieron de par en par—. Oh, lo siento. Lo siento muchísimo.

—Gracias. Si habla conmigo sobre esto, podría...

—No estoy segura de que deba hacerlo. —Miró a su alrededor sopesando la situación. Luego le miró de nuevo a la cara, vio su dolor—. No lo sé.

—Un café. Deje que le invite a un café. En un sitio público. Tiene que haber una cafetería por aquí cerca, y es probable que esté abarrotada de policías. Por favor.

Ese hombre tenía unos ojos como los de Thomas —perspicaces y verdes—, pero podía ver la tristeza en ellos. También tenía unos rasgos marcados, como si alguien los hubiera tallado con una afilada y diestra cuchilla. La barba incipiente le confería un aspecto peligroso que resultaba fascinante, pero los ojos...

Acababa de perder a su hermano y, lo que era aún peor, su hermano había cercenado dos vidas. La muerte por sí sola ya era lo bastante dura, pero el asesinato y el suicidio tenían que ser brutales para la familia.

—Claro. Hay un lugar justo al otro lado de la calle.

—Gracias. Soy Ash —le dijo ofreciéndole la mano—. Ashton Archer.

Algo parpadeó en un rincón de su cerebro al oír el nombre, pero le estrechó la mano.

—Yo soy Lila.

La condujo afuera y asintió cuando ella señaló la cafetería en la calle de enfrente.

—Lo siento de veras —dijo mientras esperaban a que el semáforo se pusiera verde, parados junto a una mujer que estaba discutiendo amargamente por el móvil—. Yo no tengo un hermano y no puedo imaginar lo que sería perderlo. ¿Tienes más familia? —le preguntó ahora en un tono informal.

—¿Otros hermanos?

—Sí.

Dirigió la mirada hacia ella cuando comenzaron a cruzar la calle, arrastrados por el oleaje del tráfico peatonal.

—Somos catorce hermanos. Trece —se corrigió—. Ahora trece. El número de la mala suerte —dijo en parte para sí.

La mujer al teléfono caminaba con paso vivo al lado de Lila y hablaba muy alto y con voz estridente. Un par de chicas adolescentes iban por delante, parloteando y riéndose de alguien llamado Brad. Sonaron un par de cláxones cuando el semáforo volvió a cambiar.

Era imposible que le hubiera oído bien.

—Lo siento, ¿qué?

—El trece es el número de la mala suerte.

—No, me refiero a... ¿Has dicho que tienes trece hermanos y hermanas?

—Doce. Yo soy el número trece.

El olor a café y a dulces horneados, así como una pared de ruido, los recibió cuando abrieron la puerta de la cafetería.

—Tu madre debe de ser... —Una chalada se le pasó por la cabeza— asombrosa.

—Eso me gusta pensar. Hay hermanastros y medio hermanos —agregó ocupando un reservado para dos—. Mi padre se ha casado cinco veces. Mi madre va por la tercera.

—Eso es... ¡Uau!

—Sí, una familia estadounidense moderna.

—Las Navidades tienen que ser una casa de locos. ¿Viven todos en Nueva York?

—No exactamente. ¿Café? —le preguntó cuando una camarera se acercó.

—En realidad, ¿puede ser una limonada? He cubierto el cupo de café.

—Café para mí. Solo y sin azúcar.

Ash se recostó un instante para estudiarla. Un buen rostro, decidió; tenía algo fresco y extrovertido, aunque podía ver signo de estrés y fatiga, sobre todo en los ojos, de un intenso y oscuro tono castaño, tan vívido como su cabello, con un delgado anillo dorado alrededor de los iris. Ojos de gitana, pensó;

aunque no había nada exótico en ella, enseguida se la imaginó vestida de rojo; corpiño rojo con una falda larga con vuelo y numerosos y vistosos volantes. Bailando, realizando un giro, con el cabello agitándose al aire. Riendo mientras la fogata ardía detrás de ella.

—¿Estás bien? Qué pregunta tan estúpida —adujo en el acto—. Pues claro que no lo estás.

—No. Lo siento. —No era ni el momento ni el lugar ni la mujer, se dijo, y volvió a inclinarse hacia delante—. ¿No conocías a Oliver?

—No.

—Entonces a ella. ¿Cómo se llamaba? ¿Rosemary?

—Sage. Te has equivocado de hierba. No, no conocía a ninguno de los dos. Me hospedo en el mismo complejo y estaba mirando por la ventana. Vi...

—¿Qué viste? —Le asió la mano y la retiró con rapidez cuando notó que Lila se puso tensa—. ¿Me cuentas lo que pasó?

—La vi a ella. Estaba disgustada, lloraba, y alguien la pegó.

—¿Alguien?

—No pude descubrir quién era. Pero había visto a tu hermano antes. Los había visto juntos en el apartamento en varias ocasiones. Discutiendo, hablando, haciendo las paces. Ya sabes.

—No sé nada en realidad. ¿Tu piso está justo frente al de ella? De ellos —se corrigió—. La policía me dijo que él estaba viviendo allí.

—No exactamente. El apartamento no es mío. Me hospedo allí. —Se tomó un momento cuando la camarera les llevó la limonada y el café—. Gracias —dijo ofreciéndole una sonrisa rápida a la camarera—. Me hospedo allí durante unas semanas mientras los inquilinos están de vacaciones y..., sé que suena indiscreto e invasivo, pero me gusta observar a las personas. Me alojo en un montón de lugares interesantes y me llevo los prismáticos, así que estaba...

—Haciendo de Jimmy Stewart.

—¡Sí! —Alivio y diversión se mezclaban en esa palabra—. Sí, como en *La ventana indiscreta*. Solo que uno no espera ver a

Raymond Burr meter los trozos de su esposa muerta en un baúl grande y arrastrarlo fuera. ¿O era una maleta? Da igual. Yo no lo considero espiar, o no lo hacía hasta que ha ocurrido esto. Es como el teatro. El mundo entero es en realidad un escenario, y a mí me gusta estar entre el público.

Ash fue a lo importante.

—Pero no viste a Oliver. ¿No le viste pegarla? ¿Empujarla?

—No. Se lo dije a la policía. Observé que alguien le pegaba, pero no tenía un buen ángulo para distinguir a esa persona. Ella estaba llorando, estaba asustada y suplicaba; podía divisar todo eso en su cara. Cogí el móvil para llamar al 911 y entonces... Salió volando por la ventana. El cristal se quebró, y ella lo atravesó y cayó.

Esa vez Ash posó la mano sobre la de ella y la dejó ahí porque le temblaba.

—Tómatelo con calma.

—No dejo de recrearlo en mi mente. Sigo viendo el cristal rompiéndose y a ella salir volando; la veo abriendo los brazos, y sus pies sacudiéndose en el aire. La oigo gritar, pero solo en mi cabeza. En realidad, no la oí. Siento lo de tu hermano, pero...

—Él no lo hizo —aseveró. Ella no dijo nada durante un momento, sino que se limitó a alzar el vaso y a tomar un sorbo de limonada en silencio—. No era capaz de hacer eso.

Cuando ella levantó la mirada hacia la suya, irradiaba piedad y compasión.

No era una valquiria, pensó. Su capacidad de sentir era demasiado grande.

—Lo que ha pasado es terrible.

—Tú crees que me niego a aceptar que mi hermano pudiera matar a alguien y luego poner fin a su vida. No se trata de eso. Lo que pasa es que sé que no pudo hacerlo. No estábamos unidos. Hacía meses que no lo veía y, cuando nos reuníamos, era de forma breve. Él estaba más unido a Giselle, ya que tenían casi la misma edad. Pero ella está en... —La pena le sobrevino de nuevo como si fueran piedras—. No estoy muy seguro. Puede que en París. Tengo que averiguarlo. Oliver era un incordio —prosiguió Ash—. Un manipulador sin el instinto asesino que se requiere para serlo. Encanto a raudales, millones de pájaros en la cabeza y un montón de grandes ideas sin el más mínimo sentido de cómo ponerlas en práctica. Pero no pegaría a una mujer.

—Ella los había observado, recordó—. Has dicho que discutían mucho. ¿Alguna vez viste que la pegara, que la empujara?

—No, pero...

—Me da igual que estuviera colocado, borracho o las dos cosas; no pegaría a una mujer. No mataría a una mujer. Él jamás se suicidaría. Daría por hecho que alguien le sacaría de nuevo del lío en que se hubiera metido, fuera el que fuese. El eterno optimista, ese era Oliver.

Lila quería tener tacto, quería ser amable.

—A veces no conocemos a las personas tan bien como pensamos.

—Tienes razón. Estaba enamorado. Oliver estaba enamorado o andaba en busca de un amor. Estaba en ello. Cuando quería dejar una relación, se escaqueaba, se largaba un tiempo y le enviaba a la mujer un regalo caro y una nota de disculpa. «No es por ti, es por mí», ese tipo de cosas. Demasiados divorcios dramáticos, así que él optaba por una ruptura limpia y desapasionada. Y sé que era demasiado vanidoso para meterse un arma en la boca y apretar el gatillo. Si hubiera querido matarse, aunque jamás habría alcanzado tal grado de desesperación, habría elegido las pastillas.

—Creo que fue un accidente... que ella cayera. Quiero decir que todo pasó en el calor del momento. Él debía de estar fuera de sí después de que ella perdiese la vida.

Ash meneó la cabeza.

—Me habría llamado a mí o habría ido a casa corriendo. Era el hijo pequeño de su madre y el único varón, así que estaba muy consentido. Cuando tenía problemas, llamaba a alguien para que le ayudara a salir de ellos. Esa era su forma instintiva de actuar. «Ash, estoy en un lío. Tienes que arreglar las cosas.»

—Solía llamarte a ti.

—Si se trataba de problemas graves, acudía a mí. Y jamás

mezclaría pastillas con whisky —añadió Ash—. Tuvo una ex que murió por esa causa, y a él le aterraba. O lo uno o lo otro; no es que no se pasara con cualquiera de las dos cosas, pero nunca mezclaba.

»No se sostiene. No se sostiene —insistió—. Has dicho que los viste juntos, que los observaste.

Incómoda con esa verdad, se removió en el asiento.

—Así es. Es un hábito espantoso. Tengo que dejarlo.

—Los viste pelear, pero él nunca la atacó físicamente.

—No... No, ella sí era más dada a eso. Arrojaba cosas, sobre todo frágiles. Una vez le arrojó un zapato.

—¿Qué hizo él?

—Lo esquivó. —Lila sonrió un poco, y Ash vio el diminuto hoyuelo (un alegre y pequeño destello) en la comisura derecha de su boca—. Buenos reflejos. Creo que ella le gritó... y lo empujó una vez. Él hablaba a todo trapo, gesticulaba mucho y la tranquilizaba. Por eso le llamaba «señor pico de oro». —Sus grandes y oscuros ojos se abrieron con aflicción—. Ay, Dios mío, lo siento.

—No, es muy acertado. Tenía un pico de oro. ¿No se cabreó, no la amenazó ni se puso violento? ¿No le devolvió el empujón?

—No. Dijo algo que la hizo reír. Pude ver, pude percibir que ella no quería, pero se dio la vuelta y se apartó el pelo. Y él se acercó y... se abalanzaron el uno sobre el otro. La gente debería echar las cortinas si no quieren público.

—Ella le tiró algo, le gritó, le empujó. Y él se libró y consiguió sexo gracias a su pico de oro. Ese era Oliver.

Nunca reaccionó con violencia, reflexionó Lila. Habían tenido algún tipo de discusión o pelea todos los días, algún desacuerdo a diario, pero él jamás la había pegado. Jamás la había tocado, a no ser que fuera como preámbulo al sexo.

Y sin embargo...

—Pero el hecho es que a ella la empujaron por la ventana y que él se pegó un tiro.

—La empujaron por la ventana, pero no fue él... y tampoco se pegó un tiro. Así que había alguien más en el apartamento.

Había alguien más allí —repitió—, y los mató a ambos. La cuestión es quién y por qué.

Parecía plausible cuando él lo decía de esa forma. Parecía... lógico, y su lógica la hacía dudar.

—Pero ¿no hay otra cuestión? ¿Cómo?

—Tienes razón. Son tres las cuestiones. Responde a una y puede que tengas la respuesta a todas. —Mantuvo los ojos fijos en ella. En ese momento veía en ellos más que compasión. Observó cierto interés—. ¿Puedo ir a tu apartamento?

—¿Qué?

—Los polis no me dejan entrar en el de Oliver aún. Quiero recrear la escena del crimen desde la perspectiva que tenías tú esa noche. Como no me conoces —dijo antes de que ella pudiera hablar—, ¿hay alguien que pueda acompañarte para que no estés a solas conmigo?

—Quizá. Veré si puedo arreglarlo.

—Genial. Deja que te dé mi número. Arréglalo y llámame. Solo necesito ver... Necesito poder ver.

Ella sacó su móvil y guardó el número que él le dio.

—Tengo que volver. Me he ausentado más de lo que pretendía.

—Te agradezco que hayas hablado conmigo. Que me hayas escuchado.

—Siento lo ocurrido. —Salió del reservado y le puso una mano en el hombro—. Por ti, por su madre y por vuestra familia, espero que encuentres las respuestas, sean las que sean. Te llamaré.

—Gracias.

Lo dejó sentado en el estrecho reservado, contemplando el café que no había tocado.

3

Llamó a Julie y le contó toda la historia mientras atendía las plantas, recogía los tomates y entretenía al gato.

Los gritos ahogados de Julie, el asombro y la compasión habrían bastado, pero hubo más.

—Oí algo al respecto cuando me estaba preparando para ir a trabajar esta mañana, y ha sido la comidilla de la galería hoy. Conocíamos un poco a la mujer.

—¿Conocías a la rubia? —Hizo una mueca de dolor; el apodo parecía del todo inadecuado ahora—. Quiero decir a Sage Kendall.

—Un poco. Vino a la galería unas cuantas veces. De hecho, compró un par de piezas muy buenas. No se las vendí yo; ciertamente no interactúe mucho con ella, pero me la presentaron. Al oír la noticia no até cabos. Ni siquiera cuando mencionaron West Chelsea. No oí de qué edificio de apartamentos se trataba, si es que lo mencionaron.

—No lo sé. A estas alturas ya lo habrán hecho. Veo a gente en los alrededores sacando fotos. Y algunos equipos de televisión han realizado conexiones delante del edificio.

—Es horroroso. Es espantoso que ocurran estas cosas, y es horrible para ti, cielo. No habían mencionado el nombre del tipo que la empujó y se mató después, al menos no esta mañana. No he visto nada más desde entonces.

—Oliver Archer, alias señor pico de oro. He conocido a su hermano en la comisaría.

—Bueno, eso es... embarazoso.

—Probablemente debería haberlo sido, pero no ha resultado así. —Estaba sentada en el suelo del baño, raspando con cuidado algunas manchas en los rieles de uno de los cajones del tocador. Todavía se atascaba, pero podía arreglarlo—. Me ha invitado a una limonada —prosiguió— y le he contado la escena de la que fui testigo.

—¿Que... te has tomado algo con él? Por el amor de Dios, Lila. No lo conoces; su hermano y él podrían ser dos maníacos homicidas, dos chiflados o dos asesinos en serie que trabajaban en equipo. O...

—Nos tomamos algo en la cafetería que está frente a la comisaría de policía y, como poco, había cinco polis allí. Me sentía fatal por él, Julie. Se veía que se estaba esforzando por aceptar lo sucedido, por intentar encontrarle el sentido a algo que no lo tiene. No cree que su hermano matara a Sage ni que se suicidara y, de hecho, lo ha argumentado bastante bien.

—Lila, nadie quiere creer que su hermano es capaz de hacer algo así.

—Eso ya lo sé, en serio. —Sopló con suavidad los rieles para despejar el polvo generado por la lija—. Y esa ha sido mi primera reacción, pero, como ya he dicho, lo ha argumentado bastante bien. —Metió y sacó el cajón varias veces. Asintió con satisfacción. Todas las cosas deberían ser así de sencillas—. Quiere venir aquí y ver el apartamento de su hermano desde esta perspectiva.

—¿Es que has perdido la chaveta?

—Tú espera. Me ha sugerido que me acompañara alguien y que, de lo contrario, no lo considerase siquiera. Pero antes de tomar una decisión voy a buscarle en Google. Solo para asegurarme de que no haya nada turbio en su pasado, ninguna esposa que muriera en extrañas circunstancias ni otros hermanos que... Me ha dicho que tenía doce entre hermanastros y medio hermanos.

—¿En serio?

—Lo sé. No puedo ni imaginármelo. Pero debería cerciorarme de que ninguno de ellos tiene un pasado turbio o algo parecido.

—Dime que no le has dado la dirección de donde te alojas.

—No, no le he dado ni la dirección ni mi número. —Frunció el ceño mientras volvía a meter su maquillaje en el cajón—. No soy imbécil, Julie.

—No, pero eres demasiado confiada. ¿Cómo se llama? Si es que te ha dicho su verdadero nombre. Voy a buscarle en Google ahora mismo.

—Pues claro que me ha dicho su verdadero nombre. Se llama Ashton Archer. Parece que sea inventado, pero...

—Espera un minuto. ¿Has dicho Ashton Archer? ¿Alto, larguirucho, guapo a rabiar? ¿Ojos verdes y una buena mata de pelo rizado y negro?

—Sí. ¿Cómo lo sabes?

—Porque lo conozco. Es un artista, Lila, y de los buenos. Dirijo una galería de arte muy reconocida..., y somos su galería de referencia en Nueva York. Nuestros caminos se han cruzado unas cuantas veces.

—Sabía que el nombre me resultaba familiar, pero creía que era porque tenía el nombre de su hermano en la cabeza. Es el que pintó aquel cuadro de la mujer en el prado tocando el violín, con un castillo en ruinas y la luna llena de fondo. La pintura que dije que compraría si tuviera una pared en la que colgarla.

—Esa misma.

—¿Tiene alguna esposa que muriera en extrañas circunstancias?

—No que yo sepa. Está soltero, pero estuvo unido durante un tiempo a Kelsy Nunn, primera bailarina del Ballet Americano. A lo mejor aún lo está; puedo averiguarlo. Tiene una sólida reputación profesional y no parece que sea un completo neurótico, a diferencia de muchos otros artistas. Al parecer disfruta de su trabajo. Hay dinero en la familia por ambas partes. Estoy buscando en Google solo para rellenar las lagunas. Sector inmobiliario y de desarrollo por el lado del padre; sector naviero por el lado de la madre. Bla, bla, bla. ¿Quieres más?

No tenía aspecto de ser alguien de pasta. El hermano sí, decidió. Pero el hombre que había estado sentado frente a ella en la cafetería no parecía gente de pasta. Parecía alguien apenado y con temperamento.

—Puedo buscarlo yo sola. Básicamente me estás diciendo que no va a arrojarme por la ventana.

—Yo diría que las probabilidades son escasas. Me gusta, personal y profesionalmente, y ahora lamento lo de su hermano. Aunque su hermano matara a una de nuestras clientas.

—Entonces voy a dejar que venga. Tiene el sello de aprobación de Julie Bryant.

—No te precipites, Lila.

—No, eso será mañana. Esta noche estoy demasiado cansada. Iba a suplicarte que te pasaras otra vez, pero estoy agotada.

—Date un largo baño en esa fabulosa bañera. Enciende unas velas, lee un libro. Luego ponte el pijama, pide una pizza, ve una comedia romántica en la tele y después acurrúcate con el gato y duerme.

—Eso parece la cita perfecta.

—Hazlo y llámame si cambias de parecer y necesitas compañía. Por lo demás, voy a seguir buscando algunas otras cosillas sobre Ashton Archer. Conozco a gente con muchos contactos. Si quedo satisfecha, conseguirá el sello de aprobación de Julie Bryant. Hablamos mañana.

—Trato hecho.

Antes de tomar ese largo baño, salió de nuevo a la terraza. Se quedó de pie al calor de la última hora de la tarde, mirando la ventana, ahora tapada con unas tablas, que una vez se había abierto a un mundo privado.

Jai Maddok vio a Lila entrar en el edificio justo después de que la escuálida morena se detuviera a charlar unos instantes con el portero.

No se había equivocado al seguir a la mujer, al confiar en su instinto y dejar a Ivan con el hermano del idiota de Oliver.

No era una coincidencia que la morena y Ash salieran juntos de la comisaría y mantuvieran una larga conversación; no cuando la mujer vivía, eso parecía, en el mismo complejo para estadounidenses ricos que el idiota de Oliver y su puta.

La policía tenía un testigo; esa era la información que manejaba. Aquella mujer debía de ser la testigo.

Pero ¿qué había visto?

Su información también indicaba que la policía estaba investigando un asesinato con suicidio. Pero tenía pocas esperanzas, pese a su desprecio por la policía, de que eso se sostuviera demasiado tiempo, con o sin testigo. Había tenido que improvisar esa farsa debido al excesivo entusiasmo de Ivan con la puta.

A su jefe no le agradaba que se hubieran cargado al idiota antes de que este les hubiera dado una localización. Cuando su jefe era infeliz, sucedían cosas muy malas. Jai solía hacer que esas cosas tan malas sucedieran, y no quería ser ella quien las sufriera.

Así que debía resolver el problema. Un rompecabezas, decidió, y a ella le encantaban los rompecabezas. El idiota, la puta, la mujer escuálida y el hermano.

¿Cómo encajaban y cómo los utilizaría para conseguir el premio para su jefe?

Lo sopesaría, lo estudiaría y decidiría.

Paseaba mientras lo consideraba. Le gustaba el calor húmedo, la bulliciosa ciudad. Los hombres la miraban, y esas miradas se demoraban en ella. Estaba de acuerdo con ellos: merecía mucho más que el que se volvieran a observarla por segunda vez. Y aun así, en aquella bulliciosa y sofocante ciudad, ni siquiera ella dejaba un recuerdo duradero. En los momentos de afecto, su jefe la llamaba su «wantón asiático», pero su jefe era... un hombre poco corriente.

La creía una herramienta, de vez en cuando una mascota o una niña mimada. Agradecía que no pensara en ella como en una amante, ya que se habría visto obligada a acostarse con él. La idea ofendía incluso sus limitadas sensibilidades.

Se detuvo a admirar un par de zapatos en un escaparate; dorados, de tacón alto, con delgadas tiras de piel de leopardo. Hubo un tiempo en el que era afortunada por tener al menos un único par de zapatos. Ahora podía comprar tantos como deseara. El recuerdo de los pies calientes y llenos de ampollas, de un hambre tan profunda y acuciante que parecía la muerte, se hizo presente con todo su pesar.

Ahora, si tenía asuntos de negocios que resolver en China, se alojaba en los mejores hoteles. Sin embargo los recuerdos de la suciedad y el hambre, del terrible frío o del espantoso calor, la atormentaban.

Pero el dinero, la sangre, el poder y los zapatos bonitos espantaban esos fantasmas de nuevo.

Quería los zapatos, los quería ya. De modo que entró en la tienda.

En diez minutos salió de la zapatería con ellos puestos, disfrutando de la forma en que realzaban los marcados músculos de sus pantorrillas. Meneó la bolsa de la tienda con despreocupación; era una deslumbrante mujer asiática vestida de negro, con pantalones cortos y ceñidos, camisa ajustada y los exóticos zapatos. Su larga melena color ébano recogida en una alta y bien sujeta coleta caía por su espalda y dejaba al descubierto su rostro de rasgos engañosamente suaves, sus carnosos labios rojos y sus grandes ojos almendrados, negros como el carbón.

Sí, los hombres la miraban, y también las mujeres. Los hombres deseaban follársela; las mujeres deseaban ser ella…, y algunas también querían follársela.

Pero ninguno la conocería jamás. Era una bala en la oscuridad, un puñal rebanando en silencio el cuello.

Mataba no solo porque podía, no solo porque estaba muy, muy bien pagado, sino porque le encantaba. Más aún de lo que le encantaban los zapatos nuevos, más que el sexo, más que la comida y la bebida, más que respirar.

Se preguntó si mataría a la escuálida morena y al hermano del idiota. Dependía de cómo encajaran en el rompecabezas, pero pensaba que tal vez fuera necesario y placentero en igual medida.

Su móvil pitó y, después de sacarlo del bolso, asintió con satisfacción. La fotografía que había tomado de la mujer ya tenía un nombre y una dirección.

Lila Emerson, pero la dirección no era del edificio en el que la mujer había entrado.

Qué extraño, pensó Jai, aunque tampoco sería una coincidencia que hubiera accedido a ese edificio. Pero, dado que estaba allí, no se encontraba en la dirección que indicaba su teléfono.

Tal vez hallara algo interesante y útil en la dirección de la tal Lila Emerson.

Julie abrió la puerta de su apartamento justo pasadas las nueve de la noche y se quitó de inmediato los zapatos, que había llevado puestos durante demasiado tiempo. Jamás debería haber dejado que sus compañeros de trabajo la convencieran para ir al club de salsa. Divertido, sí, pero, santo Dios, sus pies se habían pasado más de una hora quejándose como un bebé con un cólico.

Tenía ganas de sumergirlos en agua caliente y perfumada, beberse unos litros de agua para filtrar los numerosos margaritas que se había tomado y luego irse a dormir.

¿Se estaba haciendo vieja?, se preguntó mientras cerraba la puerta con llave. ¿Marchitándose? ¿Volviéndose aburrida?

Desde luego que no. Solo estaba cansada; un poco preocupada por Lila, afectada aún por la ruptura con David y agotada después de catorce horas seguidas trabajando y divirtiéndose.

El hecho de que tuviera treinta y dos años, estuviera soltera y sin hijos, y que fuera a dormir sola no tenía nada que ver.

Tenía una carrera alucinante, se aseguró mientras iba directa a la cocina a por una botella gigante de agua Fiji. Adoraba su trabajo, la gente con la que trabajaba, las personas a las que conocía. Los artistas, los amantes del arte, las exposiciones, los viajes ocasionales.

Sí, tenía un divorcio a sus espaldas. Vale, dos divorcios, pero la primera vez estaba chalada y tenía solo dieciocho años, y no había durado ni siquiera uno. Eso no contaba en realidad.

Pero se quedó de pie, bebiendo de la botella en la iluminada y muy moderna cocina que usaba sobre todo para almacenar agua, vino y algunos artículos básicos, y se preguntó por qué coño se sentía tan inquieta.

Amaba su trabajo, tenía un círculo de amigos estupendo, un apartamento que reflejaba su buen gusto —solo su gusto, gracias— y un guardarropa soberbio. Incluso le gustaba su aspecto la mayor parte del tiempo, sobre todo desde que el año anterior había contratado al marqués de Sade como entrenador personal.

Era una mujer atlética, atractiva, interesante e independiente. Y no podía mantener una relación más de tres meses; no de forma feliz, se corrigió. No feliz según su perspectiva.

Quizá no estaba hecha para ello. Se encogió de hombros, restándole importancia, y se llevó el agua consigo mientras cruzaba el salón, con sus colores cálidos y neutros, y con electrizantes toques de arte moderno, hasta el dormitorio.

A lo mejor debería comprarse un gato. Los gatos eran interesantes e independientes. Si conseguía encontrar uno tan dulce como Thomas...

Se paró en seco, con una mano en el interruptor de la luz. Captó un olor a perfume, que ya se desvanecía. Su perfume. No la característica fragancia de día, Ricci Ricci, que era la que utilizaba para ir a trabajar, sino el aroma más intenso y sexy de Boudoir, que solo usaba en sus citas y únicamente cuando estaba de humor.

En cualquier caso, gracias a la salsa, lo que desprendía en esos momentos era un olor a sudor apenas perceptible, pero conocía ese perfume.

No debería sentir esa fragancia en ese momento.

El bonito frasco rosa con tapón dorado debería estar en su lugar, pero no estaba.

Desconcertada, fue hasta el tocador. El joyero antiguo se encontraba en el sitio de costumbre, igual que el perfume de día y el alto y delgado jarrón con un único lirio rojo.

Pero el frasco de Boudoir no estaba.

¿Lo había cambiado de sitio sin darse cuenta? Pero no, ¿por

qué iba a hacerlo? Sí, esa mañana estaba un poco resacosa, lenta y confusa, pero recordaba haberlo visto allí. Se le había caído la tuerca del pendiente. Aun en esos momentos era capaz de verse tratando de ponérselo y maldiciendo cuando la tuerca se le cayó sobre el tocador, justo al lado del frasco rosa.

Farfullando para sí, fue al cuarto de baño a echar un vistazo. Miró en el maletín en el que guardaba el maquillaje. Allí no estaba, pensó. Y qué coño, tampoco estaba el pintalabios de YSL en el tono Red Taboo ni el delineador líquido de Bobbi Brown. Los había guardado ahí justo la semana anterior, después de una visita a Sephora.

Fue de nuevo a la habitación y revisó sus bolsos de noche; y, solo por si acaso, el neceser de maquillaje que tenía preparado y que se había llevado para la infernal semana de la boda en los Hamptons.

Estaba de pie frente al armario, con los brazos en jarra. Entonces soltó un grito ahogado cuando vio —o, mejor dijo, no vio— sus nuevos Manolo Blahnik aún por estrenar. Eran unas sandalias de plataforma de casi trece centímetros con un dibujo de cristalitos en un tono coral.

La frustración dio un giro radical cuando su corazón comenzó a latir con fuerza. Volvió corriendo como una loca a la cocina a por su bolso, sacó su teléfono y llamó a la policía.

Justo pasada la medianoche, Lila abrió la puerta.

—Lo siento —dijo Julie en el acto—. Justo lo que necesitas después de la noche pasada.

—No seas boba. ¿Estás bien?

—No sé ni cómo me siento. La poli cree que estoy chiflada. Puede que sea verdad.

—No, de eso nada. Venga, vamos a llevar esto al dormitorio.

Agarró el asa de la pequeña maleta de Julie y la trasladó a la habitación de invitados.

—No, no lo estoy. No estoy loca. Las cosas desaparecieron, Lila. No son objetos normales, eso lo reconozco. ¿Quién se cuela en una casa y se lleva maquillaje, un perfume, un par de zapatos y un bolso de piel de leopardo para meterlo todo dentro? ¿Quién roba eso y deja obras de arte, joyas, un reloj Baume & Mercier realmente bueno y las perlas de mi abuela?

—Puede que una adolescente.

—No he extraviado nada. Sé que eso es lo que piensa la poli, pero no he extraviado esas cosas.

—Julie, tú nunca pierdes nada. ¿Qué hay del servicio de limpieza?

Julie se dejó caer en un lado de la cama.

—La poli me preguntó acerca de eso. Hace seis años que utilizo el mismo servicio. Y las dos mujeres vienen cada dos semanas. No arriesgarían sus empleos por algo de maquillaje. Tú eres la única persona que tiene la llave y conoce el código.

Lila trazó una cruz con el dedo sobre su corazón.

—Soy inocente.

—Tú no tienes el mismo número de pie que yo ni utilizas pintalabios rojo..., aunque deberías pensarte lo del pintalabios. Estás libre de sospecha. Gracias por dejar que me quede aquí. No podía quedarme sola en mi piso esta noche. Voy a hacer que me cambien las cerraduras mañana, y ya he modificado el código de la alarma. Una adolescente —reflexionó—. Ha tenido que ser alguien del edificio. Una estúpida chiquillada; puede que no sea más que eso. Algo así como robar en una tienda.

—Puede que sea estúpida, pero está muy mal. Fisgonear en tu piso, llevarse cosas. Espero que la policía dé con ella.

—¿Buscar a una adolescente con unos Manolo, pintalabios en el tono Red Taboo y que huele a Boudoir? —Julie profirió un bufido—. Ni de coña.

—Podría pasar. —Se arrimó para darle un abrazo a Julie—. En cuanto tengamos ocasión, iremos a comprar de nuevo lo que se han llevado. ¿Quieres alguna cosa ahora?

—Solo una buena noche de sueño. Puedo apañármelas con el sillón.

—La cama es grande y hay mucho sitio para Thomas, para ti y para mí.

—Gracias. ¿Te parece bien que me dé una ducha rápida? He ido a bailar salsa después de trabajar.

—Qué divertido. Pues claro, adelante. Dejaré la luz de tu lado encendida.

—Oh, casi me olvido —adujo Julie cuando se levantó para coger el pijama de la maleta—. Ash ha pasado la criba. He hablado con algunas personas... de forma discreta. El caso es que puede abstraerse bastante en su trabajo, tiene mal genio cuando le tocan las narices y no se relaciona tanto como a su agente y a algunas mujeres les gustaría, pero eso es todo. Sin problemas, sin denuncias por conducta violenta, salvo por darle un puñetazo a un tipo borracho en una exposición.

—¿Le dio un puñetazo a un borracho?

—Eso parece. La historia que me han contado es que el borracho se puso en plan sobón con una de las modelos de uno de los cuadros cuando ella no quería que la tocasen ni la sobasen. Mi fuente dice que se lo ganó a pulso y que sucedió en una galería de Londres. Así que cuenta con mi sello de aprobación si decides que venga a mirar por la ventana.

—Entonces supongo que es probable que le deje hacerlo.

Se sentó de nuevo en la cama, pensando en el robo del pintalabios y los zapatos de diseño, en los asesinatos y suicidios, y en artistas guapísimos que pegan puñetazos a borrachos.

Todo aquello daba vueltas en su cabeza, fundiéndose en extraños y breves sueños. No oyó a Julie cuando se metió en la cama ni el maullido de placer de Thomas cuando se acurrucó entre las dos.

Despertó oliendo a café, lo cual siempre era un aliciente. Cuando se dirigió a la cocina sin prisas, se encontró a Julie tostando panecillos y a Thomas devorando su desayuno.

—Has dado de comer al gato y has preparado café. ¿Quieres casarte conmigo?

—Estaba pensando en comprarme un gato, pero a lo mejor me caso contigo en vez de eso.

—Podrías hacer ambas cosas.

—Me lo voy a pensar. —Julie sacó dos bonitos cuencos de cristal con frutas del bosque.

—Ay, has preparado frutas del bosque.

—Las frutas eran tuyas, y estos cuencos tan bonitos estaban en la estantería. Aquí hay cosas preciosas. No sé cómo evitas fisgonear en cajones y armarios. Y lo digo como alguien a quien una malvada adolescente acaba de fisgonearle los suyos. —Con una chispa vengativa en los ojos, Julie se apartó su flamígero cabello—. Espero que tenga granos.

—¿Macey?

—¿Quién...? Oh, no, la adolescente.

—Claro. El café aún no me ha llegado al cerebro. Granos, aparato dental y que esté coladita por el *quarterback* estrella que ni siquiera sabe que ella existe.

—Sobre todo me gusta lo de que esté colada —decidió Julie—. Llevemos todo esto a la terraza, como imagino que debe de hacer la pareja con tan buen gusto que vive aquí. Luego tengo que vestirme y volver a la realidad.

—Tú tienes un piso magnífico.

—Podrías sacar dos apartamentos como el mío de este, y la terraza es un enorme punto a su favor. Además el edificio dispone de piscina y de gimnasio. He cambiado de opinión —repuso mientras llevaba una bandeja—. Te dejo por el siguiente tío rico al que pueda echarle el guante. Me casaré con él y me mudaré aquí.

—Cazafortunas.

—Es mi nueva ambición. Ninguna adolescente llena de granos podría atravesar la seguridad de este sitio.

—Probablemente no. —Cuando salió fuera, Lila dirigió la mirada hacia la ventana tapada con tablas—. No sería fácil atravesar la seguridad, no. Pero... si dejaron entrar a alguien, si recibieron la visita de alguien o de otro inquilino, o si un ladrón con mucha experiencia lo planeara... Salvo que la policía no mencionó nada acerca de un robo.

—Él la empujó por la ventana y luego se pegó un tiro. Lo siento por Ashton, Lila, pero eso fue lo que ocurrió.

—Él está seguro de que no fue de esa manera. No pensemos en ello —dijo y sacudió las manos en el aire—. Voy a desayunar contigo aunque me hayas abandonado por algún capullo rico.

—También será guapo. Y probablemente latino.

—Qué curioso, yo me lo imaginaba corpulento y calvo. —Se metió algunas bayas en la boca—. Eso lo dice todo. En fin, ahora mismo no quiero pensar en eso. Hoy tengo trabajo pendiente. Dedicaré el día a escribir y luego llamaré al rico y guapo Ashton Archer. Si quiere mirar, que mire. Bueno, no hay nada más que yo pueda hacer, ¿no?

—Exacto. La policía hará su trabajo, y Ashton tendrá que aceptar lo que pasó. Es duro. Yo perdí a una amiga... Bueno, a una conocida de la universidad que se suicidó.

—Nunca me has hablado de eso.

—No estábamos unidas, pero nos llevábamos bien. Nos caíamos bien, aunque supongo que no manteníamos una relación tan estrecha como para que yo supiera lo afligida que se encontraba. Su novio la dejó; no pudo ser la única razón, pero imagino que fue el detonante. Se tomó unos somníferos. Tenía solo diecinueve años.

—Qué horror. —Lila sintió aquella terrible desesperación durante un momento—. Ya no quiero que la adolescente ladrona esté colada. Solo que tenga granos.

—Ya. El amor, incluso cuando no es real, puede ser letal. Prescindiremos de esa parte. ¿Quieres que vuelva, que esté aquí cuando venga Ashton?

—No, no tienes por qué hacerlo. Pero si no estás preparada aún para irte a casa, puedes quedarte todo el tiempo que necesites.

—Ya estoy bien. Puedo con una adolescente. Y tengo la teoría de que ya consiguió lo que quería y que se irá a jugar al ladrón de guante blanco a otra parte. —Pero exhaló un profundo suspiro—. Joder, me encantaban esas sandalias. Espero que pegue un tropezón y se rompa el tobillo.

—Qué mala.

—También está muy mal robarle los Manolo a una mujer.

Eso no podía discutírselo, así que Lila se bebió el café.

4

Se sintió centrada de nuevo una vez volvió al trabajo, a su historia. Las guerras de hombres lobo y las intrigas de las animadoras requerían de cierto tacto y destreza. La mantuvieron ocupada y absorta hasta media tarde, cuando Thomas exigió que jugara un rato con él.

Detuvo la narración cuando el amado primo de Kaylee pendía del fino hilo entre la vida y la muerte después de una emboscada. Un buen punto en el que parar, decidió; ver lo que había pasado la motivaría para el siguiente asalto.

Jugó con Thomas con una pelota atada a una cuerda hasta que pudo distraerle con uno de los juguetes que se activaban por sí solos con el movimiento. Luego atendió el pequeño huerto de la terraza, recogió unos tomates y cortó para sí un pequeño ramo de zinnias.

Y ya lo había pospuesto demasiado, se dijo. Cogió el móvil y buscó el número de contacto de Ash. Aquello hizo que todo fuera real otra vez. La hermosa rubia suplicando piedad, sus piernas sacudiéndose en el aire durante la espantosa caída, el repentino y brutal impacto de la carne y los huesos contra el pavimento.

Era real, pensó Lila. Siempre sería real. Apartarlo a un lado no cambiaba nada, así que bien podía enfrentarse a ello cara a cara.

Ash trabajaba con la música a todo volumen. Había empezado con Tchaikovsky, seguro de que iría acorde con su estado de ánimo, pero las elevadas notas solo conseguían que se atascara. Cambió a una mezcla de rock duro y machacón. Eso funcionó; la energía de la música le inundó. Y cambió el tono de su pintura.

Al principio había imaginado como algo sexual a la sirena recostada en un saliente rocoso en la orilla de un mar embravecido, pero la sexualidad adquirió un sesgo rapaz.

Ahí estaba la cuestión. ¿Salvaría a los marineros que cayeran a ese mar embravecido cuando el barco se estrellara contra las rocas o los arrastraría al fondo consigo?

La luz de la luna ya no era romántica; no, romántica no, sino otra amenaza, puesto que iluminaba las dentadas rocas y el brillo intenso de los nebulosos ojos marinos de la sirena.

No había previsto la violencia cuando realizó los bosquejos iniciales; no había previsto la cruel duda cuando utilizó a la modelo, con su melena negro azabache, para los primeros bocetos.

Pero ahora, a solas con la atronadora música, la cruenta tormenta en el mar y la violencia de sus propios pensamientos, la pintura evolucionó hacia algo un poquito siniestro.

La espera, pensó.

Cuando sonó el teléfono, se molestó de forma instintiva. Siempre lo apagaba cuando trabajaba. Con una familia tan grande como la suya, las llamadas, los mensajes de texto y correos electrónicos lo inundarían todo el día y la mitad de la noche si no ponía ciertos límites.

Pero ese día se había sentido obligado a dejar el teléfono encendido. Aun así hizo caso omiso de los dos primeros tonos antes de recordar por qué no lo había desconectado.

Dejó el pincel, arrojó a un lado el otro que sujetaba con los dientes y cogió el teléfono.

—Archer.

—Oh, ah, soy Lila. Lila Emerson. Estaba... ¿Estás en una fiesta?

—No. ¿Por qué?

—Está muy alta. La música está muy alta.

Ash buscó el mando a distancia, apartó algunos frascos y apagó la música.

—Lo siento.

—No pasa nada. Si no escuchas a Iron Maiden a todo volumen, ¿qué sentido tiene? Y como es muy probable que estés trabajando, te pido disculpas. Solo te llamaba para decirte que si aún quieres venir aquí para mirar..., bueno, para echar un vistazo desde el lugar en que me encontraba esa noche, por mí no hay problema.

Lo primero que le sorprendió fue que ella hubiera reconocido *Aces High* de Iron Maiden, y lo segundo fue que había asumido de manera acertada que lo tenía a un volumen ensordecedor mientras trabajaba.

Pero ya pensaría en eso más tarde.

—¿Te parece bien ahora?

—Oh...

No presiones, se advirtió a sí mismo. Es una táctica pésima.

—Dime cuándo —repuso—. Cuando a ti te venga bien.

—Ahora está bien. Lo que pasa es que no esperaba que lo sugirieras. Ahora me parece bien. Deja que te dé la dirección.

Ash echó mano de un lápiz de dibujo para apuntar.

—Lo tengo. Dame media hora. Te lo agradezco.

—Está... —Se contuvo antes de decir «bien» otra vez—. Yo querría hacer lo mismo si estuviera en tu lugar. Hasta dentro de media hora.

Ya estaba hecho, pensó.

—En fin, ¿cuál es la etiqueta para esta situación, Thomas? ¿Preparo un buen plato de queso gouda y galletitas de sésamo? No, tienes razón. Es una bobada. ¿Me maquillo? Una vez más, demuestras ser muy sabio para tu edad, mi joven alumno. Un rotundo sí a eso. No tiene sentido tener pinta de refugiada.

Decidió cambiarse los pantalones cortos de estar en casa y la muy desgastada camiseta rosa chicle, con el dibujo de los Gemelos Fantásticos.

Además estaría bien parecer una adulta.

Ojalá hubiera preparado té helado, que también era algo que transmitía una imagen responsable y madura, pero, como lo había dejado para muy tarde, decidió que bastaría con el café si él quería tomar algo.

No había terminado de decidirse cuando oyó el timbre.

Qué incómodo, pensó. Todo aquel asunto era muy incómodo. Echó un vistazo por la mirilla; camiseta azul y barba incipiente, solo que algo más crecida. Cabello espeso, oscuro y desaliñado; ojos verdes y un poco impacientes.

Se preguntó si no sería algo menos difícil si él fuera regordete y calvo, o tuviera veinte años más. O cualquier otra cosa que no disparara sus sensores de «está para comérselo».

Una mujer no debería pensar en algo así en semejante situación, se recordó y abrió la puerta.

—Hola. Pasa. —Consideró si estrecharle la mano, pero el gesto parecía rígido y formal. Así que las levantó e hizo un gesto de bienvenida—. No sé cómo hacer esto. Todo resulta raro y surrealista.

—Tú me has llamado, y yo he venido. Es un comienzo.

Como no sabía nada de situaciones incómodas, Thomas fue derecho a saludar a Ash.

—¿El gato es tuyo o de los dueños del piso?

—Oh, es de ellos. Pero Thomas es una estupenda compañía. Lo echaré de menos cuando haya terminado el trabajo.

Ash acarició al gato de la cabeza a la cola, como solía hacer ella.

—¿Alguna vez te sientes confusa cuando te despiertas por la mañana? Preguntándote ¿dónde estoy?

—No, no desde hace mucho. Cruzar zonas horarias puede generar cierta confusión, pero trabajo sobre todo en Nueva York y sus alrededores.

—Es un apartamento bonito —dijo cuando se enderezó—. Hay buena luz.

—Sí que lo es. Y estás dándome conversación para que no me sienta rara. ¿Por qué no te enseño dónde estaba cuando vi el asesinato? Esa es la parte difícil, y hay que hacerlo.

—Vale.

—Ocupo la habitación de invitados. —Señaló con la mano—. Tiene una ventana orientada al oeste. Esa noche me estaba relajando después de que Julie se marchara. Oh, ella te conoce. Julie Bryant. Dirige la galería Chelsea Arts.

Pelirroja alta y glamurosa, pensó, con un ojo excelente para la pintura y una risa despreocupada estupenda.

—¿Conoces a Julie?

—Somos amigas desde hace años. Esa noche estuvo aquí hasta un poco antes de las doce. Bebimos mucho vino, y también había magdalenas de por medio, así que estaba sobreexcitada. Y cogí estos. —Le ofreció los prismáticos—. Invento historias; es lo que hago. Tenía algunas en marcha en varias ventanas del edificio de enfrente, así que estaba pendiente de la siguiente escena. Eso ha sonado absurdo.

—No es cierto. Yo invento imágenes; no es más que otra clase de historia.

—Vale, bien. Quiero decir que bien, que no suena absurdo. Así que la vi. A Sage Kendall.

—En la ventana que ahora está tapada con tablas.

—Sí. La que está a la izquierda con el pequeño balcón es el dormitorio.

—Con este aparato observas todo, ¿no? —dijo con voz serena mientras miraba a través de los prismáticos.

—Siempre ha sido un juego para mí..., desde que era una cría. Como la televisión, una película o un libro. Una vez impedí un robo... en París, hace un par de años. Una noche vi entrar a alguien en el piso que estaba frente al apartamento donde yo me alojaba por cuestiones de trabajo.

—Viajes y aventuras, y resolver crímenes. La vida de una cuidadora de casas.

—Resolver crímenes casi nunca, pero...

—No viste a Oliver. A mi hermano.

—No, solo a ella. La luz del dormitorio estaba apagada, y la que estaba encendida en el salón no era muy fuerte. Ella se encontraba delante de la ventana. Así. —Se acercó y recreó la postura de la mujer—. Hablaba con alguien que debía de estar de pie justo a la izquierda, tras la pared que separa una ventana y otra. Le vi golpearla. Fue muy rápido, pero distinguí el puñetazo. Recuerdo que la cabeza de la rubia cayó hacia atrás, y ella se llevó la mano a la cara, así. —Lila se lo demostró ahuecando la mano sobre su mejilla y su mandíbula—. Él le pegó otra vez. Puño, manga oscura. Es todo lo que vi, y fue tan rápido que apenas pude asimilarlo. Mi móvil estaba sobre la mesilla junto a la cama. Lo cogí y luego volví a mirar. Entonces ella estaba contra el cristal. Solo podía verle la espalda y el pelo recogido soltándosele.

—Muéstramelo. ¿Te importa?

—Así... —Se puso de espaldas a la ventana y se apoyó en el alféizar mientras se inclinaba hacia atrás sobre el cristal.

—Y solo la viste a ella. ¿Estás segura?

—Sí. Estoy segura.

—Era alta. Un metro ochenta. Lo he comprobado. —Dejó los prismáticos—. Oliver tenía casi mi estatura: un metro ochenta y cinco. Eso es cinco centímetros más alto, y la sujetaba contra la ventana. —Ash se acercó—. No voy a hacerte daño. Solo quiero que recreemos la escena. —Le colocó las manos en los hombros con cuidado y la empujó; Lila sintió sus manos calientes a través de la camisa, como si tuvieran un contacto directo con su piel—. Si la sujetaba de este modo, ella habría quedado un poco por debajo de él, igual que tú.

El corazón se le aceleró un poco. No iba a empujarla por la ventana; no tenía miedo de eso ni de él. Pero se preguntó por qué una cosa tan espantosa —la simulación de un asesinato— parecía algo tan extrañamente íntimo.

—¿Por qué no le viste? —exigió Ash—. Si alguien mirase hacia aquí ahora, me verían por encima de tu cabeza.

—Yo solo mido un metro sesenta y cinco. Ella me sacaba quince centímetros.

—Aun así, la cabeza de Oliver habría sobresalido por encima de la de ella. Tendrías que haber distinguido parte de su cara.

—No fue así, pero ella podría haber llevado tacones. Tenía

unos zapatos magníficos y..., pero no los llevaba —recordó—. No los llevaba. Estaba descalza.

Sus pies se sacudían mientras caía. Estaba descalza.

—No llevaba tacones. No estaba calzada.

—Entonces tendrías que haberle visto la cara. Al menos parte de la cara.

—No lo vi.

—A lo mejor porque quienquiera que la empujara era más bajo que Oliver. Más bajo que ella. —Cogió de nuevo los prismáticos—. Has dicho que viste un puño, una manga oscura.

—Sí, estoy muy segura. Es lo que me viene a la cabeza cuando intento reproducir la escena en mi mente.

—Alguien de altura más parecida a la de ella, que llevaba camisa negra. Le preguntaré a la policía qué llevaba puesto Oliver.

—Oh. Pero podría haber sido azul marino o gris oscuro. La luz no era muy buena.

—Camisa oscura entonces.

—Me convencí a mí misma de que no había nadie más en ese piso. Tú me persuadiste para que pensara lo contrario —dijo cuando él la miró de nuevo—. Luego me convencí otra vez de lo primero, y ahora vuelves a insistir en que había otra persona. No sé qué es peor.

—No se trata de qué es peor. —Bajó de nuevo los prismáticos; en sus agudos ojos brillaba una ira que ella podía sentir emanar de su piel—. Sino de la verdad.

—Espero que la descubras. Si quieres, puedes ver el edificio desde otro ángulo en la terraza. Me vendría bien un poco de aire.

Salió sin esperar una respuesta. Él vaciló un momento, pero luego cogió los prismáticos y la siguió.

—Quiero agua. ¿Tú también?

—Me vendría bien. —Y pensó en darle un poco más de tiempo. La siguió adentro, pasando por el comedor—. ¿Ordenador de sobremesa?

—El portátil te lo llevas a cualquier parte. Procuro no ponerme demasiado cómoda. Se te pueden olvidar las cosas, y resulta molesto para el cliente.

—Así que escribes aquí sobre hombres lobo adolescentes.

—Sí... ¿Cómo lo sabes? —Levantó una mano—. Por Google. Es imposible escapar de él. Y como yo he hecho lo mismo contigo, no puedo quejarme.

—Eres hija de un militar.

—Pero si te has leído la biografía. Lo fui. Había pasado por siete centros diferentes cuando me gradué en el instituto, así que entiendo que Kaylee, mi personaje principal, quiera quedarse en un mismo sitio mientras esté en el instituto.

—Conozco esa sensación. El divorcio puede provocar el mismo desarraigo que las órdenes militares.

—Supongo que sí. ¿Qué edad tenías cuando tus padres se divorciaron?

—Seis cuando se separaron... oficialmente.

Salió con ella al calor y al tentador olor a tomates bañados por el sol y algunas flores aromáticas.

—Muy pequeño, aunque imagino que es duro a cualquier edad. ¿Viviste esa situación tú solo?

—Con mi hermana Chloe, que es dos años menor. Luego nacieron Cora y Portia cuando nuestro padre volvió a casarse. Tuvo también a Oliver, pero se separó cuando él era un bebé. Nuestra madre se casó de nuevo, y llegó Valentina..., hermanastra; luego Esteban, y así sucesivamente hasta llegar a Rylee, que tiene quince años, y es posible que haya leído tu libro; y a la más pequeña, Maddison. Tiene cuatro años.

—¿Tienes una hermana de cuatro años?

—La actual esposa de mi padre es más joven que yo. Otras personas coleccionan sellos —dijo encogiéndose de hombros.

—¿Cómo haces para no perderte?

—Tengo una hoja de cálculo. —Esbozó una sonrisa cuando ella rió... y una vez más la imaginó con un vestido rojo, girando delante de una hoguera—. No, en serio. Cuando recibes una invitación a una graduación universitaria o a la boda de alguien, viene bien saber si estás emparentado con ellos. ¿Quién es el jardinero?

—La asombrosa Macey. La llamo así porque es casi perfecta. Me gustaría ser ella. Posee uno de tus cuadros.

—¿La mujer que vive en este piso?

—No, lo siento. Algunas veces mis pensamientos van como un cohete. Me refería a Sage Kendall. Julie me lo contó; se dio cuenta de que la conocía un poco como clienta, y que ella compró una de tus obras. Una mujer tocando el violín en un prado. Conozco la obra porque le había dicho a Julie que la habría adquirido yo si tuviera una pared en que colgarla. Seguramente no me lo podría haber permitido, pero si hubiera tenido una pared y hubiera podido darme el lujo, la habría comprado. Es maravillosa. Ahora es triste porque la rubia también debía de pensar que era maravillosa. Que le den al agua. —Dejó la botella—. ¿Quieres una copa de vino?

—Sí quiero.

—Bien. —Se levantó y fue adentro.

Ash se llevó de nuevo los prismáticos a los ojos. Oliver podría haber empujado a su última novia a comprar el cuadro. Presumiendo como siempre. O quizá ella lo hubiera comprado pensando que eso complacería a Oliver. A saber.

—¿Alguna vez has visto a alguien más allí? ¿Una visita, un técnico, alguien? —preguntó Ash cuando ella regresó con dos copas de vino tinto.

—No, y recuerdo que eso me llamó la atención. El resto de los vecinos a los que observaba se relacionaban con otras personas. Una pequeña fiesta o unos amigos de visita, una entrega. Alguna persona en algún momento. Pero ellos no. Salían mucho, casi cada noche. Y en la mañana se marchaban casi todos los días, normalmente por separado. Yo suponía que iban a trabajar. Pero claro, es posible que viniera a verles alguien cuando yo no miraba. Sé que parece que me pasaba el día entero aquí sentada, absorta en el edificio, pero, si te soy sincera, a lo mejor echaba un vistazo por la mañana y luego por la noche. O, si estaba nerviosa, a altas horas de la noche.

—Con un sitio como este, estarías entretenida. A Oliver le gustaba mucho dar fiestas, recibir visitas, y habría querido todo eso en un apartamento como ese. Así que ¿por qué no lo hacían?

—Mucha gente se va de la ciudad en verano, razón por la que normalmente estoy muy ocupada en esta época.

—Ya, ¿y por qué ellos no?

—¿Él no trabajaba?

—Trabajaba para un tío por parte de su madre. Antigüedades; adquisiciones y ventas. Si es que todavía se dedicaba a eso. Sobre todo vivía de su fondo fiduciario cuando conseguía salirse con la suya. Pero me parece que ya llevaba trabajando para Vinnie, el tío, casi un año. Creo que le estaba yendo bien, o al menos eso se decía en la familia. Oliver había encontrado su sitio por fin. Y ahora... tendré que hablar con Vinnie.

—Es duro. Sobre todo con una familia tan grande. Demasiada gente a la que decírselo o con la que hablar de ello. Pero también tiene que ser un consuelo. Siempre quise un hermano o una hermana. —Hizo una pausa porque él estaba mirando de nuevo la ventana cegada—. ¿Has hablado con tu padre?

—Sí. —Ash se sentó y contempló su vino, ya que ese tema le deprimía—. Están pasando unas semanas en Escocia. Volverán a Connecticut cuando les avise de los preparativos del funeral y del entierro.

—¿Te estás encargando tú?

—Eso parece. Su madre vive ahora en Londres. Esto le ha destrozado. Perder a un hijo tiene que destrozarte, pero... Ella adora a sus hijas, pero Oliver era su niño mimado.

—¿Hay alguien con ella?

—Portia vive en Londres, y Olympia se ha vuelto a casar. Rick..., no, ese fue su primer marido, antes de mi padre. —Se frotó con los dedos el puente de la nariz—. Nigel. Un tipo decente, por lo que sé. Él se encuentra con ella, pero, como está destrozada, al final se quedó en que yo debía encargarme de todo lo que hubiera que hacer para organizar un funeral privado, probablemente en la finca.

—Tienes una finca.

—Mi padre. La prensa ya se está poniendo desagradable, así que lo mejor es que todos se mantengan alejados hasta que sea el momento.

Y mientras tú estás en medio de todo, pensó Lila.

—¿Te acosan los periodistas?

Él tomó un sorbo de vino y relajó los hombros de manera pausada.

—Solo soy uno de los medio hermanos de Oliver, un miembro más entre los muchos hermanastros y hermanos que conforman la familia. No ha sido tan malo, sobre todo porque paso desapercibido.

—No tanto cuando estuviste saliendo con la bailarina. —Esbozó una leve sonrisa, esperando aligerar lo que tenía que ser un peso terrible—. Google y Julie.

—Bueno, casi todo giraba en torno a ella.

—¿De veras lo crees? —Se recostó en la silla—. Artista de éxito con una familia muy, muy rica y aire de aventurero.

—¿Aventurero?

Lila se encogió de hombros, satisfecha con haberle divertido.

—Esa es mi impresión. Creo que también te buscaban a ti, y espero que la prensa te deje tranquilo. ¿Tienes a alguien que te ayude?

—¿Que me ayude a qué?

—A organizar los preparativos. Con una familia tan grande, que va en aumento, tienes que considerar que son muchísimos. Eso sin tener en cuenta las circunstancias, con ambos padres fuera del país. Sé que no me corresponde a mí, pero podría ayudarte si es necesario. Se me da bien hacer llamadas, seguir instrucciones.

Ash la miró de nuevo; observó aquellos grandes ojos oscuros y solo vio compasión.

—¿Por qué te ofreces?

—Lo siento, en realidad no me corresponde a mí.

—No quería decir eso; al contrario, es muy amable por tu parte.

—Puede que sea por observar por la ventana o porque escribo, pero tengo la costumbre de colocarme en el lugar de los demás. O a lo mejor esa costumbre es la causante de que haga lo otro. En cualquier caso, yo en tu lugar estaría agobiada. Así que si hay algo que pueda hacer, dímelo.

Antes de que él pudiera hablar, antes de que pudiera pensar qué decir, sonó su teléfono.

—Lo siento. —Elevó una cadera para sacar el móvil del bolsillo trasero—. Es la policía. No, quédate —le dijo cuando ella se dispuso a levantarse—. Por favor.

»Detective Fine. —Escuchó durante un momento—. No, en realidad no estoy en casa, pero puedo ir a verla o... Espere un minuto. Tienen algo —le dijo a Lila—. La policía quiere hablar conmigo otra vez. Puedo ir a la comisaría o puedo pedirles que vengan aquí. Han ido a mi casa a buscarme.

Se había ofrecido a ayudarle, ¿no?, se recordó Lila. Lo había dicho en serio, así que había algo que podía hacer.

—Puedes decirles que vengan aquí. Está bien.

Ash no apartó la mirada de ella cuando volvió a acercarse el móvil a la oreja.

—Estoy con Lila Emerson, en el apartamento en que se aloja. Tienen la dirección. Sí, puedo explicárselo cuando lleguen. —Colgó y guardó el móvil en el bolsillo—. No les ha gustado que estuviera en este piso, relacionándome contigo. He podido oírlo alto y claro.

Lila tomó un sorbo de vino, pensativa.

—Se preguntarán si nos conocemos de antes y si hemos tramado juntos todo esto; tú mataste a tu hermano y yo te he encubierto. Luego se darán cuenta de que eso no se sostiene en muchos aspectos.

—¿No?

—No, porque entonces tú no los habrías invitado aquí, conmigo, para que se hicieran esas preguntas. Pero sobre todo porque yo llamé al 911 unos segundos después de que ella cayera. ¿Cómo va eso a encubrir al asesino? ¿Para qué llamar? ¿Por qué no dejar que algún transeúnte llamara? ¿Y por qué no decir que vi a tu hermano empujarla cuando llamé? Limpio y sencillo. Así que lo pensarán y luego tan solo querrán saber cómo hemos acabado sentados en la terraza de los Kilderbrand, tomando una copa de vino. Y esa es una pregunta razonable con una respuesta razonable.

—Eso es lógico y directo.

—Cuando escribes tienes que entender qué tiene sentido.

Compasión, pensó, emparejada con lógica y sazonada con lo que creía que era una imaginación bien afinada.

—¿Los hombres lobo en el instituto son algo coherente?

—No tiene por qué ajustarse a la realidad, sino que debe ser verosímil dentro del mundo que creas. En mi mundo, mis licántropos son del todo coherentes. Lo que no explica por qué en este momento estoy tan nerviosa. Demasiada policía. —Se levantó y agarró la regadera a pesar de que ya la había utilizado—. Me he pasado toda la vida sin tener contacto real con la policía, y ahora todo ha acabado. Estoy hablando con ellos; estás hablando con ellos y yo estoy dialogando contigo, que es solo un grado de separación. Julie está hablando con ellos, así que...

—¿Porque fue ella quien vendió el cuadro?

—¿Qué? No. Anoche entraron en su apartamento. Solo unos críos; eso tuvo que ser, porque lo único que se llevaron fue un par de zapatos Manolo Blahnik, un frasco de perfume, un pintalabios; ese tipo de cosas. Y ahora van a venir aquí otra vez. Ya estoy aguando las plantas.

—Hace calor. No les pasará nada. —Pero se acercó para quitarle la regadera y la dejó de nuevo en el suelo—. Puedo reunirme con los detectives abajo.

—No, no quería decir eso. Además quiero hablar con ellos ahora que me has convencido y que creo que tu hermano no la empujó. ¿Debería preparar café? Tengo un alijo guardado de Goldfish..., las galletitas. Podría sacarlas. Nunca sé qué hacer. ¿Por qué no he preparado té helado?

—Otra vez vas como un cohete —concluyó—. Creo que deberías relajarte. —Cogió la copa que ella había apartado y se la pasó—. Iremos dentro y hablaremos con la policía.

—Vale. Me alegro de que estés aquí —dijo cuando entraron—. Aunque si no estuvieras en este piso, ellos nos vendrían. Pero me alegra tu presencia. Y ahí llegan —repuso cuando sonó el timbre de la puerta.

Deja de pensar en ello, se dijo y fue derecha hacia la puerta.

—Detectives. —Se hizo a un lado para dejarlos pasar.

—Ignorábamos que ustedes dos se conocieran —comenzó Fine.

—No nos conocíamos... antes —respondió Lila.

—Ayer en la comisaría escuché sin querer lo bastante para darme cuenta de que Lila era quien había llamado al 911. —Ash tomó asiento en el salón, y esperó a que los demás hicieran lo mismo—. La alcancé cuando se marchaba y le pedí que hablara conmigo.

Fine sometió a Lila a una larga y especulativa mirada.

—¿Le pidió usted que viniera aquí?

—No. Hablamos en la cafetería que está frente a la comisaría. Ash me preguntó si podía visitar el piso donde fui testigo del asesinato. Para ver la perspectiva. No me pareció que tuviera nada de malo, sobre todo porque Julie le conoce.

Waterstone enarcó las cejas.

—¿Julie?

—Mi amiga Julie Bryant. Dirige la galería Chelsea Arts, que comercializa parte de la obra de Ash. Les hablé de Julie —recordó—. Utilizo su dirección.

—El mundo es un pañuelo.

—Eso parece.

—Un pañuelo pequeñito. —Fine retomó la conversación—. La víctima tiene uno de sus cuadros en su apartamento, señor Archer..., comprado a través de Chelsea Arts.

—Eso me han dicho. No la conocía. No es nada corriente que me presenten o que conozca a alguien que compra mi obra. Él era mi hermano. Quiero respuestas. Quiero saber qué pasó. Díganme qué llevaba puesto —insistió Ash—. ¿Cómo iba vestido cuando lo hallaron?

—Señor Archer, tenemos preguntas.

—¿Les dijiste lo que viste? —le preguntó a Lila.

—Sí, desde luego. ¿Te refieres al puño, a la manga oscura? Sí. —Hizo una breve pausa—. Oliver no llevaba camisa oscura, ¿verdad?

—Vio un movimiento repentino —le recordó Waterstone—. En una habitación mal iluminada y a través de unos prismáticos.

—Es cierto, pero en aquel movimiento repentino distinguí una manga oscura, y si Oliver no vestía camisa oscura, él no la empujó. Debería haberle visto la cara. Ash dice que Oliver medía un metro ochenta y cinco centímetros. ¿Por qué no vi parte de su cara sobresaliendo por encima de la cabeza de ella cuando la tenía contra la ventana?

—Si recuerda su declaración —adujo Fine con paciencia—, dijo que todo sucedió muy rápido, que estaba más centrada en ella.

—Eso es cierto, pero debería haberle visto parte de la cara. No debería haber visto una manga oscura…, no si Oliver Archer la empujó.

—Pero tampoco advirtió la presencia de alguien más en el piso.

—No, así es.

Fine se dirigió a Ash.

—¿Tenía problemas su hermano? ¿Sabe de alguien que quisiera hacerle daño?

—No, no que yo sepa. No tenía problemas.

—¿Y no conocía a Sage Kendall, con quien él tenía una relación, con quien vivía, y que compró una de sus obras por un precio de cinco cifras? Superior a cinco cifras.

—Sabía que no podía permitírmelo —farfulló Lila.

—No la conocía, y Oliver no me había hablado de ella hasta hacía muy poco…, como ya dije en mi declaración de ayer. Él no la empujó. No se suicidó. Yo sé por qué estoy seguro de eso, pero ¿por qué lo creen así ustedes?

—Usted tuvo algunos problemas con su hermano —señaló Waterstone—. Con su medio hermano.

—Era un incordio desesperante.

—Usted tiene mal carácter, y se sabe que le asestó un puñetazo a alguien una vez.

—Sí, eso no puedo negarlo. Pero nunca le pegué a Oliver; habría sido como pegarle a un cachorrillo. Y nunca he maltratado a una mujer, ni lo haré jamás. Compruébenlo, busquen y rebusquen cuanto quieran, pero díganme por qué no creen que alguien manipuló la situación para que parezca que fue mi hermano.

—Puedo salir o irme a otra habitación si no quieren hablarlo delante de mí.

Fine miró a Lila y luego fijó de nuevo la vista en Ash.

—Cualquier cosa de la que hablemos se la contará directamente a ella.

—Ella ha hecho lo correcto en todo momento. Y le ha mostrado verdadera compasión a un completo desconocido cuando podría haberse limitado a decirme que la dejara en paz, que ya había hecho suficiente. ¿Por qué no iba a contárselo a ella? Y no va a abandonar la habitación por nadie.

Lila solo pudo parpadear ante ese comentario. No recordaba la última vez que alguien había sacado la cara por ella... o que habían tenido que hacerlo.

—Su hermano tenía una mezcla de alcohol y barbitúricos en su organismo —dijo Fine.

—Ya le dije que él jamás habría mezclado pastillas con alcohol.

—Tenía tanto de ambas cosas que el forense cree que seguramente habría sufrido una sobredosis letal si no recibía atención médica. El forense ha descubierto que su hermano estaba inconsciente en el momento de la muerte.

La expresión severa de Ash no cambió. Lila lo supo porque le estaba observando.

—Oliver fue asesinado.

—Ahora investigamos un doble asesinado.

—Alguien le mató.

—Lo siento muchísimo. —Actuando por instinto, Lila se arrimó y posó una mano sobre la de él—. Sé que es lo que has creído siempre, pero... Lo siento muchísimo, Ashton.

—¿Lugar equivocado en el momento equivocado? —preguntó despacio—. ¿Fue eso? Le dejaron inconsciente, pero a ella la pegaron, la asustaron, le hicieron daño y la empujaron. Le liquidaron para que pareciera que él se había quitado la vida por remordimiento o desesperación. Pero fue a ella a quien hicieron daño, así que iban a por ella.

—Usted afirma que no la conocía, así que seguiremos hablando de su hermano por ahora. ¿Le debía dinero a alguien?

—Siempre saldaba sus deudas. Tiraba de su fondo fiduciario o nos sangraba a su padre, a su madre o a mí..., pero siempre pagaba sus deudas.

—¿Dónde conseguía las drogas?

—No tengo ni idea.

—Viajó a Italia el mes pasado, pasó por Londres unos días y luego fue a París antes de regresar a Nueva York. ¿Sabe algo acerca de ese viaje?

—No. Puede que fuera por trabajo. Su madre vive en Londres. Habría ido a verla. Creo que nuestra hermanastra Giselle está en París.

—¿Tiene su información de contacto?

—Sí. Se la daré. ¿Estaba inconsciente?

Fine se ablandó durante un momento.

—Sí. Los hallazgos del forense determinan que estaba inconsciente cuando murió. Solo unas preguntas más.

Lila guardó silencio mientras ellos continuaban con el interrogatorio y Ash se esforzaba en responder. Los acompañó a la salida cuando terminaron; por el momento, supuso. Luego volvió y se sentó.

—¿Quieres otra copa de vino o un poco de agua? ¿A lo mejor un café?

—No, gracias, no. Yo... No, tengo que irme. Tengo que hacer algunas llamadas. Y... gracias. —Se puso en pie—. Siento que esto... te haya tocado a ti. Gracias.

Lila meneó la cabeza y luego, actuando de nuevo por instinto, se acercó y le dio un abrazo. Sintió que sus manos la asían con suavidad, despacio, antes de apartarse.

—Si hay algo que pueda hacer, llama. Hablo en serio.

—Sí, ya veo que sí. —Le cogió la mano durante un instante y la retuvo antes de soltarla y encaminarse hasta la puerta.

Lila se quedó sola, apenada por él y segura de que jamás volvería a verle.

5

Ash se encontraba delante del edificio de apartamentos con las manos en los bolsillos. Hasta ese momento no se había dado cuenta de las pocas ganas que tenía de entrar. Una parte de él había sido consciente de ello, decidió..., y esa parte había llamado a un amigo.

A su lado, Luke Talbot mantenía la misma postura que él.

—Podrías esperar a que la madre de Oliver llegara.

—No quiero que tenga que enfrentarse a esto. Está destrozada. Acabemos de una vez. La policía espera.

—Una frase que a nadie le gusta oír.

Ash se acercó al portero, expuso el asunto que le llevaba allí y enseñó su carnet de identidad para agilizar las cosas.

—Siento mucho su pérdida, señor.

—Se lo agradezco.

Y ya estaba cansado de oírlo. Durante los dos últimos días había realizado innumerables llamadas a infinidad de personas y había oído cada variación posible del pésame.

—Iremos a tomar una birra cuando esté hecho —sugirió Luke mientras subían al piso catorce.

—Eso ya lo has dicho. Mira, sé que Olympia querrá revisar todas sus cosas. Supongo que es posible que pueda hacer una pequeña preselección. Ella no se dará cuenta, y puede que no se le haga tan duro.

—Deja que ella decida, Ash. Tú ya te ocupas de demasiadas cosas; ¿y cómo vas a saber si te dejas fuera el jersey que le regaló por Navidad?

—Ya, ya, tienes razón.

—Por eso estoy aquí.

Luke salió del ascensor con Ash. Era un hombre de hombros anchos, fuertes brazos y manos grandes. Con una estatura de un metro noventa y tres centímetros, tenía una rizada mata de cabello castaño veteada por el sol, que caía sobre el cuello de una sencilla camiseta blanca. Se enganchó las gafas de sol en la cinturilla de los vaqueros y realizó un rápido examen del pasillo con sus ojos de color azul ártico.

—Calla —comentó.

—Sí, seguro que en este sitio tienen normas contra el ruido. Seguro que tienen reglas para todo.

—Reglas y más. No todo el mundo puede permitirse comprar un edificio entero para no tener normas ni vecinos.

—Es un edificio pequeño.

Ash vaciló ante la puerta; aún estaba delimitada con la cinta policial, aunque vio dónde la habían cortado para poder entrar. Mierda, pensó, y apretó el timbre.

Se sorprendió al ver al detective Waterstone abrir la puerta.

—Imaginaba que tendrían a un poli normal de guardia.

—Solo estoy confirmando algunas cosas.

—Luke Talbot —se presentó tendiéndole una mano.

—Muy bien. No parece abogado —comentó Waterstone.

—Eso es porque no lo soy.

—Luke va a ayudarme a empaquetar lo que pueda. Aparte de la ropa de Oliver, no estoy seguro de qué… —Su voz se fue apagando cuando echó un vistazo alrededor y vio el sofá gris claro, con la espantosa mancha de sangre seca, y la pared situada detrás, de un gris más oscuro y horrorosamente salpicada de sangre.

—Joder, ¿no podrían haberlo tapado? —exigió Luke.

—Lo siento, pero no. Tal vez quieran hablar con el familiar más cercano de Kendall para organizar la limpieza. Podemos darle el nombre de un par de empresas especializadas.

Fine entró desde otra zona.

—Señor Archer. Ha sido rápido. —Miró a Luke con los ojos entrecerrados durante un momento y luego le señaló con el dedo—. La Docena del Fraile, la panadería en la West Sixteenth.

—Así es; soy el dueño.

—Le he visto allí. Ir a ese lugar me obliga a hacer cinco horas extras a la semana en el gimnasio.

—Gracias.

—Son los brownies con tropezones de chocolate. Están de muerte. ¿Es amigo suyo? —le preguntó a Ash.

—Sí. Va a echarme una mano. La madre de Oliver me ha dado una lista... con algunas cosas. Reliquias de la familia que le entregó a su hijo. No sé si aún las conserva, si están aquí.

—Puede dármela a mí. Puedo comprobarlo.

—Está en mi móvil. —Lo sacó y le mostró el listado.

—He visto estos gemelos, el reloj de bolsillo. Están en el dormitorio. Una pitillera de plata antigua; no, no la he visto ni tampoco el reloj de sobremesa. No, aquí solo están los gemelos y el reloj de bolsillo. No creo que estas otras cosas nos hayan pasado desapercibidas.

—Probablemente las vendiera.

—Podría preguntarle a su jefe, su tío en la tienda de antigüedades.

—Ya.

Ash recuperó su móvil y echó un nuevo vistazo a su alrededor. Vio su cuadro en la pared frente al manchado sillón.

El nombre de la modelo era Leona, recordó. Era suave y voluptuosa, y con un aire evocador. Así que la había imaginado en un prado, con el cabello y la falda flotando en el aire, y con el violín preparado para tocar.

Y así retratada, había visto morir a su hermano.

No, aquello no tenía ningún sentido.

—Me gustaría que esto terminara. Me han dicho que aún no podemos reclamar el cuerpo de Oliver.

—Ya no tardará mucho más. Yo misma lo comprobaré y le llamaré.

—De acuerdo. Cogeré su ropa y lo que haya aquí de esa lista. Eso es lo que le interesa a su madre. No sé del resto.

—Si ve algo que reconozca, verifíquelo con nosotros.

—Debía de tener algunos archivos, papeleo, un ordenador.

—Tenemos su portátil. Aún lo estamos procesando. Hay una caja con documentos. Papeles del seguro, documentos del fondo fiduciario, correspondencia legal. Todo ha sido procesado y está en el dormitorio. Puede llevársela. También hay algunas fotografías. ¿Sabe si tenía una caja de seguridad?

—No que yo sepa.

—Había seis mil cuatrocientos cincuenta dólares en efectivo en su cómoda. Puede llevárselos. Necesitamos que firme cuando haya terminado. También tenemos una lista con todo lo que nos hemos llevado del lugar como prueba o para el forense. Tendrá que verificarla cuando le autoricen para recoger las cosas.

Ash se limitó a menear la cabeza, dirigirse hacia donde estaba la detective y entrar en el dormitorio.

El intenso color ciruela de las paredes, que resaltaba contra las molduras blancas, confería a la habitación un aire elegante y un tanto regio, que iba bien con la reluciente madera de la enorme cama con dosel.

Supuso que la policía había dejado la cama solo con el colchón. Para el forense, imaginó. Habían dejado abierto un baúl a los pies de la cama, con el contenido revuelto. Todo parecía estar cubierto por una fina capa de polvo.

Las obras de arte eran buenas; seguramente la escena del bosque cubierto de niebla y las ondulantes colinas cuajadas de estrellas habían sido elegidas por la mujer. Encajaban bien con la sensación señorial del espacio... y le proporcionaban cierto entendimiento de la desdichada amante de su hermano.

Bajo la reluciente fachada había morado una romántica.

—Oliver habría encajado en esto —comentó Ash—. Este lugar, lo suficientemente ostentoso, elegante aunque con cierto toque de antaño. Eso era lo que él habría deseado. Consiguió lo que quería.

Luke armó la primera de las cajas de cartón que habían llevado.

—Dijiste que parecía feliz la última vez que hablaste con él. Feliz y entusiasmado.

—Sí, feliz y entusiasmado. Como una moto. —Ash se frotó la cara con las manos—. Por eso le di largas. Podía percibir en su voz algún plan, asunto o gran idea. No quería lidiar con ello ni con él.

Luke le miró y, como conocía a su amigo, mantuvo un tono de voz despreocupado.

—Si vas a flagelarte otra vez, al menos dame tu abrigo.

—No, ya he terminado de hacerlo.

Pero fue hasta la ventana y echó un vistazo. Enseguida identificó las ventanas de Lila y la imaginó allí de pie aquella noche, entreteniéndose con pequeños retazos de otras vidas.

Si hubiera mirado diez minutos antes o diez minutos después, no habría visto caer a la chica.

¿Se habrían cruzado sus caminos?

Cuando se sorprendió preguntándose qué estaría haciendo Lila mientras él miraba hacia su ventana, se dio media vuelta. Fue hasta la cómoda, abrió un cajón y contempló el revoltijo de calcetines.

Los policías, pensó enseguida. Oliver los habría colocado —doblados, nunca enrollados— en ordenadas hileras. Ver el desorden añadía una nueva capa más de pesar, como el polvo sobre la madera.

—Una vez salí con él, no consigo recordar por qué razón, y tardó veinte minutos en comprarse un puñetero par de calcetines; unos que conjuntaran a su gusto con una corbata. ¿Quién hace eso?

—Nosotros no.

—Algún indigente sin hogar llevará calcetines de cachemir —dijo Ash y sacó el cajón para volcar el contenido en una caja.

Al cabo de dos horas tenía cuarenta y dos trajes, tres cazadoras de cuero, veintiocho pares de zapatos, infinidad de camisas, corbatas, una caja con ropa de deporte de diseño, un equipo de esquí, otro de golf y un Rolex y un Cartier, que sumaban tres relojes con el que Oliver llevaba puesto.

—Y pensar que dije que no ibas a necesitar más cajas. —Luke estudió el montón que había en el suelo—. Hace falta otro par.

—El resto puede esperar o si no que le den. Tengo lo que su madre quería.

—A mí me parece bien. Aun así vamos a necesitar un par de taxis. —Luke miró de nuevo las cajas con el ceño fruncido—. O una furgoneta de mudanzas.

—No. Haré que vengan a recogerlo y me lo envíen a mi casa. —Sacó su móvil e hizo las gestiones pertinentes—. Y ahora nos vamos a por la birra.

—Eso me parece todavía mejor.

Ash consiguió librarse de casi todo su mal humor solo con salir del edificio. El bullicioso y ruidoso bar se ocupó del resto. Toda aquella oscura madera, aquellos olores llenos de vida, el ruido de vasos y voces.

Justo lo que necesitaba para borrar el espantoso silencio de aquel apartamento vacío.

Levantó su cerveza y estudió los oscuros tonos ocres bajo las luces.

—¿Quién bebe cerveza elaborada de forma artesana llamada el Jabalí de Bessie?

—Pues parece que tú.

—Solo porque quiero probarla. —Tomó un sorbo—. No está mal. Tienes que servir cerveza en tu establecimiento.

—Es una panadería, Ash.

—¿Qué quieres decir con eso?

Con una carcajada, Luke probó su cerveza…, algo llamado Lúpulo en la Colina.

—Podría rebautilizar el local como Bollo y Birra.

—Nunca hay una sola mesa vacía. Y hoy lo agradezco, Luke. Sé que estás ocupado preparando magdalenas.

—Necesito un día alejado de los hornos de vez en cuando. Estoy pensando en abrir una segunda panadería.

—Eres masoquista.

—Puede, pero los últimos dieciocho meses nos ha ido de miedo; hemos ganado mucho, así que estoy buscando, sobre todo en el Soho.

—Si necesitas aval...

—Esta vez no. Y no podría decir eso, ni pensar en expandirme, si no me hubieras avalado la primera vez. Así que si abro otro establecimiento y me mato a trabajar, es gracias a ti.

—Serviremos tarta de cerezas en tu funeral. —Tomó otro trago de cerveza porque eso le hizo pensar en Oliver—. Su madre quiere gaitas.

—Ay, Dios.

—No sé de dónde saca esas ideas, pero las quiere. Lo estoy organizando porque supongo que teniendo las gaitas no pensará en veintiuna salvas ni en una pira funeraria. Y podría, ya que está muy confusa.

—Conseguirás que salga bien.

Y ese era prácticamente el lema de la familia, pensó Ash: «Ash conseguirá que salga bien».

—Todo estará en el aire hasta que nos entreguen el cuerpo. Ni siquiera entonces, ni siquiera cuando el funeral se haya llevado a cabo y haya pasado, habrá terminado. No hasta que averigüemos quién lo mató y por qué.

—Es posible que la policía esté en el buen camino. No te dirán nada si es así.

—Creo que no. Waterstone se pregunta, al menos en parte, si lo hice yo. No le gusta la casual y afortunada conexión entre Lila y yo.

—Solo porque no te conoce lo bastante bien para comprender que necesitas respuestas..., porque todos los demás te hacen a ti las preguntas. Y yo tengo una. ¿Cómo es ella, cómo es la mirona?

—Ella no lo ve de ese modo, y lo entiendes cuando habla. Le gustan las personas.

—Figúrate.

—Hay gustos para todo. Le gusta observarlas, hablar y estar con ellas, lo que resulta raro porque es escritora, y eso tiene que requerir pasar un montón de horas sola. Pero también se dedica a cuidar casas. Pasa buena parte de su tiempo en casa de otra persona, cuida del espacio. Es una cuidadora.

—¿Que es de cuidado?

—No, que cuida. Cuida de las cosas de la gente, de sus casas, de sus mascotas. Joder, ha cuidado de mí y ni siquiera me conoce. Es... abierta. A alguien tan abierto han tenido que joderle unas cuantas veces.

—Te pone tontorrón —comentó Luke agitando un dedo en el aire—. Debe de estar como un tren.

—No me pone tontorrón. Es interesante y se ha portado de maravilla. Quiero pintarla.

—Ajá. Tontorrón.

—No me gustan todas las mujeres que pinto. Si fuera así, siempre estaría enamorado.

—Tienen que gustarte todas o no las pintarías. Y como ya he dicho, debe de estar como un tren.

—No especialmente. Tiene un bonito rostro, una boca sexy, un cabello kilométrico del color de esos cafés moca que sirves en la panadería. Pero... son sus ojos. Tiene ojos de gitana, y te atrapan, porque contrastan con su forma de ser fresca y abierta.

—¿Cómo la imaginas? —preguntó Luke sabiendo cómo trabajaba Ash.

—Vestido rojo, falda de vuelo hasta la espinilla, en un campamento gitano, con la luz de la luna filtrándose a través del denso y verde bosque. —Ash cogió distraídamente el trozo de lápiz que siempre llevaba en el bolsillo y realizó un rápido bosquejo de su rostro en una servilleta de cóctel—. Básico, aunque fiel.

—Y sí que está buena..., solo que no es algo llamativo. ¿Vas a pedirle que pose para ti?

—No me parece apropiado. —Se encogió de hombros cuando Luke se limitó a enarcar las cejas—. Y sí, no me preocupa que algo sea apropiado cuando se trata de trabajo, pero esta situación es... incómoda. Así la definió ella. «Incómoda». Yo la llamo «jodida».

—Semántica.

Aquello le arrancó una sonrisa.

—Sí, las palabras son palabras. De todas formas lo más seguro es que se haya hartado de mí y de la poli. Yo diría que se alegrará de pasar al siguiente trabajo para no tener que recordar lo que vio cada vez que mire por la ventana. Además de eso, parece ser que entraron en casa de su amiga la noche después del asesinato. O eso piensan ellas.

—Cuando han entrado en tu casa resulta muy evidente.

—Eso cabría pensar; de hecho, conozco a la amiga, lo que hace que sea más jodido. Dirige una de las galerías con las que trabajo. Lila dice que alguien entró y se llevó maquillaje y zapatos.

—Venga ya. —Con un bufido, Luke levantó su cerveza y comentó—: Los zapatos estarán en el fondo del armario y el maquillaje, en algún neceser que haya olvidado que tiene. Caso cerrado.

—Eso mismo diría yo si no conociera a la mujer. Es muy estable. Sea como sea, más policía, más disgustos, más… —Abandonó su postura relajada y se irguió con furia—. Me cago en la puta.

—¿Qué?

—Ella utiliza esa dirección; es la dirección de contacto de Lila. Es posible que alguien entrara, pero no para robar, sino buscándola a ella. Si yo averigüé que era una testigo, otro podría haberlo hecho también.

—Estás buscando problemas, Ash.

—No, si buscara problemas habría pensado antes en esto. Mi única intención ha sido superar lo que ha pasado. Pero cuando te distancias un poco, resulta que alguien ha matado a Oliver y a su chica, y ha intentado hacer que pareciera un asesinato con suicidio. Ella es quien lo denunció, quien de hecho vio una pelea y la caída. Y al día siguiente de que todo eso sucediera, ¿resulta que alguien se cuela en el apartamento que ella da como dirección oficial?

La preocupación apareció en la cara de Luke.

—Si lo dices así. De todas formas es pasarse un poco. ¿Qué clase de asesino roba maquillaje y zapatos?

—Una mujer. Quizá. Joder, un travesti, un tío que tiene una chica a la que quiere impresionar. El caso es que ha pasado demasiado seguido. Voy a verla —decidió—. Y a comprobar si Julie tiene algún problema.

—¿Julie? —Luke dejó su cerveza—. Creía que habías dicho que se llamaba Lila.

—Julie es la amiga, la que dirige la galería.

Luke intentó coger su cerveza muy despacio.

—Julie. Galería de arte. Ya que esto está jodido, dime cómo es la tal Julie.

—¿Buscas un ligue? Es un pibón, aunque en realidad no es tu tipo.

Ash dobló la servilleta, reflexionó un momento y luego hizo un esbozo de la cara de Julie.

Luke cogió la servilleta, la estudió con detenimiento y se quedó pálido.

—Alta —dijo al cabo de un rato—. Maciza. Con los ojos de ese color azul de los altramuces de Texas. Pelirroja.

—Esa es Julie. ¿La conoces?

—La conocía. —Luke tomó un buen trago de cerveza—. Estuve casado con ella. Durante unos cinco minutos. En otra vida.

—Te estás quedando conmigo. —Estaba al tanto del impulsivo matrimonio y del rápido divorcio; todo cuando Luke apenas tenía edad para comprar cerveza—. ¿Julie Bryant es la que se te escapó?

—La misma. Nunca antes la habías mencionado.

—Dirige una galería. Somos amigos en el ámbito profesional. No salimos; nunca hemos salido juntos, por si acaso te molestara eso. Y no es tu tipo. Suelen gustarte las que son pura energía, no las que son sexis y con clase, y tienen un lado refinado.

—Porque todavía tengo las cicatrices. —Se señaló el corazón con un dedo—. Julie Bryant. Hay que joderse. Esto sí que es incómodo, y yo necesito otra cerveza.

—Más tarde. Tengo que hablar con Lila y conseguir más detalles sobre el robo. Antes no presté atención. Deberías acompañarme.

—¿Debería?

—Es posible que un asesino lleve puestos los zapatos de tu ex mujer.

—Eso es ridículo y hace ya doce años que pasó.

—Sabes que quieres echar un vistazo. —Ash dejó unos billetes sobre la mesa y luego le dio la servilleta a Luke—. La cerveza y el boceto corren de mi cuenta. Vámonos.

Lila pensó en darse una ducha. Dado que se había sumergido en el libro esa mañana, y que había hecho un descanso para entretener a Thomas y probar uno de los muchos DVD de ejercicio de la asombrosa Macey, seguro que lo necesitaba.

Además Julie y ella no habían decidido si iban a quedarse en casa y pedir comida, o salir. En cualquier caso, teniendo en cuenta que eran casi las seis y media, y que Julie llegaría en breve, tenía que limpiar.

—Tengo cerebro de libro —le dijo a Thomas—. Y la alegre rubia del DVD era una sádica.

A lo mejor tenía tiempo para disfrutar de un baño caliente, aunque razonablemente rápido, en la maravillosa bañera. Si…

—Vale, adiós a la bañera —farfulló al oír el timbre—. Pero va a tener que entretenerse solita mientras me doy una ducha. —Fue hasta la puerta y la abrió sin pensar en echar un vistazo por la mirilla—. Llegas pronto. No he… ¡Oh!

Se encontró cara a cara con Ash, y sus pensamientos se sumieron en una caótica avalancha. Hacía tres días que no se lavaba el pelo, no iba maquillada y hacía meses que tenía intención de reemplazar las mallas y el top deportivo de yoga, ambos sudados.

Olía a alguien que había practicado pilates y al puñado de Doritos que se había metido en la boca como recompensa por el ejercicio.

Logró exclamar otro «¡Oh!» cuando él le sonrió.

—Debería haber llamado. Estábamos a un par de manzanas y quería hablar contigo de una cosa. Te presento a Luke.

Había alguien con él. Pues claro que había alguien con él; podía verlo sin problemas. Lo que sucedía era que no se había fijado en el tío guapo con unos hombros de infarto.

—¡Oh! —exclamó de nuevo—. Estaba trabajando y decidí probar con un DVD de ejercicio creado para hacerte llorar como un bebé, así que... Oh, vaya —concluyó haciéndose a un lado para dejarlos pasar.

No le importaba su aspecto, se dijo. No estaban saliendo, desde luego. Más importante aún; él parecía menos tenso que la última vez que lo había visto.

—Encantado de conocerte. Y a ti también. —Luke se agachó para rascar a Thomas, que olisqueó con ahínco las perneras de sus pantalones.

—¿Vienes con el policía?

—No, no es policía. Es panadero.

—Sí. Tengo un establecimiento a unas manzanas de aquí. Panadería La Docena del Fraile.

—¡Pequeñas magdalenas!

Luke se enderezó, divertido por el estallido.

—Las tenemos.

—No, quiero decir que las he probado. La de terciopelo rojo me hizo llorar. Fui a por más hace unos días, y a por pan de masa fermentada. Y un café con caramelo. Es un lugar muy alegre. ¿Cuánto tiempo llevas allí?

—Unos tres años ya.

—Siempre me he preguntado cómo sería trabajar en una pastelería. ¿En algún momento dejas de notar los maravillosos olores o lo preciosas que son las tartas, ese tipo de cosas? ¿Siempre quisiste dedicarte a eso? Ay, lo siento. —Lila se tiró del pelo—. Hago demasiadas preguntas y ni siquiera os he pedido que os sentéis. ¿Queréis beber algo? Tengo vino o té helado, que por fin he preparado —agregó con una veloz sonrisa dirigida a Ash.

—Estamos bien así. Acabamos de tomarnos una cerveza y me ha venido una cosa a la cabeza.

Luke se inclinó de nuevo para acariciar al encantado gato y se le cayeron las gafas de sol al suelo.

—Puñetero tornillo —dijo cuando las recogió y luego cogió la diminuta pieza que se había soltado.

—Oh, te lo puedo arreglar. Solo un minuto; pasad y sentaos.

—¿Lo puede arreglar? —repitió Luke cuando ella salió.

—A mí no me preguntes.

Lila volvió con lo que a Ash le pareció la versión nuclear de una navaja del ejército suizo.

—Sentémonos —dijo y cogió las gafas y el diminuto tornillo de Luke—. Quería preguntarte si hay algo nuevo.

Tomó asiento y, en cuanto Ash hizo lo mismo, Thomas saltó a su regazo, como si fueran amigos de toda la vida.

—Los detectives no me cuentan mucho. Me han dejado coger las cosas del apartamento de Oliver.

—Eso habrá sido difícil. Te ha acompañado alguien —dijo mirando a Luke antes de abrir la herramienta y seleccionar un minúsculo destornillador—. Es mejor tener a alguien al lado cuando la situación es tan dura.

—No han hallado señales de que forzaran la entrada, así que asumen que dejaron entrar a quien los mató. Es muy probable que lo conocieran. Si saben algo más, no lo dicen.

—Descubrirán quién lo hizo. No puedo ser la única que viera algo.

Tal vez no, pensó Ash, pero quizá fuera la única persona dispuesta a involucrarse.

—Ya está. —Probó las gafas abriendo y cerrando la patilla—. Como nuevas.

—Gracias. No había visto una así. —Luke señaló la Leatherman.

—Trescientas herramientas básicas en un único y útil paquete. No sé cómo la gente puede vivir sin una de estas. —La plegó y la dejó a un lado.

—Yo soy un gran fan de la cinta adhesiva.

Lila le brindó una sonrisa a Luke.

—Sus innumerables utilidades están aún por descubrir. —Miró de nuevo a Ash—. Es bueno tener a un amigo.

—Sí. Y hablando del rey de Roma... La última vez que estuve aquí mencionaste que habían entrado en casa de Julie. ¿Se sabe algo nuevo?

—No. La policía piensa que simplemente perdió o extravió lo que falta. Eso es lo que ella cree de ellos. Ha cambiado las cerraduras e instalado un segundo cerrojo, así que está bien, aunque puede que nunca supere la pérdida de los Manolo.

—Utilizas su dirección como la tuya.

—Necesitas tener una para todo y, como me quedo allí de vez en cuando entre un trabajo y otro, e incluso guardo algunas cosas de temporada en su casa, era lo más lógico.

—Es tu dirección registrada —adujo Ash—, y alguien entró al día siguiente de que asesinaran a mi hermano. El día en que llamaste a la policía, prestaste declaración y hablaste conmigo.

—Lo sé. Parece que todo se haya hecho una enorme bola rodante de... —Ash vio que la idea calaba en su cabeza y observó cuando su rostro adoptó una expresión pensativa y de temor—. Tú crees que está relacionado. No se me había ocurrido. Debería haber pensando en ello. Si alguien que no me conociera quisiera encontrarme, ese sería el lugar más lógico. No vi la cara de la persona que mató a Sage, no puedo identificar a nadie, pero ellos no lo saben. No tan rápido. Podrían haber entrado en casa de Julie buscándome a mí.

—Estás muy serena con la idea —comentó Luke.

—Porque ella no estaba en casa y no le ha pasado nada. Y porque a estas alturas ya deben de saber que no soy una amenaza. Ojalá lo fuera. Ojalá pudiera darle una descripción a la policía. Como no puedo, no tienen motivos para molestarse conmigo. Sin duda no hay ninguna razón para volver a entrar en casa de Julie ni para preocuparla.

—A lo mejor quien mató a Oliver y a su novia no es tan lógico como tú —sugirió Ash—. Tienes que tener cuidado.

—¿Quién iba a buscarme aquí? Y dentro de algunos días estaré en otra parte. Nadie sabe dónde estoy.

—Yo lo sé —señaló—. Luke también; Julie, tus clientes y probablemente sus amigos y sus familias están al tanto. El portero —continuó—. Sales a la calle, paseas, vas de tiendas, comes.

Sabrán que estabas en esta zona..., que tenías que estar en la zona esa noche. ¿Por qué no buscar aquí?

—Esta ciudad es muy grande. —La irritación la dominó, como siempre que alguien asumía que no podía cuidarse sola—. Y cualquiera que viva y trabaje en Nueva York sabe que debe tener un cuidado razonable.

—Nos has abierto la puerta sin saber quién era.

—No suelo hacerlo, pero estaba esperando... eso —concluyó cuando sonó el timbre—. Disculpadme.

—Has tocado un punto sensible —repuso Luke en voz baja.

—Tocaré tantos como sea necesario para convencerla de que tome precauciones.

—Podrías jugar la carta de «estoy preocupado por ti» en vez de la de «no seas idiota».

—Yo no he dicho que sea idiota.

—Iba implícito. Si de verdad piensas...

Todo se esfumó del cerebro de Luke. Doce años la habían cambiado, desde luego que sí, pero cada cambio daba en el blanco.

—Julie, ya conoces a Ashton.

—Por supuesto. Lo siento mucho, Ash.

—Recibí tu nota. Te lo agradezco.

—Y este es Luke, el amigo de Ash. ¿Recuerdas esas riquísimas magdalenas? La panadería es suya.

—¿De veras? Estaban... —Su rostro se colmó de sorpresa, tal vez de temor. Y los años retrocedieron y avanzaron de nuevo—. Luke.

—Julie. Es estupendo volver a verte.

—Pero... No lo entiendo. ¿Qué haces tú aquí?

—Vivo aquí. En Nueva York. —Concretó—. Desde hace ya ocho años.

—Os conocéis. ¿Se conocen? —le preguntó Lila a Ash al ver que ninguno hablaba.

—Estuvieron casados.

—Estuvieron... ¿Este es...? Esto se pone cada vez más...

—¿Incómodo?

Lila se limitó a lanzarle una mirada a Ash.

—Creo que ahora sí deberíamos tomarnos esa copa de vino —dijo con animación—. Julie, échame una mano, ¿quieres?

Cogió a su amiga del brazo y se la llevó con firmeza a la cocina.

—¿Estás bien?

—No lo sé. Es Luke.

Parecía la única superviviente de un terremoto, decidió Lila. Alterada, aturdida y un poquito agradecida.

—Me ocuparé de que se marchen. ¿Quieres que se vayan?

—No. No, no es eso. Estuvimos… Fue hace años. Lo que pasa es que ha sido un shock entrar y verle ahí. ¿Qué tal estoy?

—Considerando la pinta que tengo yo, es una pregunta mezquina. Estás fantástica. Dime qué quieres que haga y lo haré.

—Lo del vino es buena idea. Seremos civilizadas y sofisticadas.

—Si eso va incluido, necesito de verdad una ducha, pero empezaremos con el vino. —Lila cogió unas copas—. Es muy guapo.

—Sí que lo es, ¿verdad? —Julie esbozó una sonrisa—. Siempre lo ha sido.

—Ya que te parece bien, vamos a llevar esto allí y luego tendrás que entretenerlos mientras yo me arreglo. Necesito solo quince minutos.

—Te odio porque sé que puedes hacerlo en quince. Vale. Civilizada y sofisticada. Adelante.

6

No fue tan mal. Lila no sabía ser sofisticada —nunca se le había dado demasiado bien—, pero todo fue muy civilizado.

Al menos hasta que Ash insistió en su teoría del robo y, para sorpresa de Lila, Julie la creyó a pies juntillas.

—¡Por qué no se me ha ocurrido eso a mí! —Julie desvió su atención hacia Lila—. Tiene sentido, encaja.

—Dijiste que la adolescente encajaba —le recordó Lila.

—Porque estaba intentando entenderlo. Pero ¿qué estúpida adolescente puede abrir unas cerraduras sin dejar marca? La policía comprobó las cerraduras.

—¿Y un asesino se llevó tus Manolo y tu pintalabios? ¿Es que alguien que ha cometido un doble asesinato no tendría, qué sé yo, otras prioridades?

—Eran unos zapatos magníficos, el pintalabios es el rojo perfecto… y ese perfume es difícil de conseguir. Además ¿quién dice que un asesino no puede tener los dedos largos? Si eres capaz de matar a dos personas, robar es pan comido. Lila, tienes que tener cuidado.

—No vi la cara del homicida y un asesino bien calzado, con el rojo de labios perfecto y que huele de maravilla ya se habría dado cuenta de eso a estas alturas.

—No es ninguna broma.

—Lo siento. —Lila se volvió hacia Ash de inmediato—. Estamos hablando de tu hermano, y sé que no se trata de ninguna broma. Pero no tienes que preocuparte por mí. Nadie tiene que preocuparse por mí.

—Si algún día se hace un tatuaje —adujo Julie—, pondrá justo eso.

—Porque es cierto. Y aunque todo eso fuera verdad, cosa que para mí es muy, pero muy difícil de tragar, dentro de unos días estaré en un apartamento pijo del Upper East Side, con un caniche mini llamado Earl Grey.

—¿Cómo consigues los trabajos? —preguntó Luke—. ¿Cómo te encuentra la gente?

—Mucho boca a boca, recomendaciones de clientes. Y el todopoderoso internet.

—Tienes una página web.

—Sospecho que hasta Earl Grey tiene una página web. Pero no —prosiguió con su respuesta—, no puedes acceder a mi situación a través de ella. Hay un calendario que muestra cuándo estoy ocupada, pero no dónde me encuentro. Nunca publico la lista de mis clientes.

—Tu blog —señaló Julie.

—No doy ubicaciones concretas, solo zonas. Nunca publico los nombres de mis clientes en ninguna parte. Ni siquiera en los comentarios de estos figura otra cosa que las iniciales. Oíd, si fuera un asesino preguntándome si la insufrible mujer del bloque de enfrente me vio la cara lo suficiente como para identificarme, lo que yo haría sería abordarla en la calle un día y pedirle que me indicara una dirección. Si ella lo hace sin parpadear, seguiría adelante con mi vida de asesino. Si ella exclamara «¡Eres tú!», la apuñalaría en el muslo..., en la arteria femoral con el tacón de aguja de mis zapatos... y luego seguiría mi camino mientras la testigo se desangra. En cualquiera de los dos casos, problema resuelto.

»¿Nadie piensa cenar? —dijo cambiando de tema de manera tajante—. Yo pienso en cenar. Podemos pedir comida.

—Os llevaremos a cenar fuera —respondió Luke de forma

diplomática—. Hay un italiano justo a un par de manzanas de aquí. La comida es excelente y el helado, estupendo.

—Eso, eso.

Luke le brindó una sonrisa a Julie.

—Pues ya está. Conozco al dueño. Llamaré y me aseguraré de que nos den mesa. ¿Te parece bien? —le preguntó a Lila.

—Claro, ¿por qué no?

No se trataba de una cita, razonó. No era una especie de extraña doble cita entre el hermano del muerto y ella, y su mejor amiga y el ex marido de esta, que en realidad no contaba como tal. Solo se trataba de comer.

Y de comer muy bien, descubrió cuando les llevaron calamares fritos y *bruschetta* a la mesa como aperitivos. Le resultó muy fácil mantener la conversación fluida, siempre una prioridad para ella, acribillando a Luke a preguntas sobre su panadería.

—¿Dónde aprendiste el oficio? Hay tantas cosas que hacer.

—En principio con mi abuela. Luego fui aprendiendo cosas con el tiempo.

—¿Qué pasó con la facultad de Derecho? —preguntó Julie.

—La detestaba.

—Te lo dije.

—Sí, es verdad. Me di una oportunidad. Mis padres deseaban con todas sus fuerzas que fuera médico o abogado; como la facultad de Medicina era peor que la de Derecho, probé. Trabajé en una panadería fuera del campus para ayudar a pagar los dos años que cursé la carrera, y me gustó muchísimo más que esta.

—¿Qué tal están tus padres?

—Están bien. ¿Y los tuyos?

—También bien. Recuerdo las galletas con pepitas de chocolate, la receta de tu abuela, y la impresionante tarta que me hiciste por mi dieciocho cumpleaños.

—Y tu madre me dijo: «Luke, podrías ganarte la vida así».

Julie rió.

—¡Sí! Pero nunca imaginé que lo harías.

—Tampoco yo. De hecho, fue Ash quien insistió en la idea.

Se le da bien porque no sueles darte cuenta de que te está llevando al lugar donde él cree que deberías estar.

—Solo te pregunté por qué estabas trabajando para otra persona cuando podrías tener a gente trabajando para ti.

—O algo por el estilo —concluyó Luke—. Y tú, en una galería de arte. Siempre te encantó ese mundo, y hablabas de estudiar Historia del Arte o algo así.

—Y lo hice. Volví a estudiar, me mudé a Nueva York, me abrí paso en la galería. Me casé, conocí a Lila, me divorcié y ascendí a directora.

—Yo no tuve nada que ver con nada de eso —afirmó Lila.

—Oh, venga ya.

—No a propósito.

—Nos conocimos en una clase de yoga —comenzó Julie—. Lila y yo; no Maxim, mi ex, y yo. Hicimos buenas migas mientras practicábamos las posturas del perro hacia abajo y el perro hacia arriba, y comenzamos a frecuentar un bar de zumos después de la clase. Y una cosa llevó a otra.

Lila exhaló un suspiro.

—Yo estaba saliendo con alguien, y todo parecía indicar que la cosa iba a ponerse muy seria. Así que, como somos mujeres, conversamos sobre los hombres de nuestras vidas. Yo le hablé del mío. Era guapo y con éxito. Viajaba mucho, pero era muy atento cuando estábamos juntos. Y Julie me habló de su marido.

—También muy guapo y con éxito. Trabajaba más horas que antes y no era tan atento como antes. De hecho, las cosas se estaban poniendo un poco espinosas, pero nos estábamos esforzando para suavizarlas.

—Así que después de unas cuantas sesiones de yoga, de unos pocos batidos y de compartir detalles, resultó que el tío con quien me veía estaba casado... y con Julie. Me estaba acostando con su marido y, en vez de ahogarme en mi propio batido, lidió con ello.

—Lidiamos con ello.

—Eso hicimos. —Lila chocó su copa con la de Julie—. Y nuestra amistad está escrita con su sangre. No literalmente —se apresuró a añadir.

—La violencia no es necesaria cuando te llevas a la putilla de tu marido...

—¡Ay!

—Cuando te llevas a su putilla a tomar unas copas a casa y se la presentas como tu nueva mejor amiga. Recogió las cosas que pudo en los veinte minutos que le di y se largó. Lila y yo nos comimos casi dos litros y un cuarto de helado.

—Helado *Coffee Heath Bar Crunch* de Ben & Jerry's —recordó Lila con una sonrisa que hizo aparecer su pequeño hoyuelo—. Sigue siendo mi preferido. Estuviste increíble. Yo no quería más que arrastrarme hasta el agujero más oscuro de la vergüenza, pero Julie no. «Pillemos al cabronazo», fue su reacción. Y eso hicimos.

—Me deshice del cabronazo y me quedé con la putilla.

—Yo me deshice del cabronazo —la corrigió Lila— y me quedé con la patética e ignorante esposa. Alguien tenía que hacerlo.

—Quiero pintarte.

Lila miró a Ash. Parpadeó.

—Lo siento, ¿qué?

—Te necesito en mi apartamento para unos bocetos preliminares. Bastaría con un par de horas para empezar. ¿Qué talla tienes?

—¿Qué?

—Tiene una treinta y cuatro —dijo Julie—, como casi todas las putillas. —Ladeó la cabeza—. ¿Qué estás buscando?

—Falda larga de gitana sexy y terrenal, rojo fuego, colores atrevidos en las enaguas.

—¿En serio? —Fascinada, Julie se volvió hacia Lila y la evaluó con una mirada aguda—. En serio.

—Parad. No, gracias. Yo... A bote pronto me siento halagada, pero estoy más bien desconcertada. No soy modelo. No sé actuar como tal.

—Yo sé lo que quiero, así que no es necesario que tú lo sepas. —Ash miró al camarero y pidió la pasta especial—. Pasado mañana me va bien. Sobre las diez.

—No… Lo que ha pedido me parece bien —le dijo al camarero—. Gracias. Escucha, yo no…

—Puedo pagarte la hora o un precio fijo. Eso ya lo arreglaremos. ¿Sabes maquillarte para resaltar tus ojos?

—¿Qué?

—Pues claro que sabe —intervino Julie—. ¿Retrato de cuerpo entero? Tiene unas magníficas y largas piernas.

—Ya me he fijado.

—En serio, parad.

—A Lila no le gusta ser el centro de atención. Aprende a ser fuerte, Lila Lou. Acaban de elegirte a dedo para hacer de modelo para un artista contemporáneo muy reputado, cuyas imaginativas obras, a veces perturbadoras, a veces caprichosas y siempre sensuales, son aclamadas. Allí estará. Yo la llevaré.

—Ya puedes rendirte —le dijo Luke—. De todas formas vas a acabar donde él quiere.

—Te voy a pintar de todos modos. —Ash se encogió de hombros—. Pero la obra será más resonante, tendrá más profundidad si tú te implicas. ¿Lila Lou?

—Lila Louise, el segundo nombre es por mi padre, el teniente coronel Louis Emerson. Y no puedes pintarme si digo que no.

—¿Tu rostro, tu cuerpo? —Encogió un hombro—. Están ya ahí.

—Allí estará —repitió Julie—. Vamos, es hora de una breve excursión para las damas. Disculpadnos.

Para eludir objeciones, Julie se limitó a ponerse en pie, coger a Lila de la mano y tirar de ella para hacer que se levantara.

—No puede convertirme en modelo —susurró Lila entre dientes mientras Julie la arrastraba—. Y tú tampoco.

—Apuesto a que te equivocas.

—Además no soy del tipo gitana terrenal y sexy.

—Ahí te equivocas de parte a parte. —Condujo a Lila por el estrecho tramo de escaleras hasta los aseos—. Tienes el tono de pelo y de piel, y el estilo de vida.

—Un lío con un tío casado, cosa que yo no sabía, ¿y ya tengo un estilo de vida mundano?

—El estilo de vida de los gitanos. —Julie la hizo entrar en el pequeño baño—. Es una oportunidad fabulosa… y una ocasión de vivir una experiencia interesante, y serás inmortalizada.

—Me sentiré nerviosa y cohibida. —Ya que estoy aquí podría hacer pis, pensó Lila y entró en un cubículo—. Detesto sentirme cohibida.

—Ash encontrará la forma de solventar eso. —Siguiendo su ejemplo, Julie usó el segundo cubículo—. Y voy a presionar para que me permita estar presente en una o dos sesiones. Me encantaría verle trabajar y poder hablar sobre su proceso creativo con los clientes.

—Posa tú para él. Sé la sexy y terrenal gitana.

—Te quiere a ti. Tiene una visión y te quiere a ti. —En el lavabo, Julie probó el jabón con olor a pomelo rosa y le dio su aprobación—. Además, hacer esto, darle una nueva inspiración, un nuevo proyecto, le ayudará a superar su período de duelo.

Lila clavó sus ojos entrecerrados en la cara petulante de Julie reflejada en el espejo.

—Oh, eso es jugar sucio.

—Sí que lo es. —Julie se aplicó de nuevo brillo de labios—. También es cierto. Dale una oportunidad. No eres una cobarde.

—Sigues jugando sucio.

—Lo sé.

Riendo, Julie le dio una palmadita a Lila en el hombro y se dispuso a salir. A mitad de las escaleras dejó escapar un chillido amortiguado.

—¿Qué? ¿Un ratón? ¿Qué?

—¡Mis zapatos!

Julie subió corriendo el resto de las escaleras, rodeó el atril de recepción y tuvo que esquivar y sortear al grupo de personas que acababan de entrar. Luego tuvo que abrirse paso hasta salir por la puerta. Volviendo la cabeza a derecha e izquierda, subió los dos pequeños escalones hasta la acera.

—¡Joder!

—Julie, ¿qué narices pasa?

—Los zapatos, mis zapatos. Los zapatos, unas piernas realmente fantásticas, una especie de tatuaje en el tobillo. Vestido rojo y corto. No he podido ver mucho más.

—Julie, Manolo ha fabricado más de un par de esos zapatos.

—Eran los míos. Piénsalo. —Se dio la vuelta; un metro ochenta y dos de mujer hecha una furia—. Después de que tú presenciaras el asesinato, alguien entra en mi casa y se lleva mis zapatos. Y ahora yo veo a una mujer que los lleva puestos abandonando un restaurante al que hemos venido a cenar… ¿Un restaurante a solo un par de manzanas de donde murieron dos personas?

Frunciendo el ceño, Lila se frotó los brazos, que de repente se le habían quedado helados a pesar del calor de la noche.

—Ahora sí que me estás acojonando.

—Es posible que Ash tenga razón. Quienquiera que matara a su hermano te está vigilando. Tienes que hablar otra vez con la policía.

—Ahora sí que me estás acojonando de verdad. Se lo contaré, vale, lo haré. Te lo prometo. Pero van a pensar que estoy como una regadera.

—Tú cuéntaselo. Y esta noche coloca una silla bajo el pomo de tu puerta.

—Entraron en tu casa, no donde yo me alojo.

—Pues yo también pondré una silla bajo el pomo de la puerta.

Jai se subió al coche justo cuando Julie salió del restaurante. No le gustaba aquella relación entre el hermano del idiota y esa mujer cotilla que había estado observando el apartamento.

Al parecer no había visto lo suficiente para causar problemas. Pero no, a Jai no le gustaba nada aquella relación.

A su jefe no le agradarían todos esos cabos sueltos.

No estarían sueltos si Ivan no hubiera empujado a la estúpida puta por la ventana y si el idiota no se hubiera quedado inconsciente después de algunas copas. No le había puesto muchas pastillas en el whisky.

Así que solo podía deducir que él ya se había tomado unas cuantas antes de que ella llegara.

Mala suerte, pensó. Tampoco le gustaba la mala suerte, y ese trabajo estaba cargado de desventuras.

Quizá el hermano supiera algo después de todo, quizá tuviera alguna información.

Su casa contaba con una seguridad digna de una fortaleza, pero había llegado el momento de sortearla. Imaginó que disponía de un par de horas, pues estaba cenando con la cotilla.

—A casa del hermano —le dijo a Ivan—. Llévame allí, luego vuelve y vigila al hermano y a los otros. Llámame cuando se marchen.

—Estamos perdiendo el tiempo. La puta no sabía nada, y ni ella ni el idiota tenían nada. Si alguna vez lo tuvieron, lo vendieron.

¿Por qué tenía que trabajar con imbéciles?

—Se te paga para que hagas lo que yo te diga. Haz lo que te ordeno.

Y después, pensó, se encargaría de al menos uno de esos cabos sueltos.

Lila no discutió cuando Ash insistió en acompañarla dando un paseo hasta su casa... porque Luke insistió en hacer lo mismo con Julie, en la dirección contraria.

—Teniendo en cuenta la historia, resulta interesante que conozcas a Julie y a Luke —comentó Lila.

—La vida está llena de cosas raras.

—Así es. Y ha sido raro ver todas esas viejas chispas entre ellos.

—¿Viejas chispas?

—Un antiguo amor, rescoldos, algunas chispas nuevas. —Hizo un ruido, como el de una botella al ser descorchada, mientras agitaba las manos en el aire.

—Viejo amor, matrimonio corto y desagradable. Fuego apagado.

—Apuéstate algo.

—¿Que me apueste algo?

—No me estás prestando demasiada atención, ya que no haces más que repetir lo que yo digo; y lo que digo es que me apuesto, digamos diez pavos, a que hay fuegos artificiales y no un débil chisporroteo.

—Acepto la apuesta. Él ya está medio saliendo con alguien.

—Medio salir es solo sexo, y ese alguien no es Julie. Hacen una pareja estupenda. Tan guapos y rebosantes de salud.

—Ven a mi casa.

—Espera. ¿Qué? —Sintió un fugaz zumbido, unas chispas recientes, y creyó prudente evitar chamuscarse—. Sabía que no estabas prestando atención.

—Está a solo unas manzanas en esa dirección. No es tarde. Y así puedes ver el espacio de trabajo y relajarte en él. No voy a echarme encima de ti.

—Ahora sí que me has chafado la noche. Estoy siendo irónica —se apresuró a decir cuando vio el cambio en sus ojos—. Julie no me va a dejar en paz hasta que acceda a que me hagas al menos unos bocetos y, una vez que acepte, verás lo equivocado que estás en todo este asunto.

—Ven a ver el lugar. Te gusta conocer lugares nuevos, y eso te ayudaría a rectificar tu actitud chunga.

—Qué cosas tan bonitas dices. En realidad me gusta ver sitios nuevos, y no es muy tarde. Y como sé que no te interesa echarte encima de mí, estoy a salvo... Así que ¿por qué no?

Ash dobló la esquina en dirección a su edificio, alejándose del de ella.

—No he dicho que no me interese echarme encima de ti. Lo que he dicho es que no iba a hacerlo. ¿Cómo conociste al cabrón infiel? El que compartías con Julie.

Lila aún estaba procesando aquello de que sí estaba interesado.

—Parece sexy de un modo inapropiado cuando lo dices así. Compartimos un taxi durante una tormenta. Fue romántico, una de esas cosas típicas de Nueva York. No llevaba alianza, y eso sin duda indicaba que no estaba casado ni comprometido. Terminé tomando una copa con él, luego salimos a cenar a los pocos días, nos vimos de nuevo unos días después, y así sucesivamente. Lo que pudo haber sido algo realmente espantoso dio un giro total y me permitió conocer a mi mejor amiga, así que el cabrón sirvió para algo. —Cambió de tema en un abrir y cerrar de ojos; una habilidad especial—. ¿Cuándo supiste que tenías talento?

—No te gusta hablar de ti misma, ¿verdad?

—No hay mucho de qué hablar, y otras personas son más interesantes. ¿Hacías fabulosos y reveladores dibujos con los dedos en la guardería y tu madre los tiene enmarcados?

—Mi madre no es tan sentimental. La segunda esposa de mi padre enmarcó un dibujo a lápiz que hice de su perro cuando tenía unos trece años. Un perro muy bonito. Ya llegamos.

Se encaminó hasta un edificio de dos plantas, de ladrillo viejo y grandes ventanas. Uno de los viejos almacenes reconvertidos en apartamentos, pensó. Le encantaban esos lugares.

—Apuesto a que trabajas en el segundo piso por la luz.

—Sí, así es. —Abrió la enorme puerta de hierro, entró y tecleó el código de la alarma.

Deslumbrada, giró en círculo. Había esperado un pequeño espacio común y uno de esos viejos ascensores de carga; tal vez paredes y puertas de apartamentos en la planta baja.

En cambio atravesó un enorme espacio abierto, con arcos de ladrillo viejo para otorgarle fluidez. Puertas de anchos tablones, ajadas aunque relucientes, distribuidas en un enorme salón; colores intensos que resaltaban contra las paredes de tonalidades neutras; butacas en tonos vívidos dispuestas para fomentar la conversación; el encanto de una chimenea de doble cara construida en la base de un arco.

El techo era alto y abría el espacio para el primer piso y sus elegantes barandillas y torneados balaustres de cobre de cardenillo.

—Es alucinante.

Como él le dio libertad, Lila deambuló estudiando la alargada cocina de azulejos blancos y negros, las encimeras de hormigón pulido y una zona del comedor con una mesa negra de generoso tamaño y media docena de sillas de respaldo alto.

Paredes de punta a punta en tonos neutros servían como telón de fondo para las obras de arte. Cuadros, dibujos, carboncillos, acuarelas. Una colección con la que cualquier galería fantasearía, pensó.

—Esto es tuyo. Todo tuyo. —Entró en otra estancia, una especie de cuarto de estar/biblioteca/salita, con su propia chimenea. Un lugar más acogedor, decidió, a pesar de la planta abierta—. Es todo tuyo —repitió—. Es lo bastante grande para una familia de diez personas.

—A veces es así.

—Tú... Oh. —Rió meneando la cabeza—. Supongo que eso es verdad. Tu enorme familia te visita mucho.

—De vez en cuando; van y vienen.

—Y conservas el viejo ascensor. —Fue hasta el amplio montacargas.

—Resulta útil. Pero podemos usar las escaleras si lo prefieres.

—Lo prefiero porque entonces puedo fisgonear el segundo piso. El diseño del espacio es maravilloso; color, textura, todo. —Decía en serio lo de fisgonear, por lo que fue hasta las escaleras laterales, con un viejo pasamanos de cobre—. Paso tiempo en algunos lugares y me pregunto en qué pensaba la gente. Por qué ponen esto aquí en vez de allí y por qué resaltan o no una pared... Aquí no pasa eso. Si necesitas una cuidadora, ya sabes.

—Sí, creo que ya te conozco.

Levantó la vista hacia él, con una sonrisa veloz y serena.

—Sabes mi número de teléfono; el resto aún podría sorprenderte. ¿Cuántos dormitorios?

—Cuatro en esta planta.

—Cuatro en la primera planta —puntualizó—. ¿Eres muy rico...? Y no lo pregunto porque planee casarme contigo por tu dinero. Es la cotilla que hay en mí, una vez más.

—Ahora sí que me has chafado la noche.

Lila rió de nuevo y se acercó a lo que parecía una bonita habitación de invitados con una cama con dosel abierto. Lo que resultó aún más atrayente fue una enorme pintura de un campo de girasoles rebosante de color.

Entonces se detuvo frunciendo el ceño.

—Espera —dijo y siguió a su nariz.

Se movió deprisa, alejándose de las escaleras y deteniéndose de nuevo en lo que supuso era el dormitorio principal, con una gran cama de hierro de color gris acero y un arrugado edredón azul marino.

—No pensaba tener compañía cuando…

—No. —Levantó una mano y entró directamente en el cuarto—. Boudoir.

—Los tíos no tenemos alcobas, Lila Lou. Tenemos dormitorios.

—No, no, el perfume. El perfume de Julie. ¿No lo hueles?

Tardó un minuto e hizo que ella se diera cuenta de que sus sentidos habían estado atrapados en su aroma, algo fresco y coqueto. Pero lo captó, captó las esencias más profundas y sensuales que perduraban en el ambiente.

—Ahora sí.

—Es una locura, por Dios; una locura, pero tenías razón. —Con el corazón desbocado, le agarró del brazo—. Tenías razón sobre el robo en casa de Julie, porque quienquiera que entrara allí ha estado aquí. Puede que aún lo esté.

—No te muevas —le ordenó de inmediato, pero Lila no solo le agarró con más fuerza, sino que además lo hizo con las dos manos.

—De eso nada, porque el valiente hombretón que dice eso es quien acaba hecho cachitos por el loco del cuchillo que se esconde en el armario.

Ash fue directo al armario, con ella aún pegada como una lapa a él, y lo abrió de par en par.

—No hay ningún loco del cuchillo.

—No en este ropero. Seguro que hay veinte armarios en este sitio.

En vez de discutir, la llevó consigo mientras revisaba de manera sistemática la primera planta.

—Deberíamos tener un arma.

—Me están reparando el AK-47. No hay nadie aquí arriba ni

nadie en la planta baja, ya que has estado en casi todas partes abajo. Además el olor es más fuerte en mi dormitorio.

—¿No significaría eso que este ha sido el último lugar en el que ha estado? ¿O en el que ha pasado más tiempo? Es una mujer, ya que no me imagino que un asesino-ladrón-navajero que se ponga Boudoir sea hombre.

—A lo mejor. Tengo que examinar mi estudio. Escucha, enciérrate en el cuarto de baño si estás preocupada.

—No pienso encerrarme en el cuarto de baño. ¿Has leído *El resplandor*?

—Por el amor de Dios. —Resignado, volvió a las escaleras y comenzó a subir con ella agarrada de su cinturón.

En condiciones normales, la amplia, abarrotada y colorida zona de trabajo la habría fascinado. En esos momentos estaba pendiente de cualquier movimiento, preparada para un ataque. Pero solo vio mesas, caballetes, lienzos, tarros, botes, trapos y lonas. En una pared había un tablero de corcho plagado de fotografías, bocetos y una desparejada nota manuscrita.

Olía a pintura y a lo que creía que era aguarrás y tiza.

—Aquí hay un montón de olores —comentó Lila—. No sé si distinguiría el perfume entre todos ellos.

Levantó la vista a la gran bóveda de la claraboya y se dirigió hacia una improvisada zona de descanso con un largo sillón de piel, un par de mesas, una lámpara y un baúl.

Se relajó lo suficiente para soltarse del cinturón de él y se apartó lo necesario para formarse una mejor idea del espacio.

Ash tenía lienzos amontonados contra las paredes, docenas de ellos. Lila tenía ganas de preguntarle qué le inspiraba para pintarlos y luego apilarlos de esa forma. Qué hacía con todos, si es que hacía algo. Pero no parecía el momento adecuado para formular esas preguntas.

Entonces vio a la sirena.

—Oh, Dios mío, es preciosa. Y aterradora. Aterradora como puede serlo la verdadera belleza. No va a salvar a los marineros, ¿verdad? No es Ariel buscando el amor, deseando tener piernas. El mar es el único amante que necesita o desea. Mirará mientras se ahogan. Si uno lograra alcanzar la roca en la que ella está, tal vez fuera peor para él que ahogarse. Y aun así lo último que verá es belleza.

Deseaba tocar esa sinuosa cola iridiscente, de modo que tuvo que llevarse la mano a la espalda para impedirse hacerlo.

—¿Cómo has titulado el cuadro?

—*La espera.*

—Es perfecto. Simplemente perfecto. Me pregunto quién lo comprará. Y si verán lo que has pintado o solo a la hermosa sirena en las rocas sobre el mar embravecido.

—Depende de lo que quieran ver.

—Entonces es que no miran de verdad. Y esto me ha distraído. Aquí ya no hay nadie. Vino y se fue. —Lila se volvió y se dio cuenta de que Ash la observaba—. Deberíamos llamar a la policía.

—¿Y qué le decimos exactamente? Que yo vea, no hay nada fuera de su sitio.

—Se llevó cosas de casa de Julie. Seguro que se ha llevado algo. Solo pequeños objetos. Recuerdos, cositas de un joyero, cualquier detalle que se le ocurra. Pero eso no es tan importante, ¿verdad?

—No. Aquí no te buscaba a ti, sino que buscaba alguna cosa. ¿Qué tenía Oliver que ella quiere? Aquí no lo habrá encontrado.

—Lo que significa que seguirá buscando. No soy yo quien necesita andarse con cuidado, Ash. Eres tú.

7

A lo mejor tenía razón, pero Ash la acompañó de todas formas al apartamento y registró habitación por habitación antes de dejarla sola.

Luego volvió a casa medio esperando que alguien intentara algo. Estaba de humor para devolver el ataque con creces, aunque se tratara de una mujer, tal y como afirmaba Julie, con zapatos de diseño y un tatuaje en el tobillo.

Quien había matado a su hermano, o al menos había sido cómplice de los asesinatos, había entrado en su casa, sorteando su buenísimo sistema de seguridad, y se había paseado por ella igual que había hecho Lila, imaginó.

Libremente, con el camino despejado.

¿Y no significaba eso que alguien le estaba vigilando? ¿Que la mujer tenía que saber que todo estaba despejado? Había estado allí literalmente unos minutos antes de que él hubiera llegado con Lila. El perfume se habría desvanecido si hubiera pasado algo más de tiempo, ¿no?

¿El recuento hasta la fecha? Dos asesinatos, dos robos con allanamiento de morada y sin duda algún tipo de vigilancia.

¿En qué coño se había metido Oliver?

No se trataba de nada relacionado con el juego ni con las drogas. Ninguna de esas cosas encajaba. ¿En qué andaba, qué gran oportunidad había conseguido Oliver?

Fuera lo que fuese, había muerto con él. La mujer intrusa, y quienquiera que fuera su jefe, podía vigilarle cuanto quisiese, podía buscar cuanto le viniera en gana. No encontraría nada porque él no tenía nada.

Nada salvo un hermano muerto, una familia desolada y culpa y cólera inagotables.

Se permitió regresar a su apartamento. Cambiaría el código de seguridad; sirviera para lo que sirviese eso. Y suponía que haría venir a la empresa para que reforzase el sistema.

Pero por el momento debería dedicar algo de tiempo a intentar averiguar si su inoportuno visitante se había llevado algún recuerdo.

Se quedó quieto un momento y luego se pasó las manos por el pelo. Era un sitio grande, pensó. Le gustaba vivir en un lugar grande, con mucho espacio para esparcirse, trazar objetivos. Y para acomodar a varios miembros de su familia.

Ahora tenía que registrarlo todo, pues sabía que alguien se había colado por la fuerza en él.

Tardó más de una hora en dar con una corta y extraña lista de objetos desaparecidos.

Las sales de baño que más le gustaban a su madre; los pendientes que su hermana —una medio hermana fruto del segundo matrimonio de su madre— se había dejado cuando esta y aquella se habían quedado a pasar una noche hacía unas semanas; el pequeño móvil de cristales de colores que otra hermana —hermanastra nacida del cuarto matrimonio de su padre— le hizo para Navidad; y un par de gemelos de plata repujada, todavía en su cajita azul de Tiffany.

La intrusa no se había molestado en llevarse el dinero en efectivo, que imaginaba había encontrado en su cómoda. No había más que unos cientos de dólares, pero ¿por qué no llevarse el efectivo? Sales de baño sí, pero no dinero.

¿Demasiado impersonal?, pensó. ¿No tan atractivo?

¿Quién coño sabía?

Inquieto, nervioso, fue a su estudio. No podía trabajar en la sirena —su ánimo no era en modo alguno el adecuado—, pero la estudió, pensando en que Lila había expresado los mismos pensamientos, los mismos sentimientos que él tenía de la obra, casi con exactitud. No había esperado que viera lo que él veía, y mucho menos que lo entendiera.

No había esperado sentirse fascinado por ella. Una mujer con ojos de gitana, que sacaba una navaja multiusos igual que otra sacaría un pintalabios... y que la utilizaba con la misma naturalidad. Una mujer que compartía su misma visión de un cuadro inacabado y ofrecía consuelo a un desconocido.

Una mujer que escribía sobre hombres lobo adolescentes y que no tenía casa propia... por decisión personal.

Tal vez ella tuviera razón, tal vez no la conocía bien.

Pero lo haría una vez la pintara.

Pensando en eso, pensando en ella, colocó otro caballete y comenzó a preparar un lienzo.

Lila estaba frente al edificio de Ash, estudiándolo a la resplandeciente luz del día. Parecía corriente, pensó. Solo una edificación de ladrillo unos cuantos escalones por encima del nivel de la calle. Cualquiera que pasara podría, igual que ella, pensar que contenía media docena de apartamentos a lo sumo.

Bonitos apartamentos, cabría pensar, que se habrían vendido como churros entre jóvenes profesionales en busca del sabor del centro.

En realidad, no era nada ni remotamente parecido. Ash había creado un hogar que reflejaba a la perfección quién y qué era. Un artista, un hombre familiar. Un hombre que combinaba esas dos facetas y que podía crear el espacio para conciliar ambas a la perfección, tal y como deseaba.

Eso, a su modo de ver, exigía lucidez y un considerable conocimiento de uno mismo. Ashton Archer sabía bien quién era y lo que quería, pensó.

Y por razones que no tenían ningún sentido, quería pintarla a ella.

Se acercó y llamó al timbre.

Lo más seguro era que estuviese en casa. ¿No tenía que trabajar? Ella debería estar trabajando, pero no conseguía concentrarse. Y era muy probable que ahora estuviera interrumpiendo su trabajo. De hecho, podría haberle mandado un mensaje de texto para…

—¿Qué?

Pegó un brinco literalmente al oír esa palabra tan brusca —una acusación muy clara— a través del telefonillo.

—Lo siento. Soy Lila. Solo quería…

—Estoy en el estudio.

—Oh, vaya, yo…

Oyó un zumbido y un clic. Con cuidado probó el tirador de la enorme puerta. Cuando esta se abrió, supuso que equivalía a una invitación.

Entró en silencio y cerró la puerta tras de sí. Oyó un nuevo clic con total claridad. Se encaminó hacia las escaleras, giró y fue hasta el gran montacargas.

¿A quién no le gustaría subir en él?, se preguntó. Se montó, cerró las puertas y enseguida presionó el dos, esbozando una sonrisa cuando comenzó a subir con un chirrido.

Pudo verlo a través del enrejado cuando el montacargas se detuvo. Delante de un caballete, bosquejando en un lienzo.

No, no era un lienzo, observó mientras abría la puerta. Era un cuaderno de dibujo de gran tamaño.

—Tenía que salir. Tenía que hacer unos recados. He traído café. Y una magdalena.

—Bien. —No le dirigió ni una mirada—. Déjalo y colócate cerca de las ventanas. Justo en el medio.

—He ido a la policía. Quería contártelo.

—Colócate donde te he dicho y cuéntamelo. No, deja eso.

Se acercó, le arrebató la bolsa de la mano y la depositó en una abarrotada mesa; luego se limitó a tirar de ella hasta situarla delante de la amplia hilera de ventanas.

—Ladéate un poco, pero mírame.

—No he venido para posar…, y además dijiste que sería mañana.

—Hoy me viene bien. Tú mírame.

—No he dicho que vaya a posar para ti. De hecho, no me siento nada cómoda...

Ash le chistó para que guardara silencio..., tan brusco como su saludo a través del portero automático.

—Calla un minuto. No está bien —dijo mucho antes de que el minuto hubiera pasado.

La inundó el alivio. Se había sentido, aun durante ese medio minuto, como una mariposa atravesada por un alfiler.

—Ya te había dicho que no se me daría nada bien.

—No, tú estás bien. Es el ambiente. —Dejó el lápiz y la miró con los ojos entrecerrados.

El corazón de Lila latía un poco deprisa; la garganta se le quedó seca.

Entonces él se pasó las manos por el pelo.

—¿Qué clase de magdalena?

—Oh, ah, de manzana. Tenía una pinta estupenda. Me pasé por la panadería de Luke cuando volvía de hablar con la policía. Entonces se me ocurrió que debía pasarme por aquí y contártelo.

—Vale. Cuéntamelo. —Rebuscó en la bolsa de Lila y sacó dos cafés y la enorme magdalena.

Cuando la mordió, Lila frunció el ceño.

—Es una magdalena muy grande. Había pensado en compartirla.

Ash mordió de nuevo.

—Creo que no. ¿La policía?

—Fui a verlos y pillé a Fine y a Waterstone justo cuando se marchaban. Pero esperaron para que pudiera hablarles de tu teoría y luego de lo del perfume en tu casa —repuso Lila.

Mientras la observaba —en exceso, igual que había hecho con el lápiz en la mano— tomó un trago de café.

—Y te han dicho que lo investigarían de una forma que dejaba muy claro que creen que estabas haciéndoles perder el tiempo.

—Fueron educados. Eso me cabreó. ¿Por qué a ti no?

—Porque los entiendo. Aunque lo creyeran, lo cual no es

muy probable, ¿les proporciona eso algún hilo del que tirar? Ninguno. Yo no tengo nada, tú no tienes nada. Quienquiera que entrara aquí y en el apartamento de Julie seguro que ya lo sabe. Nosotros no tenemos nada que ver con el asunto en el que estaban involucrados Oliver y su chica, fuera lo que fuese. Voy a preguntar a los familiares, a ver si a alguno le contó en qué estaba metido. Pero no es muy probable, no si se trataba de algo ilegal o turbio, y es muy posible que fuera ambas cosas.

—Lo siento.

—No hay nada que sentir. Quizá fanfarronease de lo que fuera..., pequeñas cositas a un hermano o a otro. A lo mejor consigo unir las piezas.

Partió en dos lo que quedaba de la magdalena y le ofreció una parte.

—Caramba, gracias.

—Está buena. Deberías haber traído dos. —Agarró el café antes de cruzar el estudio y, acto seguido, abrió una puerta doble.

—¡Ay, Dios mío! ¡Es el departamento de vestuario! —Encantada, Lila se acercó a toda prisa—. Fíjate. Vestidos, pañuelos, bisutería. Y lencería muy, muy escueta. Estudié teatro en el instituto..., bueno, brevemente porque mi padre fue trasladado, pero el vestuario era muy divertido.

—Nada de esto es adecuado, pero este se acerca lo suficiente por ahora. —Sacó un vestido veraniego azul claro—. Ni es el color ni es la largura, pero la forma que tiene de la cintura para arriba se aproxima. Póntelo y descálzate.

—No voy a ponerme eso. —Pero tocó la falda..., la suave y vaporosa falda—. Es realmente bonito.

—Llévalo puesto una hora; dame una hora, y es tuyo.

—No puedes sobornarme con un... Es un Prada.

—Es tuyo si me das una hora.

—Tengo cosas que hacer, y Thomas...

—Yo te ayudaré con las puñeteras cosas. De todas formas tengo que recoger el correo. Hace días que no lo recojo. Y Thomas es un gato. Estará bien.

—Es un gato al que le gusta tener un colega cerca.

Prada, pensó Lila, tocando de nuevo la falda. Se había comprado un par de zapatos negros con plataforma de Prada, convenciéndose a sí misma de que eran prácticos. Y que estaban rebajados. De hecho, había librado una encarnizada guerra en las rebajas anuales en la octava planta de Saks para hacerse con ellos.

Las marcas no importaban, se recordó, mientras una ladina vocecita le susurraba «Prada».

—¿Y por qué tienes que recoger el correo? —preguntó tanto para distraerse del Prada como por pura curiosidad—. ¿No te lo traen?

—No. Tengo un apartado de correos. Una hora, y yo me encargaré de hacerte los recados.

—Genial. —Esbozó una amplia sonrisa, haciendo que apareciera el hoyuelo—. Necesito varias cosas del departamento de higiene personal femenina. Te daré una lista.

Ash se limitó a dirigirle una mirada divertida con aquellos perspicaces ojos verdes.

—Tengo hermanas, una madre y una pequeña ristra de madrastras, así como innumerables tías y primas. ¿Crees que eso me molesta?

—Una hora —dijo derrotada—. Y me quedo con el vestido.

—Trato hecho. Puedes cambiarte ahí. Y quítate esa cosa del pelo. Lo quiero suelto.

Siguiendo sus indicaciones, entró en un espacioso cuarto de baño, blanco y negro como la cocina, pero con un espejo triple. La clase de espejo que le hacía echarse a llorar en todos los probadores de los grandes almacenes.

Se puso el vestido azul claro y disfrutó durante un momento no solo de llevarlo, pues se había probado ropa de diseño antes por diversión, sino también al saber que podía ser suyo.

Un poco grande de pecho, pensó (¡menuda sorpresa!), pero no le quedaba nada mal. Y podía hacer que se lo metieran. Dado que quería el maldito vestido, se quitó las sandalias y se soltó el pelo.

Cuando salió de nuevo, él estaba mirando por la ventana.

—No llevo maquillaje conmigo —comenzó.

—No lo necesitas para esto. Solo es trabajo preliminar. —Ash se dio la vuelta y la estudió—. El color no te sienta mal, pero te quedan mejor los tonos más vivos. Ven aquí.

—Eres muy mandón cuando sale tu lado de artista. —Pasó cerca del caballete y se detuvo. Ahí estaba su rostro, una y otra vez desde distintos ángulos, con diferentes expresiones—. Soy yo en todos. Resulta raro. —E hizo que se sintiera expuesta otra vez—. ¿Por qué no utilizas a la chica de la sirena para esto? Es muy hermosa.

—Hay muchos tipos de belleza. Quiero tu cabello… —Simplemente la invitó a que se inclinara un poco, le pasó las manos por el pelo y luego la ayudó para que se enderezara de nuevo—. Agítalo —le ordenó. Y cuando lo hizo, a Lila le brillaron los ojos no por la ira, sino de pura diversión femenina—. Así. —Ash le asió la barbilla y le inclinó la cabeza hacia atrás—. Justo así. Sabes mucho más que yo, más que cualquier hombre. Puedo contemplarte bajo la luz de la luna, bajo las estrellas, a la luz de la hoguera, pero nunca sabré lo que sabes, lo que piensas. Los hombres que contemplan el baile creen que pueden tenerte. Pero no pueden, al menos que tú lo quieras. Ese es tu poder. —Volvió al caballete—. Levanta la barbilla, inclina un poco la cabeza hacia atrás. Fija tus ojos en mí.

Otra vez se le aceleró el corazón, se le secó la garganta. Y en esa ocasión sintió con toda claridad que las piernas se le doblaban un poco.

¿Cómo lo había hecho?

—¿Todas las mujeres a las que pintas se enamoran de ti?

—Algunas acaban odiándome. O al menos sintiendo una profunda antipatía. —Apartó la página con los bocetos y comenzó con una nueva.

—Y eso no te importa lo más mínimo porque consigues lo que quieres, y no es a ellas en realidad.

—Por supuesto que es a ellas, una parte de ellas. Mírame. ¿Por qué escribes novelas juveniles?

—Porque es divertido. Hay mucho dramatismo durante la

adolescencia. Todo el anhelo, el descubrimiento, la terrible necesidad de pertenecer a algo, el terrible temor de no ser como el resto. Añade hombres lobo y tienes una alegoría, y más divertida.

—Los hombres lobo siempre aportan diversión. A mi hermana Rylee le gustó mucho tu primer libro.

—¿En serio?

—Kaylee es la mejor, y Aiden está como un queso, pero ella siente un cariño especial por Mel.

—Ay, qué bonito. Mel es el mejor amigo del personaje central y un empollón muy torpe.

—Tiene sentido porque ella también es una empollona y siempre está de parte del más débil. Le he prometido regalarle el segundo libro y que tú se lo firmes.

Se sintió henchida de satisfacción.

—Más o menos dentro de un mes me llegarán algunos ejemplares para la prensa. Te firmaré uno para ella y te lo haré llegar.

—Genial. Seré su hermano favorito.

—Seguro que ya lo eres. Sabes escuchar e incluso, cuando las cosas van mal, le das algo que la hace feliz.

—Gira.

—¿Qué?

Ash trazó un círculo en el aire con el dedo mientras seguía dibujando con la otra mano.

—No, no, gira. —Esa vez agitó el dedo varias veces.

Lila se sentía estúpida, pero dio una vuelta rápida.

—Ahora, levanta los brazos, divirtiéndote. —La próxima vez pondría música para distraerla, para que se mantuviera relajada—. Mejor, aguanta un poco, mantén los brazos en alto. ¿Estuvo tu padre destinado en el extranjero?

—Un par de veces. En Alemania, aunque yo era solo un bebé y no lo recuerdo. Y en Italia, y fue estupendo.

—¿Estuvo en Irak?

—Sí, y aquello no fue nada agradable. Le desplegaron desde Fort Lee en Virginia, así que nosotros nos quedamos allí.

—Qué duro.

—La vida en el ejército no es para debiluchos.

—¿Y ahora?

—Intento no ser una debilucha. Pero te refieres a qué hace ahora mi padre. Está jubilado y se ha mudado a Alaska con mi madre. Les encanta aquello. Compraron una pequeña tienda tradicional y comen hamburguesas de alce.

—Vale, relájate. Agita el pelo una vez más. ¿Has ido allí?

—¿A Juneau? Un par de veces. Conseguí un curro en Vancouver y fui a Juneau después; luego conseguí otro en Missoula e hice lo mismo. ¿Tú has estado en Alaska?

—Sí, es impresionante.

—Sí que lo es —dijo mientras recordaba el lugar—. Es otro mundo literalmente. Otro planeta. No es el planeta helado Hoth, pero no anda muy lejos.

—¿El qué?

—Hoth, el planeta helado. *La guerra de las galaxias... El imperio contraataca.*

—Vale, sí.

A todas luces se trataba de un fan ocasional de *La guerra de las galaxias* como mucho, decidió Lila, así que cambió de tema.

—¿Qué pintaste en Alaska?

—Algunos paisajes, porque cualquiera que no lo hiciera estaría loco. A una mujer inuit como una reina de hielo... seguramente rigiendo el planeta helado Hoth —agregó y se ganó una sonrisa de Lila.

—¿Por qué casi siempre mujeres? Pintas otras cosas, pero mujeres sobre todo; y personajes de fantasía, benévolos o no, como la bruja que toca el violín en el prado bajo la luz de la luna o la sirena devoradora de hombres.

Los ojos de Ash cambiaron; pasaron de penetrantes, fijos en ella, a más serenos, más curiosos.

—¿Por qué das por hecho que la mujer del prado es una bruja?

—Porque el poder, y el placer que este le produce, lo mismo que la música, está ahí presente. O simplemente es así como yo lo veo; y supongo que esa es la razón de que quisiera ese cuadro.

—Tienes razón. Está inmersa en un momento de aceptación; su música, su magia. Si aún lo tuviera, llegaría a un acuerdo contigo porque tú lo entiendes. Pero claro, ¿dónde ibas a colgarlo?

—Esa es una pequeña pega —convino—. Pero repito, ¿por qué sobre todo mujeres?

—Porque son poderosas. La vida procede de ellas, y eso ya es mágico de por sí. Es suficiente por ahora. —Arrojó el lápiz a un lado mientras su mirada permanecía fija en ella—. Tengo que encontrar el vestido adecuado, algo con movimiento.

Dado que no estaba segura de que él fuera a decirle que sí, no preguntó si podía ver lo que había hecho, sino que se acercó y echó un vistazo.

Cuántos ángulos de su cara, pensó, y de su cuerpo.

—¿Algún problema? —preguntó Ash.

—Es como los espejos triples de los probadores. —Meneó los hombros—. Ves demasiado.

Y vería aún más cuando la convenciera para hacer un desnudo, pero paso a paso.

—Bueno. —Cogió de nuevo su café—. Los recados.

—No tienes por qué ayudarme con mis cosas. Tengo un vestido nuevo.

—Tengo que ir a recoger el correo de todas formas. —Echó un vistazo al estudio—. Y tengo que salir de aquí. Seguramente necesitas tus sandalias.

—Así es. Dame un minuto.

A solas, Ash sacó el móvil y lo encendió. Ver más de una docena de mensajes de vídeo, de texto y correos electrónico le produjo jaqueca al instante.

Sí, necesitaba salir.

De todas formas se tomó el tiempo para responder a algunas personas, por orden de prioridad; paró y volvió a guardarse el teléfono cuando ella salió, ataviada con los pantalones piratas y la camiseta que llevaba al principio.

—He doblado el vestido y lo he metido en mi bolso, por si acaso al final decides que no puedo quedármelo.

—El vestido no es mío.

—No cabe duda de que es demasiado corto para ti, pero... ¡Oh! —Se mostró angustiada al instante—. Pertenece a otra persona. Deja que lo coloque de nuevo en su sitio.

—No, te dije que te lo quedaras. Se lo dejó aquí Chloe, o puede que fuera Cora, hace meses. Quienquiera que fuera conoce las reglas.

—¿Hay reglas?

—Si dejas algo aquí —comenzó mientras conducía a Lila al ascensor— más de dos meses, va al guardarropa o a la basura. De lo contrario, tendría las cosas desperdigadas por todas partes.

—Estricto pero justo. Cora... ¿Una hermana? ¿Una modelo? ¿Una novia?

—Medio hermana por parte de padre, como te comenté cuando te hablé de mi familia. —Y como uno de los mensajes había sido de Cora, recordó a Oliver—. Mañana nos entregan el cuerpo.

Lila le tocó la mano mientras él abría la puerta del montacargas en la planta baja.

—Eso es bueno. Significa que pronto podrás celebrar el funeral y despedirte de él.

—Significa un circo emocional, pero no puedes pasar el cepillo hasta que los elefantes no hayan danzado.

—Creo que eso lo he entendido —dijo al cabo de un rato—, y no es demasiado halagador para tu familia.

—Ahora mismo estoy un poco harto de mi familia. —Agarró las llaves, las gafas de sol y una pequeña bolsa de tela—. Guárdame esto en tu bolso, ¿quieres? Para el correo.

Lila no alcanzaba a comprender lo que era necesitar una bolsa para el correo, pero lo hizo.

Ash se guardó las llaves en el bolsillo y se puso las gafas.

—Es un momento agotador —comentó Lila.

—No te haces una idea. —La condujo fuera—. Deberías..., deberías venir al funeral.

—Oh, no creo que...

—Claro que sí. Serás una distracción; además mantienes la

calma durante una crisis. Y habrá varias crisis. Enviaré un coche a recogerte. A las diez en punto estará bien.

—No le conocía.

—Estás conectada, y me conoces a mí. Luke te llevará. El domingo. ¿Tienes libre el domingo?

Miente, se ordenó, pero sabía que no iba a hacerlo.

—De hecho, es mi día de transición entre los Kilderbrand y los Lowenstein, pero…

—Entonces te va bien. —La asió del brazo y la condujo hacia el este en vez de hacia el sur de la ciudad.

—Me dirigía a una manzana de aquí.

—Antes haremos una parada. Ahí. —Señaló una boutique femenina de moda.

Mientras esperaba a que el semáforo se pusiera verde, un estruendoso y enorme camión de reparto y un grupo de lo que Lila sabía que eran turistas, debido al tono de la voz, le proporcionaron un minuto para recobrar el aliento.

—Ashton, ¿no considerará tu familia la presencia de la cotilla vecina temporal como una intromisión en el funeral de tu hermano?

—Lila, tengo doce hermanos, muchos de los cuales están casados y tienen ex parejas, hijos e hijastros. Tengo diversas tías, tíos y abuelos. No hay nada que sea una intromisión.

Cruzó la calle tirando de ella y sorteando a una mujer con un bebé en su cochecito que no dejaba de llorar; entró en una tienda con mucho color y estilo. Y, supuso Lila, con precios muy elevados.

—Jess.

—Ash. —La esbelta rubia ataviada con un minivestido blanco y negro, y unas altísimas sandalias rojas, rodeó el mostrador con premura para ofrecerle la mejilla a Ash—. Me alegro de verte.

—Tengo unas cuantas cosas que hacer, pero me he pasado a ver si habías encontrado algo.

—Me puse manos a la obra en cuanto llamaste. Tengo un par de cosillas que podrían estar bien. ¿Es esta tu modelo? Soy Jess.

—Lila.

—Tienes razón con lo del rojo —le dijo a Ash—. Y creo que sé cuál va a dar resultado. Venid a la trastienda.

Los condujo a un almacén lleno a reventar y cogió dos vestidos rojos con falda larga y de vuelo de un perchero con ruedas.

—Ese no. Este.

—Exacto.

Antes de que Lila pudiese ver bien ambos vestidos, Jess volvió a colgar uno en el perchero y sostuvo el otro en alto.

Ash extendió la falda cuajada de volantes y asintió.

—Debería ir bien, pero necesito color debajo.

—Eso lo tengo resuelto. Encontré esta prenda en una tienda de segunda mano hace semanas y la cogí pensando en que tú podrías encontrarle alguna utilidad en un momento dado. Creo que es perfecta para esto. Tiene los volantes multicolores en la parte inferior, en vez de donde los tienen la mayoría de las combinaciones y enaguas. Y si no es adecuada, puedes pedirle a una modista que te haga una.

—Sí, ya veremos. —Cogió ambas cosas y se las pasó a Lila—. Pruébatelo.

—La de los recados soy yo —le recordó.

—Ya llegaremos a eso.

—Deja que te acompañe al probador. ¿Quieres tomar algo? —le dijo Jess con amabilidad al tiempo que se llevaba a Lila del almacén hacia un probador con el puñetero espejo triple—. ¿Agua mineral con gas?

—¿Por qué no? Gracias.

Lila se cambió de ropa una vez más. La combinación le quedaba holgada en la cintura, así que sacó un clip sujetapapeles del bolso para ceñirla.

Y el vestido le quedaba de ensueño.

No era su estilo, claro. Demasiado rojo, demasiado descarado debido al profundo escote. Pero la cintura baja la hacía parecer más alta, y eso no le molestaba lo más mínimo.

—¿Te has puesto ya ese trapo?

—Sí. Lo que pasa es que... Bueno, entra ya —le dijo cuando Ash hizo justo eso.

—Sí, no está mal. —Giró el dedo en círculo otra vez. Lila puso los ojos en blanco, pero hizo lo que le pedía—. Casi. Vamos a necesitar… —Bajó la mano y le subió una parte de la falda.

—Oye.

—Relájate. Súbetela hasta aquí, enseña más pierna, más color.

—La combinación es demasiado ancha de cintura. La he ceñido con un clip.

—Jess.

—No hay problema, y le conviene otro sujetador. Hummm, ¿talla 85, copa A?

Ofensivamente acertada, pensó Lila.

—Sí.

—Espera. —Salió a toda prisa.

Tratando de recobrar la compostura otra vez, Lila tomó un sorbo de agua mineral mientras Ash la estudiaba con detenimiento.

—Lárgate.

—En un minuto. Pendientes de aro dorados, un montón de… —Pasó los dedos arriba y abajo por su muñeca.

—¿Pulseras?

—Eso.

—Discúlpanos un momento. —Jess regresó con un sujetador rojo fuego y empujó a Ash fuera—. Si no se quedaría ahí —repuso con una sonrisa—. Si te pruebas esto, puedo tomar la medida de la combinación.

Con un suspiro, Lila dejó el agua y procuró no pensar en que estaba desnuda hasta la cintura delante de una desconocida.

Quince minutos más tarde, salieron con el vestido, el sujetador… y las braguitas a juego que había aceptado en un momento de debilidad.

—¿Cómo ha pasado esto? ¿Lo único que hice fue mirar por la ventana?

—¿Las leyes de la física?

—¿Acción y reacción? —Exhaló un suspiro—. Entonces supongo que puedo achacarlo a la ciencia.

—¿Qué recados tienes que hacer?

—No sé si me acuerdo.

—Piensa en ello. Iremos a la oficina de correos mientras tratas de recordarlo.

—Oficina de correos. —Meneó la cabeza—. Me has comprado ropa interior.

—Es el vestuario.

—Es ropa interior. Ropa interior roja. Apenas te conozco desde hace… ¿cuánto? Poco más de una semana, y ahora me has comprado ropa interior roja. ¿Has mirado siquiera el precio?

—Dijiste que no ibas a casarte conmigo por dinero.

Aquello la hizo reír, y recordó.

—Un juguete para gatos. Quiero un juguete para Thomas.

—Creía que ya tenía juguetes.

Un hombre con una gabardina hasta los tobillos pasó de forma airada farfullando obscenidades. Dejó un sorprendente rastro de olor a sudor tras de sí.

—Adoro Nueva York —dijo Lila observando a los peatones esquivarlo y evitar cruzarse en su camino—. Lo adoro de verdad.

—Vive por aquí, en alguna parte —le dijo Ash—. Lo veo, o al menos lo huelo, un par de veces a la semana. Nunca se quita esa gabardina.

—De ahí la peste. Dicen que alcanzaremos los treinta y cuatro grados hoy, y yo diría que ya casi los hemos alcanzado. Y tengo que comprar una botella de vino para los Kilderbrand. Compraré flores el sábado.

—¿Vas a dejarles una botella de vino y flores?

—Sí, es una cortesía. Una de tus muchas madres debería habértelo enseñado. —Inspiró el olor del puesto de perritos calientes, mucho más agradable que el del tío de la gabardina—. ¿Por qué te estoy acompañando a la oficina de correos?

—Porque está aquí mismo. —Cogiéndola de la mano, la arrastró dentro del local hasta la pared llena de buzones. Acto seguido sacó una llave, abrió uno y dijo—: Mierda.

—Está muy lleno —comentó.

—Han pasado unos cuantos días. Puede que una semana. La

mayoría es propaganda. ¿Por qué la gente tala árboles para imprimir propaganda?

—Al menos una cosa en la que coincidimos por completo.

Ash ojeó el correo, metió un par de cosas en la bolsa de tela que Lila le dio y se quedó con un sobre acolchado.

Y todo se detuvo.

—¿Qué es eso?

—Es de Oliver.

—Oh. —Clavó la mirada en la letra grande y redonda igual que hacía Ash—. Tiene matasellos...

—El día en que fue asesinado. —Ash arrojó el resto del contenido del buzón a la bolsa de tela y luego abrió el sobre.

Sacó una llave y una nota manuscrita en una tarjeta con monograma.

> Hola, Ash:
>
> Dentro de un día o dos me pondré en contacto contigo para recoger esto. Solo te lo envío por seguridad mientras concluyo el negocio. El cliente es un poco quisquilloso, así que te avisaré si tengo que abandonar la ciudad un par de días. Podrías recoger la mercancía y traérmela a la finca. Está en el banco Wells Fargo, cerca de mi apartamento. Y como he falsificado tu firma en el documento —¡igual que en los viejos tiempos!—, no tendrás ningún problema para acceder a la caja de seguridad. Te lo agradezco, hermano.
>
> Hablamos pronto,
>
> OLIVER

—Hijo de puta.

—¿Qué mercancía? ¿Qué cliente?

—Tendré que averiguarlo.

—Vamos —le corrigió—. Estoy metida hasta el fondo en esto —agregó cuando él la miró a los ojos.

—De acuerdo. —Metió la nota en la bolsa y se guardó la llave en el bolsillo—. Vamos al banco.

—Quizá esto lo explica todo. —Se apresuró para dar alcance a las largas zancadas de Ash—. ¿No deberías ir a la policía?

—Él me envió la llave a mí.

Lila le agarró de la mano para que aminorara el paso.

—¿Qué quería decir con que falsificó tu firma como en los viejos tiempos?

—Cosas de críos sobre todo. Documentos del colegio y ese tipo de cosas. En su mayoría.

—Pero tú no eras su tutor legal, ¿no?

—No. No exactamente. Es complicado.

Su tutor no, dedujo Lila. Pero sí la única persona con quien contaba.

—Él sabía que estaba metido en un lío —continuó Ash—, pero claro, estaba metido en líos la mitad del tiempo. Cliente picajoso, lo que significa cliente cabreado. Lo que sea que tuviese, no quería llevarlo encima ni tenerlo en su apartamento. Así que lo metió en una caja de seguridad y me envió la llave a mí.

—Porque sabía que tú se lo cuidarías.

—Habría metido el sobre en un cajón y me habría cabreado tanto como para tirárselo a la cara cuando viniera a por él; le habría dicho que no quería saber nada de aquello. Él lo sabía y por eso lo hizo. Porque no solo no tendría que explicármelo, sino que yo no dejaría que me lo explicara.

—Eso no hace que sea culpa tuya.

—No, no hace que lo sea. ¿Dónde coño está el banco?

—Hay que girar a la izquierda en la siguiente esquina. No me dejarán entrar contigo para abrir la caja. Tienes que estar autorizado.

—Cierto. —Pensándolo con detenimiento, aminoró el paso durante un momento—. Cogeré lo que haya y supongo que luego nos lo llevaremos a tu casa. Por el momento. Voy a entrar en el banco para terminar con esto de una vez. Tú entra en una de las tiendas y compra algo. —La detuvo, hizo que se girara y se arrimó a ella solo un poco—. Es posible que haya alguien vigilándonos a los dos... o a uno de los dos. Así que vamos a actuar de manera despreocupada. Estamos haciendo recados.

—Ese era el plan del día.

—Cíñete al plan. Compra alguna cosa y, cuando yo haya terminado en el banco, iremos al apartamento dando un paseo. Un agradable paseo.

—¿De verdad piensas que alguien nos vigila?

—Es una posibilidad. Bueno. —Se arrimó aún más y con ligereza le rozó los labios con los suyos—. Porque te he comprado lencería roja —le recordó—. Ve a comprar alguna cosa.

—Yo... voy al pequeño mercado que está muy cerca.

—Curiosea un poco hasta que vaya a por ti.

—Vale.

De todas formas, todo aquello era como un sueño extraño, se dijo mientras se encaminaba hacia el mercado. Posar para un pintor, lencería roja, notas de hermanos fallecidos, que la besaran en la acera porque alguien podría estar vigilando.

Sería mejor que comprara el vino para los Kilderbrand y viera adónde la llevaba el extraño sueño a continuación.

8

No llevó mucho tiempo. Ash siempre pensó que Oliver podría haberse ganado la vida como falsificador. Las firmas coincidían..., igual que la imitación que Oliver hacía de la firma de su padre o de la de muchos otros. La llave también funcionó. Una vez la funcionaria del banco utilizó la suya, extrajo la caja y se marchó, Ash se quedó a solas en la habitación privada contemplando la caja.

Lo que había dentro, fuera lo que fuese, les había costado la vida a Oliver y a la mujer a la que tal vez había amado, al menos a su manera. Lo que había dentro había llevado a un asesino hasta su casa y a la casa de una amiga.

Ash estaba seguro de ello.

Abrió la caja.

Miró fijamente los fajos de billetes de cien, verdes como una lechuga, y el grueso sobre de color sepia. Y el estuche depositado con cuidado en el interior de la caja. El estuche de piel repujada de un intenso color marrón con bisagras de oro.

Lo abrió.

Y contempló el resplandor y el brillo, la opulencia guardada con sumo mimo dentro del mullido interior.

¿Por esto?, pensó. ¿Morir por esto?

Ash cogió el sobre, sacó los documentos y leyó lo que pudo. Y pensó de nuevo, ¿por esto? Dejando a un lado la ira, cerró la caja. Sacó las compras de la bolsa de la tienda de ropa, colocó el estuche dentro junto con el dinero y el sobre, los tapó con el papel que envolvía las prendas y metió el vestido y la ropa interior dentro de la bolsa del correo, cerciorándose de que el papel lo cubriera. Después de cargar con las dos bolsas, dejó la caja del depósito de seguridad vacía sobre la mesa.

Necesitaba un ordenador.

Lila se dedicó a curiosear tanto tiempo como le pareció razonable. Compró el vino, dos melocotones grandes y apetitosos, y una pequeña cuña de queso Port Salut. Para hacer algo más de tiempo, le dio mil y una vueltas a las aceitunas, como si fueran su compra más importante del día. Quizá del año.

Al final llenó su pequeña cesta con diversos artículos. En el mostrador hizo una mueca al saber lo que iba a costarle todo y se aseguró de sonreírle al dependiente; luego mantuvo la sonrisa cuando se giró y miró a la impresionante mujer asiática con unas sandalias verdes con tacón de cuña con brillantina.

—Me encantan tus zapatos —le dijo como si tal cosa mientras cogía su bolsa con las compras.

—Gracias. —La mujer deslizó su exótica mirada hasta las preciosas y muy usadas sandalias planas y multicolores de Lila—. Las tuyas son muy monas.

—Son para andar, no para ir arreglada. —Satisfecha consigo misma, Lila salió sin prisas y se encaminó hacia el banco.

Zapatos aburridos, decidió Jai, para una vida aburrida. Pero ¿qué estaba haciendo el hermano en el banco durante tanto tiempo? Tal vez valiera la pena vigilar un poco más y, como la paga era buena y Nueva York le atraía, eso era lo que haría.

Ash salió del banco justo cuando Lila se debatía consigo misma entre entrar o esperar fuera.

—Ya no podía comprar más —comenzó.

—No pasa nada. Vámonos.

—¿Qué había en la caja?

—Hablaremos de ello cuando estemos en casa.

—Dame una pista —insistió alargando la zancada para no quedarse atrás—. Diamantes de sangre, huesos de dinosaurio, doblones, un mapa con la ubicación de la Atlántida…, porque está en el polo sur, en algún lugar.

—No.

—Sí que lo está —persistió—. Los océanos cubren la mayor parte del planeta, así que…

—Quiero decir que no había ninguna de esas cosas en la caja del banco. Tengo que hacer un par de búsquedas en tu ordenador.

—Códigos de lanzamiento de misiles nucleares, el secreto de la inmortalidad, la cura para la calvicie masculina.

Eso le distrajo lo justo para que la mirara.

—¿En serio?

—Estoy pescando a ciegas. Espera, tu hermano trabajaba en antigüedades. El cincel favorito de Miguel Ángel, *Excalibur*, la tiara de María Antonieta.

—Te estás acercando.

—¿De veras? ¿Cuál? Hola, Ethan, ¿cómo está?

Ash tardó un instante en darse cuenta de que ella estaba hablando con el portero.

—Oh, tirando, señorita Emerson. ¿Ha ido de compras?

—Tengo un vestido nuevo. —Le brindó una sonrisa radiante.

—Disfrútelo. Vamos a echarla de menos por aquí.

Ethan les abrió la puerta e intercambió un saludo con Ash.

—Lleva once años trabajando aquí —le contó a Ash mientras iban hacia el ascensor—. Y se sabe la vida de todo el mundo. Pero es muy discreto. ¿Cómo vamos a descubrir si era el cincel favorito de Miguel Ángel?

—No tengo ni idea. Me cuesta seguir a tu laberíntico cerebro.

—Estás disgustado. —Le acarició el brazo con la mano—. Puedo verlo. ¿Es malo? ¿Lo que has encontrado?

—Murió por eso. Eso ya es bastante malo.

Se acabó intentar levantarle el ánimo, se ordenó Lila, aunque eso le ayudara a calmar sus propios nervios. Sacó las llaves cuando el ascensor se abrió y no dijo nada más mientras se dirigían a la puerta del apartamento.

Le dedicó un momento a Thomas, que fue corriendo a saludarla, como si se hubiera ausentado durante semanas.

—Lo sé, lo sé, he estado fuera más tiempo del que pensaba. Pero ya he vuelto. Otro gatito debería hacerle compañía —dijo mientras se dirigía a la cocina—. Detesta estar solo.

Para compensar a Thomas, sacó los dulces para gatos y le arrulló mientras se los ofrecía.

—¿Puedes contármelo ya, Ash?

—Te lo enseñaré.

Ash dejó la bolsa de asas sobre la mesa del comedor, retiró el papel de seda y lo puso a un lado. Luego sacó el estuche de piel.

—Es precioso —murmuró Lila—. Especial. Eso significa que lo que hay dentro es hermoso y especial. —Contuvo el aliento mientras Ash levantaba la tapa—. ¡Oh! Es una belleza. Antiguo..., algo tan ornamentado tiene que serlo. ¿Es oro..., oro de verdad, quiero decir? Cuánto oro. Y eso de ahí ¿son diamantes auténticos? ¿Un zafiro?

—Lo averiguaremos. Necesito tu ordenador.

—Adelante. —Le indicó con la mano dónde estaba—. ¿Puedo sacar el huevo de oro?

—Sí, puedes.

Mientras ella lo hacía, Ash tecleó «Huevo de ángel con carruaje» en una página de búsqueda.

—El trabajo artesanal es increíble. —Lo sacó y sostuvo como si fuera una pequeña bomba; con extremo cuidado—. Es muy ornamentado, demasiado recargado incluso para mi gusto, pero hermoso; exquisito cuando te fijas en los detalles. El querubín de oro tira del carruaje dorado, y el carruaje contiene el huevo. Y el huevo... Dios mío, mira cómo brilla. Tienen que ser gemas auténticas, ¿verdad? Si son... —Entonces se le ocurrió—. ¿Es un Fabergé? ¿No era...? ¿No eran...? No sé mucho al respecto; eran los diseñadores de los huevos rusos. No sabía que eran tan recargados..., mucho más que un huevo de fantasía.

—Es, son, de Fabergé —dijo Ash con aire ausente mientras apoyaba las manos en la mesa a cada lado del portátil y leía.

—La gente los colecciona, ¿verdad? O están en museos. Los

antiguos, en todo caso. Este debe de valer miles de dólares..., cientos de miles. Supongo.

—Más.

—¿Un millón? —preguntó. Él meneó la cabeza y siguió leyendo—. Venga ya, ¿quién pagaría más de un millón por un huevo... aunque sea como este? Es... Oh, se abre, y hay... ¡Ash, mira! —Su sensibilidad por saber cómo funcionaban las cosas simplemente bailaba de felicidad—. Hay un pequeño reloj dentro del huevo. ¡Un reloj con querubín! Es fabuloso. Es realmente fabuloso. Vale, apuesto por un millón, teniendo en cuenta el reloj.

—La sorpresa. Llaman «sorpresa» a lo que hay dentro del huevo.

—Es realmente magnífico. Solo quiero jugar con él. —De hecho, sentía un cosquilleo en los dedos solo con pensar en averiguar cómo lo habían hecho—. Cosa que no voy a hacer, teniendo en cuenta que si es auténtico podría valer un millón.

—Probablemente veinte veces eso.

—¿Qué? —Se llevó las manos a la espalda de inmediato.

—Fácilmente. Huevo de oro con reloj —leyó—, decorado con brillantes y un zafiro, en un carruaje de dos ruedas de oro tirado por un querubín de oro. Fue hecho bajo la supervisión de Peter Carl Fabergé para el zar Alejando III en 1888. Es uno de los huevos imperiales. Uno de los ocho huevos imperiales desaparecidos.

—¿Desaparecidos?

—Según lo que estoy leyendo, había aproximadamente cincuenta huevos imperiales elaborados por Fabergé para los zares Alejandro y Nicolás. Se sabe que hay cuarenta y dos en museos o en colecciones privadas. Ocho están desaparecidos. El *Querubín con carruaje* es uno de los ocho.

—Si es auténtico...

—Eso es lo primero que tenemos que verificar. —Dio un toquecito con el dedo al sobre color sepia—. Aquí hay varios documentos; algunos están escritos en ruso. Pero claro, lo que he leído en internet confirma que tenemos uno de los huevos imperiales. A menos que tanto los documentos como el huevo sean falsificaciones.

—Es demasiado exquisito para ser una falsificación. Si alguien tuviera ese talento y pudiera invertir todo ese tiempo, ¿por qué dedicarse a falsificar? Y aun así la gente lo hace —adujo antes de que pudiera hacerlo Ash—. Simplemente no lo entiendo. —Se sentó inclinándose hacia delante, hasta que sus ojos quedaron a la misma altura que el huevo—. Si es una falsificación, quienquiera que accediese a comprarlo habría hecho que lo autenticaran. Sé que es posible que una falsificación en verdad excepcional supere esas pruebas, pero es muy poco probable. Si es auténtico… ¿Has dicho en serio lo de los veinte millones?

—Por lo que estoy leyendo es posible que más. Es muy fácil averiguarlo.

—¿Cómo?

—Con el tío de Oliver, su jefe. Es el dueño de Antigüedades del Viejo Mundo. Si Vinnie no puede autentificarlo y tasarlo, conocerá a gente que sí pueda hacerlo.

El huevo relucía y remitía a una época de opulencia. No solo magnífica en el arte, pensó Lila, sino también en la historia.

—Ash, tienes que llevarlo a un museo.

—¿Qué? ¿Entro en el Museo Metropolitano y digo «Hola, mirad lo que he encontrado»?

—A la policía.

—Todavía no. Quiero algunas respuestas, y no van a dármelas. Oliver tenía esto; necesito saber cómo lo consiguió. ¿Fue una transacción? ¿Lo robó o lo adquirió?

—¿Crees que podría haberlo robado?

—No entrando en una casa por la fuerza. —Se pasó los dedos por el pelo—. Pero quizá engañando a alguien. ¿Mintiendo? ¿Manipulando? Era capaz de todo eso. Dice que tenía un cliente. ¿Consiguió esto de ese supuesto cliente o iba a entregárselo a esa persona?

—¿Has revisado todos los documentos que hay ahí? A lo mejor encuentras algún recibo, algún tipo de factura.

—Nada parecido…, pero no he visto todos los papeles de su

apartamento. Aquí está el dinero que había en la caja. Son unos seiscientos mil pavos en efectivo.

—¿Seiscientos mil?

—Dólar arriba, dólar abajo —repuso Ash tan distraídamente que Lila le miró con los ojos fuera de las órbitas.

—Que Oliver conservara tanta pasta significa que no obraba en su poder desde hacía mucho y que tenía planes. Seguramente no quería o no podía declarar el dinero. Puede que le pagaran para que adquiriera esto y que luego pensara que no era suficiente y tratara de exprimir al cliente para conseguir unos honorarios más altos.

—Si vale tanto como piensas, ¿por qué no pagar más? ¿Por qué matar a dos personas?

Ash no se molestó en señalar que la gente mataba por calderilla. O simplemente porque deseaba matar.

—Quizá planearan acabar con su vida desde el principio o quizá cabrease al cliente equivocado. Lo que sé es que tengo que hacer que autentifiquen esto. Tengo que descubrir dónde lo consiguió Oliver y quién lo quería.

—¿Y luego?

Aquellos ojos verdes se tornaron afilados como una navaja.

—Luego pagarán por matar a mi hermano y empujar a una mujer por la ventana.

—Porque cuando averigües lo que tienes que averiguar, acudirás a la policía.

Ash vaciló un instante porque la furia le hizo imaginar y regodearse en esa imagen: impartir justicia él mismo. Pero miró a Lila a los ojos y supo que no podría..., y que ella le despreciaría en caso de que sí pudiera.

Le sorprendió lo mucho que eso le importaba.

—Sí, acudiré a la policía.

—Vale. Voy a preparar algo para comer.

—¿Vas a preparar la comida?

—Porque tenemos que pensar y necesitamos comer. —Cogió el huevo y lo depositó en su acolchada caja—. Estás haciendo esto porque le querías. Era un incordio, a veces un motivo de vergüenza, a menudo una decepción, pero le querías, y por eso vas a hacer lo que puedas para averiguar por qué ha muerto. —Le miró—. Estás sufriendo, y ese dolor está teñido de violencia. No es malo sentir eso. —Para llegar a ese dolor, posó una mano sobre la de él—. Es natural sentir odio, incluso querer castigar tú mismo al asesino. Pero no lo harás. Tienes demasiado honor. Así que voy a ayudarte, empezando con la comida.

Entró en la cocina y rebuscó en los alimentos que aún no había guardado.

—¿Por qué no me dices que me largue, que me aleje y guarde las distancias?

—¿Por qué iba a hacerlo?

—Porque he traído a tu casa...

—No es mía.

—A tu trabajo —se corrigió— un objeto que vale posiblemente millones y que fue obtenido por medios poco éticos, si no ilegales. Aquello en lo que estaba metido mi hermano hizo que alguien entrara en el apartamento de tu amiga buscándote a ti o rastreando información sobre ti... Y es probable que, mientras te relaciones conmigo, esa persona, seguramente un asesino, te tenga vigilada.

—Te has olvidado de la trágica pérdida de los zapatos de mi amiga.

—Lila...

—No deberíamos menospreciarlos —declaró Lila mientras ponía al fuego una pequeña olla con agua para cocer pasta. Una ensalada de pasta rápida parecía lo ideal—. Y la respuesta a todo eso es que tú no eres Oliver.

—Esa es la respuesta.

—La primera parte —matizó—. Tal vez me habría caído bien. Creo que es posible que sí. También creo que me habría defraudado porque parece que desperdició tantísimo potencial, tantas oportunidades. Tú no, y esta es otra parte de la respuesta. Tú no desaprovechas nada, y eso es importante para mí; no desaprovechar ni las cosas ni el tiempo, ni a la gente ni las oportunidades. Vas a dar la cara por él aunque crees que hizo algo no solo estúpido, no solo peligroso, sino también malo. Pero lo defenderás de todas formas. Lealtad. Amor, respeto, confianza... Todo ello es esencial, aunque ninguna de esas cosas resiste sin la lealtad..., y esta es la última parte de la respuesta. —Le miró con sus oscuros ojos, sinceros y cargados de sentimiento—. ¿Por qué iba a decirte que te fueras?

—Porque no le conocías y porque todo esto te complica la vida.

—Te conozco a ti, y las complicaciones son la sal de la vida. Además, si te diera la patada, no me pintarías.

—Si no quieres que te pinte.

—No quería. Y sigo sin estar segura de quererlo, pero siento curiosidad.

—Ya tengo un segundo cuadro en mente.

—¿Lo ves? No desaprovechas nada. ¿De qué va?

—De ti, tendida bajo una pérgola exuberante y verde, al ponerse el sol. Despertando, con el cabello extendido por doquier.

—¿Me despierto al anochecer?

—Como podría hacerlo un hada, antes del trabajo nocturno.

—Sería un hada. —Se le iluminó la cara ante la idea—. Me gusta. ¿Qué llevo puesto?

—Esmeraldas.

Lila dejó de remover la pasta que acababa de añadir al agua hirviendo para mirarle.

—¿Esmeraldas?

—Esmeraldas, como gotas de un mar mágico, serpenteando entre tus pechos, derramándose de tus orejas. Iba a esperar un poco para hablarte de este cuadro, pero pongo las cartas sobre la mesa ahora que aún tienes tiempo de cambiar de opinión.

—Puedo cambiar de opinión en cualquier momento.

Ash esbozó una sonrisa y se acercó.

—No lo creo. Este es el momento de cortar y echar a correr.

—No voy a correr. Estoy preparando la comida.

Ash le quitó el tenedor de la mano y removió la pasta con rapidez.

—Ahora o nunca.

Lila dio un paso atrás.

—Necesito el escurridor.

Él le asió el brazo y la atrajo hacia sí.

—Ahora.

No fue como en la acera; aquel roce de labios ligero y casual. Fue una posesión prolongada, exquisita y persistente, con electrizantes oleadas de exigencia que sacudían su organismo al tiempo que lo seducía.

¿No se le habían doblado las rodillas en su estudio cuando él la había mirado? Pues ahora se le debilitaron por completo y la dejaron desarraigada, libre de ataduras.

O se agarraba o se caía.

De modo que se agarró.

Ash lo había visto en ella la primera vez que la había mirado a los ojos. A pesar de su conmoción, a pesar de la descarnada pena, había visto su bondad. Su capacidad para dar. Aquel resplandor dentro de ella que podía ofrecerlo todo o retenerlo. Lo aceptó, aceptó ese oscuro y maravilloso corazón dentro de la luz y dejó que lo envolviese como si fuera vida.

—Tendrás este aspecto —murmuró mirándola de nuevo a los ojos—. Cuando despiertes en la pérgola. Porque sabes lo que puedes hacer en la oscuridad.

—¿Me has besado por eso? ¿Por el cuadro?

—¿Saber que esta energía estaba aquí… es el motivo de que no me hayas dicho que me marchara?

—Puede que sea una de las razones. No la principal, aunque sí una de ellas.

Le retiró el cabello hacia la espalda.

—Exacto.

—Tengo que… —Se apartó y retrocedió para retirar la olla del fuego antes de que la pasta se pasara de cocción—. ¿Te acuestas con todas las mujeres que pintas?

—No. Existe intimidad en el trabajo y normalmente también sexualidad. Pero es trabajo. Quise pintarte mientras estabas sentada frente a mí en aquella cafetería. Quería acostarme contigo… Me abrazaste. La primera vez que vine aquí me diste un abrazo antes de marcharme. No fue el contacto físico; no soy tan facilón. —Captó la sonrisita de Lila cuando vertió la pasta en el escurridor—. Fue tu generosidad, tu sencillez. Quería eso y te quería a ti. Puede que al principio buscara consuelo. Ahora no.

No, no se trataba de consuelo, pensó Lila. Para ninguno de los dos.

—Siempre me han atraído los hombres fuertes. Los hombres complicados. Y siempre ha terminado mal.

—¿Por qué?

—¿Por qué mal? —Encogió un hombro mientras echaba la pasta en un bol—. Se cansan de mí. —Agregó pequeños tomatitos, unas relucientes aceitunas negras, picó un par de hojas frescas de albahaca y añadió un poco de romero y pimienta—. No soy excitante, no estoy especialmente dispuesta a quedarme en casa o a cocinar y mantener el fuego del hogar encendido, ni a salir e ir de fiesta todas las noches. Un poco de cada cosa está bien, pero siempre parece que no es suficiente por un lado o que es demasiado por el otro.

»Ya está la comida. Voy a hacer trampa y a utilizar aliño comprado.

—¿Por qué es hacer trampa?

—Olvida que lo he mencionado.

—No busco una cocinera ni a alguien que atienda el fuego, ni busco fiestas nocturnas. ¿Y ahora mismo? Eres la mujer más excitante que conozco.

¿Excitante? Nadie, ni siquiera ella misma, la había considerado jamás excitante.

—Es la situación. Las situaciones intensas producen excitación…, ansiedad. Probablemente úlceras, aunque ahora le restan importancia a eso. De todas formas sería una lástima desaprovechar la excitación y la intensidad.

Después de preparar la ensalada, abrió el cajón del pan.

—Me queda uno. —Sostuvo en alto un panecillo redondo—. Lo compartimos.

—Hecho.

—Voy a pedirte otra cosa. Un poco de espacio para pensar en esto antes de lanzarme. Porque suelo ser de las que se lanzan de lleno y suelo acabar metida hasta el fondo. A eso hay que añadirle la peliaguda situación, porque la hay: tu hermano, ese espectacular huevo y qué hacer con ambas cosas. Así que me gustaría intentar ir poco a poco en vez de tirarme de cabeza.

—¿Qué tan hondo estás metida ya?

—Un poco más arriba de las rodillas cuando empezaste a dibujarme. Ahora voy por las caderas.

—Vale. —Su respuesta (fresca, simple y franca) le resultó tan sexy como la seda negra. Necesitaba tocarla, de modo que se decidió por juguetear con las puntas de su cabello, complacido con que se lo hubiera dejado suelto—. ¿Quieres que comamos en la terraza? ¿Que dejemos la situación a un lado durante un rato?

—Es una idea excelente. Hagamos eso.

No pudieron dejarlo a un lado por mucho tiempo, pensó, porque la situación era importante. Pero agradeció el sol, la sencilla comida y el enigmático hombre que la deseaba.

Otros hombres la habían deseado para carreras cortas, incluso para una o dos vueltas al circuito. Pero nunca había vivido una maratón. Pero claro, su vida era una serie de cortos acelerones. Cualquier tipo de permanencia la había eludido durante tanto tiempo que había decidido que desear una relación larga era algo contraproducente.

Creía que se había forjado una vida que giraba en torno a lo temporal de un modo muy productivo e interesante.

Podía hacer exactamente lo mismo en una relación con Ash.

—Si nos hubiéramos conocido a través de Julie, tal vez en una exposición de tu obra, todo esto no sería tan raro. Quizá si nos hubiéramos conocido así puede que no estuvieras interesado.

—Te equivocas.

—Es agradable oír eso. Sea como sea, no ha sido así. —Dirigió la mirada hacia la ventana todavía tapada con tablas—. Tienes muchas cosas que hacer, Ash.

—Un montón casi siempre. No me has echado cuando tenías ocasión, así que tú estás igual.

—Soy la reina de la multitarea. En un par de días tendré vistas al río, un perrito, orquídeas que atender y un gimnasio particular que me intimidará o me inspirará para que haga ejercicio. Aún tengo que terminar el tercer libro de la serie, mantener actualizado un blog y comprar un regalo para el cumpleaños de mi madre…, que creo que va a ser uno de esos limoneros en miniatura porque sería muy guay cultivar tus propios limones en Alaska. Y aún me quedará pendiente un huevo imperial robado que vale más de lo que mi cabeza alcanza a imaginar, cierta ansiedad al saber que es posible que haya un asesino vigilándome y el enigma de tener sexo del bueno con un hombre que he conocido debido a que ha perdido a su hermano.

»Eso requiere hacer malabares —decidió—. Así que intentaré ser hábil.

—Te has olvidado del cuadro.

—Porque me intimida más que el gimnasio o el sexo.

—¿No te intimida el sexo?

—Soy una chica, Ashton. Desnudarme delante de un tío por primera vez me resulta muy, muy intimidante.

—Te mantendré entretenida.

—Eso podría ser una ventaja. —Dibujó un corazoncito en la condensación de su vaso de limonada—. ¿Qué vamos a hacer con el huevo?

Y de esa manera, pensó Ash, el problema principal entró de nuevo en escena.

—Voy a enseñárselo al tío de Oliver…, con el que trabajaba. Si Vinnie no puede identificarlo y autenticarlo, sabrá de alguien que sí pueda, como ya te comenté.

—Es una muy buena idea. Una vez que lo haga… Porque de un modo u otro es valioso. O bien tiene un valor razonable gracias al trabajo de artesanía, o bien tiene un valor astronómico. Así que, en cuanto acrediten su valor, ¿qué vas a hacer con él?

—Me lo llevaré conmigo a la finca mañana. La seguridad allí rivaliza con la de la Casa de la Moneda. Estará seguro mientras yo me ocupo de lo demás.

—¿Ocuparte cómo?

—Estoy en ello. Vinnie tiene que conocer a coleccionistas…, grandes coleccionistas. O si no a alguien que los conozca.

Lila tenía una imaginación excelente y la puso a trabajar imaginándose a alguien con infinidad de millones para permitirse un hobby. Una vez al año cuidaba la casa de una pareja gay que coleccionaba pomos antiguos. Y en invierno, la de una mujer dos veces viuda que tenía una colección fascinante de *netsuke* eróticos.

Pero ¿infinidad de millones? Tendría que esforzarse más para imaginar eso. Necesitaba una foto, decidió; una cara, antecedentes e incluso un nombre para darse un empujón.

—Tiene que haber algo sobre el cliente de Oliver en sus archivos, en su correspondencia, en alguna parte.

—Los revisaré.

—Puedo ayudarte con eso. Puedo hacerlo —adujo al ver que él no respondía—. A veces los clientes me pagan una tarifa extra para que organice el despacho de la casa o el papeleo mientras están ausentes. En cualquier caso, ella tenía que saberlo. La novia de Oliver, Sage, tenía que estar al tanto de esto. Todas esas conversaciones tan intensas —prosiguió contemplando la ventana cerrada con tablas y recordando—. Tantas discusiones, tanta agitación, tanta ansiedad. Yo me lo tomaba como algo típico en una relación personal, pero ahora… Tenía que deberse al huevo, al cliente, a lo que él o los dos estaban intentando conseguir.

—Ella sabía algo —convino Ash—, pero no lo suficiente. Dijiste que estaba llorando, suplicando, aterrada. Creo que, de haber sabido dónde guardaba Oliver el huevo, lo habría entregado.

—Seguramente tengas razón. Sabía qué era, qué planeaba, pero puede que no supiera dónde lo guardaba. Así que ella no pudo decir nada, y él estaba inconsciente, de modo que tampoco pudo. Quienquiera que los matara cometió un error al drogarlo hasta ese punto, dando por hecho que la mujer sería la presa más fácil y que hablaría en cuanto estuviera lo bastante asustada o herida. —Se levantó y recogió los platos—. Tienes cosas que hacer, gente a la que ver.

Ash se puso en pie, le quitó los platos de las manos y los dejó de nuevo en la mesa. Luego le asió los brazos.

—A ella le habría dicho que era para protegerla. «Escucha, guapa, lo que no sabes no puede hacerte daño. Solo velo por ti.» Una parte de él lo creería así.

—Entonces era verdad en parte.

—No se lo contó porque no confiaba en ella y porque no quería que tuviera tanto control como él. Su operación, sus reglas. Y la chica murió por ello.

—También él, Ashton. Dime una cosa. —Le asió también de los brazos; un contacto por otro—. Si hubiera podido, ¿habría hablado, se lo habría entregado al cliente para salvarla?

—Sí.

—Pues conformémonos con eso.

Se puso de puntillas y posó sus labios sobre los de él. Después se encontró atrapada entre sus brazos, sucumbiendo de nuevo, con el corazón latiéndole de forma irregular cuando él asumió el control.

—Podría entretenerte ahora.

—No cabe duda de eso. Pero mejor no.

Ash le acarició los brazos.

—Mejor no.

Entraron de nuevo. Lila le vio meter el estuche de piel en la bolsa y colocar el papel de seda encima, el sobre y el dinero.

—Tengo que marcharme mañana. He de concluir algunos preparativos en persona. Como te estoy acorralando para que asistas al funeral, y para que te sientas más cómoda, ¿por qué no compruebas si Julie va a venir el domingo?

—Podría ser incómodo para Luke y para ella.

—Ya son mayorcitos.

—Sí que lo son.

—Pregúntaselo. Y envíame un mensaje con la dirección donde vas a quedarte después para tenerla. ¿Dijiste en el Upper East?

—Eso es. Tudor City.

Ash frunció el ceño.

—Eso está bastante lejos de mi apartamento. Enviaré un coche a recogerte cuando confirmemos el horario.

—El metro, a lo mejor te suena de algo, recorre la ciudad. Igual que los taxis y los autobuses. Es el milagro del transporte público.

—Me quedo con el servicio de coches. Hazme un favor. No salgas otra vez.

—No tenía planeado hacerlo, pero…

—Bien. —Cogió las bolsas y se encaminó hacia la puerta.

—Deberías coger un taxi o un servicio de coches en vez de ir andando con algo tan valioso en una simple bolsa. Deberías coger un coche blindado.

—Mi coche blindado está en la tienda. Te veo en un par de días. Llama a Julie. Y no salgas.

No se cortaba dando órdenes, pensó cuando él se marchó. Y tenía el don de hacer que parecieran favores o simples cuestiones de sentido común.

—Tendría que salir a correr alrededor de la manzana unas cuantas veces solo para fastidiarle —le dijo a Thomas—. Pero no merece la pena. Primero friego los platos y luego me pongo con el libro. Y, ¡qué narices!, voy a llamar a Julie.

9

Ash enfrió un vaso de tubo. La bebida favorita para el verano de Vinnie era un gin-tonic bien helado y, dado que estaba a punto de abusar de su amabilidad, lo mínimo que podía hacer era ofrecerle su bebida preferida.

Vinnie no había hecho preguntas cuando Ash llamó. Se había limitado a aceptar pasarse por su piso después de cerrar la tienda. Ash percibió la pena en su voz y sus ganas de ayudar, y supo que tendría que utilizar ambas cosas cuando le explicara a Vinnie... la situación.

Era un buen hombre, pensó Ash mientras navegaba por internet en busca de más información acerca del huevo. Felizmente casado desde hacía casi cuarenta años, Vinnie era un hombre de negocios astuto, con un olfato infalible para los objetos valiosos, era padre de tres hijos y abuelo embelesado de seis nietos. O tal vez fueran ya siete.

Tenía que comprobarlo en su hoja de cálculo.

Había acogido a Oliver siendo plenamente consciente de que estaba aceptando al único hijo varón, caprichoso y muy poco formal, de su hermana. Pero al parecer había funcionado. Todo el mundo se llevaba bien con Vinnie; eso era cierto, pero a cambio este esperaba, y recibía, la lealtad de sus empleados.

Siempre que Ash le había preguntado, Vinnie decía que Oliver lo estaba haciendo bien, que estaba alcanzando su potencial, que tenía madera para el negocio y mano con los clientes.

Tener mano con ellos, pensó Ash, podría ser la raíz del problema.

Se recostó un momento y estudió el huevo con atención. Se preguntó dónde había estado antes aquel exquisito y extravagante regalo creado para la realeza rusa. ¿Quién lo había contemplado? ¿Quién había pasado los dedos sobre sus detalles?

¿Y quién lo quería lo suficiente para matar por él?

Se alejó del ordenador cuando oyó el timbre.

—Archer —dijo al portero automático.

—Hola, Ash. Soy Vinnie.

—Pasa. —Abrió, salió de la sala de estar y miró abajo.

Vinnie estaba de pie, maletín de piel en mano, con un imponente traje de un suave color gris a rayas, a juego con una nívea camisa blanca —a pesar del calor y de la jornada laboral— y una corbata de Hermès de atrevido estampado anudada de modo impecable.

Sus zapatos relucían; llevaba el cabello peinado hacia atrás en blancas ondas, y lucía una pulcra y elegante perilla en su bronceado rostro.

Ash siempre había pensado que parecía más uno de los acaudalados compradores de joyas que el hombre que comerciaba con ellos.

—Es un momento terrible. —Dejó su maletín y le dio un fuerte abrazo a Ash—. ¿Qué tal lo llevas?

—Hay mucho por hacer. Eso ayuda.

—Estar ocupado siempre ayuda. ¿En qué puedo ayudarte? Olympia viene esta noche, pero va directa a la finca. Me dijo que no fuera hasta el domingo por la mañana, pero creo que Angie y los chicos irán mañana.

—Angie y ella siempre han estado muy unidas.

—Como hermanas —convino Vinnie—. Olympia prefiere a Angie antes que a mí... o a Nigel, si a eso vamos. Tiene que haber algo que podamos hacer por ti una vez estemos allí.

—¿Puedes convencerla para que prescinda de las gaitas?

Vinnie profirió una breve carcajada.

—Ni en un millón de años. Está convencida de que a Oliver le gustarían. ¿La policía sabe algo más?

—No que me hayan dicho.

—¿Quién haría algo así? Sage… Parecían hechos el uno para el otro. Creo que podrían haber sido felices juntos. Solo se me ocurre que lo hiciera algún ex celoso. Es lo que le dije a la policía cuando vino a hablar conmigo.

—¿Tenía un ex celoso?

—¿Una mujer como esa, con ese físico, con ese estilo de vida? Debía de tenerlo. Oliver nunca mencionó a nadie, pero debía de tenerlo. Aunque él era feliz, y eso es algo que tenemos que recordar. Las últimas semanas rebosaba energía. Hablaba de llevarla de viaje. Creo que tenía pensado pedirle matrimonio. Tenía ese aire de excitación, de inquietud que tiene un hombre cuando está a punto de dar un paso importante.

—Creo que planeaba dar un paso importante. Tengo algo que quiero que veas. Arriba.

—Por supuesto.

Ash le condujo hasta el montacargas.

—¿Te mencionó algo sobre una transacción que estaba realizando, sobre un cliente especial?

—Nada fuera de lo común. Hizo un muy buen trabajo los últimos meses. Un muy buen trabajo. Se ocupó de dos ventas patrimoniales, adquirió algunas piezas magníficas, algunas con clientes concretos en mente. Tenía madera, el chico tenía madera de verdad para el negocio.

—No lo dudo. Deja que te prepare una copa.

—No te la voy a rechazar. Han sido unos días muy duros. La tienda… Estamos muy afectados. Oliver caía bien a todos y, bendito fuera, todos le caían bien. Tenías que quererle incluso cuando te ponía furioso. Ya sabes cómo era.

—Así es. —Ash llevó a Vinnie hasta la pequeña cocina del estudio y sacó el vaso helado del frigorífico situado debajo del mueble bar—. ¿Gin-tonic?

—Qué bien me conoces. Menudo sitio tienes aquí, Ash.

Sabes, cuando lo compraste pensé: «Por el amor de Dios, ¿por qué este chico no convierte el edificio en varios apartamentos y le saca algo de dinero a esta propiedad?». No puedo evitarlo.

—Yo tampoco. —Ash mezcló la bebida, añadió un toque de lima y luego cogió una cerveza para él—. Vivo en una ciudad abarrotada y con mucho ajetreo..., y dispongo de un tranquilo y amplio espacio personal. Lo mejor de ambos mundos.

—Sí que lo has conseguido. —Vinnie chocó su copa con el botellín de Ash—. Estoy orgulloso de ti. ¿Sabías que Sage compró uno de tus cuadros? Oliver me lo comentó.

—Lo vi cuando fui a por sus cosas. La mayoría de sus pertenencias. Acércate y dime qué te parece esto.

Se alejó del estudio, cruzó un pasillo y entró en un espacio que había habilitado como despacho.

El huevo se encontraba sobre la mesa.

Vinnie puso una cara de póquer impresionante. Dado que había perdido contra Vinnie en más de una ocasión jugando a las cartas, Ash tenía razones de sobra para saberlo. Pero en ese momento el rostro del hombre se llenó del pasmo y del placer de un novato que ha sacado cuatro ases.

—¡Dios mío! ¡Dios mío!

Vinnie se acercó deprisa y se puso de rodillas como un hombre rindiendo pleitesía.

Pero, tras el momento de sorpresa, Ash se dio cuenta de que Vinnie se había acuclillado para ponerse a la altura del objeto.

—¿De dónde has sacado esto, Ashton? ¿De dónde lo has sacado?

—¿Qué es exactamente?

—¿Es que no lo sabes? —Vinnie se enderezó, rodeó el huevo y se inclinó para estudiarlo tan de cerca que casi rozaba el oro con la nariz—. O se trata del huevo *Querubín con carruaje* o es la reproducción más magnífica que haya visto jamás.

—¿Sabes cuál de las dos cosas es?

—¿De dónde lo has sacado?

—De una caja de seguridad, la caja de Oliver. Me envió la llave y una nota pidiéndome que se la guardara hasta que se pusiera en contacto conmigo. Decía que tenía un cliente picajoso con quien tratar y un buen negocio en marcha. Creo que tenía problemas, Vinnie. Y creo que el problema está sobre mi mesa. Me parece que lo que hizo que le mataran está sobre mi mesa. ¿Puedes decirme si es auténtico?

Vinnie se sentó en una silla y se frotó la cara con las manos.

—Debería haberlo sabido. Tendría que haberlo sabido. Su energía, su excitación, la mezcla de inquietud. No se debía a ninguna mujer, sino a esto. A esto. He dejado el maletín abajo. Me vendría bien.

—Yo iré a por él. Lo siento.

—¿El qué?

—Meterte en esto.

—Él también era de los míos, Ash. El chico de mi hermana; su único hijo varón. Yo le enseñé este tipo de cosas. Cosas sobre antigüedades, colecciones, su valor. Cómo comprarlas y venderlas. Has hecho bien en llamarme a mí.

—Voy a por tu maletín.

Había sido consciente de que aquello haría que la pena fuera mayor, pensó Ash. Era el precio a pagar. Pero la familia acudía primero a la familia. No sabía hacerlo de otro modo.

Cuando regresó con el maletín, Vinnie estaba delante del huevo, inclinado sobre él, con las gafas suspendidas sobre el puente de su nariz.

—Siempre las ando perdiendo. —Se quitó las gafas y las dejó a un lado—. Parece que soy incapaz de conservar un par durante más de un mes, si es que llega. Pero hace veinte años que tengo mi lupa de joyero. —Abrió el maletín.

Sacó unos delgados guantes blancos de algodón y se los puso. Luego encendió la lámpara del escritorio y examinó el huevo con la lupa, centímetro a centímetro. Lo manipuló con el cuidado de un cirujano, mirando con atención los diminutos mecanismos, las piedras preciosas.

—Adquirí un par de huevos; no eran imperiales, claro, sino dos bonitas piezas de alrededor de 1900. He tenido la fortuna de ver, incluso de que me permitieran examinar un huevo imperial perteneciente a un coleccionista privado. Eso no me convierte en un experto.

—Eres mi experto.

Vinnie le brindó una pequeña sonrisa.

—En mi opinión, y es solo una opinión, se trata del Fabergé *Querubín con carruaje*, uno de los ocho huevos imperiales desaparecidos. Solo existe una fotografía de este huevo, de muy mala calidad, y hay algunas descripciones contradictorias. Pero el trabajo artesanal, la calidad de los materiales, el diseño... Y lleva la marca de Perchin, el orfebre principal de Fabergé en esa época. Para mí es indudable, pero te conviene contar con la opinión de un verdadero experto.

—Tenía documentos. La mayoría está en ruso. —Ash los sacó del sobre y se los entregó a Vinnie.

—No podría traducirlos —repuso una vez les hubo echado un vistazo—. Desde luego esto parece un recibo de compra, fechado el 15 de octubre de 1938. Y las firmas. El precio está en rublos. Parece tres mil rublos. No sé a cuánto estaba el rublo en 1938, pero yo diría que alguien hizo un negocio redondo. —Se sentó de nuevo—. Conozco a una persona que puede traducir los documentos.

—Te lo agradecería. Oliver sabía lo que era, lo que valía. De lo contrario, habría acudido a ti.

—Creo que sí, que lo tenía claro, o al menos sabía lo suficiente para averiguarlo por sí mismo.

—¿Tienes algún cliente con un interés especial en un objeto como este?

—No específicamente, pero a cualquiera con un verdadero interés por las antigüedades, por coleccionar, le entusiasmaría adquirirlo. Si tiene los treinta millones o más que vale. Posiblemente alcanzaría mucho más en una subasta o si se vendiera a un coleccionista con ese interés particular. Y sin duda Oliver lo sabía.

—Has dicho que se ocupó de dos liquidaciones patrimoniales en el último par de meses.

—Sí. Déjame pensar. —Vinnie se frotó la sien—. Accedió y

organizó la venta patrimonial de los Swanson en Long Island y la de los Hill-Clayborne en Park Slope.

—Swanson.

—Sí. Ninguno incluyó nada parecido a esto.

—¿Quién hizo el catálogo?

—En estos casos Oliver, colaborando con los clientes. No podría haber adquirido esto por separado..., y desde luego yo habría notado una adquisición de millones.

—Podría habérselo permitido si, en primer lugar, tuviera un cliente en mente o, en segundo, si el vendedor no conociese su valor.

—Es posible. Algunas personas tienen una idea muy inflada del valor de la vajilla Wedgwood de la abuela. Otros consideran un jarrón Daum un trasto.

—Hay un recibo de compra entre sus documentos personales. Corresponde a una antigua figurita de un querubín con un carruaje. Le fue vendida por Miranda Swanson por veinticinco mil.

—Santo Dios. Miranda Swanson; esa era la clienta. Se trataba de la propiedad de su padre. Quería vender todo o casi todo el contenido de la casa, y Oliver se encargó. Nunca dijo...

Vinnie miró de nuevo el huevo.

—¿Habría sabido qué era?

—Aunque no estuviera seguro, le habría dado que pensar y habría investigado. Tal vez lo hiciera. ¿Veinticinco mil por esto?

—Todo un chollo —comentó Ash.

—No fue... Si lo sabía, no fue ético. Nosotros no hacemos negocios de esa forma. Así no conservas los clientes. Pero... por encontrarlo, por reconocerlo habría estado orgulloso de él. Podría habérmelo traído a mí. Habría estado orgulloso de él.

—No te lo contó porque tú no lo habrías permitido. No es robar, no técnicamente. Algunos ni siquiera lo considerarían estafar. Tú sí lo habrías hecho. No podía contártelo.

Ash se alejó al ver que Vinnie no decía nada.

—Se lo contó a su novia, y muy probablemente el dinero para comprarlo fuera de ella. Buscó a un coleccionista a través de ella o de la gente que conocía a través de tu tienda. Intentaba sacarle partido. Una buena suma. Sabía lo que tú pensarías, lo que querrías hacer, pero él no vio más allá del dinero.

—Y pagó un precio muy alto por su cuestionable ética. No se lo cuentes a su madre.

—No. No voy a contárselo a nadie de la familia.

—Es lo mejor. Habría estado orgulloso de él —murmuró Vinnie de nuevo y luego se sacudió la pena. Se enderezó y miró una vez más a Ash—. Te dejó un buen lío, ¿verdad? Una costumbre suya, lamento decir. Haz copia de los documentos. No quiero llevar los originales. Me encargaré de que los traduzcan y haré unas discretas pesquisas si quieres que un verdadero experto lo examine.

—Vamos a posponer eso por ahora.

—No me sé la historia al detalle. Sí sé que se encargaron cincuenta huevos imperiales y que Lenin ordenó que saquearan los palacios y trasladaran los tesoros durante la revolución Bolchevique. Me parece que Stalin vendió varios de los huevos en los años treinta para recaudar dinero, dinero extranjero. Este está completo, con la sorpresa incluida..., y eso le añade valor. A muchos de los que se encuentran en diferentes colecciones en la actualidad les falta la sorpresa o algunos elementos de la misma. Ocho desaparecieron tras la revolución. Robados, vendidos, escondidos o incluidos en colecciones muy, muy privadas.

—He estado empollando. Una de las descripciones de este huevo que tenemos procede del inventario de 1917 del tesoro confiscado. Parece que no llegó a los cofres de Lenin... o que alguien lo robó más tarde.

Ash llevó los documentos a la fotocopiadora.

—¿Dónde vas a guardarlo mientras investigas?

—Me lo voy a llevar a la finca.

—Eso está bien. Mejor aún que mi caja fuerte. Pero si lo dejas en la caja principal, aunque le digas a tu padre que es privado y que no lo toque, no te hará caso.

—Hay un par de sitios en los que puedo dejarlo y que son seguros. —Buscó otro sobre y metió las copias dentro—. Deja que te prepare otra copa.

—Mejor no. Angie lo sabrá si me tomo dos. Tiene un radar. Un gin-tonic es aceptable entre el trabajo y la casa. Dos supone la caseta del perro. —Su voz era despreocupada y animada, pero Ash percibió la pena y, lo que era peor, la decepción—. En fin, me marcho ya. Es posible que pueda tener la traducción para cuando vayas a la finca. ¿Vas a ir mañana?

—Sí.

—La oferta sigue en pie: haremos lo que haga falta —Vinnie se levantó y guardó las copias de los documentos en su maletín—. Este es un hallazgo importante. Oliver encontró algo muy valioso, que interesa al mundo. Lo que sucede es que no lo hizo bien.

—Lo sé.

—No hace falta que me acompañes —dijo Vinnie dándole otro abrazo a Ash—. Guarda bien el huevo. Cuida de él y de ti mismo. Te llamaré antes de salir si tengo cualquier información.

—Gracias, Vinnie.

—Como no es robado, no hay que devolvérselo a ningún dueño legítimo, y tiene que estar en un museo.

—Me encargaré de ello.

—Sé que lo harás.

Con la pena reflejada de nuevo en sus ojos, Vinnie le dio una palmada en la espalda a Ash y se marchó.

Lo guardaría bien, pensó Ash, pero antes lo dejaría donde estaba mientras investigaba un poco.

Miranda Swanson, pensó. Era hora de averiguar más cosas.

Se sentó otra vez ante el ordenador, con el huevo resplandeciente, y tecleó el nombre.

Jai consideró la posibilidad de registrar otra vez el apartamento del hermano. La parada en el banco le intrigaba. Pero la visita del tío le intrigaba mucho más.

Un nuevo registro podría ser más productivo.

—Deberíamos coger al hermano. Si le apretamos un poco, nos dirá lo que sabe.

Jai se decantó por un par de pendientes de jade y perlas. Muy elegantes, muy clásicos, para acentuar su peluca corta. Dirigió la mirada hacia Ivan.

—¿Igual que habló la puta antes de que la arrojaras por la ventana?

—Yo no la arrojé. Eso se me fue de las manos, es todo. Cojamos al hermano y traigámoslo aquí. Esto es tranquilo, hay privacidad. No nos llevaría mucho tiempo.

Ivan impostaba el acento ruso. Jai sabía —siempre se aseguraba de conocer a sus compañeros de trabajo— que había nacido en Queens y que era hijo de un sicario de segunda de la mafia rusa y de una bailarina exótica, cuyo romance con la heroína la había llevado a la tumba.

—Hacía semanas que el idiota de Oliver no había contactado con su hermano. ¿Acaso no comprobé su móvil, su ordenador? Ni llamadas ni correos. Salvo al tío para el que trabajaba.

Aunque le desagradaba que Ivan estuviera en la habitación mientras se preparaba, Jai eligió el pintalabios Red Taboo y se lo aplicó con cuidado.

Había intentado tocarla en una ocasión, pero la navaja que le había puesto en los cojones le había disuadido de semejante conducta.

No había vuelto a causarle problemas en ese aspecto.

—El tío está en el negocio de las antigüedades y tiene mucho éxito —prosiguió—. Fue el negocio del tío lo que llevó al idiota hasta el huevo.

—Y el tío no sabía una mierda.

—Entonces —convino Jai— quizá ahora sepa más. El hermano fue a ese banco y luego el tío visitó al hermano. Creo que el hermano que se está follando a la putilla escuálida que vio caer a la puta está averiguando más cosas. A lo mejor Oliver no era tan idiota como creíamos y guardó el huevo en el banco.

—Dijiste que el hermano no salió con el huevo.

—No que yo pudiera ver. Si estaba en el banco, puede que lo dejara allí. O que sacara la información sobre el huevo y su ubicación. Esta sería buena información. Ha consultado con el tío de Oliver, el jefe de Oliver. ¿Por qué? —Cogió una alianza de una caja. Pensó que era una lástima que el diamante (talla cuadrada, cinco quilates) fuera falso, pero se trataba de una buena falsificación. Se lo puso—. El tío tenía más conocimientos sobre Fabergé. El tío es más viejo y no está tan en forma como el hermano. Y mantenía una relación estrecha con el idiota. Así que iré a hacerle una visita.

—Pierdes el tiempo.

—Nuestro jefe me ha puesto a mí al mando —dijo con frialdad—. La decisión es mía. Me pondré en contacto contigo cuando te necesite, si es que te necesito.

Se contempló larga y detenidamente en el espejo. El alegre estampado veraniego del vestido, con su corte conservador; los tacones rosa chicle, el bolso beis; y las discretas joyas no revelaban nada de la verdadera identidad de la mujer que había bajo esos accesorios.

Mostraban justo lo que ella deseaba: mujer asiática rica y tradicional; mujer casada.

Comprobó el contenido del bolso una última vez. Cartera, tarjetera, neceser con cosméticos, teléfono móvil, su navaja de combate plegable, dos pares de precintos y su Sig de 9 milímetros.

Se marchó sin volver la vista una sola vez. Ivan haría lo que Jai le había dicho, de lo contrario, ella le mataría; ambos lo sabían.

Lo que él no sabía era que tenía intención de matarle de todos modos. Ser obediente solo prolongaría lo inevitable.

Concentrarse en el trabajo, los clientes y el personal ayudaba a Vinnie a seguir adelante. Su corazón y su mente se debatían entre la pena por un sobrino al que quería de verdad y la excitación por el huevo desaparecido.

Había enviado las copias de los documentos a un viejo amigo que podía traducirlos. Pensó en mandarle un mensaje a Ash, pero decidió no hacerlo. Iban a verse al día siguiente en el funeral. Era mejor restringir todo lo posible su comunicación al ámbito verbal y privado.

Detestaba no compartirlo todo con su esposa. En cuanto supieran más, lo haría. Sin embargo, parecía que por el momento era mejor no especular. No enturbiar las cosas. Daba igual qué hubiera hecho, Oliver se merecía un funeral en el que aquellos que le amaban pudieran llorarle sin esa carga añadida.

Vinnie soportaba la carga. Apenas había dormido las dos últimas noches, y todo ese tiempo en vela, paseándose de un lado a otro, había aumentado ese peso.

Había querido al hijo de su hermana, había visto su potencial. Pero había sido consciente de sus defectos y ahora creía que la costumbre de Oliver de buscar el camino más corto, los atajos, el premio gordo, le había llevado a la muerte.

¿Por qué?, pensó. ¿Por qué?

Descubrir el huevo desaparecido habría disparado su reputación, le habría reportado elogios y dinero. Vinnie supuso que su sobrino quiso más, simplemente más. Y por eso no había conseguido nada.

—Señor V, debería irse a casa.

Vinnie miró a Janis y meneó la cabeza con suavidad. Llevaba quince años trabajando para él y siempre le llamaba «señor V».

—Mantener la mente ocupada me ayuda —le dijo—. Y lo cierto es que ahora mismo mi hermana prefiere estar con Angie antes que conmigo, Janis. Así que iré mañana y dejaré que pase tiempo con Angie. En casa no haría más que pasearme de un lado a otro.

—Si cambia de opinión, sabe que Lou y yo cerraremos. Podría irse esta noche y estar con su familia.

—Me lo pensaré. Lo haré. Pero por ahora... Yo atenderé a esta guapa jovencita —repuso cuando Jai entró en la tienda—. Seguro que alejará los problemas de mi cabeza.

—¡Oh! —Janis le dedicó una risilla porque eso era lo que él deseaba, pero después le observó desde el otro lado de la tienda con preocupación. El hombre estaba de duelo, pensó, y debería tomarse el tiempo para pasar por ello.

—Buenas tardes. ¿Qué puedo mostrarle?

—Cuántas cosas bonitas. —Jai hizo gala del acento que con

tanto esmero ocultaba y añadió el barniz de la educación—. He visto esta pieza al pasar. Pero hay muchas más.

—¿Esta pieza le ha llamado la atención?

—Exactamente. —Rió tocándose el rabillo del ojo con el dedo—. Sí.

—Tiene un ojo excelente. Es un escritorio de estilo Luis XIV. El trabajo de marquetería es muy, muy delicado.

—¿Puedo tocar?

—Por supuesto.

—Ah. —Pasó las yemas de los dedos por encima—. Es precioso. Muy antiguo, ¿verdad?

—De finales del siglo XVII.

—Mi esposo quiere cosas antiguas para el apartamento de Nueva York. Debo buscar lo que a mí me gusta, pero que también le guste a él. ¿Me entiende? Por favor, disculpe mi inglés, no es demasiado bueno.

—Su inglés es muy bueno y realmente encantador.

Jai agitó un poco las pestañas.

—Es muy amable. Creo que este mueble le gustará mucho. Quisiera... Oh, ¿y esto?

—También es de estilo Luis XIV. Una cómoda de estilo Boulle de cobre y carey. Está muy bien conservada, como puede ver.

—Sí, parece nueva, pero es antigua. Esto es lo que mi esposo desea. Pero ¿no debo elegir todo igual? ¿Me entiende? Deben ser...

—Quiere piezas complementarias.

—Sí, eso creo. ¿Estás son complementarias?

Vinnie miró al escritorio que le había llamado la atención a la mujer y esbozó una sonrisa.

—Muy complementarias.

—¡Y esto! Tenemos una pequeña biblioteca en el apartamento, y, mire, esta preciosa mesa tiene lo que parecen libros, pero es un cajón. ¡Me gusta mucho!

—Es madera de tulipero —comenzó Vinnie.

—Madera de tulipero. Qué bonito. Esta mesa me gusta mucho. Y esta lámpara. Esta lámpara para ver sobre la... cómoda, dijo usted.

—Tiene un gusto excepcional, señora...

—Señora Castle. Soy la señora Castle, y es un placer conocerlo.

—Vincent Tartelli.

—Señor Tartelli. —Inclinó la cabeza, ofreciéndole la mano a continuación—. Ayúdeme, por favor. Ayúdeme a seleccionar las piezas para nuestro apartamento. Hay muchas cosas bonitas —repitió mirando a su alrededor con aire soñador—. Mi esposo vendrá. No puedo comprar sin su aprobación, pero sé que querrá mucho este mueble. Este. —Se acercó a la primera pieza—. Este escritorio le gustará mucho, mucho. ¿Es posible?

—Desde luego.

—Entonces lo elegiré y le llamaré. Se sentirá muy complacido.

Fue fácil entablar conversación con él mientras atravesaban la tienda viendo piezas, al tiempo que ella exclamaba o se atascaba un poco con su inglés.

Jai descubrió y tomó nota de todas las cámaras de seguridad a medida que recorrían a conciencia la tienda de dos plantas. Poco a poco fue desviando a Vinnie de los muebles a los artículos de colección y los objetos de arte.

—Me gustaría comprar un regalo para mi madre. Yo sola. A ella le gustan las cosas bonitas. ¿Qué tiene en esta vitrina? ¿Es jade?

—Lo es. Una bombonera de jade realmente exquisita. El tallado es de influencia china.

—Le gustaría —dijo Jai cuando Vinnie abrió la vitrina y depositó la caja sobre una almohadilla de terciopelo—. ¿Es antigua?

—De finales del siglo XIX. De Fabergé.

—¿Es francés?

—No, ruso.

—Sí, sí, sí. Lo conozco. Ruso, no francés. Hace los famosos huevos. —Dejó que su sonrisa se desvaneciera mientras miraba a Vinnie a los ojos—. ¿He dicho algo malo?

—No, no. En absoluto. Sí, Fabergé creó los huevos en un principio para que el zar los regalara como presentes de Pascua a su esposa y a su madre.

—Es muy fascinante. Un huevo para Pascua. ¿Tiene los huevos?

—Yo... Tenemos algunas reproducciones y un huevo creado a principios del siglo XX. Pero la mayoría de los huevos imperiales y los de aquella época pertenecen a colecciones privadas y se encuentran en museos.

—Entiendo. Quizá mi esposo quiera uno y lo encuentre algún día, pero esta caja..., esta ¿bombera?

—Bombonera.

—Bombonera —repitió con cuidado—. Creo que complacería a mi madre. ¿Puede guardármela? ¿Con las demás piezas elegidas? Pero esto lo compro yo para mi madre, ¿me entiende?

—Perfectamente.

Me lo temía, pensó Jai. Sabe lo del huevo. Sabe dónde está.

—Ya le he quitado demasiado tiempo —puntualizó.

—En absoluto.

—Me gustaría llamar a mi esposo y pedirle que venga para ver lo que he elegido. Puede que él escoja otras cosas, entiende, o decida que algo de lo que he elegido no está bien. Pero creo que lo he hecho bien con su valiosa ayuda. Le diré, y espero no ofender, que querrá negociar. Es un hombre de negocios.

—Naturalmente. Estaré encantado de hablar de los precios con él.

—Es usted muy bueno. Le llamaré ahora.

Cuando Vinnie se apartó, Janis terminó con un cliente.

—¿Cree que va en serio? —murmuró.

—Así es. Habrá que ver si el marido también, pero es indudable que ella tiene buen ojo. Y puede que sea sumisa, pero sabe quién está al mando.

—Bueno, apesta, de forma discreta, a dinero y clase. Súmele indulgencia. Y es guapísima. Seguro que tiene razón y que le convence para que se lleve casi todo. Uau, menuda venta, señor V.

—No está nada mal para un sábado por la tarde.

—Cerramos en media hora.

—Idos vosotros. Lou y tú. Me llevará más de media hora cerrar esta venta.

—Puedo quedarme. No hay problema.

—No, vete tú. Yo cerraré. Si esto sale como presiento, puede que al final esta noche me marche a Connecticut. Me proporcionará una buena inyección. Volveré a Nueva York el martes. Llámame si necesitas cualquier cosa el lunes.

—Cuídese, señor V. —Le dio un fuerte abrazo—. Cuídese.

—Lo haré. Te veo el martes por la mañana.

Jai fue hacia ellos mientras se guardaba de nuevo el móvil en el bolso.

—Discúlpenme. Mi esposo está encantado de venir, pero no está cerca. Puede que tarde veinte minutos. Pero ¿van a cerrar ya?

—Se cumple nuestro horario normal, pero me quedaré y hablaré con su esposo.

—¿Una negociación privada? Pero es demasiada molestia para usted.

—Le prometo que es un placer. ¿Por qué no preparo té mientras esperamos? O nos tomamos una copa de vino.

—¿Una copa de vino? —Le brindó una sonrisa resplandeciente—. ¿Una pequeña celebración?

—Será solo un momento.

—Su jefe —le dijo Jai a Janis fijándose adónde iba Vinnie y qué trayecto hacía— es muy culto y muy paciente.

—No hay otro mejor.

—Debe de ser estupendo para usted trabajar cada día con obras de arte tan hermosas.

—Adoro mi trabajo y a mi jefe.

—Si no es muy descarado... No, descarado no..., atrevido, ¿puedo hacerle una pregunta? Arriba he encontrado una bombonera para mi madre; un regalo. ¿Es de Fabergé?

—La de jade sí. Es una maravilla.

—Creo que es una maravilla, y a mi madre le gustará. Pero he preguntado por ese Fabergé y si el señor Tartelli tenía alguno de los famosos huevos. Él parecía triste cuando se lo he preguntado. ¿Sabe si he dicho algo que le haya disgustado?

—Le aseguro que no. Puede que le entristeciera decepcionarla porque no tenemos ninguno de esos importantes huevos Fabergé.

—Ah. —Jai asintió. Concluyó que la dependienta pesada no sabía nada, de modo que sonrió—. Si eso es todo, no tiene importancia. No estoy decepcionada.

Vinnie apareció con una bandeja con vino, queso y galletitas.

—Ya está. Una pequeña celebración.

—Gracias. Qué amable. Aquí me siento entre amigos.

—Pensamos que nuestros clientes son nuestros amigos. Por favor, siéntese y disfrute. Janis, vete a casa. Idos Lou y tú.

—Ya nos vamos. Ha sido un placer conocerla, señora Castle. Espero que venga a vernos otra vez.

—Que tenga un buen fin de semana. —Jai se sentó en una bonita silla pequeña y cogió una copa de vino tinto—. Me alegro de estar en Nueva York. Disfruto mucho en esta ciudad. Me alegra haberle conocido, señor Tartelli.

—Lo mismo digo, señora Castle. —Brindó con ella—. ¿Cuándo llegó a Nueva York?

—Oh, hace solo unos días, pero no es la primera vez. Mi esposo tiene muchos negocios aquí ahora, así que vendremos a vivir a esta ciudad y viajaremos a Londres, donde también tiene muchos negocios. Y a Hong Kong. Allí está mi familia, así que es bueno regresar, pero esto también está bien.

—¿A qué se dedica su marido?

—Hace muchas cosas relacionadas con las finanzas y con propiedades. Es más de lo que yo entiendo. Cuando tenemos invitados, debemos exhibir cosas únicas como las que tiene usted aquí. Lo único es importante. Y mi marido debe estar rodeado de lo que le haga feliz para que sea feliz en su casa y en su trabajo.

—Creo que es un hombre muy afortunado.

—Espero que él piense lo mismo. ¡Ya está aquí! —Se levantó de golpe y se acercó de forma apresurada cuando Ivan entró;

introdujo la mano en su bolso por si acaso Ivan echaba a perder el encuentro inicial—. Querido, este es el muy amable señor Tartelli.

—Señor Castle. —Vinnie le tendió una mano—. Es un placer. Ha sido un placer ayudar a su esposa a elegir piezas para su hogar en Nueva York. La señora Castle tiene un gusto excepcional.

—Podría decirse así.

—Vamos a mantener una reunión en privado —le dijo Jai—. El señor Tartelli es tan amable de quedarse después de cerrar para atendernos a nosotros.

—Voy a echar el cierre para que no nos molesten.

—Hay vino. —Cuando Vinnie les dio la espalda, Jai señaló el fondo de la tienda.

Fue con él, alejándose de los escaparates, mientras Vinnie echaba la llave.

—Tenemos varias piezas para que usted las apruebe —comenzó Vinnie cuando se aproximó a ellos.

Jai se hizo a un lado y le puso una pistola en la espalda.

—Vamos a hacer esto en la trastienda. —El ligero acento y todo el encanto se habían esfumado—. Nuestra negociación privada.

—Esto no es necesario. —Un sudor frío envolvió a Vinnie como una segunda piel—. Pueden llevarse lo que quieran.

—Tenemos intención de hacerlo. —Jai le propinó un fuerte empujón—. A la trastienda. Coopere y esto será rápido, tranquilo y fácil para todos. De lo contrario, mi socio le hará daño. Le gusta.

Obligó a Vinnie a dirigirse a la parte posterior de la tienda. Solo había captado pequeños atisbos, pero vio que no se había equivocado en su decisión. Se trataba de un almacén que hacía las veces de despacho.

Con rapidez y eficacia, utilizó uno de los precintos que llevaba en el bolso para sujetarle los brazos a la espalda y luego lo sentó en una silla.

—Una pregunta, una respuesta y nos largamos. Y aquí paz y después gloria. ¿Dónde está el huevo?

Vinnie la miró fijamente.

—¿Huevo? No sé a qué se refiere.

Jai exhaló un suspiro.

—Una pregunta. Respuesta errónea.

Le hizo una señal a Ivan.

El primer puñetazo hizo que a Vinnie le sangrara la nariz y que la silla saliera despedida hacia atrás. Jai levantó un dedo antes de que Ivan pudiera golpear de nuevo.

—La misma pregunta. ¿Dónde está el huevo?

—No sé de qué me habla.

Jai se sentó en el borde de la mesa y cruzó las piernas.

—Deja de golpearle cuando yo te lo ordene —le dijo a Ivan.

Ivan echó los hombros hacia atrás, arrimó la silla y emprendió el trabajo que más disfrutaba.

10

Mientras veía a Ivan hacer su trabajo, Jai sintió una oleada de admiración y respeto. No por Ivan, pues el hombre no era más que un desagradable par de puños con la cabeza afeitada. Pero el tío de Oliver era, a su juicio, un caballero, y un caballero honrado, pensó. Admiraba la honradez del mismo modo que podría admirar un hábil juego de malabares. Como una habilidad interesante que a ella no le servía de mucho.

Dado que sentía admiración, lo mataría con rapidez y del modo más indoloro posible, una vez les diera la información que quería.

Cada pocos puñetazos se acercaba para detener a Ivan y hablarle a Vinnie con voz serena y queda:

—El huevo, señor Tartelli. Es un objeto de gran belleza y valor, desde luego. Pero no vale ni su dolor ni su vida ni su futuro. Tan solo díganos dónde está, y todo esto acabará.

El hombre dirigió su ojo derecho hacia la voz. El izquierdo lo tenía ya amoratado e hinchado, y ambos chorreaban sangre y lágrimas. Pero el derecho, aunque ensangrentado, aún podía abrirlo una rendija.

—¿Usted mató a Oliver?

Jai se arrimó para que él pudiera verla con más claridad.

—Oliver era un tonto. Usted lo sabe porque es inteligente. Era codicioso y ahora está muerto. No creo que usted sea un hombre codicioso, señor Tartelli. Creo que quiere vivir. ¿Dónde está el huevo?

—¿Fabergé? ¿Oliver tenía un huevo Fabergé?

—Sabe que sí. No ponga a prueba mi paciencia. —Se arrimó más—. Hay cosas aún peores que la muerte. Nosotros podemos proporcionárselas.

—No tengo lo que quieren —barboteó, tosiendo sangre, que Jai esquivó con agilidad—. Pueden mirar. Pueden mirar y llevarse lo que quieran. No puedo darles lo que no tengo.

—¿Qué se llevó el hermano del banco si no el huevo?

—No tengo ningún hermano.

Jai hizo una señal a Ivan y se apartó para evitar más salpicaduras de sangre.

—Me refiero al hermano de Oliver. Ashton Archer. Usted fue a verle.

—Ash.

La cabeza de Vinnie cayó sin fuerzas hacia delante. Ivan le abofeteó con el dorso de la mano para espabilarle.

—Dale un momento —espetó Jai a Ivan—. Ashton Archer —dijo en un tono suave y alentador—. El hermano de Oliver. ¿Por qué fue a verle el jueves?

—Ash. El funeral. Oliver. Ayudar a Ash.

—Sí, ayudar a Ash. ¿Vio el huevo? Todo ese reluciente oro. ¿Dónde está ahora? Dígame solo eso, señor Tartelli, y el dolor cesará.

Vinnie la miró de nuevo a través de la rendija de su hinchado ojo derecho y habló despacio con los dientes rotos:

—No tenía ningún huevo.

Ivan asestó un puñetazo brutal a Vinnie en el plexo solar. Jai reflexionó mientras el hombre hacía amago de vomitar.

Había visto algo en ese ojo ensangrentado. Miedo, sí, pero también una férrea determinación. No por él, comprendió.

¿Por Ash? ¿Por el medio hermano de un sobrino? Qué curioso, qué interesante encontrar semejante lealtad. Aquello era más que honradez y tal vez pudiera serle útil.

—Tengo que hacer una llamada. Dale un respiro —le ordenó

a Ivan—. ¿Me entiendes? Voy a traerle un poco de agua. Deja que se recupere un poco.

Llamaría a su jefe, decidió cuando salió a la parte delantera de la tienda. Si bien le daba autonomía, no se arriesgaría a sufrir su ira llevando a cabo un cambio en la estrategia sin su aprobación.

Y el tío, aquel tío honrado, leal y resuelto podía ser más útil como moneda de cambio. ¿El hermano de Oliver cambiaría el huevo por la vida del tío?

Quizá.

Sí, seguramente el hermano también era honrado y leal.

Iban a matarle. Aun en medio de su agonía, Vinnie era consciente de ese hecho irrefutable. Jamás le dejarían con vida a pesar de lo que dijera la mujer.

Se apenó por su esposa, por sus hijos, por los nietos que no vería crecer. Con gusto cambiaría el huevo por su vida, por tener más tiempo para estar con su familia. Pero iban a matarle de todas formas. Y si les decía que Ash tenía el huevo, le matarían también a él.

Igual que habían matado a Oliver y a la mujer que tal vez le había amado.

Tenía que ser fuerte. Sin importar lo que le hicieran, tenía que ser fuerte. Rezó pidiendo fortaleza, resignación, la seguridad de su familia.

—Cierra la puta boca —espetó Ivan. Vinnie mantuvo la cabeza gacha y continuó rezando en incoherentes susurros—. He dicho que cierres la puta boca. —Le agarró del cuello y apretó al tiempo que le levantaba la cabeza—. ¿Crees que esto es malo? ¿Crees que te estamos haciendo daño? Espera a que me suelte la melena contigo. Primero te romperé todos los dedos.

Ivan soltó el cuello de Vinnie y le agarró el dedo meñique de la mano izquierda mientras Vinnie se atragantaba y resollaba. Tiró de él hacia atrás, hasta romperle el hueso, y a continuación le agarró otra vez del cuello para ahogar el agudo grito de sorpresa.

La puta china lo oiría y entraría para detenerle. La puta china se creía mejor que él. Se imaginó estampándole el puño en la cara, violándola, matándola lentamente.

Y le rompió otro dedo a Vinnie porque podía.

—Luego te los cortaré uno por uno.

El ojo de Vinnie se abrió de forma desorbitada al tiempo que su cuerpo se sacudía y convulsionaba.

—Dinos dónde está el puto huevo.

Furioso, excitado, Ivan cerró la otra mano alrededor del cuello de Vinnie. Y apretó. Se imaginó la cara de Jai.

—Yo no hago el gilipollas. Dímelo o te corto en trocitos. Luego mataré a tu mujer y también a tus hijos. Mataré a tu puto perro.

Pero mientras Ivan era presa de la ira, mientras apretaba, mientras su respiración se volvía cada vez más rápida a causa de la excitación y la furia, el ojo de Vinnie adoptaba una expresión vacía.

—Gilipollas. —Ivan soltó a Vinnie y retrocedió. Olió su propio sudor, la orina del gilipollas. Vinnie se había meado, pensó. El puto gilipollas se había meado encima.

Hablaría. Si la puta le daba algo más de margen, haría que el gilipollas hablara.

Jai regresó con una botellita de agua que había encontrado detrás del mostrador. Y ella también olió el sudor, la orina.

Olió a muerte, un olor singular que conocía bien. Se acercó a Vinnie sin decir nada y le levantó la cabeza.

—Está muerto.

—Gilipolleces. Solo se ha desmayado.

—Está muerto —repitió con el mismo tono sin inflexión—. Te dije que le dieras un descanso.

No que le rompieras los dedos, pensó.

—Le he dado un puto descanso. Debe de haber sufrido un infarto o algo así.

—Un ataque al corazón. —Tomó aire y exhaló—. Es lamentable.

—No es culpa mía que el gilipollas la haya palmado.

—Claro que no. —Reparó en las marcas recientes alrededor del cuello de Vinnie—. Pero es lamentable.

—No sabía una mierda. Si hubiera sabido algo, lo habría soltado en cuanto le di unos sopapos. Una pérdida de tiempo. Vamos a por el hermano, como dije antes.

—Tendré que hacer otra llamada. Dejaremos el cuerpo aquí. La tienda está cerrada mañana, así que eso nos da un día.

—Haremos que parezca un robo. Llévate algunos trastos de aquí y revuelve esto un poco.

—Podríamos hacer eso. O… —Metió la mano en el bolso, pero, en vez de coger el móvil, sacó la pistola. Disparó a Ivan limpiamente entre los ojos antes de que este pudiera parpadear—. Podríamos hacer esto, que es una idea mucho mejor.

Lamentaba lo de Vinnie. Le había parecido un hombre interesante que podría haber sido de mucha utilidad. Muerto no servía para nada, así que lo ignoró mientras le vaciaba los bolsillos a Ivan, sacando la cartera, el teléfono y las armas. Y encontró un bote de anfetaminas, tal y como había sospechado desde el primer momento.

Era bueno, calculó. Su jefe desaprobaba las drogas y toleraría sus actos, aunque no los aprobara por completo, cuando le hablara de lo sucedido. Se dirigió al mostrador, cogió una bolsa y plástico de burbujas. Fue arriba y agarró la bombonera.

A su jefe le encantaría; le gustaría más de lo que le desagradaría que hubiera matado a Ivan.

La envolvió con esmero y se la llevó abajo. Le llenó de satisfacción encontrar una bonita caja y un elegante y delgado lazo dorado. Empaquetó el regalo y ató el lazo.

Puso el móvil, la cartera, la navaja y la pistola de Ivan en la bolsa, añadió relleno y luego metió la caja, seguida de papel de seda.

Tras pensarlo un momento, abrió una vitrina y eligió una pitillera de mujer. Le gustaba el brillo del nácar y el dibujo de diminutas flores que le recordaban a un pavo real.

Podía usarla como tarjetero, decidió, y se la metió en el bolso.

Se planteó la posibilidad de llevarse las cintas de seguridad, de destruir el sistema de grabación, pero sin estudiarlo detenidamente no podía estar segura de que no disparase una alarma. Prefería contar con la ventaja. En cualquier caso, la dependienta, el guardia y varios clientes podían dar una buena descripción de ella. No tenía ni tiempo ni ganas de localizarlos a todos y liquidarlos.

Volvería a la casa de piedra caliza que su jefe le había proporcionado como base en Nueva York. Al menos con Ivan muerto ya no lo tendría merodeando por allí con la esperanza de verla desnuda.

Lo mejor era caminar varias manzanas antes de tomar un taxi. Y el paseo y la duración del trayecto le proporcionarían tiempo para pensar en cómo plantear el informe para su jefe.

Lila colocó el jarrón de girasoles —una alegre bienvenida a casa, en su opinión— y luego apoyó la nota que había escrito en la base del jarrón azul.

Había llevado a cabo su revisión habitación por habitación, consultando dos veces su lista de verificación, tal y como exigía su propia política.

Sábanas limpias en las camas, toallas limpias en el baño, fruta fresca en la cocina. Una jarra de limonada en la nevera junto con una ensalada de patata fría.

¿A quién le apetecía ponerse a cocinar o pedir comida a domicilio cuando acababa de volver de vacaciones?

Comida y agua para Thomas, las plantas regadas, el polvo limpio y la aspiradora pasada.

Se despidió del gato, dándole un montón de caricias y achuchones.

—Estarán en casa dentro de un par de horas —le prometió—. Me ha encantado conocerte. Sé buen chico. A lo mejor vuelvo para quedarme contigo otra vez.

Tras echar un último vistazo, se colgó el maletín con el portátil y el bolso al hombro. Asió el asa de sus maletas y, con la destreza fruto de la experiencia, salió por la puerta con todo.

Su aventura en casa de los Kilderbrand había terminado. Una nueva aventura comenzaría pronto.

Pero antes tenía que asistir a un funeral.

El portero la vio en cuanto salió del ascensor. Se acercó a toda prisa.

—Vaya, señorita Emerson, debería haberme llamado para que le echase una mano.

—Estoy acostumbrada a hacerlo yo. Tengo mi sistema.

—No me cabe duda. Acaba de llegar su coche. Ya debía de estar bajando cuando llamaron para avisarla.

—En el momento oportuno.

—Adelante, vaya usted. Nosotros cargaremos el equipaje.

Se sintió un poco rara cuando divisó la limusina. No era de las llamativas, pero seguía siendo larga, negra y reluciente.

—Gracias por todo, Ethan.

—No tiene importancia. Vuelva a visitarnos.

—Lo haré.

Se subió y miró a Julie y a Luke mientras el chófer le cerraba la puerta.

—Esto es surrealista. Lo siento, Luke, tú le conocías, pero es surrealista.

—Casi no lo conocía. Pero…

—Ya sabemos cómo es Ash. —Lila dejó el bolso a su lado en el asiento—. Al menos hoy hace buen día. Siempre pienso en la lluvia cuando hay un funeral.

—Seguro que llevas un paraguas en el bolso.

Lila se encogió de hombros mirando a Julie.

—Por si las moscas.

—Si alguna vez te ves en una isla desierta, en una zona de guerra o en una avalancha, conviene tener a Lila y su bolso contigo. Si te amputas una extremidad, es muy probable que tenga algo ahí para volvértela a coser. Una vez me arregló la tostadora con un destornillador del tamaño de mi dedo meñique y con un par de pinzas.

—¿Nada de cinta adhesiva?

—Ahí la tengo —le aseguró Lila—. Un minirollo. Bueno, tal

vez quieras hacernos un resumen del tablero de juego, de quién habrá en el funeral.

—Estarán todos.

—¿La hoja de cálculo entera?

—Puedes contar con todos o casi todos. —Luke se removió, como si no se sintiera a gusto con el traje oscuro y la corbata—. Se reúnen para eventos importantes. Entierros, bodas, graduaciones, enfermedades graves, nacimientos. No denominaría a la finca zona desmilitarizada, pero se acerca mucho.

—¿Son frecuentes los enfrentamientos?

—Suelen darse. ¿En un evento como este? Puede que algunas batallitas sin importancia, pero no un conflicto grave. En una boda, todo vale. En la última a la que asistí, la madre de la novia y la actual mujer del padre de la novia se enzarzaron en una pelea, tirándose de los pelos, arañándose la cara y arrancándose la ropa, que terminó con ellas cayendo a un estanque con carpas. —Luke estiró las piernas—. Tenemos el vídeo.

—A que va a ser divertido. —Lila se inclinó hacia delante, abrió la tapa de la nevera empotrada y se volvió—. ¿Alguien quiere un ginger-ale?

Ash se sentó bajo la pérgola protegida por gruesas espirales de glicinia. Tenía que volver adentro, enfrentarse a todo y a todos, pero por el momento, durante unos minutos, quería tan solo un poco de aire, un poco de silencio.

Pese a su tamaño, la casa parecía cerrada, abarrotada y demasiado llena de ruido.

Desde donde estaba sentado podía ver las esbeltas líneas de la casa de invitados, con su vistoso jardincillo. La madre de Oliver aún no había salido, sino que se había encerrado con su cuñada, su hija y lo que su padre llamaba, sin mala intención, «su pandilla de mujeres».

Mejor así, pensó, pues había tiempo de sobra para que se aferrase a esas mujeres y al consuelo que ellas le proporcionaban antes del funeral.

Había hecho todo lo posible para organizar la visión que ella tenía de ese entierro. Solo flores blancas, y parecía que había kilómetros de ellas. Docenas de sillas blancas dispuestas en hileras en el extenso jardín norte y un atril para los oradores. Las fotografías de Oliver que había seleccionado enmarcadas en blanco. El cuarteto de cuerda —denominado ¡Por Dios!—, al que habían dado instrucciones para que vistiera de blanco, mientras que a todos los afligidos asistentes se les había indicado que llevaran ropa negra.

Solo al gaitero se le permitió vestir de color.

Creía, y gracias a Dios su padre estaba de acuerdo, que a una madre habría que darle todo lo que quisiera al planificar el entierro de un hijo.

Si bien había abrigado la esperanza de que fuera una ceremonia pequeña e íntima, al evento asistirían trescientas personas. La mayor parte de la familia y algunos amigos habían llegado el día anterior y en esos momentos estaban diseminados por la casa de diez dormitorios, la casa de invitados, la caseta de la piscina y los jardines.

Necesitaban hablar, hacer preguntas que él no podía responder, comer, dormir, reír y llorar. Absorbían cada gota de aire.

Tras más de treinta y seis horas soportando aquello, Ash solo podía pensar en lo mucho que deseaba estar en su estudio, en su propio espacio. Pese a todo sonrió cuando su medio hermana Giselle, una belleza de negro cabello, pasó bajo la sombra de la glicinia.

Se sentó a su lado y apoyó la cabeza en su hombro.

—He decidido dar un paseo en vez de pegarle una patada a Katrina para arrojarla del balcón a la piscina. No sé si podría pegarle una patada tan fuerte, así que me ha parecido más inteligente dar un paseo. Y te he buscado a ti.

—Una idea mejor. ¿Qué ha hecho?

—Llorar. Llorar, llorar y llorar. Oliver y ella casi ni se hablaban y, cuando lo hacían, era para insultarse.

—A lo mejor por eso llora. Ha perdido a su colega de insultos.

—Supongo que disfrutaban sacándose de quicio el uno al otro.

—Es duro para ti. —La rodeó con el brazo.

—Le quería. Era un capullo, pero le quería. Tú también.

—Estoy segurísimo de haber utilizado esas mismas palabras para describírselo a alguien. Él te quería, sobre todo a ti.

Giselle alzó el rostro y volvió a apoyarlo en el hombro de Ash durante un momento.

—Maldito sea. Estoy muy cabreada con él por estar muerto.

—Lo sé. Yo también. ¿Has visto a su madre?

—Me he pasado esta mañana. He hablado un poco con Olympia. Se estaba apoyando mucho en Angie, y alguien le ha dado un valium. Lo superará. Y nosotros también. Voy a echarle muchísimo de menos. Siempre me hacía reír; siempre me escuchaba mientras me quejaba y luego me hacía reír. Y me caía bien Sage.

—¿La conociste?

—Joder, los presenté yo. —Giselle sacó el pañuelo doblado en el bolsillo de la pechera de la chaqueta de Ash y lo usó para secarse las lágrimas—. La conocí el año pasado en París e hicimos buenas migas. Comimos juntas cuando regresamos a Nueva York. Bueno, yo comí. Ella se tomó una hoja de lechuga y una mora. Media mora. —Volvió a doblar el pañuelo de forma experta, con el lado húmedo hacia dentro, y se lo colocó de nuevo en el bolsillo—. Me invitó a una fiesta y decidí llevarme a Oliver; pensé que se caerían bien. Y así fue.

»Ojalá no le hubiera llevado. —Giselle apretó la cara contra el hombro de Ash una vez más—. Sé que es una tontería, no hace falta que me lo digas, pero ojalá no le hubiera llevado. ¿Ambos estarían vivos si no los hubiera presentado?

Ash le rozó el cabello con los labios con suma ternura.

—Dices que no hace falta que te diga que es una tontería, pero me siento obligado a hacerlo.

—Estaba metido en algo malo. Tenía que estarlo. Alguien le mató, así que tenía que estar metido en un asunto turbio.

—¿Te contó alguna cosa? ¿Algo sobre un negocio? ¿Sobre algún cliente?

—No. La última vez que hablé con él… Me llamó solo unos días antes…, antes de que muriera. Me dijo que todo iba genial, de fábula, y que iba a venir a verme. Que podía ayudarle a buscar casa en París. Que a lo mejor se compraba un piso en París. Pensé que eso no iba a pasar, pero que sería divertido si ocurriera. —Se irguió y parpadeó para contener las lágrimas—. Sabes más de lo que cuentas. No voy a preguntar; no estoy segura de estar lista para oírlo, pero sabes más de lo que dices. Te ayudaré si puedo.

—Sé que lo harás. —La besó en la mejilla—. Te avisaré. Tengo que ir a echar un vistazo a las flores y a las gaitas.

—Yo iré a ver a Olympia. Los invitados no tardarán en llegar. —Se levantó a la vez que él—. Pide a Bob que te ayude. Bob es una roca.

Muy cierto, pensó Ash cuando se separaron. Y ya había pedido a Bob, hermanastro por parte de madre, que estuviera pendiente de la ingesta de alcohol de unos pocos.

No quería que nadie acabara en el estanque de las carpas.

Lila decidió que «finca» era una palabra demasiado castrense y restrictiva para la propiedad de los Archer. Sí, los muros eran altos y gruesos, pero la piedra relucía con dignidad regia. Sí, la verja resultaba imponente, resistente y estaba cerrada con llave, pero tenía un bello forjado que rodeaba la estilizada «A». Lirios tigre de un vívido tono naranja crecían como picas alrededor de la coqueta caseta del guarda.

Dos guardas de seguridad vestidos de negro verificaban las credenciales antes de dejar pasar las limusinas. Y tal vez esa parte pareciera encajar en la definición de «finca». Pero eso era todo.

Altos y majestuosos árboles se alzaban de los aterciopelados jardines. Frondosos arbustos y plantas variadas se mezclaban con el verde a lo largo del recto camino de entrada que llevaba hasta la enorme casa.

Debería haber sido excesivo, pensó, pero la piedra amarillo

pastel aportaba un ambiente acogedor. La vivienda en forma de «U» lo suavizaba todo. Los bonitos balcones y los tejados a dos aguas en cada ala le conferían un hospitalario encanto.

Divisó pequeños arbustos podados de forma artística; un dragón, un unicornio, un caballo alado.

—A la esposa actual le va la fantasía —dijo Luke.

—Me encanta.

El chófer se detuvo delante del pórtico cubierto. Gruesas ramas llenas de flores moradas, tan grandes como platos de postre, trepaban por las columnas y se enredaban en los balcones. Pinceladas como esa, pensó Lila, hacían que la casa pasara de ser intimidante a accesible.

Pese a todo, si hubiera tenido otra oportunidad, se habría comprado un vestido nuevo. Su vestido negro ideal para cualquier ocasión —que ya iba por su cuarta temporada— no parecía lo bastante bueno.

Esperaba que su pelo ayudara, que tal vez aportara un ligero aire de dignidad, ya que se lo había recogido en un moño flojo en la nuca.

En cuanto el chófer la ayudó a apearse, Lila se quedó de pie, admirando la casa. Momentos después una rubia salió como una bala por la enorme puerta principal y se detuvo un instante al pie de los tres escalones del pórtico. Luego se abalanzó sobre Luke.

—Luke. —Sollozó—. Oh, Luke.

A su espalda, Lila intercambió una mirada, enarcando la ceja, con Julie.

—¡Oliver! ¡Oh, Luke!

—Lo siento mucho, Rina. —Le frotó la espalda cubierta por un vestido negro que tenía un coqueto encaje y un profundo escote.

—Nunca más volveremos a verle. Me alegro mucho de que estés aquí.

Muchísimo, asumió Lila por la forma en que la mujer se pegó a Luke pocos segundos después de que este tratara de zafarse.

Debía de tener unos veintidós años, estimó Lila; pelo rubio, largo y liso, piernas largas y bronceadas, y una piel perfecta sobre la que unas perfectas y cristalinas lágrimas se deslizaban, como si representaran una coreografía.

Un tanto cruel, se dijo. Todo cierto, aunque un tanto cruel.

La rubia rodeó la cintura de Luke con el brazo y se amoldó a su costado; después les dirigió una mirada larga y calculadora a Lila y a Julie.

—¿Quiénes sois vosotras?

—Katrina Cartwright, te presento a Julie Bryant y Lila Emerson. Son amigas de Ash.

—Oh. Ash está en la zona norte, haciendo varias cosas. Os acompañaré. Están llegando los invitados. Toda esta gente —dijo mirando a lo lejos mientras otra limusina se dirigía hacia la casa— para honrar la memoria de Oliver.

—¿Cómo está su madre? —preguntó Luke.

—Hoy no la he visto. Está recluida en la casa de invitados. Destrozada. Estamos todos destrozados. —Continuó agarrando a Luke de forma posesiva mientras emprendía el camino por un largo sendero pavimentado—. No sé cómo vamos a seguir adelante. Cómo vamos a seguir adelante ninguno de nosotros.

»Hemos abierto una barra en el patio. —Señaló como si tal cosa hacia una mesa cubierta con un mantel blanco, atendida por una mujer con chaqueta blanca.

Más allá del espacioso patio se extendía el césped. Hileras de sillas blancas colocadas frente a una pérgola cuajada de rosas. Bajo sus arcos había una mesa alta sobre la que se veía una urna.

Todo de blanco níveo, pensó Lila, incluyendo los caballetes sobre los que se encontraban las fotografías ampliadas de Oliver Archer.

Había un cuarteto bajo una segunda pérgola tocando una música clásica y suave. Gente vestida de riguroso negro se mezclaba y relacionaba. Reparó en que algunos ya habían visitado el bar y llevaban cócteles o copas de vino. Otros estaban sentados, hablando en voz baja.

Había una mujer que llevaba un sombrero con un ala tan redonda y amplia como la luna. Se secaba las lágrimas con un pañuelo blanco como la nieve.

A través de una bonita arboleda vio lo que debía de haber sido una pista de tenis y, hacia el sur, las aguas de color azul tropical de una piscina que brillaba bajo el sol. Había una pequeña casa de piedra ubicada cerca.

Alguien rió de forma demasiado estentórea. Otra persona habló en italiano. Una mujer con uniforme blanco, que se movía de forma tan silenciosa como un fantasma, recogía las copas vacías. Otra le llevó una copa de champán a la mujer del sombrero.

Y pensar que no había querido asistir, se dijo Lila. Todo era maravilloso, como un teatro, como algo salido de una obra.

Quería escribir sobre ello —sin duda podía introducir parte de esa historia en un libro—, y comenzó a grabarse las caras, el paisaje y pequeños detalles en la memoria.

Entonces vio a Ash. Su rostro reflejaba un gran cansancio, una gran tristeza.

No se trataba de una obra, pensó. No se trataba de teatro.

Se trataba de la muerte.

Pensando solo en él, se acercó a Ash.

Él le cogió la mano. Durante un momento se quedó así, asiéndole la mano.

—Me alegro de que hayas venido.

—También yo. Es... Es escalofriantemente hermoso. Todo ese blanco y ese negro. Dramático. Por lo que me has contado de él, me habría caído bien.

—Sí, te habría caído bien. Olympia, su madre, tenía razón. Joder, Rina ha pillado a Luke. Tengo que espantarla. Está coladita por él desde que era una adolescente.

—Creo que Luke se las puede apañar. ¿Hay algo que pueda hacer?

—Está todo hecho. O lo estará. Permite que os busque asiento a todos.

—Nosotros nos encargaremos de eso. Tú tienes cosas de las que ocuparte.

—Tengo que ir a por Olympia o enviar a alguien a por ella. Volveré.

—No te preocupes por nosotros.

—Me alegro de que hayas venido —repitió—. Lo digo en serio.

Tuvo que abrirse paso entre los invitados; aquellos que querían darle el pésame, los que solo deseaban intercambiar unas palabras. Emprendió el camino hasta la casa —tomaría un atajo, decidió, e iría por un lateral— y se detuvo cuando vio a Angie.

Se percató de que parecía exhausta. Resultaba agobiante sobrellevar su propia pena y tratar de asumir parte de la de su cuñada.

—Estoy buscando a Vinnie. —Angie se pasó la mano por su corto cabello—. ¿Le has visto?

—No. Me he estado ocupando de algunas cosas, así que debo de haberme despistado.

—Probaré a llamarle al móvil otra vez. Debería haber estado aquí hace una hora. Dos. —Exhaló un débil suspiro—. Conduce como una ancianita y no utiliza el manos libres. Así que si aún está de camino, no me lo cogerá.

—Le buscaré por aquí.

—No, haz lo que tengas que hacer para que empiece esto. Ahora Olympia ha hecho acopio de fuerza, pero no durará mucho. Si Vinnie llega tarde, que llegue tarde. Deberías encargarte de que el director de la funeraria haga que la gente tome asiento. ¿Y tu padre?

—Iré a por él. ¿Te parece bien en diez minutos?

—Diez minutos. Llevaremos a Olympia hasta la pérgola. —Sacó su móvil del bolsito que llevaba—. Joder, Vinnie —farfulló mientras se alejaba.

Era posible que Vinnie estuviera dentro, especuló Ash. Echaría un vistazo y le diría a su padre que ya era la hora.

Le hizo una señal al director de la funeraria y acompañó a la abuela materna de Oliver hasta una silla antes de dirigirse a la casa.

Atisbó a Lila sentada a la izquierda de Luke, con Julie a la derecha de este. Y a la izquierda de Lila estaba Katrina, que le agarraba las manos mientras le contaba alguna historia.

Repleta de signos de exclamación, imaginó.

Pero la imagen de ambas le animó un poco.

Sí, se alegraba de que ella hubiera venido, pensó una última vez y, acto seguido, entró a buscar a su padre para que pudieran decirle su último adiós a Oliver.

SEGUNDA PARTE

> Los parientes nos los da el azar,
> pero elegimos a los amigos.
>
> JACQUES DELILLE

11

Lila nunca había experimentado nada semejante. A pesar de la peculiaridad de un bar al aire libre y de un paisaje blanco, la pena era real y profunda. La veía en el rostro pálido y demacrado de la madre de Oliver, la oía en las voces entrecortadas de aquellos que estaban ante el blanco atril para hablar. La sentía en el ambiente mientras el sol brillaba y la brisa arrastraba la fragancia de los lirios y las rosas.

Y, sin embargo, era una especie de teatro, representado, vestido y coreografiado, interpretado por gente de un físico espectacular sobre un elaborado escenario.

Cuando Ash se aproximó al atril, pensó que podría ser actor; uno alto, moreno y guapo. Iba elegante ese día, reparó; recién afeitado y con un impecable traje negro. Quizá prefiriera ese aspecto dejado, despreocupado y casual de su día a día, pero la elegancia le sentaba bien.

—Le pedí a Giselle que se encargara del panegírico de Oliver. De todos los hermanos, era la que tenía con él un lazo más estrecho. Aunque todos le queríamos y le echaremos de menos, Giselle le entendía mejor y comprendía su eterno optimismo. En nombre de su madre y de nuestro padre os doy las gracias a todos por venir hoy a ayudarnos a despedirnos de nuestro hijo, nuestro hermano, nuestro amigo.

¿Acaso todos los miembros del clan Archer eran guapísimos?, se preguntó Lila cuando vio ponerse en pie a una despampanante mujer. Intercambió un fuerte abrazo con Ash y, acto seguido, se volvió hacia la multitud.

No le tembló la voz, sino que permaneció firme y clara.

—He intentado pensar en mi primer recuerdo de Oliver, pero no he podido situarlo. Él siempre formó parte de mi vida, por mucho tiempo que pasara sin verle. En muchísimos aspectos era la risa, la diversión, la insensatez que toda vida necesita.

»Optimista. —Esbozó una pequeña sonrisa mirando a Ash—. Tú bien lo sabes, Ash. Algunos de nosotros somos realistas, otros somos cínicos y algunos, afrontémoslo, simplemente gilipollas. La mayoría llevamos un poco de todo eso dentro de nosotros. Pero con Oliver, Ash tiene razón. El optimismo ganaba. Y bueno, ¿cuántas personas pueden decir eso con sinceridad? Era impulsivo y generoso en todo momento. Era una criatura social para quien la soledad era un tipo de castigo. Porque era tan encantador, tan alegre, tan hermoso que raras veces estaba solo. —Un pájaro descendió en picado detrás de Giselle; una mancha de color azul vivo que destacaba en medio de los blancos montones de flores y que desapareció enseguida—. Él te quería, Olympia, profunda y sinceramente. Y a ti, papá. —Los ojos se le empañaron durante un instante; luego, igual que el destello azul, la humedad desapareció—. También quería que estuvieras orgulloso de él; tal vez lo deseaba demasiado. Quería ser y alcanzar la espectacularidad. Para Oliver no existía el punto medio ni la mediocridad. Cometió errores, algunos fueron espectaculares. Pero nunca fue severo, nunca cruel. Y sí, siempre fue optimista. Si algunos le pedíamos algo, él nos los daba. No formaba parte de su naturaleza decir no. Puede que el dejarnos de un modo tan espantoso mientras aún era joven, alegre y hermoso fuera inevitable. Así que no buscaré ese primer recuerdo de Oliver ni me demoraré en el último. Tan solo estaré agradecida de que formara siempre parte de mi vida, de que me aportase la risa, la diversión y la insensatez. Ahora celebraremos una fiesta porque eso era lo que más le gustaba a Oliver.

Cuando se bajó del atril, comenzaron a sonar las gaitas. En

ese momento, mientras las sentidas notas de *Amazing Grace* flotaban desde una pequeña loma, cientos de mariposas blancas batieron sus alas y alzaron el vuelo detrás de la pérgola.

Fascinada, Lila vio que Giselle volvía la vista hacia la blanca nube y que luego la dirigía hacia Ash. Y la vio reír.

Dado que parecía lo correcto, Lila tomó un poco de vino. Los camareros pasaban con comida e invitaban a los asistentes a acercarse a las largas mesas blancas donde se ofrecían otros manjares más consistentes. La gente se agrupaba o deambulaba por los jardines, por el interior de la casa. Aunque sentía curiosidad, no le parecía bien entrar en la vivienda.

Estimando que era el momento indicado, se acercó a la madre de Oliver para darle el pésame.

—No quiero molestar. Soy amiga de Ashton. Lamento mucho su pérdida.

—Amiga de Ashton. —La mujer estaba blanca como la cal y tenía los ojos vidriosos, pero le ofreció la mano—. Ashton se ha ocupado de todos los detalles.

—Ha sido una ceremonia preciosa.

—Oliver siempre me regalaba flores blancas el día de la Madre. ¿Verdad, Angie?

—Nunca se olvidaba.

—Son preciosas. ¿Quiere que le traiga un poco de agua?

—¿Agua? No, yo...

—¿Por qué no vamos dentro? Se está más fresco en la casa. Gracias —le dijo Angie a Lila y luego, rodeando con firmeza la cintura de Olympia con el brazo, se la llevó.

—¿Una amiga de Ashton?

Lila reconoció a la mujer que se había encargado del panegírico.

—Sí, de Nueva York. Tu panegírico ha sido maravilloso. Conmovedor.

—¿Conmovedor?

—Porque hablabas con el corazón.

Giselle estudió a Lila y tomó un sorbo de champán de una copa como si hubiera nacido con una en la mano.

—Así es. ¿Conocías a Oliver?

—No, siento no haberlo conocido.

—Pero Ash te ha pedido que vinieras. Qué interesante. —Tomó a Lila de la mano y la condujo hasta un pequeño grupo—. ¿Monica? Disculpadnos un minuto —le dijo Giselle a los demás y se llevó a un lado a la pelirroja, que era la viva imagen del glamour—. Es amiga de Ash. Le ha pedido que viniera hoy.

—¿En serio? Es un placer conocerte a pesar de las circunstancias. —Sus ojos verdes y astutos la evaluaron—. Soy la madre de Ashton.

—Oh, señora...

—Crompton en la actualidad. Puede resultar un poco confuso. ¿De qué conoces a Ash?

—Yo..., ah...

—Es una larga historia —declaró Monica—. Nos encantan las largas historias, ¿verdad que sí, Giselle?

—Oh, ya lo creo.

—Busquemos un rinconcito acogedor y oigámosla.

Lila miró a su alrededor y se sintió atrapada. ¿Dónde coño se había metido Julie?

—Yo solo...

Pero de poco servía discutir mientras la arrastraban, con clase y estilo, hacia la enorme e imponente casa.

—Ash no me ha contado que hubiera una nueva mujer en su vida. —Monica abrió una puerta, y, al cruzarla, Lila supuso que estaban en una sala de música, dada la presencia de un gran piano, un violonchelo y un violín.

—Yo no diría que soy...

—Pero claro, Ash casi nunca me cuenta nada.

Más que deslumbrada, la condujeron fuera de la sala y pasaron por una especie de salón de juegos recubierto de madera oscura, donde había dos hombres jugando al billar americano y una mujer que observaba sentada en un taburete. Luego accedieron a otra salita en la que alguien lloraba, hasta que llegaron a un espectacular salón con techos abuhardillados y columnas, una elegante escalera doble, varias arañas de cristal y, más allá, una biblioteca de dos alturas en la que alguien hablaba en voz baja.

—Aquí está bien —anunció Monica cuando llegaron a un maravilloso solárium con paredes de cristal que se abrían a los impresionantes jardines.

—Se puede hacer casi cinco kilómetros diarios de ejercicios cardiovasculares caminando de un extremo al otro de esta casa.

—Eso parece, ¿verdad? —Monica se sentó en un sillón beis, y palmeó el asiento al lado de ella—. Siéntate y cuéntanos todo.

—En realidad, no hay mucho que contar.

—¿Te ha pintado ya?

—No.

La mujer enarcó sus cejas rojas; sus labios, de un perfecto tono rosa, se curvaron.

—Ahora sí que me has sorprendido.

—Ha hecho algunos bocetos, pero...

—¿Y cómo te imagina?

—Como a una gitana. No sé por qué.

—Son los ojos.

—Eso dice él. Debe de estar muy orgullosa de Ash. Su obra es maravillosa.

—No sabía la que se me venía encima cuando le regalé su primera caja de ceras. Bueno, ¿cómo os conocisteis?

—Señora Crompton...

—Monica. Pase lo que pase, siempre soy Monica.

—Monica. Giselle. —Lila exhaló un suspiro y se obligó a decirlo con rapidez—: Conocí a Ash en la comisaría. Yo vi caer a Sage Kendall.

—Tú fuiste quien llamó al 911 —repuso Giselle entrelazando los dedos con los de la mano que Monica posó sobre ella.

—Sí. Lo siento. Esto tiene que ser muy incómodo para ambas.

—Yo no estoy incómoda. ¿Estás incómoda tú, Giselle?

—No. Estoy agradecida. Agradezco que llamaras a la policía. Agradezco aún más que hablaras con Ash porque la mayoría se habría ido en la dirección contraria.

—Ash solo necesitaba comprender qué había visto yo. No creo que la mayoría se marchara en este caso.

Giselle, con la mano aún entrelazada con la de Monica, intercambió una mirada pícara con la mujer de más edad.

—Has olvidado lo que he dicho en el panegírico sobre los gilipollas.

—Entonces me alegro de no haber sido gilipollas en este caso, pero...

—Mantuvieron tu nombre oculto a los medios —interrumpió Giselle.

—No había razón para que apareciera en ellos. No vi nada que sirviera demasiado de ayuda.

—Ayudaste a Ashton. —Monica acercó la mano que tenía libre y asió la de Lila durante un momento; las tres mujeres quedaron enlazadas—. Ash necesita encontrar respuestas, encontrar la solución, y tú le ayudaste.

—Necesitas una copa de vino —decidió Giselle—. Voy a por ella.

—Por favor, no te molestes. Yo...

—Tráenos champán, cielo. —Monica retuvo con firmeza la mano de Lila para que no se moviera cuando Giselle salió de forma apresurada—. Ash quería a Oliver; todos lo queríamos tanto como nos enfurecía. Suele ser responsable..., me refiero a Ash, claro. Suele sentirse responsable. Si ha hecho bocetos, si te ha pedido que vinieras hoy aquí, es que le has ayudado a superar lo más duro.

—A veces resulta más fácil hablar con alguien a quien en realidad no conoces. Y resulta que tenemos una amiga común, así que eso cuenta.

—Igual que tus ojos... y el resto de ti. —Monica ladeó la cabeza y la evaluó de nuevo—. No eres su tipo habitual..., no es que tenga un tipo *per se*. Pero la bailarina... Puede que sepas que mantuvo una relación con una bailarina. Una joven hermosa, con un enorme talento... y con un ego y un temperamento a juego. Ash tiene mal carácter cuando le pinchan. Creo que disfrutaba de la pasión..., y no me refiero al sexo, sino a la pasión.

Todo el drama. Pero a corto plazo. En general, y en el fondo, le gusta la tranquilidad y la soledad. Tú pareces ser menos volátil.

—Puedo ser una cabrona... cuando me pinchan.

Monica esbozó una sonrisa, y Lila vio a su hijo en ella.

—Eso espero. No puedo soportar a las mujeres blandengues. Son peores que los hombres blandengues. ¿A qué te dedicas, Lila? ¿Trabajas?

—Sí. Escribo y cuido casas.

—Cuidas casas. Te juro que yo haría lo mismo con tu edad. Viajar, ver cómo viven otras personas, disfrutar de sitios nuevos, vistas nuevas. Es una aventura.

—Sí que lo es.

—Pero para ganarte la vida así, para conseguir clientes, tienes que ser responsable, formal. De fiar.

—Cuidas de las casas, de las personas; de sus cosas, de sus plantas, de sus mascotas. Si no pueden confiar en ti, se acabó la aventura.

—Nada perdura sin confianza. ¿Y qué escribes?

—Escribo literatura juvenil. Novelas. Novela romántica ambientada en el instituto con hombres lobo en pie de guerra.

—¿No será *Cuando la luna reina*? —Su voz denotaba sorpresa y deleite—. ¿No serás L. L. Emerson?

—Sí. Bueno, ya sabes... Rylee —recordó—. Ash me dijo que a su hermana Rylee le gustó el libro.

—¿Que le gustó? Lo devoró. Tengo que presentártela. Le va a hacer una ilusión tremenda. —Desvió la mirada inclinando la cabeza—. Spence.

El padre de Ash, de Oliver, pensó Lila. Guapo hasta decir basta, bronceado y en forma, lucía un denso pelo negro con perfectas pinceladas grises en las sienes y unos ojos azules distantes y astutos.

—Lila, te presento a Spence Archer. Spence, esta es Lila Emerson.

—Sí, lo sé. Señorita Emerson, le estamos muy agradecidos.

—Lo siento muchísimo, señor Archer.

—Gracias. Permita que le sirva una copa de champán —dijo

cuando un miembro del personal ataviado con una chaqueta blanca entró con una cubitera plateada—. Luego te la voy a robar un rato, Monica.

—No sería la primera vez que te largas con una preciosa jovencita. —Levantó las manos y meneó la cabeza—. Te pido disculpas. Es la costumbre. Hoy no, Spence. —Se puso en pie, se acercó y le dio un beso en la mejilla—. Me quitaré de en medio. Te veré de nuevo, Lila. Prepárate para que nuestra Rylee se postre a tus pies y te adore.

Le dio un apretón en el brazo a Spence y, acto seguido, se marchó.

—Ha sido muy amable al venir hoy —comenzó Spence y le entregó a Lila la copa de champán.

—Era importante para Ashton.

—Sí, eso tengo entendido. —Se sentó frente a ella.

Lila pensó que parecía cansado y triste, como era lógico; y con sinceridad deseó estar en otra parte. ¿Qué podía decirle al padre de un hijo muerto, al que ella no había conocido, y de un hijo con el que ella compartía un extraño y peligroso secreto?

—Ha sido una ceremonia preciosa en un lugar precioso. Sé que Ashton quería hacer que todo resultara tan... reconfortante para usted y la madre de Oliver como fuera posible.

—Ash siempre se supera. ¿Cuánto tiempo hace que conocía a Oliver?

—No le conocía. Lo siento, debe de parecerle raro que esté aquí cuando no le conocía. Yo solo..., esa noche tan solo estaba mirando por la ventana.

—A través de unos prismáticos.

—Sí. —Sintió que se acaloraba.

—¿Solo una coincidencia? Me parece más plausible que estuviera espiando el apartamento de Oliver porque era una de sus mujeres. O, más alarmante aún, porque está relacionada con la persona que lo mató.

Las palabras, dichas con tanta naturalidad, eran tan inesperadas, tan impactantes que tardó un momento en entenderlas.

—Señor Archer, está afligido por su hijo. Está furioso y quiere respuestas. Yo no tengo respuestas que darle. No conocía a Oliver y no sé quién le mató. —Dejó la copa que no había tocado—. Debería irme.

—Convenció a Ash para que le pidiera que viniera hoy aquí, a nuestra casa. Me han dicho que ha pasado bastante tiempo con él desde su «casual» encuentro en la comisaría de policía el día posterior a la muerte de Oliver. Sé que Ashton ha comenzado ya a pintarla. Eso es trabajar con rapidez, señorita Emerson.

Lila se puso en pie despacio, igual que él.

—No le conozco —dijo con prudencia—. No sé si es ofensivo por naturaleza. Como yo no lo soy, voy a achacarlo al shock y a la pena. Sé lo que la muerte de un ser querido puede hacerle a las personas que se quedan atrás.

—Sé que es usted una mujer sin una dirección fija que se pasa el tiempo viviendo en casa de otras personas mientras escribe historias fantásticas para adolescentes impresionables. Una relación con Ashton Archer, con su nombre, sus recursos, sería un gran paso para usted.

Todo rastro de compasión se esfumó en Lila.

—Yo me labro mi propio camino, doy mis propios pasos. No a todo el mundo le mueve la posición y el dinero. Tenga la bondad de disculparme.

—Confíe en mí —le dijo cuando ella se dispuso a abandonar la habitación—. Sea cual sea su juego, no ganará.

Lila se detuvo para mirarle una última vez, tan guapo y refinado, tan destrozado y severo.

—Lo lamento por usted —murmuró y salió.

Cegada por la ira, se equivocó al girar, pero no tardó en corregirse. Tenía que salir, tenía que largarse. Odiaba que Spence Archer hubiera conseguido hacerle sentir culpable y furiosa, pero sabía que tenía que pensar en ello… en otra parte.

En cualquier lugar fuera de aquel enorme y alucinante espacio, lleno de gente con sus curiosas y enrevesadas relaciones.

A la mierda su enorme y preciosa casa, sus amplios jardines, las piscinas y la puñetera pista de tenis. A la mierda él por intentar convertirla en una arribista cazafortunas.

Se dirigió fuera y recordó que Luke tenía la información del chófer y que este tenía su puñetero equipaje en el maletero. No quería hablar con Luke ni con Julie ni con nadie. Buscó a uno de los empleados que se encargaban de los coches y le pidió el número de una empresa de taxis que la llevara a Nueva York.

Dejaría su equipaje donde estaba; de todas formas nadie más que Julie iba a llevárselo. En algún momento le mandaría un mensaje de texto a su amiga y le pediría que guardase sus cosas en su apartamento por esa noche.

Pero no pensaba quedarse allí, sintiéndose humillada, atacada y culpable ni un minuto más de lo que fuera estrictamente necesario.

Divisó el taxi recorriendo el largo camino de entrada e irguió los hombros. Ella se labraba su propio camino, se recordó; se pagaba sus cosas. Vivía a su manera.

—¡Lila!

Se dio la vuelta con la puerta del taxi abierta y vio a Giselle, que se dirigía deprisa hacia ella.

—¿Te marchas?

—Sí, tengo que irme.

—Pero Ash te está buscando.

—Tengo que irme.

—El taxi puede esperar. —Giselle agarró a Lila del brazo con firmeza—. Volvamos y...

—No puedo, en serio. —Con la misma firmeza, Lila asió la mano de Giselle y le dio un pequeño apretón—. Siento muchísimo lo de tu hermano.

Se metió en el taxi y cerró la puerta. Y se recostó en cuanto le dijo al taxista que arrancara, procurando no pensar en el mordisco que el viaje de vuelta a la ciudad iba a darle a su presupuesto.

Giselle volvió sobre sus pasos con rapidez y encontró a Ashton justo fuera de la casa de invitados, hablando con una Angie visiblemente afligida.

—Sabes que no es normal en él, Ash. No responde al teléfono..., ni al de casa ni al móvil ni al de la tienda. Temo que haya tenido un accidente.

—Voy a regresar pronto, pero entretanto haremos que alguien se pase por casa a echar un vistazo.

—Puedo volver a llamar a Janis y pedirle que coja el juego de llaves extra en el despacho de Vinnie, en la tienda. Hoy ya he hablado con ella. No le ha visto desde que salió de trabajar ayer.

—Haremos eso primero. Y yo te llevaré de vuelta.

—Detesto dejar sola a Olympia, pero estoy preocupada de verdad. Voy a llamar ya y a decirle a Olympia que tengo que irme, que me marcho contigo.

—No eres el único que se marcha —dijo Giselle cuando Angie entró en la casa de invitados—. Tu amiga Lila acaba de marcharse en un taxi.

—¿Qué? ¿Por qué?

—No lo sé con seguridad, pero sé que papá fue a hablar con ella, y lo siguiente que veo es a ella montándose en un taxi. Parecía cabreada. Se estaba conteniendo, pero estaba muy cabreada.

—Joder. Quédate con Angie, ¿quieres? Necesito unos minutos para ocuparme de esto.

Sacó su móvil mientras daba un rodeo hasta la casa principal por el camino más largo a fin de evitar al grueso de los invitados. La llamada fue directa al buzón de voz de Lila.

—Lila, dile al taxista que dé la vuelta y regrese. Si quieres marcharte, yo te llevaré. Yo me ocuparé. —Colgó y se metió el móvil en el bolsillo mientras atravesaba la salita donde solían desayunar y divisaba a su madre—. ¿Has visto a papá?

—Creo que le vi subiendo a la primera planta hace un minuto, puede que a su despacho. Ash…

—Ahora no. Lo siento, ahora no.

Fue arriba, giró en dirección al ala oeste, pasó de largo varias habitaciones, varias salas y, por fin, más allá del dormitorio principal, llegó al despacho privado de su padre.

Años de entrenamiento hicieron que llamara, aunque fuera de forma somera, antes de abrir la puerta.

Spence levantó una mano, sentado a su enorme mesa de roble, que había pertenecido al bisabuelo de Ash.

—Te llamaré —dijo Spence al teléfono y colgó—. Tengo algunas cosas de qué ocuparme y luego bajaré.

—Imagino que una de esas cosas de las que sentías la necesidad de ocuparte era Lila. ¿Qué le has dicho para disgustarla?

Spence se recostó y apoyó las manos en los acolchados brazos de piel de su sillón.

—Solo le he hecho algunas preguntas pertinentes. Creo que ya hemos tenido suficiente drama por hoy, Ash.

—Más que suficiente. ¿Qué preguntas pertinentes?

—¿No te parece sospechoso que esta mujer, una mujer que resulta estar relacionada con la directora de la galería que expone tu obra, sea el único testigo de lo que pasó en ese apartamento la noche en que Oliver fue asesinado?

—No.

—¿Y que esa conocida suya estuviera casada en otro tiempo con un hombre que es buen amigo tuyo?

Ash veía con toda claridad adónde conducía aquel escabroso camino. No quería realizar el viaje, mucho menos ese día.

—Las conexiones se dan. Esta familia es la prueba viviente de eso.

—¿Estás al tanto de que Lila Emerson fue la amante del marido de Julie Bryant?

El mal genio que había esperado contener comenzó a bullir.

—Utilizas de forma incorrecta el término «amante» en este caso, pero soy perfectamente consciente de que Lila mantuvo una relación con el ex de Julie. Y dado que tú estás tan bien informado, ahora también sé que has contratado a detectives para investigar a Lila.

—Por supuesto que sí. —Spence abrió el cajón y sacó un expediente y un CD—. Una copia del informe. Te conviene leerlo tú mismo.

—¿Por qué lo has hecho? —Esforzándose para mantener a raya su carácter, miró fijamente a su padre y reconoció el muro impenetrable al que se enfrentaba—. Ella llamó a la policía. Habló conmigo, respondió a mis preguntas cuando no tenía por qué hacerlo, cuando la mayoría no lo habría hecho.

Como si aquello le diera la razón, Spence golpeó la mesa con un dedo.

—Y ahora le compras ropa, pasas tiempo en su compañía, te preparas para pintarla y la traes aquí nada menos que hoy.

Impenetrable, pensó de nuevo Ash, pero también estaba sufriendo.

—No te debo ninguna explicación, pero, considerando qué día es hoy, te diré una cosa. Compré un vestido elegido para el cuadro, tal y como suelo hacer. He pasado tiempo con ella porque me ha ayudado y porque disfruto de su compañía. Le pedí que viniera aquí por razones propias. La abordé yo… en la comisaría de policía y después. Yo le pedí que posara para mí e insistí hasta vencer su reticencia. La presioné para que viniera hoy aquí porque quería que estuviera.

—Siéntate, Ashton.

—No tengo tiempo para sentarme. Hay cosas que hacer y no van a hacerse si me quedo aquí para intentar razonar contigo.

—Tú mismo. —Spence se levantó, fue hasta un aparador tallado y se sirvió un par de dedos de whisky de una licorera—. Pero vas a escucharme. Las mujeres de cierta ralea tienen el don de hacer que un hombre crea que es él quien toma las decisiones cuando en realidad son ellas quienes los manejan. ¿De verdad puedes estar seguro, completamente seguro, de que no tiene nada que ver con lo que le pasó a Oliver? —Levantó las cejas y el vaso, como si brindara antes de beberse el whisky—. ¿Cómo puedes confiar en ella: resulta que fue testigo de la caída de esa modelo porque estaba espiando su apartamento con unos prismáticos?

—¿Cómo puedes decir eso cuando has pagado a detectives para que la espíen a ella?

Spence volvió a su mesa y se sentó.

—Yo protejo lo que es mío.

—No, en este caso estás usando lo que es tuyo para atacar a una mujer que no ha hecho otra cosa que intentar ayudar. Ha venido aquí porque yo se lo pedí y se ha marchado porque, cada vez está más claro, tú le has insultado.

—Va por ahí como una gitana, apenas se gana la vida. Tuvo una aventura, que sepamos hasta la fecha, con un hombre casado mucho mejor situado económicamente que ella.

Más exhausto que furioso ahora, Ash se metió las manos en los bolsillos.

—¿De verdad pretendes dar lecciones de moral sobre la fidelidad? ¿Desde tu posición?

El mal genio se apoderó de los ojos de Spence.

—Sigo siendo tu padre.

—Lo eres, pero eso no te da derecho a insultar a una mujer que me importa.

Spence se recostó en su sillón y lo giró un poco a uno y otro lado mientras estudiaba a su hijo.

—¿Hasta qué punto estás interesado en ella?

—Eso es asunto mío.

—Ashton, no estás teniendo en cuenta la realidad. Hay mujeres que se fijan en un hombre por su posición, por su cartera.

—¿Y cuántas veces te has casado tú... hasta la fecha? ¿A cuántas «amantes» has compensado?

—Muéstrame respeto. —Spence se levantó de golpe.

—Pero tú no lo haces conmigo. —La furia contraatacó tan rápido que tuvo que aplastarla. Allí no, se ordenó. Ese día no—. Está claro que esto no ha tenido nada que ver con Oliver. El informe de la policía y este informe sobre tu mesa que te ha dejado satisfecho con respecto a tus sospechas sobre Lila no tienen nada que ver con Oliver ni con su muerte. Se trata de mí y de mi relación con Lila.

—En esencia es lo mismo —señaló Spence—. Y estás en una posición vulnerable.

—Puede que creas que tener múltiples esposas, amantes, aventuras, compromisos cancelados y rollitos te convierte en un experto. Yo no lo veo así.

—Es el deber de un padre alejar a sus hijos de los errores que cometen. Esa mujer no tiene nada que ofrecer y ha utilizado una tragedia para granjearse tu confianza y tu afecto.

—Te equivocas en todos los aspectos. Deberías recordar que era Oliver quien necesitaba tu aprobación y que estuvieras orgulloso de él. Yo agradezco cuando obtengo tu aceptación, pero no vivo para conseguirla como hacía él. Te has pasado de la raya.

—Aún no hemos terminado —dijo Spence cuando Ash se dio la vuelta para marcharse.

—Te equivocas de nuevo.

Dejó que su temperamento le dominara mientras salía, bajaba las escaleras y casi abandonaba la casa antes de que su madre lo alcanzara.

—Ash, por Dios bendito, ¿qué ocurre?

—Aparte de que papá ha contratado a detectives para fisgonear en la vida de Lila, de que luego la ha atacado hasta que ella ha llamado a un taxi y se ha largado, de que es el blanquísimo funeral de Oliver y que Vinnie ha desaparecido, no es más que otra reunión típica de los Archer.

—¿Que Spence...? Dios mío, debería haberlo sabido. Dejé a esa pobre chica a solas con él. —Lanzó una mirada fulminante hacia la escalera—. Arréglalo con ella; me cae bien, si es que eso importa.

—Importa.

—¿Qué sucede con Vinnie?

—No lo sé aún. Tengo que volver con Angie. Está preocupada.

—No me cabe duda. No es normal en Vinnie. Iría ahora mismo a la casa de invitados, pero Krystal acaba de ir hacia allí —dijo refiriéndose a la actual esposa de su ex marido—. Se está portando bastante bien con Olympia, así que mantendré las distancias y evitaré remover las aguas.

—Es lo mejor.

—Podría hablar con Spence.

—No...

—Seguro que también es lo mejor. —Se cogió de su brazo para que aminorara el paso y, Ash era consciente de ello, para que aplacase su temperamento—. ¿Quieres que Marshall y yo llevemos a Angie a la ciudad?

—Yo lo haré. Gracias, pero de todas formas tengo que regresar.

—Cuando veas a Lila, dile que me encantaría comer con ella alguna vez.

—Claro. —Hizo una pausa cuando Luke y Julie se cruzaron con él.

—Hemos oído que Lila se ha marchado —comenzó Julie.

—Sí, una pequeña pelea, podría decirse. Si la ves antes que yo, dile... Dile que... Ya se lo comentaré yo mismo.

—Debería irme. —Julie miró a Luke—. Esta noche se queda en mi casa, así que debería irme.

—Pues nos vamos. ¿Quieres que te llevemos? —le preguntó Luke a Ash.

—No, tengo algo que hacer. Estaremos en contacto.

Monica dejó a Ash por Luke y Julie de manera elegante.

—Os acompaño fuera.

Nadie lo hacía mejor que su madre, pensó Ash, y se escabulló por debajo de la pérgola y salió de nuevo al sol. Disfrutó de la tranquilidad durante un momento y pensó en llamar de nuevo a Lila. Pero su móvil sonó entonces.

Con la esperanza de que ella le devolviera la llamada, miró la pantalla y frunció el ceño al ver el nombre.

—¿Janis?

—Ash, Dios mío, Ash. No podía..., no podía llamar a Angie.

—¿Qué sucede? ¿Qué pasa?

—El señor V, el señor V... La policía... He llamado a la policía. Ya vienen.

—Respira. Dime dónde estás.

—Estoy en la tienda. He venido a coger las llaves del apartamento del señor V. En su despacho. Ash...

—Respira —repitió cuando ella rompió a llorar—. Tienes que contarme qué ha pasado. —Pero ya tenía el estómago encogido—. Dilo sin más.

—El señor V está muerto. En el despacho. Alguien le ha hecho daño. Y hay un hombre allí...

—¿Un hombre?

—También está muerto. Está en el suelo y hay sangre. Creo que alguien le ha disparado. El señor V está atado a una silla y tiene la cara... No sé qué hacer.

Las emociones tenían que esperar. Ahora debía manejar lo impensable, y rápido.

—¿Has llamado a la policía?

—Ya vienen hacia aquí. Pero no podía llamar a Angie. No podía, así que te he llamado a ti.

—Espera fuera a que llegue la policía. Sal fuera y espera a la policía. Voy para allá.

—Date prisa. ¿Puedes darte prisa? ¿Puedes decírselo a ella? Yo no puedo. No puedo.

—Yo se lo diré. Espera a la policía, Janis..., afuera. Ya vamos para allá.

Cortó la llamada y se quedó mirando el teléfono.

¿Era su culpa? ¿Había provocado la muerte de Vinnie al pedirle ayuda?

Lila.

La llamó.

—Coge el puto teléfono —espetó al buzón de voz—. Escúchame. Han asesinado a Vinnie. Aún no sé qué ha pasado, pero voy de camino a Nueva York. Vete a un hotel. Echa la llave y no le abras a nadie. Y la próxima vez que llame, coge el puto teléfono.

Se guardó el móvil en el bolsillo y se apretó los ojos con los dedos. Y se preguntó cómo iba a decirle a Angie que su marido había muerto.

12

No quería hablar con nadie..., y su teléfono no dejaba de sonar al ritmo del *We Will Rock You*.

Iba a cambiar esa puñetera melodía en cuanto pudiera.

Bastante malo era ya estar metida en un taxi después de que la hubiera abofeteado el megarico padre del hombre con quien hacía poco había decidido acostarse sin que Queen la bombardeara constantemente.

Y eso que le encantaba Queen.

Su mal genio se había enfriado hacía treinta y dos kilómetros, así que realizó el resto del trayecto sumergida en un pegajoso pozo de autocompasión.

Preferiría estar cabreada.

Ignoró a Queen, la música tribal africana que sonaba en la radio del taxista y el solo de guitarra de *Highway to Hell* que era el timbre de aviso para los mensajes de texto.

Más calmada, más despejada —aunque enfurruñada—, se ablandó un poco cuando llegaron a la ciudad, lo bastante para sacar su teléfono y echar un vistazo a las llamadas entrantes.

Tres llamadas de Ash y dos de Julie. Y un mensaje de texto de cada uno. Exhaló un suspiro y decidió que Ash había ganado por diversas razones.

Escuchó el primer mensaje de voz y puso los ojos en blanco.

Él se ocuparía de todo.

¡Hombres!

Ella se ocupaba de sus cosas y de lo que se le presentaba. Esa era la regla número uno de Lila Emerson.

Escuchó la primera llamada de Julie a continuación.

«Lila, acabo de toparme con Giselle Archer. Me ha dicho que te has marchado. ¿Qué sucede? ¿Qué ha pasado? ¿Estás bien? Llámame.»

—Vale, vale. Más tarde.

Escuchó el segundo mensaje de Ash. Gruñó cuando le exigió que le cogiera la llamada. Luego todo se detuvo. El dedo le tembló cuando apretó el botón para volver a escuchar el mensaje por segunda vez.

—No, no, no —murmuró y abrió el mensaje de texto de Ash en el acto.

> Responde, joder. Voy de camino en helicóptero. Necesito el nombre de tu hotel. Cierra la puerta con llave. No salgas.

Actuando por instinto, Lila se inclinó hacia delante.

—Cambio de planes. Necesito que me lleve a…

¿Cuál era la puñetera dirección? Rebuscó en su memoria, dio con el nombre de la tienda que Ash había mencionado y lo tecleó en un buscador en su teléfono.

Se lo indicó al taxista.

—Le costará más —le respondió.

—Limítese a llevarme allí.

Ash estaba en la puerta del despacho de Vinnie junto a un policía uniformado. La ira, el remordimiento y la pena quedaban asfixiados bajo una gruesa capa de insensibilidad. El corto e infernal vuelo desde la finca, la confusión, el pánico, todo se esfumó cuando miró al hombre al que había conocido y querido.

El habitual traje elegante de Vinnie estaba manchado de sangre y orina. Su cara, siempre tan tersa y atractiva, mostraba los moretones y la enorme inflamación de una violenta paliza. El único ojo medio abierto tenía la vista perdida, cubierto por la muerte.

—Sí, es Vincent Tartelli. El de la silla —agregó Ash de forma minuciosa.

—¿Y el otro tipo?

Ash inspiró hondo. Los sollozos de su tía se oían por las escaleras; unos sonidos espantosos que creía que tal vez resonaran en su cabeza para siempre. Una agente la había llevado arriba, apartándola de aquello. Se las había llevado a Janis y a ella, se corrigió Ash. Gracias a Dios estaban en la otra planta.

Ash se obligó a mirar el cuerpo tirado en el suelo.

Corpulento, hombros anchos, manos grandes, que presentaban magulladuras y arañazos en los nudillos. Cabeza afeitada, cara cuadrada de bulldog.

Y un preciso agujero ennegrecido de bala entre las cejas.

—No le conozco. No creo que lo haya visto nunca antes. Sus manos… Es el que pegó a Vinnie. Mire sus manos.

—Le llevaremos con la señora Tartelli. Los detectives hablarán con ustedes.

Fine y Waterstone, pensó. Él mismo había llamado desde el helicóptero y había pedido a Fine y a Waterstone.

—Ella no puede ver esto. Angie… La señora Tartelli. No puede ver a Vinnie así.

—Nosotros nos ocuparemos. —Llevó a Ash hacia la parte delantera de la tienda—. Puede esperar arriba hasta que… —Se interrumpió cuando otro policía le hizo una señal desde la puerta principal—. Quédese aquí.

¿Adónde iba a ir?, se preguntó Ash mientras el policía se dirigía hacia la puerta. Echó un vistazo a la tienda de la que tanto se enorgullecía Vinnie; la madera pulida, el resplandeciente cristal, el glamour de los dorados.

Cosas antiguas, cosas valiosas. Y, que él pudiera ver, no habían tocado nada, no habían roto ni desordenado nada.

No había sido un simple robo; no se trataba de un simple gilipollas buscando dinero o algo que empeñar.

Todo llevaba a Oliver. Todo llevaba al huevo.

—Hay una mujer fuera que le busca. Lila Emerson.

—Es... —¿Qué era exactamente? No podía determinarlo—. Es una amiga. Estábamos en el funeral de mi hermano esta tarde.

—Ha tenido un mal día. No vamos a dejarla entrar, pero usted puede salir a hablar con ella.

—De acuerdo.

No debería estar allí. Pero claro, Angie no debería estar llorando arriba. Nada era como debería ser, así que solo podía lidiar con las cosas tal y como estaban.

Lila iba de un lado a otro de la acera y se detuvo cuando le vio salir. Le agarró las manos y, al igual que cuando se conocieron, aquellos grandes ojos oscuros irradiaban compasión.

—Ash. —Le apretó las manos—. ¿Qué ha pasado?

—¿Qué estás haciendo aquí? Te dije que te fueras a un hotel.

—Recibí tu mensaje. Han matado a tu tío..., al tío de Oliver.

—Le han dado una paliza. —Pensó en los feos moratones en el cuello de Vinnie—. Creo que fue estrangulado.

—Oh, Ash. —Aunque él sintió que le temblaban las manos, estas permanecieron firmes en las suyas—. Lo siento mucho. Su esposa. Estuve con ella durante un minuto.

—Está dentro. Arriba. La tienen arriba. No deberías estar aquí.

—¿Por qué tendrías que lidiar tú solo con esto? Dame algo que pueda hacer, alguna manera de ayudar.

—Aquí no hay nada.

Los dedos de Lila apretaron los suyos.

—Tú estás aquí.

Antes de que pudiera responder, antes de que pudiera pensar en una respuesta, vio a los detectives.

—Pedí que vinieran Waterstone y Fine. Están aquí. Tienes que irte a un hotel. No, vete a mi casa. —Comenzó a buscar las llaves—. Yo iré tan pronto como pueda.

—Me quedo por ahora. Ya me han visto aquí —repuso en voz baja—. No puedo salir pitando... y no pienso dejar que te enfrentes a todo esto tú solo.

En cambio se volvió para situarse al lado de Ash.

—Señor Archer. —Fine le miró a los ojos con atención—. Una vez más, lamento su pérdida. Hablemos dentro. Usted también, señorita Emerson.

Entraron y dejaron el calor estival y el bullicioso tráfico por el fresco y el llanto.

—Su esposa —comenzó Ash—. Sé que tienen que hablar con ella, que tienen que hacerle preguntas. ¿Podrían ser rápidos? Necesita irse a casa, alejarse de esto.

—Aceleraremos las cosas. Agente, búsquele a la señorita Emerson un sitio tranquilo en el que esperar. Señor Archer, puede ir arriba y esperar con la señora Tartelli. Nosotros subiremos para hablar con ustedes lo antes posible.

Los estaban separando, pensó Ash mientras Lila le daba un pequeño apretón en la mano antes de soltársela para acompañar al agente.

Imaginaba que era el procedimiento normal, pero de todas formas hizo que se sintiese abrumado por el remordimiento y muy frustrado.

Se dirigió a la planta de arriba y se sentó con Angie; la abrazó mientras ella temblaba. Asió de la mano a Janis, que se esforzaba para no llorar.

Y pensó en lo que había que hacer.

Enviaron a buscar a Janis, que le lanzó una mirada rebosante de pena con sus ojos enrojecidos antes de bajar.

—Janis ha dicho que tuvieron un cliente tardío.

—¿Qué?

Angie no había hablado de manera coherente hasta ese momento. Había llorado, se había mecido, había temblado. Pero, apoyándose en Ash, comenzó a hablar con la voz ronca a causa de las lágrimas.

—Cuando Janis se marchó a casa ayer, tenían un cliente. Una mujer que dijo que estaba amueblando su nuevo apartamento. Eligió un montón de cosas; buenas piezas. Janis dijo que el marido iba a venir para dar el visto bueno a las compras. Así que Vinnie se quedó aquí hasta tarde. Alguien vino antes de que echara el cierre o le pillaron antes de que hubiera terminado. Estaba aquí solo, Ash. Mientras yo pensaba que Vinnie llegaba tarde o que se estaba retrasando, él estaba aquí solo. Ni siquiera le llamé anoche. Estaba tan cansada después de lidiar con Olympia que ni siquiera le llamé.

—No pasa nada —le dijo en vano.

—Cuando ayer se fue a trabajar, le di la tabarra con que no perdiera la noción del tiempo. Es algo que hacía. Ya sabes que lo hacía. Estaba muy triste por lo de Oliver. Quería algo de tiempo para él, pero yo le incordié cuando se marchó a trabajar para que no perdiera la noción del tiempo.

»Les habría dado lo que hubieran querido. —Las lágrimas caían como lluvia mientras miraba a Ash a los ojos—. Hablábamos de esto todo el tiempo. Si alguien venía a robarle, le daría lo que quisiera. Siempre le decía al personal que hiciera lo mismo. Que nada aquí valía su vida ni el sufrimiento de sus familias. No tenían por qué hacerle daño. No tenían por qué hacer esto.

—Lo sé. —La abrazó hasta que ella se quedó sin lágrimas, y los detectives subieron.

—Señora Tartelli, soy la detective Fine y este es el detective Waterstone. Sentimos mucho su pérdida.

—¿Ya puedo verle? No me han dejado verle.

—Vamos a ocuparnos de eso en un rato. Sé que esto es duro, pero tenemos que hacerle algunas preguntas.

Fine se sentó en una silla de palisandro con rosas de Jericó cubriendo el asiento. Mantuvo un tono suave, tal y como Ash recordaba que había hecho cuando fueron a informarle a él sobre Oliver.

—¿Sabe de alguien que deseara hacer daño a su marido?

—Vinnie caía bien a la gente. Puede preguntarle a cualquiera que le conozca. Nadie que le conociera le haría daño.

—¿Cuándo le vio o habló con él por última vez?

Ash le asió la mano mientras Angie les contaba en esencia lo que le había dicho a él, extendiéndose cuando le preguntaron por qué se había quedado otro día.

—Olympia, la madre de Oliver, me quería a mí. Es hermana de Vinnie, pero somos íntimas. Como hermanas. Me necesitaba.

—Le temblaban los labios—. Yo me fui con mis hijos y los de ella. Se suponía que Vinnie iría a la finca anoche o esta mañana, dependiendo de cómo se encontrara mi cuñada. Podría haber hecho que se fuese. Habría ido con nosotros si hubiera insistido. No lo hice y ahora…

—No hagas esto, Angie —murmuró Ash—. No hagas esto.

—Les habría dado lo que quisieran. ¿Por qué tuvieron que hacerle daño de esa forma?

—Nuestro trabajo es averiguarlo —le dijo Fine—. Hay muchas cosas valiosas aquí. ¿Tienen caja fuerte?

—Sí. En el almacén de la segunda planta. Se utiliza sobre todo para piezas reservadas para un cliente o para su tasación.

—¿Quién tiene acceso?

—Vinnie, Janis. Yo misma.

—Tendremos que echarle un vistazo. ¿Sabrían si algo faltara?

—No, pero Vinnie tendrá el registro en su despacho, en el ordenador. Y Janis lo sabrá.

—De acuerdo. Ahora la llevaremos a casa. ¿Quiere que llamemos a alguien?

—Ash ha llamado a… mis hijos. A nuestros hijos.

—Ya están en casa —le dijo Ash—. Estarán todos a tu lado.

—Pero Vinnie no. —Las lágrimas le anegaron los ojos otra vez—. ¿Puedo ver a Vinnie?

—Tenemos que repasar algunos detalles, pero le avisaremos cuando pueda verle. Un agente la llevará a casa. Vamos a hacer todo lo que esté en nuestras manos, señora Tartelli.

—Ash…

La ayudó a levantarse.

—Vete a casa, Angie. Te prometo que yo me ocuparé de todo aquí en la tienda. Cualquier cosa que necesites, cualquier cosa que pueda hacer, solo tienes que pedirlo.

—La acompañaré abajo, señora Tartelli. —Waterstone la asió del brazo.

—Son parientes de su medio hermano —dijo Fine cuando Angie estuvo abajo—. Parecen unidos, dada la relación.

—En una familia como la mía, todos somos parientes. —Se

frotó los ojos con la parte inferior de las palmas de las manos—. Llevaban casados más tiempo del que puedo recordar. ¿Qué va a hacer ahora? —Bajó las manos—. Habrá vigilancia. Sé que tenía un buen sistema aquí.

—Tenemos los CD.

—Entonces han visto quién hizo esto. Tuvieron que ser al menos dos.

—¿Por qué dice eso?

—Porque Vinnie no disparó al hombre muerto en su despacho. El hombre que, viendo sus manos, pegó a Vinnie. No hay que ser detective para llegar a esta conclusión —agregó Ash—. Solo hay que utilizar la lógica.

—¿Cuándo vio por última vez al difunto?

—Vi a Vinnie el jueves por la noche. Vino a mi casa. Déjenme ver los CD.

—Ser lógico no le convierte en detective.

—Sospecha que el asesinato de Vinnie está relacionado con el de Oliver. Yo también. No he visto al hombre de su despacho nunca, pero puede que haya visto al otro o a los otros. Detective, ¿cree que Angie se apoyaría así en mí si Vinnie y yo hubiéramos tenido alguna fricción? Ella tiene razón en lo que dijo antes. Todo el mundo quería a Vinnie. Era un buen hombre, un buen amigo y, puede que no encaje en su definición, pero era mi familia.

—¿Por qué fue a su casa el jueves por la noche?

—Yo había perdido a un hermano, él había perdido a un sobrino. Si quieren saber más, déjenme ver las cintas.

—¿Está negociando conmigo, señor Archer?

—No negocio, se lo pido. Dos miembros de mi familia han sido asesinados. Mi hermano trabajaba para Vinnie aquí, en esta tienda. Si hay alguna posibilidad de que pueda hacer algo para ayudarles a descubrir quién ha hecho esto, voy a hacerlo.

—¿Le estaba guardando algo Vinnie a su hermano?

—No, pero puede que alguien pensara que sí. Vinnie era completamente honesto; no tienen por qué fiarse de mi palabra y no van a hacerlo. Lo comprobarán y verán que es así.

—¿Y Oliver?

El palpitar en su cabeza se volvió lo bastante ruidoso para casi tapar la voz de la detective.

—Oliver podía desviar la línea para ajustarla a las circunstancias y no comprender…, no comprender de verdad que la había traspasado. Detective, mi familia está hecha pedazos. —Pensó en su padre; inflexible, inalcanzable en su ira y su dolor—. Encontrar a quien hizo esto es un comienzo para volver a recomponerla.

—¿Y la familia es lo más importante?

—Sí, tiene que serlo. Incluso cuando está pirada. —Una vez más se presionó los ojos con la parte inferior de las palmas de las manos—. Puede que sobre todo cuando está pirada.

La detective se puso en pie.

—No pasará nada si le enseñamos las cintas de seguridad. ¿Por qué estaba aquí la señorita Emerson?

—Asistió al funeral y se marchó antes que yo.

—¿Fue al funeral de su hermano?

—Se lo pedí. Quería que fuera. Cuando Janis llamó después de encontrar a Vinnie, me puse en contacto con ella. Si esto tiene que ver con la muerte de Oliver, podría estar en peligro.

—¿Qué relación tienen usted y la señorita Emerson?

—Está evolucionando —dijo sin más.

—Nos ocuparemos de que ella vea la grabación. ¿Supone algún problema?

—No. —Meneó la cabeza mientras bajaban—. Seguramente lo mejor es que ella vea los CD.

—Una familia pirada puede dificultar una relación que evoluciona.

Ay, Dios, casi lo había hecho ya.

—Imagino que vamos a averiguarlo.

Ash se dio cuenta de que había más policías. Y técnicos; técnicos forenses, supuso. Dedicándose a los asuntos de la sangre y la muerte. Fine le indicó a Ash que esperase y luego se acercó a hablar con uno de los agentes. Mientras esperaba, Ash se aproximó y echó un vistazo al despacho.

En algún momento durante el interminable interludio de la espera, el consuelo y la espera, se habían llevado a Vinnie y al otro cadáver.

—Tendrá que verlo igual que yo vi a Oliver —dijo cuando Fine regresó—. En una mesa, cubierto por una sábana. A través de un cristal. Jamás se le borrará ese recuerdo por muchos otros que tenga con los años. Jamás se le borrará ese único recuerdo.

—Venga conmigo. —Llevaba un ordenador portátil y una bolsa de pruebas sellada con un CD dentro—. ¿Tiene la señora Tartelli un pastor, un sacerdote o un rabino?

—No eran demasiado religiosos.

—Puedo darle los nombres de un par de psicoterapeutas.

—Sí. —Se aferró a eso—. Sí, gracias.

Se dirigieron de nuevo a la trastienda, entre sillas, mesas, vitrinas y estanterías.

Lila estaba sentada con Waterstone a una mesa de pedestal de comedor, escuchando hablar al detective con atención.

Waterstone levantó la vista, y un ligero rubor le cubrió las mejillas. Se inclinó hacia atrás aclarándose la garganta.

—Voy a hacer que le echen un vistazo a la grabación de seguridad —anunció Fine.

Waterstone frunció el ceño. Ash pensó que iba a hablar, probablemente a poner objeciones y a cuestionar aquello, y entonces, quizá leyendo alguna señal tácita de su compañera, se encogió de hombros.

—Voy a empezar por el momento en que el señor Tartelli estaba solo en la tienda con una mujer aún sin identificar.

—¿Una mujer? —Lila vio que Fine abría el portátil y lo encendía—. ¿Esto lo ha hecho una mujer? Es una estupidez sorprenderse por eso —dijo de inmediato—. Las mujeres cometen actos tan atroces como los hombres. —Alargó el brazo y tocó la mano de Ash cuando él se colocó detrás de su silla—. Angie.

—Han dejado que se marche a casa. Su familia está allí.

Fine insertó el CD y lo puso en marcha.

Ash vio a Vinnie ofrecerle vino a una mujer con vaporoso vestido veraniego y tacones. Pelo corto y oscuro, brazos tonificados y unas piernas fantásticas. Labios carnosos y definidos, pómulos marcados, ojos almendrados y un denso flequillo.

—Como ven, no le preocupan las cámaras y sabe que están ahí. En un momento anterior de la grabación se la ve recorriendo la tienda, piso por piso, con la víctima. Toca una serie de cosas, así que tampoco le preocupa dejar huellas.

—En realidad, no puedo verle la cara —dijo Lila.

—Se la verá.

Pero Ash sí podía. Su ojo de artista solo necesitaba ese perfil para formar el resto. Exótica, impresionante, con rasgos bellamente cincelados y armoniosos.

La habría pintado como una sirena, que conducía a los hombres a la muerte.

En la pantalla del ordenador, la mujer sonrió y se dio la vuelta.

—Espere. ¿Puede...? Espere. ¿Puede parar, rebobinar solo unos segundos y parar? —Lila se inclinó hacia delante apretando los labios—. La he visto. La he visto en alguna parte, pero... ¡En el mercado! El mercado entre el banco y el apartamento que estaba cuidando. Pero tenía el pelo más largo. Estaba en el mercado. Hablé con ella.

—¿Habló con ella? —se sorprendió Fine.

—Sí. Me estaba yendo con mis bolsas, y ella estaba allí parada. Le dije que me gustaban sus zapatos. Eran unos zapatos geniales. Me dijo que le gustaban los míos, aunque no era verdad. No eran más que mis sandalias de andar.

—¿Está segura de que es la misma mujer? —le preguntó Waterstone.

—Miren esa cara. Es impresionante. ¿Cuántas mujeres hay con una cara así de fabulosa?

—¿Tenía acento? —inquirió Fine.

—No, en absoluto. Llevaba un vestido... más corto que ese y más sexy. Enseñaba más piel y calzaba unas sandalias de cuña altas. Pareció sorprenderse un poco cuando le hablé, pero suele pasar cuando le sueltas algo de repente a un desconocido. Pero fue educada. Tenía una piel preciosa, como polvo de oro sobre porcelana.

—¿Dónde está el mercado? —Waterstone lo anotó cuando Lila se lo dijo—. ¿Y usted? ¿La reconoce?

—No. —Ash meneó la cabeza—. Recordaría esa cara. Es alta. Vinnie medía casi un metro ochenta y tres, y con los tacones está casi a la par. Le saca unos pocos centímetros más o menos. Así que debe de medir casi un metro ochenta. Es delgada, pero con curvas. La reconocería si la viera de nuevo. Estaba representando el papel de clienta con un marido rico, una venta importante en el horizonte.

—¿Cómo sabe eso?

—Janis se lo contó a Angie y Angie, a mí. Vinnie se quedó después de cerrar a esperar al marido.

Sin decir nada, Fine continuó con la reproducción.

Luego todo cambió. El miedo se apoderó de los ojos de Vinnie. Levantó las manos en un gesto de rendición, de colaboración, antes de que le obligaran a entrar en el despacho a punta de pistola. Y la pantalla mostró solo la tienda vacía.

—¿Ha reconocido al hombre? —le preguntó Fine a Lila.

—No. No, no creo haberle visto nunca. No me resulta familiar. Solo ella.

Fine sacó el CD, lo selló de nuevo y volvió a etiquetarlo.

—Vinieron aquí a por algo. Todo apunta a que el hombre sin identificar intentó sacarle la información a la víctima a golpes. Aproximadamente treinta minutos después de que entraran en el despacho, la mujer salió e hizo una llamada telefónica. Habló durante unos minutos, parecía satisfecha, y volvió a entrar en el despacho. Unos cuatro minutos después salió sola. No parecía satisfecha, sino molesta. Subió a la primera planta, y las cámaras la muestran llevándose una bombonera de una estantería y envolviéndola en plástico de burbujas. Bajó de nuevo, la metió en una caja e incluso le puso un lazo. Cogió otro objeto, una pitillera, de una vitrina detrás del mostrador..., como si se le ocurriera de repente. Metió ambas cosas en una bolsa y salió por la puerta principal.

—La dependienta ha identificado la caja como un objeto austríaco —intervino Waterstone—. De principios del siglo XX, valorada en tres mil dólares. La bombonera es de Fabergé, mucho más valiosa; estima que más de doscientos mil. ¿Qué sabe de esa bombonera?

—Nada. Ni siquiera sé qué es.

—Es una caja hecha para guardar caramelos o dulces —medió Lila—. Las bomboneras antiguas pueden ser muy valiosas. Usé una en un libro —explicó—. No llegué a publicar el libro, pero en la historia utilicé una bombonera para entregar unas trufas envenenadas. De Fabergé —repitió—. Ash.

Él asintió.

—No sé nada de la bombonera. Puede que se la llevara como un souvenir; igual que hizo con los zapatos y el perfume de Julie. Sin embargo, debe de ser un regalo, sino ¿para qué ponerle un lazo a la caja? Pero se llevó una pieza de Fabergé, y seguro que eso no es casual. Vinieron aquí buscando otra pieza distinta de Fabergé, una pieza que vale muchísimo más que esa bombonera. Que vale millones. Uno de los huevos imperiales desaparecidos. El *Querubín con carruaje*.

—¿Cómo sabe eso?

—Oliver. Lo que he podido deducir es que lo adquirió en una venta patrimonial; una venta legal en la que representaba al negocio de Vinnie. Pero compró el huevo bajo cuerda. No se lo contó a Vinnie. Vinnie no sabía nada hasta que yo se lo dije. El jueves por la noche.

—No se molestó en contárnoslo a nosotros —espetó Waterstone.

—No lo supe hasta el día anterior, cuando fui a revisar el buzón de mi apartado de correos. Oliver me envió un paquete. Se estaba cubriendo la espalda o contaba con que yo se la cubriera, como siempre.

—¿Le envió por correo un huevo Fabergé que vale millones?

—No. Me envió una llave... de una caja de seguridad... y una nota en la que me pedía que se la guardara hasta que se pusiera en contacto conmigo.

—Yo estaba con él. —Para bien o para mal, pensó Lila, era hora de dar detalles—. Fue entonces cuando vi a la mujer en el mercado. Ash entró en el banco para averiguar qué había guardado Oliver, y yo me fui al mercado.

—Llamé a Vinnie cuando me di cuenta de lo que era. Hice copias de los documentos que acompañaban al huevo, la mayoría escritos en ruso, y de un recibo de compra entre Oliver y una tal Miranda Swanson. Vinnie confirmó que Sutton Place, la propiedad del padre de la señora Swanson en Long Island, era una de las ventas patrimoniales de las que se ocupaba Oliver. De eso hacía solo unas semanas. Por otro lado, Vinnie tenía un contacto que podía traducir los documentos. No le pregunté de quién se trataba.

—¿Dónde está el huevo? —exigió Fine.

—A salvo. —No se dirigió a Lila, ni siquiera le dedicó una mirada, pero ella recibió el mensaje alto y claro. Ese detalle no iban a compartirlo—. Y ahí va a quedarse hasta que ustedes encuentren a la asesina y la encierren —agregó Ash.

—Es una prueba, señor Archer.

—Por lo que a mí respecta, y, aunque la venta fuera poco ética, era de mi hermano. Tenía una factura de compra firmada y fechada ante testigos. Y si se lo entrego, pierdo cualquier ventaja que tenga si esa zorra viene a por mí o a por los míos. Así que está a salvo. —Se llevó la mano al bolsillo interior de la chaqueta y sacó una fotografía—. Es este. Si les sirven de algo, haré copias de todos los documentos, pero el huevo se queda donde está. Pueden intentar presionar —añadió—, y yo llamaré a los abogados. Preferiría evitar eso… y creo que ustedes lo preferirían todavía más.

Waterstone se inclinó hacia atrás, tamborileando con sus romos dedos en la exquisita mesa.

—Repasemos los detalles y la cronología justo hasta la noche en que asesinaron a su hermano. Esta vez no omita nada.

—Nunca lo he hecho —le recordó Ash—. No puedes omitir lo que no sabes.

13

Lila respondió a las preguntas, las completó con su punto de vista y exhaló literalmente un suspiro de alivio cuando la policía les dijo que podían marcharse.

Por el momento.

—Me siento como si debiera agregarles como amigos en Facebook —comentó Lila. Distraído, Ash la miró mientras le agarraba la mano para tirar de ella hasta la esquina—. Fine y Waterstone. He pasado mucho tiempo con ellos. Me siento como si debiera seguir en contacto. O no. Ash, siento mucho lo de Vinnie.

—Yo también. —Se acercó al bordillo y levantó la mano para llamar un taxi.

—Ni siquiera puedo imaginarme todo a lo que tenéis que enfrentaros. Cogeré el metro hasta casa de Julie. Me quedo allí esta noche antes de empezar con mi nuevo trabajo. Si necesitas cualquier cosa, llámame.

—¿Qué? No. Sí, tengo muchas cosas de las que ocuparme. Tú eres una de ellas. —Paró un taxi, casi la empujó dentro y luego le dio al taxista la dirección—. Iremos a mi casa.

Lila pensó en las circunstancias y reprimió el instinto de protestar porque le estaban diciendo lo que debía hacer en vez de preguntarle.

—Vale. Debería llamar a Julie y avisarla de lo que está pasando. Me estará esperando.

—Le he mandado un mensaje de texto a Luke. Está con ella. Lo saben todo.

—Bueno, lo tienes todo programado.

O ignoró o le pasó desapercibido el sarcasmo, pues se limitó a encogerse de hombros.

—¿De qué estabais hablando Waterstone y tú... cuando Fine me llevó abajo?

—Oh, de su hijo. Brennon tiene dieciséis años y está volviendo loco a Waterstone. Se ha teñido el pelo de naranja, como una zanahoria; ha decidido que es vegano... salvo por la pizza de queso y los batidos. Toca la batería en un grupo y dice que quiere dejar el instituto y dedicarse a su carrera musical.

Ash no dijo nada durante un instante.

—¿Te ha contado todo eso?

—Todo eso, y hablamos también de su hija. Josie tiene trece y pasa demasiado tiempo mandándose mensajitos con las amigas de las que se ha despedido diez minutos antes. Debe de ser toda una experiencia tener a dos adolescentes en casa.

—Creía que él te estaba interrogando a ti.

—Y lo ha hecho... Quiero decir que me ha interrogado, pero en realidad no tenía mucho que decir. Le pregunté si tenía familia. Tiene que resultar duro ser policía, sobre todo en Nueva York, y tratar de compaginarlo con una vida familiar. Y hacer que me hablara de sus hijos me sirvió de distracción. Además ha sido agradable saber que adora a sus hijos y que ahora mismo le tienen desconcertado.

—¿Por qué no se me ha ocurrido a mí preguntarle a Fine si tenía familia?

—Está divorciada y no tiene hijos. —Lila se acomodó distraídamente una horquilla del moño y se dio cuenta de que estaba deseando soltarse el pelo—. Pero está saliendo con alguien muy en serio. Me lo dijo Waterstone.

—Te voy a llevar a todas las fiestas e interrogatorios policiales a los que tenga que asistir el resto de mi vida.

—Procuremos reducir los interrogatorios de la policía. —Quería preguntarle qué pretendía hacer con el huevo, pero no creía que el asiento trasero de un taxi fuera el lugar idóneo—. ¿De verdad has venido en helicóptero desde Connecticut?

—Era la forma más rápida de traer a Angie, y hay un helipuerto detrás de las pistas de tenis.

—Por supuesto, cómo no.

—Tengo que llamarla —agregó sacando su cartera cuando el taxista se orilló hacia el bordillo frente a su casa—. Y a mi madre. Solo tendré que explicar las cosas una vez a mi madre, y ella se lo contará a cualquiera que tenga que saberlo.

—¿Vas a contarles… todo?

—No. —Pagó al taxista y le abrió la puerta a Lila—. Aún no.

—¿Por qué?

—Se lo conté a Vinnie y ahora está muerto.

—Eso no es culpa tuya. No lo es —insistió—. Oliver compró el huevo, Oliver trabajaba para Vinnie. Oliver compró el huevo mientras trabajaba para Vinnie. ¿De verdad crees que esa mujer no habría… hecho lo que ha hecho aunque se lo hubieras contado a Vinnie o no? No tenía forma de saber qué le contaste, pero seguro que sabía que Oliver trabajaba para él.

—Quizá.

—Nada de quizá; es un hecho. Es lo lógico. Si dejas a un lado las emociones, lo que es muy difícil, te queda la lógica.

—¿Quieres una cerveza? —le preguntó cuando estuvieron dentro.

—Claro, una cerveza, ¿por qué no? —Fue tras él hasta la cocina—. Ash, eso es lo lógico, y seguramente yo lo haya visto primero porque no conocía ni a Oliver ni a Vinnie. —Guardó silencio mientras él sacaba de la nevera dos botellines de Coronita—. ¿Quieres oír mi teoría?

—Claro, una teoría, ¿por qué no?

—Dadas las circunstancias, voy a pasar por alto que te hagas el listillo. Vale, la lógica dice que esa mujer conocía a Oliver; lo más probable es que Sage o él los dejaran entrar en el apartamento aquella noche. La policía dijo que no habían forzado la puerta. Él te escribió que tenía un cliente; ella es el cliente. Puede que la conociera a través de Sage, porque parece que Sage fue el objetivo principal. El matón muerto tuvo que ser a quien vi golpearla. Pero ella no pudo decirle dónde estaba el huevo porque Oliver no se lo dijo. ¿Qué te parece hasta ahora?

Ash le pasó un botellín abierto.

—Lógico.

—Lo es. El matón se excedió, y Sage cayó por la ventana. Así que tienen un buen lío entre manos y deben actuar con rapidez. Oliver ya estaba medio inconsciente porque lo habían drogado, lo que también apunta a que pensaban que Sage poseía la información, y que además sería más fácil sacársela a ella. Tenían que resolver la situación y no podían llevarse a Oliver, así que fingieron su suicidio. Lo siento.

—Ya está hecho. Continúa.

—Creo que se quedaron muy cerca, vigilando. Puede que revisaran el teléfono de Oliver y vieran que te había llamado unos días antes. Ajá, piensan, a lo mejor el hermano sabe algo.

A pesar de la enorme fatiga, Ash esbozó una pequeña sonrisa.

—¿Ajá?

—U otra expresión por el estilo. Te siguieron hasta la comisaría, y te vieron hablando conmigo. Y yo soy la testigo. ¿Qué fue lo que presencié...? ¿Hasta dónde podría estar implicada? En cualquier caso, ellos o puede que solo ella fue a casa de Julie, que es donde cree que vivo, pero no había nada allí. Se lleva sus souvenirs y piensa en ello. Luego yo vine aquí a verte, y la lógica desde su punto de vista es que debe de estar pasando algo. Nos sigue... y después me sigue a mí al mercado, donde le hago ese comentario sobre sus zapatos. Tuvo que vernos entrar en el edificio de los Kilderbrand.

—Y suponiendo que eso le da tiempo, viene a mi casa y entra a echar un vistazo.

—Pero tú no tenías el huevo ni nada de Oliver aquí. Puede que se preguntara por qué fuiste al banco, pero a todas luces saliste igual que entraste. Es muy posible que siguiera pensando que tú o nosotros estábamos implicados, pero la siguiente parada fue Vinnie.

—Y si le vio venir aquí, eso se lo confirmó.

—De acuerdo, sí, pero habría llegado hasta él de todas formas. La pieza de Fabergé que se llevó me hace pensar que a lo mejor le preguntó sobre los huevos Fabergé, solo para probar. ¿Crees que fue así?

—Si yo fingiera ser un cliente rico, sí, me habría interesado por Fabergé.

—Lógico —confirmó Lila—. Llama al matón, que se propasa de nuevo, pero esta vez se deshace de él.

Ash tomó un trago de cerveza y observó, interesado y excitado, mientras Lila se quitaba las horquillas del pelo.

—¿Mal genio o sangre fría? Puede que ambas cosas. Ese tío era un matón, pero ella es una depredadora.

Intrigado, ya que él se había formado la misma imagen, tomó otro trago más despacio de su cerveza.

—¿Por qué dices eso?

—La forma en que engañó a Vinnie, recorriendo la tienda, eligiendo piezas. —Dado que su vestido no tenía bolsillos, dejó las horquillas en la encimera y se pasó las manos por el pelo y alrededor del cuello—. Ella sabía lo que iba a ocurrirle a Vinnie; a lo mejor no como sucedió, pero, Ash, le habrían matado aunque hubiera tenido el huevo y se lo hubiera entregado. Es una araña, y disfrutó tejiendo esa telaraña alrededor de Vinnie. Puede verse.

—No te lo discuto. Has expuesto una teoría muy buena. Discrepo en un punto.

—¿En cuál?

—La hermosa araña no es el cliente.

—Mira, tiene todo el sentido que ella...

—Entonces ¿a quién llamó?

—Lo siento, ¿qué?

—¿A quién llamó cuando dejó al matón a solas con Vinnie? Se tomó su tiempo, mantuvo una conversación. ¿A quién llamaría mientras intentaba sonsacarle información a palos a un hombre indefenso?

—Oh. Me había olvidado de ese detalle.

Se apartó el pelo del cuello, de los hombros, mientras reflexionaba. No fue un gesto intencionado, pensó Ash; reconocía cuando un acto era intencionado. Pero se lo levantó y lo dejó caer de nuevo porque lo había liberado del moño y la sensación era estupenda.

Dejando a un lado la ausencia de intencionalidad, el gesto le afectó directamente a la entrepierna.

—Llamaría... a su novio —sugirió Lila—. A su madre, a la mujer que da de comer a su gato mientras ella está fuera de la ciudad. ¡No, mierda! A su jefe.

—Ahí lo tienes.

—Ella no es el cliente. —Animada por la idea, gesticuló con la cerveza que apenas había tocado—. Trabaja para el cliente. Alguien que puede permitirse comprar ese huevo, aunque ella tuviera intención de robárselo a Oliver, tuvo que tener una garantía sólida que le convenciera de que ella era útil. Si puedes adquirir un objeto tan valioso no vas a patita por Nueva York, allanando apartamentos, dando palizas a la gente. Contratas a alguien para que lo haga. Joder, eso se me pasó. Pero entre los dos tenemos una teoría muy buena.

—Está muy claro que al jefe no le importa pagar para que asesinen. Podrías tener razón sobre que Sage sea el vínculo entre el cliente, o su araña, y Oliver. Lo que hay que averiguar es cómo y quién.

—Ash.

Dejó la cerveza; Ash calculó que había dado tres traguitos pequeños.

—¿Quieres otra cosa que no sea cerveza? ¿Quieres vino?

—No, está bien. Ash, tres personas, que nosotros sepamos, han muerto por ese huevo. Tú tienes el huevo.

—Así es.

—Podrías dárselo a la policía o al FBI..., o a quien sea. Difunde la noticia. Concede entrevistas, monta un gran revuelo. Entrega a la policía este raro tesoro de valor casi incalculable para que lo guarde a buen recaudo.

—¿Por qué iba a hacerlo?

—Porque entonces no tendrían motivo para intentar matarte, y no quiero que intenten matarte.

—No tenían ningún motivo para matar a Vinnie.

—Les había visto la cara.

—Lila, retomemos la lógica. Ellos, o al menos ella, sabían que sus caras aparecían en la grabación de seguridad de la tienda. A ella no le importó. Han matado a Sage, a Oliver y a Vinnie porque eso es lo que hacen. En cuanto no tenga el huevo, seré prescindible. Con él en mi poder, y si no están seguros de si lo tengo o no, puede que sea útil.

Lila tomó otra traguito de cerveza.

—Odio pensar que tienes razón. ¿Por qué no le has dicho eso a la policía?

—Porque serían unos detectives pésimos si no hubieran averiguado eso antes que yo. Contarles algo a unos detectives pésimos no sirve de nada.

—No creo que sean pésimos.

—Entonces tampoco sirve de nada contárselo a los buenos detectives. —Abrió el enfriador de botellas y seleccionó una de shiraz.

—No lo abras solo por mí.

—Necesito que poses para mí durante una hora. Estarás más relajada con una copa de vino. Así que también es para mí.

—Ash, no creo que sea un buen momento para eso.

—No deberías haberte soltado el pelo.

—¿Qué? ¿Por qué?

—Fíjate más en ti misma la próxima vez que lo hagas —le sugirió—. Bueno, al igual que te ha pasado a ti cuando has hablado con Waterstone sobre su familia... —Ash descorchó la botella—, esto me distraerá. Vamos a dejar que respire mientras te cambias —dijo al tiempo que cogía una copa—. El traje está en el vestidor de mi estudio. Voy a llamar a mi familia.

—No estoy segura de que, dadas las circunstancias, posar para este cuadro vaya a funcionar. Además voy a quedarme en la otra punta de la ciudad durante los próximos días, así que...

—No vas a dejar que mi padre te intimide, ¿verdad? —Ladeó la cabeza cuando vio que la había dejado sin palabras por la sorpresa—. Hablaremos de eso, pero necesito hacer esas llamadas. Ve a cambiarte.

Lila tomó aire y lo exhaló.

—Prueba con esto: «Necesito hacer esas llamadas, Lila, ¿podrías cambiarte y posar para mí durante una hora? Te lo agradecería mucho».

—Vale, pues eso. —Le brindó una pequeña sonrisa al ver la mirada fría de Lila y, a continuación, le alzó la cara con una mano bajo su barbilla. Y la besó, despacio, profundamente..., lo bastante para arrancarle unos cuantos gemidos de placer—. Te lo agradecería mucho.

—De acuerdo, y al final me tomaré esa copa de vino cuando subas.

Así que Ash sabía por qué se había largado de la finca. Daba igual, pensó mientras optaba por las escaleras para ir al estudio del segundo piso. Y tal vez hubiera decidido no posar para él al final..., pero no porque la hubieran intimidado.

Sino porque la habían cabreado. Y en realidad ¿para qué liarse sexualmente con Ash —porque no cabía duda de que iban hacia allí— cuando su padre la cabreaba y ella cabreaba a su padre?

—El sexo —farfulló respondiendo a su propia pregunta.

El sexo era el problema... o una parte. La parte principal era el propio Ashton. Le gustaba; le gustaba hablar con él, estar con él, mirarle; le gustaba pensar en acostarse con él. Casi con toda seguridad, la situación intensificaba todo aquello; y la resolución definitiva de la situación con toda probabilidad lo suavizaría.

Pero ¿y qué más daba?, pensó mientras entraba en el vestidor. Nada duraba para siempre. Hacía que fuera mucho más importante exprimir todo el jugo al momento.

Cogió el vestido del perchero y estudió la prenda y el colorido dobladillo de la enagua. Se lo habían ajustado a la velocidad del rayo, pero imaginaba que la gente hacía cosas a la velocidad del rayo por Ash. Por suerte para él, o para ella, llevaba uno de sus sujetadores nuevos.

Se desnudó, colgó su socorrido vestido negro y dejó a un lado los zapatos del mismo color. Y se vistió de gitana.

El vestido le quedaba ajustado, y el pronunciado escote le llegaba hasta donde el sujetador nuevo le levantaba el pecho. Una ilusión, pensó, aunque muy halagadora. Y la tela descendía por su torso para abrirse en una viva falda. Una vuelta y los volantes de atrevidos colores de la falda aparecieron de manera llamativa.

Ash sabía bien lo que quería, pensó. Y lo conseguía.

Ojalá llevara más cosas aparte de brillo de labios y papelillos matificantes en su bolso..., y las joyas que él había imaginado.

Se dio la vuelta cuando la puerta se abrió.

—Aquí tienes el vino.

—Deberías llamar.

—¿Por qué? El vestido es perfecto —continuó mientras ella soltaba un bufido—. Simplemente perfecto. Necesito que te pintes más los ojos; ahumados, seductores... Y los labios más oscuros.

—No tengo maquillaje aquí.

—Ahí tienes un montón. —Señaló un armario con una docena de cajones—. ¿Es que no has echado un vistazo?

—Yo no abro cajones que no son míos.

—Seguramente seas una de las cinco personas en el mundo que puede decir eso con sinceridad. Echa un vistazo y usa lo que necesites.

Lila abrió el primer cajón, y los ojos casi se le salieron de las órbitas. Sombras y lápices de ojos, delineadores, polvos, crema, máscaras de pestañas con cepillos desechables. Todo colocado según el tipo y la paleta de colores.

Abrió el siguiente; bases de maquillaje, coloretes, polvos para contornear, brochas y más brochas.

—Dios mío, Julie lloraría de felicidad y de placer.

Abrió más cajones. Barras, brillos, delineadores y tintes de labios.

—Le pedí a varias de mis hermanas que lo llenaran por mí.

—Podrías abrir tu propia boutique.

Encontró joyas en otros cajones: pendientes, colgantes, cadenas y pulseras.

—Cuánto brillo.

Ash fue a su lado y rebuscó.

—Pruébate esto y esto; y sí..., pruébate eso.

Era como jugar a disfrazarse, decidió, y no tardó en hacerse a ello.

Joder, a lo mejor podía lograrlo.

Eligió polvos para contornear, colorete; contempló la paleta de ojos y le miró con el ceño fruncido.

—¿Es que vas a quedarte ahí a mirar?

—Por ahora.

Encogiéndose de hombros, se volvió hacia el espejo y comenzó a jugar.

—¿Debería disculparme por mi padre?

Lila le miró a los ojos en el espejo.

—No. Eso tendrá que hacerlo él. No me haré ilusiones.

—Tampoco te ofreceré excusas por él. Puede ser un hombre muy severo en las mejores circunstancias. Y estas distan mucho de serlo. Pero no tenía ningún derecho a tratarte como lo hizo. Deberías haber ido a buscarme.

—¿Y qué? ¿Te digo «Bua, bua, tu papá ha herido mis sentimientos»? Era su casa, y era evidente que no me quería allí. ¿Qué hombre querría a una mujer a la que considera una piraña manipuladora, cazafortunas y oportunista cerca de su hijo?

—Nada de excusas —repitió Ash—. Estaba equivocado en todos los aspectos.

Lila difuminó las sombras y estudió el efecto.

—Te has peleado con él.

—Yo no diría que nos hemos «peleado». Hemos expuesto nuestros puntos de vista opuestos con total claridad.

—No quiero ser una brecha entre tu padre y tú. Mucho menos ahora que todos necesitáis a la familia.

—Si fueras una brecha, ha sido él quien te ha convertido en eso. Tendrá que lidiar con ello. Deberías habérmelo contado cuando sucedió.

Lila se aplicó colorete en las mejillas.

—Yo lucho mis propias batallas.

—Esta no era solo tuya. Sal cuando hayas terminado. Voy a preparar las cosas.

Se detuvo el tiempo necesario para coger el vino y tomar un sorbo porque volvía a estar cabreada otra vez, sintiendo lo mismo que cuando había salido de aquella enorme y preciosa casa en Connecticut.

Pese a todo podía considerar el asunto ya sobre la mesa. Él lo sabía, ella lo sabía, ellos lo sabían; y se acabó.

Había cosas mucho más importantes y problemas mucho más inmediatos a los que hacer frente que el hecho de que el padre de Ash le tuviera un desprecio absoluto.

—No vas a acostarte con su padre —farfulló mientras se aplicaba el lápiz de ojos—. No es a su padre a quien estás ayudando a descubrir qué hacer con un huevo Fabergé y con los asesinatos.

Lo que pasara era entre Ashton y ella; punto y final.

Terminó de maquillarse y decidió que había hecho un trabajo bastante decente.

Y dio una vuelta por placer.

El reflejo la hizo reír, de modo que cogió el vino y salió. Cuando Ash se dio la vuelta frente al caballete, Lila se levantó las faldas y las sacudió de forma coqueta.

—¿Y bien?

Ash la miró; sus ojos la contemplaron de arriba abajo con detenimiento.

—Casi perfecta.

—¿Casi?

—El collar no es el adecuado.

Lila hizo un mohín cuando levantó el colgante.

—A mí me gusta.

—No es el adecuado, pero poco importa en este punto. Colócate cerca de las ventanas otra vez. La luz se ha ido, pero puedo apañármelas.

Se había quitado la chaqueta, la corbata y se había remangado la camisa.

—No vas a pintar así, ¿verdad? ¿No deberías tener un blusón o algo parecido?

—Los blusones son para las niñas pequeñas que corretean por los prados. No voy a pintar hoy. Esta noche —se corrigió—. Termínate el vino o déjalo.

—Eres muy mandón cuando te pones en plan artista. —Pero dejó la copa.

—Gira. Levanta los brazos y clava los ojos en mí.

Lila obedeció. De hecho, fue divertido. El vestido, los volantes, hacían que se sintiera sexy y poderosa. Se detuvo, giró de nuevo cuando él se lo pidió e intentó imaginarse bajo la luna llena delante de las doradas llamas de una hoguera.

—Una vez más, mantén la barbilla levantada. Los hombres te miran, te desean. Deja que te deseen. Haz que te deseen. A mí. Mírame a mí.

Giró hasta que la habitación le dio vueltas, manteniendo los brazos en alto hasta que comenzaron a dolerle...; y mientras tanto el lápiz de Ash trabajó, trabajó y trabajó.

—A lo mejor puedo dar otra vuelta más antes de caerme de bruces.

—No pasa nada. Tómate un descanso.

—¡Yupi! —Fue directa a por el vino y esta vez tomó un buen trago—. Y otro yupi.

Se llevó la copa cuando se acercó a él. Y lo único que consiguió decir fue un «Oh».

Parecía descarada, impetuosa y femenina al mismo tiempo. La había dibujado con el pelo al viento y las faldas arremolinándose en torno al cuerpo, que tenía girado a la altura de las caderas, con una pierna surgiendo de los vaporosos volantes.

Sus ojos parecían mirar desde el lienzo, seguros, divertidos y seductores.

—Es alucinante —murmuró.

—Requiere trabajo. —Dejó el lápiz—. Pero es un buen comienzo. —La miró de nuevo con tal intensidad que ella sintió que recorría todo su cuerpo—. Me muero de hambre. Vamos a pedir comida.

—Comería algo.

—Tú cámbiate, y yo pido. ¿Qué quieres?

—Cualquier cosa que no lleve setas, anchoas ni pepino. Por lo demás, no soy quisquillosa.

—Vale. Estaré abajo.

Lila volvió al vestidor y se quitó la ropa con más desgana de la que había imaginado. Después de colgarla otra vez, eliminó casi todo el maquillaje y se recogió el pelo en una coleta.

Y en el espejo volvía a parecer Lila.

—Y con eso concluye nuestra actuación por esta noche.

Luego bajó y encontró a Ash en el salón, al teléfono.

—Te avisaré cuando lo averigüe. Lo que puedas hacer. Sí, yo también. Hablamos más tarde. —Colgó el teléfono—. Era mi hermana.

—¿Cuál de ellas?

—Giselle. Te manda un saludo.

—Oh, bueno, salúdala de mi parte. ¿Qué vamos a comer?

—He pedido comida italiana. Mi restaurante habitual hace un pollo a la parmesana que está de muerte. Nada de setas.

—Suena genial.

—Te traeré otra copa de vino.

—Primero agua con hielo. Girar da sed.

Fue a la ventana principal y observó a la gente que pasaba, dando un paseo, caminando con paso afectado o apresurado. Las farolas proyectaban charcos de luz, destellos blancos, sobre los que andaban por la calle.

Era más tarde de lo que había imaginado, pensó. Qué día tan extraño; un día largo, extraño y complicado.

—Menudo espectáculo tienes aquí —dijo cuando lo oyó regresar—. No necesitas prismáticos. Mucha gente con mucho que hacer. —Cogió el agua que le ofrecía—. Me encanta observar Nueva York más que cualquier otra ciudad en que haya estado. Siempre hay algo que ver, alguien con un sitio al que ir. Y una sorpresa en cada esquina. —Apoyó la cadera en el ancho alféizar de la ventana—. No me he dado cuenta de lo tarde que es. Tendré que salir pitando después de cenar.

—Te quedas aquí.

Lila volvió la cara hacia él.

—¿Me quedo?

—Esto es seguro; he conectado la alarma. Luke va a quedarse en casa de Julie…, solo por precaución.

—¿Así lo llaman en los círculos educados?

—Él sí. —Ash esbozó una pequeña sonrisa—. Ha dicho que iba a quedarse en la habitación que sueles usar tú.

—Lo cual me deja sin una cama en casa de mi amiga… o aquí con una cama pero sin mi equipaje.

—He enviado a buscarlo.

—Has… enviado a buscarlo.

—No es demasiado lejos. El tipo que ha ido a buscarlo lo traerá en unos minutos.

—Y otra vez organizándolo todo.

Se apartó del alféizar y comenzó a cruzar la habitación.

—¿Adónde vas?

Ella agitó una mano y siguió su camino.

—A por vino. Yo iré a por el mío.

—Bueno, pues tráeme una copa a mí ya que estás.

Ash sonrió para sí. Tenía que reconocer que Lila le fascinaba. Tanta compasión, una mente tan abierta, un ojo tan perspicaz y observador. Y una fuerza de voluntad que podía volverse tan férrea como una barra de hierro.

Imaginaba que era así como se había alejado de su padre. Echando fuego por los ojos y con la espalda bien erguida.

Cuando volvió con dos copas, el fuego se había convertido en rescoldos.

—Creo que tenemos que dejar algunas cosas…

—O es la comida o el equipaje —dijo cuando sonó el timbre—. Un momento.

Resultó ser su equipaje, el cual le llevaron dentro. Y el tipo salió de nuevo, guardándose en el bolsillo el billete que Ash le había dado.

—También me pago mis gastos.

—Cuando seas tú quien disponga las cosas, puedes pagar.

No hay problema. —No le molestaba el fuego, ni los rescoldos, pero estaba un poco cansado de confrontaciones, así que probó con un método distinto—. Ha sido un día espantoso, Lila. Llevaré mejor lo que queda sabiendo que estás aquí, que estás a salvo. Podrías haber optado por el hotel. Y no lo has hecho.

—No, no lo he hecho. Pero…

—Has venido directa a mí porque querías ayudar. Ahora déjame ayudar a mí. Quédate aquí esta noche y mañana por la mañana te llevaré a tu nuevo trabajo. O por la tarde. Cuando quieras.

Se había despedido de su hermano, pensó Lila, con mariposas blancas y todo. Había perdido a un tío de un modo horrible. Y, con ella en medio sin quererlo, había discutido con su padre.

Si lo sumabas todo, merecía un respiro.

—Agradezco la ayuda. Aunque es mejor preguntar primero.

—He oído eso en alguna parte, una vez.

—Suele ser verdad. Voy a quitarme este vestido antes de que llegue la comida. Tengo la impresión de haberlo llevado puesto toda una semana.

—Entonces vamos a llevar esto arriba. —Trasladó las maletas hasta el ascensor—. Puedes elegir la habitación que quieras. Acostarte conmigo no es una condición.

—Eso está bien. No me gustan las condiciones. —Esperó a que él abriera la puerta—. Pero si fuera una opción, me parecería bien.

Ash se volvió hacia ella.

—Claro que es una opción. —Y la atrajo hacia sí.

Estaba inmersa en el beso —un tanto apasionado y muy posesivo esa vez—, sin entrar del todo en el ascensor con él, cuando comenzó a oír un pitido.

—Mierda. El pollo a la parmesana —farfulló contra su boca—. Entrega rápida.

—Oh. Supongo que tenemos que abrir.

Ash fue hasta la puerta, comprobó quién era y luego abrió a un tipo menudo con una gorra de béisbol.

—Eh, señor Archer. ¿Cómo lo lleva?

—Bastante bien, Tony.

—Le traigo dos de pollo a la parmesana con sus ensaladas correspondientes y los colines especiales. Cargado a su cuenta, como pidió.

—Te lo agradezco.

Ash intercambió otro billete por la gran bolsa para llevar.

—Gracias. Que lo disfrute, señor Archer.

—Lo haré. —Ash cerró la puerta y echó la llave, con los ojos clavados en Lila—. Sin duda lo haré.

Lila sonrió.

—Apuesto a que el pollo a la parmesana se calienta bien en el microondas. Más tarde.

—Lo averiguaremos. —Dejó la bolsa en la mesa y entró en el ascensor siguiendo el dedo que ella agitaba y esbozando una sonrisa.

14

Cerró la puerta con brusquedad y presionó el botón para que se pusiera en marcha el ascensor. Y mientras subían al segundo piso, la apretó contra uno de los laterales. Ascendió con las manos por sus caderas, su cintura, sus costillas, los lados de sus pechos, prendiendo pequeñas hogueras al pasar hasta que enmarcó su rostro con ellas.

Entonces reclamó su boca.

La había deseado tal vez desde el principio, cuando se sentó frente a ella en la pequeña cafetería. Cuando el shock y la pena lo atenazaban, y ella le había tendido una mano.

La había deseado cuando le había hecho sonreír a pesar de la enorme tristeza y de todas las preguntas imposibles. Cuando la tuvo en su estudio, bajo la luz, posando para él, cohibida y nerviosa.

Le había ofrecido consuelo, le había dado respuestas y había prendido algo en él que le ayudó a mitigar lo peor de esa pena.

Pero ahora, mientras el ascensor subía, se dio cuenta de que no había comprendido la magnitud de su deseo.

Se extendía por su organismo como un ser vivo, que endureció su entrepierna, le encogió las entrañas y afectó a su garganta cuando ella se puso de puntillas, le rodeó con los brazos y enroscó los dedos en su cabello.

De modo que no pensó, sino que actuó.

Apartó las manos de la cara de Lila y las posó en sus hombros, asiendo los tirantes del vestido para bajárselos. Aquello le inmovilizó los brazos durante un solo instante, tiempo suficiente para tomar sus pechos con las manos. Piel suave, un volantito de encaje y el rápido, muy rápido palpitar de su corazón.

Entonces ella se retorció con rapidez y agilidad, y tiró del vestido para bajárselo por las caderas. En vez de apartarse, tomó impulso y enganchó las piernas desnudas alrededor de la cintura de Ash, y con sus fuertes brazos le rodeó el cuello.

El ascensor se detuvo.

—Sujétate —le dijo al separar las manos de su cuerpo para abrir la puerta.

—No te preocupes por mí. —Y con ese pequeño susurro, le rozó un lado del cuello con los dientes—. Pero no te tropieces.

Ash mantuvo el equilibrio y le quitó la goma del pelo. Lo quería suelto. Colocándosela en la muñeca, acercó su cara de nuevo para apoderarse otra vez de su boca.

En la oscuridad teñida del azulado resplandor de las farolas de la calle, la llevó al dormitorio. Cruzó el suelo de anchos tablones y se tendió con ella en la cama que no se había molestado en hacer desde la última vez que había dormido allí.

Lila rodó de inmediato y aprovechó el impulso al caer sobre el colchón para tumbarle boca arriba. Y se colocó a horcajadas. Su cabello descendió como dos cortinas gemelas cuando se inclinó y le dio un rápido mordisco en el labio inferior.

—Ha pasado un tiempo. —Se retiró el pelo, que cayó con suavidad a un lado de su cara—. Pero creo que me acuerdo de cómo va esto.

—Si te olvidas de algún paso… —Deslizó las manos por sus muslos arriba y abajo—. Yo te guío.

Abriéndole la camisa, le acarició con firmeza el pecho.

—Buen cuerpo, sobre todo para ser un hombre que trabaja con pinturas y pinceles.

—No te olvides del cuchillo de paleta.

Con una grave carcajada, le recorrió los hombros con las manos.

—Muy bonito. —Se inclinó de nuevo y le rozó los labios con los suyos (los rozó, se apartó, los rozó otra vez), y luego descendió por su garganta, por su cuello—. ¿Qué tal lo hago?

—No te has saltado ningún paso.

Ash ladeó la cabeza hasta que volvió a encontrarse con sus labios. Cuando ella sucumbió, rodó para invertir las posiciones... y echar más leña al fuego.

Lila había querido imponer el ritmo esa vez, esa primera vez, y adentrarse con calma. Ir despacio, ir a más partiendo desde ahí.

Ahora él saboteó esas intenciones, de modo que quedaron reducidas a polvo.

¿Cómo podía planear sus movimientos, su ritmo, cuando sus manos la recorrían? Tocaba y tomaba del mismo modo en que dibujaba; con trazos seguros y firmes, con una destreza que sabía suscitar la pasión que él quería. Cuando aumentó ese deseo dentro de ella, Lila buscó más, arqueándose debajo de él, ofreciéndose, rodeándole, tomando de él.

Músculos duros, estilizados, todos suyos para explorarlos y poseerlos bajo aquella azulada penumbra.

Rodaron juntos con cierto frenesí, manoseándose y toqueteándose, con el pulso desbocándose a medida que la sangre corría más y más deprisa bajo la acalorada piel de ambos.

Ash le desabrochó el sujetador y lo arrojó a un lado; luego se impulsó hacia arriba para tomar su pecho con la boca.

Lila se arqueó como un gato y ronroneó; le hundió los dedos en los hombros mientras cabalgaba la oleada de sensaciones. Su lengua la recorría, sus dientes la atormentaban; todo ello enfocado en un solo punto de su cuerpo..., hasta que todo su ser se sacudió, se estremeció.

Abierta, tan abierta a los placeres, a la velocidad con que se superponían, con que la arrollaban.

Con la piel resbaladiza y los cuerpos que yacían enredados, Lila se afanó con el botón de sus pantalones. Entonces la boca de Ash descendió por su torso y bajó más y más hasta que su mundo estalló.

Dejó escapar un grito, aceptando la gloriosa sacudida; cabalgó hasta la arrebatadora cima, demorándose y saboreando la infinita caída.

«Ahora. Oh, Dios, ahora.» Su mente sollozó las palabras, pero apenas fue capaz de gemir su nombre mientras prácticamente agarraba a Ash como una obsesa para que volviera, para que volviera con ella. Para que la tomara por fin, por completo.

Él la miró, contemplando aquellos oscuros ojos de gitana; negras lunas en la noche. Luego observó la grácil curvatura de su cuello al tiempo que se hundía en su interior. Su propio cuerpo se estremeció con fuerza mientras luchaba para aguantar, para aferrarse al momento de descubrimiento; dentro de ella, allí atrapado, con sus ojos fijos en los de él, con su cabello esparcido de forma salvaje sobre las sábanas.

Lila se estremeció, luego tomó sus manos y se aferró a ellas con fuerza.

Unidos, rompieron el momento rindiéndose a la necesidad, al vertiginoso ritmo, al movimiento y al torrencial y asfixiante calor.

Lila yacía exhausta; sus manos se deslizaron sin vigor de los hombros de Ash a las enredadas sábanas. Se sentía extenuada y no había nada que deseara más que disfrutar de aquello hasta que repusiera las fuerzas para hacer uso de ellas otra vez.

—¡Vaya! —dijo.

Él profirió un breve gruñido que Lila tomó como que estaba de acuerdo. Estaba tumbado sobre ella, lo cual le parecía bien. Le gustaba sentir el desaforado palpitar de su corazón contra la piel, su magnífico y saciado cuerpo laxo encima del suyo.

—¿Sueles finalizar una sesión de trabajo de esta forma?

—Depende de la modelo.

Lila dejó escapar un bufido, y le habría propinado un suave puñetazo o un pellizco si hubiera sido capaz de levantar los brazos.

—Suelo tomarme una cerveza. A veces salgo a correr o utilizo la cinta.

—No me van las cintas de correr. Acabas sudado y no te

llevan a ninguna parte. Pero ¿el sexo? Acabas sudado y vas a todas partes.

Ash levantó la cabeza para mirarla.

—Ahora pensaré en el sexo cada vez que utilice la cinta.

—De nada.

Él rió y se bajó de encima de ella para tumbarse de espaldas.

—Eres única.

—Mi mayor objetivo conseguido.

—¿Por qué es un objetivo? —Al ver que ella solo se encogía de hombros, le echó un brazo por encima e hizo que se pusiera de lado para quedar cara a cara—. ¿Por qué es un objetivo? —repitió.

—No sé. Probablemente por haber crecido en el ejército. Uniformes, disciplina. Puede que ser única sea mi rebelión particular.

—Te sienta bien.

—¿Y tú no deberías ser un importante mandamás de alguna empresa, siguiendo el camino de la ambición..., o uno de la jet set que veranea en Montecarlo? Puede que veranees en Montecarlo.

—Prefiero el lago Como. No, no soy de los que veranean ni tampoco soy un mandamás. No he tenido que pasar la fase de artista muerto de hambre, pero la habría pasado.

—Porque no se trataba simplemente de lo que haces, sino de lo que tenías que ser. Es bueno tener talento y amor por el oficio. No le pasa a todo el mundo.

—¿Y tú tenías que ser escritora?

—Eso parece. Me encanta y creo que mejoraré. Pero sería una escritora muerta de hambre si no cuidara casas. Eso también me gusta y se me da muy bien.

—Y no revisas los cajones que no son tuyos.

—Absolutamente cierto.

—Yo sí lo haría —decidió—. La mayoría lo haría. La curiosidad así lo exige.

—Sucumbir a la curiosidad genera desempleo. Además es de mala educación.

—La mala educación te granjea mala reputación. —Con suavidad tocó el hoyuelo al lado de su boca—. Vamos a devorar la cena.

—Ahora que lo mencionas, me muero de hambre. Mi vestido está en el ascensor.

Ash esperó un instante.

—Las ventanas tienen cristales unidireccionales para frustrar a personas como tú.

—Da igual. ¿Tienes un albornoz? ¿O una camisa? ¿O mi equipaje?

—Si insistes.

Se levantó, y Lila decidió que sin duda tenía vista de gato para moverse con tanta facilidad en la penumbra. Abrió el armario y, como se metió dentro, calculó que este debía de tener un buen tamaño. Y después regresó con una camisa que le lanzó.

—Es demasiado grande para ti.

—Lo que significa que me tapará el culo. Hay que tener el culo tapado durante las comidas.

—Qué estricta.

—No tengo muchas reglas —dijo mientras se ponía la prenda—, pero las que tengo son muy estrictas.

La camisa le tapaba el culo y la parte superior de los muslos..., y las manos. Se abrochó los botones de forma recatada y se remangó.

Iba a pintarla también así, pensó Ash. Desenfadada y despeinada a causa del sexo, con los ojos soñolientos y llevando una de sus camisas.

—Bueno. —Se alisó el bajo—. Ahora tienes algo que quitarme después de cenar.

—Si lo planteas así, las reglas son las reglas.

Ash cogió unos pantalones de chándal y una camiseta.

Acto seguido bajaron por la escalera.

—Has alejado de mi mente todo lo demás durante un rato. Se te da bien.

—Puede que dejar que todo vaya a otra parte, a cualquier parte, nos ayude a descubrir qué hacer a continuación. —Echó un vistazo al interior de la bolsa de comida—. Dios mío. Todavía huele de maravilla.

Ash le acarició el pelo con la mano.

—Si pudiera volver atrás, no te habría metido en esto. Seguiría queriéndote aquí, pero no te habría involucrado.

—Estoy involucrada y estoy aquí. —Cogió la bolsa y se la tendió—. Así que vamos a cenar. Y a lo mejor podemos averiguar qué hacer ahora.

Ash tenía algunas ideas al respecto, que trató de ordenar mientras calentaban la cena y se sentaban en el rincón en el que solía tomar la mayoría de las comidas.

—Tenías razón —dijo Lila después del primer bocado—. Está rico. Bueno..., ¿qué piensas hacer entonces? Es evidente que le estás dando vueltas a algo —agregó—. Es como cuando intentas descubrir qué pintar y cómo. No esa expresión perversa y de concentración absoluta que tienes cuando estás dibujando, sino cuando te estás preparando.

—¿Pongo caras?

—Así es, y tú mismo lo verías si te hicieras un autorretrato. ¿En qué estás pensando?

—En que si la poli identifica a la bella asiática, podría no servir de nada.

—Pero no lo crees, y yo tampoco. A la «bruja asiática», un término apropiado para ella, no le preocupaban las cámaras de seguridad. Por lo que, o no le importa que la identifiquen, o no está en el sistema para que la identifiquen.

—Sea como sea, no parecía preocuparle demasiado que la policía la busque como sospechosa de asesinatos múltiples.

—Seguro que ha cometido otros, ¿no crees? Dios, qué raro es esto; comer pollo a la parmesana y hablar de asesinatos múltiples.

—No tenemos por qué hacerlo.

—No, sí tenemos que hacerlo. —Se concentró en enrollar algo de pasta con el tenedor—. Sí tenemos que hacerlo. Que sea raro no quiere decir que sea menos necesario. Creía que podría pensar en ello como en la trama para una historia, y con cierta distancia. Pero no me funciona. Lo cierto es que hay que lidiar con ello. Lo más seguro es que haya matado antes.

A Ash le vino a la memoria el perfecto agujero de bala entre las cejas del cadáver.

—Sí, no creo que sea nueva en esto. Y si estamos en lo cierto, su jefe tiene que estar forrado. No contrataría a aficionados.

—Si la contrató para que le quitara el huevo a Oliver, no ha cumplido.

—Exacto.

Lila le señaló meneando el tenedor.

—Estás pensando en una forma de atraerla con el huevo. Si no cumple, puede perder el trabajo o sus honorarios..., o puede que algo peor, ya que a quien la está pagando no le preocupa lo más mínimo hacer que maten a gente para conseguir lo que quiere.

—Si lo que ella quiere es el huevo, ¿qué otra cosa si no?, se está quedando si opciones. No sé qué puede haberle dicho Vinnie bajo ese tipo de coacción. Creo que, considerando quién era, no le contó nada. Pero si lo hizo, sabía que yo me lo había llevado a la finca para ponerlo a salvo, pero no sabía a qué lugar de la finca.

—Si ella consigue descubrir que está allí en alguna parte, sigue estando en un brete. Es una propiedad muy grande. Y aunque pudiera entrar...

—Con el sistema de seguridad que tiene mi padre, ese «aunque» es enorme. Pero, suponiendo que fuera lo bastante lista para, digamos, que la contrataran como parte del personal o para conseguir una invitación, seguiría sin saber por dónde empezar a buscar. Lo he dejado...

—No me lo digas. —Se tapó las orejas por instinto—. ¿Y si...?

—¿Y si algo sale muy mal y llega hasta ti? Si eso pasa, le dirás que el *Querubín con carruaje* está en la pequeña caja fuerte en el despacho del establo. No tenemos caballos en la actualidad, así que no se le da mucho uso. Es un código de cinco dígitos. Si se lo hubiera contado a Vinnie, a lo mejor ahora estaría vivo.

—No. —Alargó el brazo para tocarle la mano—. Siempre tuvieron intención de matarlo. Si le hubieran dejado con vida, él nos lo habría contado, se lo habría contado a la policía. Creo, sinceramente creo, que si él hubiera tenido el huevo y se lo hubiera entregado, le habrían matado de todos modos.

—Lo sé. —Partió un colín en dos, más por las ganas de partirlo que porque le apeteciera. Pese a todo le ofreció la mitad a ella—. Y es duro aceptarlo. Pero tú tienes que saber dónde está.

—Para que lo use como moneda de cambio en mi favor o para cogerlo si ella te atrapa a ti.

—Espero que por ninguno de esos dos motivos. Oliver lo tenía. Debió de echarse atrás o cambiar los términos del acuerdo con la intención de obtener más dinero. Nunca se le ocurrió que le matarían por ello, que matarían a su chica..., y debió de utilizarla a ella como contacto.

—El optimista —dijo Lila en voz queda—. El optimista siempre cree que ocurrirá lo mejor, no lo peor.

—Él así lo habría creído. Seguro que pensó que le ocasionarían algunos problemas, por eso se cubrió las espaldas enviándome a mí la llave. Pero supuso que los había convencido para que pagaran más..., tal vez los tentó con buscar otros objetos en los que el cliente tuviera un interés particular.

—Eso fue una locura.

—Lo fue. —Ash contempló su copa de vino—. Podría poner en práctica una variante.

—¿Qué variante?

—Oliver debía de tener un modo de contactar con esa mujer o con su jefe o conocía a alguien que podía comunicarse con ellos. Debo averiguarlo. Entonces me pondría en contacto con esa gente y les propondría un nuevo trato.

—En cuanto sepan que lo tienes tú, ¿qué les impedirá ir a por ti igual que hicieron con Oliver y con Vinnie? —Posó una mano sobre la de él—. Ash, hablaba muy en serio cuando te dije que no quería que intentaran matarte.

—Les dejaré muy claro que el huevo está a buen recaudo. Digamos en un lugar que requiere de mi presencia y de un representante autorizado para poder cogerlo. Que si algo me sucede... Si me matan, si tengo un accidente o si desaparezco, he dejado instrucciones a otro representante con el fin de que transfiera la caja y su contenido al Museo Metropolitano de Arte para donarlo de inmediato.

En su opinión, Ash decía todo aquello —sobre todo las palabras «si me matan»— con demasiada despreocupación.

—Puede que funcione. Tengo que pensar en ello.

—Dado que he de descubrir cómo avisarla a ella o a su jefe de que sé que estoy en el mercado, tenemos tiempo para pensar.

—O podrías donarlo ya y divulgar la noticia a bombo y platillo, como ya te he sugerido, y así no tendrían razones para ir a por ti.

—Ella desaparecería. Para eludir a las autoridades o para eludir tanto a la policía como al hombre que la contrató. Tres personas han muerto y dos de ellas significaban mucho para mí. No puedo hacerme a un lado sin más.

Lila tuvo que tomarse un momento. Albergaba sentimientos hacia él, se había acostado con él y ahora tenía una relación con él a muchos niveles. Y aun así no sabía cómo tratar ese asunto con Ash.

De forma directa, se dijo; era siempre lo mejor.

—Creo que lo más seguro es que tengas razón en cuanto a que desaparecería. Si eso pasara, la preocupación y el peligro cesarían.

—Puede que sí, puede que no.

—Seamos optimistas nosotros también en eso, solo por ahora. Y de todas formas nunca obtendrías justicia ni pasarías página, o al menos la posibilidad de conseguir justicia y pasar página estaría fuera de tu alcance. Y ese es el problema, ¿no? Quieres que ambas cosas, al menos una parte, esté en tu mano. Tienes que enfrentarte a ella de igual modo en que has de enfrentarte a un odioso borracho en un bar.

—No le pegaría. Es una mujer, y algunas reglas tienen raíces muy profundas.

Lila se recostó y estudió su rostro. Tenía el don de parecer sereno y razonable, pero por debajo subyacía una férrea determinación. Había tomado una decisión y seguiría adelante con o sin su ayuda.

—Vale.

—Vale ¿qué?

—Estoy contigo. Tenemos que ultimar los detalles y trabajarlo todo paso a paso porque dudo mucho que escenificar un timo forme parte de tu repertorio.

—Puede que debamos consultarlo con la almohada.

Lila cogió su copa de vino y esbozó una sonrisa.

—Puede que sí.

Julie no podía dormir. Lo cual no era de extrañar dadas las circunstancias. Había comenzado el día asistiendo a un funeral —del que su mejor amiga se había largado echando humo por las orejas después de que el padre del fallecido la ofendiera— y lo había terminado con su ex marido durmiendo en la habitación de invitados.

Y entretanto había habido otro asesinato, lo cual era espantoso, sobre todo porque conocía a Vincent Tartelli y a su esposa de una de las exposiciones de Ash.

¿Y saber que todo estaba causado por el descubrimiento de uno de los huevos imperiales? Eso era fascinante.

Deseaba con todas sus fuerzas poder ver el huevo y sabía que no debería estar pensando en la emoción de ver un tesoro perdido cuando la gente estaba muriendo.

Pero pensar en eso era bastante menos incómodo que reflexionar sobre el hombre que dormía en la habitación de al lado.

Se dio la vuelta otra vez y, al verse contemplando el techo, intentó utilizarlo como fondo y proyectar en él su imagen del *Querubín con carruaje*.

Sin embargo, la brújula de sus pensamientos volvió a virar hacia su verdadero norte, hacia Luke.

Habían cenado juntos como dos personas civilizadas que hablaban de asesinatos y tesoros rusos de valor incalculable mientras tomaban comida tailandesa. No habían hablado de que se quedara esa noche. Se sentía nerviosa, lo cual era comprensible, se dijo. Parecía evidente que quien había matado a Oliver y al pobre señor Tartelli había entrado en su apartamento.

No iba a volver, desde luego que no iba a volver. Pero si lo hacía… Julie podía apoyar los derechos y la igualdad de la mujer y aun así, dadas las circunstancias, sentirse más segura con un hombre en la casa.

Pero cuando el hombre en cuestión era Luke, le traía a la cabeza todos aquellos recuerdos; la mayoría buenos. Muchos de ellos eróticos. Dios, los recuerdos eróticos no ayudaban a conciliar el sueño.

Era obvio que no debería haberse ido a acostar tan temprano, pero le había parecido lo más seguro, lo más inteligente, encerrarse en su propio dormitorio con Luke metido en otra parte.

Podía encender su iPad y trabajar un poco o jugar a algo. Podía leer. Cualquiera de esas cosas serviría de distracción productiva. Así que iría en silencio a la cocina, cogería su tablet y se prepararía una de esas infusiones de hierbas que le había recomendado el nutricionista al que había despedido por no ser nada razonable; su cuerpo necesitaba inyecciones regulares de cafeína y edulcorante artificial. Pero las infusiones la relajaban.

Se levantó y tomó la precaución de ponerse una bata encima del camisón. Abrió la puerta con tanto sigilo como un ladrón, y fue de puntillas hasta la cocina.

Luego, valiéndose solo de la luz del fogón, cogió agua y la puso a hervir. Mejor, mucho mejor que dar vueltas y más vueltas en la cama y revivir viejos y eróticos recuerdos, decidió mientras abría un armario para sacar la lata de la infusión. Una bebida agradable y relajante, seguida de un poco de trabajo y tal vez un libro muy aburrido después.

Dormiría como un bebé.

Ya más satisfecha, sacó su bonita teterita porque el color verde claro y las lilas le hacían feliz. El proceso de verter el agua en la tetera, calcular la cantidad de infusión y coger el colador la mantuvo concentrada en la tarea que tenía entre manos.

—¿No puedes dormir?

Julie profirió un sonoro y avergonzado chillido, dejó caer la lata de la infusión, que por suerte había cerrado, y miró a Luke.

No llevaba puesto nada más que el pantalón del traje, con la cremallera subida pero con el botón desabrochado, de modo que no tenía la culpa de que lo primero que se le vino a la cabeza fuera que el chico con el que se casó había madurado bien, muy, muy bien.

Lo segundo fue el arrepentimiento de haberse desmaquillado.

—No era mi intención asustarte. —Se acercó y cogió la lata.

—Y yo no pretendía despertarte.

—No lo has hecho. Te oí salir, pero quería asegurarme de que eras tú.

Sé civilizada, se recordó. Sé madura.

—No podía desconectar. Y no sé qué pensar ni cómo sentirme cuando ha habido un asesinato que me toca tan de cerca. Luego lo del huevo. Tampoco me lo puedo sacar de la cabeza. Es un hallazgo importantísimo, un enorme descubrimiento en el mundo del arte, y mi mejor amiga está relacionada con todo esto.

Estaba hablando demasiado rápido, se dijo. Aunque parecía no poder ir más despacio.

¿Por qué su cocina era tan pequeña? Casi estaban el uno encima del otro.

—Ash cuidará de Lila.

—Nadie cuida de Lila, pero sí, sé que lo intentará.

Se apartó el pelo imaginando que lo tenía muy despeinado después de haber estado dando vueltas en la cama.

—¿Quieres una infusión? Es una mezcla de hierbas que lleva valeriana, escutelaria, manzanilla y un poco de lavanda. Es muy buena para el insomnio.

—¿Lo sufres a menudo?

—En realidad, no. Más bien suele ser estrés e inquietud.

—Deberías probar con la meditación.

Julie le miró fijamente.

—¿Tú practicas la meditación?

—No. No consigo desconectar.

Aquello le hizo reír mientras cogía una segunda jarra.

—El par de veces que lo he intentado, el «om» se convierte en «Oh, debería haberme comprado ese fabuloso bolso que vi en Barneys». O «¿Debería publicitar a este artista así o asá?». O «¿Por qué me he comido esa magdalena?».

—En mi caso empiezo a darle vueltas al horario del personal, las inspecciones del departamento de sanidad. Y a las magdalenas.

Le puso la tapa a la tetera para dejar que la infusión se hiciera.

—Esta noche la causa ha sido el asesinato, lo de Fabergé y...

—¿Y?

—Oh, cosas.

—Qué curioso, en mi caso ha sido el asesinato, Fabergé y tú.

Julie le miró y apartó la vista cuando aquel fugaz contacto visual hizo que se le encogiera el estómago.

—Bueno, teniendo en cuenta las circunstancias...

—Siempre has estado muy presente en mi mente. —Deslizó un dedo desde el hombro hasta el codo de Julie; una vieja costumbre que ella recordaba demasiado bien—. Muchas preguntas contigo como protagonista. ¿Y si hubiéramos hecho esto en vez de eso? ¿Y si hubiera dicho esto y no eso? ¿Y si le hubiera preguntado esto en lugar de no preguntárselo?

—Es natural hacerse preguntas.

—¿Te las haces tú?

—Sí, por supuesto. ¿Quieres miel? Yo lo tomo solo, pero tengo miel si...

—¿Alguna vez te preguntas por qué no conseguimos que funcionara? ¿Por qué ambos cometimos estupideces en vez de esforzarnos para descubrir cómo arreglarlo?

—En vez de eso prefería estar cabreada contigo. Parecía más fácil estar cabreada contigo que desear haber dicho esto o haber hecho aquello. Éramos solo unos críos, Luke.

Le asió el brazo, hizo que se diera la vuelta y la agarró del otro brazo. La sujetó de forma que quedaron frente a frente.

—Ya no somos unos críos.

Sus manos, tan firmes, le calentaban la piel a través de la fina seda de la bata; y sus ojos se clavaban en los suyos. Todas las preguntas, todos los pensamientos, todos los recuerdos simplemente traspasaron la línea que se había dicho a sí misma que delimitaba el sentido común.

—No, no lo somos —repuso.

Sin nada que la retuviera, se pegó a él para tomar lo que deseaba.

Y más tarde, con la infusión olvidada en la encimera, con su cuerpo acurrucado contra el de él, durmió como un bebé.

15

Sabiendo que tenía que ponerse al día, y sin otro lugar cómodo para hacerlo, preparó café y luego instaló un despacho temporal en el rincón de comer de Ash.

Y allí se obligó a sumergirse de nuevo en la historia..., una historia que sabía que no había recibido suficiente atención por su parte en los últimos días.

Vestida con la camisa de Ash, expulsó de su mente todo lo demás y volvió al instituto y a las guerras de los licántropos.

Trabajó dos horas antes de que oyera entrar a Ash. Entonces levantó un dedo para pedirle silencio y concluyó la última idea.

Después de darle a «Guardar», alzó la mirada y sonrió.

—Buenos días.

—Sí que lo son. ¿Qué haces?

—Escribir. Tenía que ponerme al día con el trabajo, y tú has calculado el tiempo a la perfección. Es un buen momento para parar por ahora.

—Entonces ¿por qué lloras?

—Oh. —Se limpió las lágrimas—. Es que acabo de matar a un personaje muy simpático. Era necesario, pero me siento fatal. Voy a echarle de menos.

—¿Humano u hombre lobo?

Lila sacó un pañuelo del minipaquete que siempre tenía a mano en su lugar de trabajo.

—En mi historia, los hombres lobo son humanos exceptuando tres noches al mes. Pero era hombre lobo. Mi personaje principal se va a quedar hecho polvo.

—Te doy el pésame. ¿Quieres más café?

—No, gracias. Ya me he tomado dos. Se me ocurrió que instalándome aquí apenas te estorbaría —prosiguió mientras él se servía su propio café—. No puedo irme a mi siguiente trabajo hasta esta tarde y no me apetecía ir a casa de Julie ahora. No sé qué me encontraría.

—No pasa nada.

—¿Algo va mal?

—Nada va bien antes de tomar café. —Bebió su primer trago sin añadirle nada—. Podría preparar unos huevos revueltos si te apetece.

Lila le miró con el pelo alborotado, barba incipiente otra vez… y arruguitas en los ojos.

—Los huevos revueltos son una de las pocas cosas que cocino realmente bien. Te lo cambio por un lugar en el que hacer tiempo hasta las dos.

—Hecho. —Abrió la nevera y sacó un cartón de huevos.

—Siéntate y tómate tu café, que yo cumpliré con mi parte del trato.

Ash no se sentó, sino que la observó cuando fue a la nevera y rebuscó hasta que encontró algo de queso y la mantequilla. Se apoyó en la encimera para beberse su café mientras ella revisaba los armarios en busca de una sartén y un batidor, una herramienta que él no recordaba haber comprado.

—Estás guapa por la mañana —le dijo.

—Ah, el café está surtiendo efecto. —Volvió la vista hacia él con una sonrisa tan descarada y alegre como un tulipán de primavera—. Normalmente me siento bien por las mañanas. Todo empieza de cero por la mañana.

—Algunas cosas se posponen. ¿Hay alguna forma de que puedas cancelar este trabajo? ¿Quedarte aquí hasta que los únicos huevos en que tengamos que pensar sean los revueltos?

—No puedo. No hay suficiente tiempo para buscar a un sustituto o arreglarlo con los clientes. Cuentan conmigo. Además —continuó mientras cascaba los huevos en el cuenco— la bruja asiática no puede saber dónde voy a estar.

—Tienes una página web.

—Ahí solo figura cuándo estoy ocupada, no se da información de dónde ni con qué cliente. No tendría ningún motivo para buscarme en Tudor City.

—Puede que no, pero está demasiado lejos de aquí en el caso de que algo pasara.

Lila añadió queso a los huevos, una pizca de sal y otra de pimienta.

—Te preocupas de cuidar de mí, pero tengo mis habilidades para cuidarme solita. Lo que pasa es que no has tenido ocasión de verme hacerlo. —Vertió la mezcla de huevos en la sartén, donde había derretido una nuez de mantequilla—. ¿Quieres tostadas con esto? ¿Tienes pan?

Ash sacó el pan y metió un par de rebanadas en la tostadora. Podía persuadirla y ocuparse de esa parte del problema más tarde.

—¿Cuánto tiempo más necesitas con los hombres lobo?

—Si consigo redactar el borrador de la siguiente escena, en la que Kaylee descubre el cuerpo destrozado de Justin, me sentiré muy satisfecha. La tengo dentro de la cabeza, así que debería bastarme con otro par de horas.

—Así que después de eso dispondrás de otro par de horas hasta tu siguiente trabajo para posar para mí. Está bien.

Se terminó el café y preparó una segunda cafetera antes de sacar dos platos.

—Intenta probar con esto —le sugirió ella—: «Lila, ¿te parece bien?».

Ash sacó el pan tostado y dejó una rebanada en cada plato.

—Lila, ¿te parece bien? —repitió.

—No veo por qué no. —Repartió los huevos, vertiéndolos de la sartén a los platos, y luego le pasó uno de estos—. Veamos cómo me va escribiendo.

—Perfecto.

Julie despertó a unas manzanas de distancia. Se sentía genial, maravillosamente relajada, muy descansada, y dejó escapar un largo suspiro de satisfacción mientras estiraba los brazos. Su ánimo decayó un poco cuando vio que Luke no estaba a su lado, pero le restó importancia.

Tenía una panadería, recordó inmediatamente. Le había dicho que se levantaría y se marcharía antes de las cinco de la madrugada.

Atrás quedaron los días en que consideraba las cinco de la madrugada una hora razonable para irse a la cama después de estar de fiesta, pero distaba mucho de parecerle una hora razonable a la que levantarse y empezar el día.

Tenía que admirar su ética laboral, si bien un poco de pausado sexo matutino habría sido perfecto. Sobre todo seguido del desayuno en el que podría haber alardeado de sus habilidades culinarias. Limitadas, sí, pensó, pero preparaba unas tostadas francesas de morirse.

Al sorprenderse soñando con mañanas relajadas y largas noches, se frenó en seco. Esos días habían terminado, se recordó, igual que estar de fiesta toda la noche.

Solo había sido sexo. Sexo cojonudo entre dos personas con una historia común, pero nada más que sexo.

No tenía sentido complicarlo, se dijo mientras se levantaba de la cama y recogía la bata de donde había aterrizado la noche pasada: en la lámpara de su mesilla. Ya eran adultos, adultos que podían tratar el sexo —tanto si era un revolcón como una aventura— de un modo razonable y responsable.

No tenía intención de pensar en ello más allá de eso.

Y, como una adulta razonable y responsable, iba a tomarse un café, un bollo —o un yogurt, porque no recordaba haber comprado bollos— y después se prepararía para ir a trabajar.

Entró en la cocina tarareando y se detuvo de golpe.

Sobre la encimera, colocada en uno de los preciosos platitos de porcelana, había una gran y dorada magdalena, espolvoreada con azúcar. Estaba tapada con uno de los cuencos de cristal colocado bocabajo.

Despacio, con mucho cuidado, retiró el cuenco. Entonces se inclinó para olerla.

Arándanos. Había encontrado los arándanos que había comprado el otro día y los había utilizado para la magdalena. Aunque parecía casi un sacrilegio, debido a sus perfectas proporciones, arrancó un trozo de la parte de arriba y lo probó.

Su sabor era tan perfecto como su aspecto.

Le había preparado una magdalena. Haciéndolo todo él mismo de forma casera.

¿Qué significaba eso?

¿Una magdalena quería decir «gracias por sexo del bueno»? ¿O acaso significaba «una relación»? ¿Significaba...?

¿Cómo coño iba a saber qué significaba? Nadie salvo su abuela le había preparado magdalenas antes. Y él la había descolocado con eso antes de que hubiera tenido siquiera ocasión de despejarse la cabeza con una taza de café.

Arrancó otro pedacito y se lo comió mientras meditaba sobre eso.

En el sótano debajo de la panadería, Luke amasaba encima de la mesa de trabajo, sobre la que había espolvoreado harina. Tenía una máquina que se encargaba de manera eficaz de esa tarea, pero, cuando podía, prefería mancharse las manos.

Eso le daba tiempo para pensar... o para no pensar en nada, siguiendo el ritmo de sus manos y brazos, y sintiendo la textura de la masa. La mezcla para las primeras remesas de pan de la mañana había pasado ya los dos períodos de fermentación y se estaba haciendo en el horno de ladrillo situado a su espalda.

Hoy necesitaba una segunda tanda de barras para el pedido de un cliente concreto.

Su panadero principal y él habían preparado los panqués, panecillos, bollos daneses, donuts y bagels para la clientela de primera hora de la mañana durante el primer período de fermentación de las primeras barras de pan; y habían empezado con las galletas, las tartas, los bizcochitos y las magdalenas durante la segunda fermentación, previa al horneado.

Una vez tuviera la masa del segundo lote de barras fermentándose, subiría a echar una mano.

Miró el reloj colocado de forma prominente en los estantes de acero inoxidable apoyados en la pared del fondo. Ya eran casi las ocho, así que supuso que Julie se había levantado.

Se preguntaba si habría encontrado la magdalena que le había dejado. Siempre le habían encantado los arándanos.

Y el chocolate negro. Tendría que prepararle algo especial con chocolate negro.

Dios, cuánto la había echado de menos. Muchísimo más de lo que se había permitido reconocer ante sí mismo todos esos años. Había echado de menos su aspecto, su voz, su tacto.

Había renegado de las pelirrojas después de Julie. Las pelirrojas altas con un cuerpo de infarto y descarados ojos azules. Durante meses, tal vez años, después de que se separaran, la había añorado en los momentos más extraños; cuando veía algo que sabía que la haría reír, mientras pasaba por el infierno en la facultad de Derecho. Incluso el día en que abrió la panadería había pensado en ella, deseando poder enseñarle que había encontrado su camino, que había hecho algo con su vida.

Después de Julie, cada mujer que había pasado por su vida había hecho justo eso: pasar por ella. Distracciones, diversiones; todo temporal pese a lo mucho que hubiera querido que fuera algo sólido y real. Ella siempre había estado ahí, en el fondo de su mente, en el fondo de su corazón.

Ahora solo tenía que descubrir cómo volver a meterla poco a poco en su vida otra vez y mantenerla ahí.

—Ya casi he terminado aquí —dijo alzando la voz cuando oyó que alguien bajaba las escaleras—. En cinco minutos.

—Me han dicho que podía bajar. Bueno, eso me ha dicho la chica del pelo morado —agregó Julie cuando él levantó la vista.

—Claro. Acércate. —Ella le levantó el ánimo; aquel cabello flamígero, domado con horquillas plateadas; el impresionante cuerpo embutido en un vestido del color de los arándanos que había añadido a la magdalena—. No esperaba verte, pero bienvenida a mi cueva. Ya casi he terminado. El iPod está en la estantería de allí; baja la música, por favor.

Ella así lo hizo; silenció a Springsteen y recordó que a Luke siempre le había gustado el Boss.

—Paso mucho tiempo aquí abajo o en la cocina principal, y en el despacho de la trastienda. Debe de ser por eso que nunca te he visto por aquí. Hay bebidas frías en la nevera —agregó observándola mientras amasaba—. O puedo traerte un café de arriba.

—Estoy bien. Gracias, estoy bien. Necesito saber qué significa.

—¿Qué? ¿El sentido de la vida? —Hundió la parte inferior de las palmas en la masa, evaluando la textura. Solo un par de minutos más—. No he llegado a ninguna conclusión firme al respecto.

—La magdalena, Luke.

—¿El significado de la magdalena? —Dios mío, qué bien olía, y se dio cuenta de que su aroma mezclado con el olor del pan fermentado se fusionaría en su mente—. Su significado; de hecho, su razón de ser es: cómeme. ¿Lo has hecho?

—Quiero saber por qué me has hecho una magdalena. Es una pregunta sencilla.

—¿Porque soy panadero?

—Así que ¿le preparas magdalenas por la mañana a cada mujer con la que te acuestas?

Luke conocía ese tono cortante, lo recordó a la perfección. Nervios e irritación, pensó. ¿Por una magdalena?

—Algunas prefieren un bollo danés; y no, no lo hago. Pero no me pareció que prepararte algo a ti fuera cuestionable. Era una magdalena.

Julie se aseguró mejor la enorme cartera de trabajo que llevaba al hombro.

—Nos hemos acostado.

—De eso no cabe duda. —Continuó amasando, continuó

manteniendo las manos ocupadas, pero el placer que le producía el trabajo, la mañana, ella, se vino abajo—. ¿Es eso lo cuestionable o es la magdalena?

—Creo que tenemos que tener claro todo esto.

—Procede a aclararlo.

—No te pongas así. Ayer tuvimos un día complicado, y nuestros amigos están metidos en algo escalofriante y enrevesado. Tenemos una historia y... no podíamos dormir, así que tuvimos sexo. Buen sexo, como adultos. Sin ninguna... complicación. Y luego vas y me preparas una magdalena.

—No puedo negarlo. La magdalena la he preparado yo.

—Solo quiero que quede claro que los dos sabemos qué fue... lo de anoche. Que no es necesario que sea algo significativo, sobre todo cuando estamos metidos en una situación complicada con lo de Lila y Ash.

—Todo es simple, igual que creía que era una simple magdalena.

—De acuerdo entonces. Bien. Gracias. Tengo que irme a trabajar.

Ella vaciló un instante, como si esperara a que él dijera algo más. Acto seguido se fue arriba. Se marchó y lo dejó en silencio, igual que había hecho hacía más de una década.

Cuando Ash insistió en llevar a Lila a su siguiente trabajo, ella no discutió. Si ver dónde iba a estar, si comprobar la seguridad él mismo hacía que se sintiese mejor, ¿qué había de malo en ello?

—Son reincidentes —le dijo mientras el taxi se dirigía a la parte alta de la ciudad—. He trabajado para ellos dos veces, solo que no en este lugar porque hace solo unos meses que se mudaron aquí. Y Earl Grey es una nueva adquisición, pero es una ricura.

—Puede que la nueva ubicación sea mejor.

—Es un sitio precioso, con unas vistas maravillosas. Un barrio agradable por el que pasear... con Earl Grey. Y he recibido un correo electrónico de Macey esta mañana.

—¿Macey?

—Kilderbrand..., mis últimos clientes. Están muy satisfechos con mis servicios..., y Macey piensa que Thomas me echa de menos. Como están planeando irse a esquiar al oeste el próximo mes de enero, les gustaría hacer ya la reserva. Así que, a pesar de todo lo ocurrido, un punto para mí.

—Pero este es un trabajo más corto.

—Uno rápido para los Lowenstein; ocho días en total para visitar a algunos amigos y echarle un vistazo a una propiedad en Saint Bart's.

Cuando el taxista se detuvo frente a la entrada de la calle Cuarenta y uno Este del enorme complejo neogótico, Lila pasó su tarjeta de crédito.

—Yo me ocupo.

Lila meneó la cabeza y tecleó la propina.

—Mi trabajo, mis gastos de trabajo. Puede que tenga un amante rico, pero solo le utilizo para el sexo.

—Es un tipo con suerte.

—Oh —dijo mientras se guardaba el recibo y se bajaba—, sí que lo es. Hola, Dwayne. —Le brindó una deslumbrante sonrisa al portero cuando este se apresuró hasta el taxi—. Soy Lila Emerson. Puede que no se acuerde de mí, pero...

—Me acuerdo de usted, señorita Emerson, de cuando vino a ver a los Lowenstein. Tengo las llaves para usted. Es muy puntual.

—Intento serlo. ¿Se han marchado ya los Lowenstein?

—Los vi salir no hace ni una hora. Yo me ocupo de eso. —Sacó la segunda maleta del taxi antes de que pudiera hacerlo Ash—. ¿Puedo ayudarla a subir el equipaje?

—No, gracias, ya podemos nosotros. Este es mi amigo Ashton Archer. Va a ayudarme a instalarme. ¿Por casualidad no sabrá cuándo sacaron por última vez a Earl Grey?

—El señor Lowenstein sacó a Earl Grey a dar un último paseo justo antes de que se fueran. Debería portarse bien durante un rato.

—Estupendo. Qué edificio tan bonito. Me va a encantar alojarme aquí.

—Si tiene alguna pregunta sobre dónde están las cosas, si necesita transporte o lo que sea, avíseme.

—Gracias. —Aceptó las llaves que él le dio y entró en el vestíbulo, que parecía iluminado como una catedral gracias a la luz que se colaba a través de la vidriera—. No puedes negar que tengo un trabajo alucinante —le dijo a Ash cuando se montaron en el ascensor—. ¿Cómo si no iba a poder pasar una semana en un ático en Tudor City? ¿Sabías que tienen un pequeño campo de golf? Y una pista de tenis. Gente famosa ha jugado en ella. No recuerdo quién porque no sigo el tenis.

—Mi padre pensó en comprarlo, con algunos socios, cuando Helmsley lo vendió.

—¿En serio? Uau.

—No recuerdo los detalles, la razón por la que finalmente no lo hizo. Solo vaguedades.

—Mis padres compraron un pequeño campamento en Alaska. Lo hablaron en profundidad y también se mordieron mucho las uñas. Me encanta trabajar en edificios antiguos como este —dijo cuando salieron del ascensor—. Me gustan los nuevos, pero los edificios como este son algo especial. —Metió la llave en la cerradura y abrió la puerta—. Aquí tienes el ejemplo. —Agitó la mano antes de volverse hacia la alarma para teclear el código.

La pared de ventanales abatibles del suelo al techo dejaba entrar a Nueva York en el ático, con el glamour del edificio Chrysler en primer plano y en el centro. Techos altos, reluciente madera noble y el suave e intenso lustre de las antigüedades servían de entrante para las espectaculares vistas.

—Realmente magnífico. Deberíamos haber subido al último piso, ya que se trata de un tríplex, pero pensé que apreciarías el factor arrebatador de la planta principal.

—Sí que lo tiene.

—Tengo que echar un vistazo a la cocina. Earl Grey estará allí o escondido en el dormitorio principal.

Fue hasta un comedor con una larga mesa de caoba, una pequeña chimenea de gas y un mueble con una vitrina saliente, en el que destacaba una ingeniosa combinación de porcelana desparejada. Entró en una cocina que reflejaba el carácter del edificio, con una pared frontal de ladrillo visto, oscuros armarios tallados de madera de nogal y montones de detalles en cobre.

Allí, en el suelo color pizarra, había una pequeña camita de perro blanca. En ella estaba el perro más pequeño —ni siquiera lo consideraba un perro— que Ash había visto.

Blanco como la cama, lucía un corte tradicional de caniche y, en vez de collar, llevaba una pajarita en miniatura, de lunares morados y blancos.

El animal temblaba como una hoja al viento.

—Hola, cielo. —Lila adoptó una voz alegre, pero queda—. ¿Te acuerdas de mí? —Abrió la tapa de una lata de color rojo vivo sobre la encimera y cogió una galleta para perros no más grande que su pulgar—. ¿Quieres una galleta?

Se puso en cuclillas.

El animal dejó de temblar. Agitó la colita o lo poco que tenía. El perro que en realidad no era un perro saltó de la diminuta cama, se alzó sobre las patas de atrás y se puso a bailar.

Ash esbozó una sonrisa muy a su pesar; con una carcajada, Lila le ofreció la galleta.

—No tienes de qué preocuparte por nada teniendo en casa un feroz perro de mentira como este —comentó Ash.

—Creo que el sistema de seguridad es lo bastante bueno para mí y para Earl Grey. —Cogió al perro en brazos y le acarició con la nariz—. ¿Quieres cogerlo?

—Paso. Ya le asusto un poco de por sí. No estoy seguro de que un perro deba caber en el bolsillo de la camisa.

—Es pequeño, pero tiene un gran cerebro. —Besó al perrillo faldero en la nariz y lo dejó en el suelo—. ¿Quieres que te enseñe el piso antes de que deshaga la maleta?

—No me importaría.

—Sobre todo para que puedas examinarlo y reconocer el terreno en caso de que tengas que entrar a toda prisa a rescatarme.

—¿Qué más te da? De todas formas tenemos que subir las maletas a tu habitación.

Mientras ella le daba una vuelta por la planta baja, imaginó que instalaría su lugar de trabajo en el salón y disfrutaría de las vistas. Cuando hizo amago de coger una de las maletas, él agarró las dos para llevarlas arriba.

—¿Se trata de una cuestión de hombres o de una cuestión de educación?

—Soy un hombre educado.

—Y este es un ático con ascensor. Pequeño, pero suficiente.

—Ya lo veo.

—Tiene tres dormitorios, todos con baño, y un despacho masculino; y el de ella es más una salita en la que tiene sus orquídeas. Son estupendos. Voy a utilizar ese cuarto.

Entró en una pequeña habitación de invitados pintada en tonos azul y verde pastel, con muebles de un relajante color blanco y un cuadro de margaritas en la pared que aportaba una pincelada sorprendente.

Lila se dio un abrazo mental a sí misma. Aquello iba a ser suyo, solo suyo, durante los próximos ocho días.

—Es la estancia más pequeña, pero transmite una sensación tranquilizadora y relajante. Puedes dejar eso allí, e iremos a echar un vistazo a la planta de arriba para ser exhaustivos.

—Tú primero.

—¿Llevas encima tu móvil?

—Sí.

—Subamos en el ascensor para asegurarnos de que todo está bien. Sé que hay un botón de emergencia, pero siempre es bueno llevar un teléfono —se explicó. Ash habría confundido el ascensor con un armario con un ingenioso diseño—. No es tan divertido como el tuyo —comentó mientras subían.

—Es mucho más silencioso.

—Creo que puedo arreglar el ruido.

—¿Arreglas ascensores con esa curiosa herramienta tuya?

—Es una Leatherman y es genial. El tuyo será el primero en lo que a ascensores se refiere, aunque me gustan los ruidos y chirridos. Me ayuda a saber que los aparatos funcionan.

Cuando se detuvo, salieron a una sala multimedia más grande, según calculó a ojo, que la mayoría de estudios.

Contaba con una pantalla de cine, seis espaciosos sillones reclinables de piel, un cuarto de aseo y un bar con nevera.

—Tienen una colección de DVD impresionante, que me permiten utilizar. Pero ¿quieres saber qué es lo que prefiero? —Cogió un mando a distancia. Las cortinas se abrieron para revelar unas anchas puertas de cristal y la preciosa terraza de ladrillo, que tenía incluso una fuente central, apagada en esos momentos—. No hay nada mejor que disponer de espacio al aire libre en Nueva York. —Abrió las puertas de par en par—. No cultivan tomates ni hierbas, pero tienen algunas bonitas macetas con flores..., y en esa pequeña caseta de ahí están las herramientas de jardín y sillas extra. —Enseguida comprobó la tierra de los tiestos con el pulgar, satisfecha al descubrir que estaba húmeda—. Un buen lugar para tomar una copa antes o después de comer. ¿Quieres cenar conmigo más tarde?

—Solo te utilizo para el sexo.

Lila se echó a reír volviéndose hacia él.

—Entonces pediremos la comida.

—Tengo algunas cosas que hacer. Podría volver a eso de las siete o siete y media, y traer la cena.

—Me parece perfecto. Sorpréndeme.

Ash fue a ver a Angie; se apeó del taxi unas manzanas antes del apartamento para dar un paseo. Necesitaba andar, pero sobre todo lo hizo porque si la mujer estaba vigilándole, podría apuntar la matrícula del taxi y encontrar la forma de rastrearlo hasta el lugar en que ahora creía que Lila estaba a salvo.

Tal vez fuera un paranoico, pero ¿por qué correr el riesgo?

Pasó una difícil y desdichada hora con Angie y su familia. Luego optó por volver a casa a pie.

¿Qué tal funcionaba su radar?, se preguntó. Si ella le vigilaba, si le seguía, ¿lo percibiría? La reconocería si la viera, de eso estaba seguro, de modo que se tomó su tiempo esperando en parte, incluso más que en parte, que ella actuara de alguna forma.

Vio al tipo de la gabardina que apestaba andando con paso

airado y mascullando, y a una mujer empujando el carrito de un niño. Recordó haberla visto por el barrio unas semanas antes, en un muy avanzado estado de gestación. Pero no veía a ninguna alta e imponente mujer asiática.

Tomó un desvío; entró en una librería y recorrió los montones de libros sin apartar la vista de la puerta. Descubrió y compró un libro grande ilustrado sobre los huevos Fabergé y otro sobre su historia, y luego entabló conversación con el dependiente para que le recordase si alguien preguntaba por él.

Se planteó la idea de dejar un rastro.

Y quizá sí que sintiera un cosquilleo en la nuca al cruzar la calle a solo una manzana de su apartamento. Sacó su teléfono móvil del bolsillo como si fuera a responder a una llamada y, manejando con torpeza la bolsa con sus compras, cambió de posición y echó un vistazo a su espalda.

Pero no vio a la mujer.

Antes de guardarse de nuevo el móvil, sonó en su mano. No reconoció el número de la pantalla.

—Sí, Archer.

—Señor Archer. Me llamo Alexi Kerinov.

Ash redujo el paso. El acento apenas se notaba, pensó, pero no cabía duda de que procedía de Europa del Este.

—Señor Kerinov.

—Soy amigo de Vincent Tartelli..., de Vinnie. Me he enterado de lo sucedido hace muy poco, cuando he intentado ponerme en contacto con él. Estoy... Esto es desolador.

—¿De qué conocía a Vinnie?

—Como cliente y como asesor ocasional. Recientemente me pidió que le tradujera algunos documentos del ruso al inglés y me dio su nombre y su número.

No se trataba del jefe de la mujer, pensó Ash. Era el traductor.

—Me dijo que iba a dárselos a usted. ¿Ha tenido ocasión de echarles un vistazo?

—Sí, sí. No he terminado, pero he descubierto... Quería hablar con Vinnie enseguida, pero, cuando por fin le llamé a su casa, Angie me dijo que... Es un shock terrible.

—Para todos.

—Hablaba con cariño de usted. Decía que había adquirido los documentos y que necesitaba saber qué decían.

—Sí. Me hizo el favor. —Y eso le pesaría siempre—. Y se los llevó a usted.

—Tengo que hablar de ellos con usted. ¿Podemos quedar? No llego a Nueva York hasta mañana. He tenido que hacer un viaje corto a Washington y me los he traído conmigo. Regreso mañana. ¿Podemos reunirnos?

Cuando llegó a su casa, Ash sacó las llaves y llevó a cabo el más laborioso proceso de abrir su propia puerta, tecleando los nuevos códigos.

—Sí, no hay problema. ¿Ha estado en casa de Vinnie?

—Sí, muchas veces.

—¿A cenar quizá?

—Sí, ¿por qué?

—¿Cuál es la especialidad de Angie?

—El pollo asado con ajo y salvia. Por favor, llame a Angie. Usted está preocupado, y lo entiendo. Ella le dirá quién soy.

—Sabe lo del pollo, y con eso me basta. ¿Por qué no me cuenta algo de lo que ha descubierto?

Ash entró, echó un vistazo a la habitación y al nuevo monitor; quedó satisfecho antes de cerrar con llave la puerta.

—¿Sabe algo sobre Fabergé?

Ash dejó los libros en una mesa.

—Como es natural, sí, un poco.

—¿Sabe algo de los huevos imperiales?

—Así es, y de los ocho que desaparecieron. Sobre todo del *Querubín con carruaje*.

—¿Ya lo sabe? ¿Pudo entender alguno de los documentos?

—No, esos documentos no. —¿Cómo explicarlo?—. También había algunos en inglés.

—Entonces sabe que es posible localizar el *Querubín con carruaje* a través de los documentos. Es un hallazgo importantísimo. Igual que lo es el otro.

—¿Qué otro?

—El otro huevo desaparecido. Hay dos documentos entre estos papeles. El *Querubín con carruaje* y el *Neceser*.

—Dos huevos —murmuró Ash—. ¿A qué hora llega mañana?

—Llego justo pasada la una de la tarde.

—No le hable a nadie de esto.

—Vinnie me pidió que lo conservara solo con él o con usted, ni siquiera con mi esposa o con la suya. Era amigo mío, señor Archer. Era un buen amigo.

—Entendido, y se lo agradezco. Ahora voy a darle una dirección y me reuniré allí con usted mañana, tan pronto llegue. —Le dio a Kerinov la dirección de Lila en Tudor City. Era más seguro, pensó. Alejado de su apartamento y de la tienda de Vinnie—. Tiene mi número. Si pasa algo, si algo le inquieta, llámeme. O llame a la policía.

—¿Es esta la causa de lo que le ha pasado a Vinnie?

—Creo que sí.

—Iré directamente a verle mañana. ¿Sabe cuál es el valor si esto pudiera ser descubierto?

—Me hago una idea bastante exacta.

Cuando colgó, agarró ambos libros y se los llevó a su despacho. Y se puso a investigar a fondo sobre el segundo huevo.

16

Lila deshizo las maletas disfrutando como siempre de la sensación de lo nuevo. Sus clientes le habían dejado algunas provisiones, y se los agradecía, pero más tarde iba a sacar a Earl Grey a dar un paseo y a comprar algunas cosas. Jugó un rato con el perro, que, tal y como le habían dicho, se lo pasaba en grande persiguiendo por el suelo una pequeña pelota de goma roja. Así que jugó con él a tirarle la pelota para que la buscara y la trajera, hasta que Earl Grey se retiró a una de sus camitas a echarse un sueñecito.

Lila instaló su lugar de trabajo en silencio, se sirvió un vaso alto de limonada, puso al día su blog, respondió los correos electrónicos y aceptó dos trabajos como cuidadora.

Estaba considerando sumergirse de nuevo en el libro cuando sonó el teléfono de la casa.

—Residencia de los Lowenstein.

—Señorita Emerson, soy Dwayne, el portero. Julie Bryant está en el vestíbulo.

—Es una amiga. Puede dejarla pasar. Gracias, Dwayne.

—No hay de qué.

Lila miró la hora y frunció el ceño. Mucho más tarde de la hora de comer de Julie y un poco pronto aún para su habitual hora de salir de trabajar. Pero la visita no podría ser más grata; tenía que hablarle a Julie de Ash; de Ash y de ella, de la noche después del horroroso día.

Fue a la puerta, la abrió y esperó. Era una tontería hacer que Julie llamara al timbre y despertara al perro.

Hasta que no oyó el metálico sonido del ascensor y vio que las puertas comenzaban a abrirse, no le vino a la cabeza la idea. ¿Y si no era Julie, sino la bruja asiática utilizando el nombre de Julie para conseguir pasar? Justo después de pensar eso, cuando se disponía a cerrar la puerta, Julie salió del ascensor.

—Eres tú.

—Pues claro que soy yo. He dicho que era yo.

—La imaginación me juega malas pasadas. —Se tocó la sien con el dedo—. ¿Has acabado pronto?

—Me he marchado pronto. Necesitaba un poco de tiempo por salud mental.

—Pues has venido al sitio adecuado. —Hizo un gesto con el brazo—. Una vista alucinante, ¿eh?

—Sí que lo es. —Contemplándola, Julie dejó su cartera en una butaca con el respaldo acolchado—. Asistí a una fiesta en este edificio el año pasado, pero el apartamento no era tan alucinante como este; y eso que ya era bastante impresionante.

—Tienes que ver la terraza del último piso. Podría vivir en ella todo el verano. Has traído vino —agregó cuando Julie sacó una botella de su cartera con la misma habilidad con la que un mago saca un conejo de su chistera—. Es una visita con vino.

—Sin duda.

—Bien, porque tengo que contarte una cosa que va bien con el vino.

—Yo también —dijo Julie mientras seguía a Lila hasta el bar—. Ayer fue un día de locos, un día espantoso, y luego...

—¡Lo sé! De eso se trata. —Lila utilizó el elegante sacacorchos integrado en la encimera—. Se trata de ese luego.

Sacó el corcho.

—Me he acostado con él —dijeron las dos a la vez.

Se miraron la una a la otra.

—¿En serio?

—¿En serio? —repitió Julie señalando con el dedo.

—Tú te refieres a Luke, porque yo me he acostado con Ash,

así que si te hubieras acostado con él me habría dado cuenta. Te has acostado con Luke. Putón.

—¿Putón? Tú eres más putón que yo. Yo estuve casada con Luke.

—A eso me refería. ¿Acostarte con el ex? —Divertida, Lila chasqueó la lengua mientras sacaba las copas—. Eso es sin duda territorio putón. ¿Cómo fue? Quiero decir, ¿fue como dar un paseo por la calle del recuerdo?

—No. Bueno, sí, en cierto modo. En el hecho de conocerle, de estar cómoda con él. Pero ambos hemos madurado, así que no fue una repetición. Pensé que a lo mejor era, qué sé yo, como cerrar un capítulo que no habíamos terminado. Los dos estábamos muy tristes y cabreados cuando rompimos. Éramos muy jóvenes y estúpidos. Echando la vista atrás me doy cuenta de que simplemente lo veíamos como jugar a las casitas, que no tuvimos en cuenta lo de estar casi arruinados, luchando para pagar el alquiler; y con sus padres presionándole aún para que fuera a la facultad de Derecho. Ninguno de los dos tenía un rumbo —agregó encogiéndose de hombros—. Simplemente nos escapamos y nos casamos sin pensar en la realidad, y luego fue como ¿qué hacemos ahora con tanta realidad?

—La realidad es dura.

—Y hay que bregar con ella, pero parecía que no éramos capaces de averiguar cómo podíamos querernos el uno al otro y querer también otras cosas. Cómo podíamos tenernos el uno al otro y tener otras cosas. Supongo que... No, sé que decidí que era culpa suya, y no lo era. Seguramente él decidiera que la culpa la tenía yo, pero nunca lo dijo. Y ese era mi otro problema. Él solo decía lo que yo quería escuchar, y eso me sacaba de quicio. Di lo que piensas, joder.

—Quería que fueras feliz.

—Sí, y yo quería que él fuera feliz; y no lo éramos, y sobre todo se debía a que seguíamos sin saber lidiar bien con la realidad. Pequeñas peleas que se fueron acumulando hasta desencadenar en una enorme, hasta que me marché. Él no me detuvo.

—Querías que lo hiciera.

—Dios, quería que lo hiciera. Pero le hice daño, así que me dejó marchar. Y siempre lo he...

—Lo has lamentado —concluyó Lila—. La ruptura, no la relación con él. Tú misma me lo dijiste una vez después de dos martinis de chocolate.

—Los martinis de chocolate deberían ser ilegales, pero sí, supongo que siempre he lamentado cómo terminó y puede que siempre me haya preguntado qué habría pasado. Pero ahora... —Aceptó la copa que Lila le ofrecía—. Ahora todo vuelve a ser lioso, complicado y confuso.

—¿Por qué? No respondas aún. Trae la botella y sentémonos fuera.

—Nos sentaremos fuera, pero vamos a dejar la botella —matizó Julie—. Como me he marchado temprano, todavía tengo papeleo pendiente en casa. Una sola copa es lo que consigo por escaquearme temprano.

—Me parece justo.

Lila lo dejó estar y llevó a Julie a la terraza.

—Tienes razón; podrías vivir aquí fuera. Tengo que mudarme —decidió Julie—. Tengo que encontrar un apartamento con terraza. Primero necesito un aumento. Un aumento bien jugoso.

—¿Por qué? —repitió Lila; se sentó y alzó el rostro hacia el cielo—. Me refiero a la situación confusa con Luke, no al aumento.

—Me ha horneado una magdalena.

Lila miró a Julie de nuevo y esbozó una sonrisa.

—¡Ay, Dios!

—Lo sé. Significa algo. No es un simple «toma, una magdalena». La ha horneado para mí. Al amanecer. Antes de que amaneciera, sin duda. Eso significa algo.

—Significa que estaba pensando en ti antes de que amaneciera y que quería que tú pensaras en él cuando despertaras. Qué tierno.

—Y entonces ¿por qué no me ha dicho eso cuando se lo he preguntado?

—¿Qué te ha dicho?

—Que no era más que una magdalena. Fui a su panadería, y él estaba abajo en una... —Agitó la mano dibujando un semicírculo en el aire— una cueva con horno, con las manos metidas en una masa enorme. Joder, ¿por qué eso resulta sexy? ¿Por qué resulta sexy que estuviera lleno de harina hasta los codos en esa cueva?

—Porque él siempre es sexy, y un hombre en una cueva, del tipo que sea, resulta aún más sexy. Si a eso le sumas que estaba trabajando con las manos, tienes una triple amenaza.

—No es justo, eso es todo. El sexo, luego la magdalena y después la sexy cueva del horno. Fui allí a por una simple respuesta.

—Ah.

—¿Qué quieres decir con «Ah»? Ya conozco ese «Ah».

—Entonces no debería tener que extenderme, pero vale. Te ha hecho una magdalena, y estoy de acuerdo en que eso tiene un significado. Y tú has ido a su lugar de trabajo y le has preguntado qué significaba.

—Así es. ¿Qué tiene eso de malo?

—A lo mejor podrías haberte comido la magdalena y haberle dado las gracias más tarde.

—Quería saber. —Julie se sentó en una silla junto a la de Lila.

—Eso lo entiendo. Pero desde su punto de vista... ¿Quieres mi opinión sobre su punto de vista?

—Probablemente no. No, definitivamente no. Pero debería, así que adelante.

—Él ha tenido un bonito gesto, un detalle; algo normal si tenemos en cuenta que es panadero. Quería hacerte sonreír y que pensaras en él porque él pensaba en ti..., y apuesto a que estaba sonriendo. Y en cambio te ha preocupado.

—Me ha preocupado, me preocupa, aunque dentro de mi cabeza haya una mujer racional gritando «Deja de portarte como una imbécil. Para, para, para». —Tomó un trago de vino—. Quería que fuera un rollete. Simple, fácil, maduro. Y en cuanto he visto esa puñetera magdalena...

—Sigues enamorada de él.

—Sigo enamorada de él. Jamás habría funcionado con Maxim; lo sabía cuando me casé con él, pero no quería aceptarlo. No habría funcionado aunque tú no te hubieras acostado con él. Barbie putón.

—Esposa ingenua.

—Luke jamás sería infiel. No está en su naturaleza. Y anoche fue como volver a casa, salvo que todo encajaba mejor, todo tenía más sentido.

—Entonces ¿por qué no eres feliz?

—Porque no quiero estar aquí, Lila. No quiero ser esta mujer que no puede olvidar la... —Volvió a agitar la mano trazando un semicírculo— la frívola ilusión del pasado. Podría haber llevado bien lo del sexo. Estaba llevando bien lo del sexo.

—Y la magdalena lo ha cambiado.

—Sé que suena ridículo.

—No es así. —Lila puso una mano sobre la suya—. Desde luego que no.

—Creo que eso es lo que necesitaba oír. Debería haber aceptado que era un detalle muy dulce, porque eso es lo que ha sido, y dejarlo ahí en vez de preguntarme si significaba algo más. Joder, en vez de desear que significara más aunque precisamente sea lo que más me asusta.

—Las segundas oportunidades son más aterradoras que las primeras porque la segunda vez sabes cuánto hay en juego.

—Sí. —Julie cerró los ojos—. Sabía que tú lo entenderías. Tendré que limar asperezas con él, sobre todo porque es amigo íntimo de Ash, y yo lo soy de ti. Y soy una amiga pésima hoy porque no te he preguntado cómo te sientes. Por lo tuyo con Ash.

—Me siento genial..., pero claro, a mí no me han preparado una magdalena. Yo he preparado huevos revueltos para los dos.

—Hacéis una pareja estupenda. No te lo he dicho antes porque habrías empezado a poner impedimentos.

—No, no lo habría hecho; sí, lo habría hecho —se corrigió antes de que pudiera hacerlo Julie—. Casi con toda seguridad. ¿Formamos buena pareja? ¿En serio lo piensas? Es guapísimo, en sus dos facetas.

—¿Qué dos facetas?

—El artista: vaqueros, camiseta, un par de manchas de pintura aquí y allá, barba de dos días. Y el rico príncipe heredero: elegante con un traje de Armani. O tal vez fuera Gucci. ¿Qué sé yo?

—¿El de ayer? Un Tom Ford. Sin duda.

—Tú lo sabes mejor que yo.

—Mucho mejor. Y sí, hacéis buena pareja. Los dos sois guapísimos.

—Solo mi mejor amiga, y puede que mi madre, diría eso. Pero puedo ponerme muy mona si dedico tiempo y esfuerzo.

—Tienes un pelo alucinante; un pelo kilométrico, unos ojos fabulosos, una boca muy sexy y una piel perfecta. Así que cierra el pico.

—Eres una maravilla para mi ego. Lo de anoche fue una maravilla para mi ego. Creo que él habría dado el primer paso; esas cosas se saben.

—Lo queramos o no.

—Pero fui yo quien dio el primer paso... o abrió la puerta. Él la cruzó, y... no fue como volver a casa. Fue como descubrir un nuevo continente. Pero...

—Aquí llegan los impedimentos. —Julie alzó su copa hacia el edificio Chrysler.

—No, nada de impedimentos; todavía estoy explorando el nuevo mundo. Lo que pasa es que tiene un enorme sentimiento de culpa, Julie. No es justo que lleve una carga tan grande. Pero he llegado a conocerle, sobre todo después de ver la dinámica familiar con mis propios ojos ayer; y en realidad él es el cabeza de familia. Su padre es la cabeza visible. Ash es a quien recurren.

—Por lo que Luke me ha contado, ha sido así durante años. Su padre se encarga de los negocios, pero Ash cuida de la familia. Luke dice que «Ashton se ocupará» tendría que ser el lema familiar.

Lila dejó escapar un suspiro y tomó un sorbo de vino.

—Eso es un problema, no un impedimento —insistió—. Se pasa un poco asumiendo el mando; es su forma de ser. Decide que me quedo en su casa porque Luke está en la tuya..., y eso tiene sentido. Pero «hablar» es mejor que «decidir», y va y envía a buscar mi equipaje antes de hablarlo.

—¿Su perspectiva?

—Mierda, se recoge lo que se siembra. —Sacó la barbilla y se dio un toquecito con el dedo—. Vale, dame duro.

—Se ocupa de los detalles y sí, está pendiente de ti. No es malo tener a alguien que esté pendiente de ti, siempre y cuando esté dispuesto a aprender dónde están los límites, y que tú estés dispuesta a dejar que algunos de esos límites sean flexibles.

—Puede. Sé que ahora me está pintando a pesar de que antes no quería que lo hiciera, y ahora sí que quiero. Así que me pregunto a mí misma: ¿quiero que me pinte o es que me ha convencido para que lo acepte? Y no estoy segura. Estoy segura de que quiero estar con él y estoy convencida de que quiero llegar al final de este extraño asunto del Fabergé con él, y de que quiero acostarme con él otra vez. Eso sin duda es así.

Julie dejó su copa de vino, se arrimó y le dio sendas palmaditas en las mejillas a Lila.

—Mírate al espejo. Eres feliz.

—Lo soy. Eso me dice algo, no estoy segura de qué; que puedo ser feliz a pesar de todo lo que está pasando. Han muerto tres personas, dos que eran importantes para Ash, y tiene escondido un huevo Fabergé de incalculable valor. Y hay una mujer asiática guapísima que ha matado o ayudado a matar a esas tres personas y que quiere el huevo. Que sabe quién soy y que tiene tu perfume.

—Creo que ya me ha echado a perder ese perfume. Sé que quieres ayudar a Ash. Todos lo queremos. Pero por bien que me caiga, tú eres mi chica. Has de tener cuidado.

—Sí que lo soy. Y lo tendré. Puede que la mujer nos esté buscando a nosotros y al huevo, pero la policía nos tiene en su mira. Además piénsalo. Matar a Oliver y a su novia no le dio lo que quería. ¿Por qué iba cometer el mismo error dos veces?

—Qué sé yo; porque es una asesina. Una psicópata en potencia. No puedes fiarte de la lógica, Lila.

Sopesándolo, Lila asintió; Julie tenía mucha razón.

—Entonces seré más lista. Creo que lo soy…, y no me pongas esa cara. Creo que lo soy. No fue nada inteligente llevarse las cosas de tu casa. Si ella no lo hubiera hecho, jamás habríamos sabido que estuvo allí. No fue inteligente ponerse tu perfume cuando entró en el apartamento de Ash; aunque reconozco en parte que fue suerte que llegáramos lo bastante pronto después de que ella hubiera estado allí como para que el olor aún perdurase. No fue inteligente dejar a ese matón a solas con Vinnie después de que ya había demostrado su falta de control con la novia de Oliver. Todo eso es arrogancia e impulsividad, Julie; no inteligencia. Yo seré lista.

—Limítate a estar a salvo. Yo me decanto por estar a salvo.

—Estoy sentada en el ático de un edificio muy seguro en el que solo un reducido puñado de personas saben que me alojo. Yo diría que estoy a salvo.

—Pues sigue así. Debería irme ya y ponerme con el papeleo.

—Y dar con la forma de desenmarañar las cosas con Luke.

—Y eso también, sí.

—Te acompaño fuera. Tengo que sacar al perro a dar un paseo y comprar algunas cosas.

—¿Qué perro? No he visto ningún perro.

—Es fácil no verlo. Sabes que puedes traerte aquí el trabajo si no quieres estar sola —le dijo mientras la conducía de nuevo hasta el pequeño ascensor—. Es un piso grande.

—Seguramente necesite un poco de tiempo para meditar e imagino que Ash volverá esta noche.

—Sí, con la cena. Pero, como te he dicho, es un piso grande. Tú también eres mi chica.

Julie la estrechó en un abrazo cuando llegaron a la planta baja.

—Trabajo y reflexión esta noche. Puede que te tome la palabra más avanzada la semana.

Dejó su copa vacía en el bar y cogió su cartera mientras Lila volvía de la cocina con una pequeña correa azul cuajada de brillantitos falsos.

—¡Oh! —dijo cuando Lila cogió en brazos una pequeña bola blanca que era Earl Grey—. Es tan canijo, es tan adorable.

—Y muy dulce. Toma.

Se lo pasó a Julie, que le hizo arrumacos mientras Lila iba a por su bolso.

—¡Oh, quiero uno! Me pregunto si podría llevármelo a trabajar. Desarmaría por completo a los clientes y terminarían comprando más.

—Siempre maquinando.

—Si no ¿cómo voy a conseguir ese sustancioso aumento, mi apartamento con terraza y un diminuto perrito que puedo llevar en el bolso? Me alegro de haber venido —agregó cuando salieron—. Al llegar me sentía frustrada y estresada, y me marcho sintiéndome como si hubiera terminado una buena clase de yoga.

—*Námaste*.

Se separaron en la acera; Julie se subió a un taxi que le paró el eficiente portero. Se acomodó para el trayecto hasta el centro de la ciudad y echó un vistazo a su correo electrónico. No había nada de Luke; pero ¿por qué iba a ponerse en contacto con ella? Pensaría en la forma de abordarle, pero por el momento tenía suficientes mensajes del trabajo para mantenerse ocupada.

Respondió a su ayudante, llamó a un cliente directamente para hablar de un cuadro y luego, después de mirar la hora que era, decidió que podía llamar al artista en cuestión, que se encontraba en Roma en esos momentos. Cuando un cliente quería negociar, era labor suya conseguir el mejor trato posible para la galería, el artista y el cliente.

Se pasó el viaje apaciguando el mal humor del artista, avivando su orgullo, inculcando algo de pragmatismo. Luego le aconsejó que fuera a celebrarlo porque creía que podía convencer al cliente para que comprase una segunda pieza por la que había mostrado interés si hacían que pareciera una ganga.

—Tienes que comprar pintura —farfulló cuando puso fin a la llamada—. Y comida. Estoy a punto de hacerte casi rico... —Dejó la frase a medias cuando el cliente al que había vuelto a llamar habló al otro lado de la línea. Ella le dijo—: ¡Señor

Barnseller! Soy Julie. Creo que tengo una proposición muy buena para usted. —Le hizo una señal al taxista cuando llegó a su calle, señaló la esquina y sacó su cartera con torpeza—. Sí, acabo de hablar con Roderick directamente. Tiene un gran apego sentimental a *Servicio rápido*. ¿Le he contado que trabajó en un restaurante para mantenerse mientras asistía a la escuela de Bellas Artes? Sí, sí, pero le he explicado su reacción a esa... y a la obra complementaria, *Pasa*. Son maravillosas por separado, no cabe duda, pero como conjunto son realmente fascinantes y cautivadoras. —Pagó al taxista y se bajó como pudo del coche, haciendo malabares con el teléfono y el bolso—. Como es tan reacio a romper el conjunto, le he convencido para que le ponga precio como un lote. A nivel personal detestaría ver que otro se llevara *Pasa*, sobre todo porque creo firmemente que la obra de Roderick va a incrementar su valor muy rápido.

Dejó que el cliente la halagara y expresara cierta reticencia, pero en su voz percibió que el negocio estaba hecho. Quería los cuadros; solo tenía que hacerle sentir que había conseguido un chollo.

—Le seré franca, señor Barnseller: Roderick es tan reacio a deshacer el lote que solo por eso no cederá en el precio. Pero he podido convencerle para que acceda a doscientos mil dólares por el lote..., y sé que puedo persuadirle para que acepte ciento ochenta y cinco mil..., aunque eso signifique ajustar nuestra comisión para hacerles felices a ambos. —Guardó un breve silencio e hizo la danza de la victoria en la acera a pesar de mantener una voz serena y profesional—. Tiene un gusto maravilloso y un ojo excepcional para el arte. Sé que se sentirá muy satisfecho cada vez que contemple los cuadros. Voy a llamar a la galería para que los marquen como vendidos. Los embalaremos y se los enviaremos. Sí, por supuesto que puede acordar eso por teléfono con mi ayudante o puede venir a verme mañana. Enhorabuena, señor Barnseller. No hay de qué. Nada me gusta más que proporcionar la obra de arte correcta a la persona adecuada.

Hizo otro bailecito y luego llamó al artista.

—Compra champán, Roderick. Acabas de vender dos cuadros. Hemos conseguido ciento ochenta y cinco mil. Sí, sé que te dije que pediría ciento setenta y cinco mil, pero pude aspirar a un precio más alto. Adora tu obra, y eso hay que celebrarlo tanto como tu cuarenta por ciento. Ve a contárselo a Georgie y a festejarlo, y mañana empieza a pintarme algo fabuloso para reemplazar los que te he vendido. Sí, yo también te quiero. *Ciao*.

Con una sonrisa de oreja a oreja, le envió un mensaje a su ayudante con las instrucciones, esquivando de manera automática a los otros viandantes. Mirando aún el móvil, se encaminó hacia los bajos escalones de su edificio. Y casi se tropezó con Luke.

Se había pasado casi una hora sentado en los escalones, esperando. Y la vio avanzar por la acera; la veloz conversación, la pausa para dar saltitos —alternando el peso de un pie al otro—, la sonrisa de felicidad.

Y ahora la sorpresa.

—Fui a tu galería. Me dijeron que te habías marchado temprano, así que se me ocurrió esperar.

—Oh. He ido a ver a Lila a la parte alta de la ciudad.

—Y has recibido buenas noticias en la última manzana.

—Una buena venta. Una buena venta para la galería, para el artista y para el cliente. Es agradable poder negociar para las tres partes. —Después de dudar un instante, se sentó en los escalones junto a él y durante un momento observó, igual que hacía él, el ajetreo de Nueva York. Dios mío, pensó, ¿cómo una urbanita casada y divorciada en dos ocasiones puede sentirse como cuando tenía dieciocho, sentada en la escalera de la entrada de casa de sus padres en Bloomfield, New Jersey, con su amor del instituto? Perdidamente enamorada—. ¿Qué haces aquí, Luke?

—He encontrado una respuesta a tu pregunta de esta mañana.

—Ah, eso. Iba a llamarte. No ha sido más que una bobada. No sé qué me ha entrado, y yo…

—Te he amado desde el primer día en que te vi; el primer día del instituto, el primer día de la mortífera clase de historia americana de la señorita Gottlieb.

Sí que había sido mortífera, pensó Julie, pero apretó los labios para retener las palabras, las emociones, las lágrimas.

—Eso es casi la mitad de mi vida. Puede que fuéramos demasiado jóvenes, puede que la cagáramos.

—Lo éramos. —Las lágrimas le nublaban la vista; dejó que brotaran—. Lo hicimos.

—Pero nunca te he olvidado. Nunca te voy a olvidar. Me ha ido bastante bien de vez en cuando..., muy bien. Pero es ahora, y sigues siendo tú. Siempre vas a ser tú. Eso es así. —La miró—. Esa es la respuesta que tengo.

Un nudo de emoción le subió del corazón a la garganta. Las lágrimas brotaron, pero eran cálidas y dulces. Le temblaban un poco las manos cuando las alzó para enmarcarle el rostro.

—Eras tú aquel primer día. Sigues siendo tú. Siempre vas a ser tú.

Posó los labios en los de él, calientes y dulces, mientras el ajetreo de Nueva York pasaba de largo, y pensó en las hortensias de su madre, grandes bolas azules, junto a las escaleras en que se había sentado durante los veranos hacía tantos años.

Algunas cosas volvían a florecer.

—Vamos dentro.

Luke apoyó la frente en la de ella y exhaló un prolongado suspiro.

—Sí, vamos dentro.

Lila planeó una velada con velas y vino, y bonitos platos y copas en la terraza. Aunque se tratara de comida para llevar, podía ser algo romántico y bonito con los accesorios apropiados. Y consideraba que Nueva York en una noche de verano era el mejor lugar de todos.

Entonces empezó a llover.

Lila lo reconsideró. Una cena acogedora en el salón delante de las ventanas azotadas por la lluvia. Seguía siendo romántico, sobre todo porque comenzó a tronar.

También se tomó su tiempo para arreglarse; se cepilló el pelo y se lo recogió en una baja y floja coleta; se maquilló de forma que no pareciera que se había tomado demasiadas molestias aunque hubiera tardado una eternidad en aplicárselo. Pantalones ajustados negros y, encima de una camiseta de encaje, una blusa de un intenso color cobre que, le gustaba pensar, resaltaba el color dorado de sus ojos.

Se le ocurrió que si Ash y ella continuaban saliendo, tendría que reabastecer su muy aburrido armario.

También se le ocurrió que Ash llegaba tarde.

Encendió las velas, puso música y se sirvió una copa de vino.

A las ocho estaba a punto de llamarle, cuando sonó el teléfono de la casa.

—Señorita Emerson, soy Dwayne, de portería. Hay un tal señor Archer en el vestíbulo.

—Oh, puede... Póngamelo, ¿quiere, Dwayne?

—Lila.

—Solo me aseguraba. Pásale el teléfono a Dwayne y le diré que te deje subir.

¿Lo ves?, pensó después de permitirle la entrada a Ash. Soy cauta. Lista. Estoy a salvo.

Cuando abrió la puerta, Ash estaba allí, con el pelo chorreando y una bolsa de comida en la mano.

—Tu sonrisa no funcionó como paraguas. Pasa, te traeré una toalla.

—He traído filetes.

Asomó la cabeza por la puerta del cuarto de aseo.

—¿Filete para llevar?

—Conozco un sitio y quería un filete. He supuesto que tú lo querrías al punto. Si lo quieres poco hecho, puedes quedarte con el mío.

—Al punto está bien. —Volvió con una toalla, que le cambió por la bolsa—. He abierto vino, pero he comprado cerveza por si lo preferías.

—Cerveza sería perfecto. —Secándose el pelo con la toalla, la siguió y se detuvo en el salón.

—Te has tomado muchas molestias.

—Unos platos bonitos y unas velas nunca son una molestia para una chica.

—Estás muy guapa. Debería habértelo dicho en el acto... y haberte traído flores.

—Me lo has dicho ahora y me has traído un filete.

Cuando le ofreció la cerveza, él la aceptó y la dejó a un lado. Y la agarró a ella.

Ahí estaba, pensó Lila, ese zumbido, ese estremecimiento en la sangre, todo ello acentuado por el ronco retumbar de un trueno.

Con las manos en sus brazos, la apartó un poco con suavidad.

—Hay un segundo huevo.

—¿Qué? —Sus ojos ribeteados de dorado se abrieron como platos—. ¿Hay dos?

—El traductor con quien contactó Vinnie me llamó justo cuando llegué a casa. Dice que hay documentos que describen otro huevo, el *Neceser*, y piensa que se puede localizar. —Tiró de ella y la besó de nuevo—. Ahora tenemos más con qué negociar. Me he pasado horas investigándolo. Llega mañana a Nueva York y voy a reunirme aquí con él. Vamos a buscar el segundo huevo.

—Espera un minuto. Tengo que asimilar esto. —Apoyó las manos a ambos lados de su cara—. ¿Lo sabía Oliver? ¿Lo sabe la bruja asiática?

—No lo sé, pero no lo creo. ¿Por qué no utilizó Oliver el segundo huevo? ¿Por qué no fue tras él o negoció con los documentos? No lo sé.

Ash cogió su cerveza.

—Solo puedo tratar de pensar igual que lo haría Oliver, y él habría intentado encontrarlo. No habría podido resistirse. Joder, yo no puedo resistirme y no soy ni por asomo tan impulsivo. Debería haberte preguntado si Kerinov podía venir aquí.

—¿Kerinov es el traductor?

—Sí. Debería habértelo preguntado. Parecía más seguro y más práctico que él viniera aquí directamente desde la estación.

—Así es, está bien. La cabeza me da vueltas. Un segundo huevo; ¿un huevo imperial?

—Sí. Quiero hablar con la mujer a quien le compró el primero. Debió de conseguir los documentos de ella. Es imposible que ella supiera lo que tenía, pero a lo mejor puede contarnos algo. Está fuera de la ciudad, según su ama de llaves, y no he podido sonsacarle dónde, pero le dejé mi nombre y mi número.

—Uno ya era increíble, pero ¿dos? —Tratando de asimilarlo, se sentó en el brazo de una butaca acolchada—. ¿Cómo es el segundo huevo?

—Fue diseñado como un estuche ornamental; un pequeño estuche decorativo para artículos de tocador femeninos. Está decorado con diamantes, rubíes, zafiros, esmeraldas..., al menos de acuerdo con mi investigación. La sorpresa que trae dentro es quizá un juego de manicura, pero no se conoce ninguna fotografía de este. Puedo seguirle la pista desde el palacio Gatchina hasta el momento en que se apoderaron de él en 1917 y lo enviaron al Kremlin; luego, en 1922, fue transferido al Sovnarkom.

—¿Qué es eso?

—El consejo de Lenin; el poder dominado por los bolcheviques. Y después de que lo transfirieran, ya no hay más rastro que haya podido encontrar.

—Un juego de manicura —murmuró—. Vale millones. ¿También serían millones?

—Lo serían.

—Nada de esto parece real. ¿Estás seguro de que confías en el tal Kerinov?

—Vinnie confiaba en él.

—Vale. —Asintió poniéndose en pie—. Lo más seguro es que tengamos que calentar los filetes.

—Hay un par de patatas asadas y también espárragos.

—Pues lo calentamos y cenamos... No me acuerdo de la última vez que comí filete. Luego pensaremos en un plan. —Abrió la bolsa—. Se me da muy bien la parte de planear. —Levantó la vista cuando Ash le acarició el pelo—. ¿Qué?

—Se me ha ocurrido que, dejando a un lado todo esto, y todo esto es mucho, me alegro de estar aquí y de cenar contigo. Me alegro porque más tarde subiré arriba contigo y estaré contigo. Te tocaré.

Lila se volvió y le rodeó con los brazos.

—Pase lo que pase.

—Pase lo que pase.

Y eso, pensó mientras se abrazaban el uno al otro, era todo cuanto podía pedirse.

17

Lila abrió los ojos cuando su teléfono sonó en la mesilla. ¿Quién coño le enviaría un mensaje tan temprano? A su mente adormilada no se le ocurría ni una sola persona conocida que estuviera despierta y en marcha antes de las siete de la mañana.

Se dijo que tenía que ignorarlo, que debía acurrucarse y dormirse otra vez. Y se rindió al cabo de treinta segundos.

Era una chica, reconoció. No conocía a ninguna chica que pudiera hacer caso omiso del teléfono tan tranquilamente.

—Míralo más tarde —farfulló Ash atrayéndola de nuevo cuando ella se incorporó para coger el teléfono.

—Soy una esclava de la comunicación. —Con la cabeza apoyada en su hombro, abrió el mensaje de texto.

> Luke me estaba esperando cuando llegué a casa y me ha hecho una tarta antes de marcharse esta mañana. Él es mi magdalena.

—¡Oh! —Dicho eso, le envió exactamente ese mensaje.

—¿Qué pasa?

—Es Julie. Luke y ella están juntos.

—Bien. Mejor que alguien se quede con ella hasta que todo esto haya acabado.

—No… Quiero decir sí, pero no está allí para cuidar de ella. —Después de dejar el móvil, Lila se acurrucó otra vez con Ash—. Claro que cuidará de ella. Me refiero a que están juntos.

—Eso ya lo has dicho. —Deslizó la mano por su espalda y sobre su trasero.

—Juntos, juntos.

—Hum. —La mano ascendió por un costado y le rozó el pecho. Se detuvo—. ¿Qué?

—Que son pareja…, y no me preguntes «una pareja de qué». Una pareja.

—¿Se están acostando?

—Un rotundo sí a eso, pero no es todo. Siguen enamorados, cosa que me contó Julie cuando vino a verme ayer. Aunque no tenía por qué contármelo porque yo ya lo sabía.

—Tú ya lo sabías.

—Lo llevan escrito en la cara. Cualquiera con ojos podría verlo.

—Yo tengo ojos.

—Lo que pasa es que no estabas prestando atención. Has estado distraído con esto y aquello. Y… —Su mano también se puso en movimiento, ascendiendo entre sus cuerpos y encontrándolo duro y preparado— con esto.

—Esto distrae mucho.

—Eso espero.

Los labios de Lila se curvaron cuando él le acercó los suyos y luego se tornaron calientes al tiempo que los entreabría para darle la bienvenida.

Ella era tan suave; su piel, su cabello, la curva de su mejilla. Suave por todas partes por donde sus labios y sus manos deambulaban. Lila había dejado las cortinas entreabiertas cuando las corrió la noche anterior, de modo que la luz del sol entraba por esa estrecha abertura.

La tocó bajo la etérea luz, y despertó su cuerpo mientras ella hacía lo mismo con el suyo y con todas las necesidades que había dentro de él. A la luz del día no los acuciaban las prisas que ambos parecían sentir en la oscuridad. Ni la necesidad de apresurar el clímax. En cambio saborearon el largo y fluido viaje, recreándose en las sensaciones; piel contra piel, el roce de sus lenguas, las caricias, hasta que juntos buscaron más.

Solo un poco más.

Y más aún cuando la penetró, moviéndose como en una pausada y perezosa danza. Ella le enmarcó el rostro con las manos y lo acarició mientras sus ojos se clavaban en los de él. Lo observó mientras él la miraba como si no hubiera nada más.

Solo aquello. Solo ella.

Solo aquello, pensó mientras se arqueaba para darle más.

Solo él mientras acercaba su rostro y volcaba todo su deseo en el beso.

Suave, tierno; el silencioso placer fluyó como el vino hasta que, ebrios de él, sobrepasaron la cima.

Más tarde bajó a preparar café, adormilada y satisfecha, con Earl Grey pisándole los talones.

—Deja que me beba esto, ¿vale? Aunque sea la mitad. Luego te llevaré a dar un paseo.

Hizo una mueca al decir la palabra «paseo». Tal y como le habían advertido, el perro dejó escapar pequeños ladridos y se alzó sobre las patas traseras para bailar, lleno de alegría y anticipación.

—Vale, vale, error mío. Un minuto.

Abrió el pequeño armario donde guardaban los útiles de limpieza en busca de la correa, las bolsitas de plástico y el par de chanclas que había dejado allí solo para ese fin.

—¿Qué es todo esto? —preguntó Ash cuando entró—. ¿Le está dando un ataque?

—No, no está teniendo un ataque. Está contento. No me he dado cuenta y he dicho la palabra «p-a-s-e-o», y este es el resultado. Voy a sacarlo antes de que le dé un infarto de tanto bailar. —Cogió una jarra para llevar y la llenó de café—. No tardaré mucho.

—Yo le sacaré.

—Es mi trabajo —le recordó cogiendo una pinza del bolsillo para recogerse el pelo con un par de expertos giros de muñeca—. Ayer preparé huevos. —Miró a Ash mientras le ponía la correa al casi histérico perro—. Ayer Luke le preparó una magdalena a Julie. Hoy le ha hecho una tarta.

—Ese capullo solo está presumiendo. Yo puedo preparar el desayuno. Se me da de miedo echar los cereales. Es uno de mis mayores talentos.

—Por suerte he traído cereales de chocolate; están en el armario de arriba, a la izquierda de la nevera. Volveremos.

—¿Cereales de chocolate?

—Son mi debilidad —le dijo por encima del hombro mientras cogía las llaves y dejaba que el perrito la llevara corriendo hasta la puerta.

—Cereales de chocolate —repitió a la habitación vacía—. No he comido cereales de chocolate desde... No recuerdo haber probado siquiera los cereales de chocolate.

Los encontró, los abrió y los estudió. Acto seguido, encogiéndose de hombros con despreocupación, metió la mano y probó uno.

Y se dio cuenta de que había sido un esnob de los cereales toda su vida.

Tomó un poco de café y sirvió dos cuencos. Luego, recordando que ella se había quejado la noche anterior —y que al parecer ahora estaba compitiendo con Luke—, preparó una bandeja.

Buscó un bloc, un bolígrafo y escribió su versión de una nota antes de llevarlo todo a la terraza del último piso.

Lila entró con la misma prisa con la que había salido, solo que esa vez llevaba a Earl Grey en brazos.

—¡Este perro es la monda! Quería echarse encima de un lhasa apso; no estoy segura de si era para pelear o para tener sexo. Después de esa aventura estamos muertos de hambre los dos, así que... Y resulta que estoy hablando sola. —Se percató.

Frunciendo el ceño, cogió la nota de la encimera. Y el ceño se transformó en una deslumbrante sonrisa.

Ash los había dibujado sentados a la mesa de la terraza, brindando con tazas de café. Había añadido incluso a Earl Grey de pie sobre las patas de atrás y agitando las delanteras.

—Esto es un tesoro —murmuró mientras su corazón imitaba el bailoteo del perro en el dibujo—. ¿Quién iba a pensar que podía ser tan adorable? Bueno, Earl Grey, parece que vamos a desayunar en la terraza. Voy a por tu comida.

Ash estaba de pie junto a la alta pared orientada al oeste, pero se volvió cuando ella llegó haciendo equilibrios con el perrito y dos pequeños cuencos.

—Qué gran idea. —Dejó a Earl Grey a la sombra, con un cuenco de pienso canino, y llenó el otro de agua con la manguera—. Y mira qué bonito; tú y tu ojo de artista.

Había colocado en la mesa los cuencos azules con cereales, otro con fresas, unos vasos de zumo, una estriada jarra blanca de café con su recipiente para la leche y su azucarero a juego, y unas servilletas a rayas blancas y azules. Y había añadido una espiga de boca de dragón, que sin duda había robado de los tiestos del jardín, en un florero.

—No es una tarta, pero...

Fue hacia él y se puso de puntillas para besarle.

—Me chiflan los cereales de chocolate.

—Yo no iría tan lejos, pero no están mal.

Tiró de él hacia la mesa y a continuación se sentaron.

—Sobre todo me ha gustado el dibujo. La próxima vez me acordaré de peinarme antes de sacar al perro.

—Me gustas despeinada.

—A los hombres os gusta el look desgreñado. ¿Leche?

Ash ojeó el contenido de su cuenco con aire vacilante.

—¿Qué les sucede a estas cosas cuando les añades leche?

—Magia —prometió Lila y vertió leche para ambos—. Dios mío, hace un día precioso. La lluvia se lo lleva todo, incluyendo la humedad. ¿Qué vas a hacer esta mañana?

—Había pensado en investigar un poco más, pero me parece una pérdida de tiempo. Bien puedo esperar a ver qué tiene que contarnos Kerinov. A lo mejor trabajo un rato aquí arriba y hago unos dibujos. Nueva York a vista de pájaro. Y tengo que hacer algunas llamadas.

»No está mal —repitió cuando tomó una cucharada de cereales—. No tiene buena pinta, pero si no miras, está bueno.

—Yo voy a intentar trabajar. Y cuando el tipo ese venga aquí, ya veremos. ¿No deberíamos contemplar la posibilidad de que ellos, sean quienes sean, tengan ya el otro huevo? ¿El *Neceser*?

—Es posible. —No se le había ocurrido eso—. Pero no por Oliver, y los documentos los tenía él. He pasado mucho tiempo revisando sus papeles. Si tienen el *Neceser*, siguen queriendo el *Querubín con carruaje*. Pero teniendo en cuenta a Oliver, creo que él confiaba en sacar una pasta gansa por este y utilizar parte de ese dinero para financiar la búsqueda del otro huevo con el fin de sacar aún más pasta por este. Más y aún más, ese era el *modus operandi* de Oliver.

—Vale, pues continuaremos con ese supuesto. Es probable que el *Neceser* ya no esté en Rusia. Simplemente da la impresión de que no estaría perdido si hubiera permanecido en Rusia. Lo más seguro es que lo sacaran de contrabando o lo que sea. Las probabilidades de que lo tenga la misma persona con quien negoció tu hermano son muy pocas. Resulta difícil creer que una sola persona tuviera dos huevos, y él lo habría preguntado, ¿verdad...? Habría concertado la compraventa de ambos. ¿Más y aún más? —Dio un bocado a una fresa—. Así que eso elimina potencialmente Rusia y una única persona en Nueva York. Avancemos.

—Vamos a esperar a Kerinov.

—Vamos a esperarle. Odio esperar. —Apoyó la barbilla en la mano—. Ojalá supiera ruso.

—Lo mismo digo.

—Sé francés..., un poco. Muy poco. Solo tuve clases de francés en el instituto porque me imaginaba mudándome a París y viviendo en un pequeño pisito.

Ash se dio cuenta de que podía imaginarla allí. Podía imaginarla en cualquier parte.

—¿Qué ibas a hacer en París?

—Aprender a ponerme el pañuelo de un millón de formas distintas, comprar la barra de pan perfecta y escribir una brillante y trágica novela. Cambié de opinión cuando me di cuenta de que en realidad solo quería visitar París, ¿y para qué iba a querer escribir una brillante y trágica novela cuando no quiero leer una novela así?

—¿Cuántos años tenías cuando te diste cuenta de eso?

—Estaba en mi segundo año de universidad cuando una profesora de literatura inglesa, reseca, esnob y de mente estrecha, nos hizo leer novelas brillantes y trágicas una tras otra. De hecho, no entiendo qué tenían de brillantes algunas de ellas. La sorpresa fue que vendí un relato para *Historias asombrosas*; una especie de precursora, igual, ya que se convirtió en el principio de la que estoy escribiendo ahora. Estaba loca de emoción.

—¿Qué edad tenías? ¿Diecinueve o veinte? —Se había ocupado de buscar ese libro y leerlo; de hallar una mejor comprensión de la persona que Lila había sido—. Tenías motivos para estar loca de emoción.

—Exacto. Hasta mi padre se alegró.

—¿Hasta?

—No debería expresarlo así. —Se encogió de hombros para restarle importancia y tomó más cereales—. A su modo de ver, escribir ficción es un buen hobby. Pero dio por hecho que espabilaría y sería profesora universitaria. El caso es que se corrió la voz, y la noticia le llegó a esa profesora, que lo anunció en clase... y dijo que era un bodrio mal escrito y que cualquiera que leyera o escribiera esos bodrios estaba perdiendo el tiempo en su clase y en la universidad.

—Vaya, menuda bruja, y además celosa.

—Una bruja sin duda, pero lo creía a pies juntillas. Cualquier cosa escrita en los últimos cien años era un bodrio para ella. En cualquier caso, yo me tomé muy a pecho lo que dijo. Me largué de su clase y de la universidad. Para consternación de mis padres. Así que...

Hizo amago de encogerse de hombros otra vez, pero él le puso una mano sobre las suyas.

—Les diste una lección a todos.

—Eso no lo tengo yo tan claro. ¿Qué…?

—No, no me preguntes qué hice en mis años de universidad. ¿Qué hiciste cuando te marchaste?

—Realicé algunos cursos sobre escritura de ficción y creé un blog. Desde que mi padre empezó a farfullar con que el ejército me daría un propósito y una disciplina, serví mesas para no tener que sentirme culpable por aceptar su dinero cuando no iba a seguir su consejo ni por asomo. Ahora está orgulloso de mí. Sigue pensando que escribiré algo brillante, si no trágico, pero está conforme con lo que hago. En general.

Ash dejó a un lado a su padre por el momento. Lo sabía todo sobre padres que no estaban satisfechos con la orientación de la carrera de sus hijos.

—He comprado tu libro.

—No puede ser. —Sonrojada, encantada, estudió a Ash—. ¿Lo has hecho?

—Y lo he leído. Es divertido e ingenioso…, y es increíblemente visual. Sabes pintar un cuadro con palabras.

—Ese es un grandísimo cumplido viniendo de alguien que pinta cuadros de verdad. Además del cumplido que supone el que hayas leído una novela juvenil.

—No soy un adolescente, pero me ha enganchado. Entiendo por qué Rylee tiene mono del segundo libro. Y no te lo he dicho antes —agregó— porque creí que pensarías que lo decía para que te acostaras conmigo. Ahora ya es demasiado tarde para eso.

—Es… bonito. Y es probable que hubiera pensado eso; aun así habrías ganado los puntos. Pero de esta forma ganas más. Esto es precioso —le dijo abarcando con un gesto el horizonte—. Lujoso, aunque normal. Hace que los huevos imperiales y sus despiadados coleccionistas parezcan ficción.

—Kaylee podría buscar uno.

Pensando en su heroína de ficción, Lila meneó la cabeza.

—No, un Fabergé no, pero sí algún huevo místico de leyenda. Un huevo de dragón o uno mágico de cristal. Hum. Podría ser interesante. Y si quiero que haga algo, será mejor que me ponga a escribir.

Ash se levantó cuando lo hizo Lila.

—Quiero quedarme también esta noche.

—Oh. ¿Porque quieres acostarte conmigo o porque no quieres estar solo?

—Las dos cosas.

—Me gusta la primera razón. Pero no puedes asumir el papel de mi socio cuidador, Ash.

La tocó en el brazo cuando ella se dispuso a coger la bandeja.

—Por ahora dejémoslo en esta noche.

A su modo de ver, los planes a corto plazo funcionaban mejor.

—De acuerdo.

—Y mañana puedes dedicarme un par de horas en el estudio. Puedes traerte al perro.

—¿Puedo?

—Podemos ir a la panadería de Luke dando un paseo.

—Soborno con magdalenas. Mi favorito. De acuerdo. Veremos cómo va hoy. Kerinov es lo primero de la lista.

A Ash le gustaban las listas y los planes a largo plazo, y todos los pasos necesarios para ir de un punto a otro. Le gustaba estar ahí, con Lila. Pero empezaba a pensar en cómo podía ser, y qué podía requerir, llegar más lejos.

Cuando Lila regresó con Earl Grey de su paseo de la tarde, se encontró al portero hablando con un hombrecillo desgarbado, con barriga cervecera y una larga trenza canosa. Llevaba unos vaqueros descoloridos, una camiseta de los Grateful Dead y una deshilachada cartera al hombro.

Lo tomó por un mensajero y habría pasado por su lado con una sonrisa en los labios para el portero, pero lo oyó hablar con un apenas perceptible acento:

—Alexi Kerinov.

—¿Señor Kerinov?

Había esperado a alguien más mayor, a quien calculaba una edad de cincuenta y pico; alguien trajeado, con el pelo blanco y quizá una muy cuidada perilla.

Él la miró con desconfianza con sus gafas ahumadas.

—Sí.

—Soy Lila Emerson. Estoy con Ashton Archer.

—Ah, sí. —Le tendió una mano, tan suave como el culito de un bebé—. Es un placer conocerla.

—¿Le importaría enseñarme alguna identificación?

—No, desde luego. —Sacó una cartera y le ofreció su carnet de conducir. Se percató de que tenía el de moto.

No, pensó, en absoluto era como se había imaginado.

—Le llevaré arriba. Gracias, Dwayne.

—De nada, señorita Emerson.

—¿Puedo dejar mi maleta? —Señaló la maleta de ruedas a su lado.

—Claro —le dijo Dwayne—. Yo se la guardaré.

—Gracias. He estado en Washington —le contó a Lila mientras la seguía al ascensor—. Un viaje de negocios corto. ¿Es un perrito enano? —Acercó el dorso de la mano para que Earl Grey lo olisqueara—. Mi suegra tiene uno llamado Kiwi.

—Este es Earl Grey.

—Muy distinguido.

—Bueno, ¿es usted fan de los Grateful Dead? —Señaló su camiseta con la cabeza y vio que él sonreía.

—Fue el primer concierto al que asistí cuando vine a Estados Unidos. Me transformó.

—¿Cuánto hace que vive aquí?

—Tenía ocho años cuando nos marchamos de lo que fue la Unión Soviética.

—Antes de que cayera el muro.

—Sí, antes. Mi madre era bailarina del Bolshoi; mi padre, profesor de historia, y un hombre muy listo que mantuvo tan en secreto sus inclinaciones políticas que ni siquiera sus hijos lo sabíamos.

—¿Cómo consiguieron salir?

—A mi hermana y a mí nos permitieron asistir a una actuación en Londres de *El lago de los cisnes*. Mi padre tenía amigos en Londres, tenía contactos. Mi madre y él lo planearon durante meses, sin decirnos nada ni a Tallia ni a mí. Una noche después de una actuación cogimos un taxi; una cena tardía, pensamos mi hermana y yo, pero el conductor no era taxista. Ese amigo de mi padre nos llevó como un loco por las calles de Londres hasta la embajada, y allí nos dieron asilo. Y desde allí vinimos a Nueva York. Fue muy emocionante.

—No me cabe duda. Tan emocionante para un chico de ocho años como aterrador debió de ser para sus padres.

—No entendí el riesgo que corrieron hasta que todo terminó. Verá, en Moscú gozábamos de una buena vida, privilegiada incluso.

—Pero querían libertad.

—Sí. Más por sus hijos que por ellos mismos, y nos hicieron ese regalo.

—¿Dónde están ahora?

—Viven en Brooklyn. Mi padre ya está jubilado, pero mi madre tiene una pequeña academia de danza.

—Lo dejaron todo —dijo cuando salieron del ascensor— para darles a sus hijos una vida en Estados Unidos. Son unos héroes.

—Sí, usted lo entiende. Les debo... a Jerry García y todo lo demás. ¿Usted también era amiga de Vinnie?

—No, en realidad no. Pero ustedes sí lo eran. —Abrió la puerta del ático—. Lo siento.

—Era un buen hombre. Su funeral es mañana. Nunca pensé... Hablamos hace solo unos días. Cuando leí los documentos, pensé que Vinnie iba a volverse loco. Estaba impaciente por hablar con él, por regresar y verle y planear qué hacer. Y ahora...

—Tiene que enterrar a un amigo. —Le puso la mano en el brazo y lo condujo dentro.

—Esto es maravilloso. ¡Menudas vistas! Esto es un Jorge III. —Fue derecho a un armario dorado—. Precioso, perfecto. De alrededor de 1790. Veo que colecciona cajitas de rapé. Esta de ópalo es especialmente delicada. Y esta... Lo siento. —Se volvió hacia ella sacudiendo las manos en el aire—. Mi interés hace que me olvide de todo.

—Un interés que compartía con Vinnie.

—Sí. Nos conocimos compitiendo en una subasta por una silla *bergère* de mimbre satinado.

Percibió el afecto y la tristeza en su voz.

—¿Quién ganó?

—Él. Era una fiera. Tiene usted un gusto exquisito, señorita Emerson, y un muy buen ojo.

—Llámeme Lila, y en realidad no...

Ash salió del ascensor. Con un rápido vistazo a Kerinov, fue con celeridad hacia Lila y se situó delante de ella.

—Ash, este es Alexi Kerinov. Lo he conocido en el vestíbulo cuando volvía con Earl Grey.

—Llega pronto.

—Sí, el tren ha llegado temprano, y he tenido suerte con el taxi. He venido directamente aquí, tal y como me pidió. —Kerinov levantó las manos, como si se rindiera—. Hace bien en ser cauto.

—Me ha enseñado su carnet de conducir antes de subir. Tiene usted una moto.

—Así es, una Harley, una V-Rod. A mi mujer le gustaría que no. —Esbozó una pequeña sonrisa, pero mantuvo la mirada fija en Ash con cautela—. Hay una fotografía suya —le dijo Kerinov—, con Oliver y su hermana Giselle, entre las fotos de los hijos de Vinnie, sobre la mesa de marquetería de estilo William y Mary en la sala de la primera planta de la casa de Vinnie. Le consideraba a usted como si fuera de su sangre.

—Yo sentía lo mismo. Le agradezco que haya venido. —Ash le tendió la mano.

—Estoy nervioso —confesó—. Apenas he dormido desde que hablamos. La información de los documentos es importante. En mi mundo, a menudo se habla, corren rumores acerca de nueva información sobre los huevos imperiales perdidos. En Londres, en Praga, en Nueva York. Pero nada que lleve a ninguno de ellos. Pero ¿esto? Tienen aquí una especie de mapa, un itinerario. Nunca me he topado con nada tan concluyente.

—Deberíamos sentarnos —dijo Lila—. ¿Preparo té? ¿Café? ¿Algo fresco?

—Algo fresco sería de agradecer.

—Utilizaremos el comedor —decidió Ash—. Será más fácil ver lo que tiene.

—¿Puede decirme qué sabe la policía? Sobre Vinnie. Y Oliver. Debería haberle dado el pésame por su hermano. Lo conocí en la tienda de Vinnie. Era tan joven —repuso con verdadero pesar—. Era realmente encantador.

—Sí, lo era.

—¿Eran suyos los documentos? ¿De Oliver?

—Él los tenía. —Ash le indicó a Kerinov una silla junto a la larga mesa.

—Y murió por ellos, igual que Vinnie. Murió por aquello a lo que conducen. Estos huevos valen una suma descomunal de millones de dólares. ¿En el plano histórico? Su recuperación no tiene precio. Para un coleccionista, su valor es incalculable. Hay quien mataría sin vacilar por hacerse con ellos. Una vez más, en el plano histórico, ya pesa sobre ellos la sangre de los zares. —Sentado, Kerinov abrió su cartera y sacó un sobre de papel manila—. Estos son los documentos que me dio Vinnie. Debería guardarlos a buen recaudo.

—Lo haré.

—Y mis traducciones. —Sacó otros dos sobres—. Uno por cada huevo. También debería guardar estos a buen recaudo. Los documentos estaban principalmente en ruso, tal y como Vinnie, y pienso que usted, creía. Algunos estaban en checo. Me ha llevado más tiempo traducir esas partes. ¿Puedo? —preguntó antes de abrir un sobre—. Mire esta descripción de aquí; esta ya la conocemos por la factura de Fabergé, por el inventario documentado de la incautación de los tesoros imperiales en 1917, durante la revolución.

Ash leyó la traducción mecanografiada del *Querubín con carruaje*.

—Este huevo fue encargado por Alejando III para su esposa María Feodorovna. En su momento costaron doscientos treinta mil rublos. Una grandísima suma para la época, y algunos dirían que más que frívola teniendo en cuenta las condiciones del país, de su gente. Pese a todo, no es nada comparada con su valor actual.

»Gracias —dijo cuando Lila entró y dejó una bandeja con una jarra de limonada y altos vasos con hielo—. La limonada es lo que más me gusta.

—A mí también.

Cogió su vaso en cuanto ella le sirvió y tomó un buen trago.

—Tengo la garganta seca. Esto es terrible y emocionante a la vez.

—Como huir de su país después de asistir al ballet.

—Sí. —Tomó aire despacio—. Sí. Nicolás, que fue zar después que su padre, envió a millones de campesinos a la Primera Guerra Mundial. La gente, el país, pagó un precio enorme, y se fraguó la revolución. Los trabajadores se unieron para derrocar al gobierno. Los soviéticos se opusieron al gobierno provisional, compuesto por banqueros y miembros de esa élite. Lenin tomó el poder con un baño de sangre en el otoño de 1917, y confiscó el tesoro imperial, las propiedades. La familia real fue masacrada. Parte del tesoro se vendió; eso está documentado. Lenin quería moneda extranjera en sus arcas y quería el fin de la guerra. Esto es historia, lo sé, pero el marco histórico es importante.

—De su padre aprendió a valorar la historia. —Lila miró a Ash—. Su padre era profesor de historia en la Unión Soviética antes de que escaparan.

A Ash no le sorprendió lo más mínimo que ella ya conociera la biografía familiar de Kerinov.

—De mi padre, sí. Aprendimos la historia de nuestro país; también de otros, pero aprendimos la de nuestro país de nacimiento. —Kerinov tomó otro trago—. Así que la guerra continuó y los intentos de Lenin por negociar la paz con Alemania fracasaron. Perdió Kiev, y el enemigo estaba a solo unos kilómetros de Petrogrado cuando se firmó el tratado y el Frente Oriental dejó de ser zona de guerra.

—Una época terrible —murmuró Lila—. ¿Por qué no aprendemos de ella?

—Mi padre diría que quienes tienen el poder suelen codiciar más. Dos guerras, la civil y la mundial, costaron a Rusia sangre y tesoros, y la paz también tuvo un precio. Parte del tesoro de los zares se vendió de inmediato y se hizo en silencio. Y otra parte permaneció en Rusia. De los cincuenta huevos imperiales, todos menos ocho han acabado en museos o colecciones privadas. Eso lo sabemos —agregó. Luego puso el dedo sobre la copia impresa que había sacado—. Aquí vemos que el *Querubín con carruaje* se vendió en 1924. Eso fue después de la muerte de Lenin y durante la lucha de poder con el colectivo de la troika, justo antes de que Stalin se hiciera con el poder. Guerra y política. Al parecer uno de la troika consiguió acceder a parte del tesoro y tal vez vendiera el huevo a Vladimir Starski por dos mil rublos solo en beneficio propio. Menos de su valor, pero una enorme suma para un soviético. Aquí se afirma que Starski se llevó el huevo a su casa en Checoslovaquia como regalo para su esposa.

—¿Y no está documentado de forma oficial porque, en esencia, el huevo fue robado?

Kerinov asintió mirando a Lila.

—Sí. Según el estado de derecho y la cultura de aquella época, el tesoro pertenecía a los soviéticos. Pero el huevo viajó a Praga y permaneció allí hasta que se vendió de nuevo en 1938. En ese año, los nazis invadieron Checoslovaquia, y el objetivo de Hitler era absorber el país y a su gente, y deshacerse de la clase intelectual. El hijo de Starski lo vendió a un estadounidense, Jonas Martin, de Nueva York, por la suma de cinco mil dólares americanos.

—Puede que ese Starski estuviera desesperado —consideró Lila—. Puede que vendiera tantos objetos de valor como pudo para sacar a su familia y a sí mismo de Checoslovaquia, para alejarse de la guerra. Para viajar ligero, con los bolsillos llenos, y alejarse de Hitler como alma que lleva el diablo.

—Eso es lo que yo creo. —Kerinov dio un golpecito en la mesa con el dedo para recalcar que estaba de acuerdo—. Otra vez la guerra, más sangre. Por lo que he podido averiguar del tal Jonas Martin, se trataba de un rico banquero estadounidense. Y el dinero no debía de suponer mucho problema para él. Creo que el huevo fue una especie de bagatela, un ornamentado souvenir. El hijo de Starski lo vendió, puede que sin saber sus orígenes a fondo. Llega entonces a Nueva York, a una elegante casa en Sutton Place.

—Donde Oliver le sigue el rastro hasta la heredera de Martin, Miranda Swanson.

—La nieta de Jonas Martin. El documento acaba con la venta a Martin. Pero... —Kerinov abrió el segundo sobre—. El *Neceser*. La descripción, igual que con el *Querubín con carruaje*. Y su historia, lo mismo. La guerra, la revolución, un cambio de poder. Confiscado, con una última entrada oficial en 1922 y su transferencia al Sovnarkom. De ahí viaja con el primer huevo, (una pareja, podría decirse), de Rusia a Checoslovaquia y de ahí a Nueva York. De Alejando a María, a Lenin, al ladrón de la troika, a Starski, a su hijo y a Martin.

—Ambos en Nueva York. —Ash miró a Lila—. En eso estábamos equivocados.

—Ambos juntos —confirmó Kerinov— hasta el 12 de junio de 1946, cuando el *Neceser* hizo otro viaje. Este... Discúlpenme. —Abrió el sobre que contenía los documentos rusos—. Aquí y aquí —dijo señalando con el dedo una sección—. Esto es ruso otra vez, pero no es correcto a nivel gramatical y tampoco en parte de la ortografía. Esto fue escrito por alguien que no dominaba bien el idioma, pero que tenía conocimiento práctico del mismo. Habla del huevo no por el nombre, sino por la descripción. Lo llama «huevo estuche con joyas». Es un juego de manicura de señora de trece piezas. Ganado por Antonio Bastone a Jonas Martin Junior en un póquer de cinco cartas.

—Es una variante del póquer —murmuró Lila.

—Eso interpreto yo. Como he dicho, no es del todo correcto, pero se entiende. Y, como ven, hablan de Martin Junior.

—El hijo apostó lo que pensaba que no era más que una fruslería, probablemente cuando se quedó corto de dinero y creyó que tenía una mano ganadora.

Kerinov asintió ante las palabras de Ash.

—Presuntamente sí. ¿Ve esto? Valor acordado de ocho mil. «Jonnie el Cenizo», dice. Encontré al joven Martin en el *Who's Who* de ese año. Tenía veinte y estudiaba Derecho en Harvard. Todavía no he encontrado más sobre el tal Antonio Bastone.

—Casi como una broma —intervino Lila— agregada al documento en ruso. Nunca se molestaron en averiguar qué era lo que tenían. Y está claro que al tal Jonnie le importaba un pepino. Vamos a jugárnoslo; no es más que otra baratija que hay en la casa.

—Es algo que Oliver habría hecho —repuso Ash en voz queda—. Con la misma despreocupación. Eso lo convierte en una especie de círculo, ¿no?

Lila cubrió la mano de Ash con las suyas y entrelazó los dedos.

—Oliver no tuvo oportunidad de aprender de sus errores. Nosotros tenemos ahora la oportunidad de hacerlo bien.

—Podemos encontrarlos. —Kerinov se inclinó hacia delante con avidez y apremio—. Lo creo firmemente. Hay que investigar la historia más a fondo, hay que rellenar los huecos. Pensar en dónde han estado, adónde han viajado. A lo que han sobrevivido. No están perdidos porque se pueden encontrar. Vinnie..., nosotros habríamos cogido un vaso de vodka y habríamos brindado por la búsqueda.

—¿Y qué haría si los encontrase? —preguntó Ash.

—Tienen que estar en un museo. Aquí en Nueva York. En la mejor ciudad del mundo. Es posible que los rusos se quejaran, pero están los documentos. Está todo aquí. Vendido y vendido. Son magníficas obras de arte, piezas históricas. Deberían pertenecer al mundo. —Cogió su copa de nuevo y, acto seguido, la dejó con brusquedad—. No tendrán intención de quedárselos, ¿verdad? ¿De colocarlos en una caja de cristal y ocultarlos al resto del mundo? Señor Archer, es usted un hombre rico y puede permitirse ser generoso. Es un artista, así que debe comprender la importancia de que el arte sea accesible.

—No tiene que convencerme. Quería saber cuál era su opinión. ¿Lila?

—Sí.

—De acuerdo. Oliver adquirió estos documentos y el *Querubín con carruaje*.

—Lo siento, ¿«y»? ¿No querrá decir «del»?

—Y —repitió Ash—. Adquirió los documentos y el huevo.

Kerinov casi se cayó de la silla. Su rostro se tornó pálido como la muerte y luego se llenó de un intenso color.

—Dios mío. Dios mío. ¿Él...? ¿Lo tiene usted? ¿Tiene uno de los huevos imperiales perdidos? ¿En este piso? Por favor, tengo que...

—Aquí no. Está a buen recaudo. Creo que Oliver llegó a un acuerdo con alguien y que luego lo incumplió intentando subir el precio inicial. Eso hizo que lo mataran a él y a su novia. Y Vinnie ha sido asesinado por intentar ayudarme a atar los cabos. Esto es más que una búsqueda del tesoro.

—Lo entiendo. Por favor, un momento. —Se levantó, fue hasta la ventana, luego hasta la mesa y de nuevo a la ventana—. El corazón me late a mil por hora. Pienso en qué diría mi padre, un hombre que estudia el pasado y al que poco le importan los juguetes de los hombres ricos. ¿Qué diría él si pudiera contarle que su hijo ha sido en parte responsable de devolverle al mundo este pedazo de historia? —Volvió a la mesa y se sentó tan despacio y con tanto cuidado como un anciano—. Quizá sea una estupidez pensar en mi padre en semejante momento.

—No. —Lila meneó la cabeza—. No. Todos queremos que estén orgullosos.

—Le debo muchísimo. —Kerinov se palmeó la camiseta—. Para mí, que soy un hombre que considera arte los juguetes de los tipos ricos, este es el trabajo mi vida. Vinnie... —Su voz se fue apagando, y se presionó los ojos con los dedos. Cuando los apartó, entrelazó las manos sobre la mesa—. Me han dado su confianza. Les estoy agradecido. Me siento abrumado.

—Vinnie confiaba en usted.

—Haré por ustedes lo mismo que habría hecho por él. Todo lo que pueda. Él pensaba en usted como si fuera de su sangre —repitió Kerinov—. Así que haré todo lo que pueda. Han visto de verdad el huevo. Lo han tocado.

Sin decir nada, Ash sacó su móvil del bolsillo y le mostró las fotografías que había tomado.

—Dios mío. Dios mío. Es mucho más que exquisito. Por lo que sé, tiene la única fotografía nítida de esta obra de arte. Un museo, el Metropolitano, debería tener esta pieza. No se debe ocultar de nuevo.

—Cuando esto haya terminado, nadie lo ocultará. La gente que lo quiere ha matado a dos miembros de mi familia. No solo es una obra de arte, un pedazo de historia, sino que además es mi moneda de cambio. Y ahora hay otro. Quiero encontrarlo antes que ellos. Para hacerlo, tenemos que localizar a Antonio Bastone, o más probablemente a sus herederos. Si sigue con vida, debe de tener unos noventa años, así que no hay muchas posibilidades.

—Las probabilidades de que lo vendiera de nuevo, lo perdiera en otra partida de póquer o se lo regalase a alguna mujer no son pocas. —Lila levantó las manos—. Pero no creo que, ni siquiera para los hijos de los hombres ricos, si es que este era rico como Jonnie el Cenizo, ganar una brillante baratija en una partida de póquer sea algo normal. Así que tal vez la historia pasó de generación en generación, y el hecho de apostar la baratija se repitió. En cualquier caso, es un buen punto de partida.

—Facultad de Derecho de Harvard, 1946. Tal vez Martin y Bastone fueran juntos a la universidad. Y a lo mejor Miranda Swanson sabe algo de la historia. Puedo tirar de esos hilos —decidió Ash.

—Yo investigaré más. Tengo algo de trabajo, pero puedo pasarlo a otra persona. Me centraré en esto. Estoy agradecido por formar parte de esto, parte de la historia. —Después de una prolongada mirada, Kerinov le devolvió el móvil a Ash.

—Denme un minuto. —Lila se puso en pie y salió.

—Esto ha de mantenerse en secreto —comentó Ash.

—Entendido. Tiene mi palabra.

—Incluso a su familia.

—Incluso a ellos —convino Kerinov—. Conozco a algunos coleccionistas, sé de otros que conocen a más. Con mis contactos puedo averiguar quién podría tener un interés especial en Fabergé o en las antigüedades rusas.

—Sea muy precavido al preguntar. Ya han matado tres veces. No vacilarán en matar de nuevo.

—Hacer preguntas es mi trabajo, recabar información sobre coleccionistas y colecciones. No preguntaré nada que levante sospechas.

Lila regresó con tres vasos de chupito y una botella helada de Ketel One en una bandeja.

Kerinov la miró con ojos afectuosos.

—Es muy amable.

—Creo que la ocasión lo requiere. —Sirvió tres chupitos de vodka helado y cogió el suyo—. Por Vinnie.

—Por Vinnie —murmuró Kerinov y se bebió el chupito de un trago.

—Y una más. —Lila sirvió de nuevo—. Por la subsistencia del arte. ¿Cuál es el equivalente de «salud» en ruso, Alexi?

—Si brindara a su salud diría *Za vashe zdorovye*.

—Vale. *Za vashe zdorovye*.

—Tiene buen oído. Por la resistencia del arte, a nuestra salud, y por el éxito.

Chocaron sus vasos, tres brillantes notas fundiéndose en una.

Y eso, pensó Lila mientras se bebía el vodka, señalaba el siguiente paso.

18

Lila dejó a un lado su trabajo durante el resto del día y pensó en las ventajas de la tecnología. Mientras Ash hacía sus llamadas a contactos de Harvard, ella probó con las redes sociales.

Quizá un hombre, si aún seguía con vida, que casi había alcanzado el siglo de edad no tuviera página en Facebook, pero imaginaba que había muchas probabilidades de que algunos de sus descendientes sí.

Un nieto, tal vez, que se llamara igual que su abuelo. Una nieta... ¿Antonia? Pensó que valía la pena escarbar en Google y Facebook usando lo poco que sabían.

Valía la pena añadir a Jonas Martin, pensó; ahondar más para ver si podía encontrar una conexión de amigos comunes enlazando cada nombre.

Le hizo señales a Ash para que se acercara cuando este titubeó en la amplia arcada del comedor.

—No estoy escribiendo. Estoy investigando a mi manera. ¿Has tenido suerte?

—Un amigo le pidió un favor a un amigo, y encontré un enlace al anuario de la facultad de Derecho de Harvard. No se publicó ninguno de 1943 a 1945, pero sí hay uno de 1946, sin fotografías. Voy a conseguir acceso a este y, teniendo en cuenta la edad de Martin, a los de un par de años después.

Lila se echó hacia atrás.

—Esto está muy bien.

—Podría contratar a un detective para que se ocupe de todo esto.

—¿Y privarnos de la diversión y la satisfacción? Yo estoy merodeando por Facebook.

—¿Facebook?

—Tú tienes un perfil en Facebook —señaló—. Acabo de mandarte una solicitud de amistad, por cierto. De hecho, parece que tienes dos cuentas: una personal y otra profesional. No has actualizado tu perfil profesional desde hace más de dos meses.

—Te pareces a mi agente —farfulló—. Subo arte nuevo cuando me acuerdo. ¿Por qué estás merodeando por Facebook?

—¿Para qué tienes una cuenta personal?

—Si lo pienso bien, ayuda a ver qué hace la familia.

—Exacto. Apuesto a que algunos miembros de las familias Bastone y Martin hacen los mismo. Bastone..., nombre italiano. Seguro que no sabías que Italia es el noveno país con más usuarios en Facebook a nivel mundial.

—No puedo decir que lo supiera.

—También hay sesenta y tres Antonio Bastone en Facebook, y tres Antonia. Ahora estoy probando con Tony y Toni, con «i» latina. También está Anthony; es otra posibilidad. Voy a revisarlos y a ver si puedo acceder a su lista de amigos. Si encuentro a un Martin en ella, o a un Swanson, ya que es el apellido de los herederos de Martin, podría ser una mina de oro.

—Facebook —repitió haciéndola reír.

—Tú no crees en ello porque ni siquiera eres capaz de mantener tu perfil actualizado.

Se sentó frente a ella.

—Lila.

Ella apartó su portátil y unió las manos sobre la mesa.

—Ashton.

—¿Qué vas a hacer con esos sesenta y tres nombres en Facebook?

—Creo que tendremos más con la búsqueda de Tony/Toni. La lista de amigos, como ya he dicho. Con esa conexión o sin ella empezaré a contactar vía Facebook, a preguntar si son descendientes del Antonio Bastone que fue a Harvard en los años cuarenta. No estamos seguros a ciencia cierta de que lo hiciera; joder, por lo que sabemos, podrían haberse conocido en un club de *striptease*, pero usar ese punto de partida puede darnos un impulso considerable. Podría tener suerte, sobre todo si comparo datos con Google.

—Eso es muy creativo.

—La creatividad es mi dios. La tecnología, mi adorado amante.

—Disfrutas con esto.

—Lo sé. Una parte de mí dice que no debería porque, si tengo suerte, hay alguien ahí fuera que me matará por ello a la menor oportunidad. Pero no puedo evitarlo. Todo es realmente fascinante.

Ash le asió la mano.

—No voy a dejar que nada te pase. Y no me digas que puedes cuidarte solita. Te advierto que ahora estás conmigo.

—Ash…

Él le asió la mano con más firmeza.

—Estás conmigo. Puede que ambos necesitemos tiempo para acostumbrarnos, pero así son las cosas. He hablado con Bob.

La mente de Lila intentó girar en la nueva dirección.

—¿Con quién?

—Con mi hermano Bob.

Entre las Giselle, las Rylee y los Esteban, ¿había un Bob?

—Necesito una copia de tu hoja de cálculo.

—Bob hoy está en casa de Angie. Frankie y él… Frankie es el hijo mayor de Vinnie. Bob y él están muy unidos. Le he pedido a mi hermano que hable con Frankie para conseguirme la información que Vinnie tenía sobre la propiedad de Swanson y las adquisiciones de las que Oliver se ocupó.

—Para que puedas ver si hay algo relacionado con el *Neceser* o con Bastone.

—Es improbable, pero ¿por qué no intentarlo? He hecho otra llamada a los Swanson. La cual me ha llevado a llamar a mi madre. Ella conoce a todo el mundo y tiene cierta relación con Miranda Swanson, a quien describe como una lerda elegante. Mi madre ha accedido a hacer unas llamadas y a averiguar dónde están pasando las vacaciones Miranda Swanson y su marido, Biff.

—En realidad, no se llama Biff. No es posible que alguien se llame Biff.

—Según mi madre, él sí. —Miró el móvil, que había dejado sobre la mesa, cuando este sonó—. Es evidente que debería haber llamado a mi madre mucho antes. Mamá —dijo cuando respondió—. Actúas deprisa.

Lila le dejó con su llamada y fue arriba a por unos zapatos, una gorra de béisbol y sus gafas de sol. Se guardó en el bolsillo su pequeña cartera de cremallera, con las llaves, algo de dinero y el carnet de identidad. Luego se dirigió abajo y se encontró a Ash en mitad de la escalera.

—¿Adónde has ido? —peguntó él—. O, mejor dicho, ¿adónde vas?

—He subido a por lo que necesitaba para llevarme a Earl Grey a dar… un paseo. O, mejor dicho, lo que necesitaba para que los dos lo saquemos de paseo. A ti tampoco te vendría mal una caminata por el parque…, y luego puedes contarme lo que te ha dicho tu madre.

—Vale. —Estudió su gorra… y entrecerró los ojos—. Eres seguidora de los Mets.

Ella se limitó a levantar los puños.

—Adelante, empieza.

Ash meneó la cabeza.

—Esta es una dura prueba para nuestra relación. Iré a por la correa.

—Y bolsitas —le dijo alzando la voz.

Pertrechada, y arrastrada por un entusiasmado Earl Grey, bajaron a la calle y luego tomaron la escalera que conectaba Tudor City con el parque.

—¿Es esta una señal? —se preguntó Lila—. Bajar la escalera de Sharansky, así llamada en honor al disidente ruso.

—Creo que, en cuanto esto haya terminado, habré alcanzado mi cupo de cosas rusas durante una buena temporada. Pero tienes razón sobre el paseo por el parque. Me viene bien.

Dejó que el aire lo envolviera, y el murmullo del tráfico de la Primera Avenida, mientras recorrían el ancho sendero detrás del minúsculo perro saltarín, pasando bajo las intermitentes sombras de los algarrobos.

Desde ahí rodearon uno de los jardines y se adentraron en la quietud y la tranquilidad de un sombreado oasis urbano. Había otras personas caminando por allí; empujando carritos de bebés o de niños, paseando perros, pavoneándose con dispositivos de bluetooth en la oreja o, en el caso del tipo de escuálidas piernas blancas enfundadas en unos pantalones cortos de compresión, moviendo el esqueleto al ritmo de lo que estuviera escuchando a través de los auriculares.

—Así que era tu madre —comentó Lila mientras Earl Grey olisqueaba la hierba, meneando el cuerpo entero.

—Ha echado un vistazo a su agenda; si piensas que mi hoja de cálculo es grande, deberías ver la agenda social de mi madre. Podrías planear una guerra. Ha llamado a algunos conocidos que tienen amistad con Miranda Swanson. Están en los Hamptons hasta después del día del Trabajo, aunque harán algún viaje ocasional a la ciudad para reunirse con amigos o, en este caso, atender algunos asuntos. Mi madre tiene una dirección y el número de móvil de Miranda Swanson.

—Llámala. —Lila le agarró de la mano y lo condujo hasta un banco—. Llámala ahora.

—En realidad, no tengo que hacerlo. Ya lo ha hecho mi madre.

—Sí que actúa deprisa.

—Como el rayo. Ella, que también está en los Hamptons, se ha agenciado una invitación a un cóctel en casa de los Swanson esta noche. La invitación nos incluye a mí y mi acompañante. ¿Quieres asistir a un cóctel en la playa?

—¿Esta noche? No tengo nada que ponerme para un cóctel en la playa…, en los Hamptons.

—Es en la playa. Será bastante informal.

—¡Hombres! —farfulló—. Necesito un vestido. —Salir iba a dejarla sin pasta, pensó—. Lleva tú a Earl Grey a casa, ¿vale? —Rebuscó su llave y se la pasó, seguida de la correa—. Tengo que ir de compras.

Se marchó corriendo, dejándole atrás.

—No es más que la playa —repitió.

Había obrado milagros según su criterio. Un fresco y playero vestido rosa con una espalda muy, muy escotada, surcada por unos tirantitos muy finos. Sandalias estilo romano en color turquesa, y un capazo de mimbre a rayas de ambos colores, lo bastante grande para llevar en él su principal accesorio.

Un precioso perrito en miniatura.

Su teléfono móvil sonó mientras se aplicaba otra capa de máscara de pestañas.

—¿Lista? —preguntó Ash.

—Dos minutos.

Colgó irritada porque él hubiera conseguido volver a su apartamento, cambiarse y regresar en menos tiempo del que a ella le había llevado vestirse. Metió las provisiones para el perro en su nuevo capazo y luego metió también al animal. Dobló el pañuelo que la dependienta le había convencido para que comprase —turquesa con ondas de vivo rosa— junto al perro y, acto seguido, salió pitando para no sobrepasar los dos minutos.

Ya fuera del edificio encontró a Ash apoyado en un Corvette antiguo, charlando con el portero.

—Permítame a mí, señorita Emerson. —El portero abrió la puerta del coche—. Que disfrute de una velada maravillosa.

—Tienes coche.

—Así es. No lo uso demasiado.

—Tienes un coche chulísimo.

—Si vas a llevar a una mujer guapa a la playa, deberías hacerlo en un coche chulísimo.

—Bien jugado. Estoy nerviosa.

—¿Por qué?

Maniobró entre el tráfico como si condujera a diario, con implacable determinación.

—Por todo. He imaginado que Miranda nos dice: «¡Oh, Antonio! Por supuesto, un viejo y querido amigo. Lo tenemos en ese rincón de ahí. Vaya a saludarle».

—No creo que pase eso.

—Pues claro que no, pero se me vino a la cabeza. Entonces nos acercamos y él dice... o grita, porque me lo imagino sordo como una tapia: «¿Póquer? ¡Jonnie el Cenizo! Esos sí que eran buenos tiempos». Luego nos cuenta que le dio el huevo a la chica con la que se acostaba en esa época. ¿Cómo se llamaba? Él profiere una carcajada y entonces la palma de repente.

—Al menos muere con un recuerdo feliz.

—En otra versión, la bruja asiática irrumpe allí, vestida de Alexander McQueen, estoy segurísima, y retiene a todos a punta de pistola mientras su jefe entra detrás de ella. Se parece a Marlon Brando. No el Brando guapo y sexy de las viejas películas en blanco y negro, sino el Brando gordo. Lleva un traje blanco y un sombrero panamá.

—Es la playa en verano.

—Como esta es mi fantasía, yo sé kung-fu, y la bruja asiática y yo nos ponemos en guardia. Le pateo el culo a base de bien, y tú mantienes a raya al jefe.

Ash le lanzó una mirada antes de meterse entre dos taxis.

—Tú tienes a una mujer guapa, ¿y yo tengo al Brando gordo? No me parece justo.

—Así son las cosas. Pero cuando pensamos que todo va bien, sucede algo terrible. No puedo encontrar a Earl Grey. Busco por todas partes, pero no puedo encontrarlo. Todavía tengo el estómago un poco revuelto por culpa de eso.

—Entonces es una suerte que no haya pasado... ni que vaya a pasar.

—De todas formas, ojalá supiese kung-fu. —Echó un vistazo al capazo, en el que Earl Grey estaba acurrucadito, durmiendo.

—¿Qué llevas ahí? No habrás metido al perro, ¿verdad? ¿Te has traído al perro?

—No podía dejarlo. Es responsabilidad mía. Además las mujeres tienen miniperros como este para poder llevarlos de un sitio a otro en sus elegantes bolsos. —Le miró risueña—. Pensarán que soy una excéntrica.

—¿De dónde sacarían esa idea?

Le encantaban los sitios nuevos y, aunque no habría elegido la casa en los Hamptons de los Swanson para sí, era capaz de valorar el diseño de la vivienda. Toda blanca, con toneladas de cristal, estilizada y ultramoderna, ofrecía blancas terrazas adornadas con blancas macetas llenas de flores rojas.

No era casualidad, pensó, sino que constituía un testimonio del dinero y de un definido estilo contemporáneo.

La gente ya se relacionaba en las terrazas; mujeres con vaporosos vestidos; hombres con trajes de colores claros y chaquetas de sport. La luz era potente, y el murmullo de las olas se mezclaba con la música que salía de las ventanas abiertas.

Vio a camareros con bandejas con lo que a su parecer eran cócteles Bellini, champán, cerveza y aperitivos.

Dentro, el cielo y el mar imponían su presencia a través de las paredes de cristal. Pero tanto blanco hacía daño a los ojos, helaba la piel.

Muebles con apliques plateados o acabados de espejo se combinaban con los rojos, azules y verdes de las sillas y los sofás, y los mismos colores se repetían en las pinceladas y toques de las obras de arte enmarcadas en plateado y colgadas en las blancas paredes.

No había nada delicado por ninguna parte, pensó Lila.

—No podría trabajar aquí —le murmuró a Ash—. Me produciría jaqueca constantemente.

Una mujer —de blanco, por supuesto, baja y ceñida— se acercó con premura a ellos. Llevaba el cabello rubio platino recogido y tenía unos ojos de un verde tan intenso que Lila atribuyó a las lentes de contacto.

—¡Tú debes de ser Ashton! —Agarró a Ash de la mano y luego se arrimó para besarle en ambas mejillas al estilo europeo—. ¡Me alegro mucho de que hayas podido venir! Soy Miranda.

—Ha sido muy amable por tu parte al invitarnos. Miranda Swanson, esta es Lila Emerson.

—Pero si eres tan encantadora como un helado de fresa. Dejad que os traiga una copa. —Agitó el dedo en el aire sin mirar a ningún lado—. Estamos tomando unos Bellini. Naturalmente podemos traeros cualquier otra cosa que os apetezca.

—Me encantaría tomar uno. —Lila le brindó una sonrisa muy despacio. Sintió una pequeña punzada de compasión.

Estimaba que la mujer debía ser de la edad de la madre de Ash, pero Miranda se había esculpido hasta acabar siendo un palillo, que parecía andar a base de una nerviosa energía y la efervescente sustancia que contenía su copa, fuera la que fuese.

—Tenéis que venir a conocer a todo el mundo. Aquí tenemos un ambiente muy informal. Me encantó que tu madre me llamara, Ashton. No tenía ni idea de que estuviera aquí, pasando parte del verano.

Lila cogió una copa de la bandeja del camarero.

—Tienes una casa preciosa.

—La adoramos. Rehicimos por completo la casa cuando la compramos el año pasado. Es una maravilla salir de la ciudad con tanto calor y tantas aglomeraciones. No me cabe duda de que sabéis bien a qué me refiero. Dejad que os presente a...

Earl Grey aprovechó la ocasión para asomar la cabeza por un extremo del capazo de mimbre.

Miranda se quedó boquiabierta, y Lila contuvo el aliento, esperando en parte un grito.

En cambio oyó un chillidito.

—¡Oh, pero si es un cachorrito! Es como un juguetito.

—Es macho. Se llama Earl Grey. Espero que no te importe, pero no quería dejarlo solo en casa.

—Oh, oh, es una preciosidad. Una preciosidad.

—¿Te apetece cogerlo?

—Me encantaría. —Miranda sujetó al perro entre sus manos y enseguida empezó a hablar ceceando como si fuera un bebé.

Lila le lanzó una mirada de reojo a Ash y esbozó una sonrisa.

—¿Hay algún sitio fuera donde pueda llevarle a dar un paseo?

—¡Oh, por supuesto! Te lo enseñaré. ¿Quieres dar un paseíto? —le dijo con embeleso, frotando la nariz de Earl Grey con la suya y soltando una risita tonta cuando este le lamió la cara con su lengua diminuta.

Esa vez Lila se limitó a agitar las pestañas mirando a Ash al tiempo que seguía a la embobada Miranda de nuevo hasta la puerta principal.

Con un Bellini en la mano, Monica se acercó a su hijo.

—Tienes una chica muy lista.

Ash se inclinó para besar a su madre en la mejilla.

—No sé si la tengo, pero sí que es muy lista.

—Mi hijo sabe cómo conseguir lo que quiere y siempre lo ha hecho. —Le besó también en la mejilla—. Tenemos que relacionarnos un poco, pero luego buscaremos un sitio tranquilo y bonito en esta ridícula casa para que me cuentes por qué querías que te presentara a Miranda Swanson.

—Me parece justo. —Pero desvió la mirada hacia la puerta.

—Creo que Lila puede ocuparse de sus cosas.

—Eso me dice siempre.

—Un contraste bastante pronunciado para un hombre que se ha acostumbrado a ocuparse de demasiadas cosas para demasiadas personas. Relacionémonos. —Le asió la mano y lo llevó a la concurrencia en la sala principal—. Eh, chicos, creo que no conocéis a mi hijo.

¿Chicos?, pensó Ash, luego se resignó a soportar aquella recepción.

Afuera Lila recorrió un ancho sendero blanco flanqueado por alargados espigones de plantas herbáceas ornamentales y espinosos rosales. Y esperó su oportunidad.

—Biff y yo viajamos tantísimo que nunca he pensado en comprarme un perro. Dan mucho trabajo. Pero ahora... —Miranda sujetó la correa mientras Earl Grey olisqueaba la hierba—. Me encantaría que me dieras el nombre de tu criador.

—Te lo conseguiré. Te agradezco de verdad que nos invitaras

esta noche y que seas tan comprensiva con Earl Grey. Hasta que Ash me lo mencionó no me di cuenta de que conocías a su medio hermano.

—¿A quién?

—A Oliver Archer, que se encargó de la venta patrimonial a través de Antigüedades del Viejo Mundo para ti.

—¡Oh! No había atado cabos. Mencionó que era hijo de Spence Archer. Lo había olvidado. Menuda lata todos esos asuntos inmobiliarios, y él fue muy servicial.

—No me cabe duda de que lo fue.

—Biff y yo no vimos razón alguna para conservar esa vieja casa y todas las cosas. Mi abuela lo coleccionaba todo. —Puso los ojos en blanco—. Cabría pensar que se trataba de un museo lleno de objetos, una vieja casona que olía a humedad.

—De todas formas tuvo que resultar difícil vender las cosas de la familia.

—Prefiero vivir el presente. Las antigüedades no son más que cosas viejas que otra persona ya ha usado, ¿no?

—Bueno... —En resumidas cuentas, sí, suponía Lila—. Sí, supongo que es así.

—Y muchas son pesadas y oscuras, o de mal gusto. A Biff y a mí nos gusta lo limpio y lo moderno. Oliver, claro que lo recuerdo, fue de gran ayuda. Debería invitarle a venir un fin de semana este verano.

—Lo siento, pensé que lo sabía. Oliver fue asesinado hace un par de semanas.

En sus ojos hizo acto de presencia el shock y la congoja de manera inmediata.

—¡Es terrible! Oh, era tan joven y guapo. Qué trágico. ¿Cómo ocurrió?

—Le dispararon. No se hablaba de otra cosa en las noticias.

—Oh, procuro no ver nunca las noticias. Son siempre tan deprimentes.

—Eso es cierto —convino Lila.

—Muerto de un disparo. —Miranda se estremeció—. Un atraco, un robo, imagino.

—Algo así. Tú le vendiste un huevo.

—Qué chico tan bueno, haciendo pipí. ¿Un qué? —Volvió la vista hacia Lila—. ¿Un huevo? ¿Por qué iba a venderle un huevo a nadie?

—Un huevo decorativo. Un ángel con un carruaje.

—Qué raro. No recuerdo... Ah, espera. Sí que lo hice. Dios mío, era tan vulgar y anticuado. Llevaba todos esos documentos consigo escritos en algún idioma extranjero. Pero Oliver se quedó prendado de él y me preguntó si consideraría la posibilidad de vendérselo en el acto. No me pareció mal.

—Los documentos eran en realidad de dos huevos.

—¿De veras? Bueno, como he dicho, esa vieja casa estaba llena de cosas. Biff y yo somos más minimalistas.

—Ash se está ocupando de los asuntos de su hermano. Ya sabes cómo es eso.

Miranda puso los ojos en blanco con cansancio.

—Consume mucho tiempo y energía.

—Sí. Y al revisar todos los papeles se enteró de que Jonas Martin junior perdió el segundo huevo en una partida de póquer. En favor de Antonio Bastone.

—¿Bastone? —Algo iluminó su cara—. ¿Cómo era la historia? Existe una leyenda al respecto..., sobre un tesoro que se perdió por una apuesta. Mi abuelo, Jonas Martin, fue la oveja negra a causa de su debilidad por el juego y las mujeres.

—¿Conoces a los Bastone?

—Salí con Giovanni un verano cuando estuvimos en Italia de forma brevísima; yo no tenía ni siquiera dieciocho años. Estaba loquita por él, seguramente porque mi padre no lo aprobaba del todo, debido a ese asunto del póquer.

—¿En qué lugar de Italia? Si no te importa que te lo pregunte.

—En Florencia; al menos pasamos mucho tiempo en Florencia. La villa de los Bastone se encuentra en la Toscana. Giovanni se casó con una modelo italiana y tienen una recua de hijos. No lo veo desde hace años, pero todavía nos mandamos tarjetas por Navidad. Una mujer solo tiene un primer amor.

—Afortunada la mujer que tiene un primer amor italiano con una villa en la Toscana. ¿Alguna vez conversaron sobre el huevo que su abuelo le ganó al suyo?

—Teníamos cosas muchísimo más importantes de las que hablar… cuando hablábamos. Debería regresar; podría quedarme aquí fuera con esta monada toda la noche. —Cogió a Earl Grey en brazos—. ¿Crees que ha terminado?

—Sí, yo diría que hemos terminado.

Cuando regresaron a la casa, Lila encauzó la conversación hacia una charla trivial y dejó caer el nombre de clientes suyos que también tenían casa en East Hampton. Finalmente se separó de Miranda cuando esta la presentó con el nombre de Leela, a dos parejas en la terraza oriental.

Lo dejó estar decidiendo que Leela era una niña con un fideicomiso que hacía sus pinitos en el mundo del diseño de moda. Se entretuvo con ese personaje durante unos minutos para después excusarse e ir a buscar a Ash.

Él la levantó desde atrás, sujetándola con firmeza con un brazo alrededor de la cintura.

—Aquí estás. Tienes que ver las vistas desde el piso de arriba.

—¿De veras? —preguntó mientras él la llevaba a toda prisa hasta la reluciente escalera blanca.

—Sí, porque mi madre está allí, y yo tengo órdenes de llevarte arriba. Tenía que ponerla al corriente —agregó en voz queda.

—¿Lo has hecho?

—Le he contado casi todo. Tú puedes entretenerla mientras yo localizo a Biff Swanson y veo qué puedo descubrir sobre el huevo.

—Eso no va a ser necesario. Señora Crompton, es un placer verla de nuevo.

—Llámame Monica, tal como te dije la última vez. Deja que vea tu ardid.

—¿Mi ardid?

—Al famoso Earl Grey.

Al oír su nombre, el perro asomó la cabeza por el capazo, lanzando un alegre ladridito.

—Me inclino más por los perros grandes y recios, pero no cabe duda de que es una ricura. Y tiene una carita muy alegre.

—Para mí, ese es su encanto. Una cara alegre.

—En primer lugar... —Asió a Lila del brazo y la alejó más de un reducido grupo de invitados— voy a disculparme por el padre de Ashton.

—No es necesario.

—No te habría dejado a solas con él si hubiera sabido lo que tenía en mente. Y como tuve dos hijos con él, debería haberlo sabido o imaginado. Su actual esposa y yo no tenemos mucho en común, ni tampoco nos caemos demasiado bien, pero se habría horrorizado si hubiera sabido cómo trató a un invitado en su casa. Igual que la pobre madre de Oliver y también Isabella, la tercera esposa de Spence. Así que en nombre de todas las ex y de la actual, siento que te tratara tan mal.

—Gracias. Fue un día difícil para todos.

—Un día espantoso que fue de mal en peor. Ash me ha contado lo que está pasando, o todo cuanto ha decidido contarme. Te diré que le tenía mucho afecto a Vinnie. Angie y él, su familia, son todos parte de la mía, y una parte muy bien acogida. Quiero ver que atrapan y castigan a los responsables de quitarle la vida a Vinnie y de romperle el corazón a Angie. Pero no quiero eso a costa de mi hijo ni de una joven con la que ya me estoy encariñando.

—Lo entiendo. Ahora mismo solo estamos recabando información básicamente.

—Oh, yo no soy Oliver, mamá —intervino Ash.

—Y gracias a Dios que eso es así. —La brisa agitó sus rizos dorados y rojizos—. Entre otras innumerables diferencias, no eres codicioso, mimado ni estúpido. Oliver sí lo era y, a menudo, todo a la vez. Es absurdo decir que no hay que hablar mal de los muertos. Todos moriremos con el tiempo. ¿De qué vamos a hablar mientras tanto?

Lila dejó escapar una rápida carcajada antes de poder contenerse.

—Ash dice que va a cuidar de mí... y, mientras él lo intenta, yo cuidaré de él.

—Aseguraos ambos de hacerlo.

—Y como estás al tanto, puedo decirte, deciros a ambos, que mi ardid ha dado resultado. La versión resumida. Miranda no tenía ni idea sobre el huevo que compró Oliver; solo lo consideraba un trasto anticuado y vulgar. Para ella no era más que otro cachivache de una vieja casa que no quería.

—La propiedad de los Martin es una de las casas más hermosas de Long Island —le dijo Monica—. La han descuidado demasiado. El padre de Miranda murió hace varios años, y la abuela ha estado enferma durante demasiado tiempo. Asistí a fiestas allí en su época. La primera vez que estuve en ese lugar estaba embarazada de ti, Ash.

—Qué mundo tan pequeño y cerrado. ¿Qué hay de la relación con los Bastone?

—Siguiendo la tónica de los mundos pequeños y cerrados, Miranda tuvo su primera relación amorosa con Giovanni Bastone un verano en la Toscana hace mucho tiempo. Los Bastone poseen una villa allí. Tiene que estar cerca de Florencia, ya que me ha dicho que Giovanni y ella pasaban mucho tiempo en esta ciudad. Y recuerda vagamente una leyenda familiar que dice que Jonas Martin, la oveja negra de la época, perdió un tesoro familiar en una apuesta con Antonio Bastone; una de las razones de que a su padre no le hiciera gracia que saliera con el joven Bastone. Este Giovanni se casó con una modelo y tiene varios hijos.

Monica le lanzó una mirada satisfecha de aprobación.

—¿Has sacado todo eso paseando al perro?

—Así es. También he sacado que Miranda no tenía ni la más remota idea de lo que le ha pasado a Oliver y ni siquiera cuando ha sabido que le asesinaron lo ha relacionado con el huevo. Es una mujer muy maja. Un poco boba, pero maja. Tengo que acordarme de conseguirle el nombre del criador de Earl Grey, porque quiere uno para ella. Cuando se lo dé, creo que podría conseguir la información de contacto de Giovanni Bastone. Pero tendríamos que poder averiguarlo nosotros mismos. —Satisfecha, Lila cogió otra copa de la bandeja de un camarero que pasaba—. ¿No os encantan las fiestas?

—Así es. —Monica chocó su copa con la de Lila—. El pobre Ash tolera las fiestas solo cuando no encuentra la forma de escaquearse. Ya está pensando en una estrategia para librarse. Dale otros treinta minutos —le advirtió—. Ver y ser visto, y luego marcharse de forma sigilosa. Yo te cubriré. Y a ti también. —Monica rodeó a Lila de la cintura con un brazo, tal y como a menudo hacía su hijo—. Tenemos que quedar para disfrutar de una larguísima comida la próxima vez que esté en Nueva York.

Treinta minutos, pensó Ash, y ojeó su reloj antes de acompañar a sus mujeres abajo.

19

Cuando regresaron a Nueva York, Ash decretó —aunque no creía que un hombre debiera pasear a un perro del tamaño de un hámster— que era su turno de sacar a Earl Grey a dar un paseo. Conforme con ese arreglo, Lila rebuscó entre los alimentos de la cocina. Unos pocos aperitivos solo habían agudizado su apetito. Cuando Ash volvió, tenía su consuelo favorito —macarrones con queso— listo para servir y ya estaba ocupada echando un vistazo al Facebook para comprobar si tenía respuestas.

—Has preparado macarrones con queso.

—De caja. Tómalo o déjalo.

—La caja azul, ¿no?

—Desde luego. Tengo mis normas.

Ash cogió una cerveza de la nevera. Llevar el coche significaba que había tenido que soportar las gilipolleces del cóctel con una sola cerveza. Se había ganado la segunda de la noche más que de sobra.

—Esa caja azul era lo único que sabía preparar cuando conseguí mi primer apartamento. Eso y gofres congelados —recordó él con cierto afecto—. Me preparaba lo uno o lo otro si trabajaba hasta tarde. Nada sabe tan bien como los macarrones con queso a las tres de la madrugada.

—Podríamos esperar para ver si eso sigue siendo así, pero tengo hambre ahora. ¡Oh, Dios mío! Ashton, tengo un mensaje.

—¿Un mensaje de qué?

—De mi ronda por Facebook. Antonia Bastone ha escrito. En respuesta a mi pregunta: «¿Eres pariente del Antonio Bastone que jugó al póquer con Jonas Martin en 1940?». Me ha contestado: «Soy la biznieta del Antonio que era amigo del estadounidense Jonas Martin. ¿Quién eres tú?».

Ash metió un tenedor en la fuente de macarrones con queso.

—Antonia podría ser un tío de cuarenta años con barriga cervecera que espera ligar con alguna chica ingenua que se mueve por internet.

Con la cabeza aún inclinada hacia la pantalla de su portátil, Lila se limitó a levantar la vista.

—¿Que por casualidad ha escogido ese nombre como tapadera? Ten un poco de fe... y dame un tenedor. Si vamos a comer de la fuente, quiero mi propio tenedor.

—Qué melindrosa. —Comió otros pocos macarrones—. Dios mío, esto me trae recuerdos de otra época. Me acuerdo que los preparaba después de una larga noche con... Un tenedor —dijo y fue a la cocina.

—Ese recuerdo implica macarrones con queso y una mujer desnuda.

—A lo mejor.

Volvió con un tenedor y un par de servilletas.

—Para que lo sepas, yo tengo recuerdos de hombres desnudos.

—Entonces es una suerte. —Se sentó—. Vale, lo del tipo de mediana edad con barriga cervecera es una exageración. La supuesta Antonia responde a la chica estadounidense, es posible que esto lo sepa porque haya visto tu perfil, y luego finge. Pero sí, lo más seguro es que hayas dado en el blanco. Eres muy útil, Lila. Yo no habría llevado al perro ni habría recurrido al Facebook. Tú has dado en el clavo en ambos casos.

—Te diría que no es más que suerte, pero la falsa modestia resulta muy irritante. ¿Cuánto debo contarle, Ash? No creí que conseguiría algo tan rápido, así que no he pensado en el siguiente paso, no a fondo. No puedo decirle que soy amiga del medio hermano del hombre al que asesinaron por el huevo Fabergé que su antepasado le ganó a Jonas Martin. Pero tengo que contarle algo, lo suficiente para que continúe dialogando.

—Eres escritora. Escribes buenos diálogos; tus adolescentes parecen adolescentes.

—Ya sé que soy escritora... Y gracias, pero no he perfilado esta parte.

—No, cuéntale que eres escritora, lo cual es cierto. Ella puede verificarlo. Que conoces a Miranda Swanson, también cierto; es la nieta de Jonas Martin... y sigue manteniendo la amistad con Giovanni Bastone. Todo verdad. Que estás investigando las historias de la familia, sobre todo la relación Martin/Bastone y la apuesta, para un posible libro. Eso no es cierto, pero sí plausible.

—Has hilado un buen argumento sobre la marcha. —Metió de nuevo el tenedor en la fuente de servir—. A lo mejor escribo un libro sobre esto con el tiempo, así que puedo tomar ese rumbo. Me estoy documentando. Vale, eso es bueno. La verdad, y la posible verdad. —Tecleó una respuesta—. Y acabo con: «¿Tú o algún miembro de la familia está dispuesto a hablar conmigo?». —Presionó «Enviar»—. Así que ahora... —Atacó con entusiasmo los macarrones con queso— toca esperar.

—Podemos hacerlo aún mejor. ¿Qué agenda tienes?

—¿Mi agenda? Estaré aquí hasta el lunes y luego tengo dos días libres antes de empezar otro trabajo en Brooklyn, después...

—Puede que dos días no sean suficientes. ¿Puedes conseguir que alguien te sustituya en Brooklyn?

—Podría, pero...

—Brooklyn está cubierto —dijo—. Nos vamos a la Toscana.

Lila se le quedó mirando.

—No cabe duda de que sabes cómo darle clase a los macarrones con queso.

—Saldremos el lunes, tan pronto estés libre. Tenemos tiempo suficiente para localizar la villa de los Bastone... y, con un poco de suerte, conseguir una invitación para visitarla. Sin suerte, ya pensaremos en otra cosa.

—Pero... —Agitó las manos en el aire—. ¿Irnos a la Toscana?

—Te gusta viajar.

—Sí, pero...

—Tengo que dar el siguiente paso, y es verificar el *Neceser*. No puedo ir sin ti, Lila. No voy a dejarte sola hasta que esto haya acabado. No te gustan estos términos, pero es lo que hay. Así que considera que me estás haciendo un favor.

Con cierto aire pensativo, Lila metió el tenedor en la pasta naranja.

—Tú también sabes actuar, Ashton.

—Te sientes culpable, pero quieres ir. Lo deseas. No quieres quedarte aquí mientras yo tiro de los hilos en Italia.

En Brooklyn había un gato y un perro, y un acuario de peces de agua salada... y un jardín. Había esperado con impaciencia su estancia de dos semanas.

Pero comparándolo con la Toscana, otra pieza del rompecabezas, y Ashton...

—Tengo que cubrir Brooklyn a entera satisfacción de mis clientes.

—De acuerdo.

—Déjame ver qué puedo hacer.

Lila echó un vistazo a Earl Grey, que iba tan contento en su capazo de mimbre, antes de entrar en la galería de Julie. Divisó a un par de turistas —curiosos, no compradores, en su opinión— y a uno de los miembros del personal hablando con seriedad con una pareja de rostros ampulosos acerca de una escultura de mujer que se cubría la cara con las manos mientras lloraba.

Se preguntó por qué alguien querría una cosa tan triste en su casa, pero el arte atraía a quien atraía.

Encontró a Julie, tal y como le había comentado en los mensajes de texto de la mañana, en la trastienda preparando con sumo cuidado un cuadro para enviarlo.

—Otra gran venta que prometí que prepararía personalmente para su envío. —Julie se apartó un rizo de los ojos de un soplido—. Un capazo genial. ¿Cuándo te lo has comprado?

—Ayer. ¿Por qué estás descalza?

—Oh, se me enganchó el tacón en una rejilla cuando venía a trabajar; no soy tan tonta. Se ha arrancado un poco, así que se menea. Voy a llevarlo al zapatero esta tarde.

Lila se limitó a abrir su capazo y a sacar una pequeña caja con lija y pegamento instantáneo.

—Te lo arreglaré. —Cogió el zapato, un Jimmy Choo muy bonito, y se puso manos a la obra—. El capazo... —continuó mientras lijaba de forma minuciosa las dos bases—. Fui a un cóctel a los Hamptons y necesitaba algo donde llevar a Earl Grey.

—¿Te llevaste al perro a un cóctel en los Hamptons?

—Sí. Sería mejor con pegamento para calzado, pero... —Lila dio un tirón al tacón recién pegado—. Debería aguantar. En fin. Un resumen rápido. Necesito consejo.

Le contó a Julie el avance del día anterior sin ponerse en medio mientras su amiga desenrollaba un montón de plástico de burbujas.

—Solo tú habrías pensado en Facebook para localizar objetos de arte y asesinos.

—No ha respondido a mi último mensaje, así que puede que todo sea un fracaso. Pero, tanto si lo es como si no, Ash quiere ir a la Toscana... la semana que viene. Quiere que vaya con él.

—¿Quiere llevarte a Italia?

—No se trata de una escapada romántica, Julie, que ni siquiera podría considerar cuando tengo trabajos pendientes.

—Discúlpame, puede que no sea una escapadita, pero un viaje a Italia, a la Toscana, rebosa romanticismo. —Lanzándole una mirada seria, Julie puso los brazos en jarra, con los puños cerrados—. Dime que vas a ir.

—Ese es el consejo que busco..., y no te emociones. Puedo hacer que alguien se ocupe de mi siguiente trabajo por mí. Se llevará un buen pellizco de mi tarifa, pero es muy buena y a los clientes les parecerá bien. Quiero ir por..., por muchísimas razones. Tengo que darle una respuesta en uno u otro sentido.

Voy allí después. Prácticamente le he echado esta mañana para que fuera al entierro de Vinnie y le he jurado que cogería un taxi hasta allí esta tarde.

—Es una precaución sensata.

—Tomaré un taxi a no menos de diez manzanas de donde trabajo. Empiezo a sentirme como Jason Bourne. —Se apartó el pelo—. Julie, ¿en qué me estoy metiendo?

—Creo que estás a salvo con Ash, pero es peligroso. Si estás nerviosa y nada segura sobre…

—No me refiero a los asesinatos. No puedo darle la espalda a esa parte. —No, pensó, darle la espalda a eso no era una opción—. Llevo metida en esto desde que miré por aquella puñetera ventana. Me refiero a Ash. ¿En qué me estoy metiendo?

—Creo que está muy claro. Tienes una relación romántica y buscas problemas.

—Yo no los busco. No exactamente. Me gusta anticiparme, estar preparada. Si no estás preparada para las variables, te pueden morder en el culo.

—Sabes disfrutar del momento mejor que nadie que conozca hasta que se vuelve algo personal. Te gusta estar con él, sientes algo por él. Está claro que a Ash le sucede lo mismo. ¿Por qué esperar problemas?

—Está encima de mí.

—La situación requiere que esté encima de ti, si quieres mi opinión.

—De acuerdo, eso es justo. Está acostumbrado a ocuparse de los detalles, de la gente y de las situaciones. A esto súmale cómo se siente porque no pudo ayudar a Oliver. Es serio. Tiene un don para hacer que las cosas pasen y…

—Y a ti te gusta encargarte de tus cosas, no complicarte la vida. —Satisfecha con el acolchado del cuadro, Julie sacó la cinta de embalar—. A veces atarte a la vida de otra persona, ocuparse juntos de ciertos detalles, es la respuesta. Es otra clase de aventura.

—A ti te brillan los ojos —la acusó Lila—. Te brillan más que las estrellas.

—Así es. Llevo enamorada de Luke desde los quince. Lo he negado durante demasiado tiempo, pero siempre ha sido Luke.

—Qué romántico. —Lila se llevó la mano al corazón—. Romántico al estilo Elizabeth y Darcy.

—Yo simplemente siento que es la realidad.

—Eso solo hace que sea más romántico.

—Supongo que sí. —Sonriendo para sí, Julie aseguró el acolchado—. De todas formas me estaba yendo bien a mí sola. Puedo ser feliz, y tú también, por mi cuenta. Creo que eso hace que todo sea aún más especial, mucho más fuerte cuando podemos dar ese paso, cuando podemos decir está bien, en esta persona puedo confiar, puedo estar con ella y hacer planes con ella.

—¿Estás haciendo planes?

—Estaba hablando de ti, pero sí. Nos lo estamos tomando con calma. Con más calma —dijo con una sonrisa cuando Lila entrecerró los ojos—. Pero hemos tirado los últimos doce años. Ya hemos desperdiciado bastantes. ¿Quieres mi consejo? No desperdicies algo porque estés proyectando variables y vías de escape. Ve a la Toscana, mantente a salvo, resuelve un misterio y sigue enamorada. Porque ya lo estás.

—No sé cómo sentirme de esta forma.

—Tú serías la primera en decírmelo: solo siente.

—Esto lo cambia todo.

Julie agitó un dedo en el aire.

—Y a pesar de que vives en un sitio nuevo un par de docenas de veces al año, tienes fobia al cambio, cuando no tienes el control. Prueba algo diferente. Túrnate al volante.

—Me turno al volante, voy a la Toscana, poso para un cuadro para el que no tenía intención de posar y que ahora estoy deseando ver terminado. Estoy enamorada. Si sumamos todo eso, hacer picar a un asesino con objetos de arte parece un juego de niños.

—Te olvidas de estar a salvo. Hablo en serio, Lila. Y escríbeme por correo electrónico todos los días mientras estás ausente. Dos veces al día. Iremos de compras antes de que te marches.

—No puedo permitirme ir de compras; voy a perder lo de Brooklyn.

—Te vas a Italia. No puedes permitirte no ir de compras.

Eso zanjaba la cuestión, pensó Lila cuando se marchó de la galería. Mandaría a la mierda su presupuesto del verano y se soltaría un poco la melena. Y bueno, hacía años de la última vez que se había soltado la melena; el contenido de sus maletas comenzaba a evidenciarlo.

Vive un poco, decidió, y optó por ir andando hasta el apartamento de Ash, echando un vistazo a algunos escaparates por el camino. Un par de vestidos de verano nuevos, algunos pantalones piratas, unas pocas camisetas de tirantes y camisetas holgadas.

Podía reciclar parte de su ropa todoterreno y utilizarla para trabajar, y deshacerse de algunas de sus prendas de trabajo. Mientras que cupiera en sus maletas, estaba bien.

Un escaparate llamó su atención; el blanco maniquí sin rostro con el alegre vestido de espirales en colores atrevidos y las cuñas de tiras en verde esmeralda.

No debería comprarse unas sandalias verdes. Debería comprar un color neutro, algo que fuera con todo..., igual que lo que llevaba puesto.

El verde podía ser un tono neutro. La hierba era verde y, pensándolo bien, iba con todo.

Mientras debatía consigo misma, sintió una presencia a su espalda y, antes de que pudiera hacerse a un lado, un apenas perceptible pinchazo en el costado.

—Deberías quedarte muy quietecita y callada, o la navaja se clavará más profundo y con mucha rapidez. Asiente si me has entendido.

En el cristal del escaparate Lila vio el reflejo, la impresionante cara, el liso cabello negro. Asintió.

—Bien. Tú y yo deberíamos hablar. Mi socio tiene un coche justo al doblar la esquina.

—Mataste a tu socio.

—Siempre hay más gente implicada. Él era... inaceptable. Sabiendo eso deberías procurar no serlo. Caminaremos hasta el coche como dos amigas que disfrutan de un día de verano.

—No tengo lo que buscas.

—Hablaremos. Iremos a un lugar tranquilo.

La mujer le rodeó la cintura con firmeza, como si fueran buenas amigas o amantes. La navaja era un persistente y letal recordatorio en su costado.

—Yo solo estaba mirando por la ventana. —Mantén la calma, se ordenó Lila. Siguieron andando por la calle en pleno día. Tenía que haber algo que pudiera hacer—. Ni siquiera conocía a Oliver Archer.

—Pero asististe a su entierro de todas formas.

—Por su hermano.

—Y al hermano lo conoces muy bien. Todo puede ser algo muy simple y fácil. El hermano me da lo que se me prometió y todos contentos.

Lila escudriñó las caras mientras caminaban. ¡Miradme!, gritaba su mente. Llamad a la policía.

Todo el mundo pasaba de largo, llevado por la prisa de llegar a alguna parte.

—¿Por qué haces esto? ¿Por qué matas?

—¿Tú por qué cuidas las casas de otros? —Jai bajó la mirada y esbozó una sonrisa—. Eso es lo que hacemos, como nos ganamos la vida. Hay muchas recomendaciones en tu página web. Se nos da bien lo que hacemos.

—Así que no es más que un trabajo.

—Hay una expresión muy estadounidense: «No es un trabajo, es una aventura». Mi jefe paga bien y espera un trabajo impecable. Yo cumplo con mis obligaciones de manera impecable. Creo que mi socio debe dar la vuelta a la manzana. Nueva York, con tanto ajetreo, con tanto movimiento. Me gusta. Me parece que tenemos eso en común. Y que viajamos debido a nuestro trabajo. Tenemos mucho en común, desde luego. Si nuestra charla resulta productiva, podrás volver y comprarte ese bonito vestido del escaparate.

—¿Y si no?

—Entonces haré mi trabajo. Comprendes lo que es la responsabilidad hacia un jefe.

—Yo no mataría por ninguno. La policía tiene tu cara. No puedes...

La navaja se clavó un poco más, produciéndole una aguda punzada.

—No veo a la poli por aquí, ¿y tú?

—Tampoco veo a tu socio.

Jai esbozó una sonrisa.

—Paciencia.

Lila divisó al tipo apestoso de la gabardina dirigiéndose con paso airado hacia ellas. Podía utilizarle, pensó. Utilizar esa candente ira, esa actitud desdeñosa. Solo tendría que elegir bien el momento y entonces...

Earl Grey asomó la cabeza por el extremo del capazo de Lila en ese instante y profirió un alegre ladridito que anunció su presencia.

Fue solo un instante, el sobresalto de la sorpresa, lo que hizo que la mujer aflojara un poco, pero Lila lo aprovechó.

La empujó ayudándose con la espalda, de forma que Jai tropezó y dio un paso atrás. Y Lila entonces le estrelló el puño en aquella impresionante cara. Jai, que había perdido el equilibrio, cayó de culo sobre la acera.

Lila echó a correr.

Primero corrió a ciegas, presa del pánico, mientras los oídos le pitaban y el corazón le latía desaforado. Se arriesgó a mirar hacia atrás y vio a la mujer empujando a un hombre que se había parado para ayudarla a levantarse.

Llevaba tacones, pensó Lila, y sintió un pequeño rayo de esperanza que atravesó el pánico. La vanidad iba a pasarle factura.

Corrió a toda velocidad, aferrando el capazo y al perro que había vuelto a meterse dentro. Demasiado lejos para volver a la galería con Julie, y tendría que cruzar la calle para llegar a casa de Ash.

Pero estaba la panadería. La panadería de Luke.

Corrió otra manzana con todas sus fuerzas, esquivando transeúntes, abriéndose paso entre ellos y haciendo caso omiso de los improperios cuando no se apartaban para dejarla pasar.

Resollando, con las piernas doloridas, dobló la esquina e irrumpió en tromba en la panadería.

La gente se quedó quieta mirando su tarta de melocotón o su pastel de kiwi, pero ella siguió corriendo, rodeó el mostrador, donde un empleado le gritó, y entró en la enorme cocina que olía a levadura y a azúcar.

Un hombre corpulento con una barba descuidada que cubría la mayor parte de su redonda cara dejó en el acto de adornar los bordes de una tarta de tres pisos.

—Señora, no puede estar aquí.

—Luke —logró decir sin aliento—. Necesito a Luke.

—Otra más. —Una mujer con el pelo morado sacó una bandeja de brownies de un horno. El aire se llenó del olor a chocolate.

Pero algo en el rostro de Lila la conmovió. La mujer dejó la bandeja y arrimó un taburete.

—Será mejor que se siente. Iré a buscarlo.

Lila tomó aire, metió la mano en el capazo para buscar su móvil y palpó a un tembloroso Earl Grey.

—Oh, cielito, lo siento.

—¡No puede tener a ese bicho aquí! —El artista pastelero dejó la manga mientras su voz subía dos octavas—. ¿Qué es esa cosa? Sáquelo de la cocina.

—Lo siento. Es una emergencia.

Lila apretó al tembloroso perro contra su pecho y metió la mano de nuevo en el capazo para sacar su móvil.

Antes de que pudiera llamar al 911, Luke subió las escaleras a toda prisa.

—¿Qué ha pasado? ¿Dónde está Julie?

—En la galería. Está bien. Tenía una navaja.

—¿Julie?

—No. La mujer asiática. Tenía una navaja. He tenido que correr. No sé si me ha visto entrar aquí. No he mirado atrás. Ni si había un coche. No lo sé.

—Siéntate. —Luke la cogió literalmente en vilo y la ayudó a sentarse en el taburete—. Simon, tráele agua.

—Jefe, tiene un animal. No podemos tener animales en la cocina.

—No es más que un perrillo faldero. —Lila abrazó al perro con más fuerza—. Se llama Earl Grey y me ha salvado la vida. Me ha salvado la vida —repitió mirando a Luke—. Tenemos que hablar con la policía. Y con Ashton.

—Yo me encargo. Y ahora bébete esto.

—Estoy bien. Solo me ha entrado un poco el pánico. No había corrido tanto y tan rápido desde que hacía atletismo en el instituto. —Engulló el agua—. ¿Me das un cuenco? Tengo que darle un poco de agua a Earl Grey. Él también está bastante conmocionado.

—Tráele un cuenco —ordenó Luke.

—¡Jefe!

—Un cuenco, joder. Voy a llevarte con Ash y luego llamaremos a la policía. Puedes contarnos qué ha pasado.

—Vale. —Aceptó el cuenco que Simon le ofreció de mala gana.

—Eso no es un perro —farfulló.

—Es mi héroe.

—Bueno, no es ningún... Señora, está sangrando.

—Yo... —El pánico estalló de nuevo cuando bajó la mirada y vio la sangre en su camisa. Se la sacó de la cinturilla y luego se estremeció de alivio—. Solo me ha pinchado con la navaja un par de veces. No es más que un arañazo.

—Hallie, el botiquín.

—Vamos, señora, yo le daré de beber al perro.

—Le he asustado cuando he echado a correr. —Lila miró a Simon a los ojos y vio el afecto en ellos—. Es Lila. Perdón, quiero decir que me llamo Lila. Este es Earl Grey. —Le entregó el perro y el cuenco a Simon con cuidado.

—Solo voy a limpiarte esto —le dijo Luke con voz y manos suaves como las de una madre tranquilizando a un niño asustado—. Solo voy a limpiarlo y a cubrirlo.

—Vale, vale. Voy a llamar a la detective Fine. Le preguntaré si pueden reunirse conmigo en casa de Ash. Él me está esperando. Llego tarde.

Se dio cuenta de que se sentía como si flotara. Una vez la adrenalina disminuyó, su cuerpo parecía ingrávido. Agradeció el brazo que Luke le pasó por los hombros durante el breve paseo hasta la casa de Ash. Tenía la sensación de que, sin ese apoyo, podría elevarse y alejarse flotando.

Se había mostrado muy sereno y amable en la panadería, y ahora parecía tan sólido como un árbol capaz de resistir cualquier tormenta.

Claro que Julie lo quería.

—Tú eres su árbol.

—¿Que soy qué?

—Eres el árbol de Julie. Con unas raíces buenas y profundas.

—Vale. —Continuó rodeándola con ese sólido brazo y le frotó el suyo con la mano a fin de tranquilizarla y calmarla.

Vio a Ash salir disparado hacia ellos como un cohete.

Sintió que la cogía en brazos.

—Estoy bien —se oyó decir.

—Tengo que ir a ver cómo está Julie —dijo Luke—. He de asegurarme de que está bien.

—Ve. Ya me ocupo yo.

—Puedo andar. Esto es una bobada. He corrido tres manzanas, más o menos. Puedo andar.

—Ahora mismo no. Debería haberte esperado. O haber ido a recogerte.

—Para. —Pero como no tenía energías para discutir, dejó que su cabeza se apoyara en el hombro de Ash mientras este la llevaba en brazos a su casa.

La condujo directamente a un sillón.

—Deja que vea dónde te ha herido.

—Luke ya se ha ocupado de eso. Me ha rozado, nada más. Solo quería asustarme, cosa que ha logrado. Ya lo creo que lo ha logrado. Pero es todo lo que hizo y no ha conseguido lo que quería. Esa zorra me ha jodido la camisa.

—Lila.

Cuando apoyó la frente en la de ella, Lila dejó escapar un largo suspiro, y la sensación de mareo cesó.

Se percató de que estaba calmada de nuevo. No se alejaría flotando porque él la sujetaba.

—Earl Grey lo ha conseguido otra vez.

—¿Qué?

—Ha sacado la cabeza del capazo y le ha dado un susto. Yo estaba calculando el momento para utilizar al tío de la gabardina que hemos visto varias veces, pero Earl Grey ha sido mejor. ¿Quién esperaba ver a un perro asomando de una cesta, sobre todo cuando estás concentrado en secuestrar a alguien a plena luz del día? La ha asustado, y yo la he empujado; luego le he pegado un puñetazo y la he sentado de culo en el suelo. Y he echado a correr. Ella llevaba tacones, lo que me dice que es vanidosa y arrogante. Me ha subestimado, lo cual la convierte en otra clase de zorra. Tengo que ponerme en pie.

Se levantó del sillón, sacó al perro del capazo y se paseó de un lado a otro con él como podría hacer con un niño inquieto.

La ira le sobrevino entonces, como un enorme alivio. La ira y la sensación de agravio bulleron y disiparon los restos del miedo.

—No se pensaba que le daría problemas. Imaginaba que iría con ella sin más, temblando; débil y estúpida. Me aborda en plena mañana en medio del barrio de Chelsea ¿y no se espera que pelee? —Giró sobre el talón y siguió paseándose y echando chispas por los ojos; su rostro ya no estaba pálido, sino enrojecido por la justificada ira—. Por Dios, soy hija de un teniente coronel jubilado del ejército de Estados Unidos. Puede que no sepa kung-fu, pero sé autodefensa básica. Sé manejar un arma. Sé cuidarme solita. Ha sido ella quien ha acabado con el culo en el suelo. ¿Quién es la zorra ahora?

—Te ha cortado.

—Me ha provocado. —El pánico, el ligero shock, los temblores, todo ello se unió para reconvertirse en aquella ira bullente y sin adulterar—. «Tú y yo deberíamos hablar» me ha dicho con ese tonito arrogante. Y que si no le satisfacía, bueno, tendría que hacer su trabajo, que es matar a personas. Quería que temblara, llorara y gritara como la pobre novia de Oliver. Bueno, pues no lo ha conseguido. Tal vez me haya estropeado mi mejor camisa blanca, pero los dos próximos días se va a acordar de mí cada vez que se mire en el espejo o se siente.

Ash fue hacia ella y luego se quedó de pie, con las manos en los bolsillos.

—¿Has terminado ya?

—Casi. ¿Dónde está Luke?

—Ha ido a ver cómo está Julie.

—Eso está bien, salvo que ahora ella se va a disgustar y a preocupar. —Bajó la mirada y vio que Earl Grey estaba dormido, con la cabeza en su pecho—. Todo este drama le ha dejado agotado.

Fue a por su bolso, sacó su mantita para extenderla sobre una parte del sillón y a continuación lo arropó para que durmiera un rato.

—Iba a hacer justo lo que he hecho: empujarla y correr. Pero entonces habría tenido que hacer una visita a urgencias y que me dieran puntos. Porque ella habría hecho más que pincharme con la navaja. Earl Grey me ha proporcionado ese instante, el tiempo suficiente para que pudiera hacerlo y no salir herida. Voy a llevarlo a la tienda de animales y a comprarle lo que quiera.

—¿Cómo sabrás qué quiere?

—Ahora tenemos un vínculo psíquico. Es casi como un Jedi. —Más calmada, se sentó en el brazo del sillón y cuidó del perro mientras miraba a Ash—. Se me da bien calar a la gente. Observo, siempre lo he hecho. Siempre he sido la forastera; la niña nueva en la ciudad siempre lo es. Así que aprendes, o eso es lo que yo hice: aprender a observar, a juzgar y a interpretar. Y se me da muy bien. Si esa mujer me hubiera llevado a hablar a ese sitio privado que me ha dicho que tenía, me habría matado, sin importar qué le dijera. Habría disfrutado con ello. Es su habilidad y su vocación.

—Le daré el Fabergé y acabaremos con esto.

—No será suficiente, no para ella. Es lo que te estoy diciendo. Puede que su jefe se conforme con eso, y no cabe duda de que tiene un jefe porque lo mencionó. Pero no será suficiente para ella, mucho menos ahora. —Se levantó y fue hacia él comprendiendo que estaba lista para que la abrazara—. Tiene una piel perfecta. De cerca su cara quita el aliento, pero hay algo raro en sus ojos. En su mirada —se corrigió Lila—. Hay un personaje en mis libros. Es feroz, tanto en forma humana como en forma de lobo. Imaginaba sus ojos como los de esta mujer.

—Sasha.

—Sí. —Casi rió—. Sí que te lo has leído. Supe lo que era cuando la miré a los ojos hoy. Es una asesina. No es solo lo que hace. Es lo que es. Feroz, y para ella siempre es luna llena. —Dejó escapar un suspiro, frío y sereno—. Ash, podríamos darle el Fabergé con un lazo, y ella nos mataría de todas formas a ti, a mí y a cualquiera que se interponga. Lo necesita, del mismo modo que tú necesitas pintar y yo necesito escribir. Puede que aún más.

—Yo necesito que tú estés a salvo, más que eso.

—Entonces tenemos que poner fin a esta situación porque, hasta que no lo hagamos, hasta que ella no esté en la cárcel, ninguno estaremos a salvo. Créeme, Ash. Lo vi en sus ojos.

—Te creo. Créeme tú cuando te digo que hasta que ella no esté en la cárcel no vas a salir sola. No discutas —espetó antes de que Lila pudiera hacerlo—. La próxima vez no te subestimará.

Aquello resultaba irritante, una lata, pero era cierto.

—Ahí tienes razón.

—¿Qué querías decir con que sabes manejar un arma?

—Soy hija de un militar —le recordó—. Mi padre me enseñó a manejar una pistola, me enseñó a disparar. Puede que no haya hecho ninguna de las dos cosas desde hace cinco o seis años, pero podría si fuera necesario. Y sé boxear un poco; más aún, tengo conocimientos básicos y prácticos de defensa personal. Un gilipollas intentó atracarme al mes de mudarme a Nueva York. Le puse los huevos de corbata de una patada. Es posible que aún los tenga ahí.

—Siempre consigues sorprenderme.

La abrazó de nuevo, estrechándola para reconfortarla a ella y a sí mismo. Creía que Lila no iba a necesitar una pistola cuando volvieran a encontrarse con la mujer, si acaso se la encontraban. Jamás había pegado a una mujer en toda su vida, jamás se le había pasado por la cabeza hacerlo. Pero haría una excepción por la que había derramado la sangre de Lila.

Él cuidaba de lo que era suyo.

Le alzó la cara y la besó.

—Ya voy yo —le dijo cuando sonó el timbre.

La policía, pensó, o Luke. En cualquier caso, todo estaba a punto de avanzar. Y él estaba más que preparado.

20

Julie entró a toda prisa y se arrojó sobre Lila.

—¿Estás bien? Ay, Dios mío, Lila.

—Estoy bien. ¿Es que Luke no te ha dicho que estaba bien?

—Sí, pero... —Soltó a Lila lo suficiente para mirarla a la cara—. Te ha atacado.

—No exactamente.

—Tenía una navaja. ¡Ay, Dios! ¡Te la ha clavado! Estás sangrando.

—No. —Lila enmarcó la cara de Julie para mirarla a los ojos—. Me ha hecho un rasguño, y Luke me lo ha curado. Y yo la he sentado de culo.

—Ha debido de seguirte desde la galería.

—No lo sé. Creo que probablemente estaba merodeando por el barrio con la esperanza de tener suerte. Y la ha tenido... hasta que la he sentado de culo. Además, por el precio de una bonita camisa blanca, me ha dado más de lo que yo le he dado a ella.

—La gente suele hacerlo —declaró Julie—. Me parece que deberías irte unas semanas a la casa de tus padres. Alaska está demasiado lejos para que te siga.

—Eso no va a pasar. Ash y yo podemos explicar qué sucede después...

Se interrumpió cuando sonó el telefonillo.

—La policía —anunció Ash echando un vistazo al monitor.

—Ya hablaremos. —Lila le dio un apretón a Julie en la mano mientras Ash iba a abrir la puerta—. Confía en mí.

Fine y Waterstone entraron y lanzaron un breve e impasible vistazo al grupo. Luego Fine se centró en la sangre de la camisa de Lila.

—¿La han herido?

—No es grave. ¿Preparo café u otra cosa? Algo frío. No me vendría mal algo frío.

—Yo me ocupo. —Luke se dirigió a la cocina—. Ya sé dónde está.

—Tomemos asiento. —Ash le rodeó la cintura a Lila con el brazo, evitando la herida—. Lila debería sentarse.

—Estoy bien, pero será mejor que me siente.

Dado que él continuó rodeándola con el brazo, se sentó en el sillón con Ash mientras los detectives lo hacían frente a ellos.

—¿Por qué no nos cuenta qué ha pasado? —comenzó Fine.

—Había ido a ver a Julie a la galería de camino hacia aquí. Ash quería trabajar esta tarde en un cuadro para el que estoy posando. —Se acomodó y les contó el resto con tanto detalle como pudo.

Cuando sacó a Earl Grey, Fine pareció algo sorprendida. Pero el amable rostro de Waterstone se iluminó con una sonrisa deslumbrante.

—Es la cosita más alucinante que he visto jamás.

—Es un auténtico cielo. —Lo dejó en el suelo para que pudiera examinar la zona—. Y es mi héroe. Cuando asomó del capazo, pilló a la mujer asiática por sorpresa, y eso me proporcionó un instante. La tiré al suelo y eché a correr.

—¿No llegó a ver al socio del que hablaba? —Fine le lanzó una mirada desconfiada al perro cuando este le olisqueó las punteras de los zapatos.

—No. El tráfico de Nueva York es otro héroe hoy. No podía atraparme a pie. Llevaba tacones, y yo le llevaba bastante ventaja. Cuando mi cerebro hizo clic, me dirigí a la panadería de

Luke. —Levantó la mirada con una sonrisa cuando este entró con unos vasos altos con té helado—. Creo que estaba un poco histérica.

—No. —Repartió los vasos—. Lo estabas llevando bien.

—Gracias. Entonces la llamé a usted, y aquí estamos. La mujer tiene el pelo largo hasta el omóplato. Mide más o menos un metro setenta y seis sin los tacones, y no tiene acento. Su cadencia es un poco rara, pero su inglés es bueno. Tiene los ojos verdes, verde claro, y se dedica a matar para vivir y para su propio disfrute.

»Pero ustedes ya saben todo esto —concluyó Lila—. Saben quién es.

—Se llama Jai Maddok. Su madre es ciudadana china, su padre era británico; ya falleció. —Fine hizo una pausa, como si pensara, y luego prosiguió—: Se la busca para interrogarla en varios países. El asesinato y el robo son sus especialidades. Hace tres años atrajo a una trampa a dos miembros del MI6 que intentaban localizarla y los mató a ambos. Desde entonces se la ha visto algunas veces. La información sobre ella es escasa, pero los investigadores que han estado relacionados con ella o la han estudiado coinciden; es despiadada, es astuta y no se detiene hasta que consigue lo que persigue.

—Yo también estoy de acuerdo con eso. Pero ser astuto no siempre es ser sensato. —Una vez más, Lila pensó en aquellos ojos de color verde claro—. Es una psicópata y una narcisista.

—No sabía que tenía la carrera de Psiquiatría.

Lila miró a Fine a los ojos con frialdad.

—Sé qué era lo que estaba viendo hoy. Me he zafado de ella porque no soy estúpida y porque ha pecado de exceso de confianza.

—Cualquiera capaz de liquidar a dos agentes bien adiestrados tiene derecho a cierta confianza.

—Tuvo tiempo para planearlo —dijo Ash antes de que Lila pudiera hablar—. Y aquella era una cuestión de supervivencia para ella. Además de enfrentarse a dos personas a las que probablemente respetaba en lo referente a la destreza.

Los labios de Lila se curvaron al tiempo que asentía con la cabeza. Ash lo entendía. Comprendía a la perfección lo que ella pensaba, lo que sentía.

—¿Con Lila? Imaginó que sería pan comido y se descuidó.

—No cuente con que eso suceda otra vez —intervino Waterstone—. Hoy ha tenido suerte.

—No cuento con que alguien cometa el mismo error dos veces. Ni siquiera yo misma —agregó Lila.

—Entonces entréguenos el Fabergé, deje que hagamos un anuncio. Se quitará el huevo de encima, y así ella no tendrá ningún motivo para ir a por ustedes.

—Sabe que eso no es cierto —le dijo Lila a Fine—. Somos cabos sueltos que hay que atar. Más aún, hoy la he insultado, y no lo dejará pasar. Si les entregamos el huevo, lo único que necesitará de nosotros es matarnos.

Waterstone se sentó en el borde de su asiento, y su tono, su postura, asumió la paciencia que —Lila imaginaba— intentaba conservar con sus dos hijos adolescentes.

—Lila, le aseguro que podemos protegerla. El FBI, la Interpol; ahora este es un grupo de investigación compuesto por varias agencias.

—Creo que podrían hacerlo y que lo harían. Durante un tiempo. Pero al final el presupuesto (dinero y recursos humanos) entraría en juego. Ella puede permitirse esperar. ¿Cuánto tiempo hace que es una asesina a sueldo?

—Desde que tenía diecisiete años, puede que dieciséis.

—Casi media vida.

—Casi.

—Disponen de detalles sobre ella, de información —comentó Ash—, pero no saben para quién trabaja ahora.

—Aún no. Estamos en ello, tenemos buena gente trabajando para averiguarlo —repuso Fine de forma acalorada—. Llegaremos hasta la persona que le paga.

—Aunque lo hicieran, aunque fuesen capaces de llegar hasta él, eso no la detendría.

—Razón de más para que necesite protección.

—Lila y yo nos vamos a ir unos días. Deberíais venir —les dijo a Luke y a Julie—. Hablaremos de ello.

—¿Adónde? —exigió Fine.

—A Italia. Saldremos de Nueva York un tiempo. Si la atrapan en nuestra ausencia, problema resuelto. Quiero que Lila esté a salvo, detectives. Quiero recuperar mi vida y quiero que la persona responsable de las muertes de Oliver y Vinnie sea atrapada y encerrada. Nada de eso pasará hasta que detengan a Jai Maddok.

—Necesitamos su información de contacto en Italia, cuándo van a ir y cuándo planean regresar.

—Les proporcionaré todos los datos —convino Ash.

—No pretendemos hacer más difícil su trabajo —les dijo Lila.

Fine le lanzó una mirada.

—Puede que no, pero no hacen que sea más fácil.

Lila reflexionó al respecto después de que los detectives se marcharan.

—¿Qué se supone que tenemos que hacer? ¿Largarnos a algún lugar y escondernos hasta que la encuentren y la encierren..., algo en lo que nadie ha tenido demasiada suerte en más de una década? Nosotros no empezamos esto ni lo hemos buscado. Yo miré por la ventana. Tú abriste una carta de tu hermano.

—Si esconderse fuera la solución, haría lo que estuviera en mi mano para que te escondieras. Pero... —Ash volvió de cerrar la puerta y se sentó a su lado otra vez— tenías razón cuando has dicho que ella podía esperar y que seguramente lo haría. Si ahora se oculta, no hay forma de saber cuándo y dónde volverá a atacarte.

—O a ti.

—O a mí. Así que nos vamos a Italia.

—Italia —convino Lila; luego miró a Julie y a Luke—. ¿Podéis venir?

—No sé. No tenía pensado tomarme tiempo libre ahora mismo. Me encantaría —agregó Julie—. Pero no sé qué haríamos.

—Cubrir más terreno —señaló Ash—. Cuatro en vez de dos. Y después de lo de hoy no quiero que Lila vaya sola a ninguna parte. Que seas capaz de valerte sola —añadió para anticiparse a ella— no significa que siempre tengas que hacerlo.

—Cuantos más seamos, más seguros estaremos. Puede que se me ocurra algo —comentó Luke. Luego captó la mirada de Ash y leyó el mensaje («Necesito un poco de ayuda»), así que asintió—. Sí, puedo arreglarlo. ¿Julie?

—Yo podría convertirlo en un asunto de negocios. Visitar algunas galerías, ver a algunos artistas callejeros. Hablaré con los propietarios y se lo plantearé así; y como he realizado un par de ventas importantes, creo que aceptarán.

—Bien. Yo me ocupo de lo demás.

Lila se volvió hacia Ash.

—¿Qué quieres decir con que te ocupas de lo demás?

—Tenemos que llegar allí, quedarnos en algún sitio y desplazarnos. Yo me ocupo de eso.

—¿Por qué tú?

Puso una mano sobre la de ella.

—Por mi hermano.

Resultaba difícil discutir la simplicidad y sinceridad de aquello, decidió Lila, y giró la mano bajo la suya para entrelazar los dedos con los de él.

—Vale, pero soy yo quien ha contactado con Antonia Bastone. Así que de eso me encargo yo.

—¿Qué significa eso?

—Cuando lleguemos allí, estemos hospedados en alguna parte y tengamos forma de desplazarnos, será útil tener acceso a la villa de los Bastone. De eso me ocupo yo.

—Seguro que puedes.

—Cuenta con ello.

—Parece que nos vamos de viaje. Tengo que volver a la panadería —dijo Luke —, a menos que me necesitéis.

—Yo me ocupo desde ahora. —Ash le acarició el pelo a Lila cuando se levantó—. Gracias por todo.

—Te diría que cuando quieras, pero, la verdad, espero no

acabar restañando las heridas de tu chica otra vez en un futuro próximo.

—Lo has hecho muy bien. —Lila se puso en pie para acercarse y darle un abrazo—. Si alguna vez necesito que me restañe las heridas una mano serena y eficiente, sé a quién acudir.

—Mantente alejada de las tías locas con navajas. —Le dio un pequeño beso e intercambió otro mensaje silencioso con Ash por encima de su cabeza—. Te llevo —le dijo Luke a Julie—. Y pasaré a recogerte cuando salgas de trabajar.

Ella se levantó ladeando la cabeza.

—¿Eres mi guardaespaldas?

—Eso parece.

—No hay problema. —Se acercó a Lila y la abrazó de nuevo—. Ten cuidado.

—Lo prometo.

—Y haz algo en lo que sobresales. Lleva poco equipaje. Iremos de compras en Italia. —Se volvió hacia Ash, al que también abrazó—. Cuídala, lo quiera ella o no.

—En eso estoy.

Julie señaló a Lila mientras Luke y ella se encaminaban hacia la puerta.

—Te llamo luego.

Lila esperó a que Ash volviera a cerrar con llave.

—No soy temeraria.

—No. Ser propenso a correr riesgos no es necesariamente ser temerario. Y ser propenso a ocuparse de los detalles no es necesariamente ser controlador.

—Hum. A alguien acostumbrado a ocuparse de sus propios detalles puede parecerle que sí.

—Es muy probable; de igual forma que a alguien acostumbrado a correr sus propios riesgos podría parecerle temerario que alguien se empeñe en correrlos con él.

—Es un dilema.

—Podría serlo, pero tenemos otro mayor. —Fue hacia ella y le posó una mano con cuidado en el costado herido—. Ahora mismo mi prioridad es ocuparme de que esto no vuelva a pasar.

El modo de hacerlo es hallar la forma de meter a Jai Maddok entre rejas.

—Y la manera de lograrlo puede estar en Italia.

—Ese es el plan. De haber sabido que esto iba a pasar, que te haría daño, jamás te habría abordado en la comisaría. Pero habría pensado en ti. Porque, aun con todo lo que estaba pasando, te me metiste en la cabeza. A primera vista.

—Y si yo hubiera sabido que pasaría esto, todo esto, te habría perseguido.

—Pero no eres temeraria.

—Hay riesgos que merece la pena correr. No sé qué va a pasar en el siguiente capítulo, Ash, así que quiero seguir hasta que lo averigüe.

—Yo también. —Pero estaba pensando en ella. Solo en ella.

—Cambiaré Brooklyn por Italia, dejaré que tú te ocupes de los detalles y yo me encargaré de la conexión con los Bastone. Y juntos nos ocuparemos de cualquier otra cosa según se nos presente.

—Me parece bien. ¿Estás lista para posar para mí?

—Para eso estoy aquí. Todo lo demás no ha sido más que un simple rodeo.

—Pues vamos a empezar.

Lila cogió al perro en brazos.

—Él se viene a donde yo vaya.

—Después de lo sucedido hoy no pondré ninguna objeción a eso.

Ash se evadía por completo cuando pintaba. Lila podía verlo en la forma en que todo se enfocaba en el trabajo. Los trazos y giros de su pincel, el ángulo de su cabeza, la firme posición de sus piernas. En un momento dado se colocó el pincel entre los dientes, cogió otro y mezcló pintura en su paleta.

Quería preguntarle cómo sabía qué pincel usar, cómo decidía eso o la mezcla de colores. ¿Era una técnica aprendida o todo se lo indicaba el instinto? Solo por curiosidad.

Pero pensó que, cuando un hombre parecía tan concentrado, cuando podía mirar dentro de ella como si pudiera ver todos sus secretos —los que había tenido y los que tendría—, el silencio los acompañaba a ambos.

Además raras veces articulaba palabra mientras la música sonaba a todo volumen, y su mano se movía sobre el lienzo para dar con algún insignificante detalle.

Y durante un rato esa aguda mirada verde se centró tan solo en el lienzo. Creía que se había olvidado de que ella estaba allí. Solo una imagen que crear; solo colores, texturas y formas.

Entonces sus ojos se clavaron de nuevo en los suyos y le sostuvo la mirada hasta que Lila habría jurado que el aliento abandonaba su cuerpo sin más. Un ardiente y vibrante instante antes de que Ash volcara otra vez su atención en el lienzo.

Ash era una montaña rusa emocional, pensó. Tenía que recordarse que le gustaban los viajes rápidos y salvajes; pero un hombre que puede privarte del aliento sin una sola palabra, sin rozarte siquiera, poseía un poder formidable. ¿Sabía acaso lo que le hacía, el modo en que su corazón daba saltos en su pecho, los nervios que recorrían su piel?

Ahora eran amantes, y ella siempre se había sentido cómoda en el plano físico. Pero ese torbellino emocional era algo nuevo y embriagador, y un poquito desconcertante.

Justo cuando los brazos comenzaron a temblarle, el perro despertó, gimoteó y fue hacia ella.

—No —espetó él cuando ella comenzó a bajar los brazos.

—Ash, los brazos me pesan una tonelada cada uno, y el perro quiere salir.

—Aguanta otro minuto nada más. Un minuto. —El perro gimoteó; a Lila le temblaban los brazos. El pincel se movía en largas y pausadas pinceladas—. Vale. De acuerdo. —Dio un paso atrás entrecerrando los ojos y frunciendo el ceño para estudiar el trabajo del día—. Vale.

Lila cogió al perro en brazos y se frotó los doloridos hombros.

—¿Puedo verlo?

—Eres tú. —Encogiéndose de hombros, se fue hasta una mesa de trabajo y comenzó a limpiar los pinceles.

Tenía su cuerpo, el largo fluir del vestido, el coqueteo de las enaguas. Podía ver el contorno donde estarían sus brazos, su rostro, pero aún tenía que pintarlos. Solo su silueta, sus ángulos; una pierna desnuda, con el pie apoyado en los dedos.

—Podría ser cualquiera.

—Pero tú no eres cualquiera.

—*La gitana sin cabeza.*

—Ya llegaré a eso.

Había hecho parte del fondo; el naranja y dorado de la hoguera, la nube de humo detrás de ella, una sección de cielo estrellado. Se percató de que no iba a necesitarla para eso.

—¿Por qué esperas para pintar la cara?

—Tu cara —la corrigió—. Porque es lo más importante. La silueta, los colores, la curvatura de tus brazos son importantes; todo dice algo. Pero tu rostro lo dirá todo.

—¿Qué dirá?

—Lo averiguaremos. Puedes ir a cambiarte y coger algo del vestidor si quieres sustituir tu camisa. Yo sacaré al perro. Tengo que recoger unas cuantas cosas y luego podemos ir a tu casa. Me quedo esta noche.

—¿Así de simple?

Una apenas perceptible ráfaga de irritación cruzó el rostro de Ash.

—Ya hemos superado ese punto, Lila. Si quieres dar marcha atrás, puedes decirme que duerma en uno de los otros dormitorios. No lo haré, te seduciré, pero puedes decírmelo.

Dado que no podía decidir si su tono sereno resultaba irritante o excitante, lo dejó estar y volvió a meterse en el vestidor.

Consideró sus opciones y se decidió por una camiseta de tirantes de color verde menta; estudió su herida cubierta antes de ponérsela. Y luego estudió su cara.

¿Qué iba a decir?, se preguntó. ¿Lo sabía ya él? ¿Estaba esperando? Deseó que la hubiera pintado para así poder saber qué veía Ash cuando la miraba.

¿Cómo podía sentirse cómoda, cómo podía tranquilizarse sin las respuestas? ¿Cómo podía hacer nada de eso hasta que no supiera cómo funcionaba todo…, cómo funcionaba él en realidad?

Retiró el dramático maquillaje preguntándose por qué se había molestado en aplicárselo cuando su rostro en el lienzo permanecía en blanco. Seguramente Ash tendría alguna razón artística por la que debía estar caracterizada por completo según él la había imaginado.

¿Seducción?, pensó. No, no quería que la sedujera. Eso implicaba un desequilibrio de poder, una especie de sumisión involuntaria. Pero tenía razón, ya habían superado aquello…, y ambos sabían que quería que se quedara con ella, que estuviera con ella.

Reconocía que posar para él había hecho que se sintiera nerviosa. Más valía dejar eso, porque bien sabía Dios que había cosas más graves por las que sentirse nerviosa.

La sangre de su camisa estropeada le sirvió de claro recordatorio. Mientras la estudiaba volvió la vista atrás y revivió el ataque. Podía admitir que debería haber estado más atenta, haber prestado más atención. Si hubiera estado más atenta, tal vez no la habría pillado desprevenida; y tal vez no habría estropeado una camisa ni tendría el costado vendado. Podía corregir eso e iba a hacerlo. De todas formas sentía que había ganado esa pequeña batalla.

Jai le había hecho sangrar un poco, pero solo había conseguido eso.

Enrolló la camisa para guardarla en el capazo. Mejor deshacerse de ella en la basura de casa de su cliente que en la de Ash. Si él se la encontraba, solo reforzaría su determinación de protegerla.

Sacó su móvil y metió la camisa. Y ya que tenía el teléfono en la mano echó un rápido vistazo.

Cinco minutos después bajó corriendo la escalera justo cuando Ash entraba de nuevo con el perro.

—Antonia me ha escrito otra vez. Ha mordido el anzuelo,

Ash. Ha hablado con su padre, el que salió con Miranda Swanson. Dejar caer el nombre ha funcionado, además tiene una amiga que ha leído mi libro. Ha funcionado.

—¿Qué ha dicho su padre?

—Quiere saber más sobre lo que hago, lo que busco. Le he dicho que voy a ir a Florencia con unos amigos la próxima semana y le he preguntado si sería posible conocerle, que él elige cuándo y dónde. Luego he dejado caer el apellido Archer porque, bueno, dinero llama a dinero, ¿no es así?

—Puede que esté más dispuesto a escuchar.

—Exactamente. —Satisfecha consigo misma, metió la mano en su capazo en busca de una pequeña pelota, que hizo rodar para que el perro pudiera perseguirla—. Voy a hacer un viaje de investigación/placer contigo y con dos amigos. Creo que la rendija de la puerta se ha abierto un poco más.

—Es posible. Los Bastone tienen que saber qué es lo que obra en su poder. Tal vez Miranda Swanson no tuviera ni idea, pero no me trago que un hombre como Bastone no sepa que tiene un raro objeto de arte que vale una fortuna. —Dado que Earl Grey le llevó la pelota a él y la dejó caer a sus pies, esperanzado, Ash la lanzó con suavidad—. Si aún tiene el huevo, claro —agregó mientras el perro corría alegremente detrás de la pelota.

—Si él... Mierda, puede que lo haya vendido. No se me había ocurrido.

—En cualquier caso, los negocios de la familia, viñedos y olivares generan millones al año, y él es el consejero delegado. No llegas y te mantienes en ese puesto si eres un ignorante. Si aún lo tiene, ¿por qué iba a decírnoslo, a enseñárnoslo?

—Has tenido algunos pensamientos pesimistas mientras paseabas al perro.

Ash le dio otra patada suave a la pelota.

—Yo considero que es pensar de forma más realista.

—Hemos metido el pie en la rendija de la puerta. Tenemos que ver qué pasa después.

—Eso es lo que vamos a hacer, pero con expectativas realistas. Deja que meta algunas cosas en una bolsa y luego nos vamos a tu casa. —Fue hacia ella y le tomó la cara entre las manos—. Con expectativas realistas.

—¿Cuáles son?

Posó los labios sobre los de ella con suavidad, con suavidad durante un instante. Después profundizó con rapidez, arrastrándola con él, no dejándole otra opción.

—Entre tú y yo hay algo. —Le retuvo el rostro entre las manos—. Algo que creo que habría igualmente sin importar cuándo o cómo nos conociéramos. Y requiere atención.

—Están pasando muchas cosas.

—Y esto forma parte de ello. Esta puerta está abierta, Lila, y voy a cruzarla. Te voy a llevar conmigo.

—No quiero que me lleven a ninguna parte.

—Entonces tienes que ponerte al día. No tardaré mucho.

Mientras lo veía subir la escalera, cada centímetro de su cuerpo vibraba a causa del beso, de sus palabras, de la expresión firme y resuelta en sus ojos.

—¿En qué coño me he metido? —le farfulló al perro—. Y si yo no consigo entenderlo, de poca ayuda me sirves tú.

Cogió la correa y, al guardarla en el capazo, se fijó en su camisa enrollada. Era hora de prestar más atención en general, se dijo.

Que la pillaran desprevenida podía causar estragos.

No le molestó regresar dando un rodeo. Lo consideró una especie de safari. Salieron por la entrada de servicio de Ash y tomaron el metro hasta el centro de la ciudad, donde se desviaron para ir a Saks y reemplazar su camisa. Luego fueron hacia el este hasta Central Park para coger un taxi que los llevara a la parte alta de la ciudad.

—La nueva camisa ha costado el doble de lo que pagué por la otra —dijo mientras abría la puerta del apartamento; apenas entraron, Earl Grey fue corriendo hasta su limpísimo hueso con delirante alegría—. Además no puedes seguir comprándome ropa.

—Yo no te he comprado ropa.

—Primero el vestido rojo…

—Vestuario necesario para el cuadro. ¿Quieres una birra?

—No. Y acabas de comprarme una camisa.

—Venías a verme a mí —señaló—. Si yo hubiera ido a verte a ti, me habrías comprado la camisa tú a mí. ¿Vas a trabajar?

—A lo mejor… Sí —se corrigió—. Un par de horas.

—Entonces llevaré esto arriba y terminaré con los preparativos para el viaje.

—Iba a verte por culpa del cuadro.

—Es cierto, y ahora estoy aquí para que tú puedas trabajar. —Le acarició el pelo y le dio un tironcito a las puntas—. Estás buscando problemas, Lila, cuando no los hay.

—Entonces ¿por qué me siento como si tuviera un problema?

—Buena pregunta. Estaré en el último piso si me necesitas.

Tal vez ella quisiera utilizar el último piso, pensó. A él no se le había ocurrido eso. Claro que todas sus cosas de trabajo estaban instaladas en la planta baja, pero ¿y si tenía un repentino capricho creativo de trabajar en la terraza?

No lo tenía…, pero podría tenerlo.

Cabía la posibilidad de que estuviera siendo una idiota —peor aún, una idiota con muy mala leche—, pero parecía no poder evitarlo.

Ash la había encerrado de forma tan eficaz y hábil que no había visto levantarse las paredes a su alrededor. Las paredes le resultaban restrictivas, por eso no tenía nada ni en propiedad ni en alquiler. Eso hacía que las cosas fueran sencillas, fáciles y muy prácticas, teniendo en cuenta su estilo de vida.

Se daba cuenta de que él había cambiado las cosas, así que se encontraba en un plano nuevo. En lugar de disfrutarlo, no dejaba de comprobar la puerta para asegurarse de que estaba a mano.

—Una idiota —masculló.

Sacó la camisa estropeada del bolso y la enterró en la basura de la cocina que iba a sacar más tarde. A continuación preparó una jarra de limonada fresca y se acomodó con ella en su zona de trabajo.

Una enorme ventaja de escribir era que, cuando su mundo se volvía demasiado complicado, podía sumergirse en otro.

Se quedó en su mundo y alcanzó ese dulce lugar en que las palabras e imágenes comenzaron a fluir. Perdió la noción del tiempo mientras pasaba de una pérdida desgarradora a una determinación férrea y después a la búsqueda de venganza; terminó con su Kaylee preparándose para la batalla final del libro... y también para los exámenes finales.

Lila se recostó en la silla; se presionó los cansados ojos con los dedos y distendió los hombros.

Y reparó por primera vez en que Ash estaba sentado en el salón, vuelto hacia ella con su cuaderno de dibujo y el perrito acurrucado a sus pies.

—No te he oído bajar.

—No habías terminado.

Se acomodó el pelo, que se había recogido en una coleta.

—¿Me estabas dibujando?

—Aún lo hago —dijo de manera distraída—. Tienes una expresión diferente cuando estás trabajando. De concentración. Tan pronto pareces llorosa como obviamente cabreada al minuto siguiente. Podría hacer toda una serie. —Continuó dibujando—. Ahora estás incómoda, y es una pena. Puedo volver arriba hasta que hayas terminado.

—No, he acabado por hoy. Tengo que dejar que lo que va a pasar a continuación madure un poco. —Se levantó y fue hacia él—. ¿Puedo verlo? —Acto seguido le arrebató el cuaderno de dibujo. Pasando las hojas se vio a sí misma encorvada (una malísima postura, pensó y se enderezó al instante), con el pelo hecho un desastre y el tono emocional de lo que estaba escribiendo reflejado en la cara—. Dios mío. —Levantó los brazos para soltarse el pelo, pero él le cogió la mano.

—No. ¿Por qué haces eso? Eres tú trabajando, absorta en lo que ves en tu cabeza y que plasmas después en palabras.

—Parezco un poco loca.

—No, comprometida. —Tiró de su mano hasta que ella cedió y se sentó sobre su regazo con el cuaderno.

—Puede que ambas cosas. —Se permitió reír al llegar a un dibujo de ella con la cabeza hacia atrás y los ojos cerrados—. Podrías llamar a este *Durmiendo en el trabajo.*

—No. *Imaginando.* ¿Qué estabas escribiendo?

—Hoy me ha cundido mucho. Ha sido uno de esos días buenos en que te sale todo de un tirón. Kaylee ha madurado un poco; rápido y por la fuerza. Me da un poco de pena, pero tenía que pasar. Perder a alguien tan cercano a ella, saber que uno de los suyos es capaz de hacer eso, de matar a alguien a quien quería, y que lo hizo para castigarla... ¡Oh! Es ella.

Pasó otra hoja y ahí estaba su Kaylee, en forma de lobo en las profundidades del bosque.

Salvajemente hermosa; su cuerpo era el esbelto y musculoso cuerpo de una loba, y sus ojos, sorprendentemente humanos, estaban colmados de tristeza. Por encima de los desnudos árboles se alzaba la luna llena.

—Es justo como yo la imagino. ¿Cómo puedes saberlo?

—Te dije que había leído el libro.

—Sí, pero... Es ella. Joven, esbelta y triste, atrapada entre naturalezas duales. Es la primera vez que la veo, aparte de mi mente.

—Te la enmarcaré y así podrás verla siempre que quieras.

Apoyó la cabeza en su hombro.

—Has dibujado a una de las personas más importantes de mi vida como si la conocieras. ¿Es esa una forma de seducción?

—No. —Deslizó un dedo por su costado—. Pero te enseñaré una que sí lo es.

—No antes de que pasee al perro.

—¿Por qué no sacamos al perro, salimos a cenar y luego volvemos y te seduzco?

Los planos nuevos, recordó Lila, había que explorarlos, probarlos.

—De acuerdo. Pero como ahora tengo una idea muy clara de mi aspecto, primero necesito diez minutos.

—Esperaremos.

Cogió su cuaderno de dibujo y su lapicero mientras ella subía a toda prisa. Y comenzó a dibujarla de memoria; desnuda, envuelta en las sábanas arrugadas, riendo.

Sí, esperaría.

TERCERA PARTE

Cuando se pierde la riqueza, se pierde algo;
cuando se pierde el honor, se pierde mucho;
cuando se pierde el valor, todo se pierde.

Antiguo proverbio alemán

21

Lila se guiaba por las listas. A su modo de ver, las palabras en papel se convertían en realidad. Si las escribía, hacía que sucedieran. Una lista simplificaba el rápido viaje a Italia; facilitaba hacer el equipaje de forma más eficaz y todos los pasos a dar antes de tomar el vuelo.

Realizó la lista de lo que iba a llevarse de antemano y luego comenzó a acumular las cosas sobre la cama de la habitación de invitados.

Un montón era para llevarse, otro para dejarlo en casa de Julie y un tercero eran posibles donaciones. Aligeró la carga de su maleta y dejó espacio para las compras que Julie la había convencido de que tenía que realizar.

Ash entró.

—Me acaba de llamar Kerinov. Viene hacia aquí.

—¿Ahora?

—Pronto. Tiene información para nosotros. ¿Qué estás haciendo? No nos vamos hasta dentro de tres días.

—Esto se llama planificar. Una fase previa a hacer el equipaje. Como no voy a instalarme, por así decirlo, hay cosas que no necesito llevarme. Además mi guardarropa requiere una pequeña renovación. Por cierto, voy a necesitar espacio para guardar las cosas que no me llevaré. —Cogió su leal herramienta Leatherman que solía llevar siempre en el bolso—. Como esto.

Y como las velas que siempre llevo conmigo, mi linterna, mi cúter, mi...

—Ya lo pillo, pero no hay restricciones sobre esas cosas en uno privado.

—¿En un qué privado? ¿Un avión? —Dejó la Leatherman—. ¿Vamos a Italia en un avión privado?

—No tiene sentido disponer de uno y no usarlo.

—¿Tú... tienes un avión privado?

—La familia tiene uno. En realidad, tiene dos. Disponemos de ellos cada cierto tiempo al año..., siempre y cuando no estén ya reservados. Te dije que yo me ocuparía de los detalles.

—Detalles. —Decidió que necesitaba sentarse.

—¿Te supone un problema poder subir a bordo tu intimidante herramienta multiusos y tu cúter?

—No. Y tomar un avión privado es muy emocionante, será muy emocionante. Lo que pasa es que hace que me sienta un poco mareada.

Ash se sentó a su lado.

—Mi bisabuelo fue el que empezó todo. Era hijo de un minero del carbón galés y quiso algo mejor para sus hijos. A su hijo mayor le fue bien y, cuando vino a Nueva York, le fue mucho mejor. A lo largo del tiempo, algunos fueron derrochadores, algunos incrementaron la fortuna familiar. Y si permites que te afecte cualquiera cosa de lo que mi padre te dijo, me voy a cabrear.

—Estoy acostumbrada a pagarme mis cosas. No puedo llevar un tren de vida que incluye aviones privados.

—¿Quieres que reserve un vuelo comercial?

—No. —Esbozó una sonrisa—. No soy una completa neurótica. Solo te digo que no necesito aviones privados. Disfrutaré de la experiencia y no quiero que pienses que lo doy por sentado.

—Es difícil que piense eso cuando por la cara que pones parece que haya dicho que vamos a tirarnos de un avión en vez de viajar en un G4.

—Te equivocas. Me he tirado de un avión. Se me revolvió un

poco el estómago. En fin. —Cogió su Leatherman y la volvió en su mano—. Modificaré mi estrategia para hacer el equipaje. Podría preparar la cena.

—Eso estaría bien.

—Me refería a la cena para Kerinov.

—No creo que tenga pensado quedarse tanto. Va a pasarse después de una reunión y luego tiene que reunirse con su mujer para algún evento familiar. Puedes ponerle al corriente de cómo vamos con el tema de los Bastone.

—Entonces prepararé la cena para nosotros. —Ojeó los ordenados montones de ropa sobre la cama—. Tengo que volver a revisar lo que me llevo.

—Hazlo —dijo y luego sacó su móvil, que estaba sonando—. Mi padre. Lo cogeré abajo.

»Papá —repuso cuando salía.

Lila se quedó donde estaba. Odiaba sentirse culpable, pero era así como Spence Archer hacía que se sintiera.

Olvídalo, se ordenó, y comenzó una nueva lista.

Mientras Lila ajustaba su estrategia para hacer el equipaje, Ash contemplaba Nueva York al tiempo que hablaba con su hermano Esteban por teléfono. Una de las ventajas de tener tantos hermanos era disponer de contactos con casi todo el mundo.

—Te lo agradezco. Sí, es cierto. No sé hasta dónde llegó Oliver. Demasiado lejos. No, tienes razón, lo más seguro es que no hubiera podido detenerle. Sí, tendré cuidado. —Dirigió la mirada hacia la escalera, pensó en Lila y supo que tenía muchas razones para ir con cautela—. Me has sido de ayuda. Te contaré qué sale de todo esto. Estaré en contacto —agregó cuando sonó el teléfono de la casa—. Sí, lo prometo. Más tarde.

Se guardó el móvil en el bolsillo y cogió el teléfono fijo para pedir que dejaran subir a Kerinov.

Impulso, pensó. Podía sentir cómo ganaba impulso. No podía estar seguro de adónde les llevaría, pero por fin tenía el viento a su espalda.

Fue a la puerta y abrió a Kerinov.

—Alexi. Me alegro de verle.

—Ash, acabo de tener noticias de... —Lila se detuvo cuando bajaba corriendo la escalera—. Señor Alexi.

—Espero que este sea un buen momento.

—Cualquier momento es bueno. Le traeré algo de beber.

—Por favor, no se moleste. Tengo que irme con mi familia en breve.

—Sentémonos —sugirió Ash.

—No podíamos hablar, no sobre esto —dijo Kerinov a Ash cuando tomaron asiento en el salón—, en el entierro de Vinnie.

—Fue un día difícil.

—Sí. Asistieron muchos de sus familiares. —Se miró las manos, las abrió y luego entrelazó los dedos—. Es bueno tener familia en día difíciles. —Tras un quedo suspiro, separó las manos—. Tengo cierta información. —Hurgó en su cartera en busca de un sobre de papel manila—. He escrito unas notas, pero quería contarles que he hablado con varios colegas más versados que yo en Fabergé y la época de los zares. Siempre corren rumores. Puede que uno de los ocho huevos desaparecidos esté en Alemania. Es razonable creer que un huevo imperial fuera confiscado por los nazis junto con otros tesoros de Polonia, Ucrania y Austria. Pero no se puede corroborar nada. No hay un mapa como el que nosotros tenemos de dos huevos en concreto.

—Uno en Nueva York —dijo Lila—, uno en Italia; o esperemos que esté en Italia.

—Sí, Ashton me ha dicho que van a ir allí para tratar de localizar el *Neceser*. Existen colecciones públicas y privadas. Algunas de las privadas, tal y como comentamos, son muy privadas. Pero tengo algunos nombres en mis notas. Posibilidades. Uno de ellos destaca para mí. —Se inclinó hacia delante, con las manos colgando entre las rodillas—. Había un hombre llamado Basil Vasin que afirmaba ser hijo de la gran duquesa Anastasia, la hija de Nicolás y Alejandra. Esto fue mucho antes de que se demostrara que Anastasia fue ejecutada junto con el resto de la familia. Después de la ejecución a manos de los bolcheviques, y durante décadas, corrieron rumores de que la joven había sobrevivido y conseguido escapar.

—Hicieron una película —recordó Lila—. Con... Oh, ¿quién era? Ingrid Bergman.

—Anna Anderson —confirmó Kerinov— fue la más famosa de quienes afirmaron ser Anastasia, pero no la única. Vasin aseguraba su linaje y estafó a muchos que deseaban creerlo. Era muy guapo, realmente encantador y lo bastante convincente para casarse con una rica heredera: Annamaria Huff, una prima lejana de la reina de Inglaterra. Ella comenzó a coleccionar arte ruso por él, como un tributo a la familia de su marido, incluyendo piezas de Fabergé. Su mayor deseo era recuperar los huevos imperiales desaparecidos, pero fue incapaz de hacerlo... al menos públicamente.

—¿Cree que pudo haber adquirido uno? —preguntó Ash.

—No sé decirlo. Mi investigación demuestra que vivían con gran derroche y opulencia, a menudo aprovechándose de la sangre real de ella y de la que él afirmaba poseer.

—Entonces, si hubieran conseguido uno —concluyó Lila—, lo habrían anunciado a bombo y platillo.

—Sí. Eso creo, pero ¿quién sabe? Tuvieron un hijo, un solo hijo que heredó la riqueza y las propiedades; la colección. Y, según mi investigación, también la misión de adquirir los huevos perdidos.

—El heredero tenía que saber que la reclamación de su padre Vasin a los Romanov fue refutada. Yo también he investigado —señaló Ash—. Encontraron los restos de Anastasia y realizaron las pruebas de ADN.

—La gente cree lo que quiere creer —murmuró Lila—. ¿Qué hijo quiere creer que su padre era un embustero y un estafador? Había mucha confusión y buenos motivos (yo también he investigado) para que las mujeres pudieran afirmar ser Anastasia o sus descendientes con cierto nivel de credibilidad. El nuevo gobierno ruso estaba intentando negociar un tratado de paz con Alemania y afirmó que las hijas del zar habían sido llevadas a un lugar seguro.

—Sí, sí. —Kerinov asintió con rapidez—. Para tapar el brutal asesinato de mujeres y niños desarmados.

—Los rumores iniciados para ocultar los asesinatos se convirtieron en rumores de que al menos Anastasia había sobrevivido. Pero encontraron las tumbas —agregó Ash—. A algunos les daba igual la ciencia. —No, a algunos no; y pensó en Oliver.

—Sí, algunas personas creen lo que quieren creer. —Alexi esbozó una pequeña sonrisa—. Diga lo que diga la ciencia o la historia.

—¿Cuándo demostraron de forma tajante que ella fue ejecutada con su familia? —preguntó Lila.

—En 2007. Hallaron una segunda tumba, y los científicos demostraron que los restos pertenecían a Anastasia y a su hermano pequeño. Una crueldad —añadió Alexi—, incluso después de la muerte, separarlos del resto de la familia, intentar ocultar los asesinatos.

—Así que el hijo sería ya un hombre adulto. Resultaría humillante o exasperante, probablemente ambas cosas, que demostraran que la historia de tu familia, de tu linaje, era mentira.

—Él sigue afirmándolo —Alexi tocó el sobre con el dedo índice—, como verán. Hay muchos que prefieren creer que los descubrimientos y la documentación fueron falsificados. La afirmación de que ella sobrevivió es más romántica.

—Y sus muertes fueron brutales —señaló Lila—. ¿Cree que el tal Vasin es el cliente para el que Oliver adquirió el huevo?

—Hay otras posibilidades; tengo la información en mis notas. Una mujer francesa cuyo linaje puede rastrear su línea de sangre hasta los Romanov y un estadounidense que se rumorea que está abierto a comprar obras de arte robadas. Pero mi mente sigue volviendo a este, a Nicholas Romanov Vasin. Tiene muchos intereses internacionales, financieros, industriales, pero es prácticamente un ermitaño. Posee casas en Luxemburgo, Francia, Praga y Nueva York.

—¿Nueva York?

Kerinov asintió ante la pregunta de Ash.

—En la costa norte de Long Island. Raras veces recibe a nadie, pues realiza la mayor parte de sus negocios a distancia; a través del teléfono, de correo electrónico y de videoconferencias. Se rumorea que sufre de misofobia, miedo a los gérmenes.

—No le gusta ensuciarse las manos —murmuró Ash—. Eso encaja. Contrata a otro para que le haga el trabajo sucio.

—Tengo estos nombres para ustedes y la información que he podido recabar, pero no ha habido rumores sobre el descubrimiento o la adquisición de los huevos. Ojalá tuviera más para darles.

—Nos ha dado nombres, un rumbo a seguir. Nombres que podemos mencionar a Bastone cuando nos reunamos con él.

—Que será —intervino Lila— el jueves por la tarde. Antonia ha contactado conmigo justo antes de que bajara a reunirme con ustedes —explicó—. Su padre accede a hablar con nosotros. Nos llamará para darnos los detalles, pero nos ha invitado a la residencia de los Bastone el próximo jueves.

—A las dos en punto —concluyó Ash—. Mi hermano Esteban se dedica a lo mismo que Bastone. Le pedí que le diera un empujoncito.

—Bien. Genial para nosotros.

—El siguiente punto en el mapa —dijo Kerinov—. ¿Me mantendrán al tanto? Ojalá pudiera ir con ustedes, pero la familia y el trabajo me retienen en Nueva York las próximas semanas. Y hablando de la familia, tengo que irme con la mía. —Se puso en pie—. Así que les diré *udachi*, buena suerte.

Le estrechó la mano a Ash y se sonrojó un poco cuando Lila le abrazó después de acompañarle hasta la puerta. Acto seguido ella se dio la vuelta y se frotó las manos.

—Vamos a buscar en Google al tal Nicholas Romanov Vasin. Sé que tenemos las notas de Alexi, pero vamos a escarbar un poco.

—Tengo una fuente mejor que Google. Mi padre.

—Oh. —Dinero llama a dinero, pensó. Ella misma lo había dicho—. Buena idea. Tú haz eso, y yo me ocupo de la cena, tal y como he prometido. Supongo que tenemos que comprobar las otras dos posibilidades. Quizá también los conozca.

—O sepa de ellos. No he olvidado que te debe una disculpa, Lila.

—No está en la lista de las diez cosas de las que preocuparse ahora mismo.

—En la mía sí. —Entró en la cocina antes que ella y sirvió dos copas de vino—. Para la cocinera. —Le entregó una—. No te molestaré.

Ya a solas, Lila miró su copa de vino, se encogió de hombros y tomó un sorbo. Quizá el padre de Ash pudiera aportar más datos, y eso era lo que contaba. Poco podía importar en esos momentos que hubiera puesto excusas para no asistir al funeral de Vinnie, y ambos sabían que solo habían sido excusas. Poco podía importar en esos momentos lo que su padre pensara de ella.

Más tarde... ¿Quién sabía qué importaría o no más tarde?

En esos momentos tenía que pensar en qué iba a cocinar.

Ash le dio casi una hora antes de regresar a la cocina.

—Huele genial. ¿Qué es?

—No estoy segura. No son gambas rebozadas, no son tallarines, pero tiene elementos de ambos platos. Digamos que son *gambarines*. Imagino que tengo la cabeza en Italia. Sea lo que sea, ya está casi listo.

Lo sirvió en anchos cuencos poco profundos, con rebanadas de pan de romero que Ash había comprado en la panadería de Luke y otra bien merecida copa de vino.

Probó un poco y asintió. Tenía suficiente ajo, decidió, y un buen regusto a limón.

—No está mal.

—Mejor que eso. Está riquísimo.

—Suelo tener más éxitos que fracasos cuando me invento platos, pero mis fracasos son realmente estrepitosos.

—Deberías apuntar esta receta.

—Eso eliminaría la espontaneidad. —Pinchó una gamba y enrolló algunos tallarines—. En fin, ¿ha servido de ayuda tu padre?

—Conoce a Vasin, es decir, que lo vio una vez hace casi una década. Según mi padre, Vasin no era especialmente sociable, pero no era el ermitaño en que se ha convertido en los últimos años. Nunca se ha casado, no se le conoce ninguna relación especial con ninguna mujer u hombre, para el caso. Ni siquiera entonces estrechaba la mano…, aunque los presentaron en una reunión muy importante que incluía a varios jefes de Estado. Llevó consigo a un ayudante que le sirvió su propia agua especialmente embotellada durante toda la noche. Según mi padre, Vasin era pomposo, quisquilloso, excéntrico sin nada de encanto y físicamente muy atractivo.

—Alto, moreno y guapo. He hecho una rápida búsqueda en Google y he encontrado algunas fotografías de los años ochenta y noventa. Glamuroso como las estrellas de cine.

—Lo cual fue uno de sus intereses en una época. Financió algunas películas y estaba a punto de financiar un *remake* de *Anastasia*; se estaba escribiendo el guión y estaban buscando recursos. Entonces con las pruebas de ADN, y el consenso general de que Anastasia había fallecido con el resto de su familia, el proyecto se fue al traste.

—Imagino que fue una gran decepción.

—Vasin dejó el mundo del cine por aquel entonces; para bien, según recuerda mi padre. Y el evento al que ambos asistieron fue una de las últimas veces que Vasin aceptó una invitación para acudir a una reunión importante. Se volvió más ermitaño y, poco a poco, comenzó a realizar todos sus negocios, tal y como ha dicho Kerinov, a distancia.

—Tener esa riqueza y no utilizar parte de ella para ver el mundo, para ir a sitios y disfrutar de ellos, para conocer a gente. —Enrolló más pasta en el tenedor con aire distraído—. Su fobia a los gérmenes tiene que ser muy grave.

—Según opina mi padre, no hace que sea menos despiadado como hombre de negocios. Se le ha acusado de espionaje industrial, pero su flota de abogados lo ha silenciado o tapado con dinero; mi padre no sabe si lo uno o lo otro. Las OPAS hostiles son su especialidad.

—Parece un príncipe.

—Está claro que él así lo cree.

—¡Ja! —Divertida, pinchó otra gamba.

—En otro tiempo concedía cierto acceso a su colección de arte para artículos en la prensa, pero hace años que eso también se acabó.

—Así que se ha aislado de la sociedad, acapara obras de arte y dirige su imperio mediante la tecnología; todo lo cual puede hacer porque es rico.

—Tan rico que nadie sabe con seguridad cuánto. Hay otra cosa que, al igual que le sucede a Alexi, hace que me decante por Vasin.

—Ajá.

—Que mi padre sepa, en dos ocasiones un rival en los negocios ha sufrido un trágico accidente.

—Eso va mucho más allá de ser despiadado —comentó Lila.

—Además había un periodista a mediados de los noventa que se decía que estaba trabajando en un libro sobre el padre de Vasin, el cual aún vivía por entonces. Desapareció cuando estaba cubriendo un atentado con bomba en la ciudad de Oklahoma. Jamás se ha vuelto a saber nada de él ni se ha hallado su cadáver.

—¿Sabes todo eso por tu padre?

—Ha hurgado en el pasado pensando en lo que le pasó a Oliver. No sabe qué es lo que busco...

—¿Aún no se lo has contado? ¿No le has hablado del huevo? Ash...

—No, no se lo he contado. Es lo bastante listo para darse cuenta de que mi interés por Vasin está relacionado con lo que le pasó a Oliver. Y ya está bastante preocupado sin que le haya contado todos los detalles.

—Contarle los detalles al menos le daría respuestas. Y no puedo sermonearte al respecto... —Agitó la mano descartando sus propias palabras— porque lo único que yo les he contado a mis padres es que me estoy tomando unas pequeñas vacaciones.

—Seguramente sea lo mejor.

—Eso es lo que me digo a mí misma, pero sigo sintiendo remordimientos. Tú no.

—Ni lo más mínimo —dijo con toda tranquilidad—. En cuanto a los otros dos nombres que nos ha dado Alexi, mi padre no conoce a la mujer, pero sí al estadounidense, y bastante bien. Mi opinión después de su resumen sobre Jack Peterson es que ese hombre no tendría remilgos en comprar objetos robados, engañar a las cartas o en usar información privilegiada; consideraría todo eso un juego. El asesinato, sobre todo del hijo de un conocido, no entraría en sus métodos. En resumen, mi padre dice que a Peterson le gusta jugar, le gusta ganar, pero también sabe encajar la derrota con elegancia.

—No es de los que contratarían a un asesino.

—No, no me dio la impresión de que lo fuera.

—Vale, así que por ahora nos centraremos en Nicholas Romanov Vasin. ¿Qué crees que podría pasar si le mencionamos ese nombre a Bastone?

—Lo averiguaremos. ¿Has solucionado lo del equipaje?

—Sí, todo bajo control.

—Bien. ¿Por qué no recogemos esto? Imagino que tenemos que sacar al perro. Luego quiero hacer más bosquejos de ti.

Para prolongar el momento, y posponer las tareas de lavar los platos y sacar al perro, Lila se recostó con su copa de vino.

—Ya has empezado el cuadro.

—Este es otro proyecto. Estoy pensando en reunir algunas piezas nuevas para una exposición el próximo invierno. —Se levantó y recogió los cuencos de ambos—. Quiero dos cuadros más de ti por lo menos, y lo que tengo en mente primero es el hada en la pérgola.

—Oh, vale, eso me lo habías comentado. Esmeraldas. Como la brillante Campanilla.

—Ni mucho menos como Campanilla. Piensa más en Titania emergiendo de un sueño de verano. Y desnuda.

—¿Qué? No. —Se rió de la idea y luego recordó que había dicho que no a la gitana—. No —repitió, y una tercera vez—: No.

—Hablaremos de ello. Vamos a pasear al perro. Te invito a un cucurucho de helado.

—No puedes sobornarme con un helado para que me quite la ropa.

—Ya sé cómo quitarte la ropa.

La agarró y la apretó contra la nevera. Luego se apoderó de su boca mientras sus manos deambulaban, tomaban, provocaban.

—No voy a posar desnuda. No voy a verme desnuda en la galería de Julie.

—Es arte, Lila, no pornografía.

—Conozco la diferencia. Sigue siendo mi… desnudo —acertó a decir cuando sus pulgares le frotaron los pezones.

—Tienes un cuerpo perfecto para eso. Esbelto, casi delicado pero no frágil. Haré algunos bosquejos, algunos esbozos. Si no te gustan, los romperé en pedazos.

—Los romperás en pedazos.

Ash acercó de nuevo los labios a los suyos y se demoró un buen rato en ellos.

—Dejaré que seas tú quien los rompa. Pero antes necesito tocarte, necesito hacer el amor contigo. Luego quiero dibujarte cuando tus ojos aún estén medio cerrados y tus labios estén suaves. Si no ves lo perfecta que eres, lo poderosa y mágica que eres, los romperás en pedazos. Es justo.

—Yo…, sí, yo…

—Bien. —La besó una vez más, tomándose su tiempo, y luego se apartó—. Voy a por el perro.

Medio soñando, Lila fue al armario a por la correa. Y se detuvo.

Se dio cuenta de que había pasado de un no rotundo a un sí con reservas.

—Eso ha sido juego sucio.

—Sigues teniendo derecho de tanteo —le recordó y cogió la correa—. Y a un cucurucho de helado.

—Para ser un artista eres un negociador endiablado.

—La sangre de los Archer. —Enganchó la correa y dejó a Earl Grey en el suelo—. Vamos a dar un paseo —dijo y esbozó una amplia sonrisa cuando el perrito se puso a bailar.

Dado que el espacio no iba a ser un problema, Lila distribuyó en dos maletas lo que creía que tenía que llevarse. De ese modo tenía espacio para lo nuevo, decidió. Aunque su intención había sido enviar a casa de Julie una bolsa con las cosas que no iba a llevarse a Italia, Ash se las llevó a su casa y cargó con la bolsa de cosas para donar.

Él se ocuparía de ello.

Lila tenía que admitir que era más fácil, incluso más eficiente, pero alcanzaba a precisar en qué momento había empezado a adaptarse al «Yo me ocupo».

Además había cedido y posado desnuda. Se había sentido incómoda y cohibida..., hasta que él le había enseñado el primer boceto.

Dios bendito, parecía hermosa y mágica. Y aunque el hada en que se había convertido estaba claramente desnuda, la forma en que la había colocado y el añadido de las alas que le había dado le habían proporcionado la modestia justa para hacer que se relajara.

Las esmeraldas se habían tornado en gotas de rocío en su cabello y en hojas brillantes en la pérgola.

La desnudez estaba implícita, pensó, pero no estaba segura de que el teniente coronel tuviera algo que objetar si alguna vez veía la obra.

No había roto en pedazos los bocetos. ¿Cómo podía hacerlo?

—Él lo sabía —le dijo a Earl Grey cuando terminó de arreglar las flores de bienvenida para sus clientes—. Sabía que conseguiría lo que buscaba. No sé cómo me siento al respecto. Pero es de admirar, ¿no crees? —Se acuclilló donde estaba sentado el perro, observándola con las patas de forma protectora sobre el pequeño gatito de juguete que le había comprado como regalo de despedida—. Voy a echarte mucho de menos..., mi héroe en miniatura. —Cuando sonó el timbre, fue hasta la puerta y utilizó la mirilla antes de abrir a Ash—. Podrías haber llamado desde abajo.

—En realidad, quería despedirme de Earl Grey. Nos vemos, colega. ¿Lista?

Las dos maletas, el ordenador portátil y el bolso se encontraban junto a la puerta.

—Quédate y sé bueno —le dijo al perro—. Pronto estarán en casa.

Echó un último vistazo a su alrededor —todo estaba en su sitio— y luego cogió su bolso y el asa de una de las maletas.

—He recogido a Luke y a Julie de camino, así que podemos ir directos al aeropuerto. ¿Tienes el pasaporte? Lo siento —agregó al ver que ella le lanzaba una mirada—. Es una costumbre. ¿Alguna vez has viajado a Europa con seis hermanos, de los cuales tres son chicas adolescentes?

—No puedo decir que sí.

—Confía en mí, esto va a ser muchísimo más fácil, incluso teniendo en cuenta el principal objetivo del viaje.

Luego le acarició el pelo, se inclinó y la besó mientras el ascensor empezaba a bajar.

Ash hacía las cosas así, pensó Lila. Todo práctico, organizado, detallista; y luego la tocaba o la miraba, y nada en su interior seguía siendo práctico u organizado.

Se puso de puntillas y tiró de nuevo de él para devolverle el beso.

—Gracias.

—¿Por?

—Por almacenar mis otras cosas en tu casa y llevarte los descartes. No te había dado las gracias.

—Estabas demasiado ocupada diciéndome que no tenía por qué molestarme.

—Lo sé. Es un pequeño problema, pero ahora te las estoy dando. Además gracias por el viaje; sea cual sea el objetivo, voy a Italia, uno de mis lugares favoritos. Voy con mi mejor amiga y su chico, que me cae muy bien. Y voy contigo. Así que gracias.

—Yo voy con mi mejor amigo y su chica, y contigo. Gracias a ti.

—Una vez más, gracias; esta vez por adelantado. Gracias por no pensar mal de mí cuando subamos al jet privado y no pueda reprimir el chillido. Además tiene que haber botones y controles para varios dispositivos; he investigado el G4. Querré jugar con todos ellos. Y hablar con los pilotos y convencerlos para que me dejen sentarme en la cabina de mando un rato. Puede que algo de esto te avergüence.

—Lila. —La condujo fuera del ascensor—. He viajado con chicas adolescentes por Europa. No hay nada que me avergüence.

—Menos mal. En fin, *buon viaggio* para nosotros.

Le cogió la mano y salió con él.

22

No chilló, pero sí jugó con todo. Antes de que recogieran el tren de aterrizaje, ya se tuteaba con el piloto, el copiloto y la asistente de vuelo.

Unos minutos después de que embarcaran siguió a la asistente hasta la galería para que le diera una clase.

—Hay un horno de convección —le dijo a Ash luego de la lección—. No solo un microondas, sino un horno de verdad.

—¿Cocinarás? —preguntó Ash.

—Podría si fuera como en *2012*, la película, y tuviéramos que volar a China. Y tenemos BBML. No habías dicho nada sobre la BBML.

—Posiblemente porque no sé qué es eso.

—Banda ancha multiconexión. Podemos enviar correos electrónicos mientras sobrevolamos el Atlántico. Por cierto, tengo que mandar un mensaje a alguien. Adoro la tecnología. —Giró en medio del pasillo—. Y hay flores en el baño. Es muy agradable. —Rió al escuchar el sonido del corcho del champán y dijo—: ¡Joder!

Y tomó un buen trago.

Lila recibía las cosas con los brazos abiertos. Tal vez lo había visto sin reconocerlo en aquel primer encuentro, aun a pesar de la pena, la ira y el shock. Su receptividad a lo nuevo, su interés por cualquier cosa que se le presentaba. Y lo que parecía ser un absoluto rechazo a dar nada por sentado.

Podía disfrutar de aquello, de aquel interludio, con ella y con sus amigos. Nueva York y la muerte quedaban atrás; ante sí estaba Italia y lo que allí descubrieran. Pero esas horas se extendieron en un grato limbo.

En algún punto sobre el Atlántico, después de una agradable comida regada con vino, ella se dirigió a la cabina de mando.

No le cabía ninguna duda de que, antes de que hubiera terminado la conversación, sabría la vida y los milagros de los pilotos. No le sorprendería que dejaran que Lila tomara los mandos durante un rato.

—Pilotará ella antes de que salga —dijo Julie.

—Eso es justo lo que estaba pensando.

—Tú ya la conoces bien. Ella se está acostumbrando a ti.

—¿De veras?

—Le resulta difícil aceptar cosas que no se ha ganado, aceptar que alguien le eche una mano y, más aún, permitirse confiar en alguien. Pero se está adaptando a ti. Como alguien que la quiere muchísimo, me alegro de verlo. Me voy a poner cómoda con mi libro un rato.

Se levantó para pasar a la parte delantera de la cabina de pasajeros; reclinó el asiento y se puso cómoda.

—Voy a pedirle que se case conmigo. Otra vez.

Ash miró a Luke parpadeando.

—¿Qué?

—Dijimos que íbamos a ir despacio. —Volvió la vista al frente, hacia el flamígero cabello de Julie—. Si dice que no, que quiere esperar, me parece bien. Pero va a casarse conmigo antes o después. Preferiría que fuera antes.

—Hace un mes jurabas que jamás volverías a casarte. Y ni siquiera estabas borracho.

—Porque solo hay una Julie, y creía que la había cagado con ella. O que la habíamos cagado los dos —matizó Luke—. Voy a comprarle un anillo en Florencia y le pediré matrimonio. Creía que debía contártelo porque tenemos una agenda y estoy dispuesto a cualquier cosa que necesites. Solo tengo que encajar esto en ella. —Sirvió el champán que quedaba en sus copas—. Deséame suerte.

—Te deseo suerte. Y no tengo que preguntarte si estás seguro. Eso ya lo veo.

—Nunca he estado más seguro. —Miró hacia la parte delantera de la cabina—. No le digas nada a Lila. Intentaría guardar el secreto, pero las amigas tienen un código. Eso creo.

—Soy una tumba. Le estás rompiendo el corazón a Katrina.

Con una carcajada, Luke meneó la cabeza.

—¿En serio?

—Muy en serio. Te doy las gracias por eso. Dejará de mandarme mensajitos para intentar que te lleve al club o a navegar, o a cualquier otra cosa que se le ocurra.

—¿Eso hace? Tiene doce años.

—Tiene veinte, y sí, eso hace. He sido tu escudo, tío. Estás en deuda conmigo.

—Puedes ser mi padrino.

—Eso ya lo soy.

Pensó en lo de estar seguro y en lo de avanzar, en lo de aceptar. Pensó en su hermano, que siempre había intentado abarcar demasiado y no retenía nada.

Dormitaba cuando Lila terminó por fin y se tumbó a su lado. Al despertar en la oscura cabina con ella acurrucada frente a él, supo lo que quería.

Siempre había sabido qué anhelaba, y había buscado la forma de conseguirlo.

Pero ahora lo que quería era a una persona, no una cosa. Para conquistar a Lila necesitaba más que su aceptación, pero no estaba seguro de qué era ese más. ¿Cómo podía ver con claridad cuando había tantas cosas que le bloqueaban el camino?

La muerte los había unido. Habían ido más allá de eso, pero el comienzo seguía siendo el mismo. La muerte y lo que había pasado después, y ahora lo que buscaban juntos.

Ambos necesitaban una resolución para ver el camino despejado.

El interludio casi había terminado.

Al bajar del avión los esperaba el sol italiano y un coche con un chófer joven y ligón que se llamaba Lanzo. Les dio la bienvenida a Florencia con alegría y un inglés excelente; juró estar a su disposición a cualquier hora, de día o de noche, durante su visita.

—Mi primo posee un restaurante muy cerca de su hotel. Le daré una tarjeta. Disfrutarán de una comida maravillosa. Mi hermana trabaja en la galería Uffizi y puede programarles una visita. Una visita privada, si así lo desean.

—¿Tienes una familia muy numerosa? —preguntó Lila.

—Oh, *sì*. Tengo dos hermanos, dos hermanas y muchos, muchísimos primos.

—¿Todos en Florencia?

—La mayoría están aquí, algunos no demasiado lejos. Tengo primos que trabajan para los Bastone. Los llevaré a la villa dentro de dos días. Son una familia muy importante, y la villa es muy bonita.

—¿Has estado allí?

—*Sì, sì*. Trabajo de..., uh..., camarero allí cuando celebran fiestas importantes. Mis padres tienen flores, una tienda de flores. A veces llevo flores allí.

—Eres un todoterreno.

—*Scusi?*

—Que haces de todo. Tienes muchas habilidades.

Conducía como un loco, pero, claro, también lo hacía el resto de la gente. Lila, que lo estaba pasando bien con él, le enfrascó en una conversación desde el aeropuerto, mientras cruzaban Florencia, hasta llegar al hotel.

Le encantaba la ciudad, cuya luz le hacía pensar en los girasoles; y se respiraba el arte en el aire. Florencia se extendía bajo un cielo azul de verano; las motocicletas zigzagueaban y serpenteaban por las angostas calles, entre maravillosos edificios antiguos, alrededor de coloridas plazas.

Y la gente, pensó; mucha gente de muchísimas nacionalidades se mezclaban y relacionaban en cafeterías y tiendas, y en magníficas iglesias antiguas.

Los rojos tejados brillaban bajo el calor de agosto, con la cúpula del Duomo alzándose por encima de todos ellos. Flores de vivos colores en cestas, jardineras y anchas macetas resplandecían en las paredes bañadas por el sol.

Vislumbró el perezoso serpenteo del río Arno, preguntándose si tendrían tiempo de dar un paseo por sus recodos, subirse a los puentes; si tendrían tiempo para pasar el rato, sin más.

—Su hotel es excelente —declaró Lanzo—. Van a gozar de una atención magnífica.

—¿Y sus primos?

—Mi tío es portero aquí. Cuidará bien de ustedes. —Lanzo le guiñó un ojo a Lila cuando se detuvo delante del hotel.

Altas y gruesas ventanas con marcos de oscura madera contrastaban con las paredes encaladas. En cuanto Lanzo detuvo el coche, un hombre con un impecable traje gris salió a recibirlos.

Lila dejó que todo fluyera a su alrededor; el gerente, estrechando manos; los saludos de bienvenida. Simplemente vivió el momento, disfrutando de él; la bonita calle con las tiendas y los restaurantes, el zumbido del tráfico, la sensación de estar en un lugar nuevo y diferente.

Y donde, se vio obligada a aceptar, no tenía el control. Deambuló por el vestíbulo mientras Ash se ocupaba de los detalles. Todo estaba en silencio y tranquilo; grandes butacas de piel, bonitas lámparas, más flores.

Julie se unió a ella y le ofreció un vaso.

—Zumo de pomelo rosa. Es maravilloso. ¿Todo bien? Estás muy callada.

—Es apasionante. Todo es tan hermoso y un poquito irreal. Estamos aquí de verdad, los cuatro.

—Estamos aquí, y me muero por darme una ducha. En cuanto me haya despejado, me voy a visitar un par de galerías para sentir que me estoy ganando el sueldo. Mañana tú y yo sacaremos tiempo para ir de compras. Daremos la impresión de que vamos a visitar la villa de una importante familia florentina todos los días.

—En el taxi solo estabas escuchando.

—Y me alegro mucho de haber podido hacerlo y de no entablar conversación con nuestro indudablemente encantador chófer, que sin duda tiene tantas mujeres babeando por él como primos.

—Te mira a los ojos cuando hablas con él..., lo que me preocupa un poco porque estaba conduciendo. Pero es tan «mmm» —dijo a falta de una palabra mejor.

Entonces se dio cuenta de que Ash hacía lo mismo. Cuando hablaba con ella, cuando la pintaba, la mirada a los ojos.

Subieron en el diminuto ascensor; a Lila le pareció bien que el asistente de viaje que ofrecía el hotel enfocara casi toda la conversación en Ash. Y con una sutil floritura, el hombre les dio la bienvenida a lo que resultaron ser dos suites combinadas.

Espaciosas y bien ventiladas, las estancias unían el lujo del viejo mundo y del moderno en una mezcla perfecta.

Se imaginó escribiendo en la pequeña mesa orientada hacia las ventanas, desde donde se veían los tejados de la ciudad, o compartiendo el desayuno en la soleada terraza, acurrucada con un libro sobre los cojines color marfil del sillón.

Con Ash envolviéndola, entrelazados, en la majestuosa cama bajo un techo dorado.

Cogió un perfecto melocotón de un frutero y lo olió mientras entraba en el baño, con su amplia ducha de cristal, la honda bañera de hidromasaje y kilómetros de mármol blanco entreverado con negro.

Planeó una velada en el acto. Velas; Florencia al otro lado de la ventana, resplandeciente bajo un cielo iluminado por la luna. Ash y ella metidos en agua caliente y espumosa.

Tenía que deshacer las maletas, instalarse y familiarizarse con el entorno. Seguía una rutina inalterable para empezar en un sitio nuevo. Pero continuó deambulando, oliendo el melocotón y abriendo las ventanas de par en par para que entrase el aire, la luz, los aromas de Florencia.

Volvió al salón justo cuando Ash cerraba la puerta principal.

—Me he alojado en un montón de sitios impresionantes —le dijo Lila—. Este ha alcanzado el primer puesto de forma meteórica. ¿Dónde están Julie y Luke? Aquí podríamos perdernos.

—En su zona. Julie quería deshacer el equipaje y refrescarse. Tiene una lista de galerías a las que ir para establecer contacto.

—Es verdad.

—No le has preguntado al asistente de viaje su estado civil, ni su afiliación política ni sus pasatiempos favoritos.

Lila tuvo que reír.

—Lo sé, qué poca educación. Me quedé absorta en mi propio mundo. Es maravilloso estar de nuevo en Florencia, y nunca la he visto de esta manera. Pero ¿sabes qué es mejor? Es maravilloso estar aquí contigo... ¿Y mejor todavía que esto? Estar aquí contigo sin que ninguno tengamos que mirar por encima del hombro. Todo es un poquito más luminoso, un poquito más bonito.

—Cuando hayamos terminado, se habrá acabado el tener que mirar por encima del hombro. Podemos regresar aquí o ir a cualquier lugar que desees.

Con un pequeño nudo en el corazón, le estudió mientras jugueteaba con el melocotón.

—Esa es una promesa de las gordas.

—Promesa que hago, promesa que cumplo.

—Sí que las cumples. —Dejó el melocotón (ya lo saborearía más tarde) porque ahora tenía otro capricho en mente—. Debería ser práctica, deshacer el equipaje y ordenar las cosas, pero deseo con toda mi alma una larguísima ducha caliente en ese alucinante cuarto de baño. Así que... —Se dio la vuelta y empezó a andar. Luego volvió la vista por encima del hombro—. ¿Te interesa?

Ash enarcó una ceja.

—Sería idiota si no me interesara.

—Y tú no eres idiota. —Se despojó de los zapatos y siguió su camino.

—Estás muy despejada para acabar de bajar de un vuelo transoceánico.

—¿Alguna vez has viajado en autobús turístico?

—Vale, me has pillado.

Sí, pensó, le había pillado.

—Aun viajando de esa forma soy con un jersey.

Se quitó la goma que había usado para recogerse el pelo y la arrojó sobre la larga y suave encimera.

—Eres como New Jersey.

—Me refiero a la prenda, no al Estado. No requiero de grandes cuidados y no doy problemas. —Probó a abrir el champú de la cesta sobre la encimera y lo olió. Aprobado. Después, lanzándole otra mirada, esbozó una sonrisa; se quitó la camisa, las bragas y la camiseta de encaje que se había puesto en vez del sujetador—. Y tengo mucho aguante antes de mostrar señales de uso. —Cogió el champú, el gel y fue hasta la ducha—. La seda es preciosa, pero un jersey aguanta mejor. —Abrió el grifo y se metió dentro; dejó la puerta abierta—. Por cierto, decía en serio lo de larguísimo y caliente.

Ash la observó mientras se desvestía; observó la forma en que alzó la cara hacia la alcachofa de la ducha y dejó que el agua descendiera por su pelo, hasta que estuvo mojada como una foca.

Cuando entró detrás de ella, Lila se dio la vuelta y entrelazó las manos alrededor de su cuello.

—Este es el tercer lugar en el que he tenido sexo contigo aquí.

—¿Estaba yo en coma?

—Ha sido en mi imaginación, aunque fue impresionante.

—¿Cuáles han sido los otros dos sitios?

—Confía en mí. —Se puso de puntillas para alcanzar su boca—. Lo averiguarás.

Captó el olor a melocotón cuando ella le acarició la mejilla, cuando apretó su cuerpo, ya mojado y caliente, contra el suyo.

Pensó en la gitana, retando a un hombre a que la tomara, y en la reina de las hadas, despertando de manera perezosa después de tomar a alguien.

Pensó en ella, tan desinhibida, tan dispuesta..., con pequeños bolsillos secretos que guardaban mucho más de lo que ella revelaba.

El vapor se alzaba; el agua brotaba. Y las manos de Lila le recorrían en una desafiante invitación.

El deseo por ella era un zumbido constante en su sangre. Fue a más al sentirla contra él; se hizo más denso, como el vapor, que era la única compañía que tenían en aquel húmedo calor.

La alzó un par de centímetros más y la sostuvo como una bailarina de puntillas; devoró su boca, su cuello, hasta que ella le asió el pelo para mantener el equilibrio. Había liberado algo en él; podía sentirlo en el violento golpeteo de su corazón, en el brusco y veloz deambular de sus manos por su cuerpo.

Excitada por aquello, sucumbió con él a la locura.

Tomando, tomando sin más; codicia y lujuria, y un hambre insaciable de sentir su carne. De palparla bajo las manos impacientes; de saborearla en sus lenguas inquisitivas. Con apasionada impaciencia, le agarró las caderas y la alzó otro par de centímetros más.

Y la penetró con tanta ferocidad y desesperación que Lila gritó a causa de la sorpresa y la sensación triunfal.

Que la desearan de esa forma, de manera irracional, y corresponder de igual modo a ese deseo era más de lo que nunca había esperado conocer. Se aferró a él, resollando al ritmo de los potentes golpes de la carne mojada contra la carne mojada.

Lo acogió dentro, lo ciñó y lo poseyó mientras se permitía que la poseyera.

Y por último, cuando el placer se apoderó de ella, de su sangre y de sus huesos, lo entregó todo.

Se agarró a él con fuerza, pues se habría derretido en el suelo de la ducha si el cuerpo de Ash no la sujetara.

Había perdido la noción de dónde estaban y apenas recordaba quiénes eran, así que se aferró aún más y sintió el desaforado latir de su propio corazón resonando de forma atronadora en sus oídos.

Ash la habría llevado a la cama si hubiera tenido fuerzas. En cambio se quedó así, igual que ella, empapado por el rocío. Lleno de ella.

Cuando recobró el aliento, apoyó la mejilla en la parte superior de su cabeza.

—¿Ha sido lo bastante caliente?

—Sin duda.

—No demasiado largo.

—A veces las prisas mandan.

—Y a veces no. —Se apartó y abrió el champú.

Contempló el rostro de Lila mientras se vertía champú en la mano, mientras deslizaba las manos por su pelo y se lo peinaba con los dedos. Luego hizo que se diera la vuelta; le recogió el cabello en lo alto y presionó con los dedos el cuero cabelludo.

Una nueva excitación le recorrió la piel.

—Dios mío. Podrías ganarte la vida así.

—Todo el mundo necesita un plan B.

Esa vez fue largo.

Despertó en la silenciosa oscuridad y la buscó con la mano. Al hacerlo se dio cuenta de que se había convertido ya en una costumbre. Y se acercó pero se sintió frustrado al no encontrarla.

Miró la hora y vio que era bien entrada la mañana. Le habría encantado quedarse donde estaba —si Lila hubiera estado con él— y dejarse llevar de nuevo por el sueño o por ese estado de duermevela con ella.

Pero al estar solo se levantó, descorrió las cortinas y dejó que el sol italiano le bañara.

Había pintado escenas muy parecidas; las formas, los colores cálidos, las texturas. Hermoso, aunque demasiado típico para el lienzo, su lienzo.

Pero la cosa cambiaba si se añadía una mujer a caballo, con el pelo al viento y blandiendo una espada. Un ejército de mujeres

—con armadura de cuero y metal— volando sobre la antigua ciudad. ¿Adónde se dirigían para librar la batalla?

Tal vez lo pintara y lo descubriera.

Salió del dormitorio y encontró el amplio salón tan vacío como la cama. Pero percibió el olor a café y, siguiéndolo, encontró a Lila en la segunda habitación, de menor tamaño, sentada frente a su ordenador a una pequeña mesa de patas curvadas.

—¿Trabajando?

Lila se sobresaltó como un conejillo y rió.

—¡Dios mío! La próxima vez haz algo de ruido o llama a los paramédicos. Buenos días.

—Vale. ¿Eso es café?

—He pedido que lo subieran; espero que te parezca bien.

—Más que bien.

—Seguramente ya no esté caliente. Llevo un rato levantada.

—¿Por qué?

—Imagino que por mi reloj interno. Luego miré por la ventana y no hubo marcha atrás. ¿Quién puede dormir con todo esto? Bueno, por lo visto Luke y Julie, ya que no he oído ni un suspiro por su parte.

Tomó un sorbo de café; ella tenía razón, no estaba caliente. Pero le servía por el momento.

—Fue estupendo salir anoche —dijo Lila—. Pasear, cenar pasta, tomar una última copa de vino juntos en la terraza. Lukie y Julie hacen una pareja preciosa.

Ash gruñó; pensó en lo que tenía en la caja fuerte.

—¿Te apetece desayunar o tienes que trabajar un rato? De todas formas voy a pedir más café.

—Podría comer algo. He terminado de trabajar por ahora. He terminado el libro.

—¿Qué? ¿Lo has terminado? Es genial.

—No debería decir «terminado» porque aún tengo que revisarlo y pulirlo, pero está básicamente listo. Finalicé el primer libro en Cincinnati. No tenía el mismo caché.

—Deberíamos celebrarlo.

—Estoy en Florencia. Esto es una celebración.

Pero Ash pidió champán y una jarra de zumo de naranja para preparar mimosas. No podía objetar nada a su decisión..., mucho menos cuando Julie salió medio adormilada.

—Mmm —dijo.

Se daba cuenta de que era estupendo compartir un pequeño desayuno de celebración con amigos. Con el primer libro estaba sola en Cincinnati; sola en Londres con el segundo.

—Es agradable. —Le pasó a Luke una cesta con bollería—. Nunca había estado en Italia con amigos. Es muy agradable.

—Esta amiga va a llevarte a rastras de tiendas dentro de una hora —decidió Julie—. Luego voy a echar un vistazo a los artistas callejeros a ver si hay alguno al que pueda hacer rico y famoso. Podemos quedar con vosotros aquí o donde queráis —le dijo a Luke.

—Podemos ir con calma. Voy a ejercer de turista. —Le lanzó a Ash una mirada significativa—. Contrato a Ash como guía personal. Día libre, ¿verdad?

—Sí.

Un día, pensó Ash. Todos podían cogerse un día libre. Un sinfín de preguntas, la búsqueda y un empeño renovado coparían la jornada siguiente. Pero se merecían un día de normalidad.

Y si su amigo quería pasarlo buscando un anillo para poder zambullirse de nuevo en el matrimonio, él sería el trampolín.

—¿Por qué no nos vemos de nuevo a las cuatro? —sugirió Ash—. ¿Tomamos una copa y vemos qué hacemos después?

—¿Dónde?

—Conozco un sitio. Te lo paso por mensaje de texto.

Tres horas más tarde, Lila estaba sentada con los ojos vidriosos fijos en la impresionante montaña de lo que ahora consideraba maravillas para los pies. Tacones de aguja, zapatos planos, sandalias de todos los colores imaginables. El olor a piel sedujo sus sentidos.

—No puedo. Tengo que parar.

—No tienes que hacerlo —decretó Julie con firmeza mientras estudiaba las kilométricas plataformas de color azul eléctrico con los tacones plateados—. Puedo crear un look con este calzado. ¿Qué te parecen? Son como joyas para los pies.

—Ni siquiera puedo verlas. Tanto zapato me ha dejado ciega.

—Me las voy a llevar; y las sandalias amarillas, como los narcisos. Y las sandalias planas; estas, con el bonito entrecruzado. Ya.

Se sentó de nuevo y cogió una de las sandalias rojas que Lila se había probado antes de volverse ciega con tanto zapato.

—Estas las necesitas.

—No las necesito. No me hace falta todo esto. ¡Julie, tengo dos bolsas con cosas! Me he comprado una cazadora de cuero. ¿En qué estaba pensando?

—En que estás en Florencia... ¿Y qué lugar mejor para comprar cuero? Te sienta de muerte. Y además acabas de terminar tu tercer libro.

—A falta de los últimos retoques.

—Te llevas estas sandalias. —Julie balanceó una de forma seductora ante la cara de Lila—. Si no te las compras tú, te las regalo yo.

—No, no lo harás.

—No puedes impedírmelo. Las sandalias rojas son clásicas y divertidas, y son tan bonitas como estas que tienes, pero más resistentes. Te durarán años.

—Eso es verdad. —Ablandando, pensó Lila, se estaba ablandando—. Sé que no debo ir de compras contigo. ¿Dónde voy a guardar todo esto? He comprado un vestido blanco y esa pequeña chaquetita blanca; y no hay nada menos práctico que el color blanco.

—Dos prendas que también te quedan de muerte, y el vestido es perfecto para mañana. Con estas. —Levantó otro zapato: sandalias de tacón con tiras de color verde hoja.

Lila se tapó la cara con las manos y echó un vistazo entre los dedos.

—Son tan bonitas.

—Una mujer que no compra zapatos en un viaje a Florencia no es una mujer de verdad.

—¡Oye!

—Y puedes dejar lo que quieras en mi casa, ya lo sabes. De

hecho, estoy pensando seriamente en buscarme un sitio más grande.

—¿Qué? ¿Por qué?

—Creo que vamos a necesitar más espacio después de que le pida a Luke que se case conmigo.

—¡Madre del Amor Hermoso! —Anonadada, Lila se levantó de golpe, se quedó boquiabierta y luego se sentó otra vez—. ¿Lo dices en serio?

—Esta mañana me he despertado, le he mirado y he sabido que eso es lo que quiero. —Con una sonrisa soñadora, Julie se llevó una mano al corazón—. Él es lo que siempre he querido. Le quiero aquí cada mañana... y quiero estar a su lado. Así que voy a pedírselo. Ni siquiera estoy nerviosa porque si dice que no le empujaré en medio del tráfico.

—No dirá que no, Julie. —Asió a su amiga y la estrechó en un fuerte abrazo—. Es realmente maravilloso. Tienes que dejar que te ayude a planear la boda. Ya sabes lo bien que se me da hacer planes.

—Lo sé y te dejaré que lo hagas. Esta vez quiero una boda de verdad; a lo mejor hasta voy de blanco.

—Deberías vestir de blanco, sin duda —decretó Lila—. Desde luego que lo harás.

—Entonces así será. No tiene por qué ser una boda grande y extravagante, pero tiene que ser real.

—Flores y música, y gente secándose las lágrimas.

—Esta vez quiero todo eso. No escaparme a un juez de paz. Voy a plantarme con él delante de familiares y amigos, con mi mejor amiga como dama de honor, y a hacer promesas con él. Esta vez vamos a cumplirlas.

—Me alegro muchísimo por ti.

—Aún no se lo he pedido, pero imagino que es igual que terminar tu libro, al que solo le faltan los últimos retoques. —Con una sonrisa deslumbrante, se arrimó y le dio a Lila un sonoro beso en la mejilla—. Vamos a comprar los zapatos.

—Vamos a comprar los zapatos —repitió.

Ahora tenía tres bolsas, pensó Lila cuando salieron de la tienda. Había jurado que solo compraría cosas prácticas e imprescindibles, a buen precio, para reemplazar lo que había sacrificado.

Reconoció que se había mentido a sí misma, pero, maldita fuera, se sentía muy bien.

—¿Cómo se lo vas a pedir? —exigió saber—. ¿Cuándo? ¿Dónde? Necesito todos los detalles antes de que nos reunamos con ellos para tomar una copa.

—Esta noche. No quiero esperar.

—En la terraza, al atardecer. —Lila solo tenía que cerrar los ojos para imaginarlo—. El atardecer en Florencia. Confía en mí, sé ambientar una escena.

—El atardecer. —Julie exhaló un suspiro—. Suena realmente perfecto.

—Lo será. Me aseguraré de que Ash y yo no os molestemos. Tendrás vino; llevarás puesto algo fabuloso y entonces, mientras el sol se pone y el cielo sobre la ciudad adquiere preciosos tonos rojizos y dorados, se lo pides. Después tienes que venir de inmediato a contárnoslo para que podamos brindar por vosotros..., y luego iremos al restaurante del primo de Lanzo a celebrarlo.

—Puede que no de inmediato.

—Lo menos que puedes hacer después de convencerme mediante la intimidación para que ahora tenga tres bolsas llenas de ropa es posponer el sexo de compromiso hasta después de que lo hayamos celebrado.

—Tienes razón. Estaba siendo egoísta. ¿Por qué no...?

Lila le agarró el brazo.

—¡Julie, mira!

—¿Qué? ¿Dónde?

—Ahí delante. Doblando esa... Vamos.

Tirando de la mano de Julie, Lila comenzó a correr.

—¿Qué? ¿Qué? ¿Qué?

—Es la mujer, la bruja asiática: Jai Maddok. Eso creo.

—Lila, no puede ser. Ve más despacio.

Pero Lila salió disparada como un rayo por la calle adoquinada, dobló la esquina... y volvió a verla de manera fugaz.

—Es ella. Sujétame esto. —Le pasó las bolsas a Julie—. Voy a seguirla.

—No, de eso nada. —Julie aprovechó su mayor altura para bloquearle el paso a Lila—. Primero, no es ella; ¿cómo podría serlo? Y si es ella, no vas a perseguirla tú sola.

—Solo voy a asegurarme… y a ver adónde va. Me marcho. —Más baja, pero más astuta, Lila esquivó a Julie.

—Oh, por el amor de Dios. —Con media docena de bolsas entorpeciéndole, Julie fue tras ella como pudo… y sacó su teléfono móvil a la carrera—. Luke, estoy persiguiendo a Lila, y ella cree que está persiguiendo a la asesina. A la mujer. Es demasiado rápida para mí, no puedo… No sé dónde estoy. ¿Dónde estoy? Está entrando en una plaza muy grande. Yo estoy esquivando turistas. Es… Es la que tiene la fuente de Neptuno. Luke, voy a perderla en un minuto; es muy rápida. ¡Plaza de la Señoría! Veo la escultura de Hércules y Caco de Bandinelli. Date prisa.

Hizo cuanto pudo; pasó la fuente corriendo, pero Lila le llevaba mucha ventaja.

23

Lila aminoró la velocidad y se situó detrás de una estatua. La mujer a la que perseguía caminaba a paso vivo, con un propósito. Estaba segura de que era Jai Maddok. La forma en que se movía, el pelo, la constitución física. Lila salió de su escondite, se puso las gafas de sol y se mezcló con un grupo de turistas. Luego los dejó atrás y redujo un poco más la distancia cuando su presa atravesó las amplias arcadas con columnas que, sabía por anteriores visitas, conducían a la calle.

Lila conocía bien el lugar donde estaba.

La siguió a la calle, tratando de mantener lo que estimaba era media manzana de distancia entre las dos. Si la mujer se daba la vuelta para mirar, tendría que luchar o huir. Ya decidiría qué hacer cuando pasara, si se daba el caso.

Pero Jai continuó andando, dobló otra esquina y recorrió sin vacilar otra calle. Y entró en un elegante edificio antiguo.

Residencias privadas —pisos, determinó Lila—, y sacó su móvil para apuntar la dirección. Mientras lo hacía, el aparato sonó.

—¿Dónde coño estás? —exigió Ash.

—En la calle de la Condotta, cerca de la plaza de la Señoría. Acabo de ver a Jai Maddok entrar en un edificio de apartamentos, creo.

—Vuelve a la plaza. Ahora. Yo voy a tu encuentro.

—Claro, podemos... —Hizo una mueca cuando él colgó—. ¡Ay! —murmuró y, después de echar una última mirada al edificio, se encaminó de nuevo hacia la plaza.

Cuando le vio aproximarse, decidió que aquel «¡Ay!» no iba a ser suficiente. La furia absoluta y visceral impresa en su rostro cruzó la distancia que los separaba y la abofeteó en la cara.

—¿En qué coño pensabas?

—Pensaba: «Anda, ahí está esa mujer que quiere lo que tenemos y que no le importa matar para conseguirlo».

Ash la agarró del brazo y emprendió el mismo camino por el que habían venido con rapidez.

—Despacio, Ashton.

—Ni se te ocurra decirme que vaya más despacio. Te dejo sola una tarde, ¿y tú sales corriendo detrás de una mujer que ha intentado matarte? Aunque no sabes si era ella.

—Era ella. Y lo más importante es qué hace ella aquí. ¿Cómo sabía que estábamos aquí? Porque no es una puñetera coincidencia.

—No, lo importante es que hayas corrido un riesgo tan estúpido. ¿Qué habría pasado si te hubiera atacado otra vez?

—Antes habría tenido que pillarme, y ya he demostrado que soy más rápida. Y esta vez la habría pillado por sorpresa yo a ella, y no al revés. Y no me ha visto. Quería ver adónde iba, y eso he hecho. Tengo una dirección. Tú habrías hecho exactamente lo mismo.

—No puedes salir corriendo tú sola. Ya te ha herido una vez. Tengo que poder confiar en ti, Lila.

Parecía que estaba hablando con una niña desobediente, pensó Lila, y sintió que se cabreaba.

—No es una cuestión de confianza; no lo plantees así. La he visto y he visto una oportunidad. La he aprovechado. Y tengo una dirección; ¿me has oído? Sé dónde está ahora mismo.

—¿Le has visto la cara?

—Lo suficiente. No soy tan imbécil como para enfrentarme a ella de forma directa. He visto bastante bien su cara. Y la altura, la constitución, el pelo, la manera de moverse. Nos ha seguido. Al final sí que deberíamos ir mirando por encima del hombro.

—¡Gracias a Dios! —Julie se apartó de donde aguardaba, apoyada en la fuente de Neptuno, y corrió a rodear a Lila con los brazos. Luego dio un paso atrás y la zarandeó—. ¿Estás chalada?

—No, y siento haberte dejado atrás, pero tenía que seguirle el paso.

—No tienes permiso para darme un susto así. No tienes permiso, Lila.

—Lo siento. Estoy bien. —Pero vio la expresión de Luke—. Tú también estás mosqueado conmigo. —Se percató y exhaló un suspiro—. Vale, tres contra uno; tengo que rendirme a la mayoría. Lo siento. Detesto saber que he disgustado a mis tres personas favoritas. Estáis mosqueados y disgustados, pero ¿podemos dejar eso a un lado durante un minuto y llamar a la policía? Conozco el paradero actual de una delincuente buscada... buscada internacionalmente.

Sin decir nada, Ash sacó su móvil. Lila comenzó a hablar, pero él se apartó.

—Estaba fuera de sí —le dijo Luke—. No le cogías el teléfono, no sabíamos dónde estabas ni si te encontrabas bien.

—No lo he oído. Lo llevo en el bolso y no suena demasiado. Lo he sacado para apuntar las señas y he respondido en cuanto lo he oído sonar. Lo siento.

Ash se acercó de nuevo.

—Dame la dirección.

En cuanto lo hizo, él se apartó otra vez.

—¿Suelen durarle mucho los cabreos? —le preguntó a Luke.

—Depende.

—Le he dado la información a la detective Fine —dijo Ash—. Ellos pasarán los canales más rápido que un turista extranjero. Deberíamos volver al hotel y cerciorarnos de que sea seguro.

Superada en número otra vez, pensó Lila, por lo que no puso objeciones.

Ash se detuvo en la recepción antes de dirigirse al ascensor.

—Nadie ha venido ni ha llamado preguntando por nosotros..., por ninguno de nosotros. El personal del hotel no nos pasará ninguna llamada o mensaje a la suite ni confirmará que estamos registrados. Si ella está aquí y nos busca, le resultará más difícil encontrarnos.

—Está aquí. No estoy equivocada.

Ash se limitó a ignorarla.

—Les he dado su descripción. La seguridad del hotel estará pendiente.

Salieron del ascensor y fueron a la suite.

—Tengo que hace algunas llamadas —anunció y salió directamente a la terraza.

—Que te hagan el vacío es brutal.

—Intenta imaginar cómo se habría sentido él si te hubiera ocurrido algo —sugirió Luke—. El hecho de que no sucediera no cambia esos diez minutos en los que temía que pudiera pasarte o te hubiera pasado algo. —Pero se ablandó y le dio un beso en la coronilla—. Creo que nos vendría bien una copa.

Derrotada, Lila se sentó mientras él abría una botella de vino.

—No voy a dejar que te pongas de morros. —Julie la señaló y luego se sentó en una silla.

—No estoy de morros. Sí que lo estoy y, si todos estuvieran cabreados contigo, tú también lo estarías.

—Yo no habría salido pitando como un conejo chalado detrás de una conocida asesina.

—La he perseguido de forma precavida e instintiva. Y ya he dicho que lo sentía. Nadie ha dicho: «Bien hecho por conseguir su localización, Lila».

—Bien hecho. —Luke le llevó una copa de vino—. No vuelvas a hacerlo jamás.

—No estés enfadada —le dijo a Julie—. Me he comprado los zapatos.

—Además eso. No podía seguirte el paso. Si me hubieras dado la oportunidad, habría ido contigo. Habríamos sido dos si algo pasaba.

—No creías que la había visto de verdad.

—Al principio no, luego me aterraba que lo hubieras hecho. Pero sí que te has comprado los zapatos. Hablando de eso —agregó y se levantó cuando Ash entró—, debería guardar mis trofeos. Luke, tienes que venir a ver lo que he comprado.

¿Fuga o prudencia?, se preguntó Lila. Probablemente un poco de cada cosa, decidió mientras Luke llevaba las bolsas de Julie e iba con ella hasta su parte de la suite.

—Me he vuelto a disculpar con ellos —comenzó—. ¿Tú también necesitas que me disculpe otra vez?

—He hablado con el aeropuerto en el que se encuentran los aviones de la familia. —Su tono frío y cortante contrastaba con el fuego que ardía en sus ojos—. Alguien ha usado el nombre de la ayudante personal de mi padre para contactar con ellos a fin de confirmar la información de mi vuelo. No era la ayudante de mi padre.

—Así que nos ha seguido.

—Es lo más seguro. —Se acercó para servirse una copa de vino—. Contraté los servicios de Lanzo y reservé el hotel por separado, siguiendo una recomendación que mi hermana Valentina me hizo hace un año. Es más complicado que la asesina siga la pista a todo esto, pero podría hacerlo si escarbara lo suficiente.

—Deberíamos decírselo a Lanzo.

—Ya lo he hecho.

—Puedes estar cabreado por mi forma de actuar, pero ¿no es mejor saberlo? Cualquiera de nosotros podría haberse tropezado con ella al ir a comprar un helado. Al menos ahora estamos sobre aviso.

—Estás metida en esto por mí. No hay forma de evitar eso. Oliver está muerto a causa de sus propios actos, pero lo cierto es que yo no le presté atención. Metí a Vinnie en esto y nunca pensé por adelantado. Eso no va a pasarme contigo. —Se volvió hacia ella, y su mal carácter estalló—. No quiero que suceda lo mismo contigo. O me das tu palabra de que no te irás sola sin importar a quién o qué creas ver, o te meto en el avión de regreso a Nueva York.

—No puedes meterme en ningún lado. Puedes decirme que me largue, pero eso es todo.

—¿Quieres hacer la prueba?

Lila se levantó de la silla con brusquedad y se paseó por la habitación.

—¿Por qué me acorralas de este modo?

—Porque me importas demasiado como para no hacerlo. Sabes que es así.

—Tú habrías hecho lo mismo que yo.

—Entonces esta sería una conversación diferente. Necesito que me des tu palabra.

—¿Debería haberme limitado a decir «Ay, tía, esa es Jai Maddok, asesina internacional, que nos quiere a todos muertos» y luego haber seguido de compras con Julie?

—Deberías haber dicho «Creo que esa es Jai Maddok», haber sacado tu móvil y haberme llamado. De esa forma, si la hubieras seguido, yo ya habría ido a tu encuentro. Habrías estado al puto teléfono conmigo para que yo no pensara que a lo mejor te había atacado y esta vez te había abierto en canal con la navaja mientras yo te estaba comprando un puñetero colgante.

—No digas tacos, y tienes razón. Vale, tienes razón. No estoy acostumbrada a consultar las cosas con nadie.

—Pues acostúmbrate.

—Lo intento. Tú tienes medio millón de hermanos, una familia enorme. Estás acostumbrado a hablar con ellos. Yo llevo sola años, tomando mis propias decisiones. No se me ocurrió que te asustaría, que os asustaría a todos. Yo... Tú también me importas. No puedo soportar pensar que he estropeado las cosas entre nosotros..., con los demás.

—Te pido que me des tu palabra. Puedes dármela o no.

Superada en número, pensó Lila otra vez, luchando contra su propio mal genio. Cuando tres personas que se preocupaban por ella veían las cosas del mismo modo, no le quedaba más remedio que reconocer que tenía que modificar su forma de verlas.

—Puedo darte mi palabra de que intentaré recordar que tengo a alguien con quien consultar, que es importante para él que lo haga. Eso sí puedo hacerlo.

—Vale.

Lila dejó salir el aliento que había estado conteniendo de manera más temblorosa de lo que había pensado. No le importaba pelear, pero no podía pelear cuando comprendía sin la menor duda que había obrado mal.

—Detesto saber que te he preocupado tanto, que no he oído el estúpido móvil cuando intentabas dar conmigo. Si la situación hubiera sido a la inversa, yo también habría estado asustada y furiosa. He reaccionado tal y como estoy acostumbrada a hacerlo y... ¿Me has comprado un colgante?

—Me pareció bien en ese momento. Ahora ya no estoy tan seguro.

—No puedes seguir mosqueado conmigo. Soy demasiado encantadora.

—Estoy muy cabreado.

Lila meneó la cabeza, se acercó a él y le rodeó con los brazos.

—Soy realmente encantadora. Y estoy muy arrepentida.

—Esa mujer mata a personas, Lila. Por dinero.

Y por diversión, pensó Lila.

—Puedo decirte que he tenido cuidado, pero tú no estabas allí y no puedes estar seguro. Llevaba un bolso grande y elegante; no bolsas de compra ni tacones altos en esta ocasión. No ha vuelto la vista ni una sola vez. Se movía como una mujer que tenía que ir a un sitio. O bien se aloja en ese edificio, o iba a reunirse con alguien allí. Podemos dar un soplo anónimo a la policía.

—Fine y Waterstone se están ocupando de ello.

—Así que ¿esperamos y ya está?

—Eso mismo. Y mañana iremos a ver a Bastone, tal y como teníamos planeado. —Miró por encima de la cabeza las bolsas de compra—. ¿Todo eso es tuyo?

—Es culpa de Julie. Deberíamos dejarlos libres a Luke y a ella. Sé que quería echar un vistazo a algunos de los artistas.

—Iremos todos. Desde ahora no vamos a separarnos.

—De acuerdo. —Adáptate, se recordó—. No nos separaremos.

Quizá tuvieran que mirar por encima del hombro otra vez, pero Lila pensaba que les venía bien salir, dar un paseo, estar juntos. Pasearon por el puente, con el río discurriendo bajo el mismo, para que Julie pudiera estudiar y evaluar las pinturas que estaban realizando los artistas en la calle y charlar con ellos.

Lila se arrimó a Luke.

—Nunca sé de qué habla exactamente cuando se pone en plan artístico —comentó Lila—. Y ahora tampoco con Ash.

—No puedo traducírtelo, pero me gusta la pintura que están contemplando.

Lila estudió la imagen ensoñadora de un patio, con flores derramándose de las macetas, trepando de forma silvestre por una tosca pared de yeso. Había un pequeño drama en marcha: un niño pequeño, con la cabeza gacha hacia una maceta rota, y una mujer de pie justo ante la puerta, con los brazos en jarras.

—Ella tiene una pequeña sonrisa en la cara; solo un asomo —observó Lila—. Quiere a su triste y arrepentido hijo. Hará que lo recoja y luego volverán a plantar las flores.

—Yo diría que entiendes mucho más que yo. Pero puedo ver que a Julie le gusta lo suficiente como para echar un vistazo a las otras obras.

—Y no podemos descuidar tu trabajo. Tenemos que visitar algunas panaderías antes de volver a Nueva York. Eso va a ser un infierno.

—He ido a un par esta mañana. He probado un *cornetto al cioccolato* que creo que puedo reproducir y tengo una pista sobre un par de panaderías secretas.

—¿Qué tienen de secretas?

—Hay que buscarlas... fuera de los lugares conocidos. Panaderías industriales —explicó—. Empiezan a hacer repostería en plena noche para las cafeterías. Se supone que no venden al público, pero sí lo hacen... bajo cuerda.

—Una búsqueda en plena noche de panaderías secretas. Me apunto. Julie me ha dicho que vas a abrir otro local. Háblame de eso.

Se enganchó a su brazo y recorrieron la hilera de artistas y lienzos hasta que, con aire triunfal, Julie se unió a ellos.

—Puede que acabe de cambiarle la vida a alguien. El jefe me ha dado el visto bueno para firmar con él; el artista del chico en el patio. Es él... el del cuadro. Pintado de memoria; su casa, su madre y un pequeño accidente con un balón de fútbol una tarde de verano.

—Qué bonito. Me encanta.

—Su obra tiene dinamismo y cuenta una historia. Vamos a llevarnos tres. Lo primero que ha hecho, después de darme un beso, ha sido llamar a su mujer.

—También muy bonito.

—Fabulosas joyas para los pies y un artista nuevo. —Con una risa sincera, Julie levantó los brazos en alto—. Un día completo.

Luke le agarró la mano y le dio una vuelta que la hizo reír de nuevo.

—Nada está completo sin un helado. ¿Te apuntas? —le preguntó a Ash.

—Claro.

—Si el helado está en la agenda, tengo que andar más para ganármelo. —Julie miró hacia atrás y luego a Ash—. Te ha gustado su obra.

—Podías oler las flores, sentir el calor, percibir la divertida exasperación de la madre y la resignación del chico ante lo que se avecinaba. Pinta con el corazón, no es solo técnica.

—Lo mismo pienso yo. Ni siquiera tiene agente. Espero que lo solucione.

—Le he dado algunos nombres —dijo Ash—. Creo que una vez que baje de la nube hará algunas llamadas.

—¿Recuerdas tu primera venta? —preguntó Lila.

—Todo el mundo recuerda la primera.

—¿Cuál fue?

—La titulé *Hermanas*. Tres hadas ocultas en el bosque, viendo aproximarse a un jinete. Acababa de terminarla, trabajando al aire libre en la finca, cuando mi padre trajo a la mujer con la que salía por entonces para que me conociera. Ella quiso comprarlo —dijo mientras caminaba—. Mi padre dijo que podía.

—Así de simple.

—En esos momentos, él no comprendía lo que estaba haciendo o intentaba hacer. Ella sí. Era agente. Siempre he pensado que la llevó a la finca para que me dijera que debía darme por vencido. En cambio me dio su tarjeta, se ofreció a representarme y me compró esa pieza en el acto. Sigue siendo mi agente.

—Me encantan los finales felices... y el helado. Yo invito —anunció Lila—. Una disculpa tangible por lo de antes.

Fueron hasta el parque y deambularon por el amplio sendero de los jardines de Boboli. Ash la desvió hacia el estanque donde Andrómeda se alzaba entre el verde oscuro de la vegetación.

—Siéntate ahí, con las piernas cruzadas.

Ella así lo hizo, pensando que quería sacarle una foto, y agitó las manos cuando él sacó el cuaderno de dibujo.

—Una cámara es más rápido.

—Tengo una cosa en mente. Cinco minutos. Vuelve la cabeza, solo la cabeza, hacia el agua. Bien.

Se resignó mientras Julie y Luke se alejaban.

—Va a tardar un rato —predijo Julie.

—Sé cómo trabaja. —Luke le alzó la mano, igual que cuando eran adolescentes, y le besó los nudillos—. Esto es una maravilla. Sentémonos aquí unos minutos y disfrutémoslo.

—Hace un día precioso. Ha sido un día genial, a pesar del pequeño drama. Hacen una pareja estupenda, ¿no te parece? No conozco a Ash tan bien como tú, pero nunca le he visto tan pendiente de una mujer como de Lila. Y a ella sí la conozco. Está loca por él, y es la primera vez que le pasa de verdad.

—Julie.

—Mmm. —Apoyó la cabeza en su hombro y sonrió mientras observaba a Ash dibujar.

—Te quiero.

—Lo sé. Te quiero. Soy muy feliz.

—Quiero hacerte feliz. Julie. —Cambió de posición, se giró e hizo que ella girara para quedar el uno frente al otro—. Quiero que nos hagamos felices el uno al otro toda la vida. —Sacó la caja con el anillo del bolsillo y la abrió—. Cásate conmigo, y empecemos de nuevo.

—Ay, Dios. Luke.

—No digas que no. Di «Vamos a esperar» si tienes que hacerlo, pero no digas que no.

—¿Decir que no? No voy a hacerlo. Iba a pedírtelo yo a ti esta noche. Al ponerse el sol. Lo tenía planeado.

—¿Ibas a pedirme que me casara contigo?

—No quiero esperar. —Le rodeó el cuello—. No quiero esperar. Quiero casarme contigo otra vez. Y como si fuera la primera vez, como si esta fuera la primera vez. Me has comprado un anillo.

—No quería que fuese un diamante. Es un nuevo comienzo. Así que... —Le colocó la esmeralda en talla cuadrada en el dedo—. Por hoy y por todos los mañanas que podamos vivir.

—Hemos vuelto a encontrarnos. —Se le empañaron los ojos mientras le enmarcaba el rostro con las manos; la piedra brillaba bajo el intenso sol—. Y es perfecto, Luke. —Posó los labios en los suyos—. Somos perfectos.

Fueron casi veinte minutos en vez de cinco, pero Ash por fin se acercó a Lila y se puso en cuclillas. Le dio la vuelta al cuaderno.

Lila escudriñó las diversas imágenes de ella sentada entre los arbustos con el agua a su espalda y la escultura de un dios alzándose al fondo.

Había hecho que levantara una mano con la palma hacia arriba.

—¿Qué soy?

—Una diosa moderna obteniendo poder de lo antiguo. Podría hacerlo a carboncillo, sin color, con una tormenta insinuándose en el cielo hacia el oeste. —Se levantó y le tendió una mano para ayudarla a ponerse en pie.

—¿Has sacado todo eso del estanque?

—Eres tú —dijo sin más y luego echó un vistazo alrededor—. Ahí están. —Tiró de la mano de Lila y fueron hasta el banco—. Lo siento. Me he distraído.

—Yo también. —Julie sostuvo en alto su mano.

—Oh, qué anillo tan precioso. ¿Cuándo…? ¡Oh, Dios mío!

—Nos vamos a casar. —Julie se levantó con energía y abrazó a Lila y luego a Ash.

—¿Qué hay de la puesta de sol?

—Él se me ha adelantado.

—Enhorabuena. —Lila abrazó a Luke también—. Soy muy feliz. Tenemos que hacer un brindis.

—Conozco un sitio —dijo Ash.

—Eso ya lo has dicho. Llévanos a él. Vamos a beber por el amor verdadero, perdido y luego encontrado.

—Lo siento —dijo cuando le sonó el teléfono—. Tengo que cogerlo.

—¿Es…?

Ash levantó un dedo y se alejó.

Céntrate en el momento, se ordenó Lila.

—Tenemos una boda que planear.

—Y rápido. Para finales de septiembre.

—Es muy pronto, pero estoy lista para el reto. Necesitamos saber dónde. Voy a hacer una lista. Y… ¿Qué pasa? —preguntó cuando Ash regresó.

—No estaba allí. Maddok.

—Te digo que era ella. La vi entrar.

—No estabas equivocada. Era ella…, pero no estaba allí. Aunque un marchante de arte llamado Frederick Capelli sí lo estaba. Le ha rebanado el pescuezo.

Jai le envió un mensaje de texto a su jefe desde sus bonitas habitaciones en Florencia.

Paquete despachado.

Y de forma muy fácil, pensó mientras dejaba el móvil y se sentaba a limpiar la navaja a conciencia. El pequeño trabajito adicional aumentaría su cuenta, y la eficacia complacería a su jefe. Necesitaba algo en ese lado de la balanza después de la debacle de Nueva York.

La putilla escuálida no debería haberse zafado de ella; tenía que reconocer que había sido descuidada. ¿Quién iba a pensar que la muñequita huesuda tenía agallas suficientes como para correr... o lanzarle un verdadero puñetazo? Se le había escapado de las manos.

No iba a olvidarlo.

No tenía la culpa de lo que había pasado con Oliver y su puta, ni tampoco con su honrado tío. Le habían endosado al imbécil e impulsivo Ivan.

Pero comprendía muy bien que a su jefe le importaran muy poco las excusas.

Estudió la navaja después de limpiarla, viéndola relucir bajo la luz que entraba por las ventanas. El marchante de arte había sido fácil y rápido; un tajo sencillo.

Degollarle el pescuezo le había alegrado el día, aunque había sido un asesinato patéticamente vulgar. Dirigió la mirada hacia lo que consideraba su gratificación.

La cartera, con algunos jugosos euros; el reloj, un Cartier antiguo; el anillo para el dedo meñique que, a pesar de que tenía un diamante con un tamaño decente y buen brillo, resultaba pretencioso.

Se había tomado el tiempo de registrar el apartamento y llevarse cosas valiosas fáciles de transportar. Siguiendo un impulso se había llevado una corbata de Hermès.

Se desharía de todo menos de la corbata; esa iría a su colección. Disfrutaba de sus pequeños souvenirs.

Y la policía, al menos en un principio, consideraría el asesinato como un robo que había acabado mal.

Pero Capelli estaba muerto porque lo había matado ella, y porque él no había localizado el huevo, tal y como había prometido, y Oliver Archer sí.

Nadie lo echaría de menos hasta el lunes siguiente, lo que le dejaba mucho tiempo para localizar a Archer y a su putilla.

Les había seguido la pista hasta allí, ¿no? No se había equivocado al pagar, de su propio bolsillo, un alojamiento desde el que podía vigilar la casa de Archer en Nueva York. Y había tenido suerte de haber visto la limusina, de haberlo visto marcharse con una maleta.

Pero la suerte no servía de nada sin destreza. Seguirle hasta el aeropuerto, ingeniárselas para hacerse con la información del vuelo; eso había requerido de destreza. Y había satisfecho a su jefe lo suficiente como para organizarle un vuelo a Florencia en uno de sus jets.

Unas pequeñas vacaciones después de las muertes, suponía. Algunos amigos con quienes compartir las alegrías del viaje. Ash y los demás no serían conscientes de que seguían estando en su punto de mira y serían más descuidados.

Un hombre como Archer, con su dinero, se alojaría en un hotel importante o alquilaría un magnífico alojamiento privado. Visitarían las típicas atracciones turísticas; el arte jugaría un papel.

Ahora que había despachado el paquete podía iniciar la cacería.

Y a la cacería le seguiría el asesinato. Lo estaba deseando.

Guardó la navaja en la manta hecha a mano en que transportaba sus objetos afilados y la enrolló con cuidado. Tenía intención de utilizar varias de esas armas blancas con la putilla que le había hecho sangrar el labio.

Lo celebraron alzando sus burbujeantes copas en una mesa de la terraza mientras Florencia seguía su curso.

Jai Maddok no pasó por allí, pensó Lila manteniéndose alerta, escudriñando las caras mientras hablaba de sitios para celebrar bodas, de las flores.

—Lo pillo. —Lila golpeó con el dedo en la mesa—. Quieres algo sencillo y elegante, con mucha diversión. La ceremonia, y todo lo que representa, seguida de una fiesta muy animada.

—Eso lo resume. —Julie le brindó una sonrisa a Luke—. ¿Lo resume eso todo para ti?

—Tú lo resumes todo para mí.

—¡Jo! Estás ganando muchos puntos —dijo Lila cuando Julie se inclinó para besar a Luke—. Menos mal que llevo puestas las gafas de sol, porque si no el brillo de los dos me habría cegado. A lo mejor deberíamos dar gafas de sol como regalo a los invitados. Voy a tomar nota.

—Está de coña —aseveró Julie.

—Puede. Pero desde luego no bromeo con lo de mirar algunas de las tiendas para dar con el elemento más importante de todos: el vestido de novia. Si disponemos de tiempo, deberíamos echar un vistazo aquí mismo, en Florencia.

—Me has leído el pensamiento.

Lila le dio un codazo a Ash.

—Estás muy callado.

—Según mi experiencia, los hombres tienen poco que ver con los planes de boda y con su ejecución. Con aparecer ya han cumplido.

—Piénsalo otra vez. Voy a hacerte una lista, señor padrino. Puedes empezar otra famosa hoja de cálculo. Creo que...

Se interrumpió cuando a él le sonó el móvil.

Ash respondió:

—Archer. Sí. De acuerdo. ¿Sin nombre? No, está bien, gracias. Sí, está bien. Gracias otra vez. —Concluyó la llamada y levantó su copa de nuevo—. Por lo visto, una mujer ha llamado al hotel pidiendo que la pasaran con mi habitación. Tal y como pedí, en recepción le han dicho que no estaba registrado allí. Y que tú tampoco lo estabas —le dijo a Lila— cuando también ha preguntado por ti.

—Está comprobando los hoteles.

—Y si no la hubieras visto, no le habría pedido al recepcionista que le dijera a cualquiera que llamara o a las visitas que no estamos registrados.

—Y ella sabría dónde nos alojamos. Así que me llevo unos cuantos puntos.

—Verla y correr detrás de ella son dos cosas distintas. Pero me estoy ablandando. Pidamos otra ronda, y tú puedes entretenerte intentando encontrarla entre la multitud.

—Estaba siendo sutil.

Ash se limitó a sonreír mientras le hacía señas al camarero.

24

Llevaba el vestido blanco y los zapatos nuevos, y tenía que admitir que, como siempre, Julie había dado en el clavo. Un estilo veraniego elegante y clásico, decidió, y lo remató trenzándose el cabello y enrollándolo en un moño bajo.

Nadie sospecharía, si acaso eso importaba, que aquella era su primera visita a una villa italiana no relacionada con el trabajo.

—Estás casi perfecta —comentó Ash cuando entró en el dormitorio.

—¿Casi?

—Casi. —Abrió el cajón superior de la cómoda y sacó una caja—. Pruébate esto.

Encantada, abrió la caja y se quedó mirando la cajita que había dentro. Los colgantes triviales no venían en estuches de piel.

—¿Algún problema?

—No. —Era una tontería ponerse nerviosa por un regalo—. Estoy creando expectación. —Sacó el estuche y lo desenvolvió.

El colgante azul lavanda claro en forma de gota brillaba en un delgado marco de diminutos diamantes. Este pendía de dos cadenas, delicadas como una tela de araña, donde más pequeños diamantitos relucían como unas gotas de rocío.

—Es... Es precioso. Es piedra de luna.

—Parecía apropiado para una mujer que acaba de terminar prácticamente su tercer libro sobre hombres lobo. Vamos.

Ash abrió el cierre, sacó el colgante del estuche y se lo colocó a Lila en el cuello. Después de cerrar el broche, se quedó detrás de ella, estudiando el resultado en el espejo.

—Ahora estás perfecta.

—Es una preciosidad. —Pero le miraba a él a los ojos—. «Apropiado» no es la palabra adecuada. Apropiado es algo que se hace solo por educación. Esto es detallista de un modo que revela que has pensando en algo especial para mí. Me encanta, y no solo porque es precioso, sino porque es detallista. Gracias. No sé qué decir.

—Acabas de decirlo. Hicimos bien al tomarnos ayer el día libre, en celebrarlo con Luke y con Julie. Esto celebra lo que has hecho tú.

Lila se volvió y apretó la mejilla contra la de él.

—Es lo más bonito que me han regalado y significa muchísimo para mí.

Ash dio un paso atrás y le acarició con suavidad los hombros mientras estudiaba su rostro.

—Tenemos que hablar de algunas cosas cuando volvamos a Nueva York.

—¿Cosas de las que no podemos hablar en Italia?

—Lo de hoy es la razón de que hayamos venido, así que tenemos que ocuparnos de eso. De hecho, deberíamos irnos. Llamaré a Lanzo.

—Solo tengo que coger mi bolso. Estoy lista.

Cuando él salió, Lila se volvió hacia el espejo y rozó la piedra con los dedos. Y observó los prismáticos que había dejado junto a la ventana.

¿No era extraño que hubieran conducido a esa situación? ¿Y qué iba a hacer con esa sensación de estar deslizándose por un largo, larguísimo túnel que llevaba al enamoramiento?

Sin un punto de apoyo, pensó, sin ningún saliente accesible al que arrastrarse para recobrar el aliento, para reducir la velocidad. Pese a lo estimulante de la caída, no tenía ni idea de cómo sobrellevar el aterrizaje.

¿Poco a poco?, se preguntó a sí misma mientras cogía el bolso.

Haz lo que habéis venido a hacer y luego enfréntate a lo que venga. No sabía otra forma de hacerlo.

Pero se miró al espejo; observó el colgante, una última vez. Ash la conocía, comprendía qué era importante para ella. Y se dio cuenta de que eso era algo tan hermoso como la propia piedra.

Cuando recordara el viaje a la Toscana, Lila lo haría en colores. Cielos azules, amarillos girasoles danzando en los campos a lo largo de la carretera. El oscuro verde de las colinas, de los olivares, de los cónicos cipreses; todas las tonalidades cítricas de limones, limas y naranjas que cuajaban los árboles, y el intenso color lila de las uvas que abarrotaban las vides.

Jardines rebosantes de vivos rojos y morados, o llamaradas amarillas y anaranjadas resplandecientes bajo la luz del sol, contrastando con las inmaculadas paredes blancas de las casas o el resistente ladrillo de los muros. Kilómetros, o eso parecían, de viñedos se abrían paso por bancales o cubrían los campos en ordenadas hileras.

Si supiera pintar como Ash, pintaría ese paisaje, pensó; todo ese color bañado por el luminoso sol.

Lanzo sazonó el viaje con fragmentos de cotilleos locales o preguntas sobre Estados Unidos, adonde juraba que viajaría algún día. Igual que le sucedió a Ash con el vuelo, Lila pensaba en el viaje en coche como en una especie de limbo, como si viajaran a través de cuadros, de un paisaje a otro.

Tan pronto era oscuro y polvoriento como repleto de vívidos y audaces colores al momento siguiente. Belleza y más belleza, repleta de gloriosa luz.

Se desviaron de la carretera por un empinado y estrecho camino de grava que ascendía entre olivares.

Vio unos toscos escalones excavados en la ladera, como si un gigante de la antigüedad los hubiera tallado en la pronunciada bajada. Flores silvestres se abrían paso en las grietas para beber del sol justo bajo una pequeña zona llana con un banco de hierro.

Sentarse allí era contemplarlo todo, pensó.

—Esta es la propiedad de los Bastone —les dijo Lanzo—. Giovanni Bastone, al que van a ver, se aloja en la casa principal. Su hermana y su madre también viven en la finca, en otra casa muy bonita. Su hermano vive en Roma y se ocupa de sus... ¿Cómo se dice? De sus intereses allí. Hay otra hermana más que reside en Milán. Es cantante de ópera y está considerada una buena soprano. Había otro hermano, pero falleció joven en un accidente de coche. —Giró con suavidad hacia las verjas de hierro que conectaban con unos blancos muros—. La seguridad, ya saben. Los esperan, *sì*, y conocen mi coche.

Las puertas se abrieron mientras hablaba.

Unas arboledas y unos cuidados jardines abancalados marcaban el camino hasta la glamurosa villa.

Las altas ventanas arqueadas, las curvas de los porches y los imponentes bancales lograban ofrecer majestuosidad y delicadeza. Sin las líneas más suaves, el encanto de las vides que se derramaban de aquellas terrazas habría dominado el paisaje. En cambio, en opinión de Lila, formaban una unión perfecta.

El tejado de rojas tejas caía a dos aguas sobre las paredes de color amarillo pálido. El camino de entrada rodeaba una fuente central de la que el agua manaba de forma caprichosa de las manos ahuecadas de una sirena encaramada a unas rocas.

—Me pregunto si alguna vez necesitan a alguien que les cuide la casa.

Julie puso los ojos en blanco.

—Cómo no.

Lanzo se apeó para abrir la puerta del coche justo cuando un hombre con pantalones beis y camisa blanca salió de la casa.

Tenía el pelo blanco, veteado de forma espectacular con negros mechones a juego con unas gruesas y arqueadas cejas. Mostraba el aspecto de alguien bien alimentado, sin apenas barriga aún, y unos ojos color ámbar que resaltaban en un bronceado y anguloso rostro.

—¡Bienvenidos! Sean bienvenidos. Soy Giovanni Bastone. —Le tendió la mano a Ash—. Veo el parecido con su padre.

—Signore Bastone, gracias por recibirnos.

—Por supuesto, por supuesto, es un placer.

—Estos son mis amigos: Lila Emerson, Julie Bryant y Luke Talbot.

—Encantado de conocerles. —Besó las manos de Lila y Julie, y estrechó la de Luke—. Entren, resguárdense del sol. Lanzo, Marietta tiene algo especial para ti en la cocina.

—*Ah, grazie, signore Bastone.*

—*Prego.*

—Da la impresión de que su casa hubiera crecido aquí bajo el sol hace cientos de años.

Bastone le brindó una sonrisa a Lila.

—Es un cumplido magnífico. Doscientos años; la parte original, ya me entiende. —Aún encantado, enganchó el brazo de Lila al suyo y los condujo dentro—. Mi abuelo la amplió. Un hombre ambicioso y astuto en los negocios.

Los llevó hasta un amplio vestíbulo con baldosas color arena, paredes en tono crema y oscuras vigas en el techo. La escalera describía una curva; las suaves líneas de nuevo, con arcos lo bastante anchos para que cuatro personas pasaran a la vez de manera holgada de una habitación a otra. Las obras de arte en antiguos marcos de oro bruñido abarcaban desde paisajes a retratos, pasando por bodegones.

—Debemos hablar de arte —dijo Bastone—. Una pasión personal. Pero antes tomaremos algo, ¿sí? Siempre ha de haber vino para los amigos. Espero que su padre esté bien.

—Lo está, gracias, y le envía saludos.

—Nuestros caminos no se han cruzado desde hace tiempo. También conozco a su madre. Desde hace menos tiempo.

—No lo sabía.

—*Una bella donna.* —Se besó los dedos.

—Sí que lo es.

—Y una mujer excepcional.

Los hizo salir a una terraza bajo una pérgola cubierta por una frondosa buganvilla. Las flores se derramaban y brotaban de unas macetas de terracota de un metro de altura; un perro color canela dormitaba a la sombra. Y las colinas, los campos y las arboledas de la Toscana se extendían como un regalo más allá.

—Debe de sentirse embriagado cada vez que sale afuera. Las vistas —se apresuró a decir Lila cuando él frunció el ceño— son embriagadoras.

—Ah, sí. Embriagadoras como el vino. Es usted muy lista; escritora, ¿verdad?

—Sí.

—Por favor, siéntense —les pidió con un gesto. Había una mesa ya dispuesta con vino, copas y coloridas bandejas de fruta, queso y aceitunas—. Deben probar nuestro queso local. Es muy especial. Ah, aquí llega mi esposa. Gina, nuestros amigos de Estados Unidos.

Una mujer delgada, con el pelo veteado por el sol y unos ojos oscuros y profundos, salió con paso vivo.

—Por favor, discúlpenme por no salir a recibirles —comentó y le dijo algo en italiano a su marido, que le hizo reír un poco—. Le he explicado a Giovanni que estaba al teléfono con mi hermana. Un pequeño drama familiar, el cual me ha entretenido.

Su marido hizo las presentaciones y sirvió el vino él mismo.

—¿Han tenido un buen viaje? —preguntó Gina.

—El trayecto desde Florencia ha sido muy agradable —respondió Julie.

—¿Y están disfrutando de Florencia? La magnífica comida, las tiendas, el arte.

—De todo ello.

Iniciaron una charla trivial, aunque muy animada, en opinión de Lila. Observando a los Bastone descubrió a dos personas que habían vivido toda una vida juntos y que aún lo disfrutaban, aún lo valoraban.

—Usted conoce a la que fue amante de mi marido —le dijo a Lila.

Bastone rió entre dientes, alzando la vista al cielo.

—Ah, la joven chica estadounidense: Miranda Swanson. Qué pasión, cuánto apremio teníamos. Su padre no lo aprobaba, así que era aún más apasionado, más apremiante. Le escribía odas y sonetos, componía canciones para ella. Tal el sufrimiento y la dicha del primer amor. Luego ella se marchó. —Chasqueó los dedos—. Como un sueño. —Le asió la mano a su esposa y se la besó—. Después vino la hermosa mujer toscana, que me rechazó y me ninguneó, así que yo la maldije, le supliqué y la cortejé hasta que se apiadó de mí. Con ella he vivido las odas y los sonetos, las canciones.

—¿Cuánto tiempo llevan casados? —preguntó Lila.

—Veintiséis años.

—Y todavía es una canción.

—Cada día. Algunos días la música está desafinada, pero es siempre una canción que merece la pena cantar.

—Es la mejor descripción de un buen matrimonio que he oído jamás —decidió Lila—. Acordaos de cantar —les dijo a Julie y a Luke—. Están prometidos… desde ayer.

Gina dio una palmada y, tal y como hacían las mujeres, se inclinó para estudiar el anillo de Julie.

Bastone alzó su copa.

—Que la música sea dulce. *Salute*.

Ash recondujo la conversación poco a poco.

—Fue interesante conocer a Miranda. Tanto Lila como yo encontramos fascinante la historia sobre su abuelo y la partida de póquer con Jonas Martin.

—Siguieron siendo amigos, aunque raras veces se veían cuando mi abuelo regresó a casa para ocuparse de los negocios. A Jonas Martin le encantaba apostar, como decía mi abuelo, y casi siempre lo hacía fatal. Le llamaban, uh…

—Jonnie el Cenizo —concluyó Ash.

—Sí, sí.

—¿Y solía apostar los tesoros familiares?

—Deberían saber que no era habitual en él. Estaba, uh…, malcriado; esa es la palabra. Joven y un poco alocado, eso nos decía el abuelo. Mi abuelo nos contó que el padre de Martin se puso furioso por la apuesta, pero una apuesta es una apuesta. ¿Está interesada en escribir sobre esa época?

—Muy interesada —repuso Lila—. Miranda no sabía cuál fue la apuesta, qué reliquia de la familia perdió. ¿Puede decírmelo usted?

—Puedo hacer más que eso. Puedo enseñársela. ¿Les gustaría verla?

A Lila se le desbocó el corazón. Logró asentir con la cabeza, tragándose el nudo en la garganta.

—Me encantaría.

—Tengan la bondad de acompañarme. —Se levantó haciéndoles una señal—. Traigan sus copas. A mi abuelo le encantaba viajar y el arte. Viajaba por negocios, claro; lo que nosotros llamaríamos «para establecer contactos».

Los condujo de nuevo por baldosas de mármol travertino, bajo arcadas.

—Buscaba objetos de arte, algo fascinante, allá donde iba. Le transmitió ese interés a mi padre, y mi padre me lo pasó a mí.

—Tiene una colección maravillosa —comentó Julie—. Este. —Se detuvo un momento ante el retrato de una mujer; ensoñador y romántico—. ¿Es un Umberto Boccioni de su primera época?

—En efecto.

—Y este. —Julie se acercó a un cuadro de colores profundos e intensos, y siluetas mezcladas, que Lila se percató de que eran personas—. Una de sus últimas obras, cuando abrazó el movimiento futurista italiano. Ambos son gloriosos. Me encanta que los exhiba juntos para mostrar la evolución y exploración del artista.

—Es usted una entendida. —La tomó del brazo, igual que había hecho antes con Lila—. Tiene una galería de arte.

—Dirijo una.

—Un buen director es un poco propietario. Creo que es usted una buena directora.

Cuando atravesaron el siguiente arco, Julie se paró en seco.

No podía denominarse «sala de estar», pensó Lila. Ese término era demasiado ordinario y casual. «Salón», tal vez. Pero «galería» no habría sido desacertado.

Sillas y sofás en tonos discretos proporcionaban asiento. Mesas, vitrinas, cómodas, desde sencillas hasta ornamentadas, destilaban antigüedad. Una pequeña chimenea llena de vívidos lirios de color naranja, enmarcada en malaquita.

Y obras de arte por doquier.

Los cuadros —desde descoloridos iconos religiosos hasta obras de grandes maestros, pasando por piezas contemporáneas— abarrotaban las paredes. Las esculturas de mármol tallado, de madera pulida, de piedra tosca reposaban en pedestales o en mesas.

Objetos de arte brillaban y resplandecían en vitrinas o estantes.

—Oh. —Julie se llevó una mano al pecho—. Mi corazón.

Bastone rió entre dientes mientras entraban en la galería.

—El arte es otra canción que hay que cantar. ¿No está de acuerdo, Ashton? Sea una canción triste o alegre, de amor o desesperación, de guerra o paz, hay que cantarla.

—El arte así lo exige. Y aquí tiene toda una ópera.

—Tres generaciones amantes del arte, y ni un solo artista entre nosotros. Así que hemos de ser mecenas y no creadores.

—Existe el arte sin los mecenas —comentó Ash—, pero el artista raras veces prospera sin su generosidad ni su percepción.

—Tengo que contemplar su obra la próxima vez que vayamos a Nueva York. Me fascinó lo que vi en internet, y algunas obras hicieron suspirar a Gina. *Cara*, ¿cuál era la que querías?

—*El bosque*. En el cuadro hay tres mujeres, y al principio uno piensa: «Oh, están atrapadas en un hechizo». Pero no; cuando miras más a fondo, ves que son ellas... —balbuceó y habló con Bastone en italiano—. Sí, sí, son quienes lanzan los hechizos; ellas son la magia. Son el bosque. Es potente y, ah, feminista. ¿Es correcto?

—Todo es acertado; vio lo mismo que yo, y eso es un enorme cumplido.

—Puede compensarme por el enorme cumplido pintando a mis hijas.

—Ah, Gina.

Ella restó importancia al reproche de su marido.

—Giovanni dice que no hay que pedir, pero, si no lo haces, ¿cómo vas a conseguir lo que quieres? —Le guiñó el ojo a Ash—. Hablaremos.

—Pero están aquí para ver el premio de la apuesta.

Los condujo hasta una vitrina pintada, con estantes serpenteados, que contenía una colección de cajas enjoyadas y esmaltadas.

Cogió una.

—Una pieza preciosa. La pitillera tiene una montura de oro esmaltada, de color citrino, acanalada y con un zafiro cabujón sobre la pieza de cierre. Verán que tiene la inicial del orfebre de Fabergé, Michael Perchin. Una gran pérdida para los Martin.

—Es una belleza. —Lila apartó la vista de ella y la clavó en los ojos de Bastone.

—Y la causa de una enemistad entre las familias, por la que no tengo una esposa estadounidense. —Le guiñó el ojo a Gina.

—Signore Bastone. —Lila puso las manos sobre las suyas—. A veces uno tiene que confiar. —Se movió solo un poco para mirar a Ash—. Tiene que confiar. Signore Bastone, ¿conoce a un hombre llamado Nicholas Vasin?

Aunque su expresión permaneció inalterable, Lila notó que su mano se crispaba bajo la suya. Y vio que el color desaparecía de las mejillas de Gina.

—El nombre no me es familiar. Bueno. —Dejó la pitillera con cuidado—. Hemos disfrutado mucho de su compañía —comentó.

—Signore Bastone…

—Agradecemos su hospitalidad —la interrumpió Ash—, pero tenemos que volver a Florencia. Antes de que lo hagamos, deberían saber que mi hermano Oliver adquirió ciertos documentos y un objeto de arte mientras trabajaba en la venta patrimonial de Miranda Swanson, propiedad de su padre… y anteriormente de su abuelo. Mi hermano adquirió este objeto para sí, no para su tío ni para la empresa para la que trabajaba. —Ash hizo una pequeña pausa y reparó en las líneas severas del rostro de Bastone—. Hubo un tiempo en que la familia Martin poseía, en secreto, dos de los huevos imperiales desaparecidos. Uno lo perdieron en una partida de póquer, el otro lo adquirió mi hermano, ya que Miranda, al parecer, ni sabía ni sentía interés por lo que poseía. Mi hermano, su tío, para el que trabajaba, y la mujer con la que vivía están muertos.

—Lo siento mucho.

—Los documentos, que ahora obran en mi poder, describen con claridad el huevo que se apostó y se perdió en una partida de póquer en favor de Antonio Bastone. El *Neceser*.

—No tengo lo que busca.

—Su esposa conocía el nombre de Nicholas Vasin. Lo teme. Y con razón. Creo que él hizo que mataran a mi hermano porque Oliver tenía el segundo huevo (el *Querubín con carruaje*), e intentó estúpidamente negociar para sacar más dinero. Era un insensato, pero era mi hermano.

—Ha sufrido una tragedia. Le doy el pésame.

—Usted conoce a mi padre, a mi madre. Habrá hecho una investigación minuciosa sobre todos nosotros antes de permitirnos la entrada en su casa, sabiendo que teníamos interés en esa vieja apuesta. Créame cuando le digo que yo hice lo mismo con usted y los suyos antes de traer aquí a mis amigos.

—Nos complace ofrecerles nuestra hospitalidad, pero no sabemos nada de esto.

—Una mujer llamada Jai Maddok es quien mata a las órdenes de Nicholas Vasin. Le puso una navaja en el costado a la mujer que me importa. —Miró a Lila—. Y se llevó un puñetazo por ello. Vamos a plantar cara, signore Bastone. La policía de Nueva York y los agentes internacionales saben de ella y de Vasin. Van a pagar por lo que le han hecho a mi familia. ¿Me ayudará?

—No tengo lo que buscan… —comenzó a decir, pero su esposa lo interrumpió.

Ella habló con rapidez y acaloramiento en italiano, con el rostro encendido y echando fuego por los ojos.

Mientras discutían, las lágrimas brillaban en aquellos ardientes ojos, pero su voz permaneció firme, furiosa incluso, hasta que Bastone le asió las manos y se las llevó a los labios. Luego le murmuró algo asintiendo.

—La familia lo es todo —dijo—. Mi Gina me lo ha recordado. Ha venido aquí por la suya. Yo he hecho lo que he hecho por la mía. Necesito aire. Vengan.

Salió y recorrió de nuevo el mismo camino.

Habían limpiado la mesa en su ausencia. Pasó de largo hasta el final de la terraza, que daba al esplendoroso verano toscano.

—Sabíamos que los Martin tenían dos huevos porque mi abuelo los había visto. Jonas le ofreció que escogiera para la apuesta. Mi abuelo era joven cuando ganó el *Neceser* y aún no estaba versado en esas cosas. Pero aprendió rápido; fue su primera pieza de arte y su primer amor. La enemistad creció. Una apuesta es una apuesta, sí, pero no era propiedad del chico, y no tenía derecho a apostarla ni a perderla. Pero mi padre no la devolvió, a pesar de que le ofrecieron doblar la apuesta. Se convirtió en una cuestión de orgullo y de principios, y no me corresponde a mí decir quién tenía razón o quién se equivocaba. Pasó a nuestras manos. Mi abuelo la guardaba en su propio cuarto. No quería compartirla. Mi padre la heredó cuando llegó el momento. Así que pasó a mí. Ha sido de nuestra propiedad, un objeto privado, durante tres generaciones.

—El comienzo de todo —dijo Lila—. El resto, su amor por el arte, el cuidado con que lo coleccionaba, procedía de esa pieza.

—Sí. Transcurrido un tiempo desde la muerte de mi padre, cuando mis hijos empezaron a crecer, pensé en esto. ¿Paso este legado a mis hijos e hijas para que ellos lo pasen a los suyos? Gina y yo lo hablamos muchas veces. Y decidimos que esto no era un objeto privado. En otra época le perteneció a otra familia y le fue arrebatado igual que sus vidas. Pensamos en organizarlo para donarlo a un museo…, tal vez prestarlo en nombre de nuestra familia y de los Martin. La historia es buena; los dos jóvenes, el póquer. Teníamos que decidir cómo había que hacerlo, a qué museo. Y pensamos si después de tanto tiempo estábamos seguros. Teníamos que hacer que autenticaran el huevo… de forma discreta y privada.

—Frederick Capelli —dijo Lila, y Bastone se volvió hacia ella con rapidez.

—¿Cómo lo sabe?

—Fue asesinado ayer por la misma mujer que mató a los otros.

—Bien. —Gina alzó la cabeza de manera desafiante—. Él nos traicionó. Su propia codicia provocó su muerte. Le habló al tal Vasin del huevo. Habíamos decidido hacer lo que nos parecía correcto y decente, así que no quisimos venderlo. Ella vino para ofrecernos más y para amenazarnos.

—Mi mujer, mis hijos, mis nietos —prosiguió Bastone—. Este huevo imperial por el que tan generosamente iban a pagarnos... ¿valía la vida de cualquiera de ellos? Esa noche llamó. Tenía a nuestro nieto. Había entrado en casa de mi hija y se había llevado a su hijo pequeño mientras dormían. Nuestro Antonio tiene solo cuatro años. Dejó que le oyera llamar a su madre, a mí, y prometió que lo mataría infligiéndole mucho dolor si no le dábamos el huevo. Que se llevaría a otro niño y lo mataría hasta que hiciéramos lo que quería. Nos invitó a contactar con las autoridades. Se limitaría a destripar al chico y a seguir adelante, y volvería otra vez a por el siguiente.

Julie se acercó a Gina para ofrecerle un pañuelo mientras las lágrimas rodaban por sus mejillas.

—Le entregaron el huevo. No tenían otra alternativa.

—Un «negocio», así lo llamó. *Puttana* —espetó Bastone—. Nos dieron la mitad de lo que habían ofrecido.

—Les dijimos que se quedaran con su dinero, que se lo metiesen por donde les cupiera, pero ella dijo que si no lo aceptábamos, si no firmábamos el contrato de compra, volvería a por otro niño. —Gina posó las manos sobre su corazón—. Otro de nuestros pequeños.

—Dijo que eran negocios. Solo negocios. Antonio tenía moratones donde le había pellizcado, pero estaba a salvo. Antes de que abriera el día, ya estaba en casa otra vez y a salvo. Y ellos tenían el huevo maldito.

—Hicieron lo que tenían que hacer —repuso Luke—. Protegieron a su familia. Si Capelli acudió a Vasin, este debía de conocer la historia de la partida de póquer.

—Sí, le contamos todo lo que sabíamos.

—Lo cual debió de llevar a Vasin hasta Miranda... y ella había vendido el segundo huevo a Oliver. ¿Cuándo sucedió todo esto? —inquirió Lila.

—El 18 de junio. Jamás olvidaré la noche que se llevó el hueso.

—De aquí a Nueva York. —Lila miró a Ash—. La cronología encaja. Debía de ser evidente que Miranda no sabía qué era el huevo y habría dicho que lo había vendido. Tal vez Capelli intentó hacer un trato con Oliver.

—Y Jai intervino, tratando de convencer a la novia. Fijaron un precio, y entonces Oliver se echó atrás e intentó sacar más. ¿Acudió a la policía, signore?

—Ellos ya tienen lo que quieren. Ya no hay razón para que hagan daño a los míos.

—Yo lo mataría si pudiera. —Gina cerró los puños y los levantó—. A él y a su puta. Le hizo moratones a nuestro pequeño y se llevó el corderito de peluche con el que dormía. Lloró por él hasta que encontramos otro.

—Le gustan los recuerdos —farfulló Ash.

—Ashton, voy a hablarle como lo haría con mi propio hijo. —Bastone le puso una mano en el brazo—. Su hermano ya no está. Dele lo que quieren. Es un objeto. Su vida, la de su chica, la de su familia... son más importantes.

—Si pensara que con eso acabaría todo, lo consideraría. Ella no tenía por qué hacerles daño a sus nietos. Le hizo moratones al niño porque le gusta. No consiguió quitarle el huevo a Oliver y ahora tampoco a mí. Eso requerirá venganza. El único modo de poner fin a esto es detenerla. Llevarlos a ella y a Vasin ante la justicia.

—¿Es justicia lo que quiere o es venganza?

—Ambas cosas.

Bastone exhaló un suspiro asintiendo.

—Lo entiendo. Temo que descubrirá que Vasin es inalcanzable.

—Nada ni nadie lo es. Solo hay que dar con el punto débil.

Lila se pasó la mayor parte del trayecto de vuelta a Florencia garabateando en un cuaderno. En cuanto entró en la suite, fue a su despacho temporal a por el portátil.

Todavía estaba trabajando cuando Ash entró con un vaso alto de un refresco con gas que le gustaba.

—Gracias. Lo estoy poniendo todo en papel, como una especie de borrador. Personajes, lo que sabemos de todos ellos, sucesos, líneas temporales, las conexiones. Me ayuda a organizarlo.

—Tu versión de una hoja de cálculo.

—Sí, supongo. —Tomó un sorbo de zumo y le observó mientras se sentaba en un lado de la cama—. Julie y yo no vamos a tener tiempo de mirar vestidos de novia en Florencia.

—Lo siento.

—No, no lo sientas. Ya me lo imaginaba. Y Dios mío, Ash, hemos pasado un par de días alucinantes; unos días maravillosos, unos días productivos. ¿Nos vamos esta noche? Ella no se esperará eso. Estaremos de vuelta en Nueva York mientras ella sigue buscándonos aquí. Eso nos dará cierto margen.

—Podemos despegar dentro de tres horas si te parece tiempo suficiente.

—Hacer el equipaje es una de mis especialidades.

—Volveremos cuando esto haya terminado.

—No diré que no porque ahora tengo la misión de pasar una noche buscando esas panaderías secretas de las que me ha hablado Luke. Y tenía razón. Los Bastone hicieron lo que tenían que hacer para proteger a su familia. Si le hubiera hecho daño al niño...

—Voy a decirte esto aun sabiendo tu respuesta. Pero voy a decirlo, y necesito que lo pienses antes de responder. Puedo llevarte a un lugar seguro, a un lugar donde no te encuentren. Si creyera que haciendo un trato con Vasin pondría fin a esto, lo haría.

—Pero no lo crees, y yo tampoco.

—No, no lo creo. —Y eso le carcomía—. Ella sabía el punto débil de los Bastone y lo aprovechó. Creo que sabe cuál es el mío.

—Tu familia. Pero...

—No. Ya ha matado a dos miembros de mi familia o al menos ha tenido que ver con ello. Eso no le ha dado resultado. Tú eres mi punto débil, Lila.

—No tienes que preocuparte por mí. Puedo...

Le asió las manos y le dio un apretón para frenar sus palabras.

—No ha venido a por mí de forma directa. Ella no funciona así. Con Oliver utilizó a Sage. Con los Bastone, a su nieto. Ya ha ido a por ti una vez.

Lila levantó el puño.

—Eso tampoco le ha dado resultado.

—Eres mi punto débil —repitió—. Me he preguntado por qué quise pintarte desde la primera vez que te vi. Lo necesitaba; a pesar de todo lo que está pasando, lo necesitaba. ¿Por qué cada vez que pienso en comenzar una nueva obra apareces tú?

—La gente en situaciones extremas...

—Eres tú. Tu rostro, tu cuerpo, tu voz en mi cabeza. Tu tacto, tu sonido. Tu sentido del bien y del mal, tu recelo a contar demasiado de ti misma, y la fascinación de retirar esas capas hasta descubrirlo por mí mismo. Incluso tu desconcertante don para descubrir cómo arreglar las cosas. Todo eso hace que seas tú. Eres mi punto débil porque te quiero.

Algo le oprimió el corazón, una mezcla de miedo y felicidad que no alcanzaba a descifrar.

—Ash, yo...

—Eso te preocupa. Es más fácil si lo nuestro se queda en afecto, en sexo y en averiguar algo en lo que ambos estamos metidos. El amor deja una marca que no se borra fácilmente. Más aún, dada la historia de mi familia, me prometí hace mucho tiempo que, cuando me llegara el amor, si me llegaba, haría que fuera permanente. Y eso te preocupa de verdad.

—En realidad, no podemos pensar en nada de esto ahora. —El pánico se abrió paso por su garganta, le nubló la mente—. Ahora no, no cuando estamos en medio de..., de esto.

—Si no puedo decirte que te quiero en medio de «esto», entonces ¿cuándo? A lo mejor el momento perfecto se presenta, pero no hay muchas probabilidades de que eso pase, sobre todo cuando me enfrento a una mujer que tiene miedo al compromiso.

—Yo no tengo miedo al compromiso.

—Sí que lo tienes, pero digamos que te «resistes» a él si te parece mejor.

—Estás siendo irritante.

—Pues cojamos esa irritación y solucionémosla. —Levantó sus manos y las besó. Luego las bajó de nuevo—. Conseguiré lo que quiero porque nada que haya querido antes importa siquiera una mínima parte de lo que importas tú. Así que conseguiré lo que quiero. Entretanto puedo dejarte en un lugar seguro, en un lugar lejos de todo esto…, incluso de esto que hay entre nosotros. Así tendrás tiempo para pensar.

—No consentiré que me escondan como a la damisela indefensa de la torre.

—Vale.

—Y no voy a dejar que me manipulen para…

Ash la interrumpió, se arrimó al tiempo que tiraba de ella y se apoderó de su boca.

—Te quiero —reiteró cuando la soltó, y luego se irguió—. Vas a tener que lidiar con esto. Me voy a hacer la maleta.

Salió de la habitación mientras le miraba.

¿Qué coño le pasaba a Ash? ¿Quién decía estar enamorado como si fuera una especie de amenaza? ¿Y por qué coño no podía frenar esa situación ni siquiera estando cabreada?

¿Qué coño le pasaba a ella?

25

Ash despertó en Nueva York a unas horas intempestivas gracias a un reloj interno completamente averiado por culpa del cambio horario, de ir de un continente a otro y de nuevo al primero.

La oscuridad y el relativo silencio le dijeron que no iba a gustarle lo que vería en su reloj.

Había acertado en todo, decidió cuando lo cogió de la mesilla de noche y miró la esfera luminosa guiñando los ojos. Las 4.35 de la madrugada era una hora intempestiva, y no le gustaba.

Podría haber aprovechado bien esa hora inoportuna, pero al parecer Lila no solo estaba despierta, sino que se había levantado... y estaba en otra parte.

No le había costado mucho convencerla de que quedarse en su casa era más lógico que apiñarse con Julie y con Luke o alojarse en una habitación de hotel hasta su siguiente trabajo.

La había puesto de los nervios al decirle que la quería, en lugar de tomar el camino más largo. Pero eso no le importaba. Prefería dejar las cosas claras siempre que era posible. Y ella tenía que acostumbrarse.

Comprendía bien que soltarlo a bocajarro y luego dejarlo estar la descolocaba. Eso tampoco le importaba. Había descubierto que esa misma forma de abordar las cosas con los numerosos miembros de su familia solía dar buenos resultados. No tenía intención de presionar; no mucho y no demasiado pronto. Un objetivo, un objetivo que mereciera la pena, requería de ciertas... estrategias y tácticas.

Y una mujer, una mujer que mereciera la pena, requería lo mismo.

Tenía que perfilar su plan, pero lo más importante en esos momentos era mantenerla a salvo. Y para mantenerla a salvo había que detener a Jai Maddok y a Nicholas Vasin.

La clave para conseguir ese objetivo estaba escondida en las viejas caballerizas de la finca familiar.

Dado que ya no iba a dormir más, había dos cosas que necesitaba: a Lila y café.

Se dirigió abajo y oyó música. No, se dio cuenta de que estaban cantando. Lila estaba cantando... ¿*Rolling*, *rolling* y *doggies*? Desconcertado, se detuvo un minuto pasándose las manos por la cara.

Rain y *wind* y... *Rawhide*, pensó. Estaba en su cocina, en plena madrugada, cantando la canción de la serie *Rawhide* con una voz bastante admirable.

¿Por qué alguien cantaría sobre arrear ganado a las cuatro y media de la madrugada?

Entró mientras ella continuaba cantando. Estaba sentada en la encimera de la cocina, con una corta y fina bata con dibujitos de zapatos que le llegaba a la parte superior de los muslos. Sus piernas desnudas se balanceaban al son de la música. Tenía las uñas de los dedos de los pies pintadas de azul turquesa y el pelo recogido en un despeinado moño.

Incluso sin café pensó que se daría por satisfecho con encontrársela así... cada mañana durante el resto de su vida.

—¿Qué estás haciendo?

Ella se sobresaltó un poco y bajó la herramienta multiusos que sujetaba.

—Voy a comprarte un collar con un cascabel. He tenido un extraño sueño en el que mi padre, vestido de uniforme, insiste en que tengo que aprender a pescar con mosca, de modo que estamos metidos hasta las rodillas en un riachuelo con una fuerte corriente y los peces están... —Agitó las manos en el aire para indicar que saltaban—. Pero son peces de dibujos animados, lo cual hace que sea aún más raro. Uno se estaba fumando un puro.

Él se la quedó mirando.

—¿Qué?

—Eso mismo he dicho yo. Mi padre solía ver viejas películas del oeste en un viejo canal dedicado al género. Ahora tengo *Rawhide* metido en la cabeza porque tenía que aprender a pescar con mosca. Ayúdame.

—He pillado *Rawhide*. —En lo referente al sueño, no alcanzaba a comprenderlo—. ¿Qué estás haciendo con esa herramienta a las cuatro y media de la madrugada?

—Algunas de las puertas de los armarios están un poco flojas..., y me saca de quicio. Solo las estoy apretando. Y la puerta de la despensa chirría un poco... o chirriaba. No he podido encontrar WD-40 en el armario, así que he tenido que recurrir al mío. No se puede vivir en este mundo sin WD-40. Y sin cinta adhesiva. Además de pegamento de secado rápido.

—Tomaré nota.

—Hablo en serio. Una vez escribí al fabricante de WD-40 para darle las gracias por diseñarlo en tamaño de viaje. Llevo un bote en mi bolso porque uno nunca sabe.

Ash se acercó y apoyó la mano en la encimera al lado de su cadera.

—Son las cuatro y media de la madrugada.

—No podía dormir por culpa de mi escacharrado reloj interno y del pez de dibujos animados fumándose un puro. Y no puedo trabajar porque tengo el cerebro reblandecido por el viaje. Así que estaba haciendo algo de mantenimiento de la casa. Podemos considerarlo un pago por el alojamiento.

—No es necesario ningún pago.

—Para mí sí. Me siento mejor al respecto. Lo hago también para Julie.

—Vale. —La alzó, la apartó de la encimera y la dejó en el suelo.

—No he terminado.

—Me tapas el café.

—Oh. Me he bebido dos tazas seguidas. Debería haberlo sabido; ahora estoy un poco hiperactiva.

—¿En serio? —Comprobó que el café estaba molido y vio que ella había llenado la carga—. No me había dado cuenta.

—Hasta mi cerebro reblandecido por el viaje reconoce el sarcasmo. ¿Has considerado la posibilidad de pintar el cuarto de aseo de aquí abajo? Estaba pensando en todos esos hermosos edificios, en las viejas paredes de Florencia. Hay una técnica que imita el enlucido antiguo, el llamado «estuco veneciano». Sería un fondo genial para las obras de arte. Creo que podría probarlo; y si lo pongo en práctica en el aseo y la cago, es un espacio pequeño.

Ash la miró mientras el agua de la cafetera empezaba a hervir y ascendía para pasar a través del café molido. De *Rawhide* a pintar cuartos de baño, pasando por el WD-40.

¿Por qué tardaba tanto el café?

—¿Qué? Es de madrugada, ¿y tú estás pensando en pintar el cuarto de baño? ¿Por qué?

—Porque he terminado mi libro prácticamente del todo, mi siguiente trabajo no empieza hasta dentro de casi dos semanas y me he bebido dos tazas de café. Si no me mantengo ocupada, me volveré aún más hiperactiva.

—¿Aventajar a una asesina a sueldo y al lunático de su jefe no te parece suficiente entretenimiento?

Lila había estado procurando no pensar en eso.

—Mantenerme ocupada me ayuda a sobrellevar el hecho de que conozco a una asesina lo bastante bien para haberle pegado un puñetazo en la cara. Solo es la segunda vez que le he pegado un puñetazo en la cara a alguien.

—¿Quién fue la otra persona?

—Oh, Trent Vance. Teníamos trece años, y creí que me gustaba hasta que me empujó contra un árbol y me agarró las tetas. Ni siquiera tenía, pero claro, él solo... —Levantó las manos ahuecadas—. Así que le di un puñetazo.

Ash dejó que su cerebro libre aún de cafeína asimilara la imagen.

—En ambos casos, el puñetazo en la cara estaba completamente justificado.

—Eso lo dices porque tú también has aporreado algunas caras. Aun así, estoy de acuerdo. De cualquier modo, si abordo el hecho de pegar a alguien, si simplemente me mantengo ocupada, puedo pensar con claridad en lo que podríamos hacer, en lo que debemos y no debemos hacer.

—¿Pintar el baño hará que sea así?

—Es posible.

—Pues adelante. —Se bebió el café dando gracias a Dios.

—¿En serio?

—Vas a ver o a usar el cuarto de aseo tanto, o puede que más, que yo, porque te vas a quedar aquí entre un trabajo y otro.

—En ningún momento he dicho que…

—Juega con el baño —la interrumpió—. Y ya veremos qué nos parece.

—¿Y entretanto?

—Entretanto, dado que la poli no nos ha contado nada más, voy a llamar directamente a Vasin.

—¿Directamente? ¿Cómo?

—Si vamos a mantener una conversación de verdad, quiero comida de verdad. —Abrió la nevera y contempló el limitadísimo contenido. Miró el congelador—. Tengo gofres congelados.

—Me apunto. Vasin es un ermitaño, y ni siquiera podemos saber con certeza dónde está. ¿Y si se encuentra en Luxemburgo? Y ahora vas a decir que nos subamos a tu práctico avión privado y que vayamos a Luxemburgo. Jamás me acostumbraré a eso.

—No es mío específicamente. Es de la familia.

—Y a eso tampoco voy a habituarme. Con su fortuna, Vasin tendrá todo tipo de muros a su alrededor. Metafóricamente hablando.

—Los muros metafóricos suelen consistir en personas; abogados, contables, guardaespaldas. Gente que limpia sus casas, que le prepara la comida. Tiene médicos. Colecciona arte, así que tiene a alguien que se encarga de eso. Dispone de un personal muy numeroso.

—Incluida su propia sicario.

—Incluida —convino Ash mientras colocaba dos gofres en el tostador—. Yo solo necesito una persona para empezar.

A Lila le dio un pequeño vuelco el corazón.

—No estarás pensando en utilizar a su asesina a sueldo.

—Ella sería lo más directo. Pero, como seguramente sigue en Italia, creo que empezaremos por los abogados. Tiene negocios y una propiedad en Nueva York, así que tendrá abogados aquí.

Examinó un armario que tenía la puerta recién ajustada y dio con el sirope.

Lila miró el bote con recelo.

—¿Cuánto tiempo lleva eso ahí?

—Básicamente es savia de árbol, ¿qué más da?

Sacó los gofres cuando el tostador saltó, puso uno en cada plato y echó sirope encima de ambos. Y luego le pasó uno a ella.

Lila miró con el ceño fruncido el gofre a medio hacer ahogado en un mar de sospechoso sirope.

—Siempre habéis tenido cocinero, ¿verdad?

—Sí. También conozco gente en Long Island que tiene cocinero, así que esa podría ser una línea de actuación. —Agarró un par de cuchillos y tenedores, y le pasó los suyos a ella; de pie junto a la encimera, cortó su propio gofre—. Pero el abogado es más directo. Nuestros abogados se pondrán en contacto con los suyos y les informarán de que quiero mantener una conversación. Veremos qué pasa después.

—No se esperará que contactes con él. Le cabreará o le intrigará. Puede que las dos cosas.

—Las dos cosas están bien —decidió Ash—. Mejor las dos cosas.

Lila comprendió que iba a necesitar algo con que ayudarse para tragar el pastoso gofre, así que abrió la nevera.

—Tienes V8 Fusion. De mango. —Su favorito de la mañana, pensó mientras cogía la botella aún sin abrir y la agitaba. Ash le prestaba atención y, para ella, eso era más romántico que las rosas y la poesía—. Tú también deberías beber un poco. Es bueno para ti. —Al ver que él se limitaba a gruñir, cogió un segundo vaso de zumo—. Volviendo a la posibilidad de Luxemburgo, Vasin no va a admitir que tuvo algo que ver con lo que le pasó a Oliver. Estaría loco si lo hiciera.

—Es un ermitaño que contrata asesinos para echarle el guante a objetos de arte que no puede enseñar a nadie. Creo que ya hemos establecido su locura.

—Tienes razón. —Dejó un vaso de zumo sobre la encimera junto a él.

—Pero solo necesito que haga una oferta por el huevo. No podemos farolear con que tenemos el segundo porque lo tiene él. Así que usaremos lo que sabemos. Tener uno es un premio enorme, un gran logro para un coleccionista.

—Y tener dos supera eso. —El gofre no estaba tan malo como parecía, decidió. Pero si ella se quedaba allí el tiempo que fuera, pensaba hacerse cargo de la compra—. ¿De qué sirve que te haga una oferta? No hay nada ilegal en eso; tienes un documento de compra, así que es una transacción legal.

—La rechazaré. Dejaré claro que solo hay una cosa que quiero a cambio. A Maddok.

—¿A su bruja asiática? ¿Por qué va a entregártela...? ¿Por qué ella va a dejar que la vendan así?

—Vamos por partes. Ella es una empleada; valiosa casi con toda seguridad, pero una empleada a sueldo.

—Es una persona —objetó Lila—. Una persona horrible, pero una persona.

—No estás pensando como un hombre que mataría por un huevo de oro.

—Tienes razón. —Por un momento dejó de lado sus propios sentimientos y valores morales, y trató de pensar, de sentir, como podría hacerlo Vasin—. Es un medio para alcanzar un fin, una herramienta.

—Exacto. Frederick Capelli trabajaba para él; al menos debió de cobrar unos honorarios. Vasin no tuvo problemas en deshacerse de él.

—De acuerdo, coincido en que el huevo vale más para él que un ser humano. Pero no puede arriesgarse a entregarla, Ash.

Ella le delataría, haría un trato, le contaría a la policía todo con pelos y señales. Seguro que Vasin tendría eso en cuenta.

Ya que estaba ahí, Ash probó el zumo y le pareció sorprendentemente bueno.

—No me interesa entregársela a la policía ni dejar que haga un trato. ¿Por qué iba a arriesgarme a que le dieran inmunidad o la metieran en el programa de protección de testigos?

—Bueno, ¿qué si no?

Ash dejó el vaso con brusquedad.

—Quiero venganza. Quiero que pague. Se lo voy a hacer pagar, joder. Esa zorra mató a mi hermano. Derramó la sangre de mi familia; ahora yo quiero derramar la suya.

El corazón de Lila dio un fuerte vuelco y se estremeció a continuación.

—No es posible que estés diciendo... Tú no. No lo harías.

—Durante un segundo has pensado que quizá lo haría. —Gesticuló con el tenedor y ensartó otro trozo de gofre empapado en sirope—. Tú me conoces mucho mejor que él y has estado a punto de creértelo. Él me creerá. Me creerá —repitió— porque hay una parte de mí que lo piensa de verdad.

—Aunque te creyera, y aunque te dijera «Oye, cerremos el acuerdo», ella no aceptará. Mató a dos agentes adiestrados cuando se acercaron demasiado.

—Eso es problema de Vasin. Si quieres el huevo, dame a la zorra que mató a mi hermano. Es lo único que quiero. De lo contrario, lo destruiré.

—Jamás creerá que eres capaz de hacer eso.

—Y una mierda que no soy capaz. —Se apartó de la encimera de forma tan violenta que ella retrocedió—. Esa pieza de arte se ha cobrado la vida de dos personas de mi familia. Está manchada con su sangre. Estoy harto de que me persigan; la policía, él y sus asesinos a sueldo. ¿Todo por un frívolo juguete que un zar muerto mandó hacer para su mimada esposa? A tomar por el culo todo eso. Se trata de mi familia. Yo no soy Oliver y me importa una mierda el puto dinero. Ella mató a mi hermano; y ahora, o la mato, o destrozo el huevo a martillazos.

—Vale. Vale. —Levantó su taza de café con mano temblorosa, sobresaltada otra vez—. Ha sido convincente. Me has dado un susto de muerte.

—También decía en serio una parte de eso. —Volvió a apoyarse en la encimera y se frotó los ojos—. El huevo me importa una mierda y me ha importado una mierda desde que te hizo daño.

—Oh, Ash, no fue más que…

—No me vengas con que no fue más que un rasguño. A la mierda eso también, Lila. Si tuviera la oportunidad, te mataría en un abrir y cerrar de ojos. Y lo sabes. No juegues con eso cuando ya estoy cabreado. Quiero, necesito, que las personas responsables de las muertes de Oliver y de Vinnie, e incluso de la mujer a la que no conocía, reciban su castigo. Que las encierren. El huevo importa por lo que es, por lo que representa, por lo que significa para el mundo del arte. Tiene que estar en un museo, y me ocuparé de que esté donde debe. Porque así lo habría querido Vinnie. Si no fuera por eso, lo destrozaría a martillazos. —Clavó los ojos en los de ella; agudos, penetrantes, igual que cuando la pintaba—. Lo destrozaría, Lila, porque tú significas muchísimo más.

—No sé qué hacer ni qué decir. —¿Cómo podía cuando dentro de ella todo temblaba y le dolía?—. Nunca nadie había sentido por mí lo que tú sientes. Nunca nadie me había hecho sentir como tú me haces sentir.

—Podrías probar a aceptarlo.

—Nunca he tenido nada sólido que no haya conseguido por mí misma. Simplemente era así. Nunca me he permitido aferrarme a algo demasiado porque podría tener que dejarlo atrás. Cuando algo significa demasiado, duele demasiado.

—Esto es sólido. —Le asió la mano, se la cerró en un puño y la posó sobre su corazón—. Lo has conseguido por ti misma.

Lila sintió el latido de su corazón; fuerte, regular y suyo si conseguía aceptarlo.

—No sé cómo.

—Me conquistaste cuando me tendiste la mano, cuando me

diste algo a lo que aferrarme a pesar de que ni siquiera me conocías. Así que deja que sea yo quien te aferre durante un tiempo. —Para demostrárselo, la atrajo hacia sí—. Seguiremos con nuestros planes y con nuestra vida. Tú pintarás el baño, yo llamaré a los abogados. Tú harás tu trabajo, yo haré el mío. Y aguantaré hasta que estés preparada.

Lila cerró los ojos para serenarse. Aceptaría lo que él le ofrecía, aceptaría lo que sentía.

Por ahora.

Preparar el cuarto de aseo, investigar más sobre la técnica del estuco veneciano y ponerse de acuerdo en el color base —debería haber sabido que el artista tendría ideas firmes y tajantes al respecto— la mantuvo ocupada. Se obligó a darse un día más para dejar que el proceso madurase en su cabeza, y se tomó tiempo para sentarse y empezar a pulir el libro.

Luego dejó que la novela madurase y entonces se remangó la camisa y se metió de lleno con la brocha y el rodillo.

Ash se pasaba casi los días enteros en el estudio. Esperaba que le dijera que necesitaba que posara de nuevo, pero eso no sucedió. Imaginaba que ya era más que suficiente el tener que hablar con los abogados e intentar preparar el escenario para el careo con Vasin.

No volvió a sacar a colación nada de eso. Podría imaginar una docena de escenarios en su cabeza, y lo hizo, pero ninguno de ellos funcionaba sin el primer paso. Así que Ash pondría las cosas en marcha, y luego intervendría ella, aportando su peso, sus ideas..., como un último pulido.

Ella también tenía más que suficiente con sus sentimientos y los de él como plato principal. Podía dejar el plato a un lado; no, gracias; tiene una pinta estupenda, pero no. ¿Quería hacer eso? ¿Podría probar un poco y después decir «Gracias, ya no más»? ¿O podía ponerse cómoda y darse un atracón?

Pero, si se ponía cómoda, ¿el plato no acabaría vacío al final? ¿O era algo parecido a la multiplicación de los panes y los peces?

—Para —se ordenó a sí misma—. Para ya.

—Si paras ahora nadie podrá usar la habitación.

Lila miró por encima del hombro.

Ahí estaba él, el centro de sus pensamientos, con su glorioso pelo negro despeinado, un hermoso rostro cubierto por una barba de varios días a causa de su aversión a afeitarse a diario, su magnífico cuerpo en vaqueros —con una descolorida mancha de pintura carmesí en la cadera izquierda— y con una camiseta negra.

Tenía pinta de artista y, cada vez que iba vestido así, la ponía a cien por hora.

Ash enganchó los pulgares en los bolsillos delanteros, estudiándola mientras ella lo estudiaba a él.

—¿Qué?

—Me preguntaba por qué los hombres estáis sexis cuando no vais arreglados, y las mujeres parecemos unas greñudas descuidadas. Supongo que la culpa la tendrá Eva; siempre se lleva las culpas de todo.

—¿Qué Eva?

—La de Adán. En cualquier caso, no voy a dejar de pintar; solo tengo que poner fin a tonterías que se me pasan por la cabeza. No frunzas el ceño. —Señaló, no sin cierto peligro, con el rodillo empapado—. Esto no es más que la capa base. La técnica del estuco veneciano tiene muchos pasos. Lárgate.

—Estaba a puntito de hacer justo eso. Tengo que salir a comprar algunas cosas. ¿Necesitas algo?

—No, yo... —Pensándolo mejor, se presionó el estómago con la mano libre—. Puede que más tarde tenga hambre. ¿Te interesa compartir una calzone conmigo? Cuando vuelvas, ya habré acabado con la capa base.

—Puede que me interese una calzone, pero quiero una entera para mí.

—Yo no puedo comerme una entera.

—Yo sí.

—Da igual, tráeme medio bocata. De pavo y provolone, y lo que sea. Bien cargadito..., pero solo la mitad.

—Eso sí que puedo hacerlo. —Se arrimó para darle un beso. Y ojeó la pared que estaba pintando otra vez.

—¿Tú entiendes el concepto de capa base?

—Resulta que sí. —También entendía el concepto de pintura en manos de un aficionado. Era solo un cuarto de baño, se recordó, y uno que apenas utilizaba—. Mantén la llave echada, no salgas y no te acerques a mi estudio.

—Tengo que…

—No tardaré. —La besó de nuevo.

—Tú vas a salir solo —le dijo cuando se marchaba—. A lo mejor tienes que esperar hasta que agarre un cuchillo de la cocina y te acompañe.

Ash se limitó a mirarla por encima del hombro con una sonrisa.

—No tardaré.

—No tardaré —le remedó Lila y se puso de nuevo a pintar para desahogarse—. Echa la llave, no salgas. No te acerques al estudio. Ni siquiera había pensado en subir hasta que me has dicho que no lo haga.

Levantó la vista al techo. No le estaría mal empleado que fuera directamente arriba y lo husmeara todo.

Salvo que su ética laboral afloró a borbotones. No te acerques a los espacios personales, respeta los límites.

Además quería terminar con la capa base y revisar una escena del libro que le daba vueltas en la cabeza. Podría funcionar mejor desde una perspectiva diferente.

Se entretuvo con el rodillo y la brocha; y sí, sin duda ella también necesitaba un cambio de perspectiva. Cambiaría de actividad y se pondría a escribir justo después de la hora de la comida.

Dio unos pasos atrás para estudiar las paredes. Un bonito y cálido amarillo toscano; sutil, con algunas notas naranjas para enriquecerlo. Ahora tenía que esperar veinticuatro horas antes de empezar a aplicar el estuco teñido, en una tonalidad cardamomo más profunda e intensa. Ahí comenzaría la parte más interesante y menos corriente del proceso.

Hasta entonces tenía que limpiar las brochas y los rodillos, y también a ella misma.

Estudiando aún su obra, sacó el móvil del bolsillo para responder a un vibrante tono.

—Hola, soy Lila.

—¿Has disfrutado de tus vacaciones en Italia?

La voz le heló la sangre. Odiaba saber que su primera reacción había llegado bajo la forma de un miedo atroz.

—Así es, muchas gracias.

Miró a su alrededor de forma frenética mientras hablaba —puertas, ventanas—, esperando en parte ver el impresionante y exótico rostro a través del cristal.

—No me cabe duda. Avión privado, buenos hoteles. Has pescado un pez bien gordo, ¿verdad?

Lila reprimió el arrebato de mal genio y los insultos, e incluso consiguió soltar una carcajada.

—Y encima está buenísimo. ¿Y tú has disfrutado de tus vacaciones en Italia? Te vi en la plaza de la Señoría. Parecía que tenías que ir a un sitio importante. —La breve pausa le indicó que se había apuntado un punto y le ayudó a aminorar el desbocado palpitar de su corazón. Y ya más calmada recordó la aplicación de grabar de su móvil—. Me siguen gustando tus zapatos —se apresuró a añadir yendo al icono de la grabadora y conectándolo—. Me compré varios pares mientras estábamos en Florencia.

—Es una lástima que no te viera.

—Bueno, tenías tus preocupaciones. Sitios a los que ir, marchantes que asesinar. —La garganta, más seca que la mojama, suplicaba agua, pero no conseguía que sus piernas se moviesen—. ¿Quién crees que le dio el soplo a la policía, Jai?

Segundo punto, pensó Lila. Aterrada, sí, pero no indefensa ni estúpida.

—La policía no me preocupa, *biao zi.* Y no te ayudará. La próxima vez no me verás. No verás la navaja hasta que haga que la sientas.

Lila cerró los ojos y se apoyó débilmente en el marco de la puerta, pero se obligó a imbuir su voz de arrogancia.

—Tu navaja y tú no conseguisteis nada la última vez. ¿Qué tal ese labio? ¿Se te ha curado ya? ¿O tienes que cubrirlo con el pintalabios que le robaste a Julie?

—Me suplicarás que te mate. El Fabergé es un trabajo, pero ¿tú, *bi*? Tú serás un placer.

—¿Sabe tu jefe que me estás llamando para decirme gilipolleces? Apuesto a que no le haría mucha gracia.

—Cada vez que cierres los ojos sabrás que podría estar ahí cuando los abras de nuevo. Disfruta de tu vida mientras puedas porque la vida es corta, pero la muerte, *biao zi*, es muy, muy larga. Estoy deseando enseñarte lo larga que es. *Ciao*.

Lila presionó el teléfono contra su galopante corazón. Consiguió entrar en el cuarto de aseo, echarse un poco de agua fría en la acalorada cara y luego se sentó en el suelo cuando sus piernas cedieron.

Tenía que llamar a la policía —sirviera para lo que sirviese eso— tan pronto dejara de temblar.

Pero se había mantenido firme, ¿no? ¿Cuántas personas podían decir que se habían mantenido firmes ante una vengativa asesina a sueldo? ¿Y que además habían conservado la calma para grabar ese desplante?

Sin duda la lista era muy corta.

Y aquello era personal, pensó. Aquello se remontaba a un puñetazo en la cara.

—Vale. —Tomó aire, lo dejó salir y bajó la cabeza hasta las rodillas dobladas—. Mejor. Llama a la poli y…

No, comprendió. A Ash.

No le había llamado en Florencia y se había equivocado. Había persistido, pero eso no significaba que tuviera que hacerlo, mantuviera o no el tipo, ella sola.

Bajó el teléfono estudiando su mano para asegurarse de que seguía firme.

Y lo dejó caer sobre su regazo cuando sonó el timbre de la entrada.

Entonces lo agarró de nuevo, se puso en pie y fue hasta la puerta. Cerrada con llave, por supuesto…, aunque no hubiera echado el cerrojo interior después de que se marchara Ash. Pero las ventanas eran de cristal y, por lo tanto, vulnerables.

Lo primero en que pensó fue en la defensa, en un arma. Con los ojos fijos en la puerta se dirigió despacio a la cocina. Una cocina que contenía innumerables armas.

El timbre sonó otra vez, y Lila se sobresaltó de nuevo.

El timbre, pensó. «... no me verás. No verás la navaja...» Una mujer empeñada en asesinar no llamaba al puñetero timbre.

Tonta, se dijo a sí misma, qué tonta eres por asustarte solo porque hay alguien en la puerta.

—Ve a ver quién es —susurró—. Acércate y comprueba quién es en lugar de quedarte aquí temblando.

Se obligó a acercarse y a abrir el armario donde —con permiso de Ash— había trasladado el monitor. Y reconoció al visitante, aunque casi habría preferido las intenciones homicidas.

—¡Mierda, joder, coño!

Después de guardarse el teléfono en el bolsillo, se apretó la cara con las manos y se esforzó en reprimir las lágrimas de alivio.

No había nadie allí que desease matarla. Tal vez el visitante quisiera borrarla de un plumazo, pero no la quería muerta en medio de un charco de sangre.

Por Dios.

Se caló mejor la gorra de béisbol sobre el pelo recogido. ¿Por qué tenía que venir el padre de Ash ahora? ¿Por qué no podía esperar a que Ash estuviera allí... y ella no?

¿Por qué tenía que aparecer cuando era un manojo de nervios con un ataque de pánico?

¿Y tenía que pasarse por allí cuando ella no llevaba puesto más que una camisa y unos pantalones cortos que había librado de la bolsa de descartes con el fin de utilizarlos para el trabajo sucio?

—Mierda, mierda, mierda.

Tuvo tentaciones de ignorar el timbre y al visitante, pero no podía permitirse ser tan maleducada; ni estar tan sola, reconoció, porque hasta alguien que la detestaba era una compañía.

Irguió los hombros y se encaminó hacia la puerta. Plántale cara, se ordenó, y abre.

—Señor Archer. —No se molestó en fingir una sonrisa. Una cosa era la educación y otra la hipocresía—. Siento haber tardado tanto. Estaba pintando.

—¿Ahora es pintora?

—De brocha gorda, no de cuadros. Lo siento, Ash no está. Tenía cosas que hacer. ¿Quiere pasar y esperarle dentro?

En vez de responder, se limitó a entrar.

—Imagino que se ha mudado a este piso.

—No. Me quedo aquí hasta que empiece mi siguiente trabajo. ¿Puedo traerle algo de beber?

—Se queda aquí —repitió— después de un viaje relámpago a Italia.

—Sí, estuvimos en Italia. Estaré encantada de traerle una copa, aunque, si prefiere servirse usted mismo, estoy segura de que ya se conoce el lugar. Tengo que limpiar mis herramientas.

Veía algo de Ash en él y curiosamente también algo de su propio padre.

Autoridad, comprendió. Un hombre que la tenía, que la ejercía y esperaba que otros la acataran.

Ella no iba a hacerlo.

—Estoy pintando el cuarto de aseo utilizando la técnica del estuco veneciano.

No era la primera vez que alguien la había mirado con desdén, pensó Lila, pero la técnica de Spence Archer era de las mejores.

—No sea estúpida.

—No lo soy. Intento recordar que, piense lo que piense de mí, es el padre de Ash.

—Como su padre, quiero saber qué está pasando.

—Entonces tendrá que ser más concreto.

—Quiero saber por qué le hizo una visita a Giovanni Bastone. Y dado que ha conseguido meterse tan rápido en la vida de mi hijo, en su casa, quiero saber hasta dónde pretende llevar esto.

La cabeza empezaba a palpitarle, un golpeteo regular en las sienes, en la base del cráneo.

—La primera pregunta debería hacérsela a Ashton. En cuanto a la segunda, no le debo una respuesta. Puede que quiera preguntarle a su hijo hasta dónde pretende llevarlo él, ya que se trata de su vida y de su casa. Como es usted su padre, y resulta evidente que no me quiere aquí, le dejaré hasta que Ash y usted hablen.

Agarró el juego de llaves adicional del cuenco situado en el mismo armario que el monitor y fue directa a la puerta. Abrió de golpe.

Y se frenó en seco cuando Ash comenzó a subir el corto tramo exterior de escaleras.

26

—¿Qué parte de «no salgas» no has entendido? —preguntó. Luego la miró a la cara con los ojos entrecerrados—. ¿Qué sucede?

—Nada. Quería tomar un poco el aire. Tu padre está aquí.

—Antes de que pasara por su lado, Ash la agarró del brazo y le hizo dar media vuelta—. No quiero estar aquí..., y tú estás a punto de convertirte en la tercera persona a la que le dé un puñetazo en la cara.

—Lo siento, y haz lo que tengas que hacer. Pero no va a echarte. Eso tenéis que tenerlo bien clarito los dos.

—Voy a dar un puto paseo.

—Daremos uno más tarde. —Volvió a meterla dentro—. Papá. —Saludándole con la cabeza, llevó las bolsas hasta una mesa y las dejó.

—Quiero hablar contigo, Ashton. A solas.

—No estamos solos. Acabo de darme cuenta de que, aunque ya os conocéis, no os he presentado. Lila, este es mi padre, Spence Archer. Papá, esta es Lila Emerson, la mujer a la que quiero. Los dos vais a acostumbraros a esto. ¿Alguien quiere una cerveza?

—Apenas la conoces —comenzó Spence.

—No, eres tú quien apenas la conoces porque prefieres creer que busca mi dinero..., el cual procede de la dirección de mis negocios. —Su tono, brutal y gélido, hizo que Lila reprimiera un escalofrío. Prefería enfrentarse a su furia en cualquier otro momento y lugar—. Te aferras a la idea de que busca tu dinero —continuó Ash—, lo cual es asunto tuyo, aunque no tienes nada que lo justifique. Y quieres creer que busca el caché del apellido Archer, cosa que es ridícula. En realidad, le importa una mierda todas estas cosas. De hecho, parecen ser puntos en mi contra, lo que resulta muy irritante. Pero estoy trabajando en eso porque tengo intención de pasar el resto de mi vida con ella.

—Yo no he dicho que...

Ash le lanzó a Lila una mirada tan fría que quemaba.

—Estate callada. —Cuando la absoluta sorpresa hizo que cerrara la boca, Ash se volvió hacia su padre—. No ha hecho nada para merecer tu actitud hacia ella, ni el trato que le dispensas. Por el contrario, deberías estarle agradecido por haberle ofrecido compasión y generosidad a uno de tus hijos mientras le hacía frente a la muerte de otro de tus hijos.

—He venido aquí para hablar contigo, Ashton, no para que me sermonees.

—Es mi casa —se limitó a decir Ash—. Son mis reglas. En cuanto a mis planes referentes a Lila... Son a largo plazo. A diferencia de ti, esto es algo que planeo hacer una única vez. He sido más prudente de lo que te imaginas porque para mí es una experiencia única. Lila no ha hecho nada para merecer tu conducta hacia ella, que no es más que el reflejo de algunas de tus propias experiencias. Tienes que dejar de utilizarlas para valorar mi vida y mis decisiones. Te quiero, pero si no puedes mostrarte razonablemente educado con Lila, atenerte a las normas de educación básicas que esperas de mí o de cualquiera, no serás bienvenido aquí.

—No lo hagas. No hagas eso. —Las lágrimas que le anegaban los ojos le horrorizaban a Lila casi tanto como las palabras de Ash—. No le hables así a tu padre.

—¿Cree que no voy a defenderte? —Parte de la acalorada y viva furia que bullía bajo la frialdad se liberó—. ¿O se trata de otra cosa que nadie tiene permiso para hacer?

—No, no lo es; Ash, es tu padre. Por favor, no le digas eso a él. No está bien. Podemos evitarnos el uno al otro, ¿verdad? No puedo ser la culpable de que os distanciéis. No pienso serlo.

—No eres la culpable, y todos los que estamos en esta habitación lo sabemos. ¿No es así? —le preguntó Ash a su padre.

—Mientras yo sea el cabeza de familia tengo la obligación de velar por los intereses de la familia.

—Si te refieres a los intereses económicos, haz lo que creas mejor. No pienso discutírtelo. Pero se trata de mi vida privada, y tú no tienes derecho a interferir. Yo nunca he interferido en la tuya.

—¿Quieres cometer los mismos errores que yo?

—No. ¿Por qué crees que he esperado? De todas formas, los errores que yo cometo, sean cuales sean, son míos. Lila no es uno de ellos. Puedes dejar de molestar y tomarte una cerveza o no.

Tras toda una vida en el mundo de los negocios, Spence sabía cambiar de estrategia.

—Quiero saber por qué fuisteis a Italia a ver a Giovanni Bastone.

—Está relacionado con lo que le pasó a Oliver y es complicado. Me estoy ocupando de ello. Tú quieres saber los detalles, papá, tanto como quieres saber los detalles de que Oliver se esnifaba su fondo fiduciario o se lo tragaba en forma de pastillas y alcohol.

Ash se dio cuenta de que había cierto resentimiento ahí, y no era del todo justo. A menudo, él mismo había deseado con toda su alma que le hubieran ahorrado los pormenores sobre Oliver.

—Dejando a Oliver a un lado, hay muchas manchas en la familia. Somos demasiados para que no sea así. Me ocupo de lo que puedo cuando me es posible. Ojalá lo hubiera hecho mejor con Oliver cuando tuve la ocasión.

Spence se tragó lo que Lila imaginó que era una mezcla de orgullo y pena. Los restos hicieron que su voz sonara ronca.

—Tú no tienes la culpa de lo que le pasó a Oliver. La culpa fue suya y, puede que en parte, mía.

—Eso ya no importa demasiado.

—Deja que te ayude con lo que sea que intentas hacer. Deja

que haga algo. Desacuerdos personales aparte, eres mi hijo. Por el amor de Dios, Ashton, no quiero perder a otro hijo.

—Ya me has ayudado. Utilicé el avión para llegar hasta Bastone y usé tu apellido. Me contaste de antemano lo que sabías y pensabas de él. Gracias a eso conseguí verlo.

—Si ese hombre está relacionado con el asesinato de Oliver…

—No. Te prometo que no lo está.

—¿Por qué no se lo cuentas? —exigió Lila—. Oliver era su hijo. No está bien que no le cuentes lo que sabes, y en parte se debe a que estás cabreado con él por mi causa. Te equivocas, Ashton. Los dos se equivocan y son unos estúpidos demasiado cabezotas para dar el brazo a torcer. Me voy arriba.

Ash pensó en pedirle que se quedara, pero la dejó marchar. Ya la habían metido en medio demasiado tiempo.

—Dice lo que piensa —comentó Spence.

—La mayor parte del tiempo. —Y se dio cuenta de que al final sí que iba a compartir la calzone que había comprado para él solo—. Vamos a tomarnos esa cerveza y, a menos que hayas comido, puedes compartir mi calzone, y hablaremos.

Casi una hora después, Ash fue arriba. Conocía a las mujeres; no era raro, con todas las amantes y hermanas, madrastras y otras féminas que habían formado parte de su vida. Así que sabía cuándo había que demostrar interés.

Colocó el bocadillo en un plato, con una servilleta de hilo en esa ocasión. Añadió una copa de vino y dejó en la bandeja una flor del ramo que ella había comprado para el salón.

La encontró trabajando en su ordenador en la mesa de una de las habitaciones de invitados.

—Tómate un descanso.

Ella no paró ni volvió la vista.

—Estoy en racha.

—Son más de las dos. No has comido desde primera hora de la mañana. Tómate un descanso, Lila. —Se arrimó para darle un beso en la coronilla—. Tenías razón. Yo estaba equivocado.

—¿En qué exactamente?

—En lo de no contarle a mi padre nada de esto. No le he explicado todo al detalle, pero sí lo suficiente.

—Bien. Eso está bien.

—No ha sido fácil para él escucharlo, pero tú tenías razón. Él lo necesitaba. Merecía saber por qué perdió a su hijo.

—Lo siento. —Con las manos agarradas sobre el regazo, contempló la pantalla del portátil sin ver nada.

Ash dejó la bandeja sobre la cama y volvió a su lado.

—Por favor, tómate un descanso.

—Cuando estoy disgustada, o me atiborro de dulces, o no puedo comer nada. Estoy disgustada.

—Lo sé.

La cogió de la silla, se acercó a la cama con ella en brazos y la depositó sobre el colchón. Luego, con la bandeja entre los dos, se sentó con las piernas cruzadas de cara a Lila.

—Definitivamente tienes la costumbre de poner a la gente donde quieres.

—Eso también lo sé.

—Es una costumbre muy molesta.

—Sí, pero ahorra tiempo. Él sabe que estaba equivocado, Lila. Me ha pedido disculpas... y no solo como un mero formulismo. Sé cuando es para quedar bien. No está listo para pedirte disculpas a ti, salvo para quedar bien. Y tú no quieres eso.

—No. Yo no quiero eso.

—Pero se disculpará y lo hará de corazón si le das un poco más de tiempo. Le has defendido. No tienes ni idea de hasta qué punto ha sido inesperado para él. Se siente un poco avergonzado, y eso es difícil de asimilar para Spence Archer.

—No puedo ser un tema espinoso entre vosotros. No podría vivir con esa carga.

—Creo que ya nos hemos ocupado de este tema por hoy. —Alargó la mano y le frotó una rodilla—. ¿Puedes darle algo de tiempo para que se disculpe, para que rectifique?

—Sí, desde luego. Yo no soy el problema. No quiero ser el problema.

—Se culpa en gran parte de lo que le pasó a Oliver. Tiró la toalla, Lila. No quería saber ni ver nada más. Era más fácil darle algo de dinero y no pensar adónde iba. Él lo sabe y lo siente. —Se pasó ambas manos por el pelo—. Lo entiendo porque yo había llegado a lo mismo con Oliver.

—Tu padre tenía razón cuando dijo que no era culpa tuya. Tampoco es tu responsabilidad, Ash. Oliver tomó sus decisiones, por duro que eso sea; tomó sus propias decisiones.

—Lo sé, pero...

—Era tu hermano.

—Sí, e hijo de mi padre. Creo que se te echó encima porque no quería que otro hijo tomara el mal camino. Y soy su primer hijo varón —agregó—. El que se supone que debía seguir sus pasos y ni siquiera se ha acercado. No es una excusa, pero creo que es parte de la razón.

—No siente que le hayas defraudado. Te equivocas de nuevo si piensas eso. Tiene miedo por ti y sigue llorando la muerte de Oliver. No sé lo que es perder a alguien tan cercano, pero sé lo que es temer que suceda. Cada vez que desplegaban a mi padre... En cualquier caso, digamos que las emociones estaban a flor de piel. Y no necesito caer bien a todo el mundo.

—Ya le caes bien. —Ash le frotó la rodilla de nuevo—. Lo que pasa es que habría preferido que fuera de otro modo.

Seguramente era cierto, pero ella no quería que las circunstancias, ni ella misma, estuvieran en el medio.

—¿Le has hablado del huevo, de Vasin?

—Lo suficiente, sí. Ahora puedo dejar que él se ocupe de las gestiones para que el Fabergé vaya al Metropolitano cuando sea el momento.

Dándole un papel, pensó Lila, en vez de dejarlo fuera.

—Pero no le has hablado de tus intenciones de enfrentarte a Nicholas Vasin, ¿verdad?

—Le he contado lo suficiente —repitió Ash—. Tú y yo, ¿está todo bien?

Empujó el bocadillo.

—Me has dicho que me estuviera callada.

—¿En serio? No será la última vez. Puedes decirme lo mismo cuando quieras.

—Me has tratado mal.

—Eso piensas. —Con los ojos entrecerrados, ladeó la cabeza—. Cómete ese bocadillo y luego te enseñaré lo que es eso.

Lila dio un deliberado respingo y deseó no tener ganas de sonreír. Entonces le miró a los ojos. Había tanto ahí que ella deseaba, comprendió; y cuanto más deseaba, más le asustaba.

—No sé si puedo darte lo que quieres o si puedo ser lo que quieres.

—Ya eres lo que quiero. Siempre que seas lo que eres y quien eres, por mí estupendo.

—Estabas hablando de pasar toda la vida juntos, de una relación a largo plazo y…

—Te quiero. —Le rozó la mejilla con la mano—. ¿Por qué iba a conformarme con menos? Tú me quieres; lo llevas escrito en la cara, Lila. Me quieres, así que ¿por qué tendría que conformarme con menos?

—No sé si comerme lo que hay en el plato a bocados grandes o pequeños. ¿Y qué pasa cuando se acaba? ¿Cómo puedes saber que va a estar ahí?

La estudió durante un momento. Como era natural, no se refería al plato con el bocadillo, imaginaba Ash, sino a un plato metafórico… que contenía amor, promesas y compromisos.

—Creo que cuanto más comes de él, más hay, sobre todo cuando lo compartes. Hablando de lo cual, al final he tenido que compartir la puñetera calzone. ¿Te vas a comer todo ese bocadillo?

Ella le miró. Al cabo de un rato sacó del bolsillo su herramienta multiusos y seleccionó la navaja. Con cuidado comenzó a cortar el bocadillo por la mitad.

—Sabía que lo resolverías.

—Voy a intentarlo. Si la cago, la culpa será toda tuya.

Cogió una mitad del bocadillo y se la ofreció a él.

—Mi abogado ha llamado mientras estaba fuera.

—¿Qué te ha dicho él o ella?

—Él, en este caso, me ha dicho que ha encontrado y contactado con los abogados de Vasin en Nueva York y les ha informado de que me gustaría reunirme con su cliente para tratar un asunto común.

—Pero con un montón de jerga legal.

—Sin duda. El abogado de Vasin, en jerga legal, ha aceptado contactar con su cliente.

Un paso, pensó Lila, a lo que fuera que sucedería después.

—Ahora toca esperar una respuesta.

—No creo que tarde mucho en llegar.

—No, Vasin quiere el huevo. Pero has usado la palabra equivocada. No es un «quiero» sino un «queremos» reunirnos con Vasin.

—No es necesario que tú…

—En serio, no te conviene terminar esa frase.

Debía empezar de nuevo, decidió Ash.

—Tienes que tener en cuenta quién es, su historial. Estará más dispuesto a tratar con un hombre.

—Dispone de una mujer para que le haga el trabajo sucio.

—Trabajo sucio. —Ash cogió la copa de Lila y tomó un sorbo. Traté de disuadirla con la verdad—. Podría hacerte daño, Lila; utilizarlo como un modo de presionarme para que le entregue lo que quiere. Parece que eso era lo que pretendía hacer con Oliver y su novia.

—Cabe pensar que un hombre así no repita el mismo error. Claro que podría hacerte daño a ti para presionarme a mí. —Mordió el bocadillo y asintió de forma concluyente—. Iré yo; tú te quedas.

—¿Estás en plan cabezota o solo intentas cabrearme?

—Ni lo uno ni lo otro. Quieres que me siente a esperar mientras tú entras solo en la guarida del león. ¿Intentas cabrearme tú a mí? —Le quitó la copa y bebió—. No puedes hablar de pasar toda la vida juntos y de compromisos, y luego dejarme a un lado. Iremos los dos. Ash, si me comprometo contigo, con alguien, no puedo hacerlo sin saber que se trata de una unión plena. —Vaciló un instante y luego se centró de nuevo en ella—. Mi madre esperaba. Nadie podrá decir jamás que no fue una buena y fuerte esposa de un militar. Pero yo sé lo duro que fue para ella esperar. A pesar de lo orgullosa que estaba de él, de lo inalterable que se mostraba, para ella resultaba muy duro esperar. Yo no soy como mi madre.

—Iremos juntos. Con un seguro.

—¿Qué seguro?

—Si tú... Si cualquiera de los dos —se corrigió— sufre algún daño, hemos dejado instrucciones para que el huevo sea destruido.

—No está mal... No por casualidad es un clásico, pero... La idea de romper el huevo me hace dudar. No es que no seas convincente. He visto el ensayo. Pero los niños mimados prefieren ver roto un juguete antes que compartirlo, ¿no es así? Puede que él tenga ese impulso.

—Adelante, rómpelo —reflexionó Ash—. Si yo no puedo tenerlo, nadie lo tendrá. No lo había pensado.

—¿Y qué tal si decimos que hemos dejado instrucciones para que, si alguno de los dos sufre algún daño, se anuncie de inmediato a la prensa el descubrimiento? Y que el huevo sea entregado en el acto a un museo que no revelaremos. Los detalles, más adelante.

—Amenazar con destruirlo es mucho más satisfactorio, pero tienes razón. Lo que acabas de plantear es más que un seguro —decidió y recuperó la copa de vino, que compartían como compartían el bocadillo—. Cierto. Lo haremos así.

—¿En serio?

Ash dejó la copa en la bandeja y le enmarcó la cara con las manos.

—No quieres oírlo, pero no dejaré que nada te pase. Haré lo que haga falta para mantenerte a salvo, lo quieras o no. Si ocurre algo, si creo que va a pasarte algo, apretaré ese botón.

—Quiero la misma opción contigo.

—Vale.

—¿De quién es el botón?

Ash se levantó y deambuló por la habitación. Debería haber sido de Vinnie, pensó. Debería haberlo sido.

—De Alexi, desde la finca de mi familia. Créeme, puede hacerse desde allí; mi padre puede ocuparse de que así sea. Y es un sitio muy seguro.

—Es una buena idea. Es una idea inteligente. Pero ¿cómo apretamos ese botón?

—Encontraremos el modo. —Se detuvo y miró por la ventana—. Tenemos que poner fin a esto, Lila.

—Lo sé.

—Quiero una vida contigo. —Al ver que ella no decía nada, se volvió para mirarla—. Voy a tenerla, pero no podemos iniciarla de verdad hasta que esta situación haya terminado. Pase lo que pase con Vasin, le pondremos fin a esto.

—¿Qué quieres decir exactamente?

—No vamos a farolear con Maddok. Apretaremos el botón si se niega a entregarla y saldremos pitando. Y del resto que se ocupe la policía.

—Ambos sabemos que si está libre vendrá a por nosotros. Eso ha sido parte del objetivo.

—Antes tiene que encontrarnos. Tú puedes escribir en cualquier parte, y yo puedo pintar en cualquier lugar. Iremos a cualquier sitio. A ti te gusta viajar. Iremos de un lugar a otro. Nada más conocerte vi a la gitana que hay en ti. Seremos gitanos.

—Tú no quieres eso.

—Yo te quiero a ti. Alquilaremos una casita en Irlanda, una villa en la Provenza, una casa solariega en Suiza. Montones de lugares nuevos para ti, montones de nuevos lienzos que pintar para mí.

Y la quería en la cocina cada mañana, pensó. Con una bata fina y corta, y una herramienta multiusos.

—Al final la meterán entre rejas o terminarán con ella —dijo—. Pero hasta entonces, si esto no sale como queremos, tenemos otra alternativa. Ve el mundo conmigo, Lila.

—Yo... —Esa pequeña burbuja de pánico bulló en su garganta—. Tengo un negocio.

—Podemos empezar así. Seguir con ello si quieres. Pero lejos de Nueva York y tan pronto como podamos. Piénsalo —le sugirió—. El mundo es grande. Voy a llamar a Alexi y a empezar a prepararlo todo, y luego trabajaré una o dos horas más en mi estudio. ¿Por qué no vemos si a Luke y a Julie les apetece cenar con nosotros más tarde? ¿Por qué no salimos de aquí un rato?

—Salir es bueno. ¿No te preocupa?

—Me interesa a un par de niveles. No hay razón para que envíe a su zorra a por nosotros si está considerando reunirse conmigo y ver qué le ofrezco. ¿Te parece bien a las ocho?

—A las ocho está bien. Creo que... Ay, Dios. —Se presionó los ojos con los dedos—. Su zorra.

—Ahora ¿qué?

—No te cabrees; das un poco de miedo cuando estás cabreado. Entonces me cabrearé yo, y yo también puedo dar un poco de miedo. Y esto ya da bastante miedo de por sí.

—¿De qué coño estás hablando?

—Me ha llamado. Jai Maddok me ha llamado... al móvil.

La divertida exasperación de Ash dio paso a la fría furia.

—¿Cuándo?

—Después de que te fueras. Pero un rato después, así que no creo que estuviera esperando a que me encontrara sola. No creo que le importara eso.

—¿Por qué coño no me lo has contado? Joder, Lila.

—Lo habría hecho e iba a hacerlo. Iba a... Tenía el teléfono en la mano para llamarte, y entonces sonó el timbre; era tu padre. Y no estaba demasiado contento de verme, y luego llegaste tú y... Joder, Ashton, ha sido un melodrama. Se me fue de la cabeza. Además te lo estoy diciendo ahora. No es que lo haya guardado en secreto. Iba...

Ash se sentó otra vez y colocó las manos con firmeza sobre sus hombros.

—Para. Respira.

Lila tomó aire mirándole a los ojos mientras él le frotaba los hombros. Y sintió que las pequeñas burbujas de histeria en su garganta estallaban y se disolvían.

—Acababa de terminar con la capa base. Sonó el teléfono, y era ella. Pretendía asustarme y lo ha hecho. Me alegro de que no estuviéramos hablando por Skype porque así no podía verme la cara. Me ha preguntado si había disfrutado de Italia. Yo le he preguntado si ella también había viajado, y he mencionado al marchante de arte. Tal vez no debería haberlo hecho, pero sé que eso la ha hecho pasar un mal rato.

—Déjame tu teléfono.

—Mi... Oh, qué boba. Ni siquiera he mirado el número. Todo ha pasado muy rápido. Pero lo he grabado casi todo. Me acordé de la grabadora del móvil.

—Claro que sí —replicó—. Cómo no ibas a tener una aplicación para grabar.

—Porque nunca se sabe, ¿verdad? El timbre sonó justo después de que colgara, y luego una cosa llevó a la otra.

Le entregó el móvil.

—Número oculto —leyó cuando comprobó las llamadas recibidas.

—No creo que quiera llamarme otra vez para charlar. Será un teléfono desechable. Todo el mundo que lee novelas de ficción o ve la tele lo sabe. Solo quería asustarme. Y lo ha hecho.

—Dime qué te ha dicho.

—Está aquí. Puedes oírlo.

—Cuéntamelo tú primero, y luego lo escucharé.

—Ha repetido sin cesar que iba a matarme, y ha quedado muy claro que teníamos razón. Estoy segurísima de que me ha dicho un par de insultos muy desagradables en chino, que tendré que buscar. Le estropeé las cosas y le pegué un puñetazo..., y se lo he recordado porque me ha asustado. Te prometo que iba a llamarte a ti y a la policía, pero entonces llegó tu padre, y yo llevaba la ropa de trabajo, así que no podía haber sido peor.

—¿Tu ropa de trabajo? ¿Qué tiene eso que ver?

—Cualquier mujer del mundo entendería por qué eso hacía que fuera peor.

—Vale.

Se le escaparon algunas lágrimas. Ash se las enjugó con los pulgares y posó los labios con suavidad sobre los de ella.

Bajó la mirada a su teléfono móvil.

—¿Dónde está la aplicación?

—Dame, deja que lo haga yo. —La abrió y le dio a la tecla de reproducir.

Se negó a estremecerse cuando oyó la voz de Jai y escuchó de nuevo sus palabras. Vio el fuego reavivarse en los ojos de Ash; lo vio arder cuando la grabación terminó, y esos ojos se clavaron en los de ella.

—Sin duda, le he hecho pasar un par de malos ratos. No le he dado la impresión de estar aterrada ni de ser presa del pánico. Sin embargo… —Él la estrechó tras rodearla con los brazos—. Lo estaba. Reconozco que lo estaba. Lo sentí como algo real. Muy real; su voz en el teléfono, saber que quiere matarme. Pretendía burlarse de mí, pero había rabia en sus palabras. Tanta rabia que casi podía palparla.

—Nos iremos. —La apartó un poco—. A donde quieras. Esta noche. Nada más importa.

—No, no, no. No podemos vivir así; yo no puedo. No basta con huir de esto sin más. A Jason Bourne tampoco le funcionó. Ya sabes, ya sabes. —Tuvo que esforzarse para no balbucear cuando el desconcierto se unió al fuego en los ojos de Ash—. Los libros, las películas. Matt Damon.

—Lo sé. —Su mente pensó mientras le acariciaba el pelo; era algo maravilloso—. Vale.

—Razón de más para ponerle fin a esto. No puede quedar impune después de convertirme en una cosilla temblorosa. No podemos permitir que dicte cómo vivir nuestras vidas. Se ha vuelto real, Ash, y no voy a dejar que me convierta en alguien que no me gusta y a quien no reconozco. No me pidas que haga esto.

Ash posó los labios en su frente.

—Llamaré a Fine. —Miró de nuevo el teléfono de Lila—. Yo me ocuparé.

—Necesito mi teléfono. Hay media vida mía en ese aparato.

—Te lo devolveré. —Le acarició el pelo una vez más y se puso en pie—. Ibas a salir cuando llegué. Tú sola.

—Estaba cabreada, me sentía insultada. Estúpida. Dios mío, ni siquiera cogí el bolso.

—Mientras reconozcas la estupidez y no vuelvas a cometerla. Voy a llamar a Fine para informarla. ¿Estás bien aquí arriba?

—Sí. Ya estoy bien. Tengo que ponerme de nuevo con el libro; puedo sumergirme en él, dejar esto.

—Pues hazlo. Estaré abajo o en el estudio. No estás sola —dijo—. Voy a estar aquí mismo.

—Ash. —Se bajó de la cama y se puso en pie. Como tenía el estómago encogido, dijo enseguida—: Mi padre es un hombre realmente bueno.

—Estoy seguro de que es así. —Ahí había algo, pensó, y le retiró el pelo de la cara.

—Es un militar. No es que antepusiera el deber a la familia. Pero ese deber era lo primero. Nunca le he culpado por eso, porque hace que sea quien es. Y es un buen hombre. Pero casi nunca estaba ahí. No podía estar.

—Eso era difícil para ti.

—A veces lo era, pero comprendía su servicio a la patria. Mi madre es estupenda. Hacía su vida sin él cuando mi padre no podía estar y la dejaba a un lado sin pestañear cuando sí estaba. Cocina de miedo; no he heredado mucho de ella en este campo. Podía y aún puede compaginar una docena de cosas a la vez, algo que a mí también se me da muy bien. Pero no sabía cambiar una bombilla. Vale, es una exageración, aunque no tanto.

—Así que tú aprendiste a arreglar las cosas.

—Alguien tenía que hacerlo..., y a mí me gustaba. Me gustaba averiguar cómo reparar cosas. Y hacía que él se sintiera orgulloso. «Dáselo a Lila —decía—. Si ella no lo arregla, es que no se puede arreglar.» Eso significaba mucho para mí. Al mismo tiempo, cuando estaba en casa, él mandaba. Estaba acostumbrado a dar órdenes.

—Y a ti no te gustaba acatarlas.

—Te enfrentas a muchos cambios cuando eres la niña nueva en todas partes, que busca su ritmo en un sitio nuevo otra vez. Te vuelves autosuficiente. A él le gustaba que pudiera arreglármelas sola..., y me enseñó a hacerlo. Me enseñó a disparar un arma, a limpiarla, a respetarla; me enseñó defensa personal básica, primeros auxilios; todo eso. Pero sí, chocábamos cuando había que hacer algo porque él lo decía. Tú te pareces un poco a él en eso, pero eres más sutil. El teniente coronel es muy directo.

—La gente que no choca entre sí de vez en cuando seguramente se aburre mucho.

Lila rió.

—Seguramente sí. Pero el caso es que le quiero. Tú también quieres a tu padre. Podía verlo aunque estabas muy furioso e incluso decepcionado con él. Has dejado que piense que es el cabeza de familia aunque no lo es; no en realidad. Lo eres tú. Pero dejas que piense eso porque le quieres. Acepto que mi padre no pudiera estar para mi baile de graduación ni para la ceremonia de graduación del instituto. Le quiero, le quería incluso en esas ocasiones; muchas ocasiones en que lo necesitaba de verdad, en que él no podía decir «Estoy aquí».

Y ahí estaba el meollo del asunto, comprendió Ash.

—Pero yo sí estaré.

—No sé qué hacer cuando alguien se queda, cuando empiezo a querer que se quede.

—Te acostumbrarás a ello. —Le acarició la mejilla con el dedo—. Me gustaría conocer a tus padres.

No sintió pánico, pensó, pero sí se le encogió el estómago.

—Oh, bueno. Están en Alaska.

—Cuando estés lista, tengo un avión privado. Vuélcate en el trabajo —dijo—. Y yo estaré aquí, Lila. Puedes contar con ello, y con el tiempo lo harás.

Una vez a solas, se dijo que tenía que volver al trabajo, meterse de nuevo en el libro y no pensar en nada más.

¿Qué clase de hombre se ofrecía a dejarlo todo y a viajar por el mundo contigo para mantenerte a salvo y ofrecerte nuevos lugares por descubrir? Ash la veía como a una gitana, y a menudo ella misma se consideraba así. En continuo movimiento.

Entonces ¿por qué no hacerlo? ¿Por qué no hacer el equipaje y marcharse, igual que había hecho innumerables veces? Pero ahora lo haría con alguien con quien quería estar. Podía vivir día a día, lugar a lugar, aventura tras aventura.

Debería aceptar sin dudar; expandir poco a poco su trabajo de cuidadora a nivel internacional, comprendió. O tomarse un descanso, limitarse a escribir y a viajar.

¿Por qué no aceptaba en el acto?

Y, más aún, ¿de verdad podía acostumbrarse a ello, permitirse acostumbrarse a ello, confiar en alguien cuando se conocía lo bastante bien para comprender que ella funcionaba de otra manera? Era la única persona en quien confiaba.

Las casas de sus clientes, sus mascotas, sus plantas, sus cosas. Era ella quien se ocupaba, en quien se podía confiar para que estuviera ahí…, hasta que ya no la necesitaban.

Tenía demasiadas cosas en la cabeza, pensó. Ahora debían lidiar con el presente; el huevo, Vasin, Maddok. No había tiempo para crear bonitas fantasías.

La realidad era lo primero.

Volvió a su mesa y leyó la última página en que había trabajado.

Pero continuó pensando en viajar a cualquier lugar que deseara. Y no conseguía imaginarlo.

27

Ash le pidió a Fine y a Waterstone que fueran a su casa; un acto deliberado. Si Vasin vigilaba aún la casa, la alegación de acoso policial tendría más peso.

Les reconoció el mérito por escuchar lo que había hecho y lo que planeaba hacer..., y a Lila por grabar la llamada de teléfono de Jai Maddok.

—He hecho una copia. —Lila le ofreció a Waterstone una tarjeta de memoria que había guardado y etiquetado en una bolsita—. No sé si pueden utilizarlo, pero se me ocurrió que quizá necesitaran tenerlo, para sus archivos. Es legal grabar una conversación telefónica dado que soy una de las partes implicadas, ¿verdad? Lo he comprobado.

El detective la aceptó, y enseguida se la metió en el bolsillo de su americana.

—Puede estar tranquila a ese respecto.

Fine se inclinó hacia delante lanzándole a Ash lo que este consideraba ya su típica mirada de policía dura.

—Nicholas Vasin es sospechoso de delitos internacionales, incluyendo contratar asesinos a sueldo.

—Soy consciente, ya que mi hermano fue una de sus víctimas.

—Su asesina a sueldo ha establecido contacto personal con usted. Dos veces —le dijo a Lila—. Ahora es personal.

—Lo sé. Eso está muy claro. Hum. *Biao zi* es el término en

mandarín para «zorra», que es bastante suave. *Bi* es... —Se estremeció porque detestaba decirlo en voz alta— «puta». Es muy desagradable, y considero eso mucho más personal.

—Y, sin embargo, han ideado un plan para atrapar a Vasin ustedes mismos.

—Para mantener una reunión —la corrigió Ash—. Una reunión que tenemos muchas posibilidades de fijar. Ustedes no.

—¿Y qué creen que van a conseguir... si es que no hace que los despachen en el acto? ¿Creen que les va a entregar a Maddok sin más? ¿Qué entregará a uno de sus mejores y más valiosos empleados?

—Conozco a los hombres ricos y poderosos —repuso Ash con serenidad—. Mi padre es uno de ellos. Un hombre con la posición de Vasin siempre puede contratar a otro empleado; para algunos, ese es el fin de ser rico y poderoso. Quiere el huevo, algo que tengo yo; que tenemos nosotros —se corrigió—. Maddok es una empleada, y seguramente muy valorada. Pero el huevo es más valioso para él. Es un muy buen trato, y él es un hombre de negocios. Se dará cuenta de ello.

—¿De verdad piensa que aceptará el trato?

—Son negocios. Y mis términos no van a costarle ni un céntimo. Ningún empleado es indispensable, ¿y compitiendo con el Fabergé? Sí, ella no está a la altura.

—No son policías. —Fine comenzó a enumerar los puntos negativos ayudándose de los dedos—. No están adiestrados. No tienen experiencia. Ni siquiera se les puede poner un micro porque él lo comprobará.

Waterstone se rascó la mejilla.

—Eso podría suponer una ventaja.

Fine le miró.

—¿Qué coño dices, Harry?

—No digo que sea lo ideal, pero nosotros no podemos acercarnos a él. Ellos dos tal vez sí puedan. No son policías, no llevarán micro. En mi opinión, él los considerará un par de pollos a los que desplumar.

—Porque lo son.

—Pero los pollos tienen el huevo de oro. La cuestión es: ¿cuánto lo desea?

—Han muerto cuatro personas... incluyendo al marchante de arte en Florencia —señaló Lila—. Esto indica hasta qué punto lo desea. Y por como ella vino a por mí, es que tenía algo que demostrar a su jefe. El desempeño de su trabajo dista mucho de ser espectacular en este caso. Intercambiarla por el huevo me parece un buen trato.

—Puede que sea un buen trato —convino Fine—, pero no si tenemos en cuenta lo que Maddok sabe de él, lo que podría contarnos.

—Pero no va a entregársela a ustedes —le recordó Lila—. Al menos eso es lo que le diremos.

—¿Por qué iba a creer que alguien que no ha matado antes pretende hacerlo ahora y va a llevarlo a cabo?

—Lo hará. Primero porque es la solución para conseguir lo que quiere y, segundo, porque Ash da mucho miedo cuando se desmelena. En cuanto a mí. —Se encogió de hombros—. Yo solo miré por la ventana. Solo quiero que esto termine. He pescado a un pez bien gordo: Ashton Archer. Quiero empezar a recoger los beneficios sin tener que preocuparme de que alguien quiera matarme.

Ash enarcó una ceja.

—¿«Pez bien gordo»?

—Así te llamó Jai, y puedo aprovecharme de eso. Apellido importante y con dinero, artista de renombre. Una gran captura para la hija de un militar que vive en casas de otras personas y tiene en su haber una novela juvenil de éxito moderado. Piensa en lo que puede hacer por mi carrera el haber atrapado a Ashton Archer. Es genial.

Ash le lanzó una sonrisita arrogante.

—Ya veo que le has dado unas cuentas vueltas.

—Intento pensar como un hombre de negocios y una asesina desalmada. Además es todo verdad, los hechos son correctos. Solo deja fuera los sentimientos. Ella no tiene. No es posible que él tenga alguno o, de lo contrario, no la habría pagado para que matara a gente. Si no tienes sentimientos, no puedes entenderlos, ¿verdad? Tú obtienes tu venganza, yo pesco al pez más gordo, y Vasin consigue el huevo de oro.

—Y luego ¿qué? —exigió Fine—. Si no han muerto a los cinco minutos de reunirse con él, si es que llegan a eso… Y si él dice «Claro, hagamos un trato», después ¿qué?

—Luego nos ponemos de acuerdo en cuándo y dónde realizar el intercambio. O dónde y cuándo realizarán el intercambio nuestros representantes. —Porque no quería a Lila ni remotamente cerca en esa fase, pensó Ash—. Y ustedes se ocupan a partir de ahí. Nosotros tan solo establecemos el contacto y hacemos el trato. Si él acepta, se trataría de conspiración para cometer asesinato por su parte. Y ustedes podrían probarlo con nuestro testimonio. A ella la pillarían porque Vasin, como mínimo, fingiría entregárnosla. Y el huevo iría a donde pertenece: a un museo.

—¿Y si no acepta? ¿Si le dice «Deme el huevo o haré que violen, torturen y disparen en la cabeza a su novia»?

—Como les he dicho, él ya sabe que, si nos hace algo, el anuncio se hará público y el huevo estará fuera de su alcance. A menos que planee intentar robarlo del Metropolitano. Es posible —dijo antes de que Fine pudiera hablar—. Pero no ha intentado robar ninguno de los huevos imperiales de museos ni colecciones privadas.

—Que nosotros sepamos.

—Vale, es un factor. Pero es muchísimo más fácil, más limpio e inmediato llegar a un acuerdo.

—Podría amenazar a su familia igual que ha dicho que amenazó a la de Bastone.

—Podría, pero, mientras estamos reunidos con él, mi familia estará dentro de la finca. Una vez más, le ofreceré un trato directo en el que no tiene que pagar nada por lo que quiere. Solo intercambiar un recurso que no ha estado dando dividendos.

—Podría dar resultado —reflexionó Waterstone—. No es la primera vez que utilizamos civiles.

—Con micrófono y protegidos.

—Tal vez encontremos alguna solución a ese respecto. Hablemos con los técnicos… y veamos si cuentan con algo. Veamos qué tienen los federales.

—Vamos a reunirnos con Vasin —puntualizó Ash— con o sin ustedes. Preferiríamos que fuera con ustedes.

—Le está entregando a dos rehenes —señaló Fine—. Si van a hacer esto, ocúpese usted y que ella se quede fuera.

—Buena suerte con eso —comentó Ash.

—Iremos los dos. —Lila miró a Fine a los ojos con la misma expresión dura de la que era objeto por parte de la detective—. No es negociable. Además es más probable que él considerara un rehén a uno de los dos y que obligase al otro (a mí, por ejemplo) a entregarle el huevo si siguiera fuera. ¿Qué consigo yo si destripan a mi pez gordo?

—Piensa en otra metáfora —le aconsejó Ash.

—Es poco probable que acceda a una reunión —apuntó Fine—. Es de dominio público que no hace negocios personalmente. A lo sumo puede que acaben hablando con uno de sus abogados o ayudantes.

—Mis términos son claros. O nos reunimos con él en persona, o no hay negociación. —Echó un vistazo a su teléfono cuando este sonó—. Es mi abogado, así que es posible que tengamos una respuesta. Denme un minuto.

Se puso en pie y se alejó hablando por el móvil hasta el otro extremo del salón.

—Convénzale para que no haga esto. —Fine desvió esa dura mirada de nuevo hacia Lila.

—No podría y, llegados a este punto, no puedo intentarlo. Esto le proporciona a él, a nosotros, una gran oportunidad para poner fin a esta situación. Tenemos que ponerle fin, y no acabará, no para Ash, hasta que no se haga justicia por los asesinatos de su hermano y su tío. Sin eso se sentirá responsable de lo que les pasó durante el resto de su vida.

—No creo que entienda el peligro que están corriendo.

—Detective Fine, siento que corro peligro cada vez que salgo por la puerta. ¿Cuánto tiempo podría usted vivir con eso?

Esa mujer nos quiere muertos... lo ordene o no su jefe. Lo he visto, lo he sentido. Queremos una oportunidad para vivir nuestras vidas, para ver qué pasa a continuación. Vale la pena correr el riesgo por eso.

—Mañana —dijo Ash al regresar y dejar el teléfono encima de la mesa otra vez—. A las dos en punto en su propiedad de Long Island.

—Adiós a Luxemburgo —ironizó Lila e hizo que Ash le brindara una sonrisa.

—¿Menos de veinticuatro horas? —Waterstone meneó la cabeza—. Eso es muy poco tiempo.

—Creo que esa es en parte su intención, y la razón de que yo haya aceptado. Mi actitud debió de indicarle que quiero terminar ya con esto.

—Cree que vas a pedirle millones —señaló Lila—. Y lo que vas a pedirle le pillará por sorpresa. Y se sentirá intrigado.

Se acuclilló junto a su silla.

—Vete a la finca. Deja que yo haga esto.

Lila tomó su rostro entre las manos.

—No.

—Discútanlo más tarde —les aconsejó Waterstone—. Vamos a hablar de lo que harán, lo que no harán y, si llega el caso, de dónde y cuándo se realizará el intercambio. —Miró a Fine—. Será mejor que llames al jefe y que pensemos en una manera, si la hay, de ponerles un micro y en cómo lo organizamos todo por nuestra parte.

—No me gusta nada de esto. —Se puso en pie—. Los dos me caen bien. Ojalá no fuera así. —Sacó su móvil y se alejó para llamar al inspector jefe de la policía.

En cuanto se quedaron solos, Lila exhaló un enorme y sonoro suspiro.

—Dios mío, todo eso me ha dejado frito el cerebro. Puntos de control, palabras clave y procedimientos. Voy a aplicar la siguiente capa al cuarto del aseo (el trabajo manual ayuda con los cerebros fritos) antes de que lleguen los técnicos del FBI. Vamos a trabajar encubiertos para el FBI. En serio, tengo que escribir un libro sobre esto. Si no lo hago yo, otro lo hará, y no pienso dejar que eso pase. —Se levantó de la silla—. ¿Qué te parece si pedimos pizza más tarde? La pizza es una comida que no te hace pensar cuando tienes el cerebro cansado.

—Lila, te quiero.

Ella se detuvo y le miró sintiendo ese ya familiar encogimiento en el corazón.

—No utilices eso para intentar convencerme de que no vaya. No voy a ponerme cabezota, no voy a enarbolar la bandera feminista…, aunque podría. El hecho de que vaya a ir, de que necesite hacerlo, debería decir algo sobre lo que siento por ti.

—¿Qué sientes por mí?

—Lo estoy averiguando, pero sé que no hay nadie más por quien haría esto. Nadie más. ¿Recuerdas esa escena de *El retorno del Jedi*?

—¿Qué?

Lila cerró los ojos.

—Por favor, no me digas que no has visto las pelis. Todo se irá al traste si no has visto *La guerra de las galaxias*.

—Claro que he visto las pelis.

—Gracias, Dios mío —murmuró abriendo los ojos otra vez—. La escena —prosiguió— en el bosque de la luna de Endor. La guardia de asalto tiene a Leia y a Han acorralados fuera de su base. Tiene mala pinta. Y él baja la mirada, y ella le enseña su arma; luego él la mira y le dice que la quiere. Ella dice… Ella sonríe y le dice: «Lo sé». No le repite las mismas palabras. Vale, ella lo dice primero en *El imperio contraataca*, antes de que Jabba el Hutt hiciera que lo congelaran en carbonita; pero, tomando justo la escena en Endor, muestra que están juntos en ello, ganen o pierdan.

—¿Cuántas veces has visto estas películas?

—Eso es irrelevante —repuso de manera un tanto remilgada.

—¿Tantas? Así que tú eres la princesa Leia y yo soy Han Solo.

—A efectos de esta explicación. Él la quería. Ella lo sabía, y viceversa. Eso los hacía a ambos más valientes. Los hacía más fuertes. Me siento más fuerte al saber que me quieres. Nunca esperé que fuera así. Intento acostumbrarme a ello tal y como me has pedido. —Le rodeó con los brazos y se meció un poco—. Cuando te lo diga, sabrás que hablo de corazón, que hablaría de corazón aunque estuviéramos acorralados por tropas de asalto en el bosque de la luna de Endor con solo un *blaster* entre nosotros, o puede que sobre todo si ese fuera el caso.

—Y por extraño que parezca, esto es lo más conmovedor que alguien me haya dicho jamás.

—El que sea así... Estoy intentando acostumbrarme a saber que tú me entiendes y me amas de todas formas.

—Prefiero ser Han Solo antes que el pez gordo.

Lila rió echándose hacia atrás para alzar la vista hacia él.

—Yo prefiero ser Leia antes que alguien que busca pescar a uno. Así que me voy a pintar otra vez el cuarto de aseo, a trabajar con el FBI y luego a comer pizza. Ahora mismo tenemos vidas fascinantes, Ash..., y sí, queremos que el peligro termine de una vez. Pero soy partidaria de aprovechar al máximo cualquier situación. Y... —Le dio un apretón antes de apartarse— va a salir bien. Igual que les salió bien a Leia y a Han.

—¿Tú no tendrás...? ¿Cuál era el arma?

—Veo que necesitas una maratón de *La guerra de las galaxias*, a modo de recordatorio. Un *blaster*.

—Tú no tendrás uno de esos, ¿no?

—Tengo otra cosa que ella tenía: buen instinto. Y a mi propio Han Solo.

Ash dejó que se fuera porque una parte de él creía que tenía razón. Juntos serían más fuertes. Pensando en eso, pensando en ella, subió a su estudio para terminar su retrato.

Lila se propuso ir a la galería a la mañana siguiente. Ash insistió en acompañarla y luego se marchó para dejarles tiempo a solas en el despacho de Julie.

—Vas a decirme algo que no quiero oír.

—Es probable. Ash va a la panadería para hablar con Luke.

Tú eres mi mejor amiga, así que necesito hablarlo contigo, necesito preguntarte.

—Vais a ir a ver a Vasin.

—Hoy.

—¿Hoy? Pero es demasiado precipitado. —Alarmada, tomó a Lila de las manos—. Es imposible que estés preparada. Es imposible que...

—Todo está organizado. Deja que te lo explique.

Repasó con Julie todos los pasos, los planes y las opciones infalibles.

—Lila, ojalá no lo hicieras. Ojalá te fueras, ojalá te marcharas con Ash a cualquier parte, aunque eso significara que no volviera a verte nunca más. Sé que no vas a hacerlo. Te conozco y sé que no puedes, pero ojalá lo hicieras.

—Lo he pensado. Anoche lo pensé muy en serio. En plena noche le di una y mil vueltas a todo en mi cabeza. Y como intenté encontrar una respuesta, me di cuenta de que ya no se trata solo de sexo, diversión y afecto. Imagino que nunca se ha tratado de eso. Pero adondequiera que fuéramos seguiría siendo una especie de arresto domiciliario. Jamás estaríamos seguros de verdad, realmente a salvo.

—Pero sí más seguros. Más a salvo.

—No lo creo. Empecé a pensar en «¿Qué pasaría si?». ¿Qué pasaría si al no poder encontrarnos va a por nuestras familias? ¿A por nuestros amigos? Podría buscar a mis padres, Julie, y hacerles daño. Podría hacerte daño a ti. No puedo vivir con esta angustia.

—Sé que no puedes, pero yo puedo desear que no fuera así.

—Vamos a colaborar con la policía, con el FBI. Llevaremos unas alucinantes micrograbadoras. Además lo mejor de todo es que Ash va a ofrecerle justo lo que quiere. No hay razón para que nos haga daño si accedemos a darle lo que quiere. Lo único que tenemos que hacer es convencerle para llegar a un acuerdo. Entonces nos marcharemos, y la policía se hará cargo del resto.

—No es posible que creas que será todo tan fácil. No es posible que pienses que esto es una especie de aventura.

—Una aventura no, un paso necesario y controlado. No sé qué va a pasar, pero merece la pena correr el riesgo, Julie, para poder tener una vida de verdad otra vez. Merece la pena correr el riesgo para que la próxima vez que mi cabeza no desconecte en plena noche sea porque esté pensando en lo que quiero con Ash. En lo que puedo dar, en lo que puedo tomar.

—¿Le quieres?

—Él piensa que sí.

—Eso no responde a mi pregunta.

—Creo que sí. ¡Y Uau! —Se frotó los nudillos entre los pechos—. Eso es mucho para mí. Pero no sabré qué significa para ninguno de los dos hasta que esto haya terminado. Y va a terminar. Después te ayudaré a planear tu boda con tu antiguo y futuro marido. Voy a dilucidar mi propia vida. Y voy a terminar este libro de forma definitiva.

—¿A qué hora veréis a Vasin?

—Nos reuniremos con él a las dos. Julie, creo que iremos allí, haremos el trato y saldremos, tal y como te he explicado. Pero si algo saliera mal, he escrito una carta para mis padres. Está en mi neceser de viaje, en el cajón superior de la derecha de la cómoda de Ash. Necesito que tú se la hagas llegar.

—No pienses en eso. —Agarrando a Lila de las manos, se las apretó tan fuerte que casi le hacía daño—. No lo hagas.

—Tengo que tenerlo en cuenta. No creo que pase, pero tengo que tenerlo en cuenta. He dejado que las cosas se deteriorasen con mis padres los últimos años. Y estas últimas semanas con Ash me han hecho pensar en eso, han hecho que me dé cuenta de ello. Deseo que sepan que los quiero. Creo firmemente que voy a ir allí; me tomaré una semana libre y le preguntaré a Ash si quiere conocerlos, lo cual es un paso de gigante para mí. Creo que voy a darlo. Creo que quiero darlo. Si algo pasara, necesito que ellos lo sepan.

—Vas a llevar a Ash a conocerlos y les dirás que los quieres.

—Estoy convencida, pero debo tener en cuenta otras posibilidades. Y voy a pedirte que te asegures de que mis padres lo sepan si me ocurre algo.

—No te pasará nada. —Con los ojos llorosos, Julie apretó los labios con fuerza—. Pero sí, te lo prometo. Cualquier cosa que necesites.

—Gracias. Me quitas un peso de encima. El otro tema es el libro. Me gustaría disponer de un par de semanas más para pulirlo, pero si sucede algo... —Sacó una memoria flash del bolsillo—. Te he hecho una copia para que se la lleves a mi editora.

—Dios mío, Lila.

—Eres la única persona a quien puedo pedírselo o a quien se lo pediría. Necesito saber que harás estas dos cosas por mí. Entonces podré apartarlas de mi cabeza y simplemente pensar que al final no tendrás que hacerlas.

Julie se apretó los ojos con los dedos durante un momento, luchando contra sus emociones hasta que recobró el control.

—Puedes contar conmigo. No será necesario, pero puedes contar conmigo.

—Es lo único que me hace falta. Cenemos los cuatro juntos mañana por la noche para celebrarlo. Me parece que esta noche va a ser una locura.

Asintiendo con rapidez, Julie agarró unos pañuelos de papel de la caja sobre su mesa.

—Así se habla.

—Ese restaurante italiano al que fuimos los cuatro la primera vez. Creo que deberíamos convertirlo en nuestro sitio.

—Haré la reserva. Os veremos allí. ¿A las siete y media?

—Perfecto. —Se arrimó y le dio un abrazo a Julie—. Te veo mañana por la noche... y te llamo esta noche. Lo prometo.

Y si no lo hacía, había dejado una carta para Julie junto con la de sus padres en el mismo cajón.

28

Lila decidió que el vestido azul que Ash le había regalado después de su primera sesión de posado sería un buen amuleto de la suerte. Se lo puso con el colgante de piedra de luna de Florencia, pensando que ambas cosas supondrían un poderoso talismán.

Dedicó un tiempo considerable a maquillarse. No todos los días tenía una reunión de negocios con un delincuente internacional que contrataba asesinos a sueldo para hacer su voluntad.

Comprobó el contenido de su bolso, ya que el agente especial al mando le había dicho que la seguridad de Vasin lo haría. Optó por dejar todos los artículos habituales en su sitio. ¿No parecería eso más normal?

Se volvió en el espejo y miró a Ash.

Iba recién afeitado, con el pelo más o menos domado y un traje de chaqueta gris acero que susurraba poder —porque el poder no era necesario que gritase— por los cuatro costados.

—Voy demasiado informal. Tú llevas traje.

—Reunión formal, traje formal. —Se anudó una corbata del color de un buen cabernet de forma impecable, lanzándole una mirada a Lila en el espejo. Luego dejó que sus ojos se demoraran en ella—. Estás preciosa.

—Demasiado informal —repitió—. Pero mis trajes formales son aburridos. Motivo por el cual están en casa de Julie, porque solo me los pongo en ocasiones aburridas, y esta no lo es. Y te juro que no pienso parlotear así mucho más tiempo.

Rebuscó en la pequeña parte del armario que le correspondía y se probó la corta y ceñida chaqueta blanca que Julie le había convencido para que comprara.

—Esto está mejor. ¿Está mejor?

Ash fue hacia ella, le tomó el rostro y la besó.

—Va a salir bien.

—Lo sé. Estoy en plan creyente total. Pero quiero ir como es debido. Tengo que ir vestida de forma apropiada para empezar la captura de los ladrones y asesinos. Estoy nerviosa —admitió—. Pero estaría loca si no lo estuviera. No quiero que piense que soy una loca. Codiciosa o arpía o vengativa, vale. Pero no una loca.

—Lo siento, pareces despejada y guapa, y adecuadamente alerta.

—Eso me sirve. Tenemos que ir, ¿verdad?

—Sí. Voy a por el coche y luego vuelvo y te recojo. No hay razón para que camines con esos zapatos —señaló—. Si hay alguien vigilando la casa, pensará lo mismo. Veinte minutos.

Eso le dejaba tiempo para pasearse de un lado a otro y para practicar las miradas frías y vengativas en el espejo. Y para preguntarse a sí misma una última vez si era capaz de marcharse sin más.

Abrió el cajón de la cómoda del que se había apropiado y, acto seguido, el neceser de viaje que había metido dentro. Acarició con el dedo las cartas que había guardado en él.

Más valía creer que jamás serían abiertas, que volvería con Ash, los dos sanos y salvos. Las rompería en pedazos y diría de viva voz lo que había escrito en ellas, cara a cara, porque algunas palabras no podían quedar sin ser dichas.

Pero se sentía mejor sabiendo que las había escrito, sabiendo que la palabra escrita tenía poder y que el amor brillaría en ellas.

Salió cuando Ash detuvo el coche delante del edificio.

La respuesta era no. No podía marcharse.

En su mente imaginaba al FBI siguiéndolos entre el tráfico

del centro. Era posible que Vasin también los siguiera. Se alegraría cuando pudiera estar sola de nuevo, realmente sola.

—¿Deberíamos practicar? —le preguntó.

—¿Necesitas repasarlo otra vez?

—No, en realidad no, y sé que parecerá ensayado y organizado si lo repasamos una y otra vez.

—Solo recuerda: tenemos lo que él quiere.

—Y te dejo tomar la iniciativa porque eso es lo que él espera. Es un poco irritante.

Ash le rozó la mano de forma breve.

—Sé tú misma. Cautívale. Es lo que mejor haces.

—Eso sí sé hacerlo. —Cerró los ojos durante un momento—. Sí, eso puedo hacerlo.

Quería decir más, descubrió que tenía todo tipo de cosas personales que decirle. Pero, además de seguirles, las autoridades estarían escuchando.

Así que se guardó las palabras dentro de su cabeza, de su corazón, mientras atravesaban el East River.

—Después de que la mates, deberíamos ir a algún sitio fabuloso. Ya estoy metida en el personaje —dijo cuando él la miró.

—Vale. ¿Qué te parece Bali?

—¿Bali? —Se enderezó en su asiento—. ¿En serio? Nunca he estado allí.

—Yo tampoco, así que estamos iguales.

—Bali. Indonesia. Me encanta la comida. Creo que hay elefantes. —Sacó el móvil para mirarlo y se detuvo—. ¿Estás metido en el personaje o quieres ir a Bali de verdad?

—Puede que ambas cosas.

—A lo mejor durante el invierno. Mi trabajo de cuidadora baja un poco en febrero. Eso no es del personaje; ¿qué me importa cuidar casas cuando he pescado al pez gordo? Se acabó cuidar casas. Bali en invierno… y puede que un viajecito a Suiza para esquiar. Por supuesto, necesitaré ropa adecuada para ambos. Tú te ocuparás de eso por mí, ¿verdad, cielito?

—Cualquier cosa que necesites, bomboncito.

—Espero que te repatee profundamente que una mujer diga

esto, pero, volviendo al personaje, si pudieras abrirme una línea de crédito en Barneys, puede que también en Bergdorf, tal vez te sorprenda. Una chica quiere darle a su hombre algunas sorpresas.

—Se te da bien esto.

—Estoy canalizando a una Sasha adulta, mi malcriada y codiciosa chica lobo. La archienemiga de Kaylee. Te despojaría de todo lo que pudiera, se aburriría y te desgarraría el cuello. Si soy capaz de pensar como ella, puedo sacar esto adelante. —Lila exhaló un suspiro—. Puedo pensar como ella. Yo la he creado. Puedo sacar esto adelante. Tú serás como eres cuando te cabreas de verdad, y bordaremos la reunión.

—Lila, estoy cabreado de verdad.

Ella le miró de reojo.

—Pues pareces muy tranquilo.

—Puedo sentir las dos cosas a la vez. Igual que lo de Bali.

Condujo a lo largo de una alta pared de piedra, en la que Lila captó el parpadeo de los pilotos rojos de las cámaras de seguridad.

—Es aquí, ¿verdad?

—La verja justo al frente. Lo harás bien, Sasha.

—Qué pena que no sea de noche ni haya luna llena.

La verja se abrió de par en par para que el coches plateado, que brillaba bajo el sol, la atravesara. Un bajorrelieve de un grifo con espada y escudo ocupaba el centro de la reja.

En cuanto se detuvieron, dos hombres salieron de una puerta tras las gruesas columnas de ladrillo que flanqueaban la verja.

Allá vamos, pensó Lila mientras Ash bajaba su ventanilla.

—Por favor, salgan del coche, señor Archer, señorita Emerson, para un registro de seguridad.

—¿Registro de seguridad?

Lila intentó poner cara de cabreo cuando uno de los guardias abrió su puerta. Después de exhalar una pequeña bocanada de aire, se bajó.

Registraron el coche de arriba abajo, pasando escáneres por encima y luego, por debajo, lo que Lila creía que debía de ser una cámara montada en una barra metálica.

Abrieron el capó, el maletero.

—Tienen permiso para entrar.

Lila se montó de nuevo y pensó como Sasha. Sacó un espejo del bolso y se retocó el brillo de labios. Pero observó por encima del espejo y logró captar algunos detalles de la casa entre las pobladas arboledas.

Luego el largo camino de entrada se curvó, y entonces vio la vivienda sin obstáculos.

Era enorme y preciosa, una amplia «U» de piedra dorada, con su parte central precedida por unos escalones. Ventanas que reflejaban el sol, sin dar ninguna pista de lo que había detrás de ellas. Un trío de cúpulas bulbosas, cuyas bases estaban circundadas por balcones circulares, remataban la edificación.

Una rosaleda, con sus espinosas plantas cuajadas de flores, exhibía numerosas hileras ordenadas con precisión militar, en tanto que el vasto césped se extendía, verde y exuberante.

Un par de grifos de piedra con espada y escudo guardaban las talladas puertas dobles de la entrada. Sus ojos, igual que los pilotos de las cámaras, lanzaban un brillo rojo. Había dos hombres más de seguridad delante de las estatuas, inmóviles como la misma piedra. Lila vio con total claridad el arma de mano del que se acercó al coche.

—Por favor, salgan del vehículo y síganme.

Cruzaron los dorados adoquines hasta lo que Lila había imaginado que era una elaborada caseta de jardín. Dentro, otro hombre estudiaba una serie de monitores.

Se dio cuenta de que se trataba del puesto de vigilancia y miró con los ojos desorbitados —al menos para sus adentros— los artilugios. Habría dado muchas cosas por poder juguetear con ellos.

—Tengo que inspeccionar el contenido de su bolso, señorita Emerson.

Lila lo aferró poniendo cara de irritación.

—Requerimos que ambos pasen por un escáner y los examinen con las palas detectoras de metales antes de entrar en la casa. ¿Llevan armas o dispositivos de grabación?

—No.

El hombre asintió y le tendió una mano a Lila para que le diera el bolso. Ella lo entregó mostrando cierta reticencia mientras una mujer se acercaba con algo similar a las palas utilizadas por la policía en los aeropuertos.

—Levante los brazos, por favor.

—Esto es una bobada —gruñó Lila, pero obedeció—. ¿Qué está haciendo? —exigió cuando el hombre sacó del bolso la herramienta multiusos, un minibote de aerosol de primeros auxilios, el WD-40 y la linterna.

—Estos objetos están prohibidos. —Abrió la caja donde guardaba diversas cintas; de doble cara, de embalar, adhesiva—. Le serán devueltos cuando se marche.

—Sujetador con aros —anunció la mujer—. Venga aquí para un cacheo manual.

—¿Un qué? Ash.

—Puedes esperar fuera, Lila, si no quieres someterte al registro de seguridad.

—Por Dios bendito, es un sujetador.

Le habían advertido, pensó, pero ahora que estaba pasando tal y como estaba previsto sentía que el corazón le latía desbocado. Apretó los labios y se colocó despacio de cara a la pared mientras la mujer pasaba las manos con brusquedad a lo largo de los aros del sujetador.

—Lo próximo será un registro en pelotas.

—No es necesario. Está limpia —dijo la mujer y fue hacia Ash.

—Señorita Emerson —intervino el hombre—, considerando los numerosos artículos de su bolso que figuran en nuestra lista de objetos prohibidos, guardaremos su bolso y su contenido en nuestra caja de seguridad hasta que se marche.

Cuando Lila comenzó a protestar, la mujer que la había registrado dijo:

—Grabadora. —Y le quitó el bolígrafo del bolsillo a Ash. Esbozó una sonrisita de superioridad cuando lo arrojó sobre una bandeja.

—Es un bolígrafo —repuso Lila y miró el boli con el ceño fruncido, pero Ash se encogió de hombros.

—Quería un pequeño apoyo.

—¡Oh! ¿Es una de esas cosas de espías? —Lila trató de cogerlo y fulminó a la mujer con la mirada cuando esta apartó la bandeja fuera de su alcance—. Solo quería verlo.

—Le será devuelto a su marcha. Ya pueden entrar en la casa. Por favor, síganme —les dijo el hombre.

Los condujo fuera y volvieron a la entrada principal.

Las puertas dobles se abrieron desde dentro. Una mujer con un austero uniforme negro asintió.

—Gracias, William. Ya me ocupo yo. Señor Archer, señorita Emerson. —Los invitó a entrar en una especie de recibidor donde unas paredes de cristal separaban el espacio de un amplio vestíbulo con altos techos y una escalera central de al menos cuatro metros y medio de ancho, en la que destacaba la fluida curva de balaústres que relucían como espejos.

Y había un universo de cuadros y esculturas.

—Soy Carlyle. ¿Alguno de ustedes ha fumado en las últimas veinticuatro horas?

—No —respondió Ash.

—¿Han estado en contacto con algún animal en las últimas veinticuatro horas?

—No.

—¿Alguna enfermedad durante la última semana, tratada o no tratada por profesionales de la medicina?

—No.

—¿Contacto con niños menores de doce años?

—Venga ya. —Lila puso los ojos en blanco y esta vez respondió ella—: No. Pero hemos tenido contacto con seres humanos, incluidos nosotros mismos. ¿Lo siguiente es un análisis de sangre?

Sin decir nada, la mujer sacó un pequeño aerosol de su bolsillo.

—Por favor, extiendan las manos con las palmas hacia arriba. Esto es un producto antiséptico. Es completamente inocuo. El señor Vasin no estrecha la mano —prosiguió después de rociarlos—. Por favor, vuelvan las manos. No se acerquen a él más allá del punto que se les indique. Por favor, sean respetuosos y no toquen nada, y menos aún sin el permiso del señor Vasin. Hagan el favor de acompañarme.

Los paneles de cristal se abrieron cuando la mujer se dio la vuelta. Cruzó las baldosas, doradas como los adoquines, sobre las que descansaba, con una alfombra con el escudo de armas de los Romanov.

Subieron las escaleras por el centro, donde no alcanzaban a tocar los relucientes pasamanos.

Las paredes de la planta superior estaban tan llenas de obras de arte como las de la inferior. Cada puerta que pasaban de largo estaba cerrada a cal y canto, y cada una contaba con una cerradura de seguridad.

Allí no había una atmósfera abierta y amplia, sino cuidadosamente restrictiva. Un museo para contener una colección, pensó. Una casa por defecto.

Al llegar a la última puerta, Carlyle sacó una llave de tarjeta y luego se arrimó para colocar el ojo frente a un pequeño escáner. ¿Hasta dónde llegaba la paranoia de un hombre para requerir un escáner de retina para poder entrar en su propia casa?

—Por favor, siéntense en estas dos sillas. —Indicó las dos butacas de respaldo alto en piel color vino—. Y permanezcan sentados. Se les servirá un pequeño refrigerio, y el señor Vasin se reunirá con ustedes en breve.

Lila escudriñó la habitación. Muñecas *matrioskas* —antiguas y muy elaboradas— llenaban una vitrina. Cajas pintadas y lacadas, otra. Las ventanas tintadas en un pálido tono dorado dejaban entrar la luz y las vistas de una arboleda de lo que Lila creía que eran perales y manzanos.

Los ojos tristes de los serios retratos contemplaban con pena a los visitantes, sin duda un acto deliberado. No podía negar que le hacían sentirse incómoda y un tanto deprimida.

El centro de la estancia estaba ocupado por una silla grande. Su reluciente piel era unos tonos más oscura que la de los demás asientos; el respaldo era más alto y tenía un grueso marco de madera tallada. Reparó también en que la silla era más alta, soportada por patas en forma de grifo.

Su trono, pensó, confiriéndole la posición de poder.

—Esta casa es asombrosa —se limitó a decir—. Es aún más grande que la de tu familia en Connecticut.

—Está jugando. Nos hace esperar.

—Bueno, Ash, no pierdas los papeles. Lo has prometido.

—No me gustan los juegos —farfulló, y la puerta se abrió segundos más tarde.

Carlyle entró con otra mujer de uniforme, que empujaba una mesa con una bandeja que contenía un bonito juego de té de porcelana pintada en azul cobalto, un plato de galletas decoradas con diminutos trocitos de fruta y un cuenco con lustrosas uvas verdes. En vez de servilletas, había un bol de cristal con toallitas individuales que lucían el sello del grifo.

—Es té de jazmín, una mezcla elaborada por el señor Vasin. Lo encontrarán refrescante. Las uvas crecen aquí en la propiedad, de forma orgánica. Las galletas son las tradicionales *pryaniki* o galletas especiadas. Por favor, disfruten de todo ello. El señor Vasin estará con ustedes dentro de un momento.

—Parecen deliciosas. El juego de té es precioso.

Carlyle no sonrió.

—Es porcelana rusa, muy antigua.

—Oh. Tendré cuidado. —Esperó hasta que Carlyle y la criada se marcharon para poner los ojos en blanco—. No deberías sacar las cosas y luego hacer que a la gente le intimide utilizarlas. —Colocó los coladores para el té sobre las tazas mientras hablaba y cogió la tetera para servir.

—No quiero un puto té.

—Bueno, yo sí. Huele bien. La espera valdrá la pena, Ash, ya lo verás. Y cuando te deshagas del estúpido huevo que ha provocado todos estos problemas, podremos irnos de viaje. —Le brindó una sonrisa pícara—. Eso hace que la espera valga mucho la pena. Relájate, cielito. Cómete una galleta. —Al ver que él negaba con la cabeza, frunciendo el ceño ante su oferta, se limitó a encogerse de hombros y a darle un mordisquito a una—. Será mejor que solo me coma esta si quiero que me sienten bien los nuevos biquinis que me voy a comprar. ¿Podremos alquilar un yate? Siempre sacan fotos de celebridades y miembros de la realeza en grandes yates blancos. Me encantaría hacer eso. ¿Podremos?

—Lo que tú quieras.

Aunque el hastío en su voz era muy marcado, ella sonrió de oreja a oreja.

—Eres muy considerado conmigo. En cuanto volvamos a casa, seré muy buena contigo. ¿Por qué no...?

Se interrumpió cuando una sección de la pared se abrió. Se percató de que se trataba de una puerta secreta, oculta de forma ingeniosa con las molduras.

Entonces vio por primera vez a Nicholas Vasin.

Demacrado, fue su primera impresión. Aún quedaban restos de su apostura de estrella de cine, pero se había vaciado hasta no ser más que una cáscara. Lucía una melena blanca, demasiado espesa para su escuálida cara, de modo que parecía que el peso de la misma podría doblar su delgado cuello hasta partírselo. Los ojos, más arriba de las hundidas mejillas, eran de un brillante color negro, un marcado contraste en una piel tan pálida que casi fulguraba.

Al igual que Ash, también vestía traje; el suyo era de color beis, con chaleco y corbata del mismo tono.

El resultado carecía de color, salvo por las negras esquirlas de sus ojos..., y era algo del todo intencionado, pensó Lila.

Un alfiler con un grifo realzado con diamantes brillaba en la solapa. Un reloj de oro rodeaba su delgada y huesuda muñeca.

—Señorita Emerson, señor Archer. Perdónenme por no estrecharles la mano.

Su voz, igual que el susurro de las patas de araña sobre la seda, hizo que un escalofrío recorriera la espalda de Lila.

Sí, todo muy intencionado.

Tomó asiento apoyando las manos en los anchos brazos de su silla.

—Nuestra cocinera siempre preparaba *pryaniki* para acompañar el té cuando era niño.

—Están deliciosas. —Lila alzó el plato—. ¿Le apetece una?

Él lo rechazó con un gesto.

—Yo llevo una dieta macrobiótica. A los invitados, como es natural, hay que mimarlos.

—Gracias —respondió Lila al ver que Ash guardaba un pétreo silencio—. Tiene una casa increíble y muchísimas cosas hermosas, a pesar de lo poquísimo que hemos visto. Colecciona muñecas rusas. Son fascinantes.

—*Matryoshki* —le corrigió—. Una vieja tradición. Debemos honrar siempre nuestras raíces.

—Me encantan los objetos que se abren y revelan otra cosa dentro. Y averiguar qué es esa otra cosa.

—Empecé la colección de niño. Estas *matryoshki* y las cajas lacadas fueron lo primero que coleccioné, así que las guardo en mi sala privada.

—Son muy personales. ¿Puedo echar un vistazo más de cerca?

Él hizo un gesto magnánimo.

—Nunca he visto… *matryoshki* tan elaboradas. Claro que la mayor parte las he visto en tiendas de souvenirs, pero… ¡Oh! —Miró hacia atrás y señaló, con cuidado de no tocar el cristal—. ¿Es de la familia real? ¿Nicolás, Alejandra y los hijos?

—Sí. Tiene buen ojo.

—Qué cosa tan espantosa, tan brutal; sobre todo lo que le hicieron a los niños. Creía que los habían puesto a todos en fila y que los habían fusilado, lo cual ya es bastante horrible, pero después de que Ash encontrara… Es decir, recientemente he leído más sobre lo sucedido. No entiendo cómo alguien pudo ser tan cruel y brutal con unos niños.

—Tenían sangre azul. Eso les bastó a los bolcheviques.

—Tal vez jugaran con muñecas como estas…, me refiero a los niños. Las coleccionaban igual que usted hacía. Es otro vínculo entre ustedes.

—Eso es correcto. En su caso son las piedras.

—Perdone, ¿cómo dice?

—Una piedra de cada sitio al que viaja, desde que era niña. ¿Un guijarro?

—Yo..., sí. Era la forma de llevarme algo conmigo cuando tenía que mudarme otra vez. Mi madre las guarda en un frasco. ¿Cómo lo sabía?

—Me aseguro de conocer a mis invitados y sus intereses. Para usted —le dijo a Ash— siempre ha sido el arte. Puede que los chicos jueguen con coches y muñecos cuando son niños, pero son cosas que no vale la pena conservar. Pero el arte, el suyo o el de otros que suscite en usted una reacción, eso sí que le gusta coleccionarlo. —Vasin entrelazó sus largos y huesudos dedos durante un momento mientras Ash permanecía en silencio—. Tengo parte de su obra en mi colección. Una pieza temprana llamada *La tormenta.* Un paisaje urbano con una torre alzándose por encima del resto y, en la ventana más alta, una mujer. —Unió las yemas de los dedos formando un perfecto triángulo mientras hablaba—. La tormenta ruge. Los colores me parecieron extraordinarios, llenos de violencia y profundidad; las nubes iluminadas por el rayo, de forma que este se torna extraño, sobrenatural. Cuánto movimiento. A primera vista cabría pensar que la mujer, una gran belleza vestida de blanco virginal, está atrapada en esa torre, víctima de la tempestad. Luego, al mirar con más atención, uno ve que ella gobierna la tormenta.

—No. Ella es la tormenta.

—Ah. —Una sonrisa aleteó en la boca de Vasin—. Su aprecio de la forma femenina (cuerpo, mente y espíritu) me fascina. Tengo una segunda obra, adquirida más recientemente. Un carboncillo que desprende un tono alegre; júbilo fruto del poder mientras una mujer toca el violín en un prado bajo la luna. ¿A quién o a qué, me pregunto, atraerá esa música?

El retrato del apartamento de Oliver, pensó Lila, y se quedó muy quieta.

—Solo ella lo sabe —respondió Ash con frialdad—. Ese es el propósito. Hablar de mi arte no hará que consiga lo que quiere.

—Pero es entretenido. Recibo pocas visitas y aún menos que compartan de verdad mis intereses.

—Un interés mutuo es algo muy distinto.

—Una sutil distinción. Pero también tenemos en común que ambos comprendemos la importancia del linaje; comprendemos que se debe honrar, venerar y preservar.

—Familia y linaje son dos cosas diferentes.

Vasin abrió las manos.

—Usted tienen una... situación familiar única. Para muchos de nosotros, para mí, la familia es linaje. Entendemos la tragedia, la pérdida, la necesidad de equilibrar la balanza, podría decirse. Mi familia fue asesinada simplemente por ser superior. Por haber nacido con poder. Los hombres inferiores que afirman tener una causa siempre atacarán el poder así como los privilegios. Pero la causa es siempre la misma: la avaricia. A pesar de las excusas que los hombres esgriman, por idealistas que estas seas, para justificar la guerra o la revolución, siempre es porque quieren el poder que otros tienen.

—¿Así que usted se encierra en esta fortaleza para protegerse a sí mismo de los hombres codiciosos?

—La mujer era sabia al permanecer en la torre.

—Pero solitaria —intervino Lila—. ¿Ser apartada del mundo? ¿Verlo pero no formar parte de él? Eso sería devastadoramente solitario.

—En el fondo es usted una romántica —decidió Vasin—. Hay otras muchas cosas, aparte de las personas, para hacerte compañía. Como he dicho, recibo muy pocas visitas. Le enseñaré parte de mis compañías más preciadas. Luego podremos hablar de negocios. —Se puso en pie y levantó una mano—. Un momento, por favor. —Volvió de nuevo a la puerta secreta. Otro escáner de iris, se percató Lila. No lo había notado al principio—. Pocas visitas —dijo Vasin— y menos aún que hayan cruzado esta puerta. Pero creo que nos entenderemos mucho mejor y sacaremos adelante el asunto que nos ocupa cuando pasen este umbral. —Se hizo a un lado junto a la puerta y gesticuló—. Por favor, después de ustedes.

Ash fue hasta la puerta e impidió con cuidado que Lila la atravesara hasta no ver qué había al otro lado. Luego, tras mirar la cara de satisfacción de Vasin, Ash agarró a Lila del brazo y entró con ella.

Ventanas tintadas dejaban pasar luz dorada. Una luz intensa y líquida al servicio de su colección. Dentro de islas, torres y paredes de cristal vivía el fulgor, el brillo y el resplandor de Fabergé.

Estuches para relojes, otros para cajas, para joyas, para cuencos y frascos. Cada uno ordenado de forma meticulosa por categoría.

No vio más puerta que aquella por la que habían entrado y, aunque el techo era alto y los suelos de reluciente mármol blanco, veía el lugar como una dorada y fría cueva de Aladino.

—De todas mis colecciones, esta es mi mayor triunfo. De no ser por los Romanov es posible que Fabergé hubiera seguido limitado a crear para los ricos y de alta cuna, incluso para la chusma. Por supuesto, el artista, el mismísimo Fabergé, y el gran orfebre Perchin merecen todo el reconocimiento por la percepción, la destreza e incluso el riesgo que corrieron para convertir un negocio de joyería de razonable éxito en un imperio del arte. Pero sin el mecenazgo de los zares, de los Romanov, gran parte de esto jamás se habría creado. Mucho de lo que se hizo sería una mera nota al pie en el mundo del arte.

Cientos de piezas; cientos y cientos, pensó Lila. Desde los diminutos y festivos huevos hasta un elaborado juego de té, pasando por un juego de picnic, trofeos, jarrones, otro estuche que contenía solo figuritas de animales...

—Esto es asombroso. Entiendo el alcance de la perspectiva y la destreza; cuánta variedad en un solo lugar. Es asombroso —repitió Lila—. Debe de haberle llevado años coleccionar tantas piezas.

—Desde la infancia —convino Vasin—. Le gustan los relojes —comentó. Se acercó a ella, pero mantuvo bastante distancia entre los dos—. Mire este con forma de abanico, tan apropiado para una mesa o una repisa; y la traslucidez del esmalte, el suave aunque vivo color naranja. Los detalles; los dorados rosetones en las esquinas inferiores, la talla rosa de los diamantes de la cenefa. Y aquí, del mismo orfebre, Perchin, un exquisito reloj circular de color azul claro, con guirnaldas a lo largo del borde.

—Son todos preciosos.

Y estaban atrapados, pensó, como el arte jamás debería estarlo, solo para los ojos de Vasin... o para los de aquellos a los que permitía la entrada a su santuario.

—¿Todo son antigüedades? Algunas piezas parecen contemporáneas.

—Todas son antiguas. No deseo poseer aquí lo que cualquier hombre puede tener ofreciendo una tarjeta de crédito.

—Todos marcan la medianoche.

—Medianoche, cuando los asesinos reunieron a la familia real. Lo cual habría sido el fin de no ser porque Anastasia se salvó.

Lila abrió los ojos como platos.

—Pero creía que habían demostrado que ella también murió con su familia. Pruebas de ADN y...

—Mienten. —Cortó el aire con la mano como si fuera un hacha—. Igual que mintieron los bolcheviques. Yo soy el último de los Romanov; el último con la sangre de Nicolás y Alejandra, que pasó de su hija a mi padre y finalmente a mí. Y lo que les perteneció a ellos es mío por derecho.

—¿Por qué aquí? —exigió Ash—. ¿Por qué no guardar su colección en Rusia?

—Rusia no es lo que era y nunca volverá a serlo. He creado mi mundo y vivo en él como me place. —Continuó andando—. Aquí tienen lo que yo considero lujos prácticos. Estos impertinentes para la ópera de oro y diamantes, o la caja de cerillas grabada en oro, el marcador de libros lacado; forma perfecta, perfecto lacado verde oscuro. Y, por supuesto, los frascos de perfume. Cada uno un despliegue de arte.

—¿Conoce cada pieza? —preguntó Lila—. Con tantas, yo perdería la cuenta.

—Sé lo que es mío —repuso con frialdad—. Un hombre puede ser propietario con ignorancia, pero no puede poseer sin conocimiento. Yo sé lo que es mío.

Se volvió de repente y fue hacia el centro de la estancia hasta una vitrina de cristal independiente. Dentro había ocho bases blancas. En una se encontraba lo que Lila reconoció como el *Neceser* gracias a la descripción. Dorado, brillante, exquisito... y abierto para revelar el juego de manicura con diamantes incrustados en su interior.

Buscó a tientas la mano de Ash y entrelazó los dedos con los de él mientras miraba a Vasin a los ojos.

—Los huevos imperiales perdidos. Tiene tres.

—Pronto tendré cuatro. Un día los tendré todos.

29

—Gallina con pendiente de zafiro —comenzó Vasin. Igual que una plegaria, su voz traslucía adoración—. De 1886. La gallina de oro, decorada con diamantes de talla rosa, sujeta con el pico el huevo de zafiro (el pendiente) al parecer recién cogido del nido. La sorpresa, como puede ver, es un pequeño pollito de oro y diamantes recién salido del cascarón.

—Es impresionante. —Le resultó fácil decirlo, pensó Lila, pues lo pensaba de verdad—. Hasta el más mínimo detalle.

—El huevo en sí —señaló Vasin con sus negros ojos clavados en su tesoro— no es simplemente una figura, sino un símbolo. De vida, de renacimiento.

—De ahí la tradición de decorar los huevos para Pascua, para celebrar la resurrección.

—Cierto que es fascinante, pero eso puede hacerlo cualquiera. Fueron los Romanov, mi sangre, quienes convirtieron esta sencilla tradición en un arte maravilloso.

—Se deja a los artistas —puntualizó Ash.

—No, no. Pero, como he dicho, fue necesaria la percepción y el mecenazgo de los zares para que el artista creara. Esto, todo esto, se debe a mi familia.

—Cada pieza es asombrosa. Hasta las bisagras son perfectas. ¿Cuál es este? —preguntó Lila señalando con cuidado el segundo huevo—. No lo reconozco.

—El huevo *Malva*, del año siguiente. Una vez más, diamantes de talla rosa, ribeteado de perlas con esmeraldas y rubíes. Para resaltar la sorpresa, el marco con forma de corazón lacado en rojo, verde y blanco; realzado con perlas y más diamantes de talla rosa. Mire, se abre aquí en un trébol de tres hojas. Cada hoja con un retrato miniatura en acuarela sobre marfil. Nicolás, Alejandra y Olga, su primera hija.

—Y el *Neceser*. Lo he estudiado —adujo Lila—. Es un juego de manicura. Todo lo que he leído eran solo especulaciones. Pero... nada que puedas leer se acerca a la realidad.

—¿A quién mató para conseguirlos? —exigió Ash.

Vasin se limitó a sonreír.

—Nunca he pensado que matar fuese necesario. La gallina fue robada y después utilizada para garantizar la salida de Polonia; un soborno para escapar del holocausto de Hitler. Pero la familia del ladrón fue enviada igualmente a los campos y murió allí.

—Eso es espantoso —repuso Lila en voz queda.

—La historia está escrita con sangre —declaró Vasin sin más—. Al hombre que se lo llevó y traicionó a los nazis se le persuadió para que me lo vendiera en vez de ser desenmascarado.

»El *Malva*, más ladrones. La fortuna había sido generosa con ellos, pero las generaciones que pasaron no pudieron limpiar el robo. Linaje —dijo—. La suerte del hombre que tenía el huevo cambió cuando su único hijo sufrió un trágico accidente. Se les convenció para que me vendiera el huevo, para que se deshiciera de esa mancha.

—Hizo que mataran al chico —replicó Ash—. Es lo mismo que si matara con sus propias manos.

El rostro de Vasin permaneció imperturbable, tal vez un tanto divertido.

—Uno paga una comida en un restaurante, pero no es responsable del plato.

Lila posó la mano en el brazo de Ash, como si estuviera serenando cualquier arrebato de mal genio. En realidad, necesitaba su contacto.

—El *Neceser*, robado, fue comprado por un hombre que

reconoció la belleza y más tarde lo perdió de manera temeraria a manos de otro. Yo lo adquirí mediante la persuasión una vez más y con un pago justo.

—Yo no quiero su dinero.

—Hasta un hombre rico tiene sitio para más.

—Mi hermano está muerto.

—Es una desgracia —dijo Vasin dando un paso atrás—. Por favor, comprenda que si se acerca a mí o hace algún movimiento amenazador... —Sacó una pequeña pistola eléctrica del bolsillo— me protegeré yo mismo. Más aún, esta habitación está vigilada. Hombres con armas más... definitivas entrarán si perciben cualquier amenaza.

—No he venido aquí para amenazarle. No estoy aquí por dinero.

—Sentémonos como hombres civilizados y hablemos de por qué está aquí.

—Venga, Ash, vamos a sentarnos —dijo Lila en un tono un tanto alegre y luego le acarició el brazo con la mano—. De nada sirve disgustarse. Vamos a hablar. Para eso estamos aquí. Tú y yo, y Bali, ¿de acuerdo? ¿De acuerdo?

Durante un momento pensó que Ash iba a zafarse, a volverse hacia Vasin y a terminar con todo. Entonces él asintió y fue con ella.

Lila exhaló un suspiro de alivio cuando volvieron de nuevo a la sala.

Alguien había recogido el té y las bandejas. En su lugar había una botella abierta de Barolo y dos copas.

—Por favor, sírvanse. —Vasin se sentó mientras la puerta de la sala de exposición se cerraba—. Es posible que sea o no consciente de que su hermano o medio hermano, para ser precisos, estuvo sentado donde está usted ahora hace unos meses. Hablamos largo y tendido, y llegamos a lo que pensé que era un entendimiento. —Con las manos en las rodillas, Vasin se inclinó hacia delante; una fría furia retorcía su rostro—. Teníamos un trato. —Acto seguido se incorporó otra vez, y su expresión se suavizó—. Le hice la oferta que voy a hacerle a usted ahora... y que en su momento él aceptó. Supuso una gran decepción para mí que intentara sacarme más dinero empleando la extorsión. No debió sorprenderme, lo reconozco. Estará de acuerdo conmigo en que no era un hombre muy de fiar. Pero me entusiasmó, tal vez demasiado, la posibilidad de adquirir el *Querubín con carruaje*.

—Y el *Neceser* —repuso Ash—. Oliver le dijo que podía conseguir ambos. Él cambió el trato, Vasin, pero usted también cuando utilizó a Capelli para conseguir el *Neceser*.

Recostándose en la silla, Vasin unió de nuevo las yemas de los dedos de ambas manos y comenzó a dar algunos golpeteos mientras sus ojos de cuervo miraban al frente.

—La información sobre el *Neceser* me llegó poco después de mi reunión con Oliver. No vi razón para utilizar un intermediario cuando podía solventar el asunto yo mismo. El precio por el *Querubín con carruaje* sigue en pie.

—Usted le dejó fuera, así que él subió el precio. ¿Y la mujer? ¿Su mujer? ¿Daños colaterales?

—Eran socios; eso dijeron ambos. Como al parecer lo son ustedes. Lo que les sucedió es trágico. Por lo que he oído fue bajo los efectos del alcohol y de las drogas. Quizá una pelea llevada al extremo por quienquiera que le suministró las pastillas con las que tan poco cuidado tuvo.

—¿Y Vinnie?

—Ah, el tío. Una vez más, trágico. Un inocente, según todos los indicios. Su muerte fue ineficiente e innecesaria. Debería quedar claro que estas muertes no me reportaron nada. Soy un hombre de negocios y no hago nada sin tener como objetivo obtener un beneficio.

Ash se inclinó hacia delante.

—Jai Maddok.

Hubo un parpadeo en los ojos de Vasin, pero Lila no estaba segura de si era fruto de la sorpresa o de la irritación.

—Tendrá que ser más concreto.

—Ella mató a Sage Kendall, a mi hermano, a Vinnie y, hace solo unos días, a Capelli.

—¿Qué tiene eso que ver conmigo?

—Ella es suya. Estoy aquí en su reino —espetó Ash antes de que Vasin pudiera hablar—. Tengo lo que usted quiere. Mintiéndome, ofendiéndome, no va a conseguirlo.

—Puedo asegurarle que no le ordené a nadie de matar a su hermano, a su mujer ni a su tío.

—Y Capelli.

—Él no significa nada para usted y tampoco para mí. Le ofrecí a Oliver cuarenta millones de dólares por la entrega de los dos huevos, veinte por cada uno. Como he adquirido ya uno de ellos, los veinte siguen en pie. Él exigió un anticipo: el diez por ciento. Yo se lo di de buena fe. Hizo el trato, cogió el anticipo y luego trató de doblar el precio que pidió. Le mató la codicia, señor Archer. No yo.

—Le mató Jai Maddok. Usted la tiene en nómina.

—Tengo a cientos de empleados en varias nóminas. Difícilmente se me puede hacer responsable de sus delitos e indiscreciones.

—Usted la envió a por Vinnie.

—Asignarle que hablara con Vincent Tartelli para asegurarse de si conocía o no el paradero de mi propiedad («mi» propiedad) no es enviarla a por nadie.

—Pero él está muerto, y la caja Fabergé que Maddok se llevó de la tienda de Vinnie se encuentra en la sala donde usted guarda su colección.

—Un regalo de una empleada. No soy responsable de cómo la adquirió.

—Ella fue tras Lila, la amenazó con una navaja. La pinchó.

Eso le sorprendió, se percató Lila cuando vio que Vasin apretaba los labios. Así que Maddok no le había contado a su jefe todos los detalles.

—Lamento oír esto. Algunos empleados son demasiado entusiastas. Confío en que no la hiriera de gravedad.

—Fue más el susto que el daño. —Pero Lila dejó que la voz le temblara un poco—. Si no hubiera conseguido zafarme y huir... Es peligrosa, señor Vasin. Creía que yo sabía dónde estaba el huevo, y en realidad no era así. Decía que nadie tenía por qué saber que yo se lo había dicho. Que lo cogería y desaparecería, pero temí que iba a matarme. Ash.

—No pasa nada. —Puso la mano sobre la de ella—. No volverá a tocarte nunca más.

—Todavía me estremezco al recordarlo. —Se sirvió una copa de vino cerciorándose de que Vasin podía ver que le temblaba la mano—. Ash me llevó a Italia unos días, pero aún me da miedo salir simplemente de casa. Incluso en la casa... Me llamó y me amenazó. Ahora me da miedo coger el teléfono porque me dijo que iba a matarme. Que ya no se trataba de un trabajo, sino de algo personal.

—Te prometí que íbamos a ponerle fin a esto.

—Sus problemas con alguno de mis empleados son lamentables. —Algo de color apareció en su rostro, un leve tono rosado causado por la ira—. Pero, una vez más, no soy responsable de ello. Con el objetivo de ponerle fin, le ofrezco exactamente lo mismo que a Oliver. Veinte millones.

—Podría ofrecerme diez veces eso y no lo aceptaría.

—Ash, a lo mejor podríamos...

—No. —Se volvió hacia ella—. A mi manera. Así es, Lila. Haremos esto a mi manera.

—¿Y cuál es? —preguntó Vasin.

—Permítame que deje una cosa muy clara. Si no salimos de aquí ilesos y con un trato, mi representante está autorizado a hacer un anuncio. Ese mecanismo ya está en marcha y, de hecho, con el tiempo que hemos desperdiciado, si no sabe nada de mí en... —Echó un vistazo a su reloj— veintidós minutos, seguirá su curso.

—¿Qué anuncio?

—El descubrimiento de uno de los huevos imperiales desaparecidos, adquirido por mi hermano en nombre de Vincent Tartelli. Ya ha sido autenticado y documentado por reputados expertos. El huevo será trasladado de inmediato a un lugar seguro y donado al Museo Metropolitano de Arte..., en préstamo permanente de la familia Archer.

»No quiero ese puñetero trasto. —Ash lanzó las palabras como si fueran un látigo—. Por lo que a mí respecta, está maldito. Usted lo quiere, pues negocie. De lo contrario, adelante, intente sacarlo del Metropolitano. De uno u otro modo, no será problema mío.

—¿Y qué es lo que quiere si no se trata de dinero?

—A Jai Maddok.

Vasin dejó escapar una risita.

—¿Cree que puede entregársela a la policía? ¿Que se le puede presionar para que proporcione pruebas en mi contra?

—No la quiero entre rejas. La quiero muerta.

—Oh, Ash.

—Basta. Ya lo hemos hablado. Mientras viva supondrá una amenaza. Ella misma dijo que era personal, ¿no? Es una asesina a sueldo y pretende matarte. Mató a mi hermano. —Se volvió hacia Vasin, furioso—. ¿Y qué ha hecho la poli? Acosarme a mí, hostigar a Lila. Primero se trataba de un asesinato con suicidio, luego de un asunto de drogas que se torció. Mi familia está sufriendo por esto. Después pasó lo de Vinnie, que nunca había hecho daño a nadie. ¿Y la policía? Intentaron relacionarme a mí, a los dos, con eso. De modo que le den por el culo a la policía. Quiere el huevo, pues para usted. Yo solo quiero a Jai Maddok.

—¿Espera que crea que cometería un asesinato a sangre fría?

—Justicia a sangre fría. Protejo lo que es mío. A mi familia, a Lila. Ella pagará por ponerle la mano encima a mi mujer y no tendrá ocasión de hacerlo otra vez.

—Oh, cielo. —Esa vez Lila fingió emocionarse disimulándolo mal—. Haces que me sienta segura, especial.

—Nadie toca lo que es mío —dijo Ash de manera taxativa—. Y conseguiré justicia para mi familia. A usted no le cuesta nada.

—Todo lo contrario. Me costaría una empleada muy valiosa.

—Tiene cientos de empleados —le recordó Ash—. Y puede conseguir más. Una mujer —prosiguió y secundó la improvisación de Lila— que se habría quedado el huevo si Lila hubiera sabido dónde lo he guardado. —Sacó una fotografía del bolsillo y la dejó sobre la mesa entre los dos—. Fue tomada en mi casa;

imagino que puede verificarlo sin problemas, ya que su zorra ha estado dentro. Ya no está allí, sino en un lugar donde, le aseguro, jamás se hará con él. El tiempo corre, Vasin. Acepte el trato o nos largamos de aquí. Siempre podrá ver el huevo en el Museo Metropolitano de Arte como cualquier turista. Pero jamás formará parte de su colección.

Vasin sacó unos delgados guantes del bolsillo y se los puso antes de coger la foto.

El color inundó su rostro, una especie de rápido y frenético júbilo, mientras estudiaba la fotografía del *Querubín con carruaje*.

—El detalle. ¿Ve el detalle?

Ash arrojó otra foto.

—La sorpresa.

—¡Ah! El reloj. Sí, sí, tal y como pensaba. Más que exquisito. Un milagro del arte. Esto lo hicieron los de mi sangre. Me pertenece.

—Deme a Maddok y así será. Dispongo de todo el dinero que necesito. Tengo un trabajo que me satisface. Estoy enamorado de esta mujer. Lo que me falta es justicia. Y eso es lo que le pido. Deme lo que quiero, y yo le daré lo que tanto desea. Ella la cagó. Si no la hubiera cagado con Oliver, el huevo ya estaría en su colección. Lo habría obtenido con el anticipo. En cambio la policía tiene a Maddok en la grabación de seguridad de Vinnie y tiene la declaración de Lila sobre el ataque. La relacionarán con usted si no lo han hecho ya. O ella paga por lo de mi hermano, o usted no consigue nada. Antes de que usted se adueñe del huevo lo destrozaré a martillazos.

—Ash, para. Me prometiste que no lo harías. No lo hará. —Como si tuviera un ataque de pánico, Lila tendió las manos hacia Vasin, apelando a él—. No lo hará. Solo está disgustado. Se culpa por lo de Oliver.

—Joder, Lila.

—Tiene que entenderlo; eso es todo, cielito. Tiene que ponerle fin y arreglarlo. Y...

—Y usted, señorita Emerson. ¿Aprueba su justicia?

—Yo... —Se mordió el labio—. Él necesita estar en paz —repuso obviamente yéndose por las ramas—. Yo..., yo no puedo vivir siempre con miedo a que ella esté ahí. Cada vez que cierro los ojos... Luego nos iremos. Primero a Bali y después puede que a... Qué sé yo... A donde queramos. Pero él necesita estar en paz, y yo necesito sentirme a salvo. —El pez gordo, se recordó, y asió la mano de Ash—. Yo quiero lo que quiera Ash. Y él desea lo mismo para mí. Es decir, yo tengo una carrera, y él cree en mí. ¿Verdad, cielito? Va a invertir en mí, y puedo conseguir una película. *Cuando la luna reina* podría ser la próxima *Crepúsculo* o *Los juegos del hambre*.

—Tendrá las manos manchadas de sangre.

—No. —Se enderezó de golpe, con los ojos como platos—. Yo no haré nada. Yo solo... estoy con Ash. Ella me ha hecho daño. Ya no quiero vivir encerrada en casa. No se ofenda, pero no quiero vivir como usted, señor Vasin; sin poder salir ni divertirnos, sin poder ver a gente e ir a sitios. Usted tendrá lo que desee; Ash tendrá lo que necesita. Todos seremos... felices.

—Si acepto, ¿cómo lo haría?

Ash se contempló las manos —manos fuertes, de artista—, luego miró de nuevo a los ojos a Vasin; la indirecta era clara. Lila apartó la mirada de inmediato.

—Por favor, no quiero saberlo. Ash me prometió que después de esto no tendríamos que hablar del tema nunca más. Solo quiero quitármelo de la cabeza.

—Linaje —adujo Ash sin más—. ¿Qué les haría usted a los hombres que asesinaron a sus antepasados si tuviera la posibilidad?

—Los mataría con la misma brutalidad con la que ellos mataron a los míos. Mataría a sus familias, a sus amigos.

—A mí solo me interesa una persona. Me importa una mierda su familia, si es que la tiene. Solo ella. Sí o no, Vasin. El tiempo se acaba. Y una vez que se acabe, ni usted ni yo conseguiremos lo que deseamos.

—Propone un intercambio. Lo uno por lo otro. ¿Cuándo?

—Lo antes posible.

—Qué propuesta tan interesante. —Palpó la parte inferior

del brazo de la silla. En cuestión de segundos, la puerta se abrió para Carlyle.

—¿Señor?

—Que venga Jai.

—De inmediato.

—Oh. —Lila se encogió de miedo en su silla.

—No te tocará —prometió Ash.

—Tiene mi palabra. Un invitado nunca ha de sufrir ningún daño en casa del anfitrión. No solo es de mala educación, sino que trae mala suerte. Le aviso que, si llegamos a un acuerdo y usted, igual que hizo su hermano, no cumple con su palabra, la señorita Emerson no solo sufrirá daños.

Ash le mostró los dientes.

—Amenace a mi mujer, Vasin, y jamás llenará su estuche de trofeos.

—Términos, no amenazas. Usted debería entender lo que les sucede a aquellos que no respetan un trato u ofrecen un servicio poco satisfactorio. Adelante —dijo cuando llamaron con brusquedad a la puerta.

Jai iba de negro; pantalones ceñidos, camisa ajustada, chaqueta entallada. Sus ojos se clavaron en Lila.

—Qué curioso verte aquí. A los dos. El señor Vasin me dijo que veníais hoy. ¿Quiere que los acompañe... fuera, señor?

—No hemos terminado. Me dicen que la señorita Emerson y tú ya os habíais visto.

—Un breve encuentro en el mercado. —Jai bajó la mirada—. Hoy llevas mejores zapatos.

—Y otro encuentro más que no incluiste en tu informe. ¿Dónde fue, señorita Emerson?

—En Chelsea —respondió Ash—. A un par de manzanas de la galería que exhibe mi obra. La retuviste a punta de navaja.

—Ella exagera.

—Olvidaste mencionarme ese encuentro.

—Fue algo intrascendente.

—Te pegué. Le di un puñetazo en la cara. —Lila dejó que el alarde de bravuconería se esfumara cuando Jai la miró—. Ash.

—Yo confío en los detalles, Jai.

—Le pido disculpas, señor. Un descuido.

—Sí, un descuido. Del mismo modo que, no me cabe duda, fue un descuido tu llamada telefónica a la señorita Emerson. El señor Archer y yo hemos llegado a un acuerdo concerniente a mi propiedad. Tu misión a ese respecto ha concluido.

—Como desee, señor Vasin.

—No has llevado a cabo lo que deseaba, Jai. Es realmente decepcionante.

Sacó la pistola eléctrica. La reacción de Jai fue rápida, y casi pudo coger el arma bajo su chaqueta. Pero la descarga la alcanzó, y cayó al suelo en medio de espasmos. Desde su asiento, Vasin le infligió una segunda descarga y después, con una tranquilidad pasmosa, apretó un botón situado bajo el brazo de su silla.

Carlyle abrió la puerta. Su mirada se desvió de forma fugaz hacia Jai y ascendió de nuevo de manera impasible.

—Que la saquen y la aten. Asegúrate de que la despojan de todas sus armas.

—Por supuesto.

—Yo acompañaré a nuestros invitados. Señorita Emerson, señor Archer. —A Lila le temblaban las piernas. Se sentía como si caminara sobre una capa de barro mientras cruzaban el impecable suelo y bajaban la elegante escalera curvada—. Esta noche sería mejor —dijo Vasin de forma cordial—. Digamos a las dos de la madrugada. Un lugar tranquilo. ¿Está de acuerdo? Teniendo en cuenta las habilidades de Jai, cuanto antes se lleve a cabo el intercambio, mejor para todos.

—Usted pone la hora, yo pongo el lugar. Mis representantes se encontrarán con los suyos a las dos de la madrugada en el parque Bryant.

—Teniendo en cuenta el valor, es mejor que usted haga el intercambio en persona. La tentación de largarse con el premio sería muy grande para un mercenario.

—Maddok tiene el mismo valor para mí. ¿La traerá usted personalmente?

—Su única utilidad para mí ahora es que usted la quiere.

—El huevo solo me interesa porque le interesa a usted —replicó Ash—. Son negocios, nada más. En cuanto tenga lo que quiero, pienso olvidarme de que el huevo y usted existen. Le convendría hacer lo mismo con mi familia y conmigo. —Miró de nuevo su reloj—. No da mucho tiempo, Vasin.

—Dos de la madrugada, parque Bryant. Mi representante contactará conmigo a las 2.05. Si no entrega el huevo como hemos acordado, las cosas se pondrán feas para usted. O para los suyos.

—Traiga a Maddok y está hecho.

Agarró a Lila del brazo y salieron. Uno de los guardias de seguridad se encontraba junto al coche. Le entregó el bolso a Lila, abrió la puerta del pasajero y permaneció en silencio mientras ella se montaba.

La joven no habló, apenas respiró hasta que atravesaron la verja y enfilaron la carretera que discurría a lo largo del alto muro.

—Tú tienes que hacer esa llamada, y yo… ¿Podrías orillarte un momento? Tengo náuseas.

Cuando viró hacia la cuneta, Lila abrió la puerta y salió como pudo. Se inclinó, cerró los ojos mientras la cabeza le daba vueltas… y sintió la mano de Ash en la parte baja de la espalda.

—Tómatelo con calma.

—Solo necesito un poco de aire. —Algo fresco, algo limpio—. Él es peor que ella. No creía que pudiera haber algo peor, pero él lo es. No habría aguantado cinco minutos más en esa habitación, en ese lugar. Era agobiante.

—Podrías haberme engañado.

Pero ahora que ella había bajado la guardia Ash podía verlo. Los ligeros temblores que recorrían su cuerpo, la palidez de su rostro cuando lo alzó.

—La habría matado él mismo en el acto, delante de nosotros, si así hubiera conseguido el huevo. Y se habría largado, tras chasquear los dedos, para que algún criado limpiara el desaguisado.

—Ella es la menor de mis preocupaciones.

—Jamás habríamos salido de allí si no tuvieras lo que él quiere. Lo sé. Lo sé.

—Cumplirá su palabra. Por ahora.

—Por ahora —convino—. ¿Viste su cara cuando le enseñaste las fotos? Daba la impresión de que estuviera viendo a Dios.

—Es uno de sus dioses.

Lila se apoyó en él y cerró los ojos de nuevo.

—Tenías razón. No está loco, por lo menos no como yo imaginaba. Cree todo cuanto dice sobre los Romanov y su linaje. Todas esas preciosas cosas colocadas de forma tan ordenada detrás de un cristal. Solo para él. Solo por el afán de poseer. Igual que la casa, su castillo, donde puede ser el zar, rodeado de personas que harán todo lo que él les pida. Cualquiera de esas bonitas cajas significa para él más que las personas que cumplen sus órdenes. Y los huevos son los que más le importan.

—Pondremos fin a esto, y él no tendrá nada.

—Eso sería peor que la muerte para él. Me alegro. Me alegro de que sea peor para él. Cuando se puso esos puñeteros guantes, me entraron ganas de arrimarme y estornudarle en la cara solo para conseguir una reacción por su parte. Pero temí que alguien entrara y me pegara un tiro.

—Te sientes mejor.

—Mucho mejor.

—Voy a llamar a Alexi, solo por si acaso la poli no ha conseguido grabar la transmisión.

—Vale, yo voy a comprobar mi bolso y el coche. Han tenido mucho tiempo para instalar un micro o un localizador.

Encontró el pequeño dispositivo de escucha dentro de la guantera y se lo enseñó a Ash.

Él lo cogió sin decir nada, lo tiró al suelo y lo aplastó con el tacón.

—¡Oh! Quería jugar con él.

—Te compraré otro.

—No es lo mismo —farfulló. Luego sacó un espejo del bolso. Se agachó junto al coche y ladeó el espejo—. Si no confiara absolutamente en nadie y alguien tuviera en su poder a uno de mis dioses, yo… Y aquí lo tenemos.

—¿El qué?

—El rastreador. Un localizador. Solo necesito… Le dije a Julie que el blanco no es nada práctico. —Se quitó la chaqueta y la arrojó dentro del coche—. ¿Tienes una manta en el maletero? Me gusta mucho este vestido.

Fascinado, Ash sacó la vieja toalla que guardaba en el maletero para emergencias y observó mientras Lila la extendía y luego, armada con su herramienta multiusos, se metía rápidamente debajo del coche.

—¿En serio?

—Solo voy a inutilizarlo. No sabrán qué ha pasado, ¿vale? Más tarde puedo quitarlo y ver cómo funciona. Me parece que es muy bueno. Trabajan de forma distinta… o tienen dispositivos diferentes para los coches clásicos como este. Yo diría que el equipo de seguridad de Vasin está preparado para todo.

—Ya que estás, ¿quieres cambiarme el aceite?

—En otro momento. Veamos… Listo.

Salió de nuevo, se incorporó y le miró.

—Debe de pensar que somos tontos.

—No solo no somos tontos, sino que soy lo bastante listo como para tener una chica que lleva sus propias herramientas y sabe utilizarlas. —Le cogió la mano y tiró para levantarla—. Cásate conmigo.

Lila rompió a reír, pero la cabeza volvió a darle vueltas cuando se dio cuenta de que hablaba en serio.

—Ay, Dios mío.

—Piénsalo. —Le enmarcó el rostro con las manos y la besó—. Vámonos a casa.

No era más que el impulso del momento, se aseguró Lila. Un hombre no se declaraba a una mujer que acababa de inutilizar un localizador colocado por un delincuente obsesivo con delirios zaristas de grandeza.

Un impulso, pensó de nuevo, porque el papel de ambos en aquella enrevesada, sangrienta y surrealista pesadilla básicamente había concluido.

Agentes secretos llevarían a cabo el encuentro en el parque Bryant. Cuando arrestaran a Jai Maddok y a los «representantes» de Vasin, Fine y Waterstone, en colaboración con un grupo del FBI, detendrían a Vasin. Conspiración para cometer asesinato y asesinato por encargo encabezaban la lista.

Conseguirían acabar con una organización criminal internacional, sin apenas un arañazo.

¿Quién no sentiría cierto mareo?

Y nerviosismo, reconoció, paseándose por el dormitorio cuando debería haber estado echando un vistazo a su página web, trabajando en su libro y actualizando su blog. Pero no podía tranquilizarse.

La gente no pasaba de conocerse —y menos aún en circunstancias tan espantosas— a sentir un interés mutuo y, de ahí, al sexo, al amor y al matrimonio en cuestión de semanas.

Pero la gente no tenía por costumbre trabajar para resolver asesinatos, descubrir objetos de arte de valor incalculable, volar a Italia y regresar y meterse en la tela de una cruel araña para atraparla en ella.

Y todo eso mientras terminan un libro, pintan cuadros y tienen sexo de infarto. Y pintan un cuarto de aseo.

Pero claro, a ella le gustaba mantenerse ocupada.

¿Qué tal les iría juntos cuando las cosas volvieran a la normalidad? ¿Cuando pudieran limitarse a trabajar y a vivir de forma normal?

Entonces entró Ash. Se había quitado la chaqueta y la corbata, y se había remangado la camisa. Tenía el pelo despeinado, y sus ojos parecía que tuvieran rayos X. Volvía a mostrar el aspecto del artista. El artista —lo que él era— que hacía que ella anhelara cosas que jamás había creído desear.

—Está hecho —le dijo.

—¿Está hecho?

—Tienen las órdenes judiciales. Van a esperar hasta la hora de la reunión y luego actuarán de forma simultánea. La grabación de la reunión con Vasin se entrecorta un poco en algunos momentos, pero tienen suficiente material.

—El sujetador transmisor era muy Q.

—¿Q?

—Está claro que vamos a hacer una maratón de cine. Bond, James Bond. Ya sabes, Q.

—Ah, vale. No llevarás puesto aún el micrófono, ¿verdad?

—No, ya me lo he quitado, aunque espero que se olviden de pedirme que lo devuelva. Me encantaría trastear con él. El evidente bolígrafo grabador fue una buena distracción, pero en serio creí que la mujer de manos ligeras iba a pillar el cable cuando me estaba cacheando.

—Aunque lo hubiera hecho, tendríamos a Maddok de todas formas. Vasin estaba harto de ella.

Por mucho que despreciara a la mujer, Lila sintió que se le encogía el estómago.

—Lo sé. Se hartó en cuanto le dije que me había atacado y me había telefoneado…, y ella no se lo contó.

—Improvisar que Maddok tenía la esperanza de quedarse con el huevo no vino nada mal.

—Me dejé llevar. Él la habría matado, así que le hemos hecho un favor. Sí, es una exageración —reconoció—. Pero sinceramente no puedo desearle a nadie que tenga que lidiar con Vasin. Ni siquiera a ella.

—Ella tomó sus decisiones, Lila. La policía quiere nuestras declaraciones completas mañana. Aunque Maddok no entregue a Vasin, tienen suficiente para acusarle. Por lo de Oliver, lo de su novia y lo de Vinnie. Fine dice que las autoridades están hablando con Bastone.

—Bien, eso está muy bien. Me cayeron fenomenal. Me alegra saber que ellos también conseguirán justicia.

—Alexi se va a quedar esta noche en la finca. El *Querubín con carruaje* será llevado mañana al Metropolitano. Pospondremos el anuncio hasta que la policía dé el visto bueno, pero estará donde debe. En un lugar seguro.

Qué sencillo resultaba ahora, pensó Lila. Los acontecimientos se estaban desarrollando como era de esperar.

—De verdad, lo hemos hecho.

—Básicamente —dijo haciéndola sonreír—. Nos han pedido que nos quedemos en casa esta noche, que nos mantengamos escondidos por si acaso Vasin aún nos tiene vigilados. Podríamos desviar la atención de donde debe estar centrada si saliéramos.

—Supongo que es cierto, teniendo en cuenta las circunstancias. De todas formas estoy demasiado nerviosa... Ja, ja...

—Mañana lo celebraremos con Luke y con Julie, tal y como estaba planeado. —Se acercó para tomarle las manos—. A donde tú quieras ir.

A cualquier sitio, pensó, y lo decía en serio.

—¿Por qué?

—Diría que porque nos lo hemos ganado.

—No, ¿por qué? ¿Por qué me pediste lo que me pediste? Acabábamos de pasar una hora fingiendo ser personas que no somos, y estaba tan trastornada por la tensión que temí que iba a vomitar en tu coche clásico. Luego me metí debajo del coche, por el amor de Dios, porque seguramente Vasin se alegraría mucho de vernos muertos; a las personas que somos en realidad o a las que fingimos ser. No creo que eso importe.

—Eso es una parte importante de mis razones.

—No tiene sentido. El Cuatro de Julio ni siquiera sabíamos que el otro existía, y apenas es el día del Trabajo y ya estás hablando de...

—Puedes decirlo. Sé que no te arderá la lengua.

—No sé cómo ha pasado esto. Se me da bien averiguar cómo funcionan las cosas, pero no sé cómo ha pasado esto.

—El amor no es un tostador averiado. No puedes desarmarlo y estudiar las piezas, reemplazar una y averiguar cómo volver a encajarlas. Simplemente se siente.

—Pero ¿y si...?

—Mejor prueba con los hechos —le sugirió—. Te metiste debajo del coche con tu vestido azul. Cuando lo estaba pasando mal, tú me consolaste. Le dijiste a mi padre que se fuera a la mierda cuando fue imperdonablemente grosero contigo.

—Yo no le mandé exactamente a...

—Casi. Arreglas armarios, pintas cuartos de baño, te interesas por la familia del portero y sonríes a los camareros. Cuando te toco, desaparece el resto del mundo. Cuando te miro, veo el resto de mi vida. Voy a casarme contigo, Lila. Simplemente te estoy dando tiempo para que te hagas a la idea.

La tensión que se había mitigado mientras él hablaba volvió a la carga.

—No puedes decir «Voy a casarme contigo» como si dijeras que vas a por comida china. A lo mejor yo no quiero comida china. A lo mejor soy alérgica. A lo mejor no me fío de los rollitos de huevo.

—Entonces pediremos arroz tres delicias. Será mejor que vengas conmigo.

—No he terminado —dijo cuando él la hizo salir del cuarto.

—Yo sí. El cuadro. Creo que tienes que verlo.

Lila dejó de intentar zafarse.

—¿Has terminado el cuadro? No me lo habías comentado.

—Te lo digo ahora. No voy a recurrir al dicho de que una imagen vale más que mil palabras, pero tienes que verlo.

—Me muero por verlo, pero me has prohibido la entrada a tu estudio. No sé cómo lo has terminado si no he posado para ti desde hace días. ¿Cómo has...?

Dejó de hablar y de moverse; se detuvo en la entrada del estudio.

El cuadro se encontraba en el caballete, frente a ella, situado en el centro de la larga hilera de ventanas y bañado por la luz de última hora de la tarde.

30

Se acercó despacio al cuadro. Era consciente de que el arte era subjetivo, que podía y debía reflejar la percepción del artista y del observador.

Así pues, vivía y cambiaba de un ojo a otro, de una mente a otra.

De Julie había aprendido a reconocer y a valorar la técnica, la armonía y la ausencia intencionada de la misma.

Pero todo eso se fue por la borda, ahuyentado por las emociones, por el asombro.

No sabía cómo había conseguido que el cielo nocturno fuera tan luminoso, cómo podía crear la luz de una luna perfecta en la oscuridad. Ni cómo la crepitante hoguera parecía desprender calor y energía.

No sabía cómo podía verla de ese modo, tan vibrante, tan hermosa, captada mientras giraba con el vestido rojo al vuelo y los colores de las enaguas desafiantes contra su pierna desnuda.

Los brazaletes de sus muñecas tintineaban —prácticamente podía oírlos—, y unos aros brillaban en sus orejas mientras su cabello flotaba en libertad. En vez de la cadena con que había posado, llevaba el colgante de piedra de luna. El que él le había regalado. El que llevaba puesto en ese preciso momento.

Justo en las manos que tenía en alto sostenía una bola de cristal llena de luz y de sombras.

Lila lo entendió. Era el futuro. Tenía el futuro en sus manos.

—Está..., está viva. Espero verme a mí misma terminar de dar esa vuelta. Es magnífico, Ashton. Quita el aliento. Me has hecho hermosa.

—Pinto lo que veo. Te he visto justo así casi desde el principio. ¿Qué ves tú?

—Júbilo. Sexualidad, pero regocijo en vez de, qué sé yo, en vez de ardor. Libertad y poder. Es feliz, está segura de sí misma. Sabe quién es y qué quiere. Y en su bola todo puede pasar.

—¿Qué es lo que quiere?

—Es tu cuadro, Ash.

—Eres tú —la corrigió—. Tu rostro..., tus ojos, tus labios. *La gitana* es cuento, es la ambientación, es el vestuario. Baila alrededor del fuego; los hombres la contemplan, la desean. Desean ese júbilo, esa belleza, ese poder, aunque solo sea por una noche. Pero ella no los mira; actúa para ellos, pero no los ve. No mira la bola, sino que la sostiene en alto.

—Porque el poder no radica en el saber. Radica en elegir.

—Y ella mira a un solo hombre, una única elección. Tu rostro, Lila, tus ojos, tus labios. Es el amor lo que los ilumina. Está en tus ojos, en el gesto de tus labios, en la inclinación de tu cabeza. El amor y el júbilo, el poder y la libertad que este genera. Lo he visto en tu rostro, por mí. —Hizo que se diera la vuelta—. Sé lo que es el deseo, la lujuria, el coqueteo, el interés material. He visto todo eso entrar y salir de las vidas de mis padres. Y sé lo que es el amor. ¿Crees que lo dejaré escapar, que permitiré que te escondas de él porque a ti, que no eres ni mucho menos una cobarde, te da miedo lo que pueda pasar?

—No sé qué hacer al respecto, no sé qué hacer con él, por él. Por ti.

—Averígualo.

Hizo que se pusiera de puntillas y se apoderó de su boca con un largo y ardiente beso, perfecto para hogueras y noches a la luz de la luna.

La recorrió con las manos, ascendiendo desde sus caderas hasta su torso y alcanzando sus hombros antes de apartarlas.

—Se te da bien esto.

—No se trata de un tostador averiado.

Ash sonrió cuando ella esgrimió su propio argumento.

—Te quiero. Si tuvieras una docena o más de hermanos, te resultaría más fácil decirlo y sentirlo en cualquier circunstancia posible. Pero se trata de ti y de mí. Eres tú —dijo colocándola frente al cuadro otra vez—. Tú lo averiguarás. —La besó en la coronilla—. Voy a comprar algo para cenar. Me apetece comida china.

Lila ladeó la cabeza para mirarle por encima del hombro y lanzarle una mirada seductora.

—¿En serio?

—Sí, en serio. Me pasaré por la panadería y veré si Luke está por allí. De todos modos, te compraré una magdalena. —Le dio un pequeño apretón en los hombros al ver que ella no decía nada—. ¿Quieres venir conmigo, salir y dar un paseo?

—En realidad, sería estupendo, pero creo que debería empezar a descifrar algunas cosas. Y a lo mejor intento trabajar un poco.

—Me parece bien. —Se dispuso a salir—. Le dije a Fine que llamara cuando tuvieran a los dos bajo arresto, fuera la hora que fuese. Entonces podrás dormir.

Ash ya la conocía, pensó Lila, y estaba agradecida.

—Cuando llame, cuando los hayan detenido, prepárate para que te cabalguen como a un semental salvaje.

—Eso está hecho. No tardaré; una hora como mucho.

Fue hasta la puerta del estudio solo para verlo bajar la escalera.

Ash cogería sus llaves, comprobaría su cartera y su teléfono, pensó. Luego iría a la panadería y hablaría las cosas con Luke. Pediría la comida por teléfono con el fin de que estuviera ya preparada cuando llegara al restaurante, pero se tomaría unos minutos para hablar con los propietarios y el repartidor, si estaba allí.

Volvió de nuevo junto al cuadro. Su rostro, sus ojos, sus labios. Pero cuando se miraba al espejo, no veía el brillo.

¿No era asombroso que él sí lo viera?

Ahora entendía por qué Ash había esperado para pintar su cara, sus rasgos. Necesitaba ver aquella expresión en ella... y la había visto.

Pintaba lo que veía.

Echó un vistazo a otro caballete y, sorprendida, se aproximó para mirar más de cerca. Había bosquejado docenas de bocetos, todos de ella.

El hada en la pérgola, durmiendo, despertando; la diosa junto al agua, con una diadema y un vestido blanco. Cabalgaba sobre la ciudad de Florencia, se percató, a lomos de un caballo alado, con las piernas desnudas y un brazo en alto. Y sobre su palma vuelta hacia arriba ardía una bola de fuego.

Rió al ver los dibujos de ella frente al teclado, concentrada, despeinada; y el mejor de todos, con su cuerpo captado en medio de una transformación en lobo.

—Tiene que darme uno de estos.

Ojalá supiera dibujar para poder retratarle a él tal y como lo veía, para darle ese regalo. Inspirada, fue hasta el pequeño dormitorio de la primera planta. No sabía dibujar, pero sí que sabía pintar con palabras.

Un caballero, decidió. No de brillante armadura porque la utilizaba mucho; tampoco deslustrada porque la cuidaba. Alto y de elevada conducta. Honorable y feroz a la vez.

Una historia corta, pensó; algo divertido y romántico.

La ambientó en el mundo mítico de Korweny* —a Ash le gustaría el anagrama—, un mundo donde los dragones volaban y los hombres lobo corrían en libertad. Y él, el príncipe guerrero, defendía el hogar y la familia por encima de todas las cosas. Le entregaba el corazón a una gitana que cabalgaba a su lado y hablaba la lengua de los lobos. Si añadía al malvado tirano, que se proponía robar el huevo mágico del dragón y usurpar el trono, y al hechicero negro, que llevaba a cabo su voluntad, tal vez tuviera algo que contar.

* Reordenando las letras tenemos «New York», la ciudad donde se desarrolla la historia. (*N. de la T.*)

Un par de páginas después cambió de opinión y comenzó de nuevo. Se dio cuenta de que podía escribir una novela corta en vez de un cuento. Y comprendió que había pasado de dibujar un personaje a construir un relato y, de ahí, a una novela corta en cuestión de veinte minutos.

—Dame una hora y empezaré a pensar en una novela. Y, oye, es posible. —Sopesando esa posibilidad, decidió bajar a por un vaso de limonada y tomarse unos minutos para darle vueltas al tema—. Solo unas pocas páginas sin pulir —se prometió—. Tengo que centrarme en el libro, pero algunas páginas sin pulir... para divertirme.

Comenzó imaginando una batalla; el choque de espadas y hachas, y la niebla matutina alzándose de la tierra empapada de sangre.

Sonrió cuando oyó que se abría la puerta.

—¿He perdido la noción del tiempo? Solo estaba...

Su voz se apagó, quedando petrificada en lo alto de la escalera, cuando Jai cerró la puerta después de entrar.

Unos moratones cubrían su extraordinario rostro, bajo el ojo derecho y a lo largo de la mandíbula. La entallada chaqueta negra tenía un desgarrón en la costura del hombro.

Mostrando los dientes, sacó una pistola sujeta en la parte baja de la espalda.

—Puta —dijo.

Lila echó a correr y ahogó un grito cuando oyó que una bala alcanzaba la pared. Subió una planta y entró a toda velocidad en el dormitorio; cerró de un portazo y echó el pestillo con torpeza.

Llama a la policía, se ordenó, pero recordó con claridad que su móvil se encontraba junto al teclado en el pequeño dormitorio.

No había forma de llamar pidiendo ayuda. Salió disparada hacia la ventana, perdió tiempo al tratar de abrirla antes de acordarse del pestillo y oyó la fuerte patada a la puerta.

Necesitaba un arma.

Agarró su bolso, volcó todo el contenido y rebuscó.

—¡Piensa, piensa, piensa! —recitó mientras oía la madera astillarse.

Cogió el spray de pimienta que le envió su madre hacía un año y que no había utilizado. Agarró con fuerza su herramienta multiusos; un peso sólido en su mano. Cuando oyó que la puerta cedía, corrió a pegar la espalda a la pared junto a la misma.

Sé fuerte, sé lista, sé rápida, se dijo; lo repitió una y otra vez como un mantra mientras la puerta se abría de golpe. Reprimió un nuevo grito cuando una andanada de disparos atravesó la entrada.

Contuvo el aliento, cambió de posición y apuntó a los ojos cuando Jai entró. El grito rasgó el aire como un escalpelo. Pensando en escapar, Lila lanzó un puñetazo con la mano en que sujetaba la herramienta y rozó el hombro de Jai; a continuación le dio un empujón. Mientras Jai disparaba a ciegas, Lila echó a correr.

Baja, sal fuera.

Había bajado la mitad de la escalera cuando oyó pasos apresurados. Entonces miró hacia atrás, se preparó para recibir un balazo y vio a Jai abalanzarse de un salto.

La fuerza la tiró al suelo y la privó incluso del aliento. Con el mundo dando vueltas, el dolor estalló en su hombro, en su cadera y en su cabeza mientras rodaban por las escaleras, como dados en un cubilete.

Notó el sabor de la sangre, vio chiribitas en los ojos. Entonces lanzó una patada sin apenas fuerzas. Trató de arrastrarse mientras las náuseas ascendían del estómago a la garganta. Un grito se desgarró de ella cuando las manos de Jai la arrastraron hacia atrás. Sacando fuerzas de flaqueza, pataleó y notó que el golpe daba en el blanco. Logró ponerse a cuatro patas, tomó aire para incorporarse y se tambaleó; las chiribitas se tornaron estrellas cuando sintió el puñetazo en un lado de la mandíbula.

Acto seguido Jai estaba encima de ella agarrándole el cuello con una mano.

Ya no era una belleza. Tenía los ojos rojos, moqueaba y su cara estaba llena de rosetones, magulladuras y sangre. Pero la mano con la que le estaba cortando el suministro de aire pesaba tanto como si fuera de hierro.

—¿Sabes a cuántos he matado? No eres nada. Solo eres la siguiente. Y cuando tu chico regrese, *biao zi*, le destriparé y veré cómo se desangra. No eres nada, y yo haré que seas aún menos que nada.

Sin aliento, una bruma rojiza le empañaba la visión.

Vio a Ash junto al caballete; lo divisó comiendo gofres, riendo mientras la miraba en una soleada cafetería.

Lo vio a él, a los dos, viajando juntos, estando juntos en casa, viviendo la vida juntos.

El futuro en sus manos.

Ash. Mataría a Ash.

La adrenalina surgió como una sacudida eléctrica. Se retorció, pero Jai le apretó más el cuello. Fracasó y vio que la mujer asiática le mostraba los dientes en una sonrisa espantosa.

De pronto, sintió un peso en la mano. Todavía tenía su herramienta multiusos, no la había soltado. Frenética, luchó por abrirla con una sola mano.

—El huevo —acertó a decir.

—¿Crees que me importa una mierda el huevo?

—Aquí... El huevo... Aquí.

Jai aflojó un poco. El aire quemó la garganta de Lila cuando resolló.

—¿Dónde?

—Te lo daré a ti. A ti. Por favor.

—Dime dónde está.

—Por favor.

—Dímelo o muere.

—En... —dijo el resto de manera incoherente en medio de un ataque de tos que hizo que las lágrimas rodaran por sus mejillas.

Jai la abofeteó.

—Dónde... está... el... huevo... —exigió abofeteando a Lila con cada palabra.

—En el... —susurró con voz ronca y sin aliento. Y Jai se arrimó un poco.

Gritó en su cabeza, pero su maltrecha garganta solo liberó un resuello entrecortado cuando le clavó la navaja en la mejilla a Jai. El peso desapareció de su pecho, aunque solo un instante. Lila se retorció, pataleó, trató de pincharla de nuevo. Sintió dolor en el brazo cuando Jai le retorció la muñeca para quitarle la navaja.

—¡Mi cara! ¡Mi cara! Voy a cortarte en cachitos.

Agotada, derrotada, Lila se preparó para morir.

Ash compró comida china para llevar, una pequeña caja de pastelillos de la panadería y un ramo de preciosas gerberas.

Harían que Lila sonriera.

Se imaginó a los dos abriendo una botella de vino, compartiendo la comida, compartiendo la cama. Distrayéndose el uno al otro hasta que por fin recibieran la llamada y supieran que aquello había terminado, que todo había acabado.

Entonces seguirían adelante con sus vidas.

Pensó en la reacción de Lila a su proposición de matrimonio en el arcén de la carretera. Su intención no había sido pedírselo ni allí ni en ese instante, pero había sido el momento adecuado para él: el aspecto de ella, su forma de ser; cómo se habían compenetrado durante la charada con Vasin.

Lo que tenían era algo muy poco frecuente. Lo sabía. Ahora tenía que hacer que ella lo creyera.

Podían viajar a donde ella quisiera siempre que le apeteciese. El dónde no era importante para él. Podían usar su casa como base hasta que ella estuviera lista para echar raíces.

Y lo estaría, pensó, en cuanto creyera de verdad, en cuanto confiara en lo que tenían.

Por lo que a él concernía, tenían todo el tiempo del mundo.

Se cambió las bolsas de mano para sacar las llaves cuando empezó a subir la escalera.

Se fijó en que las luces de la alarma y de la cámara que había instalado estaban apagadas. Estaban encendidas al marcharse, ¿no era sí? ¿Acaso no se había cerciorado?

Se le erizó el vello de la nuca cuando vio los arañazos en las cerraduras, el ligero abarquillamiento de la puerta al cerrarse.

Ya había soltado las bolsas cuando oyó el grito.

Arremetió contra la puerta. Esta crujió, chirrió, pero resistió. Tomó impulso y embistió con el cuerpo, ayudándose de la ira.

La puerta se abrió de golpe y le mostró su peor pesadilla.

No sabía si estaba viva o muerta, solo veía la sangre; su sangre, su cuerpo laxo y sus ojos vidriosos. Y a Maddok a horcajadas sobre ella, con la navaja lista para atacar.

La furia se apoderó de él; un vertiginoso rayo que le hizo hervir la sangre, que abrasó sus huesos. Cargó contra ella, sin aflojar el paso cuando Jai se levantó de un salto ni al sentir el filo de la navaja cuando esta descendió.

Simplemente la alzó en vilo y la arrojó a un lado. Acto seguido se colocó entre Lila y ella, sin atreverse a mirar, preparándose para atacar, para defenderse.

Jai no se levantó esa vez, pero se puso en cuclillas en medio de los restos de lo que había sido la mesa Pembroke de su abuela. La sangre chorreaba por su mejilla como un río, manaba de su nariz. En algún rincón de su mente Ash se preguntó si lloraba por eso. Jai tenía los ojos rojos, hinchados, llenos de lágrimas.

Arremetió de nuevo contra ella; la habría embestido como un toro, pero ella logró hacerse a un lado tambaleándose. Jai trató de apuñalar a Ash sin levantar el brazo, pero falló por los pelos.

Él le agarró la muñeca de la mano con que sujetaba la navaja, se la retorció e imaginó que le partía el hueso como si fuera una ramita seca. Presa del pánico y del dolor, Jai le lanzó una patada que casi lo hizo caer, pero Ash aguantó y aprovechó el impulso para tirar de ella y darle la vuelta.

Y vio a Lila tambaleándose como un borracho, con expresión feroz y una lámpara en las manos con si se tratara de un bate o una espada. Alivio y cólera se fundieron entre sí.

—¡Corre! —le ordenó, pero ella continuó yendo hacia ellos.

Jai luchó para liberarse. Casi consiguió soltarse debido a que su piel estaba resbaladiza por la sangre. Ash apartó la mirada de Lila y la clavó en los ojos de Jai.

Y por primera vez en su vida cerró el puño y golpeó a una mujer en la cara. No una vez, sino dos.

La navaja se precipitó al suelo con un único y estruendoso sonido. Luego dejó que Jai cayera cuando sus rodillas cedieron. Entonces cogió la herramienta ensangrentada y consiguió rodear a Lila con un brazo cuando esta se tambaleó.

—¿Está muerta? ¿Está muerta?

—No. ¿Estás gravemente herida? Déjame ver.

—No lo sé. Tú estás sangrando. Te sangra el brazo.

—No pasa nada. Voy a llamar a la policía. Tú puedes ir al armario de los cepillos de la cocina. Allí hay cuerda.

—Cuerda. Tenemos que atarla.

—No puedo dejarte sola con ella e ir yo. ¿Puedes traérmela tú?

—Sí. —Le pasó la lámpara—. Me he cargado el enchufe cuando la he arrancado de la pared. Lo arreglaré. Antes iré a por la cuerda. Y a por el botiquín. Te sangra el brazo.

Ash sabía que no debería tomarse el tiempo, pero no pudo evitarlo. Dejó la lámpara a un lado y luego la atrajo hacia sí despacio, muy despacio.

—Creí que estabas muerta.

—Yo también. Pero no lo estamos. —Sus manos se movieron sobre su rostro, como si memorizara su forma—. No lo estamos. No dejes que se despierte. Tienes que golpearla otra vez si empieza a despertar. Enseguida vuelvo.

Ash sacó su móvil y observó que le temblaba la mano mientras llamaba a la policía.

Aquello tardó horas y parecieron días. Policías uniformados, paramédicos, Fine y Waterstone, el FBI. Gente entrando y saliendo, entrando y saliendo. Luego un médico, luces fuertes en los ojos, pinchazos, meneos; alguien le preguntó quién era el presidente. Pese a encontrarse en estado de shock sintió admiración por un médico que hacía una visita a domicilio de urgencia.

—¿Qué clase de médico eres? —le preguntó.

—Uno bueno.

—Me refiero a qué clase de médico hace visitas a domicilio.

—Uno muy bueno. Y soy amigo de Ash.

—Ella le ha apuñalado…, o parecía más bien un tajo. Yo me he caído por las escaleras.

—Eres una mujer con suerte. Te has llevado unos buenos golpes, pero no tienes nada roto. Seguro que sientes la garganta un poco irritada.

—Parece que haya tragado esquirlas de cristal. Ash tiene que ir a un hospital para que le atiendan ese brazo. Demasiada sangre…

—Puedo darle puntos.

—¿Aquí?

—Es lo que hago. ¿Te acuerdas de mi nombre?

—Jud.

—Bien. Tienes una conmoción cerebral leve y algunos moratones molones; ese es un término médico —agregó haciéndola sonreír—. No te vendría mal pasar la noche en el hospital, solo para que te observen.

—Preferiría darme una ducha. ¿Puedo darme una ducha? Siento las manos de esa mujer por todo el cuerpo.

—Tú sola no te puedes duchar.

—En realidad, no creo que esté de ánimo para tener sexo en la ducha ahora mismo.

Él rió dándole un pequeño apretón en la mano.

—Tu amiga está aquí… ¿Julie? ¿Y si te ayuda ella?

—Eso sería estupendo.

—Bajaré a buscarla. Tú espera, ¿vale? Los cuartos de baño son campos minados.

—Eres un buen amigo. Yo… Oh, ya me acuerdo de ti. Te conocí en el funeral de Oliver. Eres el doctor Judson Donnelly, médico a domicilio. Igual que el tipo de la tele.

—Es una buena señal de que tu cerebro no está excesivamente revuelto; otro elegante término médico. Voy a dejar instrucciones escritas sobre la medicación y mañana me pasaré a haceros una visita a los dos. Entretanto descansa, utiliza las compresas frías para los moratones y prescinde del sexo en la ducha las próximas veinticuatro horas.

—Eso puedo hacerlo.

Guardó las cosas en su maletín y se detuvo cuando se disponía a salir para mirarla de nuevo.

—Ash decía que eras una mujer asombrosa. No se equivocaba.

Los ojos se le llenaron de lágrimas, pero luchó para contenerlas. No iba a derrumbarse ahora, simplemente no podía. Temía que si lo hacía, aunque fuera durante un momento, jamás pararía.

Así que esbozó algo parecido a una sonrisa cuando Julie entró corriendo.

—Oh, Lila.

—No estoy en mi mejor momento, y es peor bajo lo que queda del vestido. Pero me he tomado unas pastillas, cortesía de Jud, así que me siento mucho mejor de lo que parece. ¿Cómo está Ash?

Sentándose en un lateral de la cama, Julie le asió la mano.

—Estaba hablando con algunos de los técnicos forenses, pero el médico se lo ha llevado a rastras para atenderle. Luke está con él. Luke va a quedarse con él.

—Bien. Luke se maneja muy bien en las crisis. Me cae muy bien Luke.

—Nos habéis dado un susto de muerte.

—Únete al equipo. ¿Te apetece montar guardia mientras me doy una ducha? Necesito... Tengo que... —La presión se instaló en su pecho y la privó del aliento. Unas manos alrededor del cuello, apretando, apretando—. Me ha estropeado el vestido. —Notó que resollaba, pero no podía parar—. Era un Prada.

—Lo sé, cielo. —Julie la abrazó cuando se derrumbó y la meció como a una niña mientras sollozaba.

Después de la ducha, después de que el analgésico actuara, Julie no tardó mucho en convencerla para que se acostara. Cuando despertó, apenas había luz y tenía la cabeza apoyada en el hombro de Ash.

Se incorporó..., y las punzadas la espabilaron del todo.

—Ash.

—Estoy aquí. ¿Necesitas otra pastilla? Ya es la hora.

—Sí. No. Sí. ¿Qué hora es? Más de medianoche. Tu brazo.

—Está bien.

Pero a pesar de las punzadas, alargó la mano para encender la luz y verlo con sus propios ojos. El vendaje iba del hombro al codo.

—Está bien —repitió ante su gemido angustiado.

—No digas que solo es un rasguño.

—No es solo un rasguño, pero Jud dice que da unas puntadas tan primorosas como una monja. Te traeré la pastilla y así podrás descansar un poco más.

—Todavía no. Tengo que ir abajo. Tengo que ver… Dios mío, estás tan cansado. —Le puso las manos en las mejillas fijando la mirada en sus ojos exhaustos—. Tengo que verlo, que superarlo, que asimilarlo.

—Vale.

Hizo una mueca de dolor al bajarse de la cama.

—Uau, el tópico sobre ser atropellada por un camión es verdad. Créeme, no me temblará el pulso con las pastillas. Solo quiero verlo con la cabeza despejada, con los ojos bien abiertos. Luego nos tomaremos las pastillas y dejaremos la mente en blanco.

—Trato hecho. Julie y Luke no van a marcharse —le dijo cuando salieron, ayudándose el uno al otro—. Están en la habitación de invitados.

—Los buenos amigos son más valiosos que los diamantes. He llorado a moco tendido con ella; eso lo confieso. Puede que te llore a ti en algún momento, pero ahora mismo estoy muy serena.

Se detuvo en lo alto de las escaleras y miró hacia abajo.

Habían limpiado. Ya no se veía en el suelo la mesa destrozada sobre la que Jai había aterrizado. Antes había porcelana rota, cristales hechos añicos. Y sangre. La de él, la de Jai, la suya. Ya lo habían limpiado casi todo.

—Tenía una pistola, había una pistola.

—La tiene la poli. Se lo dijiste.

—La parte de la declaración está confusa. ¿Me cogió la mano Waterstone? Creo recordar que me sostenía la mano.

—Sí que lo hizo.

—Pero tienen la pistola. ¿Se la han llevado?

—Sí. Estaba descargada. Se había quedado sin balas.

Al percibir la tensión en su voz, le tomó la mano mientras bajaban.

—La gente de seguridad de Vasin la subestimó. Mató a dos de ellos, les quitó un arma y se llevó un coche.

—Estaba herida cuando llegó aquí. Fue una suerte para mí. No me molesté en echar los cerrojos. Fue una estupidez por mi parte.

—Nos descuidamos. No recuerdo si activé la alarma cuando me fui. De todas formas eludió el sistema. Llegó hasta ti, y yo no estaba aquí.

—No sigas por ese camino. —Se volvió y tomó de nuevo su rostro—. Es absurdo hacernos daño de esta manera.

Ash apoyó la frente en la de ella.

—Spray de pimienta y una Leatherman.

—No se me ocurrió cómo meter la cinta adhesiva. La dejé más ciega que un topo. No debería haber venido aquí, no debería haber intentado esto. Podría haberse marchado.

—Supongo que fue el orgullo. Le ha costado caro. Fine y Waterstone volvieron mientras estabas dormida. Maddok solo verá la luz del día a través de unos barrotes durante el resto de su vida…, y todo se está precipitando sobre Vasin como una avalancha. Ya le han arrestado.

—Así que se ha terminado de verdad. —Exhaló un suspiro dándose cuenta de que otra vez tenía ganas de llorar. Aún no, se dijo—. ¿Te acuerdas de eso que me pediste que pensara? Lo he hecho. —Se apartó para examinar la lámpara con el enchufe roto. Sí, podía arreglarlo—. Esta noche me has salvado la vida.

—Si eso te persuade para que te cases conmigo…, acepto.

Lila meneó la cabeza.

—Caímos por las escaleras. Todo está muy borroso. Ella me estaba asfixiando, y a mí ya no me quedaban fuerzas. Mi vida no pasó por delante de mis ojos; no vi el pasado, como suelen decir. Pensé en ti y en la imagen que tienes de nosotros. Pensé en que ya no tendría jamás eso, esa vida dentro de la bola de cristal y todo lo que la acompaña. Quise rendirme..., pero ella dijo que iba a matarte cuando volvieras. Y saqué fuerzas. No solo me acordé de que tenía mi leal Leatherman en la mano, sino que saqué fuerzas. Porque te quiero. Uau, dame un minuto. —Levantó la mano para impedir que él se acercara hasta que lo hubiera dicho todo—. No podía soportar la idea de un mundo sin ti ni que ella pudiera arrebatarte, que pudiera arrebatarnos el futuro. Así que saqué fuerzas; no demasiadas, pero sí las suficientes. Justo antes de que entraras en tromba, y de que yo pensara que se había acabado, solo podía pensar en que nunca te había dicho que te quería. Menuda idiota. Entonces mi caballero de la no tan brillante armadura me salvó la vida. Claro que aflojé la tapa.

—La tapa.

—Aflojar la tapa, como se hace con un frasco de pepinillos. Tienes que reconocer que la dejé a punto de caramelo para ti.

—Jai te estaba maldiciendo cuando se la llevaron.

—¿En serio? —Lila esbozó una sonrisa feroz—. Eso me ha alegrado el día.

—Y a mí. ¿Vas a casarte conmigo?

En sus manos, pensó. No tenía que mirar para saberlo. Solo tenía que confiar... y elegir.

—Tengo algunas condiciones. Quiero viajar, pero me parece que es hora de que deje de vivir con dos maletas a cuestas. Quiero lo que me daba miedo desear hasta que mi posible futuro pasó ante mis ojos. Quiero un hogar, Ash. Quiero un hogar contigo. Quiero ir a sitios, ver lugares... contigo, pero quiero formar un hogar. Creo que puedo formar un hogar muy bueno. Quiero cumplir con lo que tengo en mi agenda y después centrarme en escribir. Tengo una nueva historia que quiero contar. —Una nueva historia que quería vivir, comprendió—. A lo mejor cuido alguna casa de vez en cuando para algún cliente fijo o como un favor, pero no quiero pasar mi futuro viviendo en el espacio de otra persona. Quiero pasarlo viviendo en el mío propio. En el nuestro. —Tomó aire—. Y quiero que vengas a Alaska conmigo a conocer a mis padres, lo cual da un poco de miedo porque nunca he llevado a nadie a conocer a mis padres. Y quiero... —Se secó las mejillas—. Este no es el momento para más lloros. Quiero un perro.

—¿Qué clase de perro?

—No lo sé, pero quiero uno. Siempre quise un perro, pero nunca pudimos tenerlo porque siempre íbamos de un lugar a otro. Ya no quiero seguir siendo una gitana. Quiero un hogar, un perro, hijos y a ti. Te quiero muchísimo. Así que ¿te casarás conmigo con todas estas condiciones?

—Me lo tengo que pensar. —Rió dejándose llevar lo suficiente para agarrarla y tirar de ella hacia sí, y aflojó con rapidez cuando ella jadeó—. Lo siento. Lo siento. —Se apoderó de su boca y después depositó suaves besos por todo su rostro—. Claro que acepto tus términos.

—Gracias a Dios. Te quiero y, ahora que sé lo bien que sienta decirlo, te lo voy a decir mucho. —Le pasó los dedos por el pelo—. Pero no hasta la primavera... lo de casarnos. Julie y Luke van primero.

—La próxima primavera. Trato hecho.

—Lo hemos superado. Todo. —Apoyó la cabeza en su hombro—. Estamos donde tenemos que estar..., igual que el huevo de oro. —Volviendo la cabeza, posó los labios en su cuello—. ¿Cómo puedo estar dolorida por todas partes y aun así sentirme tan bien?

—Vamos a por esas pastillas, y entonces te sentirás genial.

—Me lees el pensamiento. —Rodeándose la cintura con los brazos el uno al otro, se dirigieron arriba.

—Oh, hay una cosa más que quiero. Quiero pintar el baño principal. Tengo una idea que me gustaría probar.

—Hablaremos de ello.

Lo harían, pensó Lila mientras se ayudaban mutuamente a subir. Hablarían sobre todo tipo de cosas. Tenían tiempo de sobra.

El papel utilizado para la impresión de este libro
ha sido fabricado a partir de madera
procedente de bosques y plantaciones
gestionados con los más altos estándares ambientales,
garantizando una explotación de los recursos
sostenible con el medio ambiente
y beneficiosa para las personas.
Por este motivo, Greenpeace acredita que
este libro cumple los requisitos ambientales y sociales
necesarios para ser considerado
un libro «amigo de los bosques».
El proyecto «Libros amigos de los bosques» promueve
la conservación y el uso sostenible de los bosques,
en especial de los Bosques Primarios,
los últimos bosques vírgenes del planeta.

Papel certificado por el Forest Stewardship Council®